KB237228

동양문학연구

이 도서의 국립중앙도서관 출판시도서목록(CIP)은 e-CIP 홈페이지(http://www.nl.go.kr/cip.php)에서 이용하실 수 있습니다. (CIP제어번호 : CIP2009000677)

동양문학 연구

김혜니

푸른사상

오늘날 영상 매체의 시대에 당면하여, 사람들은 문자 매체에만 의존하는 문학 작품에 대해서는 여간해서 주의를 집중하지 않는다. 고전이라고 불리는 문학 작품들이 윤색되어 애니메이션이나 만화책으로 쏟아져 나오고 있는 실정이다. 각종 시청각을 동원한 작품들이 먼저 우리의 눈과 귀를 강하게 자극하며 산뜻하게 다가온다. 그러나 문자 매체의 작품은 우리의 내면을 천천히 두드리며 진실하게 다가온다. 언어를 매체로 삼아 인간의 모든 감정들과 사상을 문자로 기록해낸 문학 작품은 인류 발생과 더불어 지금까지 함께 해오고 있다.

우리의 내면을 천천히 두드리며 진실하게 다가오는 문학 작품을 읽으면, 가상 경험과 상상력이 증폭되고 정신적 성숙감이 충만해질 것이다. 이럴 때 자신의 인생관과 세계관이 눈앞에 저절로 펼쳐지게 된다. 그러한 문학 작품이 지구상에는 참으로 많이 존재한다. 우리가 그 많은 작품을 다 읽기란 도저히 불가능하다. 그렇지만 지구촌이 한눈에 들어오는 세계화 시대에, 이제 우리는 우리의 문학 작품만이 아니라 세계의 문학 작품을 곁에 두고 감상·이해해야 한다.

세계 문학·비교 문학·비평 문학을 강의하면서, 그리고 세계 문학 작품 해설 책을 내면서, 나는 전공 분야가 아닌 학생들 대부분이 오히려 서양 문학보다 동양 문학을 모르고 있다는 것을 알고 안타까웠다.

본 저자는 무엇보다도 한국인으로서 한국 문학을, 그리고 동양인으로서 동양 문학을 더 잘 알고 있어야 한다고 생각한다. 한국 문학과 동양 문학을 중심으로 서양 문학을 폭넓게 이해하는 것이 순서다. 이러한 이유에서 동양 문학의 흐름과 그 문학 작품을 정리하고자 하였다. 이것이 본 책을 엮어보기로 한 의도이기도 하다.

각각 중국 문학·일본 문학·아랍 문학을 이해함에 있어, 먼저 '서설'을 통하여 각 나라의 문화와 문학의 관계를 살펴보았다. 문화와 문학은 거의 대등한 양상을 띠고 있으며, 따라서 문학을 논의함에 있어서 문화를 연구하는 일은 반드시 동반해야 한다는 생각에서이다.

문화에 대한 정의는 수많은 학자들에 의해 시도되어 왔지만, 그 개념은 오늘날까지 일치된 것은 없다. 다만 19세기 말 문화의 개념은 새로 등장한 인류학과 통합되었다. 이런 과정에서 문화의 개념은 민족 중심적인 의미를 함축하게 되었고, 인류학의 발달과 긴밀히 연관을 가지게 되었다. 따라서 각 나라의 문화는 저마다 특색을 지니고 있다. 본 책에서는 중국은 사상을 중심으로, 일본은 전통 예술을 중심으로, 아랍은 아랍 세계의 역사와 언어를 중심으로, 인도는 인도 세계의 형성과 종교를 중심으로 각각 특징적 문화를 살펴보았다.

다음으로 본 책은 시대별 배경과 문학적 특징을 살펴보고, 그에 따라

일본의 문학

아랍의 문학

인도 산스끄리뜨 문학

중국의 문학

I. 서설

1. 중국 문화와 문학

은(殷)의 갑골문자(甲骨文字)에 따르면 중(中)은 깃발이 휘날리는 깃대의 모양을 본뜬 것이다. 씨족사회에서 사람들이 많이 모이는 중앙부에 이 깃대를 꽂았기 때문에 '중(中)'은 '중앙'이라는 의미를 지니게 되었다. 그리고 '국(國)'은 창을 들고 자기네 사회를 지키는 영역을 뜻한다. 따라서 국가라는 개념이 생기기 전 중국은 '가운데 있는 지역'을 의미했다. 중국의 정식 명칭인 중화인민공화국이 성립된 것은 1949년 9월 북경(北京)에서 개최된 중국인민정치협상회의 제1차 전체회의에서다.

중국의 국기는 오성홍기(五星紅旗)로서, 홍색 바탕에 5개의 별이 그려져 있다. 여기서 홍색은 혁명을, 황색은 광명을 상징한다. 그리고 5개의 별 가운데 가장 큰 별은 중국공산당을, 그것을 둘러싼 4개의 작은 별은 노동자, 농민, 도시소자산계급, 민족자산계급을 나타낸다. 곧, 5개의 별은 중국공산당의 영도 아래 모든 중국인이 대동단결한다는 의미를 상징적으로 나타내고 있다. 혁명 열사들의 붉은 피로 세워진 중국을, 모든 중국인이 단결하여 빛나는 미래로 가꾸어 나가자는 의미를 가지고 있는 것이다.

중국 문화의 특징은 매우 복합적인 성격을 지니고 있다. 중국의 영토는 본시 황하 유역에서 비롯되었으나, 시대의 흐름에 따라 커지고 변화하였다. 그리하여 지금은, 동쪽은 바다에서 시작하여 서쪽은 사막에 이르고, 남쪽은 열대에서 시작되어 북쪽은 한대에 이르는 다양하고 광대한 땅을 차지하고 있다. 또한 그 영토의 확장은 대체로 사방의 이민족들이 하나하나 중원으로 진출하면서, 그 종족과 함께 그들이 차지하고 있던 지역까지도 중국으로 합류하는 데서 이룩되었다.

영토 못지않게 중국은 그 민족까지도 매우 복합적인 양상을 띠고 있다. 본시 중국 문화를 이룩한 한족(漢族)이란 황하 중류 지역에 살면서 하(夏)·상(商)·주(周)를 건설했던 종족들을 가리키는 말이다. 그러나 서주(西周) 말엽에서 시작하여 춘추전국에 이르는 시대에, 산동(山東) 지방과 회수 유역의 동이족(東夷族)과 장강(長江) 중·하류에 살고 있던 형(荊)·오(吳)족 및 절강(浙江)·복건(福建)·광동(廣東)·광서(廣西) 일대의 월(越)족 등이 중원으로 진출하여 한족에 합쳐졌다.[1] 그리고 진·한대에는 다시 서쪽과 서북·동북 지방의 여러 소수 민족들이 한족에 합병되었다. 그 중에서도 한족에 가장 큰 영향을 끼친 것은 만주족과 몽골족이다.

또한 중국에는 여러 가지 방언과 함께 여러 갈래의 언어들이 지금도 쓰이고 있다. 보통 중국인들이 한어(漢語)라 부르는 중국어의 방언은 크게 관화(官話)와 비관화(非官話) 두 가지로 나누어진다. 관화는 거의 대부분의 지역 사람들에게 널리 사용되고 있다. 또한 중국에서 쓰이고 있는 언어

---

1) 월족(越族) : 형(荊)·오(吳)·월(越)족은 남만(南蠻)이라고 불리고 있다.

는 크게 한장어계(漢藏語系, Sino-Tibetan Family), 알타이어계(阿爾泰語系, Altai Family), 남도어계(南島語系, Austronesian Family), 남아어계(南亞語系, Austro-Asiatic Family), 인구어계(印歐語系, Indo-European Family)의 다섯 가지로 나뉜다.

중국 문학은 한자로 기록된 문학이다. 중국 문학은 한자의 조성과 함께 시작되었다고 할 수 있지만, 실상 한자가 언제 어떻게 만들어진 것인지는 확실하지 않다. 지금 우리에게 전해지고 있는 가장 오래된 한자는 상(商)대의 것으로 동기(銅器) 등에 새겨진 금문(金文)도 있으나 가장 중요한 것은 갑골문(甲骨文)이다. 갑골문은 하남성(河南省) 안양현(安陽縣) 소둔촌(小屯村)의 은허(殷墟)에서 발견된 거북껍질이나 소의 어깨죽지 뼈에 새긴 글자로서, 옛날에 점을 칠 때 사용한 것으로서 복사(卜辭) 또는 정복문(貞卜文)이라고도 불렀다.

현재 문학자들의 견해는 일반적으로 인류의 문자가 도화(圖畵)에서 출발하였다고 한다. 그런데 한자는 특히 상형문자(象形文字)라 불리는 도화의 수법을 그대로 발전시킨 문자이다. 그러나 중국의 가장 오래된 한자인 갑골문자의 경우, '그린 것'이 아니라 '쓴 것'이다. 이는 도화의 경지를 훨씬 뛰어넘어선 문자로, 적어도 3000년 이상의 세월이 흐른 뒤에 정착된 것이라 추측된다.

한자는 크게 고문자(古文字)와 근대문자(近代文字)로 구분하는데 소전(小篆)2) 이전의 옛 자체의 한자들을 고문자, 예서(隸書)3) 이후 자체의 한자를 근대문자라 부른다. 이러한 한자는 전국 시대에 이르기까지 혼란이 심하였으나, 제자백가(諸子百家)를 비롯하여 여러 사람들에 의한 저술이 지역마다 성행하여, 진(秦)대에 이르러 한자의 자체가 통일될 수 있는 기

---

2) 소전(小篆) : 진전(秦篆)이라고도 불리며, 진시황(秦始皇) 때 승상(丞相) 이사(李斯, B.C. 248?~208)가 이전의 한자 자체를 간단하게 개량하여 통일한 자체를 말한다.
3) 예서(隸書) : 진시황 때 정막(程邈)이란 사람이 실용을 위주로 한자의 자체를 쓰기에 간편하도록 개혁한 것으로, 낮은 관리들의 편의를 위해 만든 것이다.

틀을 마련하였다. 현대로 내려오면서 결국 1917년 후스(胡適, 1891∼1962)가 '백화문학(白話文學)'을 제창하면서 구어체(口語體)인 백화(白話)로 문장을 쓸 것을 주장하여, 중국에 신문학을 도입하게 되는 계기가 되었다. 한자는 사람의 말을 소리 나는 대로 적는다는 면에서 매우 거추장스럽고 불편한 문자이다. 그래도 한자는 다른 어떤 문자보다도 글자마다 개성이 있고 생명력이 있으며 예술적이다.

한자의 또 다른 특성은 형(形), 음(音), 의(義)의 세 요소이다. 눈에 보이는 형은 미술적 조형미가 있어 일찍이 서도라는 예술을 발전시켰다. 귀로 듣는 음은 성조(聲調)의 해화(諧和)를 통한 음악성이 두드러져, 일찍부터 중국에 성운(聲韻)의 조화를 추구하는 시(詩)를 발달시켰다. 그리고 의는 옛사람들의 생활 풍습이나 철학과 지혜 등을 보여주기도 한다.4) 따라서 한자의 세 요소 가운데 음은 지역에 따라 다르고 시대에 따라 변하지만, 형과 의는 크게 달라지거나 변하지 않는다. 때문에 한자를 사용한 중국 문장은 시공을 초월하여 발전할 수 있었다.

중국은 지역에 따라 풍속 습관이 다르고 다양하며, 사람들의 기질조차도 크게 다르다. 때문에 중국 문화는 전체적으로 복합적인 양상을 띠고 있다. 그 중에서도 남북의 차이는 유럽에 있어서의 남구와 북구 정도의 차이를 보이며, 문학이나 예술 전반에 걸쳐 큰 영향을 끼쳐왔다. 중국에서의 북방은 황하(黃河) 유역을 중심으로 하여 그 이북 지방을 가리키며, 남방은 장강(長江) 유역을 중심으로 하여 그 이남 지방을 가리킨다. 북방 사람들은 어려운 자연 환경을 극복하며 살아야 했기 때문에 기질이 억세고 거칠며 현실적인 성격을 지닐 수밖에 없었다. 반면 남방 사람들은 따스하고 풍성한 자연 환경 속에 안락하고 여유 있는 생활을

---

4) 예를 들면, 남자는 밭(田)에서 힘(力)들여 일한다는 뜻의 남(男), 사람(人)은 말(言)에 신의가 있어야 한다는 뜻의 신(信), 전쟁(戈, 창)을 중지(止)시키는 것이 무력이란 뜻의 무(武)자 등이 그것이다.

할 수 있어서, 기질이 부드럽고 고우며 낭만적인 성격을 띠게 되었다. 그래서 대체로 북방 사람들이 이지적이고 투쟁적이며 현실적이고 산문적이라 한다면, 남방 사람들은 정서적이고 평화적이고 낭만적이고 시적이라 할 수 있다.

이러한 기질은 일찍부터 문학에도 반영되어 북방을 중심으로 하여 현실 생활에 우러나온 감정 같은 것을 질박한 언어로 읊은 『시경(詩經)』을 생성하였고, 남방을 중심으로는 초현실적이고 환상적인 생각을 화사한 언어로 노래한 『초사(楚辭)』를 생성하게 하였다. 그리고 이후로도 직접적으로 남북조(南北朝) 시대의 남조의 오성(吳聲)과 서곡(西曲) 및 북조의 민가, 송원(宋元) 희곡에 있어서의 남곡(南曲)과 북곡(北曲)의 변화 등을 보여주고, 간접적으로는 역대 중국 문학 전반에 걸쳐 다양하게 그 특성을 발휘하여 문학 발전에 크게 공헌하였다.

중국에서는 일찍이 동주(東周, B.C. 77~249)의 춘추전국(春秋戰國)이라는 시대에, 이른바 제자백가(諸子百家)라는 여러 사상가들이 등장하여 활약했다. 유가(儒家)를 비롯하여 묵가(墨家), 도가(道家), 법가(法家), 명가(名家), 종횡가(縱橫家), 음양가(陰陽家), 농가(農家), 잡가(雜家) 등이 바로 그것이다. 이들 중에서 후세까지 중국 문학 발전에 가장 큰 영향을 끼친 것은 유가와 도가 사상이다. 중국 사상의 흐름을 살펴보면, 그 주류는 시대 상황에 따라 때로는 유가(儒家)가 전면에 나서기도 하고 때로는 도가(道家)가 전면에 나서기도 했다. 물론 불교가 중국에 전래된 이후로는 불교도 때에 따라 유가와 도가의 사상 발전에 영향을 끼치기도 했다. 유가와 도가가 추구했던 궁극적인 목적을 한 마디로 요약한다면 '내성왕(內聖王)'이다. 즉 안으로 최고의 인격적 경지에 도달하여, 이 최고의 인격을 밖으로 사회화시켜 이상 사회를 건설한다는 것이다.

문화의 유형을 대별하면 대륙 문화 혹은 농업 문화와 해양 문화 혹은 상업 문화로 나눌 수 있다. 중국은 농업 문화에 속하는 대표적인 나라로 꼽을 수 있다. 때문에 자연에 대항하기보다는 조상 대대로 한 곳에 살면서 자연의 혜택을 받기를 원했다. 그래서 예로부터 중국인들은 하늘이나 땅을 도전의 대상이나 정복해야 할 그 무엇으로 생각하지 않고 사람과 더불어 해야 할 대상으로 생각해 왔다. '천인합일(天人合一)', '물아일체(物我一體)'의 사상도 바로 이런 관념에서 나온 것이라 할 수 있다. 이런 만물일체 사상은 '중용(中庸)'이라는 종합적인 사유 방식을 발전시켰지만 한편으로는 인식론이나 논리학을 크게 발전시키지 못한 요인이 되기도 했다. 어떤 사물을 인식하려면 인식 주체와 인식 대상의 명확한 구분이 있어야 한다. 그러나 중국 철학에서는 '나와 너', '자연과 인간'을 구분하기보다는 하나로 통일시키려는 관념이 우세했으므로 종합적인 사고 방식보다 분석적인 사고 방식이 발달하지 못했다. 그리고 외향적이기보다는 내향적이고 보수적이라는 점이 중국 사상의 특징이라고 할 수 있다.

2. 중국 문학의 발전과 전개

중국 문학은 한자를 사용하여 기술한 문장으로 이루어진다. 따라서 이러한 여러 가지 한자의 특징은 그대로 중국 문학의 성격 형성에도 큰 영향을 미치고 있다. 더구나 중국 문학은 근세까지도 일상 언어와는 다른 문언(文言)을 사용하였기 때문에 서양이나 다른 외국의 경우보다도 문장의 영향을 더욱 크게 받았다.

중국 문학사를 관통하자면 일반적으로, 문학 발전은 대략 세 가지 조류에 의하여 이루어지고 있다. 첫째, 시와 산문을 중심으로 하는 전통 문학의 조류, 둘째, 『초사(楚辭)』로부터 시작된 미문 의식(美文意識)의 조류, 셋째, 소설·희곡·강창(講唱) 등을 중심으로 하는 민중 문학의 조류가 그것이다.

중국의 전통 문학은 각각 『시경』5)과 『서경』6)으로부터 발전했다. 한(漢) 무제(武帝)는 악부(樂府)라는 관서를 두어 각 지방의 민요를 수집 정리하고 조정에서 쓰이는 악가들을 작곡하게 하였는데, 여기에 모아진 시들을 후세에 악부 또는 악부시라고 부르게 되었다. 악부의 시들은 원칙적으로 자유형의 것들이었는데, 이를 본받아 문인들이 새로운 시를 짓는 사이에 서한(西漢) 말엽부터 동한(東漢) 초엽에 이르는 사이에 시가 정형화되다가 결국 오언시(五言詩)가 이루어진다. 그리고 동한 말엽에는 칠언시(七言詩)가 이루어져 중국시는 오언과 칠언으로 정형화되고, 위진남북조(魏晋南北朝) 시대에 성행하게 된다. 또한 한자의 성운(聲韻)과 시형(詩形)의 조화가 극도로 규식화(規式化) 되다가 당초(唐初)에 이르러서는 율시(律詩)와 절구(絶句)가 이루어진다. 이전의 시들을 고체시(古體詩)라 부르는 반면, 이 율시와 절구는 근체시(近體詩)라 불렀다. 근체시가 이룩된 이후 성당(盛唐) 때 중국시는 크게 발달하여, 청(淸)대에 이르기까지 중국 정통 문학의 중심을 이룬다.

『서경』과 같은 사실(事實)의 기록은 중국의 전통적인 산문 정신을 이룬다. 『서경』은 뒤에 『춘추(春秋)』, 『좌전(左傳)』, 『국어(國語)』 등을 등장시키고, 한(漢)대에 이르러 위대한 사마천(司馬遷, B.C. 145~86?)의 『사기(史記)』를 출현시켰다. 그 뒤 주말(周末) 춘추전국 시대에는 제자백가(諸子百家)의 사상가들을 등장시켜 어지러운 세상을 올바로 다스릴 경륜을 글로 펴내게 하였다.

---

5) 시경(詩經) : 대략 기원전 1100~500년에 걸쳐 유행한 각 지방의 민요를 중심으로 하여, 조정에서 연희나 의식에 불리던 노래의 가사와 조상에게 제사지낼 때 부르던 송가(頌歌)의 가사 등을 모아 놓은 책.

6) 서경(書經) : 요순(堯舜)부터 하(夏)·은(殷)·주(周) 삼대(三代)에 이르기까지 고대 사관(史官)의 기록을 모아 놓은 책.

이러한 시와 산문을 중심으로 하는 중국의 전통 문학은 당(唐)대를 거쳐 북송(北宋, 96~1126)에 이르러 발전을 하게 된다. 남송(南宋, 1127~1276) 때 외족의 금(金)나라가 중원(中原)을 지배하게 되면서부터 원(元)·명(明)·청(淸)에 이르기까지 전통 문학은 더 이상 창조적인 작품을 생산하지 못하였다. 그리고 다시 고사(故事)의 전달을 위주로 하는 희곡(戲曲), 소설(小說) 등이 성행하여 중국 문학의 주류를 이루었다. 한편 동한(東漢) 말엽부터는 문장의 형식을 중시하기 시작하여, 육조(六朝) 시대에 이르러서는 변문(騈文)7) 혹은 변려문(騈麗文)이 유행했다. 초당(初唐)에 사륙문(四六文)이라는 말이 생겨난 것도 변문의 글귀가 모두 사언(四言) 혹은 육언(六言)으로 대구를 이루고 있기 때문이다. 이 변문은 중당(中唐)에 이르러 한유(韓愈, 768~824)가 유명한 고문운동(古文運動)을 일으키기까지 중국의 대표적인 산문 형식으로 자리했다.

전국(戰國) 말엽에는 초(楚)나라 굴원(屈原, BC. 343?~290?)이 『초사(楚辭)』를 지어, 새로운 형식의 시를 선보였다. 『초사』는 초나라 민가(民家)의 형식을 본뜬 것이어서 『시경』의 시들과는 내용이나 형식이 판이하였다. 『시경』이 황하 유역을 중심으로 한 북방의 가사인데 반해, 『초사』는 장강 상류 지방을 중심으로 한 남방의 가사이다. 또한 『시경』이 현실적인 일들을 진술한 형식으로 노래한 북방적 시인데 반해, 『초사』는 환상적인 내용을 변화 많은 형식에 담아 노래한 남방적 시이다.

이 『초사』가 세상에 알려지고 읽히기 시작한 것은 한(漢)대부터였다. 한대의 가의(賈誼, BC. 201~169), 유향(劉向, BC. 77~6) 등에 의하여 계승되면서 부(賦)로 발전하게 되었다. 따라서 초사와 한대의 부는 실제로는 같은 형식의 문학이며, 흔히 이들을 합쳐 사부(辭賦)라고도 부른다. 『초사』에는 화려한 필치로 문장의 수사를 추구하는 데에 온 힘을 기울이고

---

7) 변문(騈文) : 구식(句式)이 일정하고 대구(對句)와 전고(典故)를 사용하여 문장의 형식미를 극도로 추구한 글.

있는 작품들이 실려 있다.

한대에 들어와서는 그 형식을 더욱 산문화시키고 화려한 사물들을 과장하여 포장수식(鋪張修飾)하여 부를 발전시켰다. 제왕(帝王)의 유렵(遊獵)을 주제로 한 사마상여(司馬相如, B.C. 179?~117)의 「자허부(子虛賦)」와 「상림부(上林賦)」, 그리고 왕성(王城), 대관(臺觀), 풍물(風物)을 주제로 한 반고(班固, 32~92)의 「양도부(兩都賦)」 등이 대표적인 작품이다. 한대 사람들은 이러한 문장미의 추구를 통해서 본격적인 문학의 가능성을 발견하였다.

이처럼 한대에 이르러 본격화된 부의 미문 의식은 동한(東漢)에 이르러 다른 형식의 문학에까지도 폭넓게 영향을 끼쳤다. 동한에 이르러 시가 오언(五言), 칠언(七言)으로 정형화되기 시작하여 마침내는 후세에 근체시(近體詩)까지 만들어내게 된 것도, 이 부에서 시작된 미문 의식에서 계발된 것이라 할 수 있다. 산문에 있어서도 동한에 들어오면서 형식적인 수사에 힘쓰는 경향이 뚜렷해져서, 마침내는 후세에 변문이라는 운문에 가까운 산문체를 이룩하였다. 그리고 이 미문 의식으로 말미암은 수사(修辭)의 추구는 후세에 이르기까지도 중국 문학의 가장 중요한 조건의 한 가지로 남아 작용하였다.

시가 초당(初唐)에 근체시를 발전시키면서 극도로 규식화되자, 중당(中唐) 시대의 문인들은 민중을 통하여 새로운 형식의 사(詞)를 본뜨게 된다. 사는 민중들의 가요 형식을 본뜬 것으로 유우석(劉禹錫, 772~842), 백거이(白居易, 772~846) 같은 시인들이 창작하다가, 오대(五代)를 거쳐 송(宋)대에 이르러서는 새로운 운문으로 크게 유행하였다. 사는 곡자(曲子), 악부(樂府), 장단구(長短句), 시여(詩餘) 등 다른 이름으로도 불리었는데, 아무래도 민간 가요로부터 발생한 것이라 그 내용은 소박한 서정이 주류를 이루었다. 그러나 문인들이 본격적으로 사 창작에 참여하면서, 소식(蘇軾, 1036~1101) 등은 호방한 내용으로 사의 주제를 확대시켰다. 한편 사의 이러한 시화(詩化)는 사를 노래와 완전히 떼어놓으면서 사의 율식(律式)을 엄격히 따지도록 만들었다. 그 결과 이미 남송(南宋) 후기에는 사율(詞律)에 얽매여 작가로 하여금 창의력을 발휘할 수 없게 만들기도 하였다.

이처럼 사가 형식화되자 원(元)대로 들어서면서 다시 새로운 형식의 운문이 민가로부터 발생하는데, 그것이 곡(曲)이다. 곡에는 산곡(散曲)으로 소령(小令)8)과 투곡(套曲)9)이 있고, 또 희곡(戱曲)10)이 있다. 원(元)대의 희곡을 잡극(雜劇)이라 부르는데, 보통 잡극은 한 작품이 사절(四折)로 이루어지며, 그 한 절(折)은 음악상으로 한 개의 투곡으로 이루어진다.

이러한 원대의 곡은 후기에 이르러 곡률(曲律)을 따지는 기풍이 생기자 독창적인 창작품이 나오지 않게 되었다. 그러나 원대 말엽에는 잡극 대신 희문(戱文)이라 불리던 장편의 새로운 희곡이 유행하기 시작했다. 명(明)대에 와서는 그것이 전기(傳奇)라는 이름 아래 계승되어 크게 성행하였다. 그러나 명대 중엽부터는 내용이나 문장이 너무 아화(雅化)하여 무대에 상연하기에 부적합하게 되었다. 그래서 청(淸)대에 와서 다시 각 지방의 토조(土調)를 바탕으로 한 화부희(花部戱)11)가 각지에서 유행기 시작하였다. 사와 곡은 비록 민중 사이에서 발생한 것이지만 점진적으로 완전히 문학의 한 장르로서 문인들에 의하여 창작되었다.

본격적인 중국 소설도 민중 문학에서 발생·발전하였다. 본시 한(漢)대에 문인들이 진귀한 전문을 소일삼아 적어 놓은 지괴소설(志怪小說)이 생겨나 위진(魏晋)을 거쳐 남북조(南北朝) 시대에 매우 성행하였다. 그러한 기풍은 필기소설(筆記小說)로 청대까지 계승되지만, 본격적인 소설은 아

---

8) 소령(小令) : 소사(小詞)와 비슷한 모양의 가사.
9) 투곡(套曲) : 일명 투수(套數), 산투(散套), 대령(大令)으로도 불리는데, 같은 궁조(宮調)의 여러 개의 소령을 한데 모아 이루어진 것이다.
10) 희곡(戱曲) : 노래 이외에 등장인물들의 동작과 대화가 있으며, 서양의 오페라처럼 노래가 극정(劇情) 표현의 중심을 이룬다.
11) 화부희(花部戱) : 일명 난탄(亂彈)이라고도 하며, 토조의 색채를 벗지 못한 채 각 지방에서 유행하였다. 그 중에서도 북경을 중심으로 발달한 경희(京戱)가 가장 유명하다.

니었다. 문언(文言)으로 쓰인 단편소설에 가까운 형식과 내용을 갖춘 것으로는 중당(中唐) 시대 속강(俗講)과 설화(說話)의 영향으로 이루어진 전기(傳奇)[12]가 있다.

본격적인 중국 소설은 송대에 성행하였던 설화인(說話人)들의 설화 대본인 화본(話本)에서 시작되었다. 이미 중당(中唐) 무렵에도 민간 설화가 유행했지만, 그때의 화본은 전하는 것이 없다. 송대의 화본은, 크게 비교적 짧은 이야기를 다룬 소설과 역사적인 이야기를 다룬 장편의 평화(平話)로 구분할 수 있다. 송대의 화본인 소설이 바로 본격적인 단편소설인 것이다. 평화는 원대에 와서 연의소설(演義小說)로 발전하게 되는데, 그것이 명·청(明淸)대를 통하여 크게 유행하였던 장편의 장회소설(章回小說)로 이어지게 된다. 당대의 문언(文言)으로 쓰인 전기(傳奇)와 백화(白話)로 쓰인 송대의 소설 같은 단편들이 있기는 하지만, 중국 소설은 백화로 쓰인 명·청대의 장회소설들이 대표적이다.

이 밖에 중국에는 옛날부터 민간에 춤과 노래로써 간단한 정절(情節)을 연출하는 가무희(歌舞戱)들이 유행했다. 가무희는 송대에 와서 대곡(大曲), 곡파(曲破), 전답(轉踏) 등으로 발전하였다. 그리고 고자사(鼓子詞), 제궁조(諸宮調), 잠사(賺詞), 설화(說話) 같은 강창(講唱)도 크게 유행했다. 이들 가무희나 강창의 대본은 오늘날 훌륭한 문학 작품으로 자리매김하고 있다. 특히 제궁조는 음악이나 문학적으로 희곡과 매우 가까운 성격을 지니고 있다.

더불어 골계희(滑稽戱)도 크게 유행하여, 남송에 이르러는 잡극(雜劇, 원대의 잡극과는 다른 것임)을 이루고 금(金)대에는 원본(院本)으로 변신했다. 그러는 사이에 남송 초엽에는 본격적인 희곡이라 할 희문(戱文)이 나타나고, 원대로 들어와서는 새로 북곡(北曲)인 잡극(雜劇)이 등장하여 크게

---

12) 전기(傳奇) : 명대 희곡인 전기와 다르며, 전기소설이라고도 부른다.

성행하였다.

송대의 여러 가지 강창들은 근래 돈황 문건(敦煌文件) 속에서 발견된 당대의 변문(變文)이 발전한 것이다. 변문은 본시 인도로부터 들어온 일종의 불곡(佛曲)인데, 불경을 일반인들에게 쉽게 이해시키기 위하여 강설(講說)과 가창(歌唱)을 엇섞어가며 불경 내용을 쉽게 풀어 사람들에게 들려준 것이다. 그러나 뒤에는 그 수법으로 불경과는 전혀 관계가 없는 얘기들도 연출하게 되어 속강(俗講)이라고도 불리게 된다.

이러한 당대의 속강은 송대의 강창으로 이어지고, 명·청(明淸)대에는 가장 중요한 강창으로서 우리나라 판소리와 비슷한 고사(鼓詞)와 탄사(彈詞)로 압축되어 지금까지도 각 지방에서 다양한 형식으로 불리고 있다. 고사소설 혹은 탄사소설이라 불리는 그 대본들은, 한 사람이 긴 이야기를 강창하는 것이어서 청중들의 흥미를 계속 끌고 나가기 위해, 이야기의 정절(情節)이 보통 소설보다도 많은 곡절(曲折)과 기복(起伏)을 지니고 있다.

중국에서 출판된 기존의 **중국 현대 문학사**는 일반적으로 중국 현대 문학에 대해 1917년 문학혁명을 전후한 시기부터 1949년 중화인민공화국이 수립된 시기까지 나타난 모든 문학적 현상이라고 규정하고 있다.

중국 현대 문학은 청조 말기 입헌군주제를 주장하던 유신파(維新派)들을 중심으로 일어났던 시계혁명(詩界革命)과 소설계혁명(小說界革命)에서 비롯되어 5·4신문화운동을 거치면서 발전 성숙되어 나간, 백화(白話)를 주요 표현 수단으로 삼은 문학을 말한다.

1840년 아편전쟁을 계기로 서구 제국주의 세력에 의해 무너지기 시작한 봉건 중국은, 5·4시기 중국 내부에서 발생한 성숙된 변혁의 역량을 토대로 새로운 역사의 전기를 맞이하게 된다. 이러한 역사적 변혁의 시기는 새로운 문화 역량을 요구하게 되고 새로운 문화 역량은 새로운 변혁의 계기를 마련해 나갔다.

1915년 창간된 ≪신청년(新靑年)≫은 그동안 산재되어 있던 신문학에 대한 요구와 그에 호응하는 욕구를 결집시켜주는 중요한 역할을 하게 되었다. 이러한 결집 역량은 사회를 변혁시키는 막강한 에너지로 변하여 중국 사회의 각 분야에 퍼져나갔다.

후스(胡適, 1891~1962)는 1917년 1월에 ≪신청년≫에 「문학개량추의(文學改良芻議)」를, 천두슈(陳獨秀, 1879~1942)는 2월에 「문학혁명론(文學革命論)」을 각각 발표하여 문학혁명의 신호탄을 날렸다. 문학혁명은 청말(淸末) 소설계혁명 이래로 진보적 지식인들을 중심으로 꾸준히 논의되어 왔다. 이어 1919년 5·4운동이 발생하여 중국 현대 문학 발전의 틀을 마련했다. 1차 대전이 끝난 후 파리강화회의 21개조에 반발하는 대학생들의 시위에서 비롯된 5·4운동은 반봉건반제국주의 운동이었다. 5·4운동은 신문학의 발전 방향과 그 사상적·역사적 맥락을 함께 하고 있었기 때문에, 이후 정신사상운동과 문예운동은 나선형구조를 이루며 발전해가기 시작했다.

이미 신해혁명(辛亥革命)으로 봉건왕조가 몰락하고 민국 정부가 들어섰지만 장쉰(張勳)과 위안스카이(袁世凱)의 복벽, 5·4운동 이후에도 계속되는 군벌 정부의 탄압과 봉건수구파의 반격 등 신문화운동 진영은 여전히 힘든 싸움을 계속해 나가고 있었다. 이러한 정세로 인하여 신문화운동 진영 내부에서는 이제까지의 운동 역량과는 다른 새로운 역량, 즉 보다 근본적인 변혁의 필요성을 느끼게 되었고 결국 '문학혁명'에서 '혁명문학'에 대한 요구로 이전되는 결과를 가져오게 하였다.

또한 1921년 이후 다양한 문학사단의 출현은 중국 현대 문학 발전에 새로운 전기를 마련해주었다. 문학사단의 등장으로 다양한 문학적 주장과 창작 실천을 담아내는 문예지가 발간되었고, 이를 통해 새로운 작가들이 많이 등단하였다. 이러한 현대 문학의 양적인 발전과 확대는 곧 질적인 성장으로 이어지고 이론적 성숙으로 발전하였다. 창작의 이론적·실천적 발전 과정에서 시대 상황과 맞물리는 적지 않은 진통을 겪게 되고 이는 또다시 새로운 문학 발전의 계기를 열어갔다.

1927년 장제스(蔣介石)가 이끄는 국민당이 4·12정변을 일으켰고, 이는 현대 문학사에 새로운 전환점을 맞게 하였다. 20년대 실험적 과정을 거치면서 성장한 작가들은 4·12정변 이후 30년대에 들어서면서 분명한 창작의 색채를 띠기 시작했다. 이 시기 문단은 크게 좌우익으로 양분되는 양상을 띠기 시작하면서 이론과 창작을 둘러싼 논쟁이 첨예화되었다. 이러한 진통의 과정은 현대 문학의 성숙을 앞당기는 양분 역할을 하였다. 그리고 작가들은 자신의 사회 변혁 의지를 작품을 통해 형상화하였다. 이 시기 좌련의 성립이나 장편소설이 많이 출현하게 된 것은 이러한 배경과 무관하지 않다.

1937년 7월 7일 중일전쟁이 발생하여, 현대 문학은 또 다른 전환점을 맞이하게 된다. 일본 제국주의의 침략으로부터 민족을 구한다는 대명제하에 작가들은 결집했다. 이 시기에 중국 대륙은 일본군에게 함락된 윤함구(淪陷區, 상해조계지 고도 포함), 남경 함락 이후 중경으로 옮겨간 국민당이 통치하는 국통구(國統區), 공산당이 통치하는 해방구(解放區)로 구분된다. 일본군에게 함락된 상해의 조계지에서는 중국 민족의 항전 의식을 고취하는 창작과 공연 예술이 발전하게 되고, 인민 정부가 수립된 해방구에서는 1942년 연안문예강화(延安文藝講話) 이후 새로운 문학 형식을 모색하는 노력이 계속되었다.

20여 년에 걸친 국민당과 공산당의 대결은 1949년 10월 마오쩌둥(毛澤東)이 이끄는 공산당이 승리하면서 막을 내리고 중화인민공화국이 수립되었다. 중국공산당의 승리는 단순히 정치 세력의 승리가 아닌 치열한 시대 참여 정신으로 일관해온 중국 현대 문학의 승리라고 볼 수 있다.

이와 같이 중국 현대 문학의 두드러진 특징은 문학이 적극적으로 현실에 대응, 극복해 나가는 양상을 지니고 있다는 점이다. 사상문화운동의 전위적 성격을 띤 초기의 문학혁명운동에서부터 혁명문학논쟁을 거쳐 좌우 이념 대립과 갈등, 항일 투쟁의 선도적 역할, 민족해방투쟁에서 선전과 선동 및 대중에 대한 이념화와 교육 작용에 이르기까지 중국 현대 문학은 적극적으로 시대가 당면한 현실 문제에 참여하고, 이를 작가의 창작 속에 형상화시켰으며, 나아가서는 중국의 미래 방향을 제시하기까지 한 것이다.

오늘날까지 중국 현대 문학에 대한 연구가 지속되고, 그 인문학적 가치를 인정받을 수 있는 이유는, 반봉건 반식민지 상태에서 문학이 민족해방이라는 명제를 어떻게 수용·수행해 나갔는가 하는 특수성의 문제와 문학과 사회의 과제에 대한 보편성의 문제를 중국 현대 문학의 발전 과정이 극명하게 보여주기 때문이다.

90년대 이후 중국 사회 전반에서 이념적 경직성이 퇴색하면서 중국 현대 문학과 당대 문학의 시기 구분 및 통합에 관한 다양한 관점이 문학사 편찬에 반영되고 있다. 이 논의의 주된 논제는 현대 문학과 당대 문학을 구분하는 중화인민공화국 수립 시기를 과연 새로운 문학 양식의 출현 시기로 볼 수 있는지에 있다. 1949년 이후의 문학 역시 연안문예 강화를 전후한 해방구 문예의 연장선상에서 본다면 지금까지의 현대를 구분하는 시각은 설득력을 잃고 말 것이다.

Ⅱ. 원시 · 고대의 문학

1. 중국 문학의 형성

중국 문학은 발달하는 과정에서 주위의 여러 나라에 전파되었는데, 한국, 일본, 베트남 등을 포괄하여 동아시아 문화권을 형성했다. 중국은 일찍부터 고대 문명 발상지의 하나인 황하 유역을 중심으로 찬란한 문화유산을 가꾸어 왔다. 중국의 고대 문학은 중국 문화의 중심을 이루고 세계 문학사에서도 상당한 위치를 차지하고 있다. 중국 문학사에 의하면, 중국 고대 문학의 발생은 선진(先秦) 문학에서 시작하였다는 것이 공통점이다. 이후 양한(兩漢) 문학, 위진남북조(魏晉南北朝) 문학, 수 · 당오대(隋唐五代) 문학, 송 · 원(宋元) 문학, 명 · 청(明淸) 문학, 근대 문학, 현대 문학, 당대(當代) 문학 등의 시대 순으로 발전해 왔다고 할 수 있다.

선진 문학(先秦文學)이란 『한서(漢書)』에서 가장 먼저 사용하고 있는데, 은대(殷代)의 갑골문 이후 기원전 3세기 후반에 진(秦)과 한(漢)의 두 통일

왕도가 들어서기 이전, 곧 진시황(秦始皇)이 중국을 통일(B.C. 221년)하기 이전까지의 문학을 지칭한다. 선진 시기의 중국 문학은 아직 예술 혹은 학술과 제대로 구분이 되지 않은 미분화의 상태에 머물러 있었던 것으로 보인다. 역사상 최초로 중국 대륙을 지배한, 명실공히 최초의 중국적인 왕조는 진 왕조였다. 그러나 진 왕조는 불과 14년 만에 멸망하여 실질적으로 중국 대륙 최초의 진정한 통일 왕조라고 보기 어렵기 때문에, 진 왕조의 문학은 따로 떼어 이야기하지 않고 한 왕조의 문학과 합쳐 서술하는 경우가 많다.

중국 역사는 원시 사회의 전설적인 오제(五帝)[13]로부터 시작하여 선양(禪讓) 시대였던 요(堯)·순(舜)·우(禹)로 이어진다. 원시 사회의 문학은 상고 가요와 신화 등 구비 문학의 형식을 갖추고 있었는데, 구비 문학은 문학의 기원을 보여줌과 더불어 자연계의 제반 현상을 인식하고 극복하려는 고대 원시인들의 의지를 나타내준다.

그런데 오늘날 많은 중국인이 사실로 생각하는 하(夏) 왕조 이전의 일들은 신화와 전설에 기반을 둔 경우가 대부분이다. 중국인들이 기원전 2000년 이전의 역사를 설명할 때 등장하는 삼황(三皇)과 오제(五帝), 하 왕조의 여러 임금에 대한 기록은 객관적으로 입증하기 어려우며 신화와 전설에 가까운 것으로 보아야 한다. 하 왕조는 우 임금의 아들이 제위함으로써 건립되었는데, 중국 고대 사회에서 처음 나타난 노예제 국가이다. 이후 중국 고대 노예사회는 하·상·주 삼대의 왕조를 거친다.

중국의 고대 문헌 가운데에는 하 왕조 또는 상 왕조 때의 기록이라는 글이 상당히 많지만, 학자들의 연구 결과 대부분 후세 사람들이 가짜로 붙인 것으로 판명되었다. 문학이라고 할 수 있는 글들이 확인되는 시기는 상 왕조 때가 아니라 기원전 11세기 무렵에 건국된 주(周) 왕조 이후

---

13) 사마천(司馬遷)의 『사기(史記)』 중 「오제(五帝)」 참조.

의 일이다. 주나라는 천자(天子), 제후(諸侯), 대부(大夫), 사(士), 서인(庶人)으로 이어지는 신분 제도를 기반으로 독특한 고대 봉건제도를 확립하였으며, 기원전 11세기부터 기원전 8세기 무렵까지 황하 유역을 중심으로 지배 영역을 확대해 나갔다. 이 시기의 역사적 사실은 고대의 기록뿐 아니라 고고학적 자료를 통해서도 광범위하게 확인되며, 『시경(詩經)』과 『서경(書經)』의 글도 대부분 주 왕조 후기의 것으로 추정된다.

은(殷)나라 때 갑골문자를 만들어 기록함으로써 중국의 문자 생활이 시작된다. 주(周)나라에 들어와서 문학이 본격적으로 발달하였는데, 당시의 고대 왕실 공문서 모음집에 가까운 『서경』이 과연 문학적 성격의 글인가에 대해서는 여러 가지 견해가 있을 수 있다. 그러나 민요를 중심으로 노래를 모은 『시경』은 중국 문학사에 가장 먼저 출현한 문학적 성격의 글이다. 『시경』의 시는 모든 북방 황하 유역의 것이다. 그런데 주나라 말기 남방 양자강 유역에 넓은 영토를 차지했던 초(楚)나라에 대시인 굴원(屈原)이 등장한다. 그리고 그를 중심으로 새로운 형식의 낭송체(朗頌體) 시가 등장하게 된다. 그들의 작품을 모은 것이 『초사(楚辭)』이다. 또한 『상서(尙書)』, 『춘추(春秋)』 등 최초의 역사 산문서도 등장한다.

중국의 산문은 『상서』에서부터 시작한다. 『상서』는 원래 '서(書)'라 칭했는데, 한대(漢代)에는 '상서', 송대(宋代)에는 '서경(書經)'이라 불렀다. 『상서』는 요순(堯舜) 시대부터 하·상을 거쳐 주대에 이르는 중국 태고의 정치에 관한 기록이 실려 있는 중국의 역사문헌총집이다. 『춘추』는 노나라 은공(隱公) 원년(B.C. 722년)에서 노나라 애공(哀公) 14년(B.C. 481년)까지 242년 동안 각국의 사건을 편년체로 엮은 노나라의 역사책으로, 사관이 아닌 공자가 노나라의 사료에 근거하여 완성한 것이다. 또한 제자백가산문(諸子百家散文)이라고 일컬어지는 철리산문(哲理散文)이 춘추(春秋, B.C. 770~476년) 전국(戰國, B.C. 475~221년) 시대에 등장한다. 제자산문은 『논어(論語)』, 『노자(老子)』를 선두로 하여, 이어 『맹자(孟子)』, 『장자(莊子)』가 나타났다. 그리고 『순자(荀子)』, 『한비자(韓非子)』 등이 뒤를 잇는다.

한(漢) 시대의 대표적인 문학은 부(賦)라고 일컬어지는 낭송체의 미문(美文)이며, 사마상여(司馬相如)가 대표적인 작가이다. 아울러 고시(古詩)와 악부(樂府)가 발달했는데, 악부는 정열적인 사랑, 한가로운 전원, 나그네의 슬픔 등 주로 하층민의 비참한 현실을 노래했다. 또한 한대 제일의 산문 작가로 유명한 사마천(司馬遷)이 있다. 그의 거작 『사기(史記)』는 황제(黃帝)에서 무제(武帝)까지의 역사를 계통적으로 서술한 것으로서, 그 투철한 역사적인 안목과 박력 있는 문장은 고금을 통하여 우수한 것으로 평가받고 있다.

위진남북조(魏晉南北朝, 220~588) 시대에 와서는 문학이 사회적 성격을 벗어나 개인적, 낭만적, 유미적 경향으로 흘렀다. 한나라 말기에는 이미 삼국시대로 들어가 위(魏)에 이어 진(晉)이 천하를 통일한다. 그러나 이후 북방의 이민족이 중국 중앙부에 진출하고 남과 북으로 갈라져 왕조가 병립하게 된다. 뒤이어 새 왕조가 번영하다가는 또 망하게 되는 동란의 시대가 계속된다. 때문에 정치의 실권은 황제에게서 귀족에게 넘어갔고, 가문이 무엇보다 존중되는 시대가 된다. 또한 지식인들 중에는 일부는 유교의 속박에 실증을 느끼고 탈속적인 노장(老莊) 사상으로 도피하기도 했고 혹은 인도에서 전래된 불교의 철리에 심취하는 사람들도 많아진다. 이러한 경향은 문학에 그대로 반영된다.

위진남북조 시대 문학의 대표적인 형식은 한 대에 이어 '부' 및 부에서 발전한 '사륙변려문'이다. 이것은 4자, 6자의 대우(對偶)를 겹쳐서 꾸민 형식만을 존중하는 미문이다. 또한 이 시대에는 도연명(陶淵明) 같은 뛰어난 시인도 배출된다.

○ 작가와 작품

• 『시경(詩經)』

초기 중국 문학은 각각 지역적 특성에 의해 남방 문학과 북방 문학으로 성장하고 있었는데, 북방 문학의 대표이면서 중국 운문의 시작이기도 한 것이 바로 『시경』이다. 『시경』은 황하 유역을 중심으로 15개 제후국에서 유행하던 노래들을 한 곳에 모은 책이다. 『시경』은 원래 '시(詩)', '시삼백(詩三百)' 등 여러 가지 명칭을 지니고 있었는데, 한나라 때 『오경(五經)』의 하나로 인정되어 『시경』이라 칭해졌다. 『시경』은 중국에서 가장 오래된 시가총집으로서 서주(西周) 초기(B.C. 11세기)로부터 춘추 중엽(B.C. 6세기)에 이르는 약 500년 동안 창작된 305편의 시가 수록되어 있다. 이밖에도 가사가 없이 제목만 남아 있는 생시(笙詩)가 6편이 있다. 『시경』은 채시관(採詩官)이라는 관리에 의해 모아졌으며, 노(魯)나라의 신배(申培), 제나라의 원고(轅固), 연(燕)나라의 한영(韓嬰), 조(趙)나라의 모장(毛萇) 등에 의해 전해졌으나, 위진 이후 모두 실전되고 오직 모장의 것만이 남아 『시경』을 일명 『모시(毛詩)』라고도 부른다.

『시경』은 거의 민간인들이 읊은 민요이며 작자는 밝혀져 있지 않다. 그리고 음악의 성질에 따라 풍(風), 아(雅), 송(頌) 세 부류로 나뉘며 '풍'은 '국풍(國風)'이라고도 한다. 국풍은 서주 초기 이후 약 500여 년에 걸친 15개 지역의 평민 가요로 이루어져 있으며, 문학적으로 가장 뛰어난 부분이기도 하다. 이들 평민 가요는 당시 서민들의 현실 생활과 정감을 잘 표현하고 있으며, 짙은 사실주의 문학 정신을 반영하고 있다. 이러한 사실주의 문학은 중국 북방 문학의 특징을 결정짓는 역할을 했다. 『시경』 가운데 '국풍'이 160편으로 분량 면에서도 가장 많다. 다음의 시 '채갈' 부분은 3절로 짜여 있는데, 각 절마다 한두 글자만 다를 뿐

시구가 중복되고 있다. 또한 바뀐 단어는 시간의 흐름을 나타내면서 점층적으로 간절한 그리움을 전하고 있다. 그리고 반복된 구절은 지루한 감을 주지 않고 오히려 서정의 기운을 돋운다.

> 칙을 캐세 하루를 못 보면 석 달을 못 본 듯.
> 뻥쑥을 캐세 하루를 못 보면 삼추(三秋)를 못 본 듯.
> 쑥을 캐세 하루를 못 보면 삼 년을 못 본 듯.
>
> — 채갈(採葛) 부분, 「왕풍(王風)」

> 제발 중자여, 우리 마을 넘나들지 마세요, 내가 심은 버들을 꺾지 마세요.
> 어찌 버들이 아까우련만, 우리 부모가 두렵습니다.
> 중자님이 너무 그립지만, 부모 말씀 또한 두렵답니다.
>
> — 장중자(將仲子) 부분, 「정풍(鄭風)」

'아'는 주 왕조가 직접 통치하는 지역의 음악으로 대아(大雅)와 소아(小雅)가 있다. '아'는 대부분 귀족들이 창작하였는데 연회나 조회 때에 이용되어 궁정의 악장문학(樂章文學)이라 일컫고 모두 105수가 있다. 따라서 '아'는 궁중의 공식 음악인 까닭에 소박하기보다는 세련된 맛이 있고, 애정보다는 도의와 정치에 치우치고 있다. '대아'는 주나라 민족 서사시로서, 모두 31편이며 대부분 서주 때의 작품이다. 역시 궁정의 악가로서 연회·전례 때 사용하였다. 국풍의 반 이상이 서정시인 반면 대아의 반 이상은 서사시이다. 그 가운데 주나라의 개국을 찬송하는 역사시와 주 선왕(周宣王)의 업적을 칭송한 시가 뛰어나다. 다음 작품은 은(殷) 왕조가 주 왕조로 바뀌는 주요한 역사적 사실을 노래하고 있다.

> 끝없이 넓은 들판,
> 박달나무 휘황찬란하게 늘어섰네.
> 하얀 배를 드러낸 네 필의 말 늠름하고,

위대한 태사(太師) 말 위에 앉아 계시네.
매처럼 용맹을 떨치며,
무왕을 호위하네.
큰 나라 상을 정벌하니,
싸움터의 아침이 청명하구나.

— 「대명(大明)」 부분

　　'소아'는 모두 74편으로 왕도를 낙읍으로 옮긴 이후의 작품이 대부분이다. 이들 시의 내용은 연회, 전쟁, 연정 등 다양한데, 이 가운데에 귀족들의 풍자시도 주목할 만하다. 귀족 풍자시는 대부분 여왕(厲王) 때부터 유왕(幽王) 때까지의 불안한 시기에 쓰였고, 위정자에 대한 신랄한 비판이 깔려 있다.

끊임없이 불어대는 동풍은
바람에 비까지 몰고 왔네.
두려움과 무서움의 지난날엔
그대와 나 함께 하였지만,
겨우 안락한 이 시기에
그대는 마음 변해 나를 버렸네.

— 「곡풍(谷風)」 부분

　　'송'은 순수한 종묘문학(宗廟文學)으로 선조의 큰 공덕을 넓히고 가무와 더불어 신령(神靈)을 제사하는 데 썼던 노래이며, 40수에 이른다. 주송(周頌), 상송(商頌), 노송(魯頌)이 있다. '주송'은 서주 초기의 작품으로 31편에 이른다. 전부 사람과 사물을 칭송하는 시가이다. '상송'은 상의 후예들이 살던 송(宋)에서 사용된 제례가이며, 모두 5편이다. 송은 지금의 하동군 및 강소 서북 일대로 은이 천도하기 이전 상족의 옛 근거지이다. '노송'은 전부 동주 때 작품으로 모두 4편이다. 서문에 의하면 사극(史克)이 희공(僖公)의 공적을 칭송하기 위해 지었다고 하나 근거는 없다.

주송이 종묘의 악가인 반면, 노송은 오직 노나라의 군주를 칭송한 내용
으로 되어 있다. 다음은 '상송' 가운데 상족의 기원을 노래한 고대 토템
신화를 지니고 있는 시이다.

> 하늘이 현조(玄鳥)에게 분부, 인계에 내려와 상을 낳고,
> 끝없이 광활한 은나라 땅에 살게 하셨네.
> 옛 상제는 탕왕에게 사방의 강역을 정벌토록 명하셨네.
> 아울러 상왕에게 명령, 온 구주를 차지하였네.
> 상의 선왕은 천명을 받아, 한 점 게으름 없이 무정(武丁) 손자까지 내려왔네.
> 무정 손자 무왕은 싸움에 패한 적이 없고,
> 용기를 펄럭이는 열 명의 제후 마차에 많은 양식을 진공해 오네.
> 국토는 천리 백성들로 가득 차고,
> 사해까지 영토를 개척하네.
> 주위 여러 나라들 다투어 조공을 해와, 조공하는 사람들로 붐비네.
> 황하로 나라의 경계를 삼고 하늘의 명령을 올바로 받들어, 온갖 복을 누리네.
>
> ― 「현조(玄鳥)」

『시경』의 문체는 사언(四言)을 정격으로 하는데, 전체 7,248구(句) 가운
데 6,724구로 대부분을 차지하고 있다.[14] 또한 매우 소박한 묘사 기법을
채택하여 작자의 순박한 심정을 잘 드러내고 있다. 그리고 시의 구절을
반복함으로써 그 의미를 풍부하게 하고 여운을 준다.

『시경』의 문학사적 가치는 여러 측면에서 조명될 수 있는데, 특히
후대 시가 문학의 형식과 내용에 크게 영향을 끼쳤다는 데 있다. 『시
경』의 진수는 바로 15국풍에 있으며, 이후 중국 시가 문학은 국풍의
영향 아래 발전해 왔다. 당대(唐代)는 중국 시가 문학의 절정기인 당나
라 시대에 『시경』이 문단에 끼친 영향은 실로 지대했다.

---

14) 샤촨차이(夏傳才), 『'시경'의 언어 예술(詩經言語藝術新編)』 참조.

• 『논어(論語)』

『논어』는 20편으로 구성되어 있는데, 공자(孔子, B.C. 551~479)의 제자와 그 제자의 제자들이 공자의 언행을 기록한 어록체 산문이다. 공자는 노나라 창평향 추읍에서 태어나 73세까지 살았다. 그의 이름은 구(丘), 자는 중니(仲尼)이다. 그는 유가의 창시자로서 춘추 시대 사상가이자 정치가이며 교육가이다. 그는 15세에 학문에 뜻을 두었고, 서른 살에 나름대로 독자적인 경지를 확립하게 되었다. 이를 바탕으로 공자는 30대 이후 여러 나라를 전전하며 벼슬을 살았다. 한편으로는 자신의 학설을 설파하고, 다른 한편으로는 더욱더 학문과 인격의 성숙을 위해 노력했다. 50대에는 노나라에서 사공(司空, 지금의 건설부 장관), 대사구(大司寇, 지금의 법무부 장관)를 역임했고 후에 노나라를 떠나 송·위·진 등의 나라를 주유(周遊)했다. 만년에 고향에서 전적(田籍)을 정리하고 연구하는 한편 수제자 72명과 3천여 명이 제자를 가르쳤다. 공자는 제자들과 함께 기존의 주요 저술들을 재정리하거나 새롭게 저술했다. 하·은·주 시대의 역사와 노래, 제도 등이 설명된 『시(詩)』와 『서(書)』 2경을 정리하고, 『예(禮)』와 『악(樂)』을 산정했으며, 『춘추(春秋)』를 저술하였다. 또한 『역(易)』에도 관심을 갖고 그 해석서라 할 수 있는 『십익(十翼)』을 저술하였다.

공자가 이러한 자신의 교육과 저술 활동을 통해 궁극적으로 보급·확립하고자 했던 사상은 인(仁)이다. 그는 인을 중심으로 한 덕치(德治), 곧 도덕 정치 세계의 건설과 그것을 제도화한 예치(禮治), 곧 문화 정치의 실현을 추구했다. 그에 의하면, 인은 곧 인간이라면 갖추어야 할 당연하고도 본성적인 덕성이자 가치이다. 인을 통한 조화로운 공동체의 재건이라는 공자의 시도는, 궁극적으로 춘추 시대 말기의 인간들이 보여주는 타락상을 극복하고 인간 내면에 존재하는 도덕성에 주목함으로써 인간다운 세상을 건설하겠다는 그의 소망을 드러내는 것이다.

선생님께서 말씀하셨다.
"배우고 때로 익힌다면 이 또한 기쁘지 아니한가?
벗이 먼 곳에서 찾아온다면 이 또한 즐겁지 아니한가?
남이 나를 알아주지 않아도 성내지 아니하면 또한 군자답지 아니한가?"

— 「학이(學而)」 편

　『논어』의 첫 가르침을 여는 이 장은 사실상 매우 중요한 성격을 띠고 있다. 원래 당시까지 군자라고 하는 것은 통치자, 곧 정치인 또는 관리를 의미하는 것이었다. 그런데 공자는 여기서 새로운 군자상을 제시하고 있는 것이다. 우리의 인식 속에 군자가 도덕인으로 자리 잡게 된 것이 바로 공자의 공로이다. 원래 군자라는 것은 왕족과 귀족 등 특정 정치가 내지는 통치자의 신분을 지칭하는 용어였는데, 공자에 의해서 정치적·문화적·도덕적으로 조화된 인간 또는 전인적 인간을 의미하는 것으로 변화해 갔으며, 이들에 의한 적극적인 정치 참여를 촉구하게 되었던 것이다.

제나라 경공(景公, B.C. 547~490)이 정치에 대해 공 선생님께 물었다.
공 선생님께서 대답하셨다.
"군주는 군주다워야 하고,
신하는 신하다워야 하며,
아비는 아비다워야 하고,
자식은 자식다워야 합니다."

— 「안연(顔淵)」 편

　이것은 공자의 유명한 정명론(正名論)의 구절이다. 정명론은 공자의 인 사상을 사회적으로 실천하는 또 하나의 방식이다. 각자에게 주어진 역할을 충실히 수행함으로써 조화롭고 안정된 사회를 이룩할 수 있다는 사유이다. 즉 군주가 군주답지 못하면 그 나라의 기본이 흔들리고, 부모가 부모답지 못하면 자식과 가정이 흔들린다는 것이다.

이처럼 『논어』에는 왜 인간이 다른 사람들과 조화로운 공존을 이루어야 하며, 이를 위해 어떤 노력을 기울여야 하는지에 대한 진지한 윤리적·철학적 대안들이 담겨 있다.

•『맹자(孟子)』

맹자는 공자보다 100여 년 뒤인 전국 시대에 살았다. 공자가 살았던 춘추 시대가 주나라를 중심으로 한 예(禮)적 봉건 질서가 붕괴되기 시작한 시기라면, 전국 시대는 이미 봉건 질서의 미덕은 찾아보기 어렵고 오직 부와 무력만을 앞세우는 '인장상식(人將相食)', 곧 사람끼리 서로 잡아먹는 풍토가 천하에 만연한 시기였다. 이러한 배경 하에서 대부분의 당대 지식인들은 패도 정치(覇道政治)를 옹호하여 군주들의 뜻에 영합하였다. 여기에 영합하지 않은 지식인들은 개인주의[道家] 아니면 사해동포주의[墨家]에 심취해 있었다. 그런데 맹자는 그 두 가지가 모두 문제가 있다고 보고, 개인과 공동체 모두를 인정하는 바람직한 시대의 구원 사상을 내놓았다.

『맹자』는 크게는 전체 7편, 작게는 각 편당 상하 2편씩 14편으로 짜여 있다. 각 편의 제목은 첫머리 두서너 자를 끌어와 붙인 「양혜왕(梁惠王)」, 「공손추(公孫丑)」, 「등문공(滕文公)」, 「이루(離婁)」, 「만장(萬章)」, 「고자(告子)」, 「진심(盡心)」 등 7편이다. 『맹자』는 대화체로 되어 있고, 대부분 일정한 구성적 스토리와 주제를 가지고 있으며 논리적으로 기술되어 있다.

고대 중국 인물들 대부분이 그러하듯이, 맹자 역시 정확한 생몰 연대는 물론 부친의 이름이나 가계조차도 알려져 있지 않다. 이러한 점을 전제하면서 기존의 연구 성과를 토대로 검토하자면, 맹자(B.C. 372~289)는 소국인 추(鄒)나라(지금의 산동성 연주부 추현)에서 태어났다.

『맹자』의 모든 사상의 궁극적인 귀결은 그의 왕도 정치론을 설명하는 데 있다. 왕도 정치란 인정(仁政)이라는 도덕 정치를 통해 백성들로부터 자발적 복종을 확보하는 정치이다. 이것은 백성들의 생명 보호를 최우선 목적으로 삼는 정치로서, 양민과의 교화에서 그 기본적인 실천 방법을 찾는다. 즉, 인민의 생활 보장에서 시작하여 인민의 도덕적 교육으로 완성을 보고자 한다. 그리고 그것은 결코 거창하거나 어려운 방법이 아니라 구성원들의 자율적인 삶이 가능하도록 국가가 환경을 조성해주고 보호하고 배려하는 가운데 인간다운 교육을 시행하기만 하면 된다고 전망하였다.

> 맹 선생님께서 말씀하셨다.
> "사람이 금수(禽獸)와 다른 점이 얼마 안 되는데, 서민들은 이 얼마 안 되는 차이점을 버리는 자이고 군자는 이 차이점을 지키는 자들이다. 순 임금은 여러 사물의 이치에 밝으셨고, 특히 인륜(人倫)을 밝게 살피셨다. 그것은 인의(仁義)를 자연스럽게 따라 실천하신 것일 뿐 인의를 억지로 실천하고자 하신 것은 아니었다."
>
> — 「이루(離婁)」 하(下)

정치의 가장 기초적 의무는 공동체 구성원들의 생명을 보존하는 것이다. 그러나 품격 있는 인간적 삶이라면 물질 생활만으로 충족될 수 없고 도덕적·정신적 만족이 반드시 요구된다. 곧, 인간은 생물학적 본성 차원에 머무르지 않고 도덕적 본성까지 구현할 때 비로소 '인간다운 인간'이 되고 여타 금수와 구분되는 인간이 된다는 것이다. 이렇게 새로운 인간으로 거듭나기 위해서는 인간 스스로의 수양이 필수적이다. 또한 여기에는 개인의 노력도 필요하지만 국가 차원의 도움도 필요하다. 바로 이 지점에서 국가에 의한 인간적 교육의 필요성이 제기되는 것이다.

『맹자』는 이러한 인간의 도덕적 본성을 인간의 필연적인 관계적 존재성에서 찾는다. 그리하여 관계 덕목을 추출한다. 그것이 이른바 다섯 가지의 인륜, 오륜론(五倫論)이다. 즉, 부자의 친(親), 군신의 의(義), 부부의 별(別), 장유(長幼)의 서(序), 붕우(朋友)의 신(信) 등의 조화로운 관계를 유지하는 것이다. 이러한 관계상의 조화는 그냥 획득되는 것이 아니라 각각의 관계 속에 부여된 각자의 역할과 그에 따른 덕목들을 잘 준수할 때만 얻어진다. 즉, 부자자효(父慈子孝), 군의신충(君義臣忠), 부화부순(夫和婦順), 형우제공(兄友弟恭), 이우보인(以友輔仁)의 각 관계 영역을 잘 지킬 때 확보되는 것이다. 이는 『맹자』가 관계의 조화를 중시하는 공자의 사상을 인륜과 오륜이라는 개념으로 재정립하여 체계화한 것이라 볼 수 있다.

● 『장자(莊子)』

『장자』는 장자와 그의 제자들이 지은 논설문 형식의 책이다. 『장자』는 전국 시대 때 송나라에 살던 사상가 장주의 이름을 따온 책으로 북송의 곽상이 정리했다. 본래는 52편이 넘는 분량이었는데, 후대에 33편만이 전한다. 그리고 곽상이 크게 「내편」, 「외편」, 「잡편」으로 나누어 정리한 것이 오늘날 전해지고 있다. 『장자』의 내용은 대부분 우화의 형식을 띠며 교훈적·풍자적이다. 그의 일생에 관한 기록은 『사기』의 「노장신한열전(老莊申韓列傳)」에 기록되어 있다. 기록에 의하면, 장자(B.C. 369~286)는 맹자보다 조금 뒤에 하남성(河南省) 몽(蒙)에서 태어났으며 이름을 주(周)라 불렀다. 장자가 살았던 시대는 제자백가가 전국에 출현하여 사상의 꽃을 피우던 때였으며, 동시에 각 지방의 제후국왕들이 무력으로 천하를 얻으려는 쟁탈전이 끊임없이 벌어지던 시기였다.

장자는 불행한 시대를 살면서 출세와 명예를 탐내지 않고, 평생 가난하게 사는 길을 선택했다. 젊었을 때 칠원(漆園)에서 말단 관리를 지낸 적이 있었지만, 그 후로는 어떤 벼슬에도 오르지 않았다. 초왕이 장자에게 두 명의 사신을 보내어 재상으로 모시려 했으나, 장자는 이를 거절하였다. 그는 자유롭게 시궁창에서 놀지언정 나라를 차지한 사람의 속박을 받고 싶지 않다는 신념을 지니고 있었던 것이다.

장자는 삶과 죽음의 문제에 대해, 바람직한 삶이란 얕은 지혜와 짧은 세 치 혀를 놀려 자신의 재능을 과시하는 것이 아니라, 안으로 진정한 덕을 갖추고 대자연의 순리대로 살아가는 여유를 갖는 것이라고 언급했다. 또한 죽음은 하나의 변화에 지나지 않으니 변화에 놀라거나 슬퍼하는 것은 바보 같은 일이며, 죽음은 바로 인간을 쉬게 하는 것이라고 말했다. 이는 삶과 죽음에 초연한 자세라고 할 수 있다. 따라서 이상적인 인간이란 우선 자기의 편견과 선입견을 버리고, 언제나 상대방의 입장에 서서 생각하며, 이 세상의 모든 것이 평등하다는 것을 깨닫는 사람이다. 그리고 장자는, 진정한 임금이란 안으로는 진인(眞人)의 덕을 갖추고, 밖으로는 이러한 덕을 바탕으로 다스리는 사람이라고 말했다. 진인은 도를 깨우친 사람이다.

> 북쪽의 큰 바다에 곤(鯤)이라는 물고기가 있어
> 그 길이가 몇 천 리인지 모르는데, 그 고기가 새로 변하면 붕(鵬)이 된다.
> 붕새 또한 얼마나 큰지 그 길이가 몇 천 리인지 모른다.
>
> — 제1편 「소요유(逍遙遊)」 편

이 글에서는 북쪽 바다에 사는 곤이라는 물고기가 붕새로 변하여 아득히 높은 하늘로 치솟아 올라가 남쪽 바다로 유유히 날아가는 것처럼, 세상일에서 벗어나 완전한 자유를 누리는 이상적인 인간의 모습을 보여주고 있다. 여기서 붕새는 사람으로 말하자면 진인이다. 진인이 되려면 먼저 자기를 버려야 한다. 편견이나 선입관에 사로잡히지 않고, 명예나 공로에 욕심내지 않아야 한다. 진정 자유로운 사람은 바닷물에 있을 때에는 곤이라는 물고기가 되고, 하늘에 있을 때는 붕새가 된다. 곤과 붕새는 다른 것이 아니라 하나이다. 자연과 완전히 하나가 되어 같이 변화되어 가는 사람이야말로 진정한 자유인인 것이다.

> 장주가 나비 되는 꿈을 꾸었는지
> 나비가 장주 되는 꿈을 꾸었는지
> 알 수 없었다.

— 제2편 「제물론(齊物論)」 편

이는 유명한 장주의 '나비의 꿈(胡蝶夢)'의 고사이다. 장자는 자기의 꿈을 예로 들면서 자기가 꿈을 꾸어 나비가 되었는지, 나비가 꿈을 꾸어 자신이 된 것인지 모른다고 하였다. 이것은 세상의 모든 것은 순간순간 부질없는 일이라는 이야기다. 주요한 것은 장주가 나비가 되고, 나비가 장주가 되는 그런 변화를 유유자적하게 즐기는 일이다. 이러한 즐거운 변화를 장자는 물화(物化)라고 한다. 즐거운 물화에는 상대도 없고 차별도 없으며 무한한 변화를 서로 즐기면 된다. 대자연의 참된 도를 깨달은 사람들은 대자연의 끊임없는 변화를 '유유자적하게 즐기면서(逍遙遊)' 살아갈 수 있다는 것이다.

● 『초사(楚辭)』

『초사』는 『시경』의 뒤를 이어 등장했다. 전국 시대 중엽 양자강 유역에 위치한 초나라의 가곡으로, 중국 남방 문학의 으뜸이며 『초사』의 창시자인 굴원(屈原) 또한 문학사를 처음 장식한 위대한 시인이다. 굴원(B.C. 340~278?)은 호북성(湖北省) 자귀현(秭歸縣)에서 태어났으며, 이름은 평(平,

正則)이고, 자는 원(原, 靈均)이다. 굴원에 대한 상세한 자료는 남아있지 않지만「굴원가생열전(屈原賈生列傳)」및 그의 작품에서 정치 활동과 인생 역정을 살필 수 있다.

굴원은 귀족 출신이었고, 일찍이 초(楚)나라 회왕(懷王, B.C. 328~299)의 신임을 얻어 좌도(左徒)라는 벼슬을 하였다. 초나라는 전국 시대에 진(秦)·제(齊) 두 나라와 천하를 다툰 강국이었지만, 굴원 무렵에는 진에게 압박을 당하여 국세가 날로 쇠퇴해 갔다. 이 같은 퇴세를 막고 진(秦)나라와 대결하기 위해서는 제(齊)나라와의 동맹 이외에는 다른 방도가 없었다. 굴원은 제나라와 동맹하기 위해 두 번이나 제나라에 사절로 다녀왔다. 그러나 진나라에 투항하자는 간신들에 의해 제나라와 국교를 단절하게 되고 굴원은 끝내 한수(漢水) 일대에서 유랑 생활을 하다가 결국 초나라 경양왕(頃襄王) 때에 강남(江南)으로 추방당하였다. 그러다가 초나라 도읍이 진나라 백기(白起) 장군에게 점령당하자 굴원은「돌을 안고(懷沙賦)」라는 시편을 남기고 멱라강(汨羅江)에 몸을 던져 순국하였다.

굴원의 작품에는「이소(離騷)」,「원유(遠遊)」,「구가(九歌)」11편,「구장(九章)」9편,「초혼(招魂)」,「천문(天問)」,「복거(卜居)」등이 있다. 그가 초나라에 관한 일을 초나라 방언으로 썼기 때문에 이 작품을 사람들은 '초사'라고 부르게 되었다. 후에 유향(劉向)이라는 사람이 굴원의 작품과 진한 이전 사람들의 작품을 한데 모아『초사』를 편집하였다.『초사』는『시경』의 틀에서 벗어나 6언을 위주로 다양한 격식을 자유롭게 이용하여 풍부한 사상을 담았으며, 초나라 방언과 속담을 많이 이용하여 민족성과 지방적 색채를 돋보이게 하였다. 따라서 후대에 와서 현실주의 원류는『시경』의「국풍」이고, 낭만주의 원류는「이소」라는 평가를 받아 고대 시가 조류의 최고 표준으로 삼았다.

이러한『초사』를 지금과 같은 높은 지위로 끌어올린 사람은 왕일(王逸)이다. 그의『초사장구(楚辭章句)』에 의하면,『초사』의 작가는 굴원, 송옥(宋玉), 경차(景差) 등 세 사람이다. 굴원이 당시 초나라 지방에 유행하던 민가의 형식을 따라 「이소」 등의 작품을 처음으로 지었고, 뒤에 송옥과 경차 등이 체를 모방하여 짓기 시작했다. 한나라 때의 유향은 송옥, 경차의 작품을 비롯하여 가의(賈誼), 회남소산(淮南小山), 동방삭(東方朔), 엄기(嚴忌), 왕포(王褒)의 모든 작품 및 자신의 「구탄(九歎)」까지 넣고 편찬하여 『초사』라고 합칭했다. 그 후 『초사장구』는 여러 가지 형태로 민간에 전해 오다가 송대 홍흥조(洪興祖, 1070~1135)에 의해 많은 수정을 거쳐 『초사보주(楚辭補注)』로 편찬되었다. 또한 왕일은 『초사』의 「장구(章句)」에서 「이소」에 '경(經)'자를 붙여 「이소경」이라 불렀다.

굴원은 독창적인 자서전의 수법으로 자신의 평생 행적과 소신을 기록했다. 먼저 자신의 조상과 선친을 소개하고, 이어 자신의 충성된 마음을 기록하고, 마지막으로 그릇된 도당(徒黨)들의 탐욕과 무사 안일 및 회왕의 혼용(昏庸)함을 기록했다. 우리나라에 『초사』가 유입된 시기는 고려 말이었으며, 선조(宣祖) 때 정송강(鄭松江)의 「사미인곡(思美人曲)」은 굴원의 「사미인(思美人)」 및 「이소」의 영향을 받은 것으로 알려져 있다.

「이소(離騷)」는 『초사』 가운데 대표작으로 중국에서 가장 긴 서정적 서사시이며, 낭만주의의 걸작이다. 373행 2,490자의 작품 안에는 그의 평생의 사상과 행적이 나타나 있다. 제목인 '이(離)'는 '조(遭)', '소(騷)'는 '우(憂)'라는 뜻이다. 참언(讒言)에 의해 쫓겨난 굴원이 우사번민(憂思煩悶)의 심정을 사상(史上)의 인물과 신화·전설 혹은 자연계의 초목·금수를 빌어 서술하고 있으며, 고국을 그리는 마음과 이상 세계(理想世界)에 살고자 하는 고매한 심경과 조화하기 어려운 슬픔을 읊고 있다. 전반에는 유가적인 엄정한 비판 의식이 돋보이고, 후반은 도가적인 색채가 돋보이는 천계(天界)를 편력하는 환상의 세계를 그리고 있다. 또한 자서전 형식으로, 가계와 자신의 재덕을 기술하고 있기도 하다.

『초사』는 『시경』에 비해 구법(句法)이나 표현에 있어서 발전된 형태를 보이고 있으며, 특히 4언체의 격식을 뛰어넘어 구어체 언어의 시화(詩化)에 성공함으로써, 보다 개성 있고 복잡한 사상과 감정을 표현하는 데 적합한 시가 형태가 되었다. 『초사』의 특성은 후대 부(賦) 문학의 모태가 되었으며, 낭만주의적 내용과 특성은 당·송의 낭만 시풍에 커다란 영향을 주었다.

> 어찌하리오 나라에 사람이 없어 나를 알아주는 이 없으니
> 또한 어찌 고향을 생각하리오
> 함께 좋은 정치하기에 마땅한 이 없으니
> 내 장차 팽함(彭咸)이 가는 곳을 따라가려 하노라.
>
> — 굴원, 「이소, 회사부(懷沙賦)」

옛날의 현인이었던 팽함은 폭군에게 참을 간했으나, 그 말이 받아들여지지 않자 강에 투신하여 죽었다. 굴원은 이미 자기도 그 길을 따라야 함을 깨닫고 마지막으로 이 시를 남기고 멱라수에 몸을 던지고 말았다.

> 슬픔과 시름에 아픈 마음 부여안고,
> 아무도 의지할 사람 없는 빈집에 홀로 사는,
> 단 한 사람 미인이 있어,
> 언제까지고 서러운 마음 못 삭이더니,
> 고향을 버리고 그리운 집을 떠나,
> 머나먼 남쪽의 길손이 되어,
> 정처 없이 이리저리 떠돌다가,
> 지금은 어느 곳에 발길을 멈추셨나.
>
> — 송옥, 「구변(九辯)」 부분

송옥은 충성을 다하지 못하고 참소를 당하여 쫓겨난 스승 굴원을 애석하게 여겨 「구변」을 지어 스승의 뜻을 대변하였다.

• 『사기(史記)』

운문과 달리 산문의 특성은 그 실용성에 있다. 한대(漢代)의 문학 가운데 부(賦)와 악부(樂府)는 모두 운문으로서 귀족적 서정성을 지닌 문학들인 반면, 산문은 가사(記事), 달의(達意), 설리(設理)의 실제적인 문장들이다. 이 가운데 사전산문(史傳散文)은 사마천(司馬遷 기원전 145~87?)의 『사기』와 반고(班固)의 『한서(漢書)』가 대표적이다. 이들 산문은 역사의 사실을 진실하게 반영하고 있으며, 인물이나 환경의 서술에도 주의를 기울이고 있다. 하나는 통사(通史)이고, 다른 하나는 단대사(斷代史)로서 각각 특징과 가치를 지니고 있다.

『사기』는 사마천(司馬遷)의 직책명에 따라 원래 『태사공서(太史公書)』라 불렸는데, 위·진 이후에 『사기』라고 했다. 『사기』는 정사(正史) 또는 기전체(紀傳體) 사서의 원조가 된다. '기'는 역사에 대한 기록이고 '전'은 인물에 대한 기록이다. 즉 역사와 인물을 기록하여 단순한 사실 전달에 그치지 않고 그것을 종합적인 모양새로 통사(通史)를 쓴 것이다.

사마천의 자는 자장(子長)이며, 강력한 통일 제국을 이끌던 한(漢)나라 무제(武帝) 때 활동했던 인물이다. 그는 대대로 역사를 담당한 사관(士官)의 집에서 태어나, 어려서부터 고문을 배우고, 20세 때에 제국을 주유하며 견문을 넓혔다. 아버지가 돌아가신 후 태사령(太史令)의 직책을 계승하고, 아버지의 유지를 받들어 『사기』를 집필하기 시작했다. 그런데 천한(天漢) 2년 이능(李陵) 장군이 흉노에게 항복한 사건이 발생했을 때, 사마천이 그의 입장을 변호했다. 이 때문에 무제(武帝)의 노여움을 사서 하옥되고 궁형(宮刑)에 처해졌다. 곧, 생식기를 거세당한 것이다. 수치심과 분노에도 굴하지 않고 사마천은 계속 『사기』를 기술하였다. 형을 받은 후 황제의 비서에 임명되었으나, 냉철한 눈으로 현실을 직시하면서 『사기』를 완성했다. 『사기』는 나라에서 공식적으로 편찬한 역사책이 아니라, 사마천 개인이 오랜 세월 동안 혼자 집필한 책으로 지극히 고통스러운 개인적 삶 속에서 완성했다.

『사기』는 모두 130편, 52만 6천 5백자로 되어 있다. 한무제의 원수(元狩, B.C. 122)에 이르기까지 12본기(本紀), 10표(表), 8서(書), 30세가(世家), 70열전(列傳)의 130편으로 나누어 기술되어 있다. '본기'는 황제(黃帝)로부터 한 무제에 이르기까지, 12명의 제왕을 기준으로 국가에서 일어난 중대한 사건을 연대별로 정리한 것이다. '표'는 제후국의 연표를 만들어 언제 무슨 사건이 일어났는지 한눈에 보고 알 수 있도록 하였다. '서'는 나라의 중요한 제도를 테마별로 정리한 것이다. 경제 문제는 평준서에서, 농경 사회의 물을 다스리는 문제는 하거서에서, 예악과 제사는 예서에서, 음악은 악서에서, 천문은 천관서에서, 종교는 봉선서에서 각각 다루고 있다. '세가'란 대대손손 이어지는 가문이란 뜻으로, 춘추 시대의 112개 제후국을 비롯하여 전국 시대 6개 제후국 그리고 한나라로 들어오면서 각지에 임명된 제후왕을 기록했다. 그리고 '열전'은 중요한 인물들을 자객(刺客), 순리(循吏), 유림(儒林), 혹리(酷吏), 유협(遊俠), 영행(佞倖), 골계(滑稽), 일자(日者), 구책(龜策), 화식(貨殖) 등으로 분류해서 기술했다.

저 서산에 올라
고사리를 뜯네.
폭력으로 폭력을 보답하고도
그 잘못을 모르는구나.
신농, 우나라, 하나라의 좋은 시절은
갑자기 사라졌구나.
이제 우리는 앞으로 어디로 돌아가야 하나?
아아, 이제는 죽음일 뿐
우리 운명도 다했구나!

— 백이(伯夷)와 숙제(叔齊), 「채미가」

『사기』의 열전 제1편은 '백이 숙제'이다. 이 글은 백이와 숙제의 단순한 이야기라기보다는 역사에 대한 사마천의 생각이 담겨져 있는 글이다. 백이와 숙제는 고죽국의 왕자였다. 아버지는 형 백이보다 아우 숙제에게 왕의 자리를 물려주려고 했다. 아버지가 죽자 숙제는 형인 백이에게 왕이 되기를 권했다. 그러나 백이는 달아나버렸다. 결국 두 사람은 주나라 문왕이 노인을 잘 공경한다는 소리를 듣고 그 곳에 살고자 했다. 그러나 주나라에 도착했을 때 문왕은 이미 죽고 그 아들인 무왕이 아버지의 원수를 갚겠다고 은나라를 정벌하러 나서던 중이었다. 두 사람은 고죽국의 종주국이었던 은나라가 망하자 몹시 부끄럽게 생각하여 수양산으로 들어갔다. 그들은 의리를 지켜 주나라의 곡식 먹기를 거부하고 고사리를 뜯어먹다가 굶어 죽었다. 백이와 숙제는 「채미가」를 남겼다.

어떤 의미에서 백이와 숙제는 이상을 추구하다가 현실에 좌절한 인물들이라고 할 수 있다. 사마천이 보기에 인간의 역사란 반드시 정의로운 사람이 성공하고 행복해지는 것이 아니었다. 정의롭지 못한 인간이 반드시 불행해지고 멸망하는 것도 아니다. 사실은 이와 정반대인 현상을 오히려 많이 볼 수 있는 것이다.

●『도연명집(陶淵明集)』

도연명(365～427)은 동진(東晋) 송(宋)나라 때의 시인으로, 강서성(江西省) 심양(潯陽)에서 태어났다. 자는 원량(元亮)이다. 진나라가 망하고 위송(魏宋)의 시대가 된 뒤에는 이름을 잠(潛, 숨는다는 뜻)이라 고쳤다고 한다. 그의 증조부는 서진(西晋)의 명장인 도간(陶侃), 외조부는 명사(名士) 맹가(孟嘉)의 집안이었으나, 아버지 대에는 영락하여 시골의 가난한 벼슬아치에 지나지 않았다.

도연명 역시 어려운 생활 속에 29세 때 처음으로 관직을 얻어 주의 제주(祭酒)가 되었다. 그러나 관리 생활에 적응하지 못하고 얼마 후 사임하였다. 당시 동진은 북방 이민족의 침략으로 위협을 받고 있었으며, 국내에서도 군벌의 항쟁이 끊이지 않았다. 이에 도연명은 생활에서 오는 필요성도 있고 해서, 35세 이후 변방군(邊防軍) 참모인 진군참사(鎭軍參事), 건위참사(建威參事) 등에 취임하여 활동하였다. 41세 때 누이동생의 죽음을 구실로 팽택현령(彭澤縣令)을 사임하고 관리 생활과는 인연을 끊고 시골로 돌아갔다. 이후 63세로 죽을 때까지 사회에 대한 야심을 버리고 마음 편하고 가난한 생활을 하였다.

『도연명집』은 시 120여 수와 문장 10여 편을 모은 것에 지나지 않으나, 도연명은 고금의 독보적인 대시인이며, 전원시인의 시조로 숭앙받고 있다. 이들 작품은 4언 9수를 제외하고는 모두 5언시로, 시어가 평이하고 간결하며, 내용이 소박한 것이 특징이다. 도연명 시의 주요한 제재는 전원생활이며, 다음으로 철리시(哲理詩)가 적지 않게 있다. 전체적으로 볼 때, 그의 시는 시기적으로 비록 위·진 시대의 낭만주의 맥락에 속하긴 하지만, 시풍이나 내용면에서는 완전히 새로운 것이다.

돌아가자
고향 전원이 황폐해지려는데 어찌 돌아가지 않겠는가.
지금까지는 고귀한 정신을 육신의 노예로 만들어버렸다.
어찌 슬퍼하여 서러워만 할 것인가.
이미 지난 일은 탓해야 소용없음을 깨달았고,
앞으로 바른 길을 좇는 것이 옳다는 것을 깨달았다.
내가 인생길을 잘못 들어 헤맨 것은 사실이나, 아직은 그리 멀지 않았다.
이제는 깨달아 바른 길을 찾았고, 지난날의 벼슬살이가 그릇된 것이었음을
알았다.

배는 흔들흔들 가볍게 흔들리고,
바람은 한들한들 옷자락을 날린다.
길손에게 고향이 예서 얼마나 먼가 물어보며,

새벽빛이 희미한 것을 한스러워한다.
마침내 저 멀리 우리 집 대문과 처마가 보이자
기쁜 마음으로 내 집으로 달려간다.
어린 종은 달려와서 맞이하고, 어린 아들은 문에서 기다린다.
집 뒤 오솔길은 거칠어지고, 소나무 국화는 아직도 남아 있다.
어린것을 이끌고 방으로 들어가니, 술이 통에 가득하다.
술잔을 들어 술을 마시며, 정원을 바라보니 기쁘기 그지없다.
남창에 기대어 편안하게 앉았노라니,
작은 방이지만 평안키만 하다.

— 「귀거래사(歸去來辭)」 부분

이 시는 도연명이 팽택 현령을 지내다가 벼슬살이가 번거롭고 누이동생의 상(喪)을 당하여 벼슬을 내놓고 돌아올 때 지은 작품이다. 첫 문단은 관직을 그만두고 고향으로 돌아가려는 결의와 귀로, 둘째 문단은 집에서 마중하는 모습과 집에서의 편안한 상태를 노래하고 있다.

도연명의 시는 전원시적인 요소가 기조를 이루고 있다. 수차례의 출사(出仕)와 귀전(歸田)의 반복 속에서 젊은 시절의 대부분을 보냈던 도연명으로서는 전원이 최후의 귀착지로밖에 여겨질 수 없었던 것이다. 그는 자유도 없고 부패가 극에 달했던 암울한 시대에 개인의 자유를 추구하는 방편으로 귀전을 단행하고 몸소 농사를 지었던 실천적인 문학가였다. 그래서 그는 자연과 세속을 대립시키고 전원과 사도(仕途)를 대립시키면서 전원생활을 노래했던 것이다. 이후 '귀거래'의 모티프는 동양 문학에서 벼슬길에 '나아가고 물러남'의 상징이 되었다.

Ⅲ. 중세 문학

1. 수·당·오대 문학(隋唐五大文學)

서기 581년 수의 양견(楊堅)이 북주(北周)·진(陳)을 멸망시키고 중원을 통일하였다. 그 후 수대는 당이 들어서기 전까지 남북 문화 융합을 이루면서 새로운 문화 사회로 들어서는 기틀을 마련하였다. 그리고 중국 문학은 당조(唐朝)의 통치와 오대(五代)의 할거로 비롯된 혼란의 시대를 끝으로, 960년 조광윤(趙匡胤)이 송조(宋朝)를 건립할 때까지 380년간 역사상 유례없는 발전과 변화를 펼쳤다.

중국을 통일한 수는 불과 30년만인 618년에 막료였던 이연(李淵)·이세민(李世民) 부자에게 멸망하고, 한(漢) 이후 가장 강력한 나라였던 당이 등장한다. 당은 수의 실정을 거울삼아 균전제(均田制) 등의 토지제도를 정비하면서 민심을 수습하고 번영의 역사를 이어 나갔다. 그 후 현종(玄宗, 713~755)의 실정 등으로 당의 문화는 쇠퇴의 길을 걷게 되고, 서기 756년 마침내 안녹산(安祿山)의 난을 맞아 국력이 쇠퇴하게 된다. 결국

당의 쇠퇴는 오대 십국(五代十國)의 혼란으로 이어지게 된다.

당대의 문화적 면을 살펴보면, 유학을 제창하여 많은 학자들이 장안에 모여들었으며, 태학생(太學生)의 수가 증가하였다. 또 시부(詩賦)와 경술(經術)의 시험으로 관리를 선발하는 과거제도가 생겨나면서 학술이 번성하였고 문인들의 신분이 향상되었다. 태종은 문학관(文學館), 홍문관(弘文館) 등을 설립하여 문인들을 양성했으며, 문종(文宗, 827~839), 선종(宣宗, 847~859) 등도 시문에 정통하여 늘 시인들을 가까이 하였다. 당의 이와 같은 수준 높은 경학과 문학은 신라·백제·일본 및 서역 여러 나라들의 자제와 승려들을 당으로 불러들이는 원인이 되었다. 그리고 불로(佛老) 사상의 융합과 유가 사상의 대립 등 자유로운 사상계의 활동이 이루어졌다. 특히 인도의 불교 경전이 번역·수입되는가 하면, 음악, 회화, 무도 등이 대량 유입되어, 문학은 물론 전반적인 예술 문화에 큰 영향을 주었다.

당대 문학의 절정은 시(詩)에 있다. 시의 형식에 있어 악부고시와 함께 율시(律詩), 절구(絶句)가 다 갖추어졌고, 이전에 볼 수 없었던 수많은 시인들이 등장하여 수많은 작품을 썼다. 청나라 강희(康熙) 46년(1707)에 칙명으로 편찬한 『전당시(全唐詩)』는 모두 900권으로, 2,300여 명의 시인의 작품 48,900여 수가 실려 있을 정도이다.

일반적으로 당시(唐詩)의 발전 시기는 초당(初唐), 성당(盛唐), 중당(中唐), 만당(晩唐)의 네 기로 구분한다. 초당은 당나라 건국(618)~예종(睿宗)의 태극(太極) 원년(712), 성당은 현종의 개원(開元) 원년(713)~대종(代宗)의 영태(永泰) 원년(765), 중당은 대종의 대력(大曆) 원년(766)~문종(文宗)의 태화(太和) 9년(835), 만당은 문종의 개성(開成) 원년(836)~당나라의 멸망(907) 때이다.

수대는 중국 남북의 시가가 융합되던 시기로, 내용적으로는 육조의 여풍을 이어받은 궁체시가 시단을 지배했다. 따라서 전반적으로는 화려하면서도 염정적인 귀족 시풍이 주류를 이루었다. 전체적으로 강건한 시풍을 드러냈던 이 시기는, 비록 뛰어난 작가는 없었지만 양소(楊素, 544~ 603), 노사도(盧思道, 531?~582), 설도형(薛道衡, 540~609) 등이 활약했다. 일반 적으로 수나라는 초당에, 오대는 만당에 붙여서 이해하기도 한다.

수나라에서 초당에 이르는 기간에는 남북조의 문학을 융화시켜 새로 운 문학 풍조를 이룩하였으나, 대체로 형식미를 존중하는 유미주의를 그 대로 계승하였다. 그리하여 초당에는 제·량의 여풍을 계승하는 궁정 문 학이 성행했다. 이들의 형식미와 성율(聲律)의 추구는 마침내 심전기(沈佺 期, 656?~664), 송지문(宋之問, 656?~712)에 이르러 근체시 같은 개성적인 작 가들이 등장하고, 다시 진자앙(陳子昻, 659~700)처럼 형식주의를 반대하고 건안풍골(建安風骨)을 내세움으로써 성당의 번영을 준비하는 작가가 나오 는 계기를 마련하게 되었다. 산문은 변려문이 성행하여 문장 구절이 4 언·6언으로 더욱 규칙화됨으로써 흔히 '사륙문(四六文)'이라고도 불리는 산문을 형성하게 되었다.

성당은 중국 시가가 새로운 차원으로 발전한 시기이다. 시선(詩仙) 이백 (二伯, 701~762), 시성(詩聖) 두보(杜甫, 712~770), 시불(詩佛) 왕유(王維, ?~761) 등 새로운 경지의 시를 개척한 자연파 시인들이 등장했다. 또한 맹호연 (孟浩然, 689~740)은 왕유와 함께 자연과 산수를 노래했는데, 이 두 사람 을 일컬어 자연파 혹은 왕·맹시파(王孟詩派)라 불렀다. 그리고 고적(高適, 702?~765), 잠참(岑參, 715~770) 등은 변새(邊塞)의 낭만과 고통을 노래했다.

중당은 안녹산의 난(756~763) 등으로 정치·경제·문화 전반에 걸쳐 큰 변화가 일어났던 시기이다. 난이 평정되어 표면적으로는 안정된 분 위기였지만, 내부적으로는 복잡한 사회적 모순과 갈등이 차츰 심화되었 다. 이 혼란과 변화는 지식인들에게 사회 의식을 불러일으켜 현실주의 적인 경향이 두드러진 작품을 쓰게 했다. 시를 통하여 사회적 모순을 고발하려던 백거이(白居易, 772~846) 등의 신악부(新樂府) 운동은 그러한 배경 아래 나왔다. 백거이는 무식한 노인들도 알아들을 수 있는 평이한 시어를 쓰려했다.

또한 문장의 경우는 중기에 한유(韓愈, 768~824)와 유종원(柳宗元, 773~819)이 고문부흥운동을 일으켜, 그 당시 유행하던 내용이 없는 미문을 깨뜨리고 형식보다도 내용을 중시하게 되었다. 이 주장이 실제로 승리하게 되는 것은 다음 왕조인 송(宋)에 이르러서이지만, 근대 산문의 기초는 이 두 사람에 의해 이루어진 것이다. 이로써 이후 1천 년에 걸쳐 문장의 조상으로 숭앙받게 된다.

이 고문부흥운동은 한 가지 부산물을 낳았다. 곧 당대의 문학에 색채를 더한 전기문(傳奇文)이라는 단편소설이다. 진(晉)나라 때 발생한 소설은 소박한 문장으로 괴기한 이야기를 기록했을 뿐이었다. 그러나 이 소설은 한유와 유종원의 문장을 배워 청신한 문체를 사용했고, 이야기의 구성에도 재미를 더한 창작품이었다. 가령 원진(元稹, 779~831)의 『앵앵전(鶯鶯傳)』, 백행간(白行簡, ?~826)의 『이와전(李娃傳)』, 이공좌(李公佐, 770?~850?)의 『남가태수전(南柯太守傳)』, 두광정(杜光庭, 850~933)의 『규염객전(虬髯客傳)』 등 이외에도 여러 가지 특색 있는 작품이 그것이다.

만당에서 오대에 이르는 시기는 정치면에서 혼란이 극심했다. 중앙의 힘이 점점 약해지고 지방 세력들이 강성해가는 사회 현상으로 인해 학술과 문화는 빛이 바래기 시작했으며, 문학 역시 새로운 모습으로 변모하기 시작했다. 그리하여 이 시기에는 다시 문학의 형식과 사조(辭藻, 문장)를 중시하는 유미주의 풍조가 성행했다. 산문에 있어서도 다시 변려문15)이 성행하였다. 대표적인 작가들로는 두목(杜牧, 803~852), 이상은(李商隱, 813~858), 온정균(溫庭筠, 812~866) 등을 들 수 있다.

---

15) 변려문 : 가창하던 운문 부분과 강설(講說)하던 산문 부분을 엇섞어 일정한 고사를 기술한 형식. 원래는 불경을 민중에게 재미있고 쉽게 해설하여 주는 것으로 '불곡'이라고도 불렀다. 그러나 불교와 전혀 관계없는 작품들도 섞여 있다.

○ 작가와 작품

• 이백(二伯, 701~762)

　자는 태백(太白), 호는 청련(靑蓮)이며, 본관은 농서(隴西)이다. 출생지에 대해서는 여러 가지 설이 있으나 서기(西記)인으로 설명되며, 촉(蜀)에서 성장했다. 초년에는 민산(岷山)에 은거했으나 후에는 장강(長江) 일대의 명승지를 유람하고 제(齊)·노(魯)에 이르러 공소부(孔巢父)들과 교유하고 조래산(徂徠山)에 거처하며 '죽계육일(竹溪六逸)'이라는 호를 사용했다. 천보(天寶) 초에 도사 오균(吳筠)의 추천으로 경사(京師)에 들어갔다. 현종도 그의 재주를 매우 사랑하여 궁정에서 총애를 아끼지 않았고 함께 돌아다녔다. 안녹산이 난을 일으키자 이백은 영왕(永王) 이린(李璘)을 옹호하여 전란의 뒷수습을 하려다가 실패한다. 그러나 요행히 후에 곽자의(郭子儀)의 도움을 받아 살아 돌아왔다. 그때부터 만년의 이백은 더욱 멋대로 유산완수(遊山玩水)하고 술과 시에 정을 풀었다. 전하는 바로는 너무 술을 많이 마셔 선성(宣城)에서 취해 죽었다고 한다.

　이백은 매우 열정적인 낭만 시인이다. 그의 시는 모두가 자유분방하여 마치 천마가 하늘을 달리는 듯하고, 또한 황하의 강물이 천상에서 흐르는 듯 걷잡을 수가 없다. 그는 격률이나 수식에 주의를 하지 않았을 뿐만 아니라 옛 사람들의 시식이나 작풍도 무시했다. 그는 오로지 자기의 재기에만 의지하여 시를 창작하였다. 그의 작품은 『이태백전집(李太白全集)』 30권에 시가 978수, 부(賦) 8수, 표(表), 서(書), 서문(序文), 기(記), 송(頌), 명(銘), 제문(祭文) 등이 실려 있다.

　　꽃 사이에 한 동이 술을 놓고,
　　홀로 잔 기울이는데 대작할 벗이 없구나.
　　잔을 높이 들어 밝은 달을 맞이하니,

달과 나와 그림자가 합하여 셋이 되었구나.
달은 원래 술 마실 줄 모르고,
그림자만 나를 따라 마신다.
잠깐이나마 달과 그림자를 벗 삼아,
이 즐거움 봄까지 미치리라.
내가 노래하면 달빛도 춤을 추고,
내가 춤을 추면 그림자도 덩실덩실.
깨어서는 함께 어울려 기쁨을 나누지만,
취해서는 제각기 흩어지누나.
언제까지나 세속을 떠나 벗하자고,
서로 기약하며 먼 은하수에서 다시 만나기를.

— 이백, 「월하독작(月下獨酌)」 전문

이 작품에 드러난 적막과 고독, 그리고 인생에 대한 근원적 고민은 이백이 심취했던 도가의 세계를 잘 반영하고 있다. 그러나 이백의 시 세계가 이렇듯 낭만적 범주에만 머무른 것은 아니다. 그의 시가 불멸의 역사성을 지닌 이유는 그의 낭만적 시 세계가 현실 속에서 얻어진 것이기 때문이다.

왜 푸른 산중에 사느냐고 물어 봐도
대답 없이 빙그레 웃으니 마음이 한가롭다.
복숭아꽃 흐르는 물 따라 아득히 흘러가니
별천지 따로 있어 인간 세상이 아니네.

— 이백, 「산중문답(山中問答)」 전문

이 작품은 자연에 대한 동경과 낭만주의적 경향을 표출하고 있는 칠언절구의 시이다. 속세를 떠나 자연 속에 묻혀 한가로이 지내는 삶의 모습이 잘 드러나 있다. "푸른 산중"은 작가가 일생 동안 꿈꾸던 곳으로, 신선의 세계를 따라 흐르는 복숭아꽃의 모습을 통해 표현된다. 그곳에서 신선처럼 자유와 낭만을 만끽하며 사는 자신의 모습을 그려내고 있는 것이다. 이처럼 이백의 시는 대체적으로 현실을 초월한 낭만적 풍류를 주요 내용으로 하고 있다.

● 두보(杜甫, 712~770)

자는 자미(子美), 호는 소능(少陵), 호북(湖北)의 낭양(襄陽) 사람이다. 정치 참여를 열망했지만 궁핍한 생활로 인해 별로 두각을 나타내지 못하고 과거에도 급제하지 못했다. 오(吳)·월(越)·제(齊)·노(魯) 등 지방으로 돌아다니다가, 39세에 이르러 비로소 현종(玄宗)에게 삼대예부(三大禮賦)를 바치어 우위솔부주조(右衛率府冑曹)라는 작은 벼슬을 하나 얻었다. 안녹산의 난이 일어나자 한때 적군에게 사로잡혀 연금되었다가, 후에 간신히 도망해 봉상현(鳳翔縣)까지 제왕을 찾아와 숙종으로부터 좌습유(左拾遺)라는 벼슬을 받고, 화주(華州)의 사공참군(司功參軍)이 되었다. 그러다가 후에 촉으로 가게 되어 성도(成都) 완화계(浣花溪)에서 살았다. 전하기에는 너무나 오래 굶주리던 끝에 한꺼번에 쇠고기를 많이 먹어 죽었다고 한다. 두보는 평생을 곤궁에 빠져 허덕이며 유랑하다가 세상을 뜨고 말았다.

이백의 시가 대체적으로 현실을 초월한 낭만적 풍류를 주요 내용으로 하고 있다면, 두보의 시는 빈궁한 생활, 전란으로 인한 피난길 등 현실적인 삶의 체험들을 주요 내용으로 하고 있다. 두보의 사실주의적 시풍은 주대로부터 이어온 민가의 전통을 당대에서 새롭게 꽃피웠다고 할 수 있다. 두보의 시는 1,450수이며, 그 중 고체시와 악부시가 약 400수를 차지한다. 시 이외에 표, 부, 기, 설, 찬(贊), 술(述), 책문(策問), 문(文), 장(狀), 지(志) 등 모두 28편이 있다.

　　　바람이 빠르며 하늘이 높고 원숭이의 휘파람이 슬프니,
　　　맑은 물가 백사장엔 물새들 원을 그리며 나네.
　　　끝없이 펼쳐진 숲에는 낙엽만 쓸쓸히 떨어지고,

다함이 없는 장강만 도도히 흘러오네.
만리타향 슬픈 가을에 늘 나그네 신세,
한평생 병이 많아 홀로 등대에 오르네.
가난과 한으로 귀밑머리엔 서릿발 가득하고,
가슴앓이 도지니 한 잔 탁주를 마시며 한스런 마음을 달래네.

— 두보, 「등고(登高)」 전문

이 시는 세찬 가을바람에 낙엽이 우수수 떨어지는 쓸쓸한 언덕에 올라, 애국 충정과 인생의 회한을 노래한 두보의 대표작이다. 조락의 가을 정경에 조응된 인간의 유한함이 '끝없이 지는 나뭇잎'과 '다함없이 이어지는 긴 강물'에 비유되어, 자연의 유구함과 인생의 무상함을 느끼게 하고 있다. 이러한 그의 작품 세계는 노년에 촉나라의 성도에 은거하면서부터 새롭게 표현되고 있는데, 과거의 처량함과 격분의 감정은 점차 사라지고 담담하면서도 자적(自適)한 심경이 자리 잡고 있다. 이렇듯 격정이 삭아든 탈속의 경지는 이백과 같은 도교적 탈속이 아닌 생활 속에서 만들어진 관조의 세계라 할 수 있다.

• 왕유(王維, 698~759)

자는 마힐(摩詰)이며 하동(河東) 사람이다. 맹호연(孟浩然, 689~740)과 함께 자연파 또는 왕·맹시파(王孟詩派)로 불린다. 어려서부터 불교 사상의 영향을 깊이 받고 자랐다. 개원(開元) 중의 진사로 우습유(右拾遺), 감찰어사(監察御使), 중서사인(中書舍人), 급사중(給事中), 상서우승(尙書右丞) 등 관직을 역임했다. 그는 음악과 회화에도 능통한 예술가로서, 그의 시는 언제나 그림과 함께 쓰였으며, 필치가 맑고 유연하여 산수파의 개조라 일컬어진다. 특히 만년에 그가 망천(輞川)에서 지은 작품은 자연의 풍미가 감돌고 있다. 현재 400여 수가 전해지고 있다.

적막한 산에 비 내리고 개어,
저녁 무렵 날씨는 가을답구나.
명월은 솔잎 사이로 빛나고,
맑은 샘은 반석 위로 흐르네.
대나무 숲 너머 빨래하던 아낙들 왁자지껄 돌아오고,
연꽃 사이로 고깃배 강 따라 내려가네.
봄날 꽃잎 자연스레 흩날리고,
왕손들 스스로 이곳에 머무네.

— 왕유, 「산거추명(山居秋暝)」 전문

이 시는 화가적인 관찰로 산수를 바라본 후, 자연스러운 시어로 화면을 재구성하는 독특한 시각적 특징을 보여주고 있다. 또한 그의 시는 동(動)을 통한 정(靜)의 세계를 견지하고 있기도 하다.

● 백거이(白居易, 772~846)

자는 낙천(樂天), 호는 향산거사(香山居士)로서 하규(下邽) 사람이다. 정원(貞元)에는 진사, 헌종(憲宗) 때는 한림학사가 되었다. 좌찬선대부(左贊善大夫)를 지내다 강주(江州) 사마(司馬)로 폄적(貶謫)되었고, 또다시 문종 때 태자소부(太子小傅)와 형부상서를 지냈다. 백거이는 원래 낙천주의의 취향을 지닌 시인이었다. 그러나 사회와 백성들을 돕겠다는 정열이 너무나 강하여, 마침내 민중을 위해 호소하는 사회문학가가 되었다. 그의 문학 성향은 매우 극단적이어서 풍설(風雪)을 즐기고, 화초를 읊는 따위는 문학이 아니라고 주장했다. 그는 문장은 때에 맞추어 지어야 하고 시가는 사건에 맞추어 지어야 한다고 생각했다. 즉, 문학은 어디까지나 인생에 유익해야 한다고 믿었다. 그리하여 그는 편견을 버리고 모든 백성의 괴로움을 나타내는 작품을 썼다.

이와 같이 현실에 대한 관심을 시로 표현하던 시인들의 작품을 신악부(新樂府)라 불렀다. 그는 「신악부서」에서 "결론적으로 임금을 위해서, 신하를 위해서, 백성을 위해서, 사물을 위해서, 사건을 위해서 지어야 하며, 글을 위한 글을 지어서는 안 된다"라는 자신의 신악부관(新樂府觀)을 밝히고 있다. 형식주의를 반대했으며, 작품의 생명력은 생활 속에서 얻어져야 한다고 강조했다. 또한 형식과 내용은 조화되어야 하며, 형식은 내용에 의해 결정되어야 하고, 내용을 위해 존재해야 한다는 새로운 문학관을 제시하기도 했다. 백거이는 일생 동안 3,688수를 남겼는데, 대표작으로는 「장한가(長恨歌)」와 「비파행(琵琶行)」 등을 들 수 있다.

신풍(新豐)의 늙은 할아버지 나이가 여든여덟.
머리와 수염 눈썹이 눈같이 희네.
현손(玄孫)의 부축을 받으며 가게 앞을 지나가는데,
왼팔은 어깨를 잡고 있으나 오른팔은 부러져 있네.
할아버지에게 팔 잃은 지 몇 년이며
어찌하여 잃었는가 여쭤보네.
할아버지 말하기를 본관은 신풍으로,
태평성대(太平聖代)에 태어나서 전쟁 없었고,
이원(梨園)의 음악소리 즐겨 들으면서,
깃발, 창, 활 따위는 모르며 살았다오.
그런데 뜻밖에 천보(天寶) 시대가 되자 대규모 징병 있어,
집집마다 세 젊은이 중 한 사람이 징집되었소.
잡아끌고 가는 곳이 어딘가 했더니,
무더운 오월 만리길 멀리 운남(雲南)으로 갔다오.
듣자니 운남에는 노수(瀘水)가 있어,
산초(山椒)꽃 질 때 되면 독기가 끓어오른다오.
대군이 건너자니 끓는 물 같고,
채 건너기도 전에 열 명 중 두서너 명은 죽었다오.
마을마다 슬픈 울음소리 가득하니,
자식은 부모와 남편은 마누라와 이별하였소.
모두들 말하기를 이제껏 오랑캐를 친다면서,

천만인이 갔었건만 한 명도 돌아오지 않았다고 합디다.
그때 내 나이 스물넷으로,
병부의 명단에 이름이 있었소.
깊은 밤 아무도 알지 못하게,
남몰래 큰 돌 집어 팔을 부러뜨렸소.
활 당기고 깃발 들기 감당할 수 없으니,
비로소 운남 징벌 면하게 되었소.
뼈 부서지고 근육 상함이 어찌 괴롭지 않으리오만,
고향에 돌아가기만 바랄 뿐이었지요.
이 팔 부러진 지 육십 년,
한 팔 비록 상했으나 온몸은 온전하오.
지금도 비바람 추운 밤이면,
아침까지 아파 잠 못 이루오.
아파 잠 못 이루어도 평생 후회 없으니,
늙은 몸 지금까지 살아 있음만으로도 기쁘오.
그렇지 않으면 그때 노수 가에서,
이 몸 죽어 혼은 날아가고 뼈도 거두지 못했으리.
운남의 망향귀(望鄕鬼) 되어,
뭇무덤 배회하며 엉엉 통곡했을 것이오.
이 노인 말 그대 들어보게.
그대는 모르는가.
개원(開元) 명상(名相) 송경(宋璟)은,
변방의 공을 드러내지 않으며 헛된 무력을 막았음을!
또, 그대는 듣지 못하는가,
천보의 재상 양국충(楊國忠)은,
오로지 나가 싸워 공을 세우고자 했으나,
공도 못 세우고 사람들의 원성만 쌓았음을,
부디 신풍의 노인에게 삼가 여쭤보시오.

— 백거이, 「신풍절비옹(新豊折臂翁)」 전문

　백거이는 자신이 시를 쓰는 목표는 온 세상 사람들을 위하여 사회의 부정을 고발하는 풍유에 있다고 선언하였다.[16) 위의 작품에서처럼 그의

---

16) 백거이, 『여원구서(與元九書)』 참조.

이러한 현실주의적 작품들은 당시의 폐정을 고발하는 사회적 기능 외에, 통속적인 언어와 리듬으로 서민 대중에게 깊이 수용되었다.

• 한유(韓愈, 768~824)

자는 퇴지(退之), 하남(河南)의 남양(南陽) 사람이다. 선조가 창려(昌黎)에 살았으므로 그를 한창려라고 했다. 25세에 진사가 된 후 29세에 벼슬길에 들어 사문박사(四門博士), 감찰어사(監察御使) 등을 지냈다. 원화(元和) 10년(815)에는 「간영불골표(諫迎佛骨表)」를 지어 헌종(憲宗)의 노여움을 사 조주자사(潮州刺史)로 좌천되었으나, 후에 목종(穆宗)의 부름으로 수도로 돌아와 이부시랑(吏部侍郎)이 되었다. 그는 유종원(柳宗元, 773~819)과 함께 고문운동을 전개하였는데, 고문가의 이론을 집대성하고 뛰어난 문장력을 구사하면서 설득력 있게 활동하였다. 이에 부응하여 사상성과 예술성을 겸비한 그는 빼어난 산문들을 남겼는데, 논설문, 서정 산문 등을 한층 높은 예술적 차원으로 끌어올렸다.

그의 대표적 산문으로는, 서정산문 「제십이랑문(祭十二郎文)」, 「제정부인문(祭鄭夫人文)」이 있고, 논설문 「간영불골표(諫迎佛骨表)」, 「원도(原道)」, 「사설(師說)」 등이 있다.

옛날의 학자는 반드시 스승이 있었다. 스승은 성인의 도를 전하고, 성현의 글을 가르쳐 주며, 사람의 의혹을 풀어주는 사람이다. 사람은 날 때부터 아는 자가 아니다. 누군들 의혹이 없을까. 의혹을 가지고도 스승을 찾아 배우지 않는다면 그 의혹은 끝내 풀지 못하고 말 것이다. 나보다 먼저 태어나서, 또 나보다 먼저 도를 들어 깨달은 자라면, 그를 스승으로 따라야 한다. 어찌 나이가 나보다 먼저이고 뒤인 것을 따질 것인가. 진실로 배움에는 신분의 귀천도, 나이의 많고 적음도 따로 없는 것이다.

아아! 사제의 도가 끊어진지 이미 오래 되었으니, 사람들의 의혹이 없기를 바라기 어렵다. 옛 성인은 보통 사람들보다 매우 뛰어났지만, 그래도 훌륭한 스승을 찾아 도를 물었다. 그러나 오늘 사람들은 성인보다 훨씬 뒤떨어졌지만, 스승에게 배우기를 부끄럽게 생각한다. 이 때문에 성인은 더욱 성인이 되고 어리석은 자는 더욱 어리석게 된다. 성인의 성인됨과 어리석은 자의 어리석음은 모두 여기에서 나온다.

지금 사람들은 자기 자식을 몹시 사랑하고 귀중히 여겨서 좋은 스승을 가려 글을 가르친다. 그러나 자기 자신은 스승을 두고 배우는 일을 몹시 부끄럽게 생각하니, 자기 자신은 사랑하지 않는다는 것인가. 참으로 미혹하기 이를 데 없는 생각이 아닐 수 없다. 자식을 가르치는 스승은 다만 책의 구절풀이나 읽는 법을 가르쳐 주는 것뿐, 도를 전하지도 의혹을 풀어주지도 않는다. 그러한 스승은 겨우 문자를 해독하는 초보적인 것을 가르치는 것이다. 다시 말하여, 소인의 학에는 스승을 두면서, 도를 전해 받고 의혹을 푸는 대인의 학에는 스승을 두고 따를 줄 모르니, 이것은 분명 적은 것은 배우고 큰 것은 배우지 아니함이다. 이 얼마나 어리석고 짧은 생각인가.

무당, 의사, 소경, 악사 그리고 모든 특수한 기술을 가진 사람들은 서로 스승이 되어 배우기를 부끄럽게 여기지 않는다. 그런데 이른바 사대부들은 무리지어 서로 스승이니 제자니 하는 사람들을 비웃는다. 그 까닭을 물으면, "누구와 누구는 서로 나이가 같고, 도가 비슷한데 스승 제자 사이라고 하는 것은 우습지 않은가"라고 대답한다. 지금 사람들은 도가 아무리 높아도 자기보다 지위가 낮으면 그에게 배우기를 수치로 알고, 또 자기보다 지위가 높은 사람을 스승으로 삼으면 아첨하는 것이라고들 생각한다. 아! 애달프다! 오늘날의 사도가 옛날로 돌아가기 참으로 어렵겠구나! 오늘날 대인의 학을 모르는 군자들은 무당, 의사, 소경, 악사 그밖에 특수 기술자들을 천하게 여겨 낮추어본다. 그러나 그네들은 비록 지위 높은 사대부요 군자이지만 소인의 학에서 멈추어버렸으니, 오히려 지혜로 말하면 천한 일을 하는 사람들보다 못한 것이다.

성인은 본래 일정한 스승이 따로 없다. 위나라 대부 공손자가 공자의 제자 자공에게 물었다. "당신네 스승 공자께서는 어디서 누구에게 배우셨습니까?" 자공이 대답하기를 "우리 스승님께서는 어디든 가서 배우지 않는 곳이 없습니다. 따라서 어디서 누구에게 배웠다는 일정한 스승이 없습니다"라고 말했다. 참으로 성인 공자는 옛 성인의 도가 있는 곳은 다 배울 곳이요, 이 도를 아는 사람은 다 스승이라고 생각하였던 것이다. 그러기에 공자는 담나라의 임금 담자, 주나라의 대부 장홍, 노나라의 악관 사양, 도가의 시조 노자에게 가르침을 받았다. 공자는 담자보다도 훨씬 현명하였지만 그래도 소호씨, 황제, 염제, 복희씨 등 고대 제왕의 관을 물어 배움을 받았고, 장홍에게는 음악을, 사양에게는 거문고를, 노자에게는 예를 배웠다.

일찍이 공자께서는 말씀하셨다. "세 사람이 함께 길을 걸어가면 반드시 나의 스승으로 본받을 만한 사람이 있다. 곧 그 사람 가운데 선행을 보게 되면 가려서 그 선을 본받을 것이요, 불선(不善)한 사람들을 보게 되면 스스로를 돌아보고 자신의 잘못을 고쳐 나가야 한다"라고.

그러므로 제자라고 해서 반드시 스승만 못한 것이 아니며, 스승이라고 반드시 제자보다 현명한 것은 아니다. 다만 도를 듣고 깨닫는 것이 나보다 먼저인가 뒤인가 판단하여 그를 스승으로 삼아야 하며, 또한 술업(術業)은 전문적 연구이므로, 그 분야에 정통한 사람을 스승으로 삼아야 한다. 여기에 무슨 귀천과 노소가 따로 있을 수 있겠는가!

정원 19년에 진사에 급제한 이씨의 아들 반은 나이 겨우 17세에 옛 학문을 좋아하여 시, 서, 역, 춘추, 예, 악 등 육경의 옛 성현의 글을 남김없이 배워 통달하였다. 당시에는 스승을 두고 제자가 되는 일을 수치로 알던 세태의 시대였다. 그럼에도 불구하고 이 사람은 아랑곳없이 나에게 배우기를 희망했다. 이런 세상에 이런 사람이 있다니! 나는 옛 성인의 도를 행하려는 그의 고귀한 정신을 가상히 여겨 이 사설을 지어 그에게 보낸다.

— 한유, 「사설(師說)」 전문

위의 글은 스승에 대한 해설이다. 이 글에서 그는, 사람이란 모름지기 도가 있는 군자를 스승으로 삼아 옛 성인의 도를 배움으로써 비로소 사람이라 할 수 있다고 말한다. 그런데 옛날에는 도가 세상에 행해지면 배움에 노소귀천이 없이 누구든지 도가 있는 사람이면 기꺼이 스승으로 삼았다고 한다. 그러나 당대에 이르러서 사람들은 스승을 삼고 제자가 되는 것을 가려서 한다는 것이다. 한유는 이러한 잘못된 세상인정을 개탄하고 이를 깨우쳐 주기 위해 이러한 글을 썼다.

• **두목**(杜牧, 803~852)

자는 목지(牧之)이며, 협서(陝西)의 장안(長安)에서 출생하였다. 만당 시인 중 가장 뛰어난 인물이다. 두보와 비견하여 '소두(小杜)'라고 불렀다. 관찰사 등의 많은 관직을 거쳤으며, 호방하고 낭만적인 성격으로 많은 염문을 만들기도 했다. 생동감 있는 7언의 율시와 절구에 뛰어났으며, 맑고 함축성 있는 시어를 구사하여 격조를 높였다. 특히 7언 율시는 두보의 만년 시풍을 많이 닮아 있다.

젊었을 때 「아방궁부(阿房宮賦)」로 일약 문명(文名)을 떨쳤으며, 『번천문집(樊川文集)』 20권, 『번천시집(樊川詩集)』 7권에 그의 작품을 남기고 있다.

> 저 멀리 서늘한 산 오르니 자갈길 경사져 있고,
> 흰 구름 피어나는 곳에 아련히 인가가 보이네.
> 수레를 멈추고 앉아 황혼 진 단풍을 즐기노니,
> 물든 잎이 봄꽃보다 더 붉네.
>
> — 두목, 「산행(山行)」 전문

당나라 말기의 낭만주의의 흐름에서 그의 시풍은 화려함 속에 기골을 내함하고 있고, 특히 그의 칠언절구의 서경시는 뛰어난 걸작이 많다. 위의 시 역시 산행을 하면서 그 서경을 함축적으로 그려내고 있다.

2. 송대 문학

후주(後周)의 금군(禁軍) 조광윤(趙匡胤)이 당·오대의 혼란한 틈을 타 960년 개봉(開封)으로부터 40여 리 떨어진 진교역(陳橋驛)에서 '진교병변'을 일으켜 후주 정권을 탈취하고 송(宋)을 건립하였다. 송 개국 초기에 태조와 태종은 중앙집권제를 실시하여 기본적으로 중원과 남방의 통일을 이룩하였지만, 서북 지역에는 거란족(契丹族)이 요(遼)를, 당항족(黨項族)이 서하(西夏)를 건립하였고, 그 밖에 소수 민족 정권이 있었다. 그런데 1127년 동북 지구의 여진족이 송 왕조 내부의 위기를 틈타 개봉을 침략하여, 송의 휘종(徽宗), 흠종(欽宗)을 포로로 잡고 금(金)을 건국하였다. 이에 흠종의 아우인 강왕조구(康王趙構)는 남쪽으로 장강을 넘어 임안(臨安, 현 浙江省杭州)에서 국호를 남송(南宋)이라 하고 등극했다. 이로부터 중국은 송·금의 정치적인 대립을 이루게 되었고, 뒤이어 몽골족이 일어나 칭기즈 칸(成吉思汗)이 부족을 통일한 다음, 중국 통일을 위하여 동정을 시작하였다. 서요(西遼), 고창(高昌), 서하(西夏), 금(金), 대리(大理), 토번(吐蕃) 등의 소수 민족 정권을 정복하고 남송을 멸망시킨 뒤, 마침내 중원을 통일하였다. 송으로부터 원말까지는 400년이다.

송나라 때에는 이학(理學)이 크게 발전하였는데, 유가 경전에 대한 새로운 해석을 바탕으로 다시 체계화한 것이다. 이학의 내용은 확대되어 우주·인생 문제 등 포괄하지 않는 것이 없었다. 이렇게 사상, 과학, 상업의 신속한 발전으로 사회 구조의 변화가 일어나기 시작하였고 문화적인 양상도 달라졌다. 그 가운데 가장 뚜렷한 것은 시민 문화가 사회의 새로운 힘으로 등장한 것이다. 이것은 송대 학술의 주요한 정신이었다. 송대 사회 문화의 중심 세력이 새로운 지식 계층 및 시민 계층으로 옮겨가면서, 모든 사회 구조는 크게 변화하였다.

당대에 이어 송대 역시 시가 문학이 크게 성행하였다. 중국 문학사에 있어서 송대의 문학은 사(詞)라고 특징지을 만큼 사의 전성기였으나, 송시 또한 독특한 특색을 갖추고 있다. 그럼에도 불구하고 시가 사만큼 찬사를 받지 못한 것은 문학 발전 추세에도 그 원인이 있지만, 명대의 전·후 칠자(前後七子)가 "글은 반드시 진·한을 따르고, 시는 반드시 성당을 따라야 한다"라고 표방하고 나선 데 있다. 송시의 작품 양은 전당시(全唐詩)의 몇 배를 추월하고 있다. 가령 소식(蘇軾)은 2,700여 수, 양만리(楊萬里)는 4,000여 수, 육유(陸游, 1125~1210)는 10,000여 수의 작품을 내놓은 것이다. 또한 주희(朱熹, 1130~1200)는 1,200여 수가 넘게 창작했는데, 이 숫자는 당나라 때 두보와 이백의 시보다 훨씬 많다. 이로 미루어

송시의 성황을 짐작하고도 남는다.

북송시(北宋詩) '서곤파(西崑派)'의 대표적인 시인으로는 전유연(錢惟演, 96
2~1034), 매요신(梅堯臣, 1002~1060), 소순흠(蘇舜欽, 1008~1048), 왕안석(王安石,
1021~1086), 소식(蘇軾, 1037~1101) 등이 있다. 또한 북송시 '강서시파(江西
詩派)'로는 황정견(黃庭堅, 1045~1105), 진사도(陳師道, 1053~1101) 등이 있다.
그리고 남송시(南宋詩)의 '남도 4가(南渡四家)', '강호시인(江湖詩人)' 등이 등
장했다.

사(詞)는 당나라 때 민간에서 발생하여 경제의 발전과 문화의 성장에
따라 점차 대중화되기 시작하였던 음악 문학으로, 송대에 이르러서 '송
사(宋詞)'라 부를 만큼 중요한 문학 장르로 정착하였다. 사는 제왕, 경상,
문인, 승려를 비롯하여 기녀들에 이르기까지 모든 사람들에 의하여 지
어졌으며, 그만큼 널리 유행하였다. 이러한 사의 발전은 구양수 등에 의
한 고문의 성행 및 새로운 송시의 유행과 궤를 같이 한다. 북송사(北宋
詞) '화간사풍(花間詞風)'의 대표적인 시인으로 안수(晏殊, 991~1055), 구양수
(歐陽修, 1007~1072) 등이 등장하였다. 남송사(南宋詞)의 '호방파(豪放派)'로는
육유(陸游, 1125~1210), '격률파(格律派)'로는 강기(姜夔, 1155~1221?) 등이 등
장하였다.

무엇보다도 중당대에 한유와 유종원에 의해 제창되었던 고문운동이
송대에 와서 성공을 거두었다. 구양수(歐陽修, 1007~1072)를 비롯하여 소
식(蘇軾, 1036~1101) 삼부자와 증공(曾鞏, 1019~1083), 왕안석(王安石, 1021~
1086) 등 이른바 육대가(六大家)가 등장함으로써 고문운동을 완성하게 된
것이다.

북·남송을 통한 도시 경제의 발달로 인하여 시민들의 연락(宴樂)은
곧 여러 가지 민간 연예를 발전시켰다. 그 중에서도 주목할 것은 강창
(講唱), 가무희(歌舞戲), 골계희(滑稽戲)이다. 강창은 성당 때 시작되었던 변
문에서 발전한 것으로, 산문인 강설과 운문인 가창을 엇섞어 어떤 이야

기를 사람들에게 들려주던 형식의 연예이다. 강창은 백화로 쓰인 본격적인 소설을 발전시켰다. 곧 문언문으로 쓰인 전기(傳奇)가 아니라 민간에서 발생한 백화소설(白話小說)이 출현한 것이다. 가무희와 골계희는 강창과 함께 마침내 중국의 고전 희극을 완성시켰다.

○ 작가와 작품

• 매요신(梅堯臣, 1002~1060)

자는 성유(聖兪)이며, 안휘(安徽) 선성(宣城) 사람인데 선성의 옛 이름을 완릉(宛陵)이라고 하였기 때문에, 그를 매완릉(梅宛陵)이라고 부르기도 한다. 벼슬길이 잘 열리지 않아 50여 세 때 진사가 되어 상서도관원외랑(尙書都官員外郞)에 이르렀다. 시에 있어서 그는 소순흠(蘇舜欽)과 이름을 나란히 하였기 때문에, 일컫기를 '소·매(蘇梅)'라고도 하였다. 그는 시경, 초사와 이백, 두보 등의 현실주의적인 시가의 전통을 이어받을 것을 강조함으로써 자연히 서곤파와는 대립적이었으며, 시풍의 담백함을 주장하였다. 즉 서곤파의 시가 경전이나 고사의 사용 그리고 화려한 대구를 만드는 데 치중하던 것에 반해, 그는 시란 원래 자기감정을 꾸밈없이 솔직하게 표현해야 한다고 주장하였다. 그리하여 그는 평범한 사물 가운데서 인간의 진실을 찾아 묘사하려 했다. 그가 남긴 작품은 『완릉선생집(宛陵先生集)』 60권, 『주손자(注孫子)』 13편에 수록되어 있다.

들의 정취와 어우러져,
산들은 높고 또 낮구나.
많은 봉우리들 곳에 따라 바뀌니,
오솔길을 홀로 걷다가 길 잃겠네.
서리 내리고 곰은 나무를 기어오르는데,

숲 속은 고요하고 사슴은 시냇물을 마시네.
인가는 어디메쯤 있는가?
구름 저편에 닭 울음소리 들리는구나.

— 매요신, 「노산산행(魯山山行)」 전문

　노산(魯山)은 일명 노산(露山)이라고도 하는데, 하남성 노산현 동북쪽에 있는 산이며, 양성현(襄城縣) 서남쪽과 접경하고 있다. 위의 시는 매요신이 양성현 현령으로 있을 때 지은 것이다. 산행의 그윽하고 적막한 정취를 형식이나 격률에 얽매이지 않고 평정한 자세로 담담하게 서술하고 있다.

● 왕안석(王安石, 1021~1086)

　자는 개포(介甫), 호는 반산(半山)이다. 임천(臨川, 현 江西省撫州) 사람으로 소관료 집안에서 태어났다. 북송 때의 정치가·사상가·문학가로서 시의 혁신운동을 적극 추진하였다. 고문가(古文家)로서는 당·송 8대가 중의 한사람이다. 인종 경력(慶曆) 2년(1042) 때에 진사가 되어 강절(江浙) 일대에서 17년 동안 지방관을 역임하였는데, 이때부터 폐정(弊政)의 개혁을 추진하기 시작하였다. 특히 신종의 신임을 받아 여러 방면의 새로운 법을 실시하였다. 희녕 9년(1076)에 재상을 사직하고 강녕(江寧)에 은거하며 오로지 학술 연구와 시작(詩作)에 몰두하였다.
　왕안석의 시가는 1,500여 수가 넘으며 그 특색은 초기와 후기 시로 설명할 수 있다. 곧, 그의 시작 초기에는 두보·한유의 영향을 받아 형식적인 면에서는 산문성이 짙고, 내용적인 면에서는 대부분 정치·사회적인 것을 소재로 하고 있다. 그리고 후기로 접어들어서는 비평성이 강한 시보다는 정경을 묘사한 참신하고 미려한 시들을 내놓고 있다.

그의 대표적 글은, 문학관 서적인 『자설(字說)』, 『영락대전(永樂大典)』에
서의 재편본(再編本) 『주관신의(周官新義)』 16권이 현존한다.

> 진강 어구의 과주(瓜洲)는 한 줄이 하천 사이,
> 종산(鐘山)은 다만 몇 겹의 산과 떨어져 있을 뿐.
> 봄바람 불어 또 강남의 언덕이 푸르른데,
> 밝은 달은 어느 때나 내가 돌아옴을 비출 것인가.
>
> — 왕안석, 「박선과주(泊船瓜州)」 전문

이 시는 희녕 8년(1075) 2월에 재상에 재발탁되어 수도로 가는 도중
과주에 정박해 있는 동안 지은 시이다. 정(情)을 경(景)에 담아 표현한 예
술적인 격조가 뛰어난 시라고 할 수 있다.

• 구양수(歐陽修, 1007~1072)

자는 영숙(永叔), 시호(諡號)는 문충이다. 광릉(廣陵) 사람으로 벼슬은 추
밀부사(樞密副使), 참지정사(參知政事)까지 지냈고 또한 태자소사(太子小師)를
지냈다. 송대 고문운동의 선구자로서, 명도(明道)의 정통 이론을 주장하
였다. 시(詩)의 작풍은 여리며 화려하고, 또한 담아하면서도 자연스러운
것이 특색이다. 그리고 사(詞)는 여리고 고운 정취를 보이고 있다. 이는
오대의 사풍을 그대로 이어받았다고 할 수 있다. 그의 사작(詞作)은 비교
적 많은 편이며 『육일사(六一詞)』와 『취옹정위외편(醉翁情趣外篇)』에 200여
수가 수록되어 있다. 그는 주로 문인 학사들의 한가로운 정취와 남녀
간의 사랑·이별 등을 제재로 사를 지었는데, 엄격한 고문운동가이면서
염정의 소사(小詞)를 즐겨 지었다.
구양수의 고문운동이 성공할 수 있었던 것은, 물론 시대적인 추세도
있었지만 가장 중요한 요인은 작품이 탁월했기 때문이다. 그는 변려문

과 같은 공허한 내용의 형식주의를 반대하였고, 고문의 중요성을 인식
시켰다. 그의 작품은 이해하기 어려운 문자를 사용하지 않아 일반적으
로 쉽게 받아들여졌다. 곧 그의 모든 문장들은 매우 평이하고 서술이
간명하여 오히려 설득력을 지니고 있었던 것이다.

> 지난해 대보름날 밤에는,
> 화시(花市)의 등불 대낮처럼 밝았네.
> 달은 버들가지 끝에 떠오르고,
> 임은 해진 뒤 만나기로 약속하였네.
> 올해의 대보름날 밤에도,
> 달과 등불은 예나 다름없건만,
> 그리운 나의 임은 아니 보이니,
> 눈물은 봄옷의 소매를 적시네.
>
> — 구양수, 「생사자(生査子)」 전문

　구양수는 만사(慢詞)의 창작과 시험, 과감한 창조의 정신 등으로 사
의 발전에 공헌했다. 또한 구어와 속어의 자유스러운 구사로 사의 표
현에 있어서 넓은 기초를 마련하여 후세의 사인들에게 큰 영향을 끼
쳤다.

> 만일 해가 떠서 수풀에 안개 자욱하면, 구름이 바위굴로 돌아가 어두워진다.
> 이렇게 어둡고 밝음이 번갈아 드는 것이 산간의 아침과 저녁 풍경이다. 봄에는
> 들꽃이 피어나 그윽한 향기가 일고, 여름에는 싱싱한 나무들이 저 높이 빼어나
> 무성한 그늘을 이루고, 가을이면 높은 바람에 밝은 이슬 맺히고, 겨울이면 시냇
> 물 말라 하얀 돌들이 모습을 드러내는, 이 모두가 산간에 번갈아 드는 네 계절
> 의 풍경이다. 아침에 나가 저녁에 돌아오는 데도 산간의 경치가 같지 않으니,
> 즐거움 또한 다함이 없다.
> 　등에 짐을 진 사람은 길을 가며 노래하고, 지나가는 나그네는 나무 그늘 아
> 래에서 쉬고, 앞에 가는 자는 부르고, 뒤에 선 자는 대답하고, 허리를 구부려
> 손에 손을 잡고, 오고 가고, 가고 오는 사람이 끊이지 않으니, 저주(滁州) 사람

들의 즐거이 오르내리는 광경이다.

　시내에 다 달아 고기를 낚으면, 시내가 깊어서 고기가 살쪄 있다. 그 물로 술을 빚으면, 물이 향기로워 술이 맑다. 산채 요리에 들나물 섞어 손님들 앞에 늘어놓으니, 이것은 태수의 잔치하는 광경이다. 잔치에 술을 즐기며 흥이 한참 무르녹는다. 그 흥은 거문고 타고 피리 부는 관현(管絃)의 음악이 있어서가 아니라, 활쏘기·바둑두기를 벌여, 지는 사람에게 벌주를 안기는 데 있다. 쇠뿔로 만든 벌주잔을 세는 산가지가 이리저리 뒤섞여 있는데, 일어났다 앉았다 와자지껄 떠들어대는 것은, 여러 손님들의 즐거워하는 모습들이다. 그 가운데 푸르죽죽한 얼굴에 백발을 하고 넘어져 있는 이가 있으니, 이는 바로 태수가 취한 것이다.

　이미 석양이 산에 걸려 있고, 사람 그림자가 어지러이 흩어진다. 태수가 집으로 돌아가고 손님들이 서로 뒤따라 돌아간다. 우거진 숲 속에 그늘이 져 어두워지고, 여기저기 오르내리며 새는 즐겁게 노래한다. 그러나 날짐승은 산림의 낙만을 알고 사람의 낙을 알지 못하며, 손님들은 태수의 놀이를 쫓아 즐길 줄만 알고, 태수가 모든 사람들의 즐거움을 자기의 즐거움으로 하고 있다는 것을 모른다. 취해서는 사람들과 더불어 즐기고, 깨어서는 붓을 들고 그 마음을 글로 쓰는 자가 곧 태수다. 태수란 대체 누구를 말하는가? 여릉(廬陵) 사람 구양수이다.

— 구양수, 「취옹정기(醉翁亭記)」 부분

　'취옹'은 구양수의 호이다. 이 글은 구양수가 저주의 지사로 있을 때 정자를 세워 '취옹정'이라 이름하고 산수자연의 아름다움과 아울러 산수의 즐거움을 엮어낸 것이다.

• 소식(蘇軾, 1036～1101)

　자는 자첨(子瞻), 자호(自號)는 동파거사(東坡居士)로, 사천(四川) 미산(眉山)에서 태어났다. 아버지 순(洵) 그리고 아우 철(轍)과 함께 '3소(三蘇)'라고 불렸다. 또한 당·송 8대가에 속했다. 그는 시, 사, 문, 음악, 서법 등에 깊은 조예가 있었고, 정치에도 탁월한 견해를 지니고 있었다. 스물한 살 때 진사가 되어 벼슬길에 들었으나, 북송 때의 격렬한 변법운동

(變法運動) 및 신구 당쟁의 소용돌이 속에서 몇 차례 좌천당하는 등 정치
적으로 불운을 겪었다. 휘종(徽宗)이 왕위를 이은 뒤에 귀양에서 풀려나
수도로 돌아가는 도중 상주(常州)에서 병사하였다. 『소식전집(蘇軾全集)』에
모두 2,712수가 실려 있으며, 당시의 여러 가지 경험들은 모두 그의 시
의 소재가 되었다. 또한 그는 '호방파'의 창시자가 되어 많은 시작품
을 남겼다.

> 십 년 동안 이승과 저승이 아득하여,
> 생각지 않으려 해도,
> 잊을 수 없네.
> 천리 밖의 외로운 무덤,
> 이 슬픔 어디에다 호소하랴.
> 설령 만난다 해도 알아볼 길 없으니,
> 초췌한 얼굴,
> 귀밑머리 서릿발 같네.
> 꿈결에 고향으로 돌아가니,
> 안방 창가에서,
> 당신이 머리를 빗고 있었소.
> 아무 말 없이 서로 마주 바라보며,
> 오직 눈물만 주룩주룩 흘렸소.
> 생각하니 해마다 애간장 태우던 곳은,
> 밝은 달밤,
> 애솔나무 그 언덕.

— 소식, 「강성자(江城子)」(乙卯正月 二十日夜記夢)

을묘년은 신종 원풍 8년(1085)으로 소식이 밀주(현 산동성 제성현)의 지
방 장관으로 있을 때이며, 이 사는 죽은 아내 왕부인을 애도하여 쓴 것
이다. 그녀가 죽은 지 10여 년 동안 그는 어지러운 정치 상황에서 여러
차례 관직을 바꾸며 사방으로 옮겨 다녔다. 그 동안 몸은 몹시 노쇠해
졌고, 꿈에 부인을 만나자 충격과 큰 슬픔이 밀려왔다. 이 사의 내용은

아무런 꾸밈이 없이 마치 일상적인 이야기를 하듯 한마디 한마디 엮어
나감으로써 작자의 진실한 감정을 토로하고 있다.

3. 원대 문학(元代文學)

송 영종(寧宗) 개희(開禧) 2년(1206), 테무친(鐵
木眞)은 오랜 동안의 몽골 내부 분열을 종식하고 몽골 제국을 건립하였
다. 아울러 그를 칭기즈 칸(成吉思汗)으로 높여 불렀다. 그는 곧 정치·군
사적인 내부의 정비로 국가 기반을 튼튼히 하고, 서하(西夏)·금(金)을 공
벌하는가 하면, 러시아·헝가리·폴란드 등까지 정복하였다.

송 도종(度宗) 함순(咸淳) 7년(1271)에 칭기즈 칸의 손자 쿠빌라이(忽必烈)
가 『역경(易經)』의 '건원(乾元)'에서 뜻을 참조하여 국호를 '원(元)'으로 건
국하였다. 원은 세조 지원(至元) 16년(1279)에 송을 멸망시키고 중국을 완
전 통일하였다. 그리고 정치적으로 전 국민을 몽골인, 색목인(色目人), 한
인(漢人), 남인(南人) 등 네 등급으로 분류하였다. 그 가운데 한인은 무기를
소지할 수 없을 뿐만 아니라 수렵이나 훈련 등도 할 수 없고, 오직 부직
(副職)만 담당하게 하였다.

중국 역사상 외족의 한족에 대한 지배 내지 압박은 늘 있었던 것이지
만, 한족은 그래도 문화·사상적으로 영도적인 지위를 차지해 왔다. 그
러나 몽골이 금·송을 멸망시킨 뒤로부터는 사정이 완전히 뒤바뀌어,
중국의 온 국토가 몽골의 손아래 들어갔을 뿐만 아니라 중국의 전통적
인 문화·제도 역시 완전히 파괴되었다. 따라서 한유(漢儒)들은 어쩔 수
없이 승, 도가, 음양가 등에 의지하여 살아가기에 급급했다. 그리하여
중국의 학술 사상은 멸절의 위기를 맞게 된다.

　그러나 문학사의 입장에서 보면 아주 중요한 시기다. 그것은 이와 같은 정치·사회적인 큰 변화 속에 새로운 문학 환경과 자유를 얻게 되었기 때문이다. 그 자유는 곧 옛 전통적인 문학 사상의 속박으로부터 벗어나 종전에 문학 예술로서의 가치를 인정받지 못하였던 민간 문학이 크게 관심을 끌게 된 점에 있다. 원대(元代)의 새로운 시가로는 송사를 대신하여 북곡(北曲)을 바탕으로 한 '산곡(散曲)'이 성행하게 되었다. 북곡은 본시 북쪽 오랑캐의 노래와 민가에서 나온 가락이었다. 중국을 지배하던 몽골인들이 북곡을 숭상했기 때문에 자연스럽게 온 세상에 북곡이 유행하게 된 것이다. 다시 말하여 산곡은 원나라에 들어와 유행하였던 민간 가곡의 총칭으로 사(詞)에 이어 발전한 것으로 노래할 수 있는 신체시이다. 사는 본디 민간에 유전하여 온 통속 문학이었으나 당·송 이래 문인들의 사작(詞作)이 지나치게 형식주의에 치우치게 되자, 이에 대한 반동으로 민간 가곡의 정서를 받아들여 새로운 격조의 사를 대신하여 산곡이 발전한 것이다. 그리하여 산곡은 원나라 운문 사상의 주류를 형성하게 된다.

　그리고 송대에 정식 희곡으로 완성된 남곡의 희문도, 원대로 들어오면서 바로 북곡인 '잡극(雜劇)'으로 바뀌어 발전한다. 잡극은 전시대의 사(詞), 곡(曲), 가(歌), 무(舞)와 강창문학(講唱文學)의 예술적인 요소들을 융합한 하나의 종합 예술이라고 할 수 있다. 중국의 희극은 오랜 동안의 발전 과정을 거쳤다. 위진·남북조에 이르는 시기의 가무희(歌舞戱), 골계희(滑稽戱), 백희(百戱) 등을 비롯하여 남북조 시대에 나타난 대면(代面), 발두(撥頭), 답요랑(踏搖娘), 참군희(參軍戱) 등의 연희 양식은 다분히 희극적인 요소를 갖추고 있었다. 더욱이 당·송·금 시대에는 앞대의 참군희를 직접적으로 계승, 발전시켜 한층 형식을 갖추어 발전하였다. 또한 남송 때의 남희(南戱)는 북송 잡극보다 매우 성숙되어진 희극 형식을 갖추게 되었고, 이어 원극에 직접적인 영향을 주었다. 즉 희극의 음악, 인물,

극본 등은 완전한 체제를 갖추었고, 개성적인 인물을 그려내는가 하면 이야기의 연출도 거의 완전하였다.

이와 같이 산곡과 잡곡은 원대를 대표하는 새로운 형식의 문학으로 눈부신 발전을 보게 되었다. 관한경(關漢卿), 왕실보(王實甫), 백박(白樸), 마치원(馬致遠) 네 사람이 가장 뛰어난 작가들이다.

○ 작가와 작품

• **관한경**(關漢卿, 1220~1230년 출생, 1260~1290?)

호는 기제수(己齊叟), 대도(大都)에서 태어났다. 그의 생애에 대해서는 알려진 바가 없다. 금말에 해원(解元), 태의원윤(太醫院尹)을 지냈으나, 원 나라가 망하자 벼슬을 하지 않았다. 백박, 마치원, 정광조와 더불어 원곡 4대가라고 불렸다. 그는 오랜 동안의 방랑 생활을 통해 배우나 기녀들과 어울려 거문고를 타고 곡을 노래하고 춤을 추고 시를 읊는 등 화려한 풍류 생활을 하였다. 현재 전하고 있는 산곡은 소령(小令) 57수와 투수(套數) 14투로, 비록 작품은 많다고 할 수 없지만 산곡 연구에 중요한 자료를 제공해주고 있다.

또한 60여 종 이상의 잡극을 썼으며, 이 중 14편이 현존하고 있다. 업적 역시 매우 두드러졌는데, 그의 대표적인 잡극은 가정 비극을 내용으로 한 「두아원(竇娥冤)」과 기생과 선비 사이의 사랑 이야기인 「구풍진(救風塵)」이다.

이별한 뒤로부터,
마음 둘 곳 몰라,
그리움일랑 어느 때나 끊이려나.
난간에 의지하니 소매가 날리고 버들꽃은 눈처럼 날리네.

시내는 또 가로놓이고,
산이 또한 가리고,
임은 가버렸네.

— 관한경, 「사혼옥—별정(四塊玉—別情)」

초주(楚州)의 가난한 선비 두천장(竇天章)은 채(蔡)노파에게 은자 20량을 빌렸으나, 갚을 방법이 없어 할 수 없이 그의 딸 두아를 노파의 민며느리로 팔아넘긴다. 두아는 성장하여 노파의 아들과 결혼하였으나, 얼마 안 있어 남편은 병들어 죽고 만다. 두아는 청상과부로 채노파를 의지하며 산다. 그런데 채노파는 새로의(塞盧醫)에게 은자 20량을 빌려주고 받지 못하고 있었다. 채노파는 빚 독촉을 하였고, 새로의는 그녀를 교외로 유인하여 죽이려고 한다. 그러나 뜻밖에 장려아(張驢兒) 부자를 만나 채노파는 죽음을 모면한다.

장려아 부자는 시어머니와 며느리가 모두 과부인 것을 알고 함께 살 것을 권유하여, 그녀들을 그들의 집으로 데리고 온다. 장려아는 채노파를 아버지의 부인으로 삼고, 자기는 두아를 아내로 삼으려고 한다. 그러나 두아는 죽음으로써 거절한다. 어느 날 채노파가 몸이 불편하여 양내장탕을 먹기를 원하자 두아가 탕을 만든다. 그런데 장려아가 그것을 알고 몰래 탕 속에 독약을 넣어 채노파를 독살한 다음 두아와 결혼하려는 음모를 꾸민다. 그러나 뜻밖에 그 탕을 장려아의 아버지가 먹고 죽게 되자 장려아는 두아가 자기 아버지를 독살했다고 관아에 무고한다. 관아에서는 그녀들을 참혹하게 고문한다. 이에 두아는 시어머니를 구하기 위해 자기가 독살하였다고 거짓 자인하여 참형을 당한다.

그녀는 처형이 임박하자 하늘을 가리키며 혈천 백련(血濺白練), 유월 강설(六月降雪), 대한 삼년(大旱三年)이 올 것이라고 하였는데, 과연 모두 그대로 나타난다. 뒤에 두아의 아버지 두천장이 염방사(廉訪史)로 초주에 와 다시 그 죄인을 심리하여 두아의 원한을 갚는다.

— 관한경, 「두아원」 줄거리

앞의 시는 남녀의 연정을 노래하고 있는데 통속적이면서도 생기가 넘치는 작품이다. 그리고 극본은 설자(楔子), 제1절(第一折), 제2절, 제3절, 제4절로 구성되어 있는 「두아원」은 비극인데 진실미가 넘치는 묘사가 독자들의 감동을 불러일으킨다.

• **왕실보**(王實甫, 1234년 전후)

　자는 덕신(德信)이며, 북경(北京)에서 태어났다. 그의 생애에 대해서는 알려진 것이 없다. 다만 관한경과 같은 시대의 후배로 추정하고 있다. 그의 잡극은 모두 14본이 있는데, 현존하는 것은 『사승상가무려춘당(四丞相歌舞麗春堂)』, 『최앵앵대월서상기(崔鶯鶯待月西廂記)』, 『여몽정풍설파요기(呂蒙正風雪破窯記)』 등 3본이 전한다. 그의 대표작은 『서상기(西廂記)』이며, 모두 5본 21절로 된 방대한 극본이다. 이 이야기는 당나라 원진(元稹, 779~831)의 『앵앵전(鶯鶯傳)』(『회진기(會眞記)』)에서 연원하는 것으로, 많은 문인들이 시문으로 사용하기도 하였다. 그런데 금(金)의 동해원(董解元, 1190 전후)은 『서상기제궁조(西廂記諸宮調)』에서 내용을 발전시켜 비극적 종말을 희극적 종말로 바꾸었다. 왕실보의 『서상기』는 바로 이것을 저본으로 삼았는데, 3인칭 서술체의 설창문학을 1인칭 대언체(代言體)의 희극으로 개편하였다.

　백의수사(白衣秀士) 장생의 선친은 예부상서(禮部尙書)의 높은 벼슬을 지냈으나, 그 뒤 가세가 점차 몰락한다. 반면 최앵앵의 아버지 최상국(崔相國)은 권세가 날이 갈수록 높아져 두 가정의 가세와 사회적 지위가 큰 차이가 난다. 그러던 어느 날 포동(蒲東) 보구사(普救寺)에서 우연히 만나게 된 두 젊은 남녀는 서로 마음이 끌려, 은은한 달빛 속에 시를 읊으며 사랑을 속삭이게 된다. 한편 손비호(孫飛虎)는 최앵앵을 사모하여 병사들로 하여금 보구사를 포위하고 그녀를 납치하여 아내로 삼고자 한다. 이에 장생은 계교를 써 병사들을 물리친다. 다급한 나머지 앵앵의 어머니는 장생과 자기 딸의 결혼을 허락한다. 그러나 위기를 벗어나자 그녀의 어머니는, 일찍이 앵앵이 정항(鄭恒)과 허혼을 하였다는 핑계로 약속을 파기하고 장생을 따돌리게 된다. 이에 장생은 중병을 얻게 되고, 최앵앵은 홍랑(紅娘)의 도움으로 과감하게 집을 뛰쳐나와 서상(西廂)에서 장생과 다시 만나 결합하게 된다.

— 왕실보, 『서상기』 줄거리

● **백박**(白樸, 1226~1306?)

　자는 인보(仁甫), 호는 난곡(蘭谷)이며, 하북(河北) 진정(眞定)에서 태어났다. 어려서 금(金)의 추밀원판(樞密院判)을 맡고 있는 아버지를 따라 금나라의 수도인 남경에서 살았다. 그러나 몽골에 의하여 남경이 함락되고 어머니가 몽골군에 잡혀가게 되자, 백박은 원의 시인 원호문(元好問, 1190~1257)을 따라 산동으로 갔다. 거기서 시, 사, 고문을 배웠으나 스승의 애국 사상의 지조와 훈도로 원에서 벼슬을 하지 않았다. 그러므로 그의 작품은 고국에 대한 정서가 반영되어 있다. 그의 산곡은 『중원음운(中原音韻)』, 『태평악부(太平樂府)』, 『양춘백설(陽春白雪)』 등 선집에 산견되는데, 소령 36수와 투수 4투가 있다. 또한 16편의 극본을 창작하였는데, 「당명황추야오동우(唐明皇秋夜梧桐雨)」와 「배소준장두마상(裴小俊墻頭馬上)」 등 2편이 전한다.

　　봄 산에 햇빛이 따스하고 바람이 훈훈하며,
　　난간 둘린 누각에는 발이 쳐져 있고,
　　뜰 안 버들가지엔 그네가 매어 있다.
　　꾀꼬리 울고 제비들 춤추는데,
　　작은 다리 아래 흐르는 물엔 붉은 꽃잎 날아 떨어진다.

— 백박, 「천정사(天淨沙)」 전문

　백박은 관한경, 왕실보와 더불어 '청려파(淸麗派)'에 속한다. 그런데 백박의 시는 매우 세련되며 형식적인 경향과 유미주의적인 경향을 보여주고 있다.

Ⅳ. 근세 문학

1. 명대 문학

주원장(朱元璋, 1328~1398)은 장강 중·하류의 모든 지역으로부터 몽골인을 추방한 뒤, 1368년 국호를 명(明), 응천부(應天府, 현 南京)에 도읍을 정하고 황제에 즉위하였다. 즉위한 즉시 대도(북경)·산동 등 북벌을 단행하여 마침내 중국을 통일하였다. 그리고 주원장은 문화당(文華堂)을 개설하여 인재를 양성하였으며 오경(五經), 사서(四書), 성리대전(性理大全) 200권을 편찬하였고, 유가 이론을 당시 사상의 중심에 놓았다. 또 성조(成祖)는 문인 삼천여 명을 소집하여 『영락대전(永樂大全)』 22,877권을 편찬하였는데, 역대 문헌 총집으로 중국 문화사상 큰 사업이었다. 이와 같이 명대에서는 문화 부흥에 힘써 큰 성과를 거두었다.

태조 주원장은 평민 출신이었기 때문에 백성들의 어려움을 잘 이해하여 민생 경제 재건에 힘을 기울였으나, 절대적인 독재권을 행사함으로써 관료를 그의 하인으로 취급하였다. 또한 학문·사상은 주자학의 가치 밑에 둠으로써 전혀 발전하지 못했다. 시문도 오로지 당·송의 모방에만 급급한 의고파(擬古波) 문인들이 지배하였다. 다시 말하자면 복고주의 시대라 할 수 있다. 새로운 창작이란 거의 없고 옛 사람들의 문학을 그대로 본받았던 것이다. 다만 19세기 중엽부터 서구 세력의 침입 앞에 무력한 자신들을 통감하고, 자기네 전통 문화를 비판하며 서구의 이론을 받아들여 현대 문학을 준비하기 시작했다는 점이 특기할 사항이라고 할 수 있다.

명대는 시문에 있어 이몽양(李夢陽, 1472~1529), 하경명(何景明, 1483~1521)을 비롯한 전칠자(前七子)가 등장하여 "문(文)은 반드시 진한(秦漢)을 본받고 시는 반드시 성당(盛唐)을 본받아야 한다"고 주장하였다. 이어 이반룡(李攀龍, 1514~1570), 왕세정(王世貞, 1526~1590)을 비롯한 후칠자(後七子)가 등장하여 "문(文)은 서한(西漢) 이하, 시는 성당(盛唐) 이하의 것은 모두 볼 수 없다"고 주장하며 의고풍(擬古風)을 일관하였다.

명말(明末)에 원굉도(袁宏道, 1568~1610)를 중심으로 하는 공안파(公安派)와 종성(鍾惺, 1572~1624)을 중심으로 하는 경릉파(竟陵派)가 등장하여 의고풍을 만회하고 새로운 창작의 기풍을 진작시키려 했으나 대세를 돌리지는 못하였다.

희곡에 있어서는 원의 쇠망과 함께 다시 남곡(南曲)이 대두하여 명대에는 송대 '희문(戲文)'을 계승한 '전기(傳奇)'가 발전했다. 명대 초에는 고명(高明, 1345 전후)의 『비파기(琵琶記)』 같은 좋은 작품이 등장했으나, 빼어난 작품은 남기지 못했다. 다만 탕현조(湯顯祖, 1550~1617)만이 『환혼기(還魂記)』 같은 대작을 남겼을 뿐이다. 그 밖에 남곡을 응용한 새로운 잡극과 산곡(散曲)의 창작도 있었으나 모두 이전 작가들의 한계를 크게 벗어나지 못하였다.

명대 문학 중에서 특기할 만한 분야는 소설이다. 중국 소설은 송·원을 거쳐 명대에 크게 발전하였다. 명대의 문인들은 송·원 때의 설화 소설을 바탕으로 백화 단편소설을 창작하였는데 이를 의화본(擬話本)이 라고 칭했다. 이것은 바로 송·원 화본을 직접 모방하여 지은 것인데, '사대기서(四大奇書)'라 불리는 『삼국지(三國志)』, 『수호전(水許傳)』, 『서유 기(西遊記)』, 『금병매(金甁梅)』 등도 송·원 화본 중 강사(講史), 설경(說經) 등이 변화 발전해온 것이다. 그 가운데 『금병매』는 현실이 반영된 독창 적인 작품이지만, 마찬가지로 강창문학(講唱文學)의 창작 경험에서 얻어 진 것이다.

또한 화본(話本)은 삼언(三言)과 이박(二拍)에도 영향을 끼쳤다. 삼언은 천계(天啓) 때 풍몽룡(馮夢龍, 1574~1646)이 간행한 것으로, 곧 『유세명언 (喩世明言)』, 『경세통언(警世通言)』, 『성세항언(醒世恒言)』이 그것이다. 그리고 이박은 능몽초(凌濛初, 1580~1644)가 간행한 것으로 『초각박안경기(初刻拍 案警奇)』, 『이각박안경기(二刻拍案警奇)』 등이 그것이다. 이로써 본격적인 중국 소설이 개화하게 되었다. 삼언은 매본 40편씩 모두 120편으로 되 어 있으며, 소재가 다양하고 당시 사회 각계각층의 생활을 반영하고 있 다. 내용은 남녀의 애정, 우정과 의리, 사회의 부패와 지방 호족의 악행, 재판의 불공정한 집행, 불·도 두 종교의 쟁점 등을 다루고 있다. 이 밖 의 내용은 매우 광범위하여 역사, 연애, 추리, 신괴(神怪) 등 다양하며, 여기에 등장하는 인물 또한 학자, 문인, 효자, 열녀, 상인, 창기, 도적 등 매우 다양하다.

○ 작가와 작품

• 원굉도(袁宏道, 1568~1610)

자는 중랑(中郞) 혹은 무학(無學)이며, 공안(公安)에서 태어났다. 24세 때 진사가 되었으며, 순천부 교수(順天府敎授), 국자감 조교(國子監助敎), 예부 이부 주사(禮部吏部主事) 등을 역임하였다. 그는 형 종도(袁宗道, 1560~1600), 아우 중도(袁中道, 1568~1610)와 함께 문명(文名)을 얻었으며, 그 가운데에서도 원굉도는 공안파 문학의 대표였다. 이들이 모두 호북 공안 사람이었기 때문에 '공안파'란 이름을 얻게 되었다. 그의 저작으로 『원중랑전집(袁中郎全集)』이 현존하고 있다.

> 문장(文長)[17]은 벼슬을 얻지 못하자 방탕하게 술을 마셨다. 그리고 마음 가는 대로 강산을 유람하며 제·노·연·조나라 등을 여행하고, 북쪽 끝 사막을 구경하였다. 그는 자기가 본 바다에 우뚝 선 산의 자태, 휘날리는 모래, 우렁찬 우뢰, 비가 주룩주룩 내려 쓰러진 나무, 깊고 고요한 산골짜기, 웅대한 도시, 그리고 사람, 사물, 물고기, 새 등 모든 놀랍고 무서운 경물을 하나하나 시에 표현하였다. 그의 마음속에는 뛰어난, 마멸할 수 없는 기개가 있고, 더불어 길을 잃고 의지할 데 없는 영웅의 비애가 가득 차 있다. 그래서 그의 시는 마치 분노함과 같고 즐겨 웃는 웃음과 같다. 물이 산골짜기를 흐르는 소리 같고, 씨앗이 흙 속에서 싹을 피우는 것 같고, 과부가 밤에 우는 울음소리와 같고, 나그네가 추운 밤에 깨어 일어나 있는 것과 같다. 비록 그 체제와 격조가 때로는 고상하지 못한 데가 있다고 하더라도, 그 시상은 홀로 빼어나 마치 왕자의 기개와 같다. 그것이 교태로 사람의 비위를 맞추는 것은 감히 바랄 수가 없다. 그의 문장에는 탁월한 견해가 있고, 기세가 깊고 법도가 엄격하니, 모방함으로써 그의 재주를 손상하지 않는다. 의론으로써 그의 격조를 손상시키지 않으니 한유·증공에 버금간다.

— 원굉도, 「서문장전(徐文長傳)」 부분

작가 원굉도는 서문장(徐渭, 1521~1593)이 엮은 시 한 권을 회계(會稽) 도망령(陶望齡)의 집에서 처음으로 읽게 되었다. 그리고 과연 그가 천

---

17) '문장(文長)'은 서위(徐渭, 1521~1593)의 자(字)이며, 「서성원(西聲猿)」이라는 잡극을 써 이름을 날렸다. 또한 곡론서(曲論書)인 『남사서록(南詞叙錄)』을 써 희곡 연구가로도 유명했다. 하지만 벼슬에 오를 수 없자 방랑과 자학으로 일생을 기인으로 살았다.

재임을 찬탄하여 이 「서문장전」을 짓게 되었다고 한다.

• 『삼국지연의(三國志演義)』

삼국의 이야기는 오랫동안 전해 오다가 이른바 평화(平話)소설[18]의
제재가 되었는데, 현존하는 것 가운데 가장 빠른 것이 『삼국지평화(三國
志平話)』이다. 이 평화의 내용과 플롯을 보면 이미 『삼국지연의』의 대략
적인 규모를 갖추고 있다. 이것을 기초로 해서 나관중(羅貫中, 1330~1400?)
은 진나라 진수(陳壽, 232~297)가 쓴 『삼국지』의 정사(正史) 자료들을 토대
로 활용하여 『삼국지연의』를 창작하였다. 그런데 나관중의 역사소설 『삼
국지연의』는 진수가 쓴 정사(正史) 『삼국지』와는 구별해야 한다. 『삼국지
연의』는 『삼국지』를 바탕으로 하였기 때문에 이야기 줄거리는 거의 같
다. 그러나 『삼국지』는 세 나라 중 위나라를 정통으로 삼고 있으나 『삼
국지연의』는 촉한을 정통으로 삼았고 민간 설화가 많이 들어가 있다.
그러므로 실제 사실과 다른 부분도 일부 있다(가령, 적벽대전은 제갈량과 관
계가 없으나 작품에서는 그의 공으로 돌려 그를 신격화하고 있다).

나관중의 이름은 본(本), 호는 호해산인(湖海山人)이다. 가중명(賈仲明)의
『녹귀부속편(錄鬼簿續編)』에서는 그의 본적은 태원(太原, 현 山西省)이며 그의
"악부 은어(樂府隱語)가 매우 청신하다"라고 기록하였고, 지정 갑진(至正甲
辰, 1364)에 가중명(賈仲名, 1383 전후)과 재회한 적이 있으나, 그 후 60여 년
소식이 두절되었고, 어디서 죽었는지 모른다고 기록하였다. 그의 저작으
로는 『삼국지통속연의(三國志通俗演義)』 이외에 『수당지전(隋唐志傳)』, 『잔당

---

18) 평화소설(平話小說) : 평화(平話)라고도 한다. 원간(元刊)의 『무왕벌주평화(武王伐
  紂平話)』, 『오대사평화(五代史平話)』 등이 있는데, 이 작품들이 모두 강사류(講史類)
  인 것으로 미루어, 그 내용에 따라 구별된 호칭인 듯하다. 평화는 가장 먼저 산문화
  하여 원대 이후에는 산문이라도 강창하지 않고 염송(念誦)하였다. 따라서 강창이라
  고는 말할 수 없다.

오대사연의(殘唐五代史演義)』, 『삼수평요전(三遂平妖傳)』 등이 있으며, 『십칠 사통속연의(十七史通俗演義)』 및 『수호전(水滸傳)』은 시내암(施耐庵, 1296?~ 1370?)과 공동으로 창작한 것으로 전해진다.

『삼국지연의』는 위·촉·오 3국으로 분열하여 패권을 다투던 시기인 후한 말(169년)에서 진나라 통일(280년)까지 약 백여 년간의 사건을 토대 로 한 장편 역사소설이다. 문언체와 백화체를 섞어 썼는데 내용은 대체 로 전·후반으로 나눌 수 있다. 전반은 유비, 관우, 장비 세 사람이 결의 형제를 맺는 부분이며, 나중에 제갈공명까지 군사로 가담하게 되면서 이 들을 중심으로 사건이 전개된다. 절정은 유비·손권의 연합군이 조조의 대군을 화공법으로 격퇴하는 적벽대전이다. 후반에서는 관우, 유비, 장비 가 잇달아 죽은 뒤에 제갈공명의 천하가 되고, 그가 여섯 차례에 걸친 북정 끝에 병사하는 「추풍오장원(秋風五丈原)」이 그 정점을 이루게 된다.

『삼국지연의』의 내용은 중국의 전통적인 유교 사상인 충성, 효도, 지 조, 의리 등을 다루고 있다. 유비·관우·장비의 의리와 지조, 유비에 대한 두 형제와 제갈량의 충성은 이 작품의 근본이 되고 있다. 그리고 손책·손권·서서·태사자·강유 등의 효성이 두드러지게 나타나고 있 다. 그러므로 충·효·절·의에 어긋난 행위를 한 인물은 철저히 비난 받거나 벌을 받게 된다. 이는 권선징악(勸善懲惡)의 윤리를 바탕으로 한 것으로, 명나라 때의 유교 사상의 확립과 밀접한 관계를 증명해준다.

『삼국지연의』와 정사(正史)와의 관계에 대하여 청나라 장학성(章學誠, 1738~1801)은 "사실이 70%이고, 허구가 30%"이라고 하였는데, 기본적으 로 실제 작품의 내용과 부합된다.

'연의'라는 말뜻은 딱딱하고 어려운 이야기를 '알기 쉽게 풀이해서 이 야기한다'는 뜻이다. 다음은 『삼국지연의』를 간략한 내용이다.

후한(後漢) 말기에 영제(靈帝)가 나라를 다스리고 있었는데, 측근 '십상시(十

常侍, 10명의 내시)'가 권력을 쥐고 횡포를 일삼아, 정치가 극도로 문란하고 농민들의 생활은 비참하기 짝이 없다. 이 혼란을 틈타 도적떼들이 사방에서 일어났는데, 그 중에서 천하를 손에 넣으려는 야심을 품고 장각(張角)을 우두머리로 하는 황건적(黃巾賊)이 출현한다.

이 황건적을 토벌하기 위하여 일어선 사람 중의 한 사람이 한(漢) 왕실의 혈통을 이어받은 유비(劉備)다. 그의 자는 현덕(玄德)인데, 부친이 일찍 세상을 떠나자 가세가 기울게 되고, 어머니를 모시면서 짚신을 만들어 팔며 지내게 된다. 또한 황건적 토벌에 천하무적의 호걸 관우(關羽)와 성급하고 화를 잘 내는 장비(張飛)가 가담한다. 그들 세 사람은 도원(挑園)에서 형제의 의를 맺은 뒤, 죽는 날까지 함께 하자고 굳게 다짐한다.

그들 세 사람은 공격해오는 황건적의 대군을 무찔러 큰 공을 세우나, 관리에게 뇌물을 바치지 않았기 때문에 보잘것없는 관직을 받는다. 그 뒤, 서량자사(西涼刺史)로 있던 동탁(董卓)이 20만 대군을 이끌고 반란을 일으켜, 멋대로 정치를 하여 백성들은 도탄에 빠지게 된다. 이를 무찌르기 위하여 세 사람은 조조(曹操)를 중심으로 뭉친다. 조조의 자는 맹덕(孟德)으로 패국(沛國) 초현(譙縣) 사람이며 아버지는 내시의 양자였다. 난세의 교활한 영웅 조조는 반란군을 격파하는 데 성공한다. 그러나 반란군 토벌에 성공하자, 이번에는 조조가 독재 정치를 하기에 이른다. 삼 형제는 이번에는 조조를 토벌하기 위하여 군대를 일으킨다. 그러나 유비의 군사는 대패하게 되고, 관우는 조조에게 붙들리는 신세가 된다.

관우는 천신만고 끝에 조조에게서 탈출하여 돌아오게 되고, 세 사람은 낡은 성에 진을 치고 조조의 대군과 싸우게 된다. 그러나 중과부적으로 해서 비참한 참패를 당하고 만다. 유비는 패주하는 도중 단복(單福)을 알게 되고, 그의 작전에 의하여 큰 성공을 거둔다. 그러나 단복은 조조의 간계에 의하여 어머니가 중병에 걸렸다는 거짓 편지에 속아 고향으로 돌아가게 된다. 그때 단복은 고향에 은둔해 있는 군사(軍師)인 제갈공명(諸葛孔明)을 유비에게 소개한다.

유비의 삼고초려(三顧草廬)에 의하여 공명이 군사가 된 뒤로 판세는 뒤바뀐다. 조조의 군사는 연전연패하게 되고, 유비의 군사는 형주(荊州)를 근거로 하여, 서쪽으로 진출하여 촉(蜀)을 점령하기에 이른다.

패주한 조조가 군사를 일으켜 위(魏)를 통일하자, 양자강 남쪽에 손권(孫權)이 세운 오(吳) 및 유비의 촉과 더불어 삼국이 정립(鼎立)하게 된다.

촉의 유비는 위를 공격하여 공명의 계교에 따라 적벽(赤壁)에서 대승리를 거두나, 계략에 걸린 관우는 그만 전사하고 만다. 유비는 관우의 원수를 갚기 위하여 군사를 일으켰으나, 이번에는 부하의 원한을 산 장비가 암살당하게 된다. 뒤이어 공명이 말리는 것도 듣지 않고 초조하게 출전한 유비도 끝내는 병을 얻어 운명하고 만다.

공명은 유비의 아들 유선(劉禪)을 보좌하여 여러 차례 위와 싸우나, 끝끝내 뜻을 펴지 못하고 오장원(五丈原)에서 병사하고 만다. 공명이 없는 촉은 이미 독립을 유지할 힘이 없다. 분열된 촉은 위나라에 정복되고, 위의 뒤를 이어 사마(司馬) 씨에 의하여 진(晋)의 시대가 그 막을 올리게 된다.

•『수호전(水滸傳)』

많은 작가들이 『수호전』을 썼을 것으로 추정되지만, 그 중에 시내암과 나관중(羅貫中) 두 사람의 손을 거쳐 완성된 것으로 알려져 있다. 『수호전』의 판본은 여러 종류가 있다. 또한 『수호전』은 인물들의 성격 묘사, 소설 언어의 구어화, 사건의 유기적인 플롯 등에서 예술적 가치를 지닌다고 평가받는다.

시내암의 이름은 이(耳)이며, 자가 내암(耐庵)이다. 34세 때 진사에 합격하여 전당에서 2년간 관직 생활을 하다가 그만두고 고소(姑蘇)에 살았다는 것 이외에 그의 생애에 대해서는 알려진 것이 없다.

『수호전』의 고사는 본래 사실(史實)에 근거한 것으로, 이것이 후에 부연되어 민간에서 전설화되었으며 송·원대의 화본(話本)과 잡극(雜劇)에 편입되었다가 원 말·명 초에 그 고사가 확대되어 소설로 제작되었다. 그 후에도 계속 증보되거나 산락(刪略)되었다. 『수호전』은 여러 종류의 판본이 있는데 대별하면 70회본, 100회본, 120회본의 3종으로 구분할 수 있다. 이중 70회본은 1640년 말경에 나왔는데, 명말 김성탄(金聖嘆 ?~1661)이 후반을 다듬어 개작한 것으로 이후 일반적으로 70회본이 통용되었다.

이야기의 줄거리는 108명의 영웅호걸들이 악덕 관료나 그 수하들에게 압박을 받고 몸 둘 곳이 없어 각지에서 모여들어서 양산박(梁山泊)에 집결하기까지의 이야기가 소설의 전반(71회까지)이다. 108명의 영웅호걸들의 전신은 관리, 무관, 상인, 농민, 어부, 사냥꾼, 도적, 무뢰한 등 가지

각색이다. 후반은 그들의 반항에 지쳐버린 정부가 회유책을 써서 귀순시켜 관군으로서 먼저 요(遼)를 치게 하고, 이어서 전호(田虎), 왕경(王慶), 방랍(方蠟) 등의 반란을 차례차례 평정시키는 이야기로써, 그 동안에 108명은 전사하거나 귀향하여 차차 그 수가 줄어 최후에 남은 송강(宋江)도 간신 때문에 독살되고 만다. 전반은 통쾌한 무용담이지만 실은 비장한 영웅 비극이다.

　　송강은 이제 정식으로 조개의 뒤를 잇는 총두령이 되었다. 모두가 들뜨고 기분이 좋았으므로 잔치는 여러 날 계속되었다. 잔치가 끝날 무렵 송강은 두령들이 모두 모인 자리에서 진지한 얼굴로 입을 열었다.
　　"모두 내 말을 잘 들으시오. 우리는 각처에서 어려움을 겪다가 하늘의 뜻으로 이곳에 모이게 되었소. 그 동안 우리에게 많은 어려움이 있기는 했지만, 비교적 순탄하게 지내온 편이오. 이는 모두 하늘이 지켜주셨기 때문이라 생각하오. 앞으로도 우리는 지금까지와 마찬가지로 서로 의리를 지키고 정을 나누며 살아가야만 할 것이오. 우리가 비록 도적의 입장이기는 하나, 하늘의 뜻을 거역하지 않고 살아간다면 머지않아 꼭 좋은 날이 올 것이오. 언젠가는 분명히 나라에서 우리를 불러 쓰게 될 거라고 믿소.
　　이제 나는 이 자리에서 한 가지를 제안하고자 하오. 우리 108명의 두령들이 나라를 위해 일할 그날까지 서로 의리를 지키며 꿋꿋이 살아갈 수 있도록 하늘에 제사를 드렸으면 하오. 이 제사는 그 동안의 싸움에서 전사한 사람들을 위로하는 뜻이기도 하오. 우리의 정성이 하늘에 닿는다면, 앞으로 모든 일이 다 잘 되어 갈 것이라고 생각하오. 여러 두령들의 생각은 어떻소?"
　　다른 생각이 있을 리 없었다. 모든 사람들이 송강의 말에 찬성했다.
　　"그렇다면 공손승께서 제사 준비를 맡아주시기 바랍니다. 그리고 그 밖에도 제사를 진행할 사람들과 제사 집기 등이 필요할 테니, 산 밑으로 사람을 내려 보내도록 하시오."
　　이튿날부터 공손승의 주관 아래 제사 준비가 시작되었다. 공손승은 제사를 집전할 49명의 도사를 초대했다. 또한 큰 고을로 가서 제사에 쓰일 집기들과 제물도 구해 왔다. 드디어 제사 날짜로 정해진 4월 보름이 되었다. 하늘이 지켜 보시는 덕인지 날씨는 매우 화창하였다. 햇볕은 알맞게 따스했으며, 기분 좋은 산들바람이 가볍게 불어왔다.
　　공손승이 제사를 총지휘하는 가운데 송강이 제일 먼저 향을 피웠다. 이어서 각 두령들이 향을 피워 올리며 축원을 올렸다. 모두의 표정에 경건한 마음이 담겨 있었다. 제사는 7일 동안 계속되었다. 초대되어 온 도사들은 하루에 세 번씩 하늘에 제사를 올리며 양산박의 앞날을 기원했다. 제사의 마지막 날, 송강은 두령들을 모아 놓고 엄숙하게 말했다.

"이제 우리 108명의 두령은 하나의 형제가 되어야 할 것이오. 나는 이 자리에서 우리가 피를 나눔으로써 변치 않는 동지의 맹세를 했으면 하오. 그러고 난 후에는 비석에 우리의 이름을 새겨 넣도록 합시다. 그렇게 되면 후대에도 우리의 이름이 계속 전해질 것이오."

모두 송강의 말에 찬성했다. 두령들은 송강부터 시작해서 자신의 손가락을 깨물어 피를 내었다. 그리고 그 피를 다 합한 후에 한 모금씩 나누어 마셨다. 피를 나누어 마시는 의식을 마치고 난 후에는 비석에 이름을 새겨 넣었다. 먼저 비석 앞면에는 다음 36명의 이름이 새겨졌다.

송강·노준의·오용·공손승·관승·임충·진명·호연작·화영·시진·이응·주동·노지심·무송·동평·장청·양지·서녕·색초·대종·유당·이규·사진·목홍·뇌횡·이준·원소이·장횡·원소오·장순·원소칠·양웅·석수·해진·해보·연청 등이었다.

그리고 뒷면에는 다음 72명의 이름이 새겨졌다.

주무·황신·손립·선찬·학사문·한도·팽기·단정규·위정국·배선·구붕·등비·연순·양림·능진·장경·여방·곽성·안도전·황보단·왕영·호삼랑·포욱·번서·공명·공량·항충·이곤·김대견·마린·동위·동맹·맹강·후건·진달·양춘·정천수·도종왕·송청·악화·공왕·정득손·목춘·조정·송만·두천·설영·시은·이충·주통·탕융·두흥·추연·추윤·주귀·주부·채복·채경·이립·이운·초정·석용·손신·고대수·소양·손이랑·왕정륙·욱보사·백승·시천·단경주·일장청 등이었다.

비석을 세우고 그 앞에 108명의 두령이 일제히 엎드렸다. 송강이 거기에 향을 사르고 하늘에 기원을 올렸다.

"우리 108명은 하늘이 허락한 인연에 따라 이 자리에 모였습니다. 앞으로 우리의 목숨은 오직 하늘의 뜻에 맡길 뿐입니다. 우리의 충의를 중히 여기고, 민심을 소중하게 생각할 것입니다. 부디 우리를 굽어 살펴주십시오."

이로써 7일간의 제사가 모두 끝났다. 108명의 호걸이 한 마음 한 형제가 되기를 맹세하고 나니 군사들의 기강은 더욱 굳건해졌다. 산채의 분위기도 전보다 훨씬 활기가 넘쳤다.

— 「양산박의 108 호걸」, 『수호전』

• 『서유기(西遊記)』

『서유기』는 초당 때의 승 현장(玄奘, 600~664)이 '서천 취경(西天取經)'의 역사적 사실을 제재로 한 장편소설이다. 『수호전』, 『삼국지연의』와 마찬가지로 오랫동안 민간에 유전되어 오다가 작가에 의해 창작되었다. 현장은 당 태종 정관(貞觀) 1년(627) 8월, 그의 나이 28세 때 장안을 출발하여 정관 19년(645) 1월 귀환하기까지, 17년 동안 1백여 나라를 경유하며 온갖 고난을 겪어 마침내 불교 경전 600여 부를 취득하여 돌아왔다. 현장은 귀국 후에 현종의 융숭한 예우를 받았으며, 따라서 취경 사적의 이야기가 더욱 널리 퍼지게 되었다. 이때 견문한 서역, 인도의 기후, 풍토, 언어, 습관, 미술, 전설 등의 구술을 그의 제자인 변기(辯機)가 기록하여 『대당서역기(大唐西域記)』로 펴냈다. 이후 그처럼 많은 역경을 극복하고 불경을 가져온 것은 중국 불교사상 위대한 사건으로, 사건 자체가 신기한 색채가 농후하여 널리 전파됨으로써 차츰 신화화되었다. 몇 백 년간 민간에 유전되어 오던 당 승의 '서천 취경'의 전설, 잡극, 화본을 바탕으로, 오승은(吳承恩, 1500~1582?)은 오늘날의 100회본의 『서유기』를 창작하였다.

오승은의 자는 여충(汝忠), 호는 사양산인(射陽山人)이다. 회안부(淮安府) 산양(山陽, 현 강소성 회안현) 사람으로, 매우 가난한 소상인의 가정에서 태어났다. 그는 어려서부터 시문을 잘 하였지만 벼슬과는 인연이 없어, 그의 나이 43세 때에야 비로소 세공생(歲貢生)이 되었다. 그래도 생활의 어려움은 더욱 심해져 남경으로 가 글을 팔아 생계를 유지하였다. 그는 60여 세에 장흥 현승(長興縣丞)이 되었으나, 2년도 안 되어 그만두고 고향으로 돌아와 시를 짓고 술을 마시며 방랑하였다. 『서유기』는 그가 중년 이후에 쓰기 시작하여 만년에 탈고한 것이다. 이 밖에도 많은 저작들이 있었으나, 늙고 가난하여 그것을 보관하지 못하여 모두 없어져버렸다. 후세 문인들이 그의 유고를 모아 『사양선생존고(射陽先生存稿)』 4권을 펴냈는데, 뒤에 『오승은시문집(吳承恩詩文集)』으로 이름을 바꿔 출간하였다.

『서유기』는 모두 100회본으로 그 내용을 간단히 살펴보면 다음과 같다. 첫째(1~7회)는 손오공의 탄생과 천궁(天宮)에서의 난동이다. 둘째(8~12회)는 당 승 현장의 불경을 획득하는 연기(緣起)이다. 셋째(13~100회)는 현장의 '서천 취경'으로, 주요한 것은 여행 중에 요기들과 싸우는 81난이다.

『서유기』의 예술적 특징으로는 첫째, 신성과 인성을 유기적으로 결합한 인간형의 창조에 있다. 둘째, 소설의 플롯이다. 하늘, 땅, 용궁, 지옥 등을 통한 인물들의 초인적인 활동을 신기하고 생동적으로 펼쳤다. 셋째, 소설의 언어로, 특히 인물의 대화를 통해 개성이 선명하게 드러나며 실생활의 숨결이 박동하고 있다. 내용을 간략하면 다음과 같다.

옛날 세계는 동서남북의 4대주로 나누어져 있었다. 그 중 동쪽 주를 동승신주(東勝神州)라 했다. 동승신주 바다 저쪽에는 오래국(傲來國)이라는 나라가 있었다. 그 가까운 바다 가운데 화과산(花果山)이라는 산이 있었고, 그 꼭대기에 이상한 돌기둥이 솟아 있었다. 돌은 오랜 세월이 흐르는 동안 점차 영물스러워졌다. 그리고 어느 날 돌이 갈라지면서 그 안에서 돌원숭이 한 마리가 나왔다. 돌원숭이는 다른 원숭이들과 놀며 친하게 지냈다.

그러던 어느 무더운 날 원숭이떼들은 강에서 놀다가 그 강의 근원이 어디인가 알아보기 위해 상류로 올라갔는데, 거기에 폭포가 있었다. 원숭이들은 폭포 속에 들어가, 거기 무엇이 있는지 보고 오는 자가 있다면 원숭이들의 왕으로 삼기로 했다. 돌원숭이가 폭포 속으로 뛰어 들어가, 폭포 속에 마을이 있는 것과 '수렴동(水簾洞)'이라고 쓴 비석을 발견했다. 이로써 돌원숭이는 약속에 따라 왕으로 추대되어 '미후왕(美猴王)'이라는 칭호를 받았다.

미후왕이 이끄는 원숭이 무리는 낮에는 화과산에서, 밤에는 수렴동에서 즐거운 나날을 보냈다. 그러던 어느 날 미후왕은, 지금은 이렇게 즐겁게 살고 있지만 늙어서 죽을 것을 생각하니 슬펐다. 그래서 불로불사(不老不死)의 방법을 터득하려고 길을 떠나 미후왕은 수보리조사(須菩提祖師)라는 신선의 제자가 되어, 거기서 7년 동안 수행하였다.

그 결과 근두운(觔斗雲)의 방법을 터득하여 한 번 재주만 넘으면 단숨에 10만 8천 리를 날 수 있게 되었고, 72가지 둔갑술을 터득하게 되었다. 그 밖에 용왕에게서 빼앗은 1만 3천 5백 근의 여의봉(如意棒)을 마음대로 늘리고 줄어들게 하는 무기까지 소유하게 되었다. 수보리조사는 그에게 손오공(孫悟空)이라는 이름을 지어주었다.

― 「원숭이의 왕」

화과산으로 돌아온 손오공은 부하 원숭이들을 이끌고 말썽만 부렸다. 스스로 제천대성(齊天大聖)이라며, 하늘의 군사와 전쟁을 일삼았다. 마침내 천제(天帝)로부터 손오공을 격멸하라는 지시가 내렸고, 이랑진군(二郎眞君)은 신병(神兵) 1천 2백 명과 원숭이가 싫어하는 개와 매를 이끌고 손오공의 무리와 싸웠다. 그 결과 이랑진군이 승리하였고 손오공을 포로로 잡아 천상계에 오르자, 천제는 손오공을 극형에 처하라 명령했다.

그러나 손오공의 몸은 칼, 도끼, 창에 너무 강했다. 그래서 큰 가마에 넣고 49일 동안 불을 때어도 솥뚜껑을 여는 순간 솥 바깥으로 뛰어나와 귀 속에 보관했던 여의봉을 늘여 행패를 부렸다. 천제도 어쩔 수 없어 석가여래에게 도움을 청하였다. 석가여래는 손오공을 만나 말했다.

"나는 서쪽 극락세계의 석가모니다. 너의 재주가 그렇게 출중하다면 나와 내기를 하자. 만일 네가 나의 손바닥에서 벗어난다면 너를 천상의 왕이 되게 해주마. 그러나 벗어나지 못하면 너는 세상에 돌아가 다시 한 번 도를 닦아야 한다."

"좋다."

석가는 오른손을 폈다. 연잎만한 크기였다. 손오공은 그 위에 올라서 근두운을 불러 타고 날아갔다. 한참 가노라니까 앞에 큰 기둥 다섯 개가 서 있었다. 손오공은 자기 털을 한 개 뽑아 붓을 만들어, 가운데 기둥에 '제천대성 여기 노닐다'라고 크게 썼다. 그리고 첫째 기둥 밑에 오줌을 누고 구름을 날려 석가의 손바닥에 되돌아왔다. 그러나 손오공은 석가의 다섯 손가락을 벗어나지 못했음을 알아챘다. 석가는 다섯 손가락으로 오행산(五行山)이라는 다섯 봉우리를 만들어 손오공을 그 아래 가두었다. 그리고 소매 속에서 금글자를 꺼내어 그 산꼭대기 돌에 붙였다. 그러자 산에서 뿌리가 돋아나 그물처럼 얽혀 손오공을 꼼짝 못하게 하였다.

― 「석가의 손바닥」

그로부터 5백 년의 세월이 흘렀다. 어느 날 석가는 제자들을 불러 모아 자

기에게는 1만 5천 44권의 경문이 있는데, 그 경문을 당나라에 전하여 사람들을
교화시켰으면 한다고 말했다. 이어 석가는 그 경문을 찾아올 적임자에 대해 의
논하였고, 관음보살이 그 사명을 맡게 되었다.

　관음보살은 유사하(流沙河)에서 사오정(沙悟淨)을, 높은 산에서 저오능(猪悟
能)을 만났다. 이들은 후에 삼장법사를 수행하게 된다. 또한 관음보살은 오행산
을 지나가다가 돌상자 속에 갇힌 손오공을 구해주게 되고 손오공은 불경을 찾
으러 가는 스님의 제자가 된다. 그리고 공중에서 벌을 받고 있는 서해 용왕의
왕자를 구해주고, 불경을 가지러 가는 스님의 흰 말이 되어 모시게 하였다.

　관음보살은 장안에 도착하여 허름한 차림을 한 길 가는 스님으로 변장하였
다. 그때 장안에서는 대법회를 개최하고 있었다. 고승 현장(玄奘)은 소승(小乘)
을 설교하였고, 변장한 관음보살은 왜 대승(大乘)을 설교하지 않느냐고 물었다.
현장은 이 나라에는 아직 대승의 가르침을 알고 있는 사람이 없다고 공손하게
대답하였다. 관음보살은 고승 현장에게, 대승에 대한 가르침은 서쪽 천축국(天
竺國) 대뢰음사(大雷音寺) 석가여래님에게 있는 삼장(三藏)에 그 전부가 있다고
말했다. 결국 현장이 천축국으로 가서 삼장의 경전을 가져오는 임무를 맡게 되
었고, 삼장법사라는 칭호를 받았다.

— 「삼장법사(三藏法師)와 세 제자」

　삼장법사는 사오정, 저팔계, 손오공을 거느리고, 또한 백마를 타고 천축으로
향했다. 삼장법사 일행은 도중에 구구 팔십일의 크고 작은 어려움과 온갖 괴로
움을 겪으며 별별 요괴 및 악귀의 방해를 받게 된다. 만수산 오장관(五莊觀)에
서의 인삼 열매 사건, 파월동(波月洞)에서의 황포괴(黃袍怪)와의 싸움, 평정산(平
頂山)의 금각(金角)과 은각(銀角), 화운동(火雲洞)의 우마왕(牛魔王), 나찰녀(羅刹
女), 홍해아(紅孩兒) 등 갈수록 앞길을 가로막는 방해가 극심했다.

　삼장법사의 열의에 의하여 마지막까지 스승을 모신 일행은 드디어 석가가
있는 영취산(靈鷲山) 근방에 이르게 되었다. 그곳에서 삼장은 속세의 껍질을 벗
는다. 그리고 드디어 뇌음사에 도착하여 경전 5천 48권을 인수한다. 그리고 손
오공을 압박했던 금갈고리도 풀어준다.

— 「천축으로」

• 『금병매(金瓶梅)』

『금병매』는 명 융경으로부터 만력에 이르는 동안에 책으로 이루어진

것으로 추정되며, 처음에는 사본으로 작은 마을에 전해 오다가, 작가들이 읽어보고 놀랍고 신기하여 편찬 간행하게 된 것으로 추측된다. 책이 출간된 지 400여 년이 지났으나, 작가가 누구인지 확실하게 알 수 없고 다만 난릉소소생(蘭陵笑笑生)이라고만 전하고 있다. 난릉은 현재의 산동성 봉현(峰縣)으로, 작품에 많은 산동말이 사용된 것으로 미루어, 작가는 산동 사람이라고 짐작할 수 있다.

『금병매』라고 하는 이름은 반금련(潘金蓮)의 '금(金)', 이병아(李瓶兒)의 '병(瓶)', 춘매(春梅)의 '매(梅)' 글자를 추출하여 조합한 것이다. 이 작품의 소재는 『수호전』에서 가져온 것으로, 『수호전』의 제23~27회에 걸친 무송(武松), 반금련, 서문경(西門慶)의 갈등을 부연하여 100회로 장편소설화하였다. 무송의 형인 무대(武大)가 처인 반금련, 서문경에 의해 살해당하자 동생 무송은 즉시 형의 원수를 갚는다. 『금병매』는 이것을 소재로 작품을 전개해 나가는데, 『수호전』에서는 무대를 독살한 반금련이 즉시 무송에게 살해되지만, 『금병매』에서는 무대를 독살한 반금련이 서문경의 첩이 되어 음탕한 생활을 계속하다가 무송에게 살해된다. 줄거리는 다음과 같다.

서문경은 본디 파락호(破落戶)로 생약재상을 경영하는 소상인이었으나, 관리들과 결탁하여 공사(公事)를 관장하고, 고리대금업을 하여 차츰 돈을 벌게 됨에 따라 첩을 두게 된다. 뿐만 아니라 돈으로 벼슬도 산다. 벼슬을 얻게 되던 날, 제6방(第六房)의 첩인 이병아가 아들 관가(官哥)를 낳게 되어 기쁨을 더한다. 그러나 그 기쁨은 한순간에 지나지 않았다. 제5방의 첩 반금련이 이병아를 질투한 나머지 그녀의 아들 관가의 살해를 기도하고, 이병아는 억울하게 죽게 된 것이다. 그리고 서문경도 지나치게 음탕한 생활을 즐기다가 병들어 죽는다. 서문경이 죽자 그의 첩들은 재물을 도둑질하여 다시 기원으로 돌아가거나, 다른 사람의 첩이 되는 등 뿔뿔이 흩어지고, 오직 그의 정처인 오월랑(吳月娘)만 그의 영위를 지킨다. 그러다가 금나라가 침략하자 그녀는 유복자인 효가(孝哥)를 데리고 피난 가는 도중 중을 만나게 되고 이를 계기로 효가는 인과(因果)를 깨닫고 출가한다.

『금병매』는 중국 문학사상 작가의 독창적인 장편소설이라는 데 큰 의미가 있지만, 보다 큰 특징은 사회 현실에 대한 사실적이고 적나라한 표현이다. 이 작품은 서문경 일가를 중점적으로 다루고 있지만, 그를 둘러싸고 있는 관리, 시정의 잡배, 매파, 기녀 등의 생생한 묘사를 통한 사회 현상을 반영하고 있는 것이다. 또한 당시 중국 소설들이 전쟁의 영웅호걸이나 신기하고 환상적인 내용을 다루어왔던 것에 반해, 이 작품은 다소 외설 문학이라는 부정적인 평가를 받는 것과 상관없이 현실적인 사회 생활을 제재로 다루고 있는 데 의의가 크다.

2. 청대(淸代) 문학

누루하치(努爾合赤)는 천계(天啓) 6년(1626) 대군을 이끌고 영원(寧遠)을 포위하였으나, 명장 원숭정(袁崇禎)의 결사적인 저항으로 상처를 입고 죽는다. 그의 아들 홍타이지(皇太極)가 뒤를 이어 명나라를 멸망시키고 1636년 왕위에 올라 국호를 청(淸)이라고 한다. 그가 곧 청 태종(淸太宗)으로 종족의 명칭을 만주(滿州)로 바꾼다. 이후 중원을 장악한 청은 고도의 전제 봉건 정치를 실시하여 국권을 강화하였으나, 원(元)과는 달리 한족에 대하여 가혹한 정치를 실시하지 않았다.

청나라 초기에 강희황제(康熙皇帝, 聖祖 1662~1722 재위), 건륭황제(乾隆皇帝, 高宗 1736~1722 재위) 같은 명군은 적극적인 학술 부흥책을 펼쳤다. 강희황제 때에는 한족의 유로(遺老)들을 동원시켜 대문화 사업을 벌였다. 『명사(明史)』의 편찬을 비롯하여 『패문운부(佩文韻府)』, 『연감류함(淵鑑類函)』, 『강희자전(康熙字典)』, 『고금도서집성(古今圖書集成)』 편찬 등이 그것이다. 또한 건륭황제 때에는 『사고전서(四庫全書)』라는 방대한 전집을 비롯하여 『대청회전(大淸會典)』, 『대청일통지(大淸一統志)』, 『십팔성통지(十八省通志)』 등이 간행되었다.

그 사이 여러 번 비참한 문자옥(文字獄)이 발생하였고, 수많은 전적(典籍)들이 불태워졌지만, 많은 한족의 지식인들은 성군의 후한 예우를 고맙게 여기면서 청조의 정책에 순복하게 되었다. 문자옥을 크게 일으켰던 까닭은 사상 통제를 강화하고 반청 언론을 탄압하는 데 그 목적이 있었고, 그렇게 함으로써 정권을 더욱 공고히 할 수 있었기 때문이었다. 문자옥으로 인해 장정룡(莊廷龍), 대명세(戴名世), 사사정(査嗣庭), 여유량(呂留良), 증정(曾靜) 등을 비롯한 100여 명이 대역죄로 처형되었고 수백 명이 유배되었다.

청초(淸初)의 학술적 사상의 배경을 보면, '명심견성(明心見性)'과 같은 공허한 이론을 공격하고 '경세치용(經世致用)'의 학문을 중시했다. 당시의 대표적인 학자들로는 고염무(顧炎武), 황종희(黃宗羲) · 왕부지(王夫之) 등을 꼽을 수 있다. 그들은 구국 활동에 실패한 끝에 재야에 묻혀 오로지 학문 활동에 전념하여 학풍의 큰 변화를 가져오게 하였다. 황종희의 『명이대방록(明夷待訪錄)』은 정치 · 경제에 관한 진보적 사상을, 고염무의 『일지록(日知錄)』은 명도구세(明道救世)의 사상을, 『천하군국이병서(天下郡國利病書)』는 경세치용을 제창하고 있다. 그리고 왕부지는 사학과 사상 방면에 뛰어났는데, 대표적인 저작으로는 『장자 정몽주(張子正朦注)』, 『독통감론(讀通鑑論)』 등이 있으며 주희(朱熹, 1130~1200) 등 남송 때의 이기론(理氣論) 사상을 발전시켜 이(理) · 기(氣) 이론을 정립하였다.

차츰 사회가 안정되고 공업이 발달하는 등 경제 번영과 함께 지식인들의 학구열이 살아나기 시작하면서 조정에서도 문(文)을 중시하는 정책을 실시하였다. 하지만, 이들은 앞의 경세치용의 기본 정신을 떠나 '학문을 위한 학문'이라는 구학의 태도를 견지하였다. 그리하여 훈고(訓詁)

를 연구하고, 문의(文義)를 주석하고, 명물(名物)의 유래를 탐구하는 고증학이 형성되었으며, 이는 중국 학술 사상에 있어서 큰 성과였다.

그러나 이와 같은 정치 사상적인 배경과 환경 속에서도 문학은 새로운 문체, 새로운 형식의 발전을 이루지는 못했다. 다만 옛 문학 형식을 그대로 답습하는 복고적인 경향이 성행하였다. 시, 문, 사, 곡, 잡극, 전기 등은 모두 모방에서 탈피하지 못하였으며, 아울러 독창적인 생명력도 지니지 못했다. 다만, 당시의 장편 백화소설은 전통의 옛 문학과는 상반하는 새로운 생명력을 가지고 발전하였다. 가령 포송령(蒲松齡, 1640~1715)의 『요재지이(聊齋志異)』와 『성세인연전(醒世姻緣傳)』, 오경재(吳敬梓, 1701~1754)의 『유림외사(儒林外史)』, 조설근(曹雪芹, 1715~1763)의 『홍루몽(紅樓夢)』 등이 그것이다. 이밖에 이여진(李汝珍, 1763~1830)의 『경화연(鏡花緣)』, 연북한인(燕北閒人)[19]의 『여아영웅전(兒女英雄傳)』 등 훌륭한 작품도 등장했다. 청말에는 매우 많은 소설들이 쏟아져 나왔다. 1900년 이후 흥행한 소설을 소위 '견책소설(譴責小說)'이라고 한다. 루쉰(魯迅)의 『중국소설사략(中國小說史略)』에 의하면 견책소설이란, 당시의 관계(官界)의 부패를 폭로하거나 비판한 내용을 담은 작품을 말한다.

고전 문학의 연구와 정리 면에 있어서 청대 문학의 성과는 매우 크다. 이렇게 볼 때 청대 문학은 중국의 고전 문학을 총정리하고 결산한 시대라고 볼 수 있다. 그리고 중국의 고전 문학은 청대의 문학 활동에 의하여 매우 올바른 평가가 내려지게 되었다고도 할 수 있다. 또 청말에 이르면 서양의 문학 이론이 도입됨으로써 새로운 중국 신문학의 시대가 전개된다.

---

19) 연북한인(燕北閒人) : 만주 팔기족으로 성은 비막(費莫), 이름은 문강(文康)이지만, 생애는 알 수 없다.

○ 작품의 이해

• 『일지록(日知錄)』

청대의 산문은 고문과 변문을 포괄하고 있으며 진·한·당·송의 문
풍을 이어받아 그 시대적 성격의 독창성을 가지고 발전하였다. 그래서
고대 산문사에 있어서 주요한 자리를 차지하고 있다. 『일지록』의 저자
고염무는 강력한 민족 사상을 가진 선구자로서 황종희, 왕부지 등과 함
께 '명경치용(明經致用)'의 문학관을 주장하였다. 이러한 내용이 담긴 문
장이 아니면 모두 공론에 지나지 않은 것이라고 하여 반대하였다. 그들
의 주장은 당시 문단에 큰 영향을 끼쳤다. 고염무는 『일지록』에서 다음
과 같이 밝히고 있다.

> 이 세상에서 글을 없애버릴 수 없는 것은 도를 밝히고, 정사를 기록하고, 백
> 성들의 숨겨진 것을 살피고, 사람의 선을 즐겨 말할 수 있기 때문이다. 이와 같
> 은 글은 세상을 유익하게 하고 미래를 유익하게 하는데, 글이 한 편이라도 많
> 으면 많을수록 좋다. 무릇 불가사의한 일, 터무니없는 말, 남의 이야기를 베끼
> 고, 아첨하는 글과 같은 이러한 것은 자기에게도 손해가 될 뿐만 아니라, 다른
> 사람에게도 무익하다. 그러한 글 한 편이라도 많으면 많을수록 손해가 된다.

이 말은 당시 문단의 사상적 경향을 아주 잘 말해주고 있는 것으로,
이러한 사상적 배경 아래에서의 통속적인 문학의 발전은 제한을 받지
않을 수 없었고, 산문도 도를 밝히며, 도를 담아야 하는 복고의 길을 걸
어야만 했다.

• 『요재지이(聊齋志異)』

『요재지이』는 고문으로 쓰인 단편 괴기소설집으로서 당대의 소설을

훨씬 능가하는 뛰어난 작품이다. 제목은 요재에 의하여 쓰인 괴이담이라는 뜻이다. 모두 16권으로 총 431편이며, 내용은 대부분 민간에서 수집되어진 것이다. 이 책의 제재는 귀(鬼), 호(狐), 신(神), 선(仙), 환술(幻術), 요(妖) 등으로 분류할 수 있으며, '요'는 동물이 사람으로, 사람이 동물로, 사람이 사물로, 사물이 다른 사물로 변화하는 등 매우 다양하다. 작자 포송령은 이러한 제재를 통하여 청초의 사회적인 현실을 광범위하게 반영, 표출하고 있다.

포송령(蒲松齡, 1640~1715)의 자는 유선(留仙), 호는 유천(柳泉)이며 산동 치천(淄川) 사람이다. 총명하고 학문에 조예가 깊었으나 벼슬길에 나가지 못하고 불우하게 일생을 보냈다. 그의 저작은 문집 4권, 시집 6권, 희곡 3종, 통속 이곡(通俗俚曲) 14종, 잡저 5책 등 다양하다. 다음은 『요재지이』에 수록되어 있는 두 편의 괴이담이다.

어느 곳에 구관조를 기르고 있는 사람이 있었다. 그는 어디를 가나 꼭 구관조와 함께 하였다. 어느 날 그는, 집에서 멀리 출타하였다가 마침 여비가 떨어져 난처한 입장에 놓이게 되었다. 그러자 구관조는 그에게 "나를 임금님한테 팔아요"라고 하였다. 그는 절대로 그렇게 할 수 없다고 하였다. 그러나 구관조는 계속 "괜찮습니다. 나를 팔고 성에서 20리 밖의 커다란 나무 밑에서 기다리세요" 라고 했다. 할 수 없이 그는 성 안으로 가서 구관조와 재미있게 이야기를 주고받았다. 많은 사람이 모여들었고, 그 가운데는 궁중에서 일하는 관리도 있었다. 관리는 궁으로 돌아가 임금님께 사실을 보고했다. 그래서 그는 구관조와 함께 궁 안으로 불려 들어갔다. 말 잘하는 구관조를 보고 임금님은 그 새를 가지고 싶으니 팔라고 하였으나 그는 팔고 싶지 않다고 말했다. 그래서 왕은 새에게 물었고 구관조는 왕과 함께 있고 싶다고 대답하였다. 그 말을 들은 왕은 매우 기뻐하였고, 또 그 새는 "열 냥만 주면 되겠지요. 많이 줄 필요는 없습니다"라고 하였다. 이리하여 구관조는 왕과 함께 있게 되었는데 왕은 어찌나 기뻤던지 새에게 고기를 먹였다. 고기를 다 먹고 난 후, 새는 목욕을 하고 싶다고 말했다. 그래서 왕은 금쟁반에 물을 가득히 채워놓고 새장을 열고 새를 꺼내주었다. 구관조는 왕과 이야기를 하면서 유유히 목욕을 즐긴 다음 홰를 치며 "임금님 안녕" 크게 외치며 날아 가버렸다. 그 후 사람들은 구관조가 주인과 함께 서안(西安)의 거리를 걷고 있는 것을 보았다고 했다.

─「구관조」

어느 서생에게 매일 밤 녹의녀가 찾아왔다. 그녀는 허리가 날씬하고 매우 노래를 잘 했다. 그 서생이 어느 날 밤 집으로 돌아오던 중 여자의 비명 소리를 들었다. 소리를 따라 가까이 가 보니, 녹색벌이 거미줄에 걸려 슬피 울고 있는 것이었다. 서생은 거미줄을 끊고 녹색벌을 구해주었다. 그러자 벌은 서생을 따라와, 서생의 책상 위에 놓인 벼루에 담긴 먹물에 몸을 적셔 '감사할 사(謝)'라는 글씨를 쓰고 날아 가버렸다.

─「녹의녀(綠衣女)」

『요재지이』의 내용은 다음 주제별로 묶을 수 있다. 첫째, 자연 재해, 시대사조, 시속의 변화 등을 반영하여, 특히 정치 사회 제도의 잘못과 탐관오리의 죄를 폭로 비판하고 있다. 둘째, 당시의 과거제도를 예리하게 풍자하고 있다. 셋째, 남녀의 애정 이야기를 주제로 삼고 있다. 넷째, 호색한의 황음한 생활에 대해 경계를 하고 있다. 다섯째, 윤리 도덕을 주제로 하고 있다.

● 『홍루몽(紅樓夢)』

『홍루몽』 작가 조점(曹霑, 1715~1763)의 자는 몽완(夢玩), 호는 설근(雪芹) 혹은 근계(芹溪)이다. 그의 선조는 원래 한족(漢族)이었으나, 뒤에 만족(滿族)이 되었다. 일찍이 그의 증조부, 조부, 백부, 부친 등은 청나라 황실의 관직을 맡아보았으며, 증조모는 한때 강희황제의 유모로 있었다. 또 조부는 강희황제의 글동무를 하며 그의 시중을 들었다. 그러나 강희 말, 옹정 초 황실 내부의 갈등으로 옹정 5년 조씨 일족은 죄를 얻어 가산을 몰수당하였다. 그 후 조씨 일가는 북경 서쪽 교외로 옮겨 궁핍한 생활을 하였다. 이 외중에 그는 『홍루몽』을 집필하였다. 그러나 건륭 27년

(1762), 그는 어린 아들을 잃고 극도로 상심한 나머지 병을 얻어 아들이 죽은 지 1년 뒤인 건륭 28년 겨울에『홍루몽』을 다 완성하지 못한 채 세상을 떠나게 되었다.『홍루몽』은 조설근의 80회의 뒤를 이어 고악(高鶚)이 40회를 더 썼으나, 앞 80회의 내용과 작가의 의도를 잘 파악하여 자연스럽게 잘 전개되어 있다.

『홍루몽』은 가보옥(賈寶玉)과 임대옥(林黛玉)의 애정 비극, 그리고 가보옥과 설보차(薛寶釵)의 결혼 비극을 중심으로 이야기가 전개된다. 이 소설의 배경은 금릉의 가씨(賈氏) 저택이며, 등장인물은 무려 400여 명이 넘는다. 줄거리는 다음과 같다.

청 왕조가 쇠퇴하고 붕괴의 길을 걷기 시작하면서 가씨네 가문도 차차 기울어져 갔다. 설상가상으로 가씨네는 사건을 일으켜 재산을 몰수당한다. 한편 가보옥은 병약한 임대옥을 사랑하지만, 집안의 실권을 쥐고 있는 할머니 사태군(史太君)은 그녀가 병약하다는 이유로 단호하게 결혼을 반대한다. 그리고 사태군은 가보옥과 설보차와의 결혼을 강력하게 추진한다. 이에 할 수 없이 가보옥은 과거를 보러가게 된다. 이후 임대옥은 설보차와 결혼하게 되는데, 결혼하는 날 쓸쓸하게 숨을 거둔다. 임대옥의 죽음으로 인생의 무상함을 깨달은 보옥은 과거 급제의 영예도, 부모와 처와의 인연도 버리고 출가하여 중이 된다. 보옥은 어느 날 비릉(毘陵) 나루터에서 우연히 아버지와 마주치지만, 목례만을 하고 다른 승려들과 함께 눈 속으로 사라진다.

『홍루몽』의 예술적 특징은 첫째, 묘사와 서술이 모두 생활 그 자체와 같이 사실적이고 자연스럽다는 점이다. 내용 역시 작가의 실제 경험을 토대로 하고 있으므로 등장인물들의 성격과 생활 등을 빈틈없이 서술하고 있다. 둘째, 서로 상반된 이야기를 잘 대비시킴으로써 내용을 매우 선명하게 독자들에게 드러내고 있다.

V. 근·현대 문학

1. 시대적 배경과 문학의 특징

중국 현대 문학은 청조 말기 입헌군주제를 주장하던 유신파(維新派)들이 중심이 되어 일어났던 시계혁명(詩界革命)과 소설계혁명(小說界革命)에서 비롯되어 5·4신문화운동[20]을 거치면서 성숙 발전되어 나간, 백화(白話)를 주요 표현 수단으로 삼은 문학을 말한다.

캉유웨이(姜有爲, 1858~1927)와 량치차오(梁啓超, 1873~1929)는 변법자강(變法自彊)을 내세워 유신을 주장하였고, 리홍장(李鴻章)과 줘충탕(左宗棠)은 서양의 과학 문명을 배워다가 중국을 부강하게 하자는 양무운동(洋務運動)을 일으켰다. 그리고 쑨원(孫文, 1866~1925)은 청제국을 타도하고 새로운 민주공화국을 건설하려는 혁명운동을 일으켰다.

이러한 서양에 대한 새로운 인식은 문학 면에 있어서도 똑같이 나타

---

20) 5·4신문화운동 : 과학과 민주를 사상적 기반으로 일체의 봉건적인 사상과 문화를 비판하고 이러한 사회적 운동을 통하여 '인간'에 대하여 새로운 가치를 부여하자는 시대정신을 반영하고 있는 운동.

났다. 1896,7년에 탄쓰퉁(譚嗣同, 1865~1898)과 샤쩡여우(夏曾佑, 1863~1924) 등이 신학지시(新學之詩)를 주장했고, 그 영향 아래 황쭌셴(黃遵憲, 1848~ 1905)이 시계별창론(詩界別創論)을 주장한 시론을 내놓았다. 또한 량치차오 의 소설개혁론을 뒷받침하여 우워야오(吳沃堯, 1867~1910)의 견책소설(譴責 小說)이 등장했다. 이 모두는 문학에 있어서 '유신' 또는 '양무운동'이라 할 수 있다. 그리고 이것은 정치혁명과 마찬가지로 문학혁명을 성립하 는 준비 과정이다.

또한 현대 문학의 성립 과정에서 서양 명작의 번역 소개도 한 몫을 담당했다. 린수(林紓, 1852~1924)는 듀마의『춘희』를 비롯하여, 디킨스, 셰 익스피어, 위고, 발자크, 톨스토이, 입센 등의 작품을 번역 소개했고, 옌 푸(嚴復, 1853~1921)는 소설보다도 헉슬리의『진화와 윤리』, 애덤 스미스 의『국부론』, 몽테스키외의『법의 정신』등 서양 사상에 관한 명저들을 번역 소개하였다.

1917년 1월 ≪신청년(新青年)≫(1915년 창간)에 게재된 후스(胡適, 1891~ 1962)의「문학개량추의(文學改良芻議)」는 백화문학운동을 주장하였고, 1918 년 천두슈(陳獨秀, 1879~1942)의「문학혁명론(文學革命論)」은 문학혁명의 이 론을 구체화시켰다. 뒤를 이어 1919년에 발생한 5·4운동은 중국 현대 문학 발전의 기폭제 역할을 하였다.

신해혁명(辛亥革命), 5·4신문화운동 이후의 정세는 이제까지의 운동 역 량과는 다른 새로운 역량, 즉 보다 근본적인 변혁의 필요성을 느끼게 되 었다. 그리고 결국 '문학혁명'에서 '혁명문학'에 대한 요구로 이전되는 결과를 가져오게 된다. 또한 1921년 이후 다양한 문학사단(文學社團)이 출 현하여 현대 문학 발전에 새로운 전기를 마련해주었다. 문학사단의 출현 으로 다양한 문학 이론과 창작을 실은 문예지가 발간되었고, 이를 통해 새로운 작가들이 다량 등단하게 된다. 이러한 현대 문학의 양적인 발전 과 확대는 곧 질적인 성장으로 이어지게 되고 이론적 성숙을 가져오게 된다. 창작의 이론적 실천적 발전의 과정에서 시대 상황과 맞물리는 적지 않은 진통을 겪었지만, 이를 토대로 새로운 발전의 계기를 열어갔다.

1927년 장제스(蔣介石)가 이끄는 국민 정부는 4·12정변을 일으켜 현대 문학사의 새로운 전환점을 마련하였다. 20년대 실험적 과정을 거치면서 성장한 작가들은 4·12정변 이후 30년대에 들어서면서 분명한 창작의 색채를 띠기 시작한다. 이 시기 문단은 크게 좌·우익으로 양분되는 양상을 보이기 시작하면서 이론과 창작을 둘러싼 논쟁 또한 첨예화되었다. 그리하여 현대 문학의 성숙을 앞당기는 역할을 하였다.

1937년 7월 7일 중일전쟁이 일어났다. 이로 말미암아 현대 문학은 또 다른 전환점을 맞이하게 된다. 일본제국주의의 침략으로부터 민족을 구한다는 대명제 하에 작가들은 결집되기 시작하였다. 이 시기에 중국 대륙은 일본군에게 함락된 윤함구(淪陷區, 상해조계지 고도 포함), 남경 함락 이후 중경으로 옮겨간 국민 정부가 통치하는 국통구(國統區), 공산당이 통치하는 해방구(解放區)로 구분된다. 일본군에게 함락된 상해의 조계지에서는 중국 민족의 항전 의식을 고취하는 창작과 공연 예술이 발전하게 되고, 인민 정부가 수립된 해방구에서는 1942년 연안문예강화(延安文藝講話) 이후 새로운 문학 형식을 모색하는 노력이 계속되었다.

20여 년에 걸친 국민당과 공산당의 대결은 1949년 10월 마오쩌둥(毛澤東)이 이끄는 공산당이 승리하면서 막을 내리고 중화인민공화국이 수립된다. 중국공산당의 승리는 단순히 정치 세력의 승리가 아닌 치열한 시대 참여 정신으로 일관해온 중국 현대 문학의 승리라고 할 수 있다.

이러한 중국 현대 문학의 특징은, 한마디로 문학이 적극적으로 현실에 대응 극복해 나가는 양상을 지닌다는 데 있다. 사상문화운동의 전위적 성격을 띤 초기의 문학혁명운동에서부터 혁명문학논쟁을 거쳐 좌·우 이념 대립과 갈등, 항일 투쟁의 선도적 역할, 민족해방투쟁에서 선전과 선동 및 대중에 대한 이념화 교육 작용에 이르기까지 중국 현대 문학은 적극적으로 시대가 당면한 현실 문제에 참여하였다. 따라서 이를 작가의 창작 속에 형상화시켜가고, 나아가서는 중국의 앞날에 대한 방향을 제시하기까지 하였다.

중국 현대 문학사의 서술은 관점에 따라 다양한 시기로 구분할 수 있다. 이러한 시기 구분을 종합해 보면 대략 발전 제1기(1917~1927년), 발전 제2기(1927~1937년), 발전 제3기(1937~1949년)이라는 세 단계로 구분할 수 있다. 발전 제1기는 1917년 문학혁명에서 1927년 장제스가 이끄는 국민당의 4·12정변이 발생하기 전까지의 기간을 말한다. 발전 제2기는 1927년 장제스의 4·12정변을 전후한 기간인데, 이 시기의 문학을 '좌련(左聯) 시기문학'이라고도 한다. 이는 1928년을 전후하여 20년대 문학혁명에서 혁명문학으로 전환되고 발전하는 시기이기 때문이다. 발전 제3기는 1937년 일어난 중일전쟁부터 1949년 10월 1일 중화인민공화국이 수립되기까지의 12년간을 가리킨다. 이 시기는 항일전쟁과 국공내전이라는 두 개의 역사적 사건을 배경으로 전개되는 문학 활동을 의미하기도 한다.

90년대 이후 중국 사회 전반의 이념적 경직성이 퇴색하면서 중국 현대 문학과 당대 문학의 시기 구분 및 통합에 관한 다양한 관점이 문학사 편찬에 반영되고 있다. 이 논의의 주된 논제는 현대 문학과 당대 문학을 구분하는 중화인민공화국 수립 시기를 과연 새로운 문학 양식의 출현 시기로 볼 수 있는지에 있다.

1949년 이후의 문학 역시 연안문예강화를 전후한 해방구 문예의 연장선상에서 본다면 지금까지의 현대를 구분하는 시각은 설득력을 잃고 만다. 그리고 문학사를 과연 정치 구조의 변화에 맞추어 구분할 수 있을지의 여부도 문제가 될 수 있다. 정치혁명에서 사상혁명으로, 다시 문학혁명이라는 나선형으로 발전해나간 중국 현대 문학은 문화대혁명을 거치면서 문학과 정치의 나선형 매듭이 풀리는 계기를 맞이하였다고 볼 수 있다. 이후 중국은 진정한 직업 작가군이 출현하게 된다. 이처럼 중

국의 현대 문학은 문화대혁명까지를 한 시기로 보고, 1978년 이후를 새
로운 현대 문학의 출발점으로 볼 수도 있을 것이다.

2. 시 문학의 흐름과 양상

현대 시 문학 발전 제1기는, 1917년 문학혁
명으로부터 1927년 장제스가 이끄는 국민당의 4·12정변이 발생하기 전
까지이다. 청말 량치차오가 시계혁명을 제창한 이후 5·4신문화운동에
이르러 백화신시가 완성된다. 후스를 비롯한 백화신시의 선구자들은 시
계혁명의 뒤를 이어 고전 시가의 형식을 극복한 새로운 자유체 백화시
를 창조하였다. 그리하여 신시는 인도주의와 언문일치를 중심으로 하는
20세기 중국 시가의 양식으로 자리 잡게 되었다.

초기 **백화신시**는 주로 ≪신청년≫, ≪신조(新潮)≫, ≪소년중국(少年中
國)≫, ≪성기평론(星期評論)≫, ≪학등(學燈)≫ 등에 발표되었고, 루쉰(魯迅
1881~1936), 후스(胡適, 1891~1962), 선인무어(沈尹默, 1882~1971), 류반눙(劉半
農, 1891~1934), 저우쭤런(周作人, 1885~1967), 류다바이(劉大白, 1880~1932) 등
이 신시 창작을 주도하였다. 그리고 후스의 시집 『상시집(嘗試集)』(1920),
궈모뤄(郭沫若, 1892~1978)의 시집 『여신(女神)』(1921) 등이 각각 출판되었다.

1923년 북경에서 성립된 **신월사(新月社)**의 활동 작가는 대부분 미국과
유럽의 유학생들이었는데, 원이두어(聞一多, 1899~1946)의 시집 『홍촉(紅燭)』
(1923), 쉬즈모(徐志摩, 1895~1931)의 시집 『지마의 시(志摩的詩)』(1925) 등이
각각 출판되었다.

문학연구회에서 활약한 시인들 주쯔칭(朱自淸, 1898~1948), 저우쭤런(朱作
人, 1885~1967), 위핑보(俞平伯, 1899~), 예성타오(葉紹鈞, 1893~1988) 등은 8

인의 시를 수록하여 시집 『설조(雪朝)』를 출판하였다. 이 가운데 주쯔칭의 장시 「훼멸(毀滅)」은 기교와 내용에 있어서 중국 현대시의 수준을 높였다. 이 밖에 리진파(李金髮, 1900~1976)는 상징파(象徵派) 시를 도입하여 실천에 옮겼고, 왕두칭(王獨淸, 1898~1940), 무무톈(穆木天, 1900~1971) 등도 상징적인 시를 썼다. 타고르의 영향을 받은 여류시인 셰빙신(謝氷心, 1900~)은 『번성(繁星)』(1923) 등의 시집을 통하여 여성다운 섬세한 서정으로 많은 관심을 끌었다.

현대 시 문학 발전 제2기는 1927년 장제스의 4·12정변 이후 중국 문단은 좌절감에 휩싸이게 되었고, 많은 시인들은 정치 현실에 혐오를 느끼면서 탈정치 성향을 나타내기 시작했다. 이 시기의 시단은 크게 넷으로 구분할 수 있다. 곧 신월시파(新月詩派), 현대시파(現代詩派), 중국시가회파(中國詩歌會派), 독립시인(獨立詩人) 등이 그것이다. 그러나 후기 신월파의 낭만주의 시는 신월파의 대표인 쉬즈모가 비행기 사고로 죽고, 원이두어가 시단을 떠나면서 해체의 길을 걷게 된다.

현대시파는 1932년 5월에 창간된 잡지 ≪현대월간(現代月刊)≫을 중심으로 활동하였는데, 대표적 시인은 다이왕수(戴望舒, 1905~1950)이다. 그는 프랑스 상징주의 시를 도입 소개하고, 그 자신도 상징주의 시를 썼다. 그래서 현대시파 혹은 상징주의시파라고도 한다. 그러나 상징주의 시가 본격적으로 중국에 도입된 것은 리진파(李金髮)에 의해서이다. 그는 1919년 프랑스에 유학하여 상징주의 시인인 보들레르에 심취하여 1920년부터 보들레르의 시를 모방하여 습작했으며 1923년에는 시집 『보슬비』를 엮기도 했다. 이 상징주의 시가 현대시파에 의해 다시 등장한 것이다. 다이왕수는 시집 『나의 기억(我的記憶)』(1929), 『망서초(望舒草)』(1932)를 통하여 상징주의 시를 내놓았다.

1930년 중국좌익작가연맹이 성립된 후 전개된 혁명시운동은 시의 대중화운동을 일으켰고, 1932년 **중국시가회**의 창립으로 이어졌다. 이처럼 중국시가회는 러시아 리얼리즘과 좌익문예운동의 영향을 받아 성립되었다. 중국시가회는 무무톈(穆木天, 1900~1971), 양사오(楊騷, 1900~1957), 푸펑(蒲風, 1911~1942) 등이 상해에서 창립하여 잡지 ≪신시가(新詩歌)≫를 창간하였다. 이 밖에 류첸(柳倩) 등 다수 중견 작가들이 합류했다. 푸펑은 시집 『망망한 밤(茫茫夜)』, 『생활』, 『강철의 노래(鋼鐵的歌唱)』, 『요람가』 등을 내놓았다.

이 밖에 독립시인인 장커자(臧克家, 1905~)는 시집 『낙인(烙印)』(1934), 『죄악의 검은 손(罪惡的黑手)』(1935) 등을 통해 고통 받는 대중들의 삶을 소재로 시를 썼다.

현대 시 문학 발전 제3기는 노구교(蘆溝橋, 1937년 7월 7일) 사건에서 비롯된 중일전쟁부터 중화인민공화국이 수립(1949년 10월 1일)되기까지의 12년을 가리킨다. 이 시기의 시 창작은 중일전쟁의 시대 상황과 맞물리면서 항전 의식을 고취하는 작품들이 주류를 이루게 된다. 1945년에는 일본이 패망하자 중국 전역은 국민당과 공산당의 내전 상황으로 빠져들게 된다. 공산당이 통치하는 해방구에서는 혁명전쟁과 토지개혁을 소재로 한 장편 서사시가 발전하였으며, 국민당이 통치하는 국통구에서는 칠월파 시와 국민당의 부패를 풍자하는 풍자시가 유행하였다.

전쟁 초기의 시는 먼저, 종이 위에 써서 발표하는 것이 아니라 집어들고 군중 속에 뛰어들어 소리쳐 읽고, 듣는 사람에게 애국 사상을 고취시키는 낭송시운동이 전개되었다. 낭송시운동이 시단을 풍미하던 시기에 **칠월시파**가 탄생하였다. 이들은 1937년 상해에서 문예지 ≪칠월≫을 창간하였는데, 전쟁으로 1941년에 정간되었다. 그 후 ≪칠월≫의 사상을 계승한 ≪희망≫이 1945년 후펑(胡風1902~1986)의 주간으로 중경에서 창간되었다. 칠월시파에 참가한 시인은 매우 광범위하였다. 칠월시파의 풍격을 대표하는 작품으로는 후펑의 「조국을 위한 노래(爲祖國而歌)」, 아이칭(艾靑, 1910~1996)의 「태양을 향하여(向太陽)」, 「북방(北方)」 등이 있

다. 특히 아이칭의 시집 『따옌허—나의 유모(大堰河-我的保姆)』에는 1932~
1934년까지 그가 감옥에서 쓴 시가 수록되어 있다.

구엽파(九葉派)는 40년대 후반 리얼리즘과 현대주의의 결합을 추구하
던 시인들을 말한다. 이들은 1947년 창간된 ≪시창조≫와 1948년 창
간된 ≪중국신시≫를 중심으로 작품 활동을 했다. 이들이 활동할 당
시에는 구엽파라는 명칭이 있었던 것은 아니다. 이 명칭은 1981년 이들
동인들이 『구엽집』이라는 시선집을 출판한 데서 연유한다. 구엽파의 시
인들은 무딴(辛笛), 천찡룽(陳敬容), 뚜윈셰(杜運燮), 차오신즈(曹辛之), 쩡민(鄭
敏) 등이다.

한편으로는 공산당 통치 기구인 해방구를 중심으로 토지개혁과 계급
투쟁을 묘사한 장편 서사시가 발전하였다. 대표적 작가와 작품으로는,
1946년 섬북 지방에 전해 내려오는 민간 고사를 근거로 한 리찌(李季,
1922~1980)의 「왕귀와 이향향(王貴與李香香)」, 루안쟝징(阮章競, 1914~2000)이
1949년 발표한 태행산 장하수에 사는 3명의 여인의 삶을 묘사한 「장하
수(漳河水)」 등이 있다.

또한 풍자시로는 웬쉐이파이(袁水拍, 1919~1982)의 정치 풍자 시집 『마
범타의 산가(馬凡陀的山歌)』, 『격동의 세월(沸騰的歲月)』 등이 있다. 장커자
의 풍자 시집 『보패아(寶貝兒)』, 『생명의 영도(生命的零度)』 등도 널리 주목
을 받았다.

○ 작품의 이해

• 『상시집(嘗試集)』—후스(胡適, 1891~1962)

후스의 본명은 후홍싱(胡洪騂), 자는 스즈(適之)이며, 안휘성(安徽省) 적계
(績溪)에서 태어났다. 1911년 미국에 유학하여 처음에 코넬대학에서 농학

을 공부하다가 다음해에 문과로 전학하여 철학을 전공했다. 졸업 후 콜롬비아대학 대학원에 입학하여 존 듀이 문하에서 수학하여 철학박사 학위를 받고, 1917년에 귀국하여 북경대학 교수가 되었다. 후에 북경대학 총장, 주미대사를 거쳐 대만에서 중앙연구원 원장을 역임했다.

후스는 1917년 2월부터 ≪신청년≫에 백화신시를 발표하였다. 이후 1920년에 발표한 그의 시집『상시집』은 중국 현대 문학사상 첫 번째 백화시집이다. 이 시집에는 1916~1920년 사이의 창작된 작품을 수록하고 있다. 제1편은 1916~1917년 후스의 미국 유학 시절에 쓴 것인데 21수의 시로 구성되어 있다. 그리고 이 시들은 비록 백화를 사용하고 있으나 대부분 5언시 혹은 7언시로 고전 시가의 틀을 벗어나지 못하고 있다. 반면 제2편은 그가 귀국한 후 1917~1919년에 쓴 것으로, 이 시들은 고전 시가의 틀에서 벗어나 백화를 사용하고 있으며 평측이나 압운 같은 형식의 구애를 받지 않고 있다. 후스의『상시집』은 사상이나 내용이 예술적인 면에서 큰 성과를 거두지 못하였으나, 언어 형식의 혁신을 통하여 백화신시의 가능성을 열었다고 평가할 수 있다. 또한 그 내용에서도 사회 현실을 반영한 진보적인 면을 엿볼 수 있다.

다음의 시「인력거꾼」은 어린 인력거꾼과 손님의 대화를 통해 신해혁명 이후에도 변하지 않는 사회의 어두운 현실을 드러내고 있다. 고전 시가의 격률을 벗어난 형식이지만, 산문시의 형태를 취하고 있다.

경찰법령 18세 이하 50세 이상,
모두 인력거꾼이 될 수 없음.

"인력거! 인력거!" 인력거는 날듯이 달린다.
손님이 인력거꾼을 보니 갑자기 가슴이 시리다.
손님은 인력거꾼에게 묻는다.
"올해 몇 살? 인력거를 얼마나 끌었냐?"
인력거꾼은 대답한다.

"올해 16살, 3년째 끌고 있소, 의심도 많소."
손님은 말한다.
"너는 너무 어려, 네 차를 탈 수 없다.
네 차를 타면 내가 마음이 아프다."
인력거꾼은 말한다.
"나는 반나절 손님이 없었소. 춥고 배고프오.
당신의 호의가 나의 주린 배를 채울 수 있는 것은 아니잖소.
난 어릴 적부터 인력거를 끌었지만,
경찰도 간섭하지 않는데, 당신이 뭐란 말이오."

— 「인력거꾼(人力車夫)」 전문

• 『여신(女神)』 — 귀모뤄(郭沫若, 1892~1978)

귀모뤄의 본명은 귀카이전(郭開貞), 호는 딩탕(鼎堂)이며, 필명으로 모뤄(沫若), 마이커앙(麥克昻), 이칸런(易坎人) 등을 가지고 있다. 사천성 낙산현의 상인집안에서 태어났다. 1914년 일본으로 유학하여 제1고등학교와 제6고등학교를 거쳐 규슈제국대학 의학부에서 수학했다. 1920년 시집 『여신』을 창작하여 1921년 '창조총서'의 하나로 출판하였다. 1921년 7월에 귀국하여 '창조사'를 창립하고 ≪창조계간≫을 창간하였다. 그의 첫 시집 『여신』은 낭만주의적 격정과 기성 사회에 대한 반항 정신을 담고 있어서 젊은 독자들로부터 크게 환영을 받았다. 그는 이어 ≪창조주보≫와 ≪창조일≫을 창간하고 활발하게 작품 활동을 하였다.

『여신』의 대표 작품 「봉황열반(鳳凰涅槃)」에서 그는 늙고 병든 중국을 상징하는 봉황이 500살을 산 후에 스스로를 불사르고 불 속에서 다시 부활한다는 신화를 인용하고 있다. 이 시의 구성은 '서곡, 봉의 노래(鳳歌), 황의 노래(凰歌), 봉황합창(鳳凰同歌), 봉황의 재생(鳳凰更生歌)'으로 기승전결(起承轉結)의 형식을 취하고 있다. 시의 결(結)에 해당되는 봉황갱생가에서는 봉황과 모든 새들이 함께 환희의 노래를 부르는 것으로 막을 내린다. 이는 중국의 부활을 염원하는 시인의 의지라고 볼 수 있다.

　다음의 시 「지구, 나의 어머니!(地球, 我的母親!)」는 범신론적 사상이 드러나 있다. 궈모뤄은 일본 유학 시절 스피노자의 범신론에 심취하였었다. 시인은 범신론에서 출발하여 지구를 자기의 어머니라고 생각한다. 그는 또한 농민은 늘 땅과 함께 하기 때문에 지구의 유일한 효자라고 찬양한다.

> …
>
> 지구여, 나의 어머니여!
> 나의 과거, 현재, 미래,
> 먹는 것은 당신이고, 입는 것도 당신이고, 사는 곳도 당신입니다.
> 나는 어떻게 해야 당신의 깊은 은혜에 보답할까요?
> …
> 지구여, 나의 어머니여!
> 나는 당신의 효자가 부럽습니다. 논밭의 농부들,
> 그들은 모든 인류의 보모이며,
> 당신은 늘 그들을 어루만져줍니다.
> …
>
> ― 「지구, 나의 어머니!(地球, 娥的母親!)」 부분

●『지마의 시(志摩的詩)』―쉬즈모(徐志摩, 1897~1931)

　'신월사'의 대표적 시인인 쉬즈모의 필명은 윈충허(雲中鶴), 난후(南湖)이며, 절강성(浙江省) 해녕현(海寧縣)의 부유한 실업가 집안에서 태어났다. 1918년 미국에 유학하여 클라크대학에서 은행학을 공부하였고, 다시 콜롬비아대학 대학원에서 정치학을 수학하였다. 1920년 영국으로 건너가 케임브리지대학에서 정치경제학을 수학하였다. 영국 유학 시절부터 문학에 관심을 가져 시를 쓰기 시작했다. 그는 영국의 유미주의와 인상주

의 문학에 심취하였는데, 주로 유미주의 문학파를 모방하여 시를 썼다.

1922년 귀국하여 북경대학, 청화대학, 평민대학 등 교수를 역임하면서 시를 창작하여 각 신문·잡지의 문예란에 발표하였다. 1924년 인도 시인 타고르가 중국을 방문하였을 때 통역을 맡았고, 그와 함께 유럽 여행을 하면서 많은 영향을 받았다. 1926년 4월에 ≪신보≫ 부간인 ≪시전≫을 창간하고 편집하면서 '신월시파(新月詩派)'를 형성하였으며, 1928년에는 상해에서 문예지 ≪신월≫을 창간하고 많은 신진 시인을 배출했다. 1931년 11월 비행기 추락 사건으로 사망하여 '신월사'도 곧 해체되었다.

『지마의 시』 초기 작품은 어두운 현실 가운데서도 이상과 자유를 추구하는 시인의 진취적인 품격이 반영되어 있다. 그리고 1925년 이후의 작품은 대체로 인생과 애정에 관한 내용을 담고 있으며, 감성적·신비적 애수를 자아내고 있다. 시 「우연(偶然)」은 만남과 헤어질 때의 허무함을 느껴지게 하는 시로, 격률시 이론에 충실한 작품이다.

나는 하늘가에 떠도는 한 조각구름
우연히 당신의 마음에 투영된 것일 뿐
당신은 의아해 할 것 없고,
기뻐할 필요는 더욱 없습니다.
한순간에 사라질 테니까요.

당신과 나는 어두운 밤바다에서 만났습니다.
당신은 당신의, 나는 나의 길이 있습니다.
당신은 나를 기억해도 좋습니다.
그러나 가장 좋은 것은 잊는 것입니다.
이 만남의 순간에 우리 서로 빛을 놔 버려요

— 「우연(偶然)」 전문

• 「나의 기억(我的記憶)」 ― 다이왕수(戴望舒, 1905~1950)

다이왕수는 절강성 항주에서 태어났다. 중학교 시절부터 문학을 좋아하여 문학모임을 갖고 문예지를 만들었다. 상해 복단대학(復旦大學)에서 프랑스 문학을 전공하면서, 프랑스 상징주의 문학을 접하게 되었다. 1926년 스져춘(施蟄存), 류나오우(劉吶歐) 등과 함께 문예지 ≪영락순간(瓔珞旬刊)≫을 창간하고, 1928년에는 문예지 ≪무궤열차≫, 1932년에는 ≪현대월간≫을 창간하면서 상징주의 시운동을 전개하였다. 그는 시 창작 외에 프랑스 작가들의 작품 번역에 주력하기도 하였다.

시 「나의 기억」은 1927년 4 · 12 이후 시기의 무기력함을 표현하고 있다. 모든 것이 기억처럼 허무하고 아득하여 잡을 수 없는 듯하기에, 오로지 기억 속에서만 위로 받을 수 있다는 것이다.

> 나의 기억은 나에게 충실하다.
> 충실함을 넘어서 가장 좋은 친구이다.
>
> 그는 타들어가는 담배에 존재하고,
> 그는 백합화가 그려진 붓대에 존재하고
> 그는 낡은 분합에 존재하고,
> 그는 허물어진 담벽의 넝쿨에 존재하고,
> 그는 반쯤 마신 술병에 존재하고,
> 지난날 찢어버린 원고지의 시 속에, 눌려 있는 마른 꽃잎에,
> 침침한 등불에, 고요한 물위에,
> 영혼이 있고 영혼이 없는 모든 사물에,
> 그는 도처에 존재한다, 마치 내가 이 세상에 있는 것처럼.
> …

― 「나의 기억」 부분

• 『강철의 노래(鋼鐵的歌唱)』—푸펑(蒲風, 1911~1942)

　　푸펑의 본명은 황르화(黃日華)이며 광동성 매현에서 태어나 상해 중국 공학에서 수학하였다. 1927년부터 시를 쓰기 시작하여, 1932년 상해에서 무무톈 등과 함께 중국시가회를 조직하고 적극적으로 활동했다. 푸펑의 시는 대부분 농촌의 현실 생활을 소재로 삼아 고통 받는 농민들의 생활과 각성을 반영하였다. 「망망한 밤(茫茫夜)」은 이러한 내용을 반영한 장편서사시이다. 또한 1936년에 쓴 「강철의 노래」는 전투적 품격을 잘 나타내고 있다.

> 진리는 자석,
> 우리는 강철,
> 우리의 깊은 마음을 통해,
> 우리는 영원히 밀착한다, 밀착!
>
> 기율(紀律)은 전류,
> 우리는 철선,
> 적들의 포탄을 맞이하며,
> 전광처럼, 우리는 죽이며 나아간다, 죽이며 나아간다.
> …

—「강철의 노래」 부분

• 「따옌허—나의 유모(大堰河—我的保姆)」—아이칭(艾青, 1910~1996)

　　아이칭의 본명은 장하이청(蔣海澄)이며 절강성 금화현에서 태어났다. 태어나자마자 가난한 농촌 부녀에게 맡겨졌으며 '따옌허'는 바로 그를 키워준 유모를 가리키는 것이다. 중학교를 졸업하고 1928년 항주 서호 예술학원 회화과에 입학하였으나 이듬해 바로 프랑스 파리로 유학하여

3년을 보냈다. 1932년 1·28사변이 일어나던 날 아이칭은 프랑스에서 귀국하여 상해에서 좌익미술가협회에 가입하여 반일운동을 전개했다. 그러다가 국민당 정부에 의해 체포되어 투옥되었다. 「따옌허-나의 유모」는 옥중에서 쓴 시이다.

3. 소설 문학의 흐름과 양상

　　소설 문학 발전 제1기는, 1918년 루쉰의 「광인일기(狂人日記)」가 ≪신청년≫에 발표되면서 출발하였고, 이에 중국 소설사는 새로운 전기를 맞이하게 된다. 루쉰은 1918~1922년 사이의 작품을 모아 『눌함(吶喊)』, 1923~1925년 사이의 작품을 모아 『방황(彷徨)』 이라는 작품집을 내놓았다. 이 두 작품은 신해혁명부터 20년대 중반까지 중국의 사회상을 제재로 쓴 계몽소설집이다. 특히 루쉰의 대표 작품 「아큐정전」은 1921년 12월~1922년 2월 사이에 쓴 소설로 중국 현대소설의 기념비적 작품으로 평가받고 있다.

문학연구회 계열에 활동한 작가들은 주로 문제소설, 향토소설 등에 관심을 가졌다. 최초로 문제소설을 창작한 사람은 후스인데, 그는 1919년 7월 27일 ≪매주평론(每週評論)≫에 「어떤 문제(一個問題)」라는 단편소설을 발표하였다. 이후 문제소설들이 연이어 발표되었다. 작가와 대표적 작품으로는 예성타오(葉紹鈞)의 장편소설 『혜지(惠之)』, 『예환지(倪煥之)』, 빙신(氷心, 1900~1999)의 「두 가정(兩个家庭)」, 「초인(超人)」, 왕퉁조(王統照, 1897~1957)의 「삶과 죽음의 행렬(生與死的行列)」, 「산비(山雨)」, 루인(盧隱, 1889~1934)의 「해변의 친구(海濱故人)」, 「영혼도 팔 수 있나(靈魂可以賣嗎)」, 쉬디산(許地山, 1893~1941)의 「집짓는 거미(綴網勞蛛)」, 「비총리의 응접실(在費總理底客廳裏)」 등이 있다.

또한 1920년대 중반 중국 문단에 새로운 작가군이 형성되었다. 이는 소위 '향토소설파'로서 1923년에 발족되어 1920년대 중반에 활약하였다. 이들은 주로 농촌 출신 작가로서 고향을 떠나 도시나 타향에 거주하면서 향촌을 소재로 작품을 썼는데, 이것을 향토소설이라고 한다. 루쉰의 「아큐정전」, 「축복」, 「고향」 등에서 비롯되었다고 볼 수 있다. 대표적인 작가와 작품으로는 왕런수(王任叔, 1901~1972)의 「고단한 사람(廢疲儱者)」, 쉬친원(許欽文, 1897~1984)의 「채석장(石宕)」, 「미친 여자(瘋婦)」, 왕루옌(王魯彦, 1901~1944)의 「얼간이 아탁(阿卓呆子)」 등이 있다.

20년대 문제소설과 향토소설이 인생파 창작의 실천적 성과라고 한다면, 자전적 소설은 예술파 창작의 성과라고 할 수 있다. 자전소설은 내면의 자아를 자연스럽게 표출한다는 예술파의 서정적 특성을 가장 잘 반영하고 있다. 자전소설을 또한 신변소설이라고도 한다. 자전소설의 대표적 작가와 작품은 창조사 계열의 위다푸(郁達夫, 1896~1945)의 「침륜(沈

淪」을 들 수 있다.

1927년 이후 중국 소설은 20년대 실험적 단계를 거쳐 성숙기에 접어들기 시작하였다. 소설 문학 발전 제2기에 접어든 것이다. 이 시기의 소설 작가군은 20년대 출현한 문학사단과 다르게, 공통된 문학 주장을 가지고 창작 활동을 전개한 것은 아니다. 창작 경향과 활동 지역에 따라 작가들 스스로 혹은 독자에 의해 분류되거나 명명되는 경우가 많았다. 그리고 좌련의 형성 이후, 사상적으로 공통된 창작 경향을 나타내기도 하였다. 이러한 사상적 정치적 성향을 띤 작품들의 출현은 4·12정변과 만주사변 이후 더욱 두드러지게 증가하였다. 이 시기의 소설 특징을 정리하면 다음과 같다.

먼저, 소설 창작에 나타난 가장 큰 특징으로 삼부곡 형태를 갖춘 장편소설의 출현을 들 수 있다. 대표적 작가와 작품으로 마오둔(茅盾, 1896~1981)의 『식삼부곡(蝕三部曲)』인 「환멸(幻滅)」, 「동요(動搖)」, 「추구(追求)」가 있다. 특히 마오둔의 『한밤중(子夜)』은 루쉰의 『눌함』 이후 성공작으로 꼽힌다. 그리고 바진(巴金, 1905~1999)의 『격류삼부곡(激流三部曲)』인 「가(家)」, 「춘(春)」, 「추(秋)」가 있다. 그 밖에 라오서(老舍, 1899~1976)의 『낙타상자(駱駝祥子)』, 『묘성기(猫城記)』, 선충원(沈從文, 1902~1988)의 『변성(邊城)』, 여류작가 샤오훙(蕭紅, 1911~1943)의 『생사의 장(生死場)』 등이 있다.

다음으로 소설 창작의 특징은, 창작 경향이 다양하게 펼쳐지면서 새로운 소설유파가 형성되었다는 것이다. 곧 좌련 작가군, 경파(京派) 작가[21]군, 동북(東北) 작가[22]군, 신감각파 작가군이 그것이다. 선충원은 경

---

21) 경파 작가(京派作家) : 일반적으로 20년대 말~40년대까지 북경이나 북방 도시를 중심으로 공부를 하거나 작품 활동을 하던 작가들을 가리킨다. 그들의 신분은 대부분 대학생이거나 교수가 대다수였고, 창작에 있어서 자유주의 입장을 견지하며, ≪대공보·문예부간(大公報文藝副刊)≫, ≪문학잡지≫, ≪수성(水星)≫ 등을 문학 진지로 삼았다.

22) 동북 작가(東北作家) : 30년대 중반부터 동북의 만주지역에서 남하한 작가들을 말한다. 초기에는 일본군 점령 하에 있는 동북지역 농민들의 고난과 투쟁을 주로 소

파의 대표적 작가로 활동하면서 「백자(栢子)」, 「장부(丈夫)」 등 많은 단편소설을 남겼다. 샤오쥔(蕭軍, 1907~1988)은 동북 작가군의 대표적 작가로 활동하면서 「팔월의 향촌(八月的鄕村)」 등의 작품을 남겼다. 그 밖에 이 시기의 소설은 다양한 인물이 등장함으로써 인물 묘사의 기교가 발달하여 내면 심리를 세밀하고 사실적 기법으로 그려냈다.

소설 문학 발전 제3기는 중일전쟁의 시작을 기점으로 항일전쟁과 일본 패망 이후 제2차 국공내전시기의 문학을 중심으로 전개된다. 따라서 이 시기의 소설 문학의 특징은 세 가지로 정리할 수 있다.

먼저 40년대에도 기존 소설가들의 활동이 계속되어 우수한 장편소설이 많이 발표되었다는 점이다. 대표적인 작가와 작품으로는 바진(巴金)의 「추운 밤(寒夜)」, 라오서(老舍)의 「4대가 한집에(四世同堂)」, 마오둔(矛盾)의 「부식(腐蝕)」, 「단풍이 진달래같이 붉다(霜葉紅似二月花)」, 사팅(沙汀)의 「도금기(淘金記)」, 「곤수기(困獸記)」 등이 있다.

다음으로는 공산당 통치 지역인 해방구를 중심으로 단행된 토지개혁과 계급투쟁을 소재로 다룬 소설들이 등장한다. 대표적 작가와 작품으로는 딩링(丁玲, 1904~1986)의 「사비여사의 일기(莎非女士的日記)」, 「태양은 상간강에 비추네(太陽照在桑干河上)」, 자오수리(趙樹理, 1906~1970)의 「소이흑의 결혼(小二黑結婚)」, 「이유재의 타령(李有才板話)」, 『리씨마을의 변천(李家莊的變遷)』, 저우리포(周立波, 1908~1979)의 「사나운 바람과 모진 비(暴風驟雨)」 등이 있다.

또한 남경이 함락된 후 국민당 정부가 옮겨간 중경과 상해고도에서 쓰인 소설이 있다. 대표적인 작가와 작품으로는 첸종슈(錢鍾書, 1910~)의 장편소설 『위성(圍城)』, 여류 작가 장아이링(張愛玲, 1921~)의 『금쇄기(金鎖記)』 등이 있다.

설화했다. 그러나 점점 창작 경향을 바꾸어 9·18사변 이전 동북 지방 농촌의 생활과 풍습을 작품에 반영했다.

○ 작품의 이해

• 「아큐정전(阿Q正傳)」 ─ 루쉰(魯迅, 1881~1936)

루쉰의 본명은 저우수런(周樹人)이며, 절강성 소흥(紹興)에서 태어났다. 그가 13세 되던 해, 조부가 반역 사건에 연루되어 옥살이를 하고, 아버지가 3년 간 중병을 앓다가 세상을 떠났다. 그는 학업을 중단하고 농촌에 있던 외가에서 생활하게 되었는데, 이것은 그가 농민과 농촌 생활에 대한 깊은 이해를 하게 된 계기가 되었다. 18세 되던 해, 남경의 강남수사학당(江南水師學堂)에 입학하였고, 후에 광무철로학당(鑛務鐵路學堂)으로 옮겼다. 1902년 국비유학생으로 일본에 건너가 1904년 센다이(仙臺)의학전문학교에 입학하였다. 그런데 그는 수업시간에 영사기 필름을 통하여, 일본군에게 붙잡혀 곧 참수당하게 될 동포를 멍하니 구경하고 있는 중국 사람들을 보는 순간, '우리에게 있어서 무엇보다도 가장 중요한 것은 그들의 정신을 깨우쳐 주는 것이며, 정신을 깨우치는데 가장 좋은 수단은 더 말할 것도 없이 문예'라고 인식하게 되었다.

1909년 8월 중국으로 귀국한 그는 항주에서 교편을 잡았다. 1912년 2월 남경 임시정부 교육부의 직원이 되어 5월에 북경으로 옮겼다. 그러다가 ≪신청년≫ 편집을 맡고 있던 친구 첸쉬안통(錢玄同, 1887~1938)의 권유로 다시 집필을 시작하여 루쉰이라는 필명으로 중국 신문학사상 첫 번째 백화소설 『광인일기』를 발표하였다.

「아큐정전」은 1921년 12월~1922년 2월 사이에 쓴 소설로서 중국 현대 소설의 기념비적 작품으로 평가받고 있다. 이 작품은 신해혁명 시기 중국 농촌 사회를 배경으로 수천 년 봉건 통치를 받으면서 중국 민족에게 형성된 노예적인 의식에서 깨어나지 못한 우매한 중국인의 비참한 운명을 묘사하였다. 이 작품을 쓰게 된 동기는 이미 중국 민족에게 깊이 뿌리박힌 '정신승리법(精神勝利法)'과 같은 정신적 해악을 비판하고 나아가서 낙후된 국민성을 개조하고자 하는 데 있다. 아큐의 정신승리법과 성격적 특징은 오랜 세월 봉건 통치의 영향과 제국주의 열강의 침략으로 반봉건·반식민지 상태로 전락한 중국의 민족성을 대변하고 있는 것이다. 줄거리는 다음과 같다.

　아큐는 미장(未莊) 마을 성황당에서 집도 가족도 없이 지내면서 날품팔이로 생계를 유지한다. 그는 심지어 자신의 성도 모른다. 그러나 아큐에게 그런 것은 문제가 되지 않는다. 마을 사람들이 그를 비웃어 "아큐는 일을 참 잘해!"라고 말하면 그저 기뻐한다. 아큐는 미장(未莊)에서 온갖 수모를 당하면서도 자신을 억압하는 자들과 맞서 싸울 생각은 하지 않고 자신과 처지가 비슷한 약자들에게 분풀이를 한다. 아큐는 자신과 처지가 비슷한 왕(王)털보나 소디(小D)를 업신여긴다. 그래서 그들에게 싸움을 거나 지고 만다. 그래도 그는 자아도취적인 정신승리법에 빠져 스스로를 위로하며 자신이 이긴 것 같은 착각에 빠진다. 아큐는 건달들에게 머리채를 잡히고 건달들이 "네 입으로 말해봐라! 사람이 짐승을 때린 것이라고." 하고 요구하면 스스로 "난 벌레야"라고 인정한다. 그런 후 자신을 스스로 벌레라고 경멸할 줄 아는 제일인자라고 생각하며 만족해한다.

　아큐는 자기보다 약자 입장에 있는 정수암(靜修庵)의 젊은 비구니를 희롱하면서 승리의 쾌감을 얻는다. 그런데 여승을 꼬집은 손가락이 근질거리는 데서 그는 문득 여자를 느낀다. 그래서 조(趙)나으리의 집 하녀인 오마(吳媽)에게 치근거리다가 그만 조나으리에게 두들겨 맞는다. 그 사건 후 이상하게도 마을 여자들은 아큐를 피하기 시작하였고, 그를 고용해주는 사람도 없다. 그는 먹고살기가 어려워 할 수 없이 미장을 떠난다.

　반년의 세월이 지난 뒤 아큐는 다시 미장에 나타난다. 이번에는 아주 돈푼이나 있는 것처럼 보였기 때문에 마을 사람들의 화제에 오르게 된다. 아큐가 자기는 도시에 사는 관리의 집에 있다고 말하자 어떤 사람들은 그를 존경하기도 한다. 그러나 아큐가 옷을 많이 가지고 있는 것이 아무래도 수상하며 불량배들이 물어본 결과 실은 좀도둑질했음이 들통 난다. 그래서 그의 입장은 다시 불리해지게 된다.

　선통(宣統) 3년 9월, 미장에도 혁명에 대한 소문이 퍼져 온 마을이 불안으로 떨게 된다. 아큐는 그때까지 혁명이란 모반과 같은 것으로 좋지 않은 것이라고 생각해 왔다. 그러나 도시의 관리 나으리들까지 떠는 것을 보고 혁명이란 참 좋은 것이라고 생각하게 된다. 아큐는 별로 재미있는 일이 없어 심심하던 차에, 술을 마시고 자기가 혁명당원이라도 된 듯한 기분이 되어 떠들며 다닌다. 그러자 마을 사람 모두는 그를 무서워하여 비위를 맞추려든다. 그는 여러 가지 공상을 하며 흥분한다.

어느 날 밤, 조나으리 집이 약탈당하는 것을 바라보며, 아큐는 자기가 혁명당에 입당하지 못했기 때문에 한 몫 들지 못한다고 생각하여 원통해 한다. 그러나 뜻하지 않게 그로부터 나흘 뒤 성황당이 군대에게 포위된다. 그들에게 아큐는 약탈 혐의자로 쉽게 체포되어 감옥에 갇히게 된다. 아큐는 영문도 모른 채 약탈 사건에 대해 취조를 받게 된다. 그는 횡설수설할 수밖에 없다. 취조 받은 조서에는 글을 쓸 줄 몰라 서명 대신 동그라미를 그린다.

흰옷을 입고 차를 타고난 후에야 비로소 아큐는 자기가 사형에 처해진다는 사실을 알고 놀란다. 형장으로 가는 길 양쪽에 수많은 구경꾼들이 줄지어 아큐에게 욕지거리를 퍼붓는다. 그는 무서우면서도 한편으로 우쭐해지는 감정을 느낀다. 그 무리들 속에는 오마도 있다. 아큐는 오마가 자기를 보는 것을 보고 행복감에 잠긴다. 그러나 오마는 병사들의 총을 바라보고 있을 뿐이다.

• 『**예환지**(倪煥之)』―예성타오(葉紹鈞, 1894~1988)

예성타오의 본명은 성타오(聖陶)이며, 강소성 소주 출생이다. 문학연구회의 창립 회원으로 신문학 초기에 많은 활동을 하였다. 1911년 중학을 졸업하였으나 가정 형편이 어려워 대학 진학을 포기하고 초등학교에서 아이들을 가르쳤다. 그는 1914년부터 문언문으로 소설을 쓰기 시작했다. 10년 동안 교사로 재직하면서 청소년과 교육계의 여러 문제들과 직면하고, 소도시에 사는 유지나 노동자들의 삶도 많이 접하게 된다. 이런 것들이 그를 문제소설의 대표작가로 성장하게 하는 계기가 된다. 중화인민공화국 수립 후 출판총서 부서장, 교육부 부부장, 인민교육출판사 사장을 역임하였으며, 제5차 전국인민대표회의 상무위원, 제5차 전국정치협상회의 상무위원과 중국문련 위원에 선출되기도 했다.

그의 대표작이라 할 수 있는 1928년에 쓴 장편소설 『예환지』는 5·4

이전~1927년 대혁명 시기에 이르는 시대의 사회상을 사실적으로 반영하고 있으며, 당시 지식인들의 혁명에 대한 환상과 나약함, 동요 등을 적나라하게 묘사하고 있다. 줄거리는 다음과 같다.

주인공 예환지는 청조 말기에 태어나 중학에 다니던 시절부터 신해혁명의 영향을 받아 민주적 사상을 접하기 시작한다. 그는 당시의 진보적 경향을 가진 지식인들처럼 애국의 방법으로 교육 사업을 택한다. 그래서 그는 시골 초등학교의 교사로 부임하여 사회를 변모시킬 인재를 배양하는 교육만이 중국을 구하는 길이라는 데 교장과 뜻을 같이하고 학생 교육에 전념한다. 이렇게 그는 교육을 통해 어두운 사회 현실을 극복해 나가고자 노력하였으나, 매번 수구적 인물들의 압력으로 '교육 이상'은 실패하고 결국 환멸에 빠진다.

한편 그의 이상적인 애정관은 자신과 뜻을 같이하는 사람과 진정한 애정을 나누면서 일생을 동반자로 살아가는 것이다. 그는 사상이나 이상, 취미 등이 자신과 비슷한 김패장(金佩璋)을 사랑하게 된다. 그러나 잔인한 현실은 예환지의 이상을 실현할 수 없게 만든다. 결혼 후 김패장은 예환지의 예상과는 달리 가정생활을 유지하기 위하여 정열이나 이상, 교육, 독서 등은 모두 뒷전으로 밀어버린다. 이러한 결혼 생활은 예환지를 다시 한 번 환멸로 몰아간다. 그러던 어느 날 5·4운동이 일어나자 예환지는 인재 양성보다는 일반인을 각성시키는 것이 더 중요하다고 여겨 사회 활동을 시작한다. 예환지는 새로운 희망을 가지고 적극적으로 자신이 사는 소도시에서 '교육 사업'을 일으키고자 한다. 그러나 5·4운동의 조류가 지나가자 열정도 식어버리고 적막감과 우울함으로 나날을 보내게 된다. 그는 후에 왕악산(王樂山)이 죽음을 당하자 술로 세월을 보내며 실의에 잠겨 있다가 병을 얻어 사망한다.

• 『침륜(沈淪)』─위다푸(郁達夫, 1896~1945)

위다푸의 본명은 원(文), 다푸는 자이다. 절강성 부양현의 몰락한 사대부 가정에서 태어났다. 항주중학교를 다니다가 중도에 포기하고 다시 고향으로 돌아와 고전 문학에 몰두한다. 1911년 그의 나이 17세 때 형을 따라 일본으로 유학을 떠난다. 그리고 동경 제1고등학교, 나고야 제8고등학교에서 예과 시절을 거쳐 당시 동경제국대학 정치경제학부를

1922년에 마친다. 일본 유학 기간 중 그는 러시아, 독일, 영국, 프랑스 등의 문학을 접하면서 창작 활동을 시작한다. 귀국 후 북경대학, 무창대학(武昌大學), 중산대학에서 학생들을 가르치다가, 1927년 봄 상해로 돌아와 대혁명에 참가하고자 하였으나 4·12정변으로 대혁명이 실패하자 실망한다. 1945년 9월 일본 헌병에게 암살당한다.

1921년 5월에 발표한 『침륜』은 위다푸의 처녀작인 동시에 대표작으로 문단에 큰 파문을 일으켰다. 이 작품은 낭만주의 계열에 속한 것으로, 위다푸가 속해 있던 초기 《창조사》의 '자아'와 '개성'을 중시하던 경향의 연장선상에 있다. 작품의 독백체, 일기문의 사용 그리고 신변소설적, 자서전적 형식은 '자아'와 '개성'의 표출, '내면적 요구'의 표현과 표리를 이루는 것이다. 이 작품은 일본 유학생인 주인공의 우울한 성격과 변태적인 성 심리, 약소국의 유학생이 겪는 민족적인 모멸감을 세밀하게 묘사하고 있다. 줄거리는 다음과 같다.

주인공 '그'는 세 살 때 아버지를 여의고 형의 도움으로 일본으로 유학을 가지만 형과 의절하고 경제적인 어려움에 빠진다. 그는 정의감이 강해 사회 현실에 적응하기 힘든 성격의 소유자이다. 그는 자유를 매우 사랑하지만 객관적인 조건은 그것을 허락하지 않는다. 또한 그는 부패한 사회의 모순이나 민족 차별에 대해 분노할 줄 알지만, 이를 극복해 나갈 실천 의지가 없다. 그는 늘 과다한 감상과 우울증에 시달리며 한숨으로 세월을 보낸다. 이러한 그의 성격은 그를 더욱 고통스럽게 만든다. '그'의 주위에 있는 유학생들은 공부를 게을리 해도 귀국해서 출세하지만, 자신은 열심히 공부해도 전망이 없어 보인다. 게다가 일본에서 중국 유학생이 받는 모멸감으로 인해 정신적 고통에 시달린다. 한편으로 이성에 대한 관심과 애정에 대한 갈망으로 늘 고민한다. 이러한 현실 상황은 그를 갈수록 심한 우울증으로 몰아넣는다. 유일한 해결 방법은 관음증과 자위행위밖에 없다. 그는 매달 말일이 가까워지면 다음 달부터는 자위행위를 끊고 새 생활을 시작할 각오를 하지만, 이조차도 실천할 의지가 부족하여 번번이 실패하고, 사랑하는 여인에게 고백을 해도 자신의 신분적 한계로 사랑을 얻기도 어렵다. 그는 이러한 성적 고민에서 헤어나지 못하고 자괴감에 시달리다가 자살로 생을 마감한다.

• 『한밤중(子夜)』─마오둔(矛盾, 1896~1981)

마오둔의 본명은 선더훙(沈德鴻), 자는 옌빙(雁氷)으로, 마오둔이라는 이름은 최초의 작품 『환멸(幻滅)』을 발표할 때부터 사용한 필명이다. 절강성 동향현(桐鄕縣)에서 태어났다. 그의 아버지는 당시 '유신파'였으나 마오둔이 어린 시절 30세로 요절하였다. 마오둔은 어머니로부터 문학적 소양을 전수받았다. 1914년 북경대학 예과에 입학하였으나 가정 형편이 어려워 상해에서 편집과 번역일을 맡아 일했다. 1921년 예성타오(葉紹鈞) 등과 문학연구회를 창립하고 '인생을 위한 문학'을 주장했다. 이 시기 그는 원앙호접파(鴛鴦胡蝶派)의 ≪소설월보≫를 인수하여 문학연구회의 진지로 삼았다. 또한 그는 1921년 상해에서 중국공산당에 가입하고, 1923년 상해대학에서 교편을 잡았다. 1930년 그는 좌익작가연맹에 적극적으로 참여하여 좌익문예운동의 발전에 기여했다. 이후 1936년 좌익작가연맹이 해산된 후, 문예계의 항일민족전선을 구축하는 데 열중하여 1938년 중화전국문예계항적협회(中國全國文藝界抗敵協會)의 이사, 1949년 7월에는 중화전국예술계연합회 부주석과 중화전국문학사업공작자협회 주석을 역임했다. 중화인민공화국 수립 이후 그는 제1문화부장, 정치협상회의 상무위원 등을 역임하였고 중국 문학과 외국 문학 교류에 힘썼다.

그의 소설 『식삼부곡(蝕三部曲)』은 작가 자신이 직접 체험한 대혁명의 과정을 소재로 당시 사회상과 청년들의 열정과 나약함, 동요하는 심리 등을 사실적으로 반영하였다. 1932년 혁명문학의 대표 작품 『한밤중(子夜)』은 민족산업자본가와 매판금융자본가의 모순과 갈등을 구성의 중심에 두고, 30년대 중국 사회의 복잡한 문제들을 입체적으로 조명하고 있다. 작품의 규모가 매우 방대하며 민족자산계급과 제국주의 매판자본가간의 첨예한 모순, 민주 세력과 봉건 세력 간의 투쟁, 자본가와 노동자들의 갈등 등을 중점적으로 묘사하였다. 또한 당시 자본주의의 도시화된 상해의 냉혹한 인간 관계, 자본주의가 가져온 부패와 타락 등 한밤중과 같은 중국 사회의 암흑상을 폭넓게 그려내고 있다. 작품의 줄 거리와 내용은 다음과 같다.

주인공 오손보(吳蓀甫)는 패기 있고 포부가 큰 민족산업자본가이다. 그는 자 신의 고향에 발전소를 세우고 중국의 민족 산업을 발전시킬 계획을 세운다. 그 는 당시로서는 드물게 해외 경험도 풍부하고, 유럽과 미국을 다니면서 많은 지 식을 쌓은 뛰어난 계책과 수완의 소유자이다. 그래서 그는 직장과 가정에서의 위엄이 대단하며 산업계의 동료들 사이에서도 인정을 받는다. 이러한 지위와 경력은 그에게 자신감을 심어주는 동시에 자신을 과신하게 만든다. 그는 중국 의 산업이 서구인들의 손에 넘어가는 것은 중국의 기업인들이 경영을 모르기 때문이라고 생각한다. 그래서 그는 민족 산업을 독립적으로 운영하고 자신의 자본왕국을 세울 계획을 세운다. 이러한 계획을 실현하기 위해 그는 거침없이 기업을 확장해 나간다. 그는 추호의 동정심도 없이 진군의(陳君宜)의 견직물공 장과 주음추(朱吟秋)의 제사공장 등 작은 공장들을 인수한다. 그리고 손길인(孫 吉人), 왕화보(王和甫) 등과 결탁하여 조직한 익중신탁공사(益中信托公司)를 본 거지로 삼아 단번에 여덟 개의 일용품 공장을 손에 넣는다.
그러나 오손보조차도 제국주의 세력을 등에 업은 매판자본가 조백도(趙伯韜) 에게는 어쩔 수 없다. 조백도가 농간을 부리자 오손보는 작은 공장들을 삼킬 수 없게 되고, 그가 뒤에서 익중신탁공사와 일부 은행과의 거래를 방해하자 오 손보는 조백도의 위력을 두려워하게 된다. 게다가 군벌전쟁으로 소비가 급감하 자 공장을 더 늘리려는 오손보의 계획은 앞길이 막히게 된다. 오손보는 결국 미리 조백도가 쳐 놓은 덫, 채권시장에 의지하는 수밖에 없다. 결국 오손보는 조백도와의 투쟁 과정에서 파산하게 된다.

이는 중국의 민족 산업이 반식민지 현실 앞에서는 부흥할 수 없다는 것을 보여주고 있다. 이 작품에서 또 하나의 주류를 형성하고 있는 것 은 '상해노동자'들의 이야기이다. 당시 상해는 1925년의 '5·30운동'이나 대혁명 기간의 '총파업'에서 보여주듯이 중국 노동운동의 핵심지였다. 그러나 '4·12쿠데타' 이후 노동조합과 노동자들에게 가혹한 탄압과 학

살을 가하게 되자 노동운동은 극히 침체된 상태에 이르게 되었다. 이
작품은 이러한 노동현실을 반영할 뿐만 아니라 모험주의적 노선을 추구
한 당시 공산당 지도자인 리리싼의 잘못된 지도도 반영하고 있다.

이 밖에도 오나으리와 증창해를 중심으로 한 봉건 세력의 몰락 양상,
풍운경을 위시로 하는 봉건 지주의 파렴치한 모습, 범박문·이옥정 등
소자산계급의 향락적이고 기회주의적인 행동, 도유악을 구심점으로 하는
자본가 주구세력들의 양태들을 극히 사실적이고 전형적으로 묘사하고
있다.

•『낙타상자(駱駝祥子)』—라오서(老舍, 1899~1976)

라오서의 본명은 수칭춘(舒慶春), 자는 서위(舍予)이다. 그는 북경의 가난
한 만주족 가정에서 태어나 어린 시절부터 북경의 도시 하층민의 생활을
이해하였다. 1917년 북경사범학교를 졸업하고 천진 남개중학 등에서 교
편을 잡기도 했다. 1924년 영국 런던의 동방학원에서 중국어를 가르치면
서 소설을 쓰기 시작했다. 1947년 중일전쟁이 일어나자 라오서는 중경으
로 가서 중화전국문예계항적협회에서 항전문예사업에 종사했다.

1935년에 발표한 『낙타상자』는 그의 대표적인 작품으로, 군벌이 통치
하던 20년대 북경을 배경으로 도시 빈민의 애환을 그리고 있다. 곧 시
골에서 상경하여 자신의 인력거를 소유하는 것을 유일한 꿈으로 삼고
살아가던 인력거꾼의 비극적인 삶을 그려내고 있는 것이다. 이 작품은
사상 내용 면에서 성실하게 살아가려는 사람을 짐승처럼 만들어 가는
어두운 사회의 현실을 고발하고 있다. 또한 개인적인 노력과 분투만으
로는 이러한 사회의 구조적인 모순을 극복하기 힘들다는 것을 보여주고
있다. 줄거리는 다음과 같다.

농촌에서 태어난 상자(祥子)는 부모가 죽자, 18세가 되던 해에 북경으로 와 인력거회사의 인력거꾼으로 살아간다. 그는 부지런하고 정직하며 선량한 성품의 소유자로 삶에 대한 의욕도 강하다. 그는 남의 인력거를 끌면서 언젠가는 자신의 인력거를 가지고 독립적이며 자유로운 인력거꾼으로 살아가려는 꿈을 가지고 있다. 그는 3년간의 노력 끝에 인력거를 한 대 장만한다. 그러나 어느 날 위험을 무릅쓰고 전쟁터가 된 청화(淸華)로 가는 손님을 태우고 가다가, 군인에게 잡혀 인력거를 빼앗기고 자신은 병영에서 잡일을 하는 신세가 된다. 얼마 후, 상자는 병영이 혼란한 틈을 타 낙타 3필을 훔쳐 달아난다. 시골마을에 이르러 낙타를 팔았는데 그만 병이 든다. 혼수상태에서 그가 낙타의 일을 중얼거려, 그에게 '낙타상자'라는 별명이 붙게 된다.

병이 낫자 상자는 전에 일하던 인력거회사로 다시 돌아간다. 그 주인에게는 37세 된 무남독녀 호뉴(虎妞)가 있었는데, 어느 날 밤 상자는 호뉴의 꾐에 빠져 그녀와 관계를 갖게 되고, 임신하였다는 말에 속아 그녀와 결혼한다. 그리고 호뉴의 돈으로 인력거를 한 대 마련한다. 그러나 상자는 호뉴가 임신하지 않은 사실을 알고 분해하며 호뉴를 미워하게 된다. 그러나 후에 호뉴가 정말로 임신하여 난산으로 죽게 되자 장례비를 마련하기 위해 다시 인력거를 팔게 된다.

호뉴(虎紐)가 죽고 나서 그는 자신과 같은 처지에 있는 소복자(小福子)를 사랑하게 되고 다시 한 번 재기하려는 노력을 하게 된다. 그러나 소복자는 살기 위해 어쩔 수 없이 기생집으로 팔려갔다가 굴욕적인 생활을 견디지 못하고 자살하고 만다. 결국 상자는 인력거도 잃게 되고 사랑마저도 잃게 되어 다시 재기하려는 희망을 포기하게 된다. 당시의 어두운 사회 현실은 자신의 인력거를 가지고 성실하게 살아가고자 하는 한 인간의 소박한 꿈을 수차례 짓밟아 놓는다. 결국 수차례의 좌절 속에서도 부지런하고 선량하게 살아가려던 상자도 마침내 타락의 길을 걷게 된다.

• 『태양은 상간강에 비추네(太陽照在桑干河上)』—딩링(丁玲, 1904~1986)

딩링의 본명은 장웨이(蔣慰), 자는 빙즈(氷之)이며 호남성 임풍현(臨澧縣)에서 태어났다. 그녀는 중학 시절 5·4신문화운동을 겪었고, 1924년 상해대학 중국문학부에서 공부하였으며, 1927년부터 ≪소설월보≫에 처녀작 「몽가(夢珂)」를 발표하면서 창작 활동을 했다. 이후 두 번째 작품 『사비여사의 일기(莎菲女士的日記)』를 발표하여 작가로서 명성을 얻었다.

1930년 '좌련'에, 1932년 중국공산당에 가입하였다. 1933년 국민당에 의해 체포되었다가 1936년 출옥하여 연안으로 갔다. 1946년 화북연합대학 토지공작대와 함께 화북 농촌의 토지개혁운동에 참가하고, 이 시기의 경험을 바탕으로 1948년 장편소설『태양은 상간강에 비추네』를 완성한다.

작가의 원래 계획은 투쟁, 토지 분배, 참전 등 세 부분으로 나누어 쓰려고 하였으나 제1부만 완성하였다. 딩링은 토지개혁 과정을 예술적으로 재현하는 과정에서 다양한 유형의 성격을 지닌 농민과 간부의 형상을 묘사하였다. 이러한 인물 형상은 대부분 복잡하게 종횡으로 교차된 사회적 관계와 생활을 지니고 있다. 작가는 이들을 농촌 사회의 주인공으로 등장시키고 투쟁 속에서 각성해 나가는 인물들로 묘사하고 있다. 작품을 간략하면 다음과 같다.

하북 지역의 상간강 근처의 난수둔(暖水屯)에서는 농민 장유민(張裕民), 정인(程仁)과 지주 전문귀(錢文貴), 이자준(李子俊), 강세영(姜世榮) 등이 토지개혁 문제로 대립하고 있다. 장유민은 난수둔의 공산당원으로 침착하고 성실한 성품을 지니고 있다. 그는 대중을 규합하는 방법으로 사상적 갈등을 겪기도 하지만, 결국 자신의 신념을 더욱 확고하게 굳혀 나가는 인물이다. 정인은 지주집안 머슴 출신으로 소박하고 성실하지만, 지주 계급에게 원한을 가지고 있는 인물이다. 그러나 전문귀의 조카 흑니(黑妮)와 사랑하는 사이로 투쟁의 과정 중 갈등을 겪는다. 그러나 장유민과 정인이 겪는 갈등은 결국 그들의 투쟁 의지를 더욱 확고하게 하는 계기가 될 뿐이다. 그리하여 그들은 대중들로부터 신임을 받고 간부들 사이에서는 설득력을 지닌 중요한 인물이 된다.

한편 지주 전문귀는 난수둔이 해방되자 자신의 지위를 중농이라 속이고 장인과 사위 관계를 이용하여 치안원 장정전(張正典)을 당의 간부들 사이에서 자기의 대변인으로 이용하고, 작은 아들을 전쟁터로 보내 항일 가족이라는 명분을 얻으려 한다. 또한 조카 흑니와 정인의 관계를 이용하여 농민의 단결을 와해시키려고 한다. 전문귀는 마을의 복잡하고 미묘한 인간 관계를 이용하여 자신을 보호하고 토지개혁을 와해시키려는 음모를 꾸미고, 이 과정에서 토지개혁 운동은 복잡한 모순에 빠져든다. 이자준은 본래 나약하고 우유부단한 인물로 투쟁을 회피하고 자신을 보호하기 위하여 아들을 참전시킨다. 그는 자신의 대변자 역할을 해줄 간부를 찾으며, 유언비어를 퍼뜨려 토지개혁을 방해한다.

그러나 많은 농민들은 당장 눈앞에 놓인 이익에 현혹되지 않고, 토지개혁의 좌절도 회피하지 않으면서 지주와 투쟁을 계속한다. 그리하여 점차 전문귀의 진면목을 깨닫게 되고 얽혀있던 복잡한 모순들을 하나씩 풀어간다. 그리하여 계급 관계·사회 관계 가운데서 진행되는 토지개혁운동은 우여곡절 끝에 농민의 승리로 돌아가게 된다.

•『리씨마을의 변천(李家庄的變遷)』―자오수리(趙樹理, 1906~1970)

자오수리는 본명이며 산서성(山西省) 심수현(沁水縣)의 가난한 농민의 아들로 태어났다. 그는 1925년 산서성 장치사범학교 재학 중 학생운동에 가담한 이유로 제적된다. 1937년 공산당에 가입하고 항일운동에 참가했다. 30년대 초부터 소설을 쓰기 시작한 그는 1943년 그의 대표작이라고 할 수 있는『소이흑의 결혼(小二黑結婚)』을 발표했다. 그해 10월 해방구 문예의 대표작이라고 할 수 있는 중편소설「이유재판화(李有才板話)」를 발표하고, 1945년 장편소설『리씨마을의 변천』을 완성했다. 이 작품은 농민과 지주 사이의 모순을 그리고 있는데, 주인공 철우의 점진적인 각성 과정을 중심축으로 1929~1945년까지의 약 20년 동안 산서성 태행산의 한 마을 리씨마을의 변화를 개괄적으로 묘사하고 있다. 철우라는 인물은 단순한 반항 의식에서 출발하여 자각적인 투쟁의 길에 들어서는 중국 농민 형상의 전형이 된다. 줄거리는 다음과 같다.

주인공 철우는 이씨마을에서 가장 가난한 오래호(타지방 출신)로 선량하고 소박한 농민이다. 그는 매우 악독한 지주 이여진과 그의 조카 춘희, 소희 등의 잔혹한 착취와 압박으로 파산하고 생계마저 유지할 수 없게 되자, 유랑의 길에 올라 도시의 날품팔이로 전락한다. 그는 날품을 파는 과정에서 공산당원 소상을 만나 교육을 받고, 새로운 신념을 마음속에 간직하기 시작한다. 마을로 돌아온 철우는 공산당과 소상에 대한 이야기를 하다가 공도단에 끌려가 1년 남짓 중노동을 하지만, 항전이 시작되면서 풀려나 소상과 공산당대회를 개최하고 희맹회에 가입하게 된다. 마을에서 희맹회 명부를 재작성하는 과정에서 철우는 희맹회 비서로 선출되어 조직적인 변혁운동에 참여한다. 마을에서는 감조감식 운동이 진행되지만, 지주들의 교묘한 방해책동으로 말미암아 제대로 진행되지 못한다. 그러는 가운데 마을에 일본군이 진주하자 소희는 일본군의 앞잡이가 된다. 다시 팔로군이 진주하자 지주계급의 처리를 둘러싸고 현 정부와 염석산 의 전지대 사이에 갈등이 벌어진다. 이러는 과정에서 소상은 염석산에 의해 생 매장당하고, 철우는 팔로군에 입대하여 해방 후에는 이씨마을의 구장이 되어 대중을 이끄는 역할을 맡게 된다. 일본이 항복하자 장제스 및 명석산 군대와의 전투를 위해 철우는 마을 청년들을 이끌고 출정한다.

4. 산문 문학의 흐름과 양상

중국 고대 문학에서는 운문인 시가 이외의 모든 작품을 망라하여 막연하게 산문이라는 명칭을 붙였다. 그러나 신 문학운동 이후 정통 문학에서 배척당했던 소설·희극이 광의의 산문 범 주에서 벗어나 하나의 문학 장르로 자리 잡고, 산문의 개념도 서방의 근대 문예이론의 유입에 따라 새롭게 확립되었다. 중국 현대 산문은 전 통 산문의 기초 위에 외래 사조를 받아들여 발전한 것으로 서정 산문, 서사 산문, 의론 산문(議論散文)만을 포함하는 협의의 개념으로 한정되었 다. 잡감(雜感), 단평, 수필, 서신, 일기, 보고, 통신문, 기행문 등의 형식 만 산문 범주에 포함된 것이다.

한 편의 산문은 일반적으로 의론, 서정, 서사의 요소를 어느 정도 포 함하고 있으나, 대략 의론성 산문(議論性散文), 서정성 산문(抒情性散文), 서 사성 산문(敍事性散文) 등으로 나뉜다. 의론성 산문의 대표적인 글은 잡 문, 서정성 산문의 대표적인 글은 소품문(小品文), 서사성 산문의 대표적 인 글은 보고문학(報告文學)을 꼽는다.

산문 문학 발전 제1기는 수상록식의 잡문과 서정과 서사가 결합된 소품문의 글이 두드러졌다. 보고문학은 잡문이나 소품문에 비해 늦게 나타났고, 30년대에 들어서 본격적으로 발전하였다.

5·4운동 시기에는 봉건 전제주의에 반대하는 사상계몽운동이 전개되었기 때문에 특히 의론성 산문인 잡문이 발달하였다. 잡지 ≪신청년≫은 1918년 4월호부터 '수감록(隨感錄)'이라는 칼럼을 만들어 천두슈(陳獨秀, 1879~1942), 류반눙(劉牛農), 첸쉬안퉁(錢玄同), 루쉰(魯迅) 등의 문명 비평과 사회 비평 같은 비평 수필을 발표하면서 현대 산문이 본격적으로 출현하게 되었는데, 후에 이런 산문을 '잡문'이라고 하였다. 잡문은 직접적으로 당대의 현실을 반영하기 때문에 선명한 시대 의식과 참된 사회상이 드러나 있다.

소품문은 의론성 산문보다 좀 늦게 등장했다. 초기에는 소품문을 '미문'이라고도 하였는데, 저우쭤런(周作人, 1885~1967)이 처음 제기한 것으로 문학혁명 초기 서정과 서사에 치중한 백화 산문을 가리킨다. 초기 백화 산문 중에 유기(游記), 통신(通信), 서정소품(抒情小品), 수필(隨筆), 산문시(散文詩) 등이 여기에 속한다. 미문의 명작으로는 빙신의 「웃음」, 「옛일(往事)」, 주쯔칭(朱自淸, 1898~1948)의 「연못에 어린 달빛(荷塘月色)」, 쉬디산(許地山, 1893~1941)의 「공산영우(空山靈雨)」, 루쉰의 「가을밤(秋夜)」 등이 있다. 잡문으로는 루쉰, 저우쭤런, 린위탕(林語堂, 1895~1976), 천두슈, 리다자오(李大釗) 등을 들 수 있고, 소품문은 위다푸, 쉬즈모, 주쯔칭, 빙신, 쉬디산 등을 들 수 있다.

특히 루쉰은 1925~1927년 사이에 쓴 글들을 모아 『화개집(華蓋集)』, 『화개집 속편』, 『이이집(而已集)』으로 묶었고, 1924~1926년에 이르는 2년 동안에는 산문으로 칭송되는 『들풀(野草)』과 어릴 때 회상을 쓴 『아침 꽃을 저녁에 줍다(朝花夕拾)』 등 10편을 썼다.

산문 문학 발전 제2기는 1930년대에 해당한다. 좌련은 비록 무산계급

문학이라는 기치를 내세웠으나, 그들의 산문인 '잡문'은 주로 정치 선전으로 이용되거나 논적(論敵)에 대한 공격용으로 사용되었다. 이 시기 루쉰의 산문도 주로 국민당 정부에 대한 비판으로, 흔히 투창(投槍)이나 비수(匕首)에 비유된다. 1930년 6월에는 좌련에 맞서 국민당에서도 우익 작가들을 후원하여 민족주의 문예파를 결성시키고, ≪전봉주보(全鋒週報)≫, ≪전봉월간(全鋒月刊)≫ 등의 잡지를 창간하였는데 이들의 산문 역시 정치 선전과 좌련에 대한 공격이 주축이 되어 '잡문'으로 분류된다.

이들 외에 어느 파에도 속하지 않고 자기의 문학 활동에만 전념하여 좋은 작품을 남긴 독립작가들이 있다. 그 중에서도 ≪어사(語絲)≫의 주요 작가였던 린위탕은 ≪논어(論語)≫, ≪인간세(人間世)≫, ≪우주풍(宇宙風)≫을 창간하여 ≪어사≫의 뒤를 이어 30년대 산문인 '소품문'의 한 맥을 장식하였다.

'보고문학'은 문예성의 통신 보고로 사람들이 관심을 갖는 사회적 또는 정치적 사건을 신속하고 사실적으로 보도하기 때문에, 다른 어떠한 문학 장르보다 그 시대나 사회와 매우 밀접한 관계를 맺고 있다. 중국에서 첫 번째 현대 보고문학은 취추바이(瞿秋白, 1899~1935)가 1922년 ≪신보(晨報)≫ 기자로 소련에 파견되어 있을 때, 사회주의 국가의 실상을 보고 기록한 「러시아 시골 기록(餓鄕紀程)」이다. 그러나 중국에서 보고문학이 활발히 쓰인 것은 30년대 들어 좌련이 보고문학을 선전의 무기로 삼아 적극 장려하면서부터이다. 이 시기의 대표적인 보고문학 작품으로는 샤옌(夏衍)의 「고용노동자(包身工)」와 쑹즈더(宋之的)의 「1936년 봄, 태원에서(一九三六年春在太原)」 등이 있다.

항일전쟁 초기의 창작 활동은 침체 상태에 놓여 있었다. 그런데 항일투쟁의 현실을 반영하면서 선전 효과를 발휘할 수 있고 대중이 즐겨 읽을 수 있는 보고문학은 성행했다. 항일전쟁 시기에 가장 영향력이 컸던

간행물인 ≪항전문예(抗戰文藝)≫와 ≪문예진지(文藝陣地)≫에 1938~1939
년 사이에 매 기별로 2~3편의 보고문학 작품이 발표되었다. 샤오첸(蕭
乾)은 1930년대에 산문 통신을 발표하였으며, 『작은 나뭇잎(小樹葉)』, 『지
는 해(落日)』 등의 산문집을 출판하기도 했다. 또한 당시 많은 잡문을 발
표한 작가로는 샤옌(夏衍), 멍차오(孟超), 송윈빈(宋雲彬), 펑쉐펑(馮雪峰) 등이
있다. 멍차오의 『장야집(長夜集)』, 송윈빈의 『파계초(破戒草)』, 펑쉐펑의 『향
풍과 시풍(鄕風和市風)』 등의 잡문집이 대표적이다.

1940년대 해방구의 보고문학은 크게 발전하였다. 해방구의 보고문학
은 혁명 역사의 기록이라고 할 수 있는데, 일반 신문 보도에 비해 더욱
자세하고 구체적이며 예술적인 것이 특징이다. 이 시기의 대표적 작가
로는 저우리포(周立波), 딩링(丁玲), 류바이이위(劉白羽), 저우얼푸(周而復), 화산
(華山) 등을 들 수 있다. 딩링의 『섬북풍경(陜北風景)』, 류바이이위의 『동북을
돌아서(環行東北)』, 『역사의 폭풍우(歷史的暴風雨)』 등의 보고문학집이 유명
하다.

○ 작품의 이해

• 『들풀(野草)』―루쉰(魯迅, 1881~1936)

루쉰은 1918년부터 잡문을 쓰기 시작하여 주로 '잡문'이라는 이름으로
≪신청년≫의 '수감록(隨感錄)'에 발표하였다. 『화개집』에는 그가 1925년
북경에 있을 때 ≪국민신보(國民晨報)≫ 부간(副刊), ≪경보≫ 부간, ≪어사
(語絲)≫, ≪망원(莽原)≫ 등의 간행물에 게재하였던 31편의 잡문이 수록
되어 있다. 『화개집 속편』에는 그가 북경과 하문(厦門)에 있을 때 주로
≪국민신보≫ 부간, ≪신보(晨報)≫ 부간, ≪세계일보≫ 부간, ≪망원≫ 등
에 게재되었던 23편의 잡문이 수록되어 있다. 『이이집』은 1927년 루쉰이

광주와 상해에서 쓴 잡문 29편이 수록되어 있는데, 이는 주로 ≪어사≫,
≪북신(北新)≫ 등에 게재되었던 문장들이다.

『들풀(野草)』은 루쉰이 1924~1926년까지 북경에 머물던 기간에 쓴 시
적인 산문과 머리말(題辭) 등 모두 24편의 문장을 수록하고 있다. 이는
대부분 ≪어사≫에 게재되었던 작품들이다. 『들풀』의 작품들은 대체로
5·4운동의 열기가 식기 시작하고 신문화운동 행렬에 분열이 일어나는
시기 루쉰의 암울한 정서를 반영하고 있다. 제목을 '들풀'로 한 것은
5·4퇴조기와 군벌 정부의 탄압 속에서도 꺾이지 않고 생명력을 유지해
가는 들풀과 같은 대중의 전투 정신을 의미하는 것이다. 『들풀』에 수록
된 작품들은 루쉰의 사상가, 소설가, 시인으로서의 냉정함과 열정, 상상
력 등이 잘 드러나 있다. 『아침 꽃을 저녁에 줍다』는 루쉰이 1926년 북
경과 하문에서 쓴 글 12편을 수록하고 있다. 작품집에 나타나 있듯이, 이
작품은 지난 일을 회고하는 형식으로 ≪망원≫에 발표되었던 글들이다.

루쉰의 전반기 잡문의 내용은 대체로 봉건 윤리와 예교(禮敎)의 폐단
을 폭로하고 비판하는 혁명 정신과 과학과 민주를 요구하는 사상이 핵
심을 이루고 있다. 총체적으로 볼 때 20년대 루쉰의 잡문은 반제반봉건
의 전투 정신을 나타내고 있으며 작가의 혁명적 요구를 반영하고 있다.

> 나는 침묵할 때 충만감을 느낀다. 나는 입을 열자마자 공허함을 느낀다. 과
> 거의 생명은 이미 죽었다. 나는 그 죽음이 참으로 기쁘다. 죽음으로 하여 그것
> 이 예전에 살아 있었다는 것을 알 수 있기 때문이다. 죽은 생명은 벌써 썩었다.
> 나는 그 썩음이 참으로 기쁘다. 썩음으로 하여 그것이 공허한 존재가 아니라는
> 것을 알 수 있기 때문이다.
>
> 생명의 흙을 대지에 뿌렸지만 큰나무는 자라지 않고 들풀뿐이다. 내 죄다.
> 들풀은 뿌리도 깊지 않고, 꽃과 잎도 예쁘지 않다. 하지만 들풀은 이슬을 먹고
> 물을 마시고 오래 전에 죽은 사람의 피와 살을 먹고 저마다 자신의 삶을 누린
> 다. 들풀은 살아가면서 인간들에게 짓밟히고, 낫으로 베이기도 하고, 그러다 결
> 국 죽는다. 썩는다.

그러나 나는 담담하다. 기쁘다. 나는 웃는다. 나는 노래한다.

나는 나의 들풀을 사랑한다. 그러나 나는 들풀로 자신을 장식하는 대지를 증오한다.

대지의 불이 지하에서 오가며 돌진한다. 용암이 솟구치면 모든 들풀도, 큰나무도 다 불에 탈 것이다. 그렇게 되면 썩을 것도 없게 될 것이다.

하지만 나는 담담하다. 기쁘다. 나는 크게 웃는다. 노래한다.

천지가 이렇게 적막하니 내가 크게 웃을 수도, 노래할 수도 없다. 천지가 이렇게 적막하지 않다고 해도 나는 그렇게 하지 못할 것이다. 밝음과 어둠, 삶과 죽음, 과거와 미래 사이에서 이 한 묶음의 들풀을 벗들과 원수들, 사람과 동물, 사랑하는 사람들과 사랑하지 않는 사람들 앞에 나의 증거로써 바친다.

내 자신을 위해, 벗들과 원수들, 사랑하는 사람들과 사랑하지 않는 사람들을 위해 이 들풀들이 하루빨리 죽고 썩기를 희망한다. 그렇지 않으면 나는 예전에 살지 않은 것이 될 것이니 이는 죽음이나 썩는 것보다 더 불행한 일이다.

가라, 들풀아! 나의 머리글과 더불어.

— 「머리글」 전문

●「유머론」23) — 린위탕(林語堂, 1895~1976)

린위탕은 1895년 10월 10일 복건성(福建省) 장주(漳州) 평화련 판자에서 태어났다. 초등학교를 마치고 심원서원에서 공부하면서 영어에 많은 흥미를 느꼈다. 또한 그의 나이 12세 때 고향 판자에 교회가 설립되고 미국인 전도사가 활동하면서 그 영향을 많이 받았다. 22세 때인 1916년 성요한대학을 졸업하고 북경 청화학교 교사로 부임했다. 29세 때 독일 라이프치히대학에서 언어학을 공부하여 철학박사 학위를 받고 귀국하여, 북경대학교 영문학과 언어학 교수로 초빙되어 '유머론'을 제창, 1934년 「유머론」을 발표했다. 「내 조국 내 민족」, 「생활인의 발견」 등 빼어난 수필을 많이 남기고 있다. 다음은 「유머론」의 한 부분이다.

---

23) 이 글의 원제는 「논유묵(論幽默)」으로 『나의 말』 상편 『행소집(行素集)』에 실려 있다.

　　한 나라의 문화를 저울질하는 가장 좋은 방법은, 그 나라 사람들의 '희극
(comedy)'과 '희극적 개념(comic idea)'의 발달을 보는 것이며, 그리고 희극의 진정
한 표준은 사상을 함축하고 있는 웃음을 자아낼 수 있느냐를 보는 것이다.

— 조지 메리디스의『희극론』중에서

　　유머는 본래 인생의 일부분이다. 그러므로 한 나라의 문화가 상당한 수준에
이르면 반드시 유머 문학이 나타난다. 사람의 지혜가 발달하여 각종 문제에 대
응하고서도 여유가 생기면 조용히 나타나는 것, 그것이 바로 유머인 것이다. 또
는 사람이 일단 총명해지면, 인간의 지혜 그 자체에 대해서 의혹을 품게 되고
도처에서 인간의 어리석음, 모순, 편견 그리고 자만 같은 것을 발견하게 되는데,
이때 유머도 따라서 나타나게 된다. 이를테면 페르시아의 천문학자이자 시인인
오마르 하이얌24)이 곧 이런 종류의 사람이다.『시경』의「당풍(唐風)」가운데 남
자인지 여자인지 알 수 없는 한 무명 시인은 인생의 공허함을 느낀 나머지,

　　당신은 수레와 말이 있어도 몰 줄도 채찍질할 줄도 모르네
　　갑자기 죽게 되면 남들이 차지하여 즐기게 되리(「산유추(山有樞)」)

라고 읊었을 때도 이미 유머러스한 태도가 배어 있다. 그리고 유머란 그저 조
용하면서 서두르지 않는 달관의 태도를 지킨다.「정풍(鄭風)」에서,

　　그대가 진정 날 사랑한다면 치마 걷고 진수라도 건너겠지만
　　그대가 날 사랑하지 않는다면 어찌 다른 사람이 없으리까(「건상(褰裳)」)

라고 읊은 여자의 노래에도 유머의 의미가 함축되어 있다. 그러다가 최고의 두
뇌를 가진 장자가 나타나서야 드디어 세상을 종횡으로 논하면서 그에 대응하는
유머 사상 및 유머 문장이 나오게 되었고, 그래서 장자를 중국 유머의 시조라
고 칭하게 된 것이다. 태사공(太史公)25)이 장자를 골계(滑稽)26)라고 칭한 것도

---

24) 오마르 하이얌(Omar Khayyam, 1040~1123) : 페르시아의 시인, 수학자, 천문학자.
16세기에 나온 그레고리 달력보다 더 정확한 달력을 만들었으며, 3차 방정식의 기
하학적 해결을 연구했다. 4행 시집인『루바이야트』는 영국의 시인이자 번역가인 피
츠제럴드(Fitzgerald, 1809~1883)가 영어로 번역한 후 세계적으로 유명해졌다.
25) 태사공(太史公) :『사기(史記)』를 편찬한 사마천(司馬遷, 기원전 약 145~?). 사마천
이 역사를 기록하는 '태사'라는 관직에 있었기 때문에 흔히 태사공이라 칭한다. 사
마천은 서한 시대의 사학자이자 문학가이다. 기원전 104년 무렵부터 역사서 편찬을
시작하였다. 기원전 99년 흉노에 항복한 장군 이릉(李陵)을 변호하다가 무제의 미움

이런 뜻에서였지만, 그 뿌리를 노자로까지 거슬러 올라가도 안 될 까닭은 없다.

(…중략…)

우리들이 노장의 글을 읽고 그 위인들을 알고자 할 때면, 흔히 시고 맵기만 하고 온화하고 윤택한 맛이 모자람을 느끼게 된다. 그러나 그들의 원대함과 심오함이나 일세를 꿰뚫는 눈을 두고 이야기한다면, 확실히 진정한 희극적 정신의 표출이 아닐 수 없다.

그런데 노자에게는 쓴웃음(苦笑)이 많고, 장자에게는 미친 듯한 웃음(狂笑)이 많다. 노자의 웃음은 날카롭고, 장자의 웃음은 호탕하다. 대체로 초탈파는 세속에 대해서 분개하고 질투하는 염세주의로 흐르기 쉽고, 분개와 질투의 경지에 이르게 되면 곧 유머의 따뜻하고 도타운 뜻을 잃어버리고 만다. 굴원(屈原)27)과 가의(賈誼)28)에게서 유머를 거의 찾을 수 없는 것도 이 때문이다. 유머는 따뜻하고 도탑기 때문에, 초탈과 동시에 세상과 인간을 가엾게 여기는 마음을 갖게 되는 것이다. 이것이 바로 서양에서 말하는 유머이자 재치 있고 날카로운 풍자로 영어로는 위트(wit)라고 한다.

한편 공자는 온화하면서도 엄숙했고, 공경스러우면서도 안정되어 있었고, 꼭 해야 되는 것도 없었고, 꼭 필요한 것도 없었고, 할 수 있는 것도 없었으며, 할 수 없는 것도 없었던 것이, 그야말로 유머의 태도에 가까웠다. 공자는 유머러스했지만 다른 유자들은 그렇지 못했다. 이는 가장 뚜렷하게 드러나는 사실이다. 내가 공자에게서 취한 것은, 오히려 그가 군왕 앞에서 보인 조심스러운 태도가 아니고, 그가 향당(鄉黨)에서 보여준 신실한 태도이다. 그런데 썩은 유자가 취한

을 사 투옥되어 궁형(宮刑 : 생식기를 자르는 형벌)을 받았다. 출옥한 후 중서령(中書令)에 임명되었다. 그는 자신의 억울함과 솟아오르는 분을 『사기』의 편찬에 쏟았다. 그리하여 기원전 91년 중국 최초 기전체(紀傳體) 통사가 완성되었다.

26) 골계(滑稽) : 『사기』의 열전(권 126) 중에 「골계열전」이 따로 있다. 이 열전에는 해학, 풍자, 위트, 익살이 뛰어난 인물들의 행적이 소개되어 있다. '골계'라는 말은 여러 의미를 함축하고 있지만, 그래도 '익살' 쪽에 가깝다.

27) 굴원(屈原, ?~?) : 전국 시대 초(楚)나라의 시인이자 애국지사. 왕을 도와 큰 공을 세웠으나 누명을 쓰고 쫓겨나 방랑 생활을 한 끝에 울분을 참지 못하고 멱라수에 스스로 몸을 던져 죽었다. 그가 남긴 『초사』는 '초사'라는 운문 형식의 시초가 되었고, 그 내용은 고대 문학에서는 보기 드문 서정성을 띠고 있다. 그 중에서도 「이소(離騷)」, 「천문(天問)」이 유명하다.

28) 가의(賈誼, 기원전 201~168) : 중국 서한 시대의 문인이자 정치가. 낙양 출신으로 문제(文帝)를 도와 여러 제도를 개혁하여 초기 한나라의 틀을 잡는 데 큰 공을 세웠다. 진(秦)나라의 폐단을 날카롭게 지적한 그의 「과진론(過秦論)」은 정치론의 걸작으로 꼽히며, 굴원을 추모하는 서정미 넘치는 글을 남기기도 했다. 저서로는 『신서(新書)』, 『치안책(治安策)』 등이 있다.

것은 그의 조심하는 태도였지, 그의 신실한 태도가 아니었다. 내가 좋아하는 것
은 실패했을 때의 유머러스한 공자, 즉 매달려 먹지도 못하는 표주박이 되기
싫어한 공자이지, 성공했을 때의 나이 젊고 왕성한 기운으로 소정묘(少正卯)[29]
를 죽인 공자는 아니다.

— 「유머론」 부분

5. 희곡 문학의 흐름과 양상

중국의 고전극은 설(設, 대사)과 창(唱, 노래),
곡예, 무술 등이 결합된 종합예술이며, 외국에서 흔히 '중국오페라'라고
칭했다. 이것들은 시대와 지방에 따라 잡극(雜劇), 전기(傳奇), 곤극(昆劇, 강
소성), 경극(京劇, 북경), 월극(越劇, 절강성), 월극(粤劇, 광동성) 등으로 불리고
있으며, 깊은 전통을 지니고 있다.

그런데 5·4운동 이후 중국 희극 문학의 주체는 화극(話劇)으로 바뀌
었다. 대화와 동작으로 이루어진 현대 희극의 주체가 되는 화극은 유럽
에서 발생하여 20세기 초 일본을 거쳐 중국으로 전해져서, 신극(新劇),
문명희(文明戲), 애미극(愛美劇) 등으로 불리다가 1928년 이후부터 화극으
로 불리었다.

문명희는 '진보하고 선진된 희극'이라는 의미를 지니며, 외국 작품의
번안 극본만을 상연하였고 창작극은 없었다. 1907년 일본 유학생 쩡샤
오구(曾孝穀), 리슈통(李叔同) 등이 도쿄에서 극단 '춘류사(春柳社)'를 조직하
고 프랑스 극작가 뒤마의 『동백아가씨(茶花女, *La Traviata*)』를 공연하였다.

---

29) 소정묘(少正卯, ?~기원전 498) : 노나라 사람으로 무리를 모아 가르치는 등 그 영
    향력이 상당했는데, 공자와 의견이 반대되는 점이 많았다고 한다. 공자가 노나라
    사구(司寇) 벼슬을 할 때 그를 죽였다고 한다.

또한 이들은 같은 해에 미국 작가 스토우 부인의 소설『톰아저씨의 오두막집(Uncle Tom's Cabin)』을 개편한『흑인 노예의 호소(黑奴吁天錄)』를 상연하였다. 그리고 도쿄에서 어우양위첸(歐陽予倩), 루찡뤄(陸鏡若) 등이 극단 '신유회(申酉會)'를 결성하고, 1909년 프랑스 극작가 사르두(Victorien Sardou)의 명작『열혈(熱血, Toska)』를 경연하여 크게 성공하였다.

이렇듯 외국에서 공연한 문명희가 성공하자, 1908년 상해에도 현대극을 공연하는 극단 '춘양사'와 '진화단'이 생겨났고, 1911년 신해혁명 이후에는 '춘류사'의 구성원인 어우양위첸, 루찡뤄 등이 귀국하여 상해에서 '신극동지회'를 창단하는 등 현대극이 점차 유행하였다.

이후 1918년 신문학운동의 깃발을 내건 ≪신청년≫은 6월에 '입센특집호'를, 10월에는 '희극개량특집호'를 실으면서 현대 희극운동에 앞장섰다. 1921년 선옌빙(沈雁氷), 정전두어(鄭振鐸), 어우양위첸(歐陽予倩), 슝포시(熊佛西) 등 문학연구회의 중견들과 연극인 13인이 상해에서 '민중희극사(民衆戱劇社)'를 창립하고 최초의 월간 희극 전문 잡지인 ≪희극(戱劇)≫을 창간하였다. 그들은 전통 구극과 상업화에 빠진 문명극을 비판하고, 서구의 소극장운동을 본떠 애미극(愛美劇, 아마추어극)을 제창하였다. 이는 연극이 문명희(文明戱)처럼 상업적으로 전락하는 것을 막고 순수 공연·예술적 성격을 유지하기 위한 노력에서 비롯된 것이었다. 이 운동은 각 대도시 학교의 호응을 얻어 많은 학교에서 아마추어극단을 설립하여 성황을 이루었다. 그러나 ≪희극≫은 10기를 출간하고 1922년 4월 정간되었다.

또한 1921년 상해에서는 중화직업학교 학생들이 중심이 되어 '희극협사(戱劇協社)'라는 연극사단이 출현하였다. 그리고 희극계의 거장인 어우양위첸, 홍선(洪深) 등이 참가하면서 활기를 띠며 연극운동에 크게 기여하였다. 이 연극사단은 10여 년 동안 활동을 지속하였는데, 이들의 활약으로 중국의 현대극은 아마추어 수준에서 프로의 길로 접어들게 되었

다. 중국 최초의 현대 창작 극본은 1919년 3월 ≪신청년≫에 발표된 후
스의 단막극 「종신대사(終身大事)」를 꼽는다. 이 작품은 입센의 「인형의
집」을 다소 모방하고 있으나, 부모의 봉건사상에서 벗어나 자유 결혼
을 추구하는 내용으로 현실감을 갖추고 있다. 다음으로는 1920년 11월
≪소년중국(少年中國)≫에 발표된 전한(田漢)의 「바이올린과 장미(環我璘與
薔薇)」이다. 또한 슝포시의 「청춘의 비애(青春的悲哀)」, 어우양위첸의 「드센
여자(潑婦)」, 「귀가 후(回家以後)」 등이 있다.

1930년대 중국 희극계는 1927년 이전부터 활동하던 어우양위첸, 홍선,
톈한, 슝포시, 딩시린(丁西林) 등이 계속 활약하였고, 1928년 이후 차오위
(曹禺), 리젠우(李健吾), 샤옌(夏衍), 쑹즈더(宋之的) 등의 신진 작가가 출현하
면서 괄목할 만한 성과를 이루었다.

그리고 초창기에 완만하게 발전하던 희극은 1928년 이후 희극의 대중
화운동에 힘입어 점차 활기를 띠며 다막극이 출현하게 된다. 중국공산
당의 샤옌, 정바이치(鄭伯奇), 첸싱춘(錢杏邨) 등이 혁명적이고 진보적인 문
예계 인사들과 결합하여 1929년 10월 '상해예술극사(上海藝術劇社)'를 창
단하였다. 그리고 무산계급 문학을 제창하였는데, 이것이 중국 최초의
좌익 희극단체이다. 이어 1930년 3월에는 상해예술극사, 희극협사, 남국
사(南國社), 신유사(辛酉社) 등 7개 희극단체가 연합하여 '상해극단연합회(上
海劇團聯合會)'를 설립하였다. 상해극단연합회는 그 해 8월 '좌익극단연맹'
으로 명칭을 바꾸었다가, 1931년 1월에 다시 '중국좌익희극가연맹'(약칭
'극련')으로 명칭을 바꾸었다. 극련은 많은 희곡을 창작하고 공연에 역량
을 쏟아 대중화운동에 앞장서며 1930년대 좌익희극운동을 전개시켰다.

좌익작가들인 홍선, 톈한, 샤옌 등은 좌련의 지도하에 무산계급혁명의
선전극과 아울러 국민당 정부에 대한 공격, 그리고 항일 애국운동을 고
취시키는 연극을 전개하였다. 반면 국민당 정부에서는 좌련에 대항하기
위해 몇 개의 희극단체를 규합하여 '중국희극협회'를 결성하였다. 그리

고 그들은 정부 정책을 홍보하고 항일구국의 애국정신을 고취하는 극본을 썼다. 더불어 당시에 성행하던 이념 논쟁과는 무관하게 비교적 자유롭게 문예 활동을 한 작가들인 차오위, 리젠우, 스저춘(施蟄存) 등이 활약하였다.

연안문예좌담회 이후 해방구의 희곡운동은 중국현대희곡사상 유례없는 새로운 국면이 나타나게 되었다. 이러한 국면은 대중적인 새로운 양걸(秧歌)[30] 운동에서부터 시작되었다. 해방구를 중심으로 발전한 양걸운동은 신가극의 대중화에 기여하게 되었고, 성공적인 신가극의 창작으로 이어졌다. 대표적인 신가극으로는 허징즈(賀敬之)와 딩이(丁毅) 등이 집필한 『백모녀(白毛女)』, 푸둬(傅鐸), 아이스티(艾實暘) 등의 『왕수란(王秀鸞)』, 루안쟝징(阮章競), 뤄총셴(羅宗賢) 등의 『적엽하(赤葉河)』, 서북전투극사(西北戰鬪劇社)의 류리엔츠(劉蓮池), 웨이펑(魏風) 등이 편극한 『유호란(劉胡蘭)』 등이 있다.

○ 작품의 이해

• 「뇌우(雷雨)」 — 차오위(曹禹, 1910~1996)

차오위의 본명은 완자바오(萬家寶)이며, 천진(天津)의 한 몰락한 봉건 관료 집안에서 태어났다. 그는 문학을 좋아하는 아버지의 영향으로 어려서부터 중국 고전 문학을 공부했다. 그는 천진 남개중학(南開中學)에 재학 중 '남개신극단'에 참가하여 직접 연극 출연을 하였고, 또 교내 문학회에 가입하여 시와 소설을 쓰며 극작가로서의 기초를 닦았다. 1928년 남개대학(南開大學) 정치과에 입학하였으나 정치학에는 관심이 없었고, 희극에 심취하여 청화대학(淸華大學) 서양문학과로 전학하였다. 청화대학

---

30) 양걸(秧歌) : 북방의 농촌에서 유행하던 가무와 결합된 활발하고 표현력 있는 민간 예술 형식.

재학 중에 셰익스피어, 오닐, 호프만 등의 극본을 읽고 연구하였으며, 1933년 대학 졸업을 앞두고 그의 처녀작인 「뇌우」를 완성하여, 다음해 ≪문학계간≫에 발표하여 문단의 주목을 받았다. 이어 1935년 「일출(日出)」로 ≪대공보≫의 문예희극상을 수상하였다. 또한 1940년 『북경인(北京人)』을 발표하여 희극계를 놀라게 했다.

「뇌우」는 주씨(周氏)와 노씨(魯氏) 두 가정의 30년간에 걸친 잘못된 애정과 복잡한 분규를 통해 상류 사회의 위선과 죄악을 폭로한 작품으로, 복잡한 구성을 명료하게 처리하고 있고, 등장인물들의 뛰어난 성격 묘사와 생동적인 언어가 돋보인다. 줄거리는 다음과 같다.

주박원(周朴園)은 젊어서 계집종 시평(侍萍)을 사랑하여 주평(周萍)이라는 아들까지 낳았는데, 부잣집 딸 번의(繁漪)와 결혼하기 위하여 둘째를 임신 중인 시평을 내쫓고, 자신은 마치 시평을 잊지 못하는 척 행동한다. 시평은 주박원의 둘째 아들 대해(大海)를 낳고, 노귀(魯貴)와 결혼하여 딸 사봉(四鳳)을 낳는다.

시평이 주씨 집에서 쫓겨나고 30년이 지난 후, 노귀는 주씨 집 하인으로 있게 되고 대해는 친아버지 주박원의 광산 광부로 일하면서 노동조합을 만들어 주박원과 대립한다. 그리고 사봉은 주씨 집의 계집종이 되어 자기 어머니가 낳은 주씨 집 큰아들인 주평(周萍)과 사랑에 빠지게 된다.

한편 계모인 번의와 불륜 관계를 맺어왔던 주평은 사봉을 사랑하게 되면서 계모를 멀리한다. 남편으로부터 받지 못한 사랑을 젊은 주평으로부터 보상받으려 했던 번의는 주평을 잡아두기 위해, 사봉의 어머니 시평을 불러오게 한다. 주박원까지 함께 한 자리에서 모든 사실이 밝혀지자, 주평의 아이를 임신한 사봉은 충격을 받고 비 내리는 깜깜한 밖으로 뛰쳐나가다 감전되어 죽는다. 번의가 낳은 아들 주충(周沖)은 사봉을 짝사랑하고 있었는데, 사봉을 구하려다 함께 감전되어 죽는다. 이를 본 주평도 권총으로 자살하고 만다. 애인과 아들을 한꺼번에 잃은 번의도 끝내 미쳐버리고 다만 주박원만이 외톨이가 되어 죄 많은 생명을 이어나가게 된다.

— 「뇌우」 줄거리

• 『백모녀(白毛女)』
　　─허징즈(夏敬之) · 딩이(丁毅) · 장루(張魯) · 추웨이(瞿維) 등의 공동작

이 작품은 1945년 루쉰예술학원 사생(師生)들이 집단 창작한 것인데, 당시 루쉰예술학원 교사로 있던 허징즈와 딩이가 집필 완성시켰다. 음악은 마커, 장루, 추웨이가 담당한 5막 16장의 다막가극이다.

신가극의 제재는 모두 직접적으로는 현실 생활의 구체적인 사건에서 유래하였다. 『백모녀』는 바로 1940년 진찰기(晋察冀) 변구인 하북(河北) 서북부의 어느 지방에서 유전된 '백모선고(白毛仙姑)' 사건에 근거하여 만들어졌다. 현실 속의 '백모선고'는 악질 지주에게 박해를 받은 고용농의 딸로서, 깊은 산 속으로 도망가, 9년 동안 햇빛도 보지 못하고 소금을 먹지 못해 머리가 희어졌으며, 마을이 해방되고 나서야 팔로군에 의해 구조된다. 이 '백모선고'가 바로 신가극 『백모녀』에 등장하는 희아(喜兒)의 원형이다. 그리고 이 가극은 1945년 4월 공산당 제7차 대회에서 최초로 상연되었는데, 당시 고위 간부들, 특히 마오쩌둥(毛澤東)으로부터 가장 우수한 작품이라는 칭찬을 받았다. 작품의 줄거리는 다음과 같다.

　　주인공 희아(喜兒)는 소작농 양백로(楊白勞)의 무남독녀 외딸로, 세 살 때 어머니를 여의고 아버지와 함께 지주의 소작료와 고리대금에 의한 착취를 받으며 어려운 생활한다. 그러나 그녀는 정열적이고 활달한 성격으로 아름다운 생활을 갈망하는 처녀다. 악덕 지주 황세인(黃世人)은 희아를 탐내나 뜻대로 되지 않자, 양백로에게 차용금과 소작료를 독촉하며 기일 내에 갚지 못하면 딸을 내놓는다는 문서에 강제로 도장을 찍게 한다. 그러나 기일 내에 돈을 갚을 길이 없는 양백로는 핍박을 견디지 못하고 자살하고 희아는 황세인에게 붙들려 그의 노리개가 된다. 그녀는 이러한 자신의 처지에 대하여 "가난한 사람은 왜 이다지도 고통스럽고, 부자들은 왜 이리도 혹독한 것인가?" 하고 참담해 한다.
　　얼마 후 황세인은 새로 여자를 맞이하고는 희아를 팔아넘기려고 한다. 이 소식을 전해들은 희아는 밤중에 몰래 도망쳐서 산속에 숨는다. 그녀는 3년 동안 낮에는 동굴 속에 숨어 있고, 밤에는 굴에서 나와 먹을 것을 구하는데, 낮에

햇빛을 보지 못하고 또 소금기를 전혀 먹지 못하여 머리가 백발로 변한다. 어느 날 밤에 먹을 것을 구하기 위해 몰래 마을로 내려갔다가 마을사람들에게 발각된다. 마을사람들은 놀라 그녀를 잡으려고 하나 그녀는 산속으로 도망쳤고, 이때부터 마을에는 산속에 백발의 선녀가 산다는 소문이 퍼진다.

이 무렵 팔로군이 이 마을에 진격하여 악덕 지주를 체포하고 마을을 해방시킨다. 팔로군은 산속에 백발선녀가 있다는 소문을 듣고는 산속을 수색하다가 동굴 속에서 희아를 발견하여, 그녀를 마을에 데리고 오니 마을사람들은 비로소 백발선녀가 희아였음을 알게 된다. 이렇게 희아는 자유의 몸으로 다시 인간세상에 나오게 된다.

―『백모녀(白毛女)』 줄거리

일본의 문학

Ⅰ. 서설

1. 일본 문화의 흐름과 전통예술

　　　　일본의 전통적 문화의 뿌리는 대륙 문화와 연결되어 있다. 동아시아의 문화는 동북부에 위치한 흑룡강(黑龍江, Amur강) 문화권, 중부에 위치한 황하(黃河) 문화권, 남부에 위치한 장강(長江) 문화권으로 구분된다. 이 세 강들을 중심으로 각각 인간 중심의 샤머니즘, 천(天) 중심의 유교, 자연 중심의 도, 그리고 불교의 중심으로 형성된다. 그 가운데 일본의 경우는 장강의 도·불교 문화를 토대로 천신사상과 인신사상을 받아들여 형성되었다.

　　일본의 **상대** 문화는 죠몬 문화(繩文文化)[1]의 보급에서부터 시작된다. 이 문화는 기원전 3000~4000년부터 일본 열도의 전 지역에 퍼지기 시작했으며, 이 문화를 일으킨 종족을 아이누족으로 보고 있다. 죠몬 문화

---

1) 죠몬 문화(繩文文化) : 줄무늬 토기의 제작과 사용을 지표로 하는 일본의 신석기 시대를 말함. 이 시대에는 수렵이나 어로 및 채집 생활을 하였다.

의 보급으로 인하여 토기의 제작 등에서 새로운 창의력이 나타났고, 죠몬 말기에는 벼농사 문화가 도입되어 사람들의 생활을 크게 변화시켰다. 즉 자연 채집 경제로부터 농경 생산 경제로 변모함에 따라 촌락의 규모가 확장되고 주거 생활이 보편화되었다. 이에 따라 서로 협력하여 농작이나 교역 등이 이루어져 사회 생활이 널리 조직화되었다.

다음에는 고도한 문화를 가진 야요이(彌生)2) 시대를 맞이하게 된다. 이 문화는 기원전 200년경 한반도로부터 벼농사, 가축 재배, 청동기 등의 전래로 출발한 것이다. 일본에서는 야요이 문화를 일으킨 인간들을 일본인의 조상으로 보고 있다. 이 시기에는 대륙으로부터 금속기 문화가 전파되어, 발달된 금속기를 사용하여 생산의 비약적인 증대를 가져오고 경제 생활도 현저하게 향상되었다. 이러한 변화는 촌락을 통솔하는 지도자를 등장시켰고, 나아가 각지에 소규모적인 여러 국가를 성립시켰다.

이후 7세기 초에 쇼토쿠 태자(聖德太子)의 집정 아래 견당사(遣唐使)3)를 파견하여 마침내 아스카 문화(飛鳥文化)가 개화한다. 이때 정치에 대한 새로운 사상도 등장했고, 중앙집권국가 체제도 정비되었다. 7세기 말에는 반도에서 온 도래인(渡來人)들을 통해 대륙 문화가 전래되어, 황실 권위의 증대와 율령국가의 건설을 지향하는 궁정인의 뜻을 반영한 하쿠호 문화(白鳳文化)가 융성하였다.

나라 시대(奈良時代)는 농민의 조세에 의한 상업 경제가 발달하고 몇 차례에 걸친 견당사 파견을 통해 율령국가로서의 번영을 이루었다. 국가 권력과 재력을 배경으로 한 호국 불교의 수호 아래 나라 귀족의 덴

---

2) 야요이(弥生) : 승문 시대 다음의 고분(古墳) 시대를 말함. 고분 토기를 제작·사용하였고, 금속기 사용과 수도(水稻) 경작이 시작되었으며, 계층 분화가 이루어져 소국가가 성립되었다.

3) 견당사(遣唐使) : 중국의 제도와 문화를 배우기 위해 수나라에 사신을 파견하는 것을 견수사(遣隋使)라 했는데, 618년 '수'가 망해 '당'으로 바뀌면서 당나라에 보낸 사신을 견당사라고 한다.

표 문화(天平文化)[4]가 꽃을 피우는 저변에 어두운 그림자가 드리우고 있었다. 과중한 공납과 노역에 고통을 받던 농민들이 점차 붕괴되어 국가 체제의 근간을 흔들게 되었던 것이다. 마침내 흔들리는 정치의 재건을 목표로 나가오카 천도(長岡遷都, 780년)를 하게 되었으며, 곧 헤이안 천도 (平安遷都)가 이루어진다.

중고 시대는 일명 헤이안 시대라고 부른다. 제50대 간무 천황(桓武天皇)은 나라 시대 말기의 정치적 혼란을 타파하고, 율령 정치를 재건하기 위해 794년 헤이안쿄(平安京, 현재의 교토)로 천도한다. 그 후 미나모토노 요리토모(源賴朝)가 가마쿠라에 막부(鎌倉幕府)를 설치한 1192년까지의 약 400년간, 교토는 문화의 중심지가 된다.

간무 천황은 율령제를 재건 강화하기 위해 최대의 노력을 기울였는데, 이를 뒷받침하는 정신적 활동으로 적극적인 대륙 문화를 유입하여, 헤이안쿄의 규모와 조정의 풍기까지도 당풍화(唐風化)했다. 818년 사가 천황(弘仁天皇) 때에는 당풍 문화의 융성기를 맞이하게 된다. 천황을 비롯한 귀족들은 신선원(神仙苑) 등의 향연에서 훌륭하게 한시를 지어, 초쿠센 한시(勅撰漢詩) 등의 편찬이 이루어질 정도로 적극적으로 대륙 문화를 모방하였다. 그리고 842년(承和9) 후지와라(藤原良房)씨의 셋칸 정치(攝關政治)를 배경으로, 천황의 후궁을 중심으로 한 많은 재원들이 나타나 여류 문학의 융성기를 맞이하게 된다. 일본 산문 문학의 한 양식인 모노가타리(物語)는 처음에 남성 지식인이 여성 독자를 위하여 썼으며, 후궁 문화에 많은 영향을 주었다. 그러나 이후에 많은 여류 일기가 나타나게 되고, 『겐지 모노가타리(源氏物語)』와 『마쿠라노소시(枕草子)』 등 여류 문학의 꽃을 피웠다. 그리고 견당사의 폐지와 가나 문자의 보급에 의해 문

---

4) 덴표 문화(天平文化) : 쇼무 천황(聖武天皇)이 즉위(724년)한 뒤부터를 덴표 시대라고 부른다. 전대의 성과에 이어서, 국가 의식의 통일을 꾀하고 수사(修史) 사업이 완성된 시기이다.

학의 국풍화가 이루어졌다.

이후 귀족 사회는 서서히 활기를 잃어갔고 문학 작품도 『겐지 모노가타리』 이후의 모노가타리는 점점 퇴폐적으로 그려졌다. 한편으로는 옛날의 영광과 부귀를 회상하는 일종의 회고적인 레키시 모노가타리(歷史物語)가 등장하게 된다. 또 한편으로 귀족 사회가 아닌 무사 계급이 대두됨으로써, 서민들 사이에서는 불안감이 조성되었다. 그리하여 서민들의 현실에 대한 정신적 돌파구로서, 현실 존중의 신문체를 창조한 『곤자쿠 모노가타리슈(今昔物語集)』 등 설화 문학이 만들어지게 된다. 또 고시라카와 법황(後白河法皇)은 유녀들로부터 채집한 서민의 노래를 집대성하여 『료진히쇼(梁塵秘抄)』를 발간했다. 이와 같이 귀족 사회 속에서 폐쇄되어 있던 문학이 문호를 열기 시작하였으며, 문학 세계에 일종의 전환기 양상을 보이기 시작하였다.

일본의 **중세**는 전란의 시대이다. 정치사적 구분에 의하면 가마쿠라(鎌倉) 시대, 남북조(南北朝) 시대, 무로마치(室町) 시대, 아즈치·모모야마(安土桃山) 시대의 봉건 체제 사회 전반의 시대를 가리킨다. 가마쿠라 막부가 개설되어 정치의 실권이 무가(武家)에게로 넘어갔지만 교토의 구게(公家) 귀족은 궁정 정치를 지속하면서 종래의 귀족 문화를 계속 지켰다. 구게 귀족 이외에도 지식층의 승려와 은둔자 등은 왕조 문학의 전통을 고전주의적인 미의 극한까지 승화시킨 작품과, 불교적 무상관(無常觀)으로부터 인생을 관조한 초암(草庵) 문학을 내놓았다.

남북조 시대를 거쳐 무로마치 시대에 이르면, 계속되는 하극상의 풍조로 인하여 문화의 중심이었던 교토가 자리를 잃고, 문화는 군웅이 할거(割據)하는 각 지방으로 전파해 갔다. 귀족은 그 경제적 기반인 장원을 슈고(守護)5)들에게 빼앗겨 궁핍해지고 그 세력이 실추되었다. 귀족 대신

---

5) 슈고(守護) : 가마쿠라(鎌倉), 무로마치(室町) 시대의 막부 직제로, 각 지방에 배치된 군사·행정관을 말한다.

상류층의 무가가 문화 귀족으로서의 지위를 차지하게 되고, 생활이 향상된 서민들도 새로운 문화 담당자로서 문화를 향유하게 된다. 아즈치·모모야마 시대에는 호화찬란한 문화가 꽃을 피웠지만, 호상들의 경제력을 배경으로 문화가 발전하면서 서민들에게 침투해 들어갔다. 마침내 서민이 문화 담당자로서의 중요한 지위를 차지하기에 이르렀다. 서민이란 무로마치 시대 후기에 등장한 마치슈(町衆)6)라고 불린 조닌(町人)7) 사회의 구성원을 말하며, 문학과 적극적인 관계를 가지게 되었다.

1603년 마침내 에도 막부(江戶幕府)가 설치되고 도쿠가와씨(德川氏)에 의한 막번 체제(幕藩 體制)8)가 확립되면서 근세 문화가 시작된다. 근세 문화는 교토와 오사카를 중심으로 했던 전반기와 에도 중심인 후반기로 구분할 수 있다. 에도나 교토, 오사카 등의 대도시와 죠카마치(城下町)9)의 번영을 뒷받침하고 있던 조닌을 비롯한 도시 주민의 경제력은 문예·예능에 커다란 영향을 주었다. 이것이 에도 시대의 문화를 특징짓게 했다. 한마디로 조닌 문화란 조닌·서민층의 현실적이고 진취적인 문화 욕구가 유교 논리에 제약된 무가 계급의 의식 이상으로, 문예·예능 방면에 적극적으로 나타난 것을 말한다. 이러한 조닌 문예·예능의 융성 배경은 사회의 안정과 위정자의 문치 정책(文治政策)에 근거한 서민 교육의 보급과 그에 상응하는 인쇄술의 발달 그리고 서적의 대량 공급에 있다.

일반적으로 일본사에 있어서의 '**근대**'는 메이지유신(明治維新)이 있던 1868년부터 태평양전쟁이 종결되는 1945년까지를 말하고, '**현대**'는 태평

---

6) 마치슈(町衆) : 중세 말기에 교토(京都), 오사카(大阪) 등 도시에서 자치적인 공동체를 구성한 사람들. 상(商)·수(手)공업자를 중심으로 독특한 생활권을 형성했다.
7) 조닌(町人) : 에도(江戶) 시대 도시에 사는 기술자와 상인을 말한다.
8) 막번 체제(幕藩體制) : 중앙 통일 정권이었던 에도 막부와 그 지배하에 있으면서 독립적인 영토를 소유했던 번(藩)을 통치 기관으로 한 정치 체제를 말한다.
9) 죠카마치(城下町) : 제후(諸侯)의 거성(居城)을 중심으로 해서 발달된 도읍, 곧 성시(城市)를 일컫는다.

양전쟁 이후를 말한다. 메이지유신은 에도 시대를 연 도쿠가와 막부를 대신하여 텐노(天皇) 중심의 새로운 정부를 세우고 서구 문명을 받아들이고자 하였다. 서구에서 새로운 문물을 받아들이기 시작하면서 무사 계급 중심의 봉건제도가 무너지고 사회의 대변혁이 시작되었고, 메이지 정부는 중앙집권체제의 독립국가를 만들기 위해 주력했다. 근대사상은 자유·평등 그리고 개인의 행복을 추구하는 사상이다. 더불어 자연 과학에 기초한 합리주의 정신이다. 서구의 발달된 근대 문화를 접한 일본 인들은, 자신들의 문화는 모두 야만적이라고 자기 비하적인 열등감에 빠져 무조건적으로 서구화를 지향하였다.

이렇듯 메이지유신과 함께 서양 문물 제도의 과도한 유입은 당시 사회의 극단적인 서양화라는 한쪽으로만 쏠려갔다. 여기에서 마침내 메이지 20년경 비판과 자기반성이 일어났다. 곧, 보수적인 사상과 국수주의적인 풍조가 일어난 것이다. 이는 일본 전통 문화의 기반에 서서 새로운 문화를 창조해야 한다는 풍조였다. 문학에 있어서도 외국 문학에서 배운 것을 인용하여 자국의 고전을 돌아보며 그 가치를 새로운 각도에서 발견하려는 단계에 오른 것이다. 이러한 경향을 이끈 중심적 인물은 오자키 고요(尾崎紅葉)이며, 자신이 주도하는 겐유샤(硯友社)와 기관지인 ≪가라쿠타 문고(我樂多文庫)≫를 중심으로 활약했다. 오자키 고요는 시대 풍속과 인간 묘사를 통하여 문학의 예술성과 대중성을 살림으로써 많은 호응을 받았다.

메이지(明治)·다이쇼(大正)기 근대 문화의 뒤를 이어, 그 연장선상에 있는 쇼와(昭和)기의 문화를 현대 문화라고 한다. 이는 편의상 제2차 세계대전 이전, 대전 시대, 대전 이후 3기로 구분할 수 있다.

근대 정신의 근저에는 개인주의 사상이 깔려 있었다. 그런데 대전 이전의 문화는 자본주의 사회의 성숙과 더불어 차츰 개인주의 사상이 파탄을 초래하기 시작했다. 그리하여 나타난 것이 관능적 내지는 예술지

상주의적 문화와 사회주의적 내지는 행동적 무산파 문화의 입장이었다. 그러나 예술파는 무력한 개인주의의 경색으로 겨우 휴머니즘이나 모랄의 옹호라는 소극적인 활동에 그치고 말았으며, 무산파 문학도 종지부를 찍고 전향 문학으로 변하지 않을 수 없었다. 반면, 시대상을 반영하여 민족 의식이나 국수주의의 대두가 점차 나타나게 되었고, 다소 복고적인 고전주의 주장이 일어나 문학에 영향을 끼치게 되었다. 이리하여 1930년대 중반에는 근대 문학의 기조였던 개인주의 사상은 전체주의, 국가주의의 정치에 위축당하고 문학 정신은 거의 허탈 상태에 빠지고 말았다.

대전 시대에는 민족주의의 발흥에 따른 고전 정신이 부흥하여 그 영향으로 일본 낭만파가 탄생했다. 이 시대의 문학 현상의 특징으로는, 정부의 명에 의해 각종 문학 단체가 '일본문학보국회(日本文學報國會)'로 통일을 본 점이다. 이 시기에는 전통 문학의 부흥 현상이 일어나, 기성 작가의 활약이나 쇼와(昭和) 작가들의 등장에 의해 이른바 문예부흥의 양상이 나타나게 된 것이다. 대전 후의 문학은 낡은 것의 부활과 새로운 것의 생장이 계속되었다. 이와 같은 움직임은 크게 전통 문학파, 민주주의 문학파, 전후파라는 세 갈래의 흐름을 형성하였다.

현대 일본 문화와 관련하여 특기할 만한 사건을 보면, 1949년 일본 최초로 유카와 히데키(湯川秀樹, 1907~1981)의 노벨물리학상 수상, 1951년 구로자와 아키라(黑澤明, 1910~1999) 감독이 <라쇼몬(羅生門)>으로 베니스 국제영화제에서 그랑프리상 수상, 1964년 고속철도인 신칸센(新幹線)의 개통과 도쿄올림픽 개최, 1970년 오사카만국박람회 개막 등이 있다. 이들 사건은 일본인에게 선진국으로 갈 수 있는 긍지와 자부심을 심어주었으며 제반 문화에 커다란 자극이 되었다.

일본의 **전통 예술**로는 먼저 **산가쿠**(散樂)를 들 수 있다. 이는 나라(奈良) 시대에 당(唐)으로부터 전해 온 곡예(曲藝)나 경악(經樂)을 중심으로 한 잡희(雜戱)이다. 산가쿠는 궁정악인 아악(雅樂)과는 대조적인 속악(俗樂)으로 분류되어, 헤이안(平安) 시대에는 스모절회(相撲節會)10)나 경마·가구라(神樂) 등을 즐긴 후 여흥으로 행해졌다. 산가쿠가 전해지자 처음에는 조정에서 산가쿠코(散樂戶)를 두어 전습시켰으나, 782년(延歷元) 폐지되었고 점차 민간 예능이 되어갔다. 그리고 헤이안 시대 중기에는 일본식으로 발음되어 사루가쿠(猿樂)라고 불리게 되었다. 이 곡예 기술은 후에 덴가쿠호시(田樂法師)나 호카시(放下師) 등에게 전해져, 익살스럽게 흉내 내는 것은 데가쿠(田樂)와 사루가쿠(猿樂)의 노(能)를 설립시키는 중요한 요소가 되었다.

노(能)는 남북조(南北朝) 시대에서 무로마치(室町) 시대에 걸쳐 만들어진 극 이름이다. 원래는 가부키의 일반명으로 덴가쿠(田樂)의 노라고 불렸다. 무로마치 시대에는 사루가쿠(猿樂)의 노가 발전하였으나, 그 밖의 노는 급속하게 쇠퇴하여 후에 노는 사루가키를 지칭하게 되었다. 가마쿠라 시대에는 노를 연출하는 전문가 집단이 생겨 노가 전승되었고, 현대에는 전용 무대를 갖추고 있다. 노는 가면을 이용하며, 각본, 음악, 연기 등을 기초로 독특한 양식을 갖춘 가무극으로 발전하였다. 그 과정에서 양식과 표현 방식이 조금씩 변하고는 있지만 각본은 15~16세기의 것을 그대로 사용하고 있다.

노에는 몽환노(夢幻能)와 현재노(現在能)가 있는데, 몽환노는 신화나 전설 등에서 이야기를 취재하여 연출하였고, 현재노는 현실의 인간 세계에서 이야기를 취재하여 연출했다. 또한 노는 일정한 각본에 의해서 연출되며 하루에 5가지의 이야기를 연출하는 것을 원칙으로 하였다. 현존

---

10) 스모(相撲) : 일본 씨름. 일본 역기(力技)의 일종으로 두 사람의 스모 선수가 띠를 허리에 두르고 손과 몸을 이용해서 상대방을 넘어뜨리거나 씨름판 밖으로 밀어내면서 경기를 한다. 스모의 역사를 보면 고분(古墳) 시대에 힘겨루기가 신화와 전설의 형태로 전해졌고, 나라(奈良) 시대에 와서 기록되었다.

하는 노는 1,700여 종이 있는데, 약 240여 종이 주로 연출되고 있다.

교겐(狂言)은 중세에 성립한 일본의 고전 희극을 말한다. 그 명칭은 '고겐키고'(狂言綺語)에서 나왔다고 한다. 교겐의 역할과 배우를 오카시(をかし) 라고 하는데, 이 말은 후세에까지 사용된다. 노(能)가 가무극·상징극으로 형식성이 강한 반면, 교겐은 대사극으로 사실적인 경향이 짙다. 노가 주된 역사·전설의 유명 인물을 주역으로 하여 노래로서 그 심정을 표현하려는 것에 반해, 교겐은 2명 혹은 그 이상의 무명 인물을 등장시켜 당시 구어적 대화에 의해서 일종의 희극을 구성한다. 이와 같이 다른 성격을 갖는 노와 교겐이 함께 무대에 공연될 수 있었던 것은 서로 불가분의 조건을 갖추고 있기 때문이다.

교겐은 노의 진행에 중요한 역할을 하는 아이교겐(間狂言)과 별개로 독립된 대화극인 혼교겐(本狂言)이 있는데, 교겐이라 불리는 것은 주로 혼교겐을 가리킨다. 교겐은 에도 시대 때 성행하여 무가 사회(武家社會)의 오락으로 보호되었지만, 메이지유신 말기에는 쇠퇴했다.

제2차 세계대전 이후는 교겐이 자주 공연되었는데, 교겐 배우가 신극에 적극적으로 참가하기도 하여, 실용성이 높이 평가되기도 하였다. 메이지 이후에 발표된 신작 교겐 대본은 약 200곡인데 그 가운데 공연된 것은 약 60곡이다. 현재 상연되고 있는 곡은 오크라류가 약 2,000곡, 이즈미류가 약 250곡이 있다.

가부키(歌舞伎)는 일본어 '가부쿠'(傾く)에서 유래되었으며, 어원은 '새로운 경향이 있다', '균형을 잃다', '이상한 차림을 하다' 등의 뜻을 지니고 있다. 가(歌)는 음악, 무(舞)는 무용, 기(伎)는 연극 등을 의미하며, 이것이 가부키의 중심 요소가 된다. 게이쵸(慶長)기 전후에 경제력을 가진 상공업자가 각 절과 신사에 제례를 할 때 행하던 풍류춤이 전국적으로 파급되면서 발생했다. 일반적으로 1603년(慶長8) 수도인 시조가와라(四條河原)에서 이즈모(出雲)의 오쿠니(阿國)라는 극단에 의해 창시되었다고 본다.

그런데 점차 연극적 요소보다 오히려 색을 파는 면이 강해져, 오쿠니로 대표되는 여자 예능인과 노(能) 배우 이외에 유녀와 남색을 파는 소년도 등장하여 호객 경향이 짙어졌다. 그리하여 에도 막부 시대에는 풍속 문란을 이유로 금지시켰다. 이후 앞머리를 민 성년 남자들에 의해 공연되었다.

그러다가 야로(野郎)에 의해 매춘 중심이 아닌 가부키(歌舞伎)가 만들어져 교토(京都), 오사카(大阪), 에도(江戶) 등 대도시에 발달하였다. 특히 메이지 20년 이후는 서구의 영향을 받은 '연극개량회' 등의 운동으로 가부키도 건전한 성격으로 변해 갔다. 동시에 서구의 근대극을 규범으로 쓰보우치 소요(坪內逍遙) 등 작가에 의한 신가부키가 창작된다. 또한 새롭게 탄생한 신파(新派)나 신극(新劇)에 의해 가부키는 구극(舊劇)이라 불리기도 했다. 그러나 가부키는 일본 전통 예술로서 보존되어 현재까지도 인기를 누리고 있다.

조루리(淨留璃)는 민중 문학 혹은 가타리모노(語り物)[11]를 말하는데, 일반적으로 무로마치 시대의 중기에 유행 가요였던 헤이케비와(平家琵琶), 요코쿠(謠曲) 등과 밀접한 관계를 맺으면서 등장한 것으로 알려져 있다. 조루리라는 명칭은 무로마치 시대 중기 요시쓰네(義經)와 미카와(三河)가 조루리히메(淨留璃姬)와의 사랑 이야기를 제재로 한 『조루리히메주니단소시(淨留璃姬十二段草子)』가 민중의 인기를 얻었을 때부터 사용되었다. 말하자면, 이 이야기의 주인공 조루리히메의 이름을 그대로, 이 음악 가타리모노에 붙인 것이다. 후에 조루리는 인형극과 제휴하게 되면서 그 전개를 듣고 볼 수 있게 되어 점점 발전했다.

이러한 조루리는 교토와 에도에서 성황리에 전개되었고, 인형극의 음악으로서 '긴피라후시'(金平節)가 만들어졌다. 그런데 1657년(明曆3)의 에도

---

11) 가타리모노(語り物): 곡조를 붙여 악기에 맞추어 낭창하는 이야기나 읽을거리.

대화재 이후 그 중심이 교토와 오사카 지방으로 옮겨지자, 그곳에서 이 노우에 하리마노조(井上播摩掾)의 하리마후시(播摩節), 우지 가가조(宇治加賀掾)의 가가후시(可賀節), 야마모토 도사조(山本土佐掾)의 도사후시(土佐節) 등이 만들어졌다. 이것이 현 조루리의 기초가 되었다. 그 후 오사카에 다케모토 기타유(竹本義太夫)가 그때까지의 조루리가 가지고 있던 장점에 애조(哀調) 있는 셋쿄후시(設教節), 그리고 당시 유행했던 가요류를 세밀하게 도입해 집대성시켰다. 그리고 기타유가 지카마츠 몬자에몬(近松門左衛門)과 함께 하면서 그 음곡은 더욱 빛을 발하게 되었다. 기타유 이전의 것을 고조루리, 이후의 것을 당류(当流)라고 한다.

닌교조루리(人形淨留璃)는 조루리 이야기와 인형이 결합한 연극을 말한다. 인형춤은 조루리보다 앞서 헤이안 시대 초기부터 널리 행해졌다. 이 양자가 결합한 것은 에도 시대 초기부터였다. 처음에는 교토에서 번성해, 이어서 에도에서 오사카로 중심지가 바뀌어 현재에 이르고 있다. 다케모토 기타유(竹本義太夫), 지카마츠 몬자에몬(近松門左衛門) 등의 출현에 의해, 3인역의 인형 무대를 갖추게 되었고, 세계 최고의 황금 시대를 맞이하게 되었다. 그러나 메이와(明和), 안에이(安永) 이후 점점 쇠퇴해져, 현재는 오사카의 분라쿠자(文樂座)만 남아있다.

분라쿠(文樂)는 일반적으로 닌교조루리를 의미하는 것이지만, 원래는 간세이(寬政) 시대 아와지(淡路)의 우에무라분라쿠겐(植村文樂軒)이 시작했던 닌교조루리 연극의 극단명이다. 쇠퇴해진 닌교조루리가 분카(文化) 8년 초 상설 극장을 마련하고 다시 흥행하여 명작을 상연하게 되면서 분라쿠 연극의 기초가 확립되었다. 그 후 많은 명인이 배출되었고, 제2차 세계대전 후에는 재단법인 분라쿠협회가 정식으로 설립되었으며, 국립 소극장은 상설소극장으로 명칭을 바꾸어 현재까지 활약하고 있다.

2. 일본 문학의 발전과 전개

상대 문학은 야마토 시대(大和時代)[12]의 문학이라고 하며, 일본 문학의 발생부터 수도를 헤이안쿄(平安京)[13]로 옮긴 794년(延曆13)까지의 문학을 말한다. 이 시대의 수도는 대체로 야마토였으므로 일본의 정치와 문화는 물론 야마토를 중심으로 이루어졌다.

원시 시대 사람들은 자연발생적으로 형성된 집단에 의해 수렵, 어로, 채집을 생활 수단으로 하였다. 그러다 농경이 시작되어 점차 발전해감에 따라 벼농사와 금속 기계가 전래되었고 곳곳에서 소국가가 발생했다.

4, 5세기경에는 야마토 조정을 중심으로 통일이 이루어져 하나의 국가가 되었다. 조정은 많은 호족에 의해 구성되고, 천황은 다이카 개신(大化改新)[14]과 진신의 난(壬申の亂)[15] 등을 거쳐 절대적인 지위를 확립하여, 호족들을 거느리게 되었다. 아스카 시대(飛鳥時代, 6~7세기 전반)와 후지와라 시대(藤原時代, 794~1192)를 거쳐 귀족 문화의 꽃을 피운 덴표 문화(天平文化)가 탄생된 것이다. 그러나 거듭되는 전쟁과 율령제도의 맹점 때문에 사회는 점차 퇴폐하여 갔고, 수도는 엔랴쿠(延曆)에 야마시로노구니 나가오카(山城國長岡)로 옮긴 뒤 이어 794년(延曆13)에 헤이얀쿄로 천도하

---

12) 야마토 시대(大和時代) : 야마토는 일본의 옛 지명으로 현재의 나라현(奈良縣)을 일컫는다. 야마토 시대란 도읍을 야마토에 두었던 5~7세기 사이를 말한다. 율령 시대 전으로 고고학상의 고분 시대와 거의 일치한다.

13) 헤이안쿄(平安京) : 지금의 교토(京都)로 794~1868년까지 일본의 수도였다.

14) 다이카 개신(大化改新) : 다이카 원년(645)에 나카노 오오에노(中大兄皇子)와 나카 토미노 가마타리(中臣鎌足)가 공동으로 실시한 대정치 개혁을 말한다.

15) 진신의 난(壬申の亂) : 덴지 천황(天智天皇)의 사후 그의 장자 오토모노 미코(大友皇子, 弘文天皇)를 옹위하는 고노에 조정(近江朝廷)에 대해 요시노(吉野)에 칩거하고 있던 황제(皇弟)인 오아마 미코(大海人皇子)가 임신년(672) 여름에 일으킨 반란을 말한다. 이로 인하여 1개월 여의 격전 끝에 즉위하여 일본의 율령체제가 확립되는 기초를 다졌다.

였다.

상대 문학의 특징은 구송 문학(口誦文學)과 기재 문학으로 나눌 수 있다. 원시 시대로부터 고대 국가가 형성되기까지의 오랜 세월 문학은 입에서 입으로 전해지는 구송 문학이었다. 구송 문학에는 가요, 주언(呪言), 신화, 전설 등이 있었는데 이들은 주술적이며 종교적 색채가 짙었다. 이들은 가타리베(語部)16)나 민중의 구두로 전승되어온 문학이므로 유동적이어서 변화가 많았기 때문에 훗날 기록될 때 본래의 모습을 많이 잃게 되었다.

한자를 사용하여 일본어를 기록하기에 이르자 기록에 대한 의욕으로 문학의 기재도 고양되어 갔다. 이에 따라 구송 문학은 글자에 의해 『고지키(古事記)』, 『니혼쇼키(日本書紀)』, 『후도키(風土記)』 등에 기록되었고, 궁정에서 의식 때 읽는 「노리토(祝詞)」, 천황이 신하에게 내리는 명령인 「센묘(宣命)」가 나타났다. 그리고 일본 서정의 금자탑이라고 할 수 있는 『만요슈(万葉集)』와 한시집인 『가이후소(懷風藻)』가 편찬된 것도 이때이다.

일본의 **중고 문학**(中古文學)은 제50대 간무 천황(恒武天皇)이 수도를 헤이안쿄로 옮긴 794년부터 미나모토노 요리모토(源賴朝)가 가마쿠라에 막부(幕府)를 열었던 1192년에 이르는 약 400년 동안에 이루어진 문학을 말한다. 이 시기의 정치·경제·문화 등 생활 제반의 중심이 헤이안(平安, 지금의 교토)에 있었으므로 헤이안 시대 문학이라고 한다.

간무 천황은 나라를 새롭게 하겠다는 생각으로 수도를 헤이안으로 옮기고, 당(唐)의 장안을 모방하여 대규모의 헤이안쿄를 만들었다. 나카토미노 가마타리(中臣鎌足, 614~669) 이래 대대로 중용되어 왔던 후지와라(藤原) 일족은 수도를 헤이안으로 옮긴 뒤에도 계속하여 세력을 확장하고 9세기경부터는 조정의 중직을 거의 차지하였다. 그리하여 천황의 권위조

---

16) 가타리베(語部) : 야마토(大和) 조정에 출사하여 구전되어 오는 신화나 전설 등을 암송하는 것을 직업으로 하는 씨족을 말한다.

차도 이들 후지와라 일족에 의해 유지되었으며, 여기에서 셋칸 정치(攝關政治)[17]라는 특수한 정치 형태가 출현하게 되었다.

헤이안 시대의 초까지 계속되었던 당나라와의 왕래도 끊기게 되고, 당에 유학생과 견당사(遣唐使)도 보내지 않게 되자, 헤이안 시대의 문화는 일본의 독특한 문화로 성장해 갔다. 그리하여 건축물, 복식, 가재 등에 아름답고 화려하고 섬세한 시대의 기운이 잘 반영되어 갔다. 이렇게 귀족 사회의 화려한 문화가 꽃을 피웠으나, 결코 이들 귀족 사회가 안정되었던 것은 아니었다.

이 시대는 불교가 정신적 지주가 되어 극락왕생(極樂往生)을 꿈꾸며 염불에 힘쓰거나 인과응보(因果應報)나 윤회전생(輪回轉生)의 사상에 빠져든 생활을 하였고, 음양도(陰陽道)의 신앙은 재계(齋戒)나 미신적 생활을 부추기기도 했다. 문학은 이와 같은 시대상을 반영하여 신비적 색채를 드리우게 되었다. 한편 가나의 발생과 발전은 문학의 활동을 자극하여 마침내는 화려한 헤이안조(平安朝) 문학을 꽃피웠다. 그러나 이는 귀족 사회에 한정되었을 뿐 일반 대중은 소박한 연예나 민요를 즐기는 데 그쳤다.

중세 문학은 미나모토노 요리토모(源賴朝)가 가마쿠라 막부(鎌倉幕府)[18]를 세우고 세이 다이쇼군(征夷大將軍)[19]으로 임명된 1192년부터 세키가하라(關原)의 전투가 있었던 1600년 무렵까지 약 400년간의 문학을 말한다. 이 시대는 가마쿠라 시대와 무로마치 시대(室町時代)로 나뉜다.

이 400년간을 정치적으로는 가마쿠라 시대, 남북조 시대(南北朝時代,

---

17) 셋칸정치(攝關政治) : 헤이안 시대에 후지와라(藤原) 가문이 셋쇼(攝政)와 간파쿠(關白)가 되어 하던 정치. 셋쇼는 천황이 여성이거나 어릴 경우에 천황을 대신하여 대권을 행사하던 직책을 말하고 간파쿠는 천황을 보좌하던 최고의 대신을 일컫는다.

18) 가마쿠라 막부(鎌倉幕府) : 미나모토노 요리토모가 가마쿠라에서 시작한 일본 최초의 무인 정권을 말한다.

19) 세이 다이쇼군(征夷大將軍) : 헤이안 시대에는 북쪽민 정벌에 파견되었던 장군을 지칭했으나, 가마쿠라 막부 시대 이후에는 막부 우두머리로 정치와 무력의 실권을 장악한 직명으로 사용하였다.

무로마치 시대(1392~1573), 아즈치·모모야마 시대(安土桃山時代)로 나눈
다. 이러한 시대 구분은 정치 권력의 소재지가 변해가는 데에 따른 것
인데, 이 변화는 대체로 전란을 수반하고 있다. 그러나 교토의 조정은
1323년 결국 미나모토노 요리토모의 가마쿠라 막부를 쓰러뜨리고 교토
에서 친정(親政)을 부활시켰으나, 약 3년 후 막을 내리게 된다. 이후 아
시카가 다카우지(足利尊氏)가 교토의 무로마치(室町)에 막부를 세우고 각
지방의 세력가인 슈고(守護)와 다이묘(大名)[20]를 평정한다. 그리고 3대 쇼
군(將軍)[21] 아시카가 요시미쓰(足利義滿, 1932) 때 남북조(南北朝)는 하나가
되어 최전성기를 맞는다. 그러나 1467년부터 시작된 오닌의 난(應仁の亂,
1467~1478)[22] 이후 남북조의 세력은 급속히 약해지고, 새로운 센고쿠 다
이묘(戰國大名)가 출현하게 된다. 이와 같은 전란은 사회 전반에 걸쳐 커
다란 영향을 끼쳤으며, 특히 교토를 중심으로 한 귀족들은 정치 권력과
경제적 기반을 잃고 몰락해 갔다. 이로 무사 계급이 실권을 쥐게 되었
고, 중세 말에는 조닌(町人)들이 대두하게 된다.

근세 문학은 1603년 도쿠가와 이에야스(德川家康, 1542~1616)에 의한 에
도 막부(江戶幕府)의 개설부터 1867년 제15대 쇼군(將軍) 도쿠가와 요시노
부(德川慶喜, 1837~1913)에 의해 정권이 제122대 메이지 천황(明治天皇)에게
반환된 다이세 호칸(大政奉還)에 이르기까지의 문학을 말한다.

근세 문학은 전반기와 후반기로 나눌 수 있다. 전반기는 교토와 그
부근인 가미가타(上方)를 중심으로 하고 있고, 후반기는 도쿄 에도를 중

---

20) 다이묘(大名) : 헤이안 시대 말기에서 중세에 걸쳐 많은 영지를 소유한 높은 신분
　의 무사를 말한다.

21) 쇼군(將軍) : 막부의 최고의 실력자.

22) 오닌의 난(應仁の亂) : 분메이(文明) 9년에 아시카가 쇼군 가(足利將軍家)의 상속
　문제를 계기로 하여, 동군(東軍)인 호소카와 가쓰모토(細川勝元)와 서군(西軍)인 야
　마나 모치토요(山名持豊)가 제각기 여러 다이묘(大名)를 이끌고 교토를 중심으로 하
　여 대항했던 대란을 말한다. 교토는 전란으로 휩싸였고, 이로 인해 바쿠후 권위는
　실추되어 군웅활거의 전국 시대(戰國時代)로 들어가게 된다.

심으로 한다. 가미가타 문학은 다시 게이쵸 시대(慶長時代, 1596~1615)로부터 간분 시대(寬文時代, 1661~1673)까지의 계몽기와 겐로쿠 시대(元祿時代, 1688~1704)를 중심으로 한 발전기로 나뉜다. 에도 문학(江戶文學)은 안에 시대(安永時代, 1772~1781)와 덴메 시대(天明時代, 1781~1789)를 중심으로 한 발흥기와 분카 시대(文化時代, 1804~1818)와 분세 시대(文政時代, 1818~1830)를 중심으로 한 난숙기로 나뉜다.

교토를 중심으로 1467년부터 11년간이나 계속된 오닌의 난은 오다 노부나가(織田信長)와 도요토미 히데요시(豊臣秀吉)에 의해 막을 내리고 영주(領主)인 다이묘에 의한 봉건지배 체제가 확립되었다. 이를 이어 도쿠가와 막부(德川幕府)가 중앙집권적인 바쿠한 체제(幕反體制)23)를 확립시켰다. 이 체제는 농본주의 영지 지배를 사·농·공·상의 신분제도로 다지고, 쇄국 정책(鎖國政策)으로 질서를 유지시켰다.

막부는 군신(君臣) 간의 질서를 중시하는 주자학(朱子學)을 받아들여 문치 정책(文治政策)을 폈으므로, 도쿠가와 시대 300년은 안락한 가운데 학문과 문화가 보급되어 꽃을 피웠다. 그리고 중앙집권적인 봉건 체제는 교통망을 정비하고 유통 경제를 발달시켰다. 그리하여 상업이 왕성하였고, 서민 계급인 조닌(町人)이라고 불리는 상인이나 장인들은 점차로 자본을 축적하여 경제적인 부를 축적해 갔다. 그와 동시에 이들은 무사(武士)의 보수적인 전통 문화의 틀을 벗어나 다른 문화를 향유하고 싶은 욕구를 가지게 된다.

근세 문학은 이러한 조닌이나 서민들을 중심으로 무사나 학자들까지도 포함한 각계각층의 사람들에 의해 등장한 것이다. 이와 같은 조닌 문학(町人文學)의 융성은, 서민 교육의 보급에 따른 향수층의 확대와 인

---

23) 바쿠한 체제(幕反體制) : 소농민으로 구성된 지역의 최고 영주인 막부(幕府)와 막부로부터 영지를 받아 군역(軍役)을 맡은 다이묘(大名)가 지배하여, 주로 소농민으로부터 쌀을 징수하는 봉건 사회를 말한다.

쇄 기술의 발달에 많은 영향을 받은 것이기도 하다.

1868년 메이지유신(明治維新)이 발생하여 봉건적 바쿠한 체제로부터 민주국가를 건설하고자 했던 시기로부터 현재에 이르기까지의 문학을 **근·현대 문학**이라 한다. 이를 다시 세분하여 메이지 시대(明治維新, 1868~1912) 초부터 메이지 20년까지를 제1기, 메이지 20~30년대를 제2기, 메이지 시대 말기로부터 다이쇼 시대(大正時代, 1912~1988) 말기까지를 제3기, 쇼와 시대(昭和時代, 1926~1988) 초부터 제2차 세계대전이 끝나는 1945년 무렵까지를 제4기, 그 이후 현재까지를 제5기로 보기도 한다. 또한 이를 메이지기(明治期), 다이쇼기(大正期), 쇼와기(昭和期)의 문학 3기로 나누기도 한다.

메이지유신으로 도쿠가와 막부는 무너지고 메이지 정부가 정권을 잡게 되었다. 메이지 정부는 서구의 제국주의가 극동으로 진출하려 하자, 국가 안녕을 위해 정치·경제·문화 등 각 분야에 걸쳐 봉건적인 잔재를 지우고 선진 서구의 여러 나라와 어깨를 나란히 하려는 데 온 힘을 기울였다.

한편 사람들은 봉건적 지역성과 신분 제도로부터 벗어나려고 하는 새로운 민족 의식을 고취하였으며, 이로 인해 봉건적 신분 제도는 무너지고 개인적인 새로운 자각을 하기에 이른다. 민족적 자각을 동반한 개인적 자각은 일본 근대화의 원동력이 되어 괄목할만한 정치적 변혁을 가져왔으며, 이 변혁은 또 각 분야에 걸쳐 많은 변화를 동반하였다. 앞서 언급한 바 메이지기와 다이쇼기의 근대 문학의 뒤를 이어 그 연장선상에 있는 쇼와기의 문학을 현대 문학이라고 한다. 이는 제2차 세계대전 이전, 대전 시대, 대전 이후의 3기로 구분하여 고찰하기도 한다.

대전 이전의 문학은 시대상을 반영하여 민족 의식이나 국수주의가 대두되고, 다소 복고적인 고전주의의 주장이 일어나 문학에 영향을 끼치게 된다. 이리하여 쇼와 10년대(1930년대 중반)에 들어가면 근대 문학의 기조인 개인주의 사상은 전체주의·국가주의의 정치에 의해 위축당하고, 문학 정신은 거의 허탈 상태에 빠지게 된다. 일반적으로 쇼와 10년(1935)부터 전쟁이 종식될 때까지의 10년간의 문학을 일괄해서 대전 시대의 문학으로 본다. 정부의 문화 통제는 무산파 문학의 대부분을 이른바 전향 문학으로 변질시켰으며, 예술파 문학에서도 불안한 문학론이 대두된다. 그러한 가운데, 민족주의의 발흥에 따른 고전 정신의 부흥열에 영향을 입어 일본 낭만파가 탄생한다. 전쟁의 종결로 인해 문학계도 해방되어 낡은 것의 부활과 새로운 것이 생장한 기운을 탄 것이 대전 후의 문학이다. 이와 같은 움직임은 크게 전통 문학파, 민주주의 문학파, 전후파라는 세 갈래의 흐름을 형성하여 각각 발전해 갔다.

현재 일본 문단에서 지배적인 위치를 차지하고 있는 것은 제1, 2차 전후파의 뒤를 이어 등단한 제3의 신인인 젊은 세대들이다. 그들이 가지는 특색의 하나는 서구에서 일본적 특질이라고 비판되고 있는 사소설적(私小說的) 경향이다. 전후 한 때 실존주의에 의한 인간 응시의 경향이 유행했으나, 그 뒤 내향(內向)의 세대라고 불리는 젊은 세대의 비정치적 자세에 의한 문학 활동이 계속되었다.

예술적 근대파에 속하면서 신감각파 논의에 매우 공격적이던 가와바타 야스나리(川端康成)가 1969년 노벨문학상을 수상하였으며, 그 뒤를 이어 오에 겐자부로(大江建三郎)가 두 번째로 노벨문학상을 수상하였다.

Ⅱ. 상대(上代)·중고(中古) 문학

1. 야마토·헤이안 시대의 문학

일본문학사에서 말하는 소위 상대(上代)·중고(中古) 문학은 원시·고대 시대의 문학에 해당한다. **상대 문학**은 야마토 시대(大和時代)의 문학을 말한다. 문학의 발생 면에서 그 하한은 헤이안 천도(794년)까지를 말하지만, 그 상한은 분명하지 않다. 다만 시대의 구분에 있어서 정치·문화의 중심이 야마토에 있었기 때문에 야마토 시대, 야마토 문학이라고 한다. 각지에 발생해 있던 소국가들이 4, 5세기경 야마토 조정에 의해 통일되고, 7세기에는 중앙집권적인 체제가 정비되었다. 6세기 중반에 불교가 들어오고 7세기에 견수사(遣隋使)와 견당사(遣唐使)가 파견되어 대륙 문화가 적극적으로 유입되었다.

이 시대는 구송(口誦) 문학 시대와 기재(記載) 문학 시대로 양분할 수 있다. 구송 문학은 문자가 없었던 시대에 입에서 입으로 전해 내려오던 문학을 말한다. 이들 문학은 주로 집단에서 발생했기 때문에, 집단적 내용이 강하며 종교적 색채가 짙고 서사적인 요소를 지닌 것이 많다. 기재 문학은 문자에 의한 문학을 말한다. 한자의 유입에 의해 구송 문학을 문자로 기록하게 되자 문학은 점차 개성적·예술적 경향이 강해졌다. 구송 문학 시대의 작품으로 후세에 전해지는 것은 『고지키(古事記)』, 『니혼쇼키(日本書紀)』, 『후도키(風土記)』 등에 기록된 신화, 전설, 설화, 노리토(祝詞)[24], 센묘(宣命)[25], 가요 등이다. 이들은 시대가 흐르는 동안 원형과 달라진 면이 있지만 원시·고대 문학의 모습을 엿볼 수 있는 귀중한 자료이며 일본 문학의 모태가 되었다. 또한 시가 형태가 확립되어, 궁정을 중심으로 한시문(漢詩文)이 융성하게 되어 한시집 『가이후소(懷風藻)』가 나오게 되었고, 마침내 상대 문학의 기념비적인 와카집(和歌集)인 『만요슈(万葉集)』가 출현했다.

중고 시대는 간무 천황(桓武天皇, 737~806)이 도읍을 헤이안쿄(平安京)에 천도한 794년부터 미나모토노 요리토모(源賴朝)가 세이 다이쇼군(征夷大將)에 임명되어 가마쿠라(鎌倉)에 막부를 펼친 1192년까지의 약 400년간을 말한다. 이 시기를 고대 후기, 왕조 시대, 헤이안 시대(平安時代)라고도 한다. 나라 시대(奈良時代) 역시 대륙 문화의 유입 시대인데, 9세기에는 유입된 대륙 문화가 일본 문화와 융합하여 '일본화'된 일본 특유의 문화 형태가 형성되었다. 이 시대의 문화 담당자는 귀족 계층이었고, 이들은 궁중을 중심으로 한 폐쇄적인 귀족 사회로 다른 집단을 배척하고 모든 분야, 즉 종교, 예술, 문학, 풍속 등을 그들만의 문화로 향유하면서 제도화·형성화·항구화하려 했다. 특히 9세기 중반 무렵 시작된 셋칸 정치(攝關政治)로 인하여 헤이안 시대의 여류 문학이 꽃을 피우게 되었다.

---

24) 노리토(祝詞) : 인간이 신에게 기원하는 말. 현존하는 것은 헤이안 시대의 『엔기시키(延喜式)』에 들어 있는 27편과 『다이키(台記)』에 들어 있는 1편으로 모두 헤이안 시대 이전의 것이다.

25) 센묘(宣命) : 천황의 명령을 센묘체로서 쓴 것. 현존하는 것은 『쇼쿠니혼기(續日本紀)』에 들어 있는 62편이다.

중고 시대의 문학 흐름은 4단계로 나눌 수 있다. 1단계는 헤이안(平安) 초~9세기 중엽(781~858)까지인데 한시문이 융성했으며, 설화 문학으로 『니혼료이기(日本靈異記)』 등이 있다. 2단계는 9세기 말~10세기(858~969)에 걸친 와카(和歌)의 재부흥기인데 와카슈(和歌集)로는 『고킨 와카슈·고센 와카슈(古今和歌集 後選和歌集)』, 모노가타리(物語)로는 『다케도리 모노가타리(竹取物語)』, 『이세 모노가타리(伊勢物語)』, 일기로는 『도사일기(土左日記)』 등이 있다. 특히 이 시기에는 가나문에 의한 일기 모노가타리가 문학사에 처음 등장한 시기이다. 3단계는 10세기 후반~11세기 중반(969~1036)에 걸친 여류 문학 융성기로 『마쿠라노소시(枕草子)』, 『겐지 모노가타리(源氏物語)』, 『가게로(蜻蛉) 일기』 등 일본 고전 문학을 대표하는 작품들이 탄생했다. 4단계는 헤이안 말기(1036~1191)로 헤이안 문학의 완성기이다. 작품에는 『오카가미(大鏡)』, 『곤자쿠(今昔) 모노가타리집』 등이 있다.

일본 문학은 상당히 후대에 기록된 자료를 통해서 살펴보아야 한다. 현존하는 기록은 일본 문학의 발생 실태를 규명하는 자료로서 미약하고, 더불어 간접적인 단서에 지나지 않는 한계가 있기 때문이다. 따라서 일반적으로 일본의 상대·중고 문학은 유럽의 중세 시대에 해당한다고 평가된다. 그리고 시기적으로는 야마토 시대(大和時代)와 나라 시대(奈良時代)를 거쳐 헤이안 시대(平安時代)까지의 문학을 대상으로 한다.

일본은 일찍부터 대륙과 교류해 왔는데, 특히 고대 한국과 중국으로부터 많은 영향을 받았다. 538년 긴메이 천황대(欽明天皇代)에 백제에서 불교가 전래되어 문화와 사상 면에서 큰 영향을 받았다. 쇼토쿠 태자(聖德太子)26) 시대에 이르러 널리 전파되기 시작한 불교는 쇼무 천황대에

---

26) 쇼토쿠 태자(聖德太子, 574~622) : 일본 요오메이 천황(用明天皇)의 왕자. 숙모인 스이코(推古) 천왕의 섭정을 맡으면서 내외적으로 새로운 정책을 폈다. 씨성(氏姓) 제도를 개혁하여 군주제의 중앙집권 정치를 확립하려 했는데, 그 목표는 다이카 개신(大化改新)에 의해 실현되었다. 또한 외적으로는 견수사(遺隨使)를 파견하고, 내적으로는 관위 12계 및 17조 헌법을 제정했다.

더욱 융성한 발전을 이루게 되었고 수많은 절과 불상이 세워졌다. 이는 상류 귀족 계급에 의한 호국 불교로서의 의식이 바탕이 된 것이다. 한편 하층민 계급에서는 백제계의 도래인(渡來人) 승려 교키(行基)가 등장하여 각지에 저수지와 다리를 만들면서 민간 포교에 힘썼다.

대륙 문물이 유입된 가운데 불교와 더불어 문학에 중대한 전기를 가져온 것이 한자의 전래이다. 문자를 갖지 못했던 일본인은 한자를 사용함으로써 비로소 기록 수단을 얻게 된 것이다. 언제 한자가 유입되었는지는 명확하게 알 수 없으나 대략 4세기 후반으로 짐작된다. 처음에는 우리의 이두처럼 한자의 음이나 훈을 빌려서 일본어를 표기했는데, 이것이 만요가나(萬葉假名)이다. 일본의 가장 오래된 시가집인 『만요슈』의 시가 주로 이 방법으로 표기되었으며, '만요슈'라는 제목도 이에 생긴 명칭이다. 여기에서 발전되어 일본은 히라가나(平假名)와 가타가나(片假名)라는 문자를 갖게 되었고, 후대에 가나 문학의 발전을 이루게 되었다.

○ 작품의 이해

• 『고지키(古事記)』 － 오오노 야스마로(太安万侶, ?~723)

덴무 천황(天武天皇, 673~686 재위) 때 히에다노 아레(稗田阿禮)라는 사람이 있었는데, 그는 당시의 황실이나 민간의 신화와 전설 등을 암송했다. 이를 712년(和銅5) 제43대 겐메이 천황(元明天皇, 707~715 재위) 때 오오노 야스마로가 상·중·하 세 권으로 분리하여 역사서로 편찬·완성시켰다.

상권은 신들의 세계를 기록한 것으로 신화를 통하여 천지 창조와 신들의 활동을 서술했다. 남신 이자나기(伊邪那岐)와 여신 이자나미(伊邪那美)에 의한 국토생성 신화를 비롯하여, 아마테라스오미카미(天照大神)를 중심으로 한 천상계 신화, 아마테라스오미카미의 뜻을 받들어 손자인 니니기노미코토(瓊瓊杵尊)가 삼종신기(三種神器)[27]를 가지고 천상의 다카마노하라(高天原)에서 지상의 다카치 호노미네(高天穗峰)에 내려왔다는 천손 강림 신화 등으로 이루어져 있다.

중권은 제1대 진무 천황(神武天皇)으로부터 제15대 오진 천황(應神天皇)까지, 하권은 제16대 닌토쿠 천황(仁德天皇)으로부터 제33대 스이코 천황(推古天皇, 592~628 재위)까지를 기록하고 있다. 중·하권은 인간의 세계를 기록한 것으로, 진무 천황의 신라 원정 등의 전설, 닌토쿠 천황의 백성에 대한 자비심, 유라쿠 천황을 둘러싼 시가 이야기, 형제인 제23대 겐조(顯宗)와 제24대 닌켄(仁賢) 두 천황 사이에 있었던 황위 양보의 이야기 등이 실려 있다.

『고지키』와는 편찬 성격이 많이 다른, 『니혼쇼키』의 신대 기록은 천손계 신화를 존중하여 황조신(皇祖神)에 직접 관련된 전승을 중심으로 건국 신화를 구성하고 있다. 따라서 이즈모(出雲)계 신화나 민간 전승은 가볍게 다루었다. 신대(神代)로부터 겐조·닌켄·부레츠(武烈) 천황 무렵까지는 『고지키』와 같은 신화, 전설, 설화를 연결시킨 기록이 많다. 그러나 제26대 게타이 천황(繼體天皇) 무렵부터 역사적 사실의 기술이 점차로 많아져, 제36대 고토쿠(孝德) 천황 무렵부터는 설화적 요소가 거의 사라졌다. 다음은 『고지키』에 수록된 작품의 한 대목이다.

> 그래서 이 두 신은 하늘의 계단에 서서 창으로 밑의 세계를 휘저었습니다. 바닷물을 소리가 나도록 저은 다음 창끝에 묻은 바닷물이 떨어져 쌓여 섬이 되었습니다. 이것이 '오노고로' 섬입니다. 그 섬으로 내려가서 큰 기둥을 세우고 커다란 궁전을 지었습니다. 그런 다음 이사나기노미코가 이사나미의 여신에게 "당신의 몸은 어떻게 되었습니까?" 라고 물었더니, "나의 몸은 거의 다 되었습니다만 한군데 아직 부족한 곳이 있습니다"라고 대답하였습니다. 그랬더니 이

---

27) 삼종신기(三種神器) : 천황위의 징표로 전해져 오는 거울, 검, 곡옥의 세 가지 보물을 일컫는 것으로, 야타노카가미(八咫鏡), 쿠사나기노츠루기(草薙劍), 야사카니노마가타마(八坂瓊曲玉)를 말한다.

사나기노미코가 말하기를 "나의 몸은 다 되었는데 너무 잘된 곳이 한군데 있습니다. 그러므로 나의 몸 중 너무 잘된 곳을 당신의 부족한 곳에 끼어서 국토를 만들려고 생각하는데 어떻게 생각하십니까?"라고 말했고, 이사나미는 "그것이 좋겠군요"라고 대답하였습니다.

―『고지키』 상권 「가미요마키(神代券), 섬들의 생성」

•『후도키(風土記)』

『후도키』는 『고지키』가 완성된 다음 해인 713년(和銅6), 제43대 겐메이 천황(元明天皇)의 칙명에 의해 편찬된 지리서이다. 칙명에 의해 각 지방의 산물, 지질, 지형, 지명의 유래와 전승 등을 중앙 정부에 보고한 것으로, 한문체를 위주로 하였으나 설화 부분에서는 국문체를 섞어 기술하기도 했다. 현재 완전하게 현존하는 것은 『이즈모국후도키(出雲國風土記)』뿐이며, 히타치(常陸)·하리마(播磨)·분고(豊後)·히젠(肥前) 지방의 후도키가 불완전한 형태로 전해지고 있다. 이 밖에도 여러 기록에 인용되어 부분적으로 남아 있는 30여 지방의 일문(逸文) 후도키가 있다.

『이즈모국후도키』는 이즈모 신들에 의한 이즈모 지방의 통치를 주장하고 있다는 점이 독특하며 오쿠니누시가미(大國主神)에 관한 전승도 많이 보인다. 『히타치국후도키(常陸國風土記)』는 가요 이외에는 사육병려체(四六駢儷體)28)의 아름다운 한문을 사용하여, 전체적으로 문인 취미를 드러내고 있다. 그리고 생활이나 풍속·전승 등이 확실하게 묘사되어 있다. 특히 츠쿠바산(筑波山)의 우타가키(歌垣)29)와 처녀 마츠바라(松原) 전승이 유명하다. 『히리마국후도키(播磨國風土記)』는 고색창연한 준 한문체로 쓰여 있고 전체적으로 소박한 느낌이 드는 것이 특색이며 지명을 들어

---

28) 사육병려체(四六駢儷體) : 4자(字)·6자(字)의 대구로 쓴 한문의 한 형체.
29) 우타가키(歌垣) : 상대의 행사. 봄과 가을에 청춘남녀가 모여 서로 노래를 주고받으며 춤추고 즐겁게 즐겼다.

지명 설화를 이야기하고 있다. 가령, 간자키군(神崎郡)의 하니(埴岡)언덕 지명 설화는 '찰흙을 짊어지고 가는 것과 대변을 참고 가는 것, 이 둘 중 어느 것을 더 오래 참을 수 있는가'와 같은 소박한 이야기를 담고 있다.

여기서 문학적으로 주목할 부분은 각 지방의 민간 전승이다. 특히 지명의 유래를 설명하는 전설이 많으며, 민중 문학으로서 흥미로운 설화들을 기록하고 있다. 『후도키』의 설화는 단편적이어서 가키의 신화 전설에 보이는 체계적인 국가 의식은 많지 않으나, 지방색을 띠는 신앙이나 풍습, 농경과 어촌 생활 등을 반영한 설화가 많아서 고대 일본인의 생활상을 생생하게 엿볼 수 있다. 다음은 작품의 한 대목이다.

> 오우(意宇)라 하는 이유는, 나라를 물려준 야츠카미즈오미츠노미코토(八束水臣津野命)가 말씀하시길, "야구모다츠 이즈모나라는, 폭이 좁은 천과 같이 젊은 나라이구나. 처음으로 만든 나라이기에 작게 만들었다. 그러니 이제 더 만들기로 하자." (…중략…) "이것으로 나라는 다 끌어들였다" 라며 오우신사(意宇社)에 막대기를 세워 주고, "오에(おゑ)" 라고 말씀하셨다.
>
> ― 『이즈모국후도키』, 국토양도 신화

•『만요슈(万葉集)』

고대 서정시 와카(和歌)를 수집하여 편찬한 것으로 현존하는 가장 오래된 와카집(和歌集)에 속한다. 『만요슈』는 750년을 전후하여 몇 차례에 걸쳐 편찬된 것으로 전 20권, 4,500수가 실려 있다. 편찬자 또한 일시 특정인이 작업한 것이 아니라 몇 사람의 손을 거쳐 증보되어 결국 정리되지 않은 상태로 후세에 전해졌다. 최종적으로 정리한 사람은 오토모노 야카모치(大伴家持) 등으로 짐작된다. 이 책에 담겨져 있는 노래는 순수하고 생명력이 넘치고 있어서, 천 수백 년이 흐른 오늘날에도 일본인들의 마음을 사로잡고 있다.

『만요슈』의 중심을 이루는 것은 와카(和歌)인데, 전체의 약 90%를 차지하고 있다. 또한 집단적 구전의 가요를 거쳐 독창적인 와카의 형식이 창작되는 변화의 양상을 그대로 담고 있다. 이 와카의 탄생으로 일본인들은 비로소 자신의 생각을 문학으로 표현하는 방법을 익히게 된 것이다. 또한 와카의 내용이 복잡하고 다양한 이유는, 천황을 비롯하여 황족, 귀족, 관료, 승려, 농어민, 유랑민에 이르기까지 각 계층 사람들이 자신의 삶을 직접 표현하였기 때문이다.

『만요슈』의 내용을 분류하면 소몬(相聞), 반카(挽歌), 조카(雜歌) 등이 있다. '소몬'은 사람들 사이에 노래를 주고받는다는 데서 유래한 것으로, 주로 정(情)적인 교류를 노래한 것이며 부자, 부부, 형제, 친구, 연인 등의 관계에서 주고받는 시가 대부분을 이룬다. '반카'는 사람의 죽음에 관련된 가요를 모아놓은 것이고, '조카'는 왕의 행차나 여행, 공적·사적인 연희 등을 그 내용으로 한다.

일반적으로 『만요슈』의 가풍이 전개되어 간 양상은 네 시기로 구분한다. 제1기는 34대 죠메이 천황(舒明天皇, 629~641 재위) 시대로부터 진신의 난(壬申の亂, 672)까지의 40여 년 동안이며, 이 시기의 '와카'는 원시 가요의 수준을 벗어나 창작적으로 전개되었다. 그리고 주요 시인으로는 죠메이 천황, 덴지 천황, 아리마노 미코(有間皇子), 누카타노 오키미(額田王) 등이며, 황실 가인이 압도적이다.

제2기는 진신의 난 이후부터 제43대 겐메이 천황에 의해 헤이죠쿄 천도가 이루어진 710년까지의 약 38년 동안이다. 이 시기에는 '와카'가 번성하여 많은 시인이 참가했다. 내용 또한 전시대의 소박함에다 중후함이 가미되고 복잡한 표현 기법이 시도되어 한층 개성적인 가풍을 나타냈다. 대표적인 시인으로는 가키노모토노 히토마로(柿本人麻呂)를 들 수 있는데, 그는 단가와 장가 형태의 많은 수작을 남겼다. 그리고 그는 마쿠라코토바(枕詞), 죠코토바(序詞), 쓰이쿠(對句), 구리카에시(反復) 등의 표현 기법을 구사하면서도 경박하지 않게 고대인의 심정을 조화롭게 노래하였다.

제3기는 나라(奈良) 천도 이후 제44대 겐쇼 천황을 거쳐 제45대 쇼무 천황의 덴표 5년(733)까지의 약 24년간이다. 개화적인 분위기에 싸여 와카는 더욱 세련되어 갔고, 독창적인 경지가 심화되었다. 대표적인 시인으로는 자연을 노래한 서정가 분야의 야마베노 아카히토(山部赤人), 인간의 고뇌나 사회의 모순을 노래한 분야의 야마노우에노 오쿠라(山上憶良), 설화나 전설을 바탕으로 서사시를 노래한 다카하시노 무시마로(高橋虫麻呂), 신변의 서정을 읊은 오토모노 다비토(大伴旅人) 등이 있다.

제4기는 쇼무 천황 덴표 6년(734) 이후 코켄 천황(孝謙天皇)을 거쳐 준닌 천황(淳仁天皇) 덴표 호지(天平寶字) 3년(759)까지의 약 25년간으로 나라 시대의 중기에 해당하는데, 바로 덴표 문화가 찬란하게 꽃피던 시기이다. 이 시기의 와카는 예전의 소박하고 순수함보다도 이지적인 태도로 발전했다. 대표적인 시인인 오토모노 야카모치(大伴家持)는 여성들과 주고받는 사랑 노래를 주로 읊었다. 그리고 단순한 모방의 단계를 벗어나 뛰어난 자연의 관조를 읊은 시가 많았고, 섬세하고 내면적인 깊이를 더하는 독창적인 경지에까지 이르렀다.

> 산 이슬을 맞으며
> 당신을 기다려 저는 흠뻑 젖어버렸어요
> 산 이슬에
>
> — 권2, 107

> 나를 기다리느라고
> 당신이 젖으셨다고 말씀하시는 그 산 이슬이
> 될 수 있었다면 좋았을 것을
>
> — 권2, 108

가난하고 궁색한 문답의 노래 한 수, 단가를 곁들이다(貧窮問答歌一首并短歌).

비바람이 불며 눈보라 치는 밤은, 견디지 못할 정도로 춥기에 굵은 덩어리 소금을 조금씩 핥으며 술막지를 푼 더운물을 마셔보지만, 자꾸만 기침이 나고 콧물이 흘러 훌쩍거린다. 제대로 나지도 않은 수염을 쓰다듬으면서, 나 이외에는 사람다운 사람은 없겠지 하고 깡으로 버티고 있지만 추워서 정신을 차릴 수가 없다. 소매 없는 삼베옷을 있는 대로 겹쳐 입고도 추운 겨울밤인데, 하물며 나보다 가난한 사람의 어버이는 얼마나 배고파 떨고 있겠는가. 그 처자들은 흐느끼며 떨고 있겠지. 이럴 때 너는 어떻게 살아가야 하는가?

세상이 넓다고 하지만 나에게만은 좁은 것인가. 태양이나 달이 밝다고들 하지만 나를 위해서는 비추어 주지 않는 것일까? 세상 사람들이 모두 다 그렇게 생각하는 것일까. 나만 그런 것일까. 우연히 인간으로 태어나 다른 사람들처럼 나도 농사를 지었건만, 솜도 넣지 않은 소매 없는 옷과 마치 바닷말처럼 찢어진 조각난 누더기만을 어깨에 걸치고, 기울고 쓰러져 가는 조그마한 집에서 땅바닥에 바로 짚을 깔고 어버이는 나의 베갯머리 쪽으로, 아내나 자식들은 나의 발 밑쪽에 빙 둘러앉아 한숨 지며 신음하고 있다. 부엌에는 연기의 흔적도 없고 밥솥에는 거미줄이 쳐져 언제 밥을 지었는지 알 수 없고, 호랑지빠귀 새처럼 힘없는 소리로 신음하고 있는데 ‘가뜩이나 짧은 것을 또 그 끝을 잘라낸다’는 속담처럼, 회초리를 든 촌장은 자는데 와서 고함을 친다. 이렇듯 어쩔 수 없는 것인가? 이 세상을 살아간다는 것은.

— 권5, 892

‘권2, 107’의 노래는 덴무 천황의 황자이며 비극의 주인공인 오오츠노 미코(大津皇子)가 이시카와노 이라츠메(石川郎女)와 사랑할 때의 연가이다. 오오츠노 미코는 인품이 뛰어났지만 역모에 몰려 24세를 일기로 생을 마감한 인물이다. ‘권2, 108’의 노래는 ‘권2, 107’ 노래에 대한 이시카와노 이라츠메의 답가이다. 그러나 모든 여성이 부르는 민요라 할 수 있다. ‘권5, 892’는 야마노우에노 오쿠라(山上憶良)의 술지(述志) 문학 성격의 작품이다. ‘가난한 사람’과 ‘나보다도 가난한 사람’이 ‘빈궁’에 대해 문답하는 형식을 취하고 있다.

• 『다케도리 모노가타리(竹取物語)』

　헤이안 시대의 모노가타리로서, '옛날이야기의 원조'라고 불리는 초기 모노가타리의 대표작이다. 작자나 성립 연대는 미상이다. 문장은 간단명료하고, 한문 훈독의 요소를 포함하고 있다. 당시 귀족 세계를 흥미 있는 줄거리와 여성의 취향에 맞는 우아한 문장 표현으로 창작한 가나문(仮名文)의 새로운 시대를 연 작품으로 평가된다.

　이 작품에는 여러 가지 다양한 주제와 제재를 보여주고 있는데, 대표적인 이야기로는 대나무 속에서 어린애를 발견하여 부(富)를 얻는다는 치부담(致富譚), 작은 어린애 이야기, 3개월 만에 성인으로 성장한다는 급성장담(急成長譚), 구혼 난제물(難題物)과 구혼자들의 패배 등이 있다. 이러한 작품들은 옛 이야기의 체재를 갖추면서도 실제로는 고대 모노가타리의 기원에 위치하는 것으로 완성도가 높은 내용을 자랑하고 있다. 다음은 다케도리의 할아버지가 대나무 속에서 어린애를 발견하여 부를 얻는 치부담의 줄거리이다.

　　지금은 옛날이야기이지만 대나무를 베는 할아버지가 살고 있었다. 이 할아버지는 어느 날 뿌리 쪽이 유난히도 반짝이는 대나무를 발견했다. 이상히 여겨 가까이 가보니, 대나무의 대롱 속이 빛나고 있었다. 할아버지가 그 대나무 속을 자세히 들여다보니, 약 10㎝쯤 되는 여자아이가 매우 귀여운 모습을 하고 앉아 있었다. 할아버지는 "제가 매일 아침저녁으로 대하고 있는 대나무 속에 있는 것으로 봐서, 아마도 당신은 저의 자식이 되어야 할 것 같습니다"라고 말하며, 그 아이를 조심스럽게 집으로 데려와서 할머니에게 맡겨 키우게 했다.
　　그 후 할아버지와 할머니는 이 아이를 소중하게 키웠고, 3개월 만에 아주 예쁜 아가씨로 성장하였다. 이 소문을 들은 다섯 명의 귀공자가 구혼을 하지만, 이 아가씨는 각각의 귀공자들에게 당시의 아주 귀중한 보물을 구해올 것을 요구하며 이들의 구혼을 모두 거절당하게 만든다. 드디어 이 아가씨에 대한 소문을 들은 천황까지도 그녀에게 구혼하게 되지만 결국 이 청혼도 거절당한다.
　　천황과 편지를 주고받은 지 3년의 세월이 흐른 봄, 가구야 아가씨는 달의 세계로 귀환하는 시기를 알게 된다. 드디어 어느 가장 달이 아름다운 보름날 8월 15일 밤, 천황의 명령으로 그녀를 달의 세계로 보내지 않기 위해 많은 무사들이 그녀의 주위를 삼엄하게 포위하며 지킨다. 그러나 아무런 소용없이 그녀는 달의 세계로 돌아가게 된다. 슬픔에 잠긴 천황과 할아버지에게 그녀는 자신의 분신으로 불사(不死)의 약, 천사의 옷, 그리고 편지를 남겨 놓고 떠난다. 그런데 천황은 무사들에게 그것들을 전부 후지산(富士山)에서 태워버리게 한다.
　　　　　　　　　— 『다케도리 모노가타리(竹取物語)』의 치부담 줄거리

•『겐지 모노가타리(源氏物語)』

헤이안 시대의 모노가타리로서 전체 3부로 구성되어 있는데, 제1부와 제2부, 제2부와 제3부 사이에는 큰 차이와 단절을 보인다. 작자는 일반적으로 무라사키 시키부(紫式部)로 추정하지만 정확하지는 않다. 또한 속편인 우지 10권(宇治 10帖)은 무라사키 시키부의 딸 다이니노 산미(大二三位)가 쓴 것이라는 설도 있다. 무라사키 시키부의 생년월일은 정확하게 알 수 없지만, 대체로 973년(天延元)에 태어나 1014년(長和3)에 사망하였을 것으로 추정하고 있다. 그녀는 대대로 문학자, 한학자, 가인으로 알려진 후지와라노 타메토키(藤原爲時)의 딸로 어릴 때부터 아버지의 영향으로 와카와 한문에 관심을 가진 총명한 여인이었다. 그녀는 후지와라노 노부타카(藤原宣孝)와 결혼하나 곧 사별하게 되어 그 불행한 체험을 바탕으로 와카가 아닌 산문이라는 새로운 정신 세계를 모노가타리 창작을 통해 표출하였다.

『겐지 모노가타리』의 제1부는 '히카루 겐지(光源氏)의 청춘과 영화'(출생~39세) 33권, 제2부는 '히카루 겐지의 만년과 불행'(39세~52세) 13권, 제3부는 '신세대의 청춘과 사랑'(가오루(薫君) 11세~28세) 13권으로 되어 있다.

히카루 겐지의 역사상 모델에 대해서는 많은 인물들이 복합적으로 등장하고 있는데, 전반부에서의 모델은 주로 미나모토노 다카아키라(源高

明), 후반부는 후지와라노 미치나가(藤原道長)로 짐작하고 있다. 많은 모노
가타리의 주인공들은 이상적(異常的)이고 이단적(異端的) 인물들이다. 히카
루 겐지도 궁중 사회에서는 이단시되는 인물이며 처음부터 비극을 안고
있었다. 그리고 그는 두 가지 결점을 지니고 있기도 하다. 하나는 모성
상실에 의한 개인적인 결함이고, 또 다른 하나는 아버지에 의해 보통
귀족으로 격하된 왕권을 상실했다는 정치적 결함이다. 『겐지 모노가타
리』는 이 두 가지 결함을 어떻게 회복해 가는가를 주제로 한 이야기이
다. 그런데 히카루 겐지의 복권에 커다란 역할을 한 것이 여성들이라는
점에서 이 작품은 '여성의 모노가타리'라고도 할 수 있다. 제1부의 줄거
리는 다음과 같다.

어느 천황 때였던가 그렇게 집안이 높지 않은 기리쓰보(桐壺) 고이(更衣)30)가
많은 후궁들 가운데 천황의 총애를 한 몸에 받고 있었다. 고이는 많은 후궁들
의 질투에 심한 마음고생을 하면서도 옥과 같은 아름다운 제2왕자(후의 히카루
겐지)를 낳는다. 하지만 그 왕자가 3살이 되던 여름 고이는 병이 들어 죽어버린
다. 고이의 죽음에 너무나 상심한 천황은 제2왕자에게 지극한 사랑을 쏟았고,
제2왕자는 제1왕자(후의 朱雀帝) 어머니인 고키덴노 뇨고(弘徽殿女御)에게 미움
을 산다.
그런 상황 속에서 천황은 이렇다 할 후견인이 없는 제2왕자의 장래를 위하
여 그를 황족에서 평민으로 격하시켜 겐지(源氏)라는 성(姓)을 부여한다. 히카루
겐지는 12살에 성인식을 마치고 당시 16세인 권력가 사다이진(左大臣)의 딸 아
오이노 우에(葵の上)와 결혼을 하게 된다. 하지만 히카루 겐지는 인형과 같이
단정한 연상의 아내에게 애정을 느끼지 못하며, 그녀를 찾는 일도 거의 없다.
그러한 겐지는 선황의 4째 공주이며 기리쓰보 천황의 황후인 의붓어머니 후지
쓰보(藤壺)를 연모한다.
17살이 되던 여름 친구들과 여성들에 대한 담론을 하면서 중류 계급의 여성
들에게 흥미를 느끼게 된 겐지는, 여성들과 애정 편력을 하면서 다양한 청춘의
실패를 경험하게 된다. 그러나 도저히 후지쓰보를 잊을 수 없었던 겐지는, 18살

---

30) 고이(更衣) : 천황의 침소에 시중드는 여성. 천황의 침소에 시중을 드는 고위의
   여성인 뇨고(女御)보다 하위이다.

되는 봄에 그녀를 잊기 위해 수양 차 갔던 가타야마(北山)에서, 후지쓰보의 조카인 무라사키노 우에(紫の上)를 만나, 거의 납치하다시피 그녀를 데려와 이상적인 여성으로 양육하게 된다.

마침 그 무렵 23살 된 후지쓰보가 친정에 돌아와 있었다. 어느 날 겐지는 기회를 틈타, 후지쓰보의 방에 살짝 숨어들어, 드디어 그녀와 꿈과 같은 하룻밤을 보내게 된다. 그 결과 후지쓰보는 임신을 하게 되고, 이듬해 겐지를 꼭 닮은 왕자(후의 冷泉帝)를 낳게 된다. 그리하여 19세의 겐지와 24세의 후지쓰보는 불륜의 죄라는 어두운 숙명을 짊어지고 살아가게 된다. 후지쓰보와의 금지된 사랑에 괴로워하던 히카루 겐지는 20살 되는 봄, 향연이 끝난 저녁 취하여 여기저기 헤매며 걷다가, 우연히 적대 관계에 있던 우다이진(右大臣)의 딸 오보로즈키요(朧月夜)를 만나 비밀리에 육체관계를 맺게 되고, 그 이후에도 만남을 계속한다. 그 결과 겐지는 26세에 귀향길에 오르게 된다.

겐지가 32살 되던 해, 사모하던 37살의 후지쓰보가 출가함으로써 파란만장한 삶의 막을 내린다. 레제(冷泉) 천황은 자신의 출생 비밀을 알고 경악하며 실제 아버지인 겐지에게 양위하려고 하지만, 겐지는 이를 간곡하게 거절한다. 이리하여 겐지는 결국 상황(上皇)에 준하는 대우(准天皇)를 받게 되고, 그의 영화는 영원히 계속되는 것처럼 보인다.

— 『겐지 모노가타리(源氏物語)』 제1부

•『가게로 일기(蜻蛉日記)』

헤이안 시대의 일기로서 상·중·하 3권으로 이루어져 있다. 후지와라노 미치쓰나(藤原道綱)의 모친 일기이다. 977년경 쓰였는데, 그녀의 21년간에 걸친 결혼 생활을 중심으로 쓴 자전적 일기이다. 아버지는 이세(伊勢)의 지방관인 도모야스(倫寧), 어머니는 도노모노 가미하루미치(主殿頭春道)이다. 19세 때 후지와라 홋게(北家)[31] 우다이진 모로스케(師輔)의 3남 가네이에(兼家)와 결혼하여 이듬해 아들 미치쓰나를 낳았다. 헤이안 시대의 36가센(歌仙)의 한 명이며, 초쿠센와카슈(勅撰和歌集)[32]에 우타 30여 수

---

31) 홋게(北家) : 후이토(不比等)의 아들 후사사키(房前)의 가계. 후사사키의 저택이 형 무로마로(武智麻呂-南家) 저택의 북쪽에 있었기 때문에 일컬어진 명칭이다.

가 실려 있다. 『손피분먀쿠(尊卑分脈)』의 기록에 의하면, '일본의 세 미인 중 한 명'이라고 한다.

『가게로 일기』의 상권은 954~968년까지 15년간을 기록하고 있는데, 가네이에와의 결혼, 미치쓰나의 탄생, 가네이에의 애인에 대한 질투 등을 내용으로 한다. 머리글의 기사는 서문에 해당하고 '세상을 아주 허무하게' 지내는 작가 자신의 '신상'을 밝힘으로써 결혼 생활의 한 예를 보이고자 한다는 집필 동기가 기록되어 있다. 이 서문은 상권의 마지막 부분과 조응하며 '생각대로 되지 않는 신세'라는 자기 인식과 '있는지 없는지 모르는 하루살이의 일기'라는 심경소설과도 같은 작품 주제를 제시한다. 중권은 969~971년까지의 3년간으로 가네이에의 새로운 애인 오우미(近江)에 대한 질투, 부부 관계의 소원함, 부처님에게 기도하는 내용이 기록되어 있다. 하권은 972~974년까지로, 성장한 미치쓰나와 양녀로 받아들인 미치쓰나의 이복동생(가네이에의 애인이 낳은 딸)에 대한 모성애 등이 기록되어 있다. 974년 39세가 된 작자는 가모진자(賀茂神社)의 임시 축제 때 남편과 아들 그리고 부친의 밝은 모습을 기록하며, 21년간에 걸친 인생을 끝맺고 있다.

작가는 서문을 통하여, 많은 모노가타리는 모두 사실성을 결여하고 있기 때문에, 자신은 실제 체험한 결혼 생활을 제재로 일기를 쓴다고 밝히고 있다. 그리고 일부다처제라는 사회 제도 속에서, 남편의 사랑을 독차지할 수 없으며 자기 옆에 언제나 붙잡아 둘 수 없다는 사실에 대한 질투, 번민, 고뇌의 나날들이 잘 표현되어 있다. 다음은 『가게로 일기』의 서문이다.

---

32) 초쿠센와카슈(勅撰和歌集) : 천황 또는 상황 명령을 받아서, 우타를 골라 편집한 와가슈. 『료운슈(凌雲集)』는 일본 최초의 초쿠센 한시집이다. 『고킨와카슈(古今和歌集)』를 시작으로 『신쇼쿠고킨와카슈(新續古今和歌集)』까지 약 500년에 걸쳐 21대 초쿠센와카슈가 만들어졌다.

이와 같이 덧없이 살아온 과거 반생도 지나가 버려, 그야말로 어디에 마음 붙일 데 없이 이도 저도 아닌 엉거주춤한 상태로 세월을 보내고 있는 여자가 있다. 용모는 다른 사람들과는 비교가 안 될 정도이고, 사리분별도 없으니, 이런 별 볼일 없는 상태로 있는 것도 무리는 아니라고 생각한다. 하지만, 매일 무료하게 시간을 보내는 것은 지루하고 따분하기만하다. 그래서 지금 세간에 나돌고 있는 옛날이야기들을 차근차근 들여다보았더니 흔해빠지고 비현실적으로 꾸며낸 이야기들도 인기가 있었다. 그렇다면 보통 사람들과는 다른 높은 신분에 있는 사람의 신상에 관한 내용을 일기로 자세하게 써 본다면 더욱 흥미롭게 읽혀지지 않을까 생각했다. 매우 고귀한 신분의 남자에게 시집간 여성은 어떠한 생활을 하고 있는 것일까 하고 궁금해 하는 사람이 있다면, 이 글이 조금이나마 그 하나의 대답이 되었으면 싶다. 지나간 적령기 때의 일이라든가, 몇 달 전의 일은 기억이 흐려져 분명하지 않지만, 그래도 이 정도는 괜찮겠지라는 생각에 글을 썼는데, 내용이 많아져버렸다.

— 『가게로 일기』 서문

•『마쿠라노소시(枕草子)』—세이쇼 나곤(淸少納言)

『마쿠라노소시』는 수필 문학 형태를 새롭게 개척한 헤이안 시대 최초의 수필집이며, 995~1002년 무렵 성립된 것으로 추정된다. 수필은 일기로부터 발생 성장하여 시간·장소의 제약으로부터 해방되어 자유롭게 자기를 표현한 글이다. 수필은 자조적·비평적 성향이 강하다. 이 작품은 전체 300단의 길고 짧은 문장이 실려 있는데, 내용상 세 부분으로 유취적(類聚的), 일기적, 수상적(隨想的)으로 구별된다. 유취적 부분은 자연물 또는 어떤 성격과 관련된 표제를 세운 후, 그 표제에 맞는 내용을 모아 정리한 것을 말한다. 일기적 부분은 중궁 테이시(定子)를 중심으로 한 화려한 궁중에서의 체험을 회상하는 것으로 작가의 기지가 돋보이는 부분이다. 수상적 부분은 계절에 따른 감상을 수록한 것으로 가장 수필다운 부분이다. 이러한 『마쿠라노소시』는 중세의 『호조키(方丈記)』나 『쓰레즈레쿠사(徒然草)』에 영향을 주었다. 작가 특유의 예리한 감각과 관찰력, 대상에 몰입되지 않는 객관성, 간결하고 기품 있는 문체, 섬세한 감수성과 생동감 있는 묘사력으로 인간과 자연의 단면을 단적으로 파악하고 있다.

이 작품은 10세기 말엽 세이쇼 나곤(淸少納言)에 의해 쓰였다. 그녀는 가인 기요하라노 모도스게(淸原元輔)의 딸로 와카와 한학 등 가정교육을 받은 당시 지식층의 여성이다. 성품이 명랑하고 예리한 감각을 가진 작가는 이치조 천황의 중궁인 사다코 밑에서 궁녀로 일하였다. 그러면서 그녀는 자연과 인사에 관한 견문이나 감회 등을 기록했다. 이 작품은 세이쇼 나곤의 강렬한 개성과 뛰어나게 세련된 미적 감각의 정수이며, 또한 헤이안 시대의 대표적 미적 이념인 '오카시(をかし)'33)라는 독창적인 이념을 이룩하였다는 평가를 받고 있다.

> 봄은 새벽녘이 좋다. 점점 하얗게 밝아오는 산등성이가 조금씩 밝아져서 보랏빛을 띤 구름이 가늘게 드리워진 것이 정말 멋이 있다.
> 여름은 밤이 좋다. 달이 밝을 때는 더할 수 없이 멋지고, 설령 어두운 밤이라도 반딧불이 어지러이 날아다닐 때도, 그저 하나 둘이 어렴풋이 빛을 발하고 날아가는 것도 정말 보기 좋다. 비가 내려도 운치가 있어서 좋다.
> 가을은 저녁 무렵이 좋다. 석양빛에 산의 끝자락이 대단히 가깝게 보일 무렵, 까마귀가 잠자리에 들려고 세 마리 네 마리 또는 두 마리 세 마리씩 서둘러 날아가는 것도 그윽한 정취가 있다. 더욱이 멀리 열 지어서 날아가는 기러기가 작게 보이는 것도 분위기를 느끼게 한다. 완전히 태양이 지고, 바람소리나 벌레소리가 들리기 시작하는 것도 말할 수 없이 운치가 있다.
> 겨울은 이른 아침이 좋다. 눈이 내리는 아침은 더욱 좋다. 눈이 아주 하얗게 쌓였을 때, 혹은 그렇지 않더라도 몹시 추운 아침에, 급히 불을 피워 숯불을 들고 서둘러 가는 것도 계절에 꼭 맞는 정서이다. 그러나 낮이 되어 점점 추위가 누그러지면서, 화롯불도 하얀 잿빛 재로 변해버리면 아주 보기가 좋지 않다.

— 『마쿠라노소시(枕草子)』의 1단

---

33) 오카시(をかし) : 모노노아와레(もののあはれ)와 함께 헤이안 시대 문학의 대표적인 미적 이념. 모노노아와레가 내면으로부터 감동을 나타내는 반면, 오카시는 어느 정도 객관적, 비평적, 주지적으로 느낀 감동을 나타낸다.

• 『**고킨 와카슈**(古今和歌集)』

헤이안 시대의 초쿠센와카슈로 전체 20권에 담겨져 있다. 다이고(醍醐) 천황의 칙명에 의해 기노 도모노리(紀友則), 기노 쓰라유키(紀貫之), 오시고 우치노 미쓰네(凡河內躬恒), 미부노 다다미네(壬生忠岑) 등 4명이 우타 선별 작업을 했다. 성립 시기는 서문에 보이는 905년 4월의 하명 시기를 보는 설도 있고, 그 이후에 성립되었다는 설도 있다. 노래 체제는 장가(長歌) 5수, 세도우타(旋頭歌) 4수, 그 이외에는 전부 단가이다. 선집의 경위와 우타의 본질과 기원 등을 설명하고, 롯가센(六歌仙[34])을 서술한 한문으로 쓴 서문, 가나로 쓴 서문을 첨부하고 있다. 총 우타의 수는 1,100수, 이름이 쓰인 가인의 수는 127명이다.

이 작품은 『만요슈』 이후 약 150년간의 노래를 모은 것이므로 시대의 폭이 넓고 작자 미상의 노래도 많기 때문에 대체로 시대를 3기로 나누어 설명하고 있다.

제1기는 작자 미상의 시기로, 나라 시대 말기~헤이안 시대 초기 약 833년경까지의 노래를 싣고 있다. 이 시대는 한시문의 성행을 배경으로 하고 있으며, 노래는 전체 약 40%를 차지하고 있다. 내용으로는 연가·증답가(贈答歌) 그리고 지방에 뿌리를 내린 민요풍의 노래 등 실생활과 관계가 깊은 것이 비교적 많다. 가풍은 만요(万葉)로부터 고킨(古今)에로의 과도기적 성격을 반영한 소박하면서도 우아한 아름다움과 섬세함이 깃들어 있다.

---

34) 롯가센(六歌仙) : 『고킨와카슈』의 가나(假名)로 쓰여진 서문에 서술되어 있는 헤이안 초기에 활약한 6명의 와카의 명인을 존중하여 부른 명칭. 6명의 명인은 아리와라노 나리히라(在原業平), 소죠 헨죠(僧正遍昭), 소오 키센(僧喜選), 오오토모노 쿠로누시(大伴黒主), 붕야노 야스히데(文屋康秀), 오노노 코마치(小野小町) 등을 말한다.

제2기는 롯가센이 활약한 시대라고 할 수 있다. 834~886년까지 약 55년간으로 와카가 성행하기 시작한 시대이다. 롯가센 이외에 활약한 가인으로 후지와라노 세키오(藤原關雄) 등이 있다. 롯가센 가운데 오노노 코마치(小野小町)의 가풍은 꿈과 움직임을 주제로 엥고(繪語)35)와 가케코토바(掛詞)36)를 교묘하게 섞은 노래와 심정을 직접적으로 토로한 애잔함을 보이고 있으며, 소죠 헨죠(僧正遍昭)의 가풍은 의인법을 많이 사용하여 풍자적 성격을 지니고 있어서 작가의 개성이 강하게 나타나고 있다. 이렇듯 이 시기에는 『고킨 와카슈』의 가풍이 대체적으로 확립되었으며, 좌우 양팀으로 나뉘어, 노래의 우열을 가리는 우타아와세(歌合)가 번성하였다.

제3기는 센자(撰者)37)의 시대로 887년(仁和3)부터 『고킨 와카슈』가 완성된 905년(延喜5)까지 약 20년간으로 고킨슈 가풍38)이 완성된 시기이다. 센자로는 기노 쓰라유키(紀貫之, 872~945) 등이 활약했으며, 작품 수는 전체 약 20%를 차지하고 있다. 일반적으로 이 시대의 가풍은, 의인화의 수법을 사용하여 기지가 넘치는 발상으로 기교주의적인 성격이 강하게 드러나고 있다. 이러한 기교주의적 우타가 추구되는 과정에서 와카의 노랫말은 세련되어지고, 일상생활에 대한 섬세한 관찰력과 풍부한 상상력, 와카적인 표현이 마침내 산문의 영역까지 폭넓게 침투해 갔다.

이 작품은 우수한 노래를 수집하기 위해 노력했지만, 내용에 따라 분

---

35) 엥고(繪語) : 어떤 말의 의미와 관련이 있는 말을 다시 이용하여 여정을 풍기는 기법을 말한다.
36) 가케코토바(掛詞) : 하나의 어구에 음운의 공통성을 이용해서, 두 가지 의미를 담아 내용을 풍부하게 하는 기법을 말한다.
37) 센자(撰者) : 시문 등을 고르며, 서문을 쓰는 등 편집하여 책을 엮는 사람.
38) 고킨슈 가풍 : 일명 '고킨죠(古今調)'라고 부른다. 그 특색은 첫째, 모노노아와레(もののあはれ)를 기본 어조로, 우아하고 아름다운 어조를 중시하면서 여성적이다. 둘째, 현실적·사실적이지 않고 이지적·관념적으로 되어 있다. 셋째, 비유와 가케코토바·엥고 등의 수사 기교를 사용하고, 엥코쿠(婉曲)로 표현하는 것이 많다. 넷째, 7·5조가 중심이고, 3구절의 노래가 많다. 다섯째, 단정적인 노랫말을 피하고, 반어와 추량의 노랫말 어휘가 많다.

류 배열하는 데에도 세심한 주의를 기울였다. 그리하여 이 분류 배열법은 이후에 출간한 모든 가집의 규범이 되었다. 또한 『고킨 와카슈』에 실려 있는 많은 우타의 형식도 유행하게 되었다.

두견새 우는 5월에 감귤 꽃의 향기를 맡으면, 이전에 다정하게 지내던 사랑하는 사람의 소매에서 맡은 향기가 나는 듯하다.

— 권3, 「夏」

장마동안에 꽃의 색깔이 전부 퇴색해버리듯이, 무엇인가 골똘히 생각하는 동안에 나의 용모도 덧없이 변해버렸다.

— 小野小町, 권2, 「春下」

눈이 내려 겨울잠을 자고 있던 풀과 나무에도 봄과는 아무런 관계도 없는 꽃이 피어 있구나.

— 紀貫之, 권6, 「冬」

Ⅲ. 중세 문학

1. 봉건 사회의 문화·문학적 특색

일본의 중세는 1192년 미나모토노 요리토모 (源賴朝)가 가마쿠라(鎌倉)에 막부(幕府)를 설립한 때로부터 도쿠가와 이에야스(德川家康)가 도요토미 히데요시(豊臣秀吉)를 물리치고, 1603년 천하통일을 이루고 지금의 도쿄, 에도(江戶)에 막부를 성립하기까지 약 400여 년을 말한다. 정치사적 구분에 의하면 가마쿠라(鎌倉) 시대, 남북조(南北朝) 시대, 무로마치(室町) 시대, 아즈치·모모야마(安土桃山) 시대의 봉건 체제 사회 전반을 가리킨다. 따라서 일본의 중세는 크고 작은 전란의 연속 시대였다.

가마쿠라 막부가 개설되어 정치의 실권이 무가(武家)의 손으로 옮겨졌지만, 교토에 있던 구게(公家) 귀족은 궁정 정치를 실시하며 종래의 귀족 문화를 계속 지켰다. 사회적 권위는 잃어갔지만 문화의 담당자로서의 전통은 고수하려 했던 것이다. 구게 귀족 외에도 당시의 문화 혹은 문학의 담당층에는 구게와 무가로부터 떨어져 나간 지식층의 승려와 은둔

자도 있었다. 이러한 시대적 상황에서, 왕조 문학의 전통을 고전주의적인 미의 극한까지 승화시킨 작품과 불교적 무상관(無常觀)으로부터 인생을 관조한 초암(草庵) 문학 등이 나타났다.

남북조 시대를 거쳐 무로마치 시대에 이르면, 하극상의 풍조가 계속된다. 그리하여 그때까지 문화의 중심이었던 교토가 전국 통일의 중심이라는 생각이 서서히 사라지면서 문화는 군웅이 활거하는 각 지방으로 전파해 갔다. 귀족은 그 경제적 기반인 장원을 슈고(守護)들에게 빼앗겨 궁핍해지고 그 세력이 실추되었다. 귀족을 대신하여 상류층의 무가가 문화 귀족으로서의 지위를 차지하기에 이르고, 서민들도 생활이 향상되어 문화적인 것을 향유하며 새로운 문화 담당자로서 참여하게 되었다.

아즈치·모모야마 시대에는 찬란한 문화가 꽃을 피웠지만, 호상들의 경제력을 배경으로 문화가 발전하면서 서민들 사이로 침투해 갔다. 그리고 서민이 문화 담당자로서의 중요한 지위를 차지하기에 이른다. 이 서민이라고 부르는 것은 무로마치 시대 후기에 나타난 마치슈(町衆)라고 불린 조닌(町人) 사회의 구성원으로 적극적으로 문학과 관계를 가졌다.

다시 말하여, 중세는 형식적으로는 귀족과 무사가 대립해서 존재했지만, 실질적으로는 무사가 주도권을 잡았던 시대이다. 그리하여 중세 문학의 담당자는 차츰 구게 귀족 혹은 은둔자적인 것으로부터 무가 혹은 서민적인 것으로 크게 변해감과 더불어 중세의 독자적인 문학이 형성되었다.

2. 와카와 렌가 문학

일본의 **중세 문학**은 미나모토노 요리토모가 가마쿠라에 막부를 설치한 12세기말부터 시작되지만, 전기와 후기로 구분하여 생각할 수 있다. **전기 문학**은 주로 가마쿠라 시대를 중심으로 한다. 전기 문학은 가마쿠라의 무가(武家)가 정권을 잡고 있었지만, 교토의 구게(公家)가 그래도 문화의 주도권을 쥐고 있었기 때문에 구게와 무가라는 이원성을 가지고 있었다. **후기 문학**은 남북조 시대로부터 무로마치 시대를 거쳐 아즈치·모모야마 시대를 포괄한다. 이 후기는 구게의 몰락과 함께 승려, 무가, 서민 등 여러 다양한 계층으로 분화되어 다양성과 가능성을 갖춘 새로운 문학이 등장했다.

가마쿠라 초기에는, 가마쿠라의 무가 정권에 대해 교토의 조정에서는 고토바인(後鳥羽院)39)이 왕조적 정치와 문화를 다시 일으킨다는 정책을 폈다. 때문에 구게 문화가 마지막 꽃을 피우며 와카 문학이 매우 성행하게 되었다. 따라서 헤이안 시대의 궁정 와카의 전통을 이어받아 대규모의 우타아와세(歌合)가 유행하는 등 제8번째의 초쿠센와카슈『신고킨 와카슈(新古今和歌集)』가 편찬되고, 시카슈(私家集)『긴카이 와카슈(金槐和歌集)』와 가론서『무묘쇼(無名抄)』 등이 완성되었다. 그리하여 와카 문학의 마지막 황금 시대라고 말하는 신고킨 시대를 이루었다. 그러나 그 이후의 와카 문학은 구게 계급의 쇠퇴와 몰락으로 말미암아 서서히 자취를 감추며 가마쿠라 시대 말의 초쿠센와카슈인『교큐요 와카슈(玉葉和歌集)』를 마지막으로 렌가에 밀려 겨우 명맥을 보전하였다.

남북조 시대로부터 무로마치 시대에 걸쳐 무가, 승려, 서민 등의 문학 활동 속에서 와카를 대신하여 렌가(連歌)가 부흥했다. 렌가는 헤이안 시대 이전의 단렌가(短連歌), 가마쿠라 시대의 쵸렌가(長連歌)를 거쳐 남북조 시대에는 니조 요시토모가 편찬한『쓰쿠바슈(つくば集)』에 의해 우신(有心)40) 렌가가 확립되었다. 소기(宗祇)의『신센쓰쿠바슈(新撰つくば集)』, 신케

---

39) 고토바인(後鳥羽院) : 제82대 천황. 양위 후에도 오랫동안 인세이(院政)를 집정했다. 와카(和歌)에 탁월한 재능을 지녔으며,『신고킨 와카슈(新古今和歌集)』는 실질적으로 그가 직접 선정했을 정도이다.

이(心敬)의 『사사메코토(ささめこと)』의 렌가가 유명하다. 그러나 무로마치 시대 후기에 이르면서 상공업자가 경제적·문화적인 실력을 갖기 시작했고, 렌가도 급속히 서민화·비속화되어 하이카이(俳諧)의 렌가가 유행했다. 하이카이 렌가로는 야마자키 소칸(山崎宗鑑)의 『신센이누쓰쿠바슈(新撰犬筑波集)』가 편찬되었다.

또한 가마쿠라 시대에는 헤이안 시대의 모노가타리 문학의 전통을 이어받은 모노가타리가 다수 만들어졌다. 『마쓰라노미야 모노가타리(松浦宮物語)』, 『이와시미즈 모노가타리(岩清水物語)』, 『스미요시 모노가타리(住吉物語)』 등이 그것이다. 이 모노가타리의 작품 세계는 중세적 불교 사상을 반영하고 있지만, 전체적으로는 쇠퇴하고 몰락한 구게의 회고적·퇴폐적 경향을 나타내고 있다. 오늘날에는 모노가타리 문학의 총결산이라고 할 수 있는 모노가타리 평론서인 『무묘조시(無名草子)』가 관심을 모으고 있다.

무로마치 시대 모노가타리는 그 문학의 전통을 이어 받으면서도, 설화 문학, 군기 모노가타리, 요쿄쿠(謠曲), 교겐(狂言) 등 다양한 요소를 받아들이고 있다. 이러한 작품으로는 『분쇼조시(文正草子)』, 『잇슨보시(一寸法師)』 등이 있는데 소박하고 역동감 있는 서민적 세계를 전개시키고 있다. 또한 중세는 전란의 시대였기 때문에 군기 모노가타리가 쓰였다. 그 가운데 『헤이케 모노가타리(平家物語)』가 대표작으로 주목받는다.

가마쿠라 시대에는 헤이안 시대의 궁정 사회와 귀족 문화에로의 회고적인 자세를 가진 구게와 민중에게 불교 유포를 목적으로 한 승려들이, 과거의 사건과 교훈적인 이야기에 큰 관심을 나타내어, 소위 설화 문학의 시대를 구축했다. 그래서 세속 설화, 교훈 설화, 불교 설화 등이 등장했다. 이 설화 문학은 헤이안 시대 말기의 『곤자쿠 모노가타리(今昔物語)』를 계승한 세속 설화집 『우지슈이 모노가타리(宇治拾遺物語)』, 『고콘쵸

---

40) 우신(有心) : 후지와라노 사다이에(藤原定家)가 와카에 적용한 미적 개념으로, 그윽한 여정 속에서 아름다움을 지닌 요염미를 이상으로 한 미의식이다.

몬슈(古今著聞集)』, 그리고 불교 설화집인 『홋신슈(發心集)』, 『샤세키슈(沙石集)』 등으로 꽃을 피우며 군기 모노가타리, 무로마치 시대 모노가타리의 성립에도 큰 역할을 했다.

한편 중세의 일기 문학은 가마쿠라 시대 상공업의 발전과 함께 교통 정비를 배경으로 성립된 『가이토키(海道記)』, 『이자요이 일기(十六夜日記)』 등의 기행 문학이 등장했다. 또한 난세의 무상 사상에 의해 세상을 등진 은자들에 의한 『호조키(方丈記)』, 『쓰레즈레쿠사(徒然草)』 등 수필 문학은 중세 사회를 반영해주고 있다.

중세 후기 문화의 독특한 특색 중 하나는 하나(花)[41)와 유겐(幽玄)[42)을 이념으로 하는 매우 고차원적인 상징극 노가쿠(能樂)인데, 무로마치 막부 장군의 보호 아래 크게 번성했다. 극문학 노(能)는 원래 중세에 있어 널리 예능 일반을 가리키는 말이었다. 그 노의 원류는 왕조 시대에 찾아볼 수 있다. 중세 후기에 와서 노는 상연의 변화를 허용하게 되면서 대본을 갖추게 되었다. 이것이 노본(能本)인데, 노본은 요코쿠(謠曲)라고 불리기도 했다. 이러한 요코쿠의 성립으로 일본 문학사상 최초로 극문학의 장르가 등장하게 된 것이다. 또한 노가쿠에 사용되는 가요가 요코쿠이다. 그것은 유명한 고문의 미사여구를 나열하며 마쿠라코토바(枕詞), 엥고(緣語), 가케코토바(掛詞) 등을 사용하여 등장인물의 동작, 심경을 말하는 독특한 표현이다. 노의 사이에 공연되는 희극 교겐(狂言)의 대본은 대부분 해학을 주제로 하고 있고 세상사를 풍자하거나 서민적 감정을 나타낸 사실적이고 소박한 것이 많고 용어도 모두 구어체이다.

---

41) 하나(花) : 노가쿠론(能樂論)의 용어. 관객의 마음을 끄는 것 같은 아름다운 표현 효과를 풀과 나무에서 활짝 핀 꽃에 비유해서 부른 말이다.
42) 유겐(幽玄) : 후지와라 도시나리(藤原俊成)가 와카에 적용한 미적 이념. 표면적인 아름다움이 아니라 언어 외에 풍기는 아주 그윽하고 외로운 정적미이다. 그리고 섬세한 미와 정적인 미를 조화한 매우 그윽한 여정이기도 하다. 이 유겐의 미의식은 중세 예술을 일관하는 근본적인 이념이라고 할 수 있다.

○ 작품의 이해

• 『신고킨 와카슈(新古今和歌集)』

가마쿠라 시대의 초쿠센와카슈이다. 1201년 7월 고토바인(後鳥羽院)의 인젠(院宣)에 의해 미나모토노 미치토모(源道具), 후지와라노 아리이에(藤原有家), 후지와라노 데이카(藤原定家), 후지와라노 카류(藤原家隆), 후지와라노 마사쓰네(藤原雅經) 등 5명이 진행했다. 이밖에 자쿠렌(寂蓮)도 인젠을 받았지만 이듬해 사망하였다. 성립 시기는 1205년 3월 교엔(竟宴)43)을 하나의 마감으로 하고 있지만, 그 후 고토바인의 지시로 다시 정정되었다. 미나모토노 이에나가(源家長)가 최종적으로 본문을 복사한 시기는 1216년 12월이다.

이 작품은 총 20권으로 1,980수의 노래를 수록하고, 396명의 가인이 등장한다. 사이교(西行) 94수, 지엥(慈圓) 91수, 요시쓰네(良經) 79수, 토시나리(俊成) 73수순으로 되어 있다. 『고킨 와카슈(古今和歌集)』와 마찬가지로 한문과 가나로 쓰인 두 종류의 서문이 있고, 수록된 노래는 모두 단가만으로 이루어져 있다. 7·5조가 중심이며, 첫구 끊기, 3구 끊기, 체언으로 끝맺음 혹은 혼카도리(本歌取り)44) 등의 습자 기교에 의해 세련된 단어로 구축된 것이 많다. 가풍은 신고킨조(新古今調)라고 불리는 독특한 것인데, 이는 당시의 가인들이 새로운 경향의 와카를 만든 데서 비롯되었다. 이것은 여러 가지 새로운 기교에 따르지 않고 정해진 주제에 따라 와카를 읊는 방법을 통하여 유겐이나 우신으로 표현되는 여정미(余情

---

43) 교엔(竟宴) : 주로 헤이안 시대에 천황에게 강의 혹은 초쿠센와카슈를 찬진한 후에 궁중에서 개최한 연회를 말한다.
44) 혼카도리(本歌取り) : 잘 알려져 있는 고가(古歌)의 한 구(句) 또는 몇 구를 이용하여 작가를 하는 기교. 이러한 기법은 연상에 의해 시적 내용을 더 풍부하게 한다. 『신고킨 와카슈』 시대에 가장 활발했다.

美)를 나타낸다. 이는 신고킨 이후의 초쿠센와카집들뿐만 아니라 노가쿠(能樂), 다도(茶道), 화도(華道) 등의 예능의 미적 세계에도 큰 영향을 주었다. 아무튼 이 작품은 가장 세련된 와카집으로 귀족 문학의 전통으로 발전해온 와카가 정점에 이른 미를 보여준다.

바람이 불어 문득 잠에서 깬다. 그런 내 옷소매에 바람에 날라 온 꽃내음이 풍겨, 베개까지 그 향기가 스며든다. 그 베개를 베고 자면서 꿈에 본 봄밤의 정경이여.

— 황태후 후궁 다이부 슌제이의 딸(皇太后宮大夫俊成女), 「춘(春)」

궁중 시절을 생각하며 쓸쓸히 지내고 있는 나에게, 밤비 내려 눈물이 나올 듯한데, 게다가 산두견 슬퍼우니 그만 눈물이 흐르네.

— 슌제이(俊成), 「하(夏)」

요시노산의 가을바람이 밤이 깊어지면서 더욱 쓸쓸히 불 즈음, 옛 도읍 요시노에서는 이 추위에 다듬이 소리가 들려온다.

— 후지와라노 마사쓰네(藤原雅經), 「추(秋)」

쓸쓸함을 견디어낼 사람이 나 이외에도 있었으면 좋겠다. 그러면 그 사람과 나란히 암자를 지어 거기 살리라, 이 추운 겨울 산 속에서.

— 사이교 법사(西行法師), 「동(冬)」

하얀 소매와 소매를 서로 찢어 나누어 가지며 이별하는, 그 소매 위에 이슬이 맺히고 거기에 다시 눈물이 떨어져, 그 위로 우리의 헤어짐을 알리는 듯한 가을바람이 부는구나.

— 후지와라노 테이카(藤原定家朝臣)

• 『무묘조시(無名草子)』

가마쿠라(鎌倉) 시대의 모노가타리 평론집이다. 가마쿠라 초기, 1200~

1201년경에 성립되었다고 추정되며, 작가는 후지와라노 도시나리(藤原俊成)의 딸이라는 설이 유력하다. 한 나이 많은 여승이 뇨보들의 이야기를 듣고 기록했다고 한다. 제목은 『겐큐 모노가타리(建久物語)』, 『무묘 모노가타리(無名物語)』라는 전본(傳本)도 있다. 구성은 『오오카가미(大鏡)』와 『호부쓰슈(寶物集)』와 유사하다. 그 내용은 서문의 설정에 대하여 ① 「버리기 힘든 것」, ② 『겐지 모노가타리』, ③ 『겐지』 이후의 모노가타리, ④ 『겐지』 이전의 모노가타리, ⑤ 가집(歌集), ⑥ 여성의 순 등이다. 그 중에서도 작가가 중심을 둔 것은 물론 『겐지』를 중심으로 하는 모노가타리 비평이다. 내용은 다음과 같다.

한 나이 많은 여승이 부처님께 바치는 들꽃을 따면서 발길이 움직이는 대로 사이쇼고인(最勝光院)에 이르게 된다. 여승은 그 장엄함에 감동하여 겐슌몬인(建春門院)의 현세 영화와 후세 행복을 기원한다. 그러면서 저녁까지 자신이 거처하는 곳에 귀가하기에는 너무도 멀리 와버린 것을 알게 된다. 할 수 없이 여승은 그 근처 노송나무 껍질로 만든 초가집에서 하룻밤을 지내게 된다. 그날 밤 여승은 뇨보들의 초대를 받고, 그녀들은 여승에게 자신들의 신상을 말하면서 끝없이 이야기를 주고받는다.

먼저 '버리기 힘든 것'으로서 달, 학문, 꿈, 눈물, 부처님 순으로 말한 후 『겐지 모노가타리』의 비평이 시작된다. '그런데 겐지의 이야기야말로, 생각하면 생각할수록 이 세상에 하나밖에 없는 매우 흥미진진한 이야기라고 생각한다'고 하면서, 『겐지 모노가타리』에는 대단히 관심이 있는 듯 처음 권과 볼만한 권에 대하여 이야기한다.

다음에는 등장인물에 대한 비평을 여성·남성의 순으로 말하며 마지막으로 '좋든 나쁘든 가슴에 와 닿는' 내용을 말하고, '「사고로모(狹衣)」야 말로 「겐지」 다음으로 좋은 작품'이라고 하면서, 『사고로모 모노가타리(狹衣物語)』부터 순서대로 다른 모노가타리로 화제를 옮겨간다. 다음으로는 와카슈(和歌集)에 대하여 말한 후에, 오노노 고마치(小野小町)로부터 시작하여 후세에 이름을 남긴 여성들과 황후들의 교양 있는 모습들을 칭찬하고 있다.

—『무묘조시(無名草子)』 부분

『무묘조시』는 남성 비판이 없다. 피곤한 여승이 여기에서 잠에 빠져 버린 것이다.

• 『분쇼조시(文正草子)』

무로마치 시대의 오토키조시(御伽草子)45)이다.『분쇼조시』의 명칭에 대한 유래는 주인공 '분쇼'(또는 '분타')의 이름에서 따왔다. 작자는 미상이다. 주인공 분쇼가 입신출세해가는 이야기인데, 그 모습은 머리글에서도 쓰여 있듯이, 비록 분쇼의 신분은 미천하지만 마음씨가 정직하였기 때문에 은혜를 받아 입신출세한 것이다. 분쇼의 모습은 곧 서민들의 이상적인 모습이기도 하다. 그 줄거리는 다음과 같다.

히타치노구니(常陸國, 현재 茨城縣) 가시마 다이묘진(鹿島大明神)의 다이구지(大宮司)에서 일하던 분타(文太)는 주인으로부터 해고되어 소금 굽는 일을 하게 된다. 소금 굽는 일이 성공하여 분타는 부자가 되었고, 분쇼 쓰네오카(文正つねをか)라고 이름을 짓는다. 그러나 분쇼 부부에게는 자식이 없어서 가시마 다이묘진에게 기도하여 두 명의 딸이 태어난다. 언니는 렌게 고젠(蓮華御前), 동생은 하치스 고젠(蓮御前)이라 이름 짓고, 귀하게 자라 눈부실 정도로 아름답게 성장한다. 그 소문을 듣고 다이묘(大名)와 다이구지의 아들, 나중에는 지방관(國司)까지 구혼하기에 이르지만 딸들은 계속 거절한다.
한편, 수도에서는 관백의 아들 2위(位)의 쥬쇼(中將)가 분쇼의 딸들 소문을 듣고 보지도 않고 사랑에 빠져 마음을 태운다. 그러던 어느 날 쥬쇼는 상인으로 변장하여 하인을 데리고 히타치노구니로 향한다. 쥬쇼가 노래를 부르며 내려가는 도중에, 어느 신통력 있는 죠(尉)라는 영감으로부터 사모하는 사람을 반드시 만나게 된다는 이야기를 듣는다. 히타치노구니에 도착한 쥬쇼는 먼저 가시마 다이묘진에게 참배하며 기원한 후, 분쇼의 저택으로 간다. 그는 그곳에서 물건을 팔면서 교묘하게 저택 안으로 들어가 집 주인인 분쇼를 만나 연희를 즐긴다. 쥬쇼는 잠시 동안 저택에 머물기로 하고 딸들에게 선물을 보내기도 한다.

---

45) 오토키조시(御伽草子) : 무로마치 시대에 만들어진 단편소설. 문장이 쉽고 현실적인 행복을 주제로 한 것이 많다.

쥬쇼와 하인이 서쪽에 있는 건물에 이르니 악기가 놓여 있고 그곳에서 음악의
향연이 열리고 있었다. 분쇼도 가까이에서 음악의 향연을 즐기다가, 드디어 언
니를 만나게 되어 깊은 관계를 맺게 된다.
　가족들은 곱게 자란 아름다운 언니가 상인과 결혼한 것을 한탄하였지만, 드
디어 다이구지가 음악을 들으러 왔을 때, 상인인 줄만 알았던 그가 행방불명된
쥬쇼인 것을 알게 된다. 쥬쇼는 관동 지방의 다이묘들과 함께 언니를 데리고
수도로 돌아온다. 천황은 쥬쇼를 다이쇼(大將)로 승격시키고 분쇼의 여동생에게
구혼, 분쇼와 함께 수도로 부른다. 여동생은 황후가 되어 황태자를 낳고, 분쇼
는 다이나곤(大納言)이 되어 일족이 번영하게 된다.

―『분쇼조시(文正草子)』 줄거리

•『헤이케 모노가타리(平家物語)』

　이 작품은 가마쿠라 시대의 군기 모노가타리이다. 겐페이(源平) 쟁란기
의 사회 변동과 거기에서 살아가는 사람들의 모습을 헤이씨(平氏) 일문
의 몰락적 운명에 초점을 맞추어 서술하고 있는데, 1190~1221년경에
성립되었을 것으로 추정하고 있다. 일반적으로 12권의 간죠노마키(灌頂
卷)를 첨부한 가쿠이치본(覺一本)의 형태가 가장 잘 알려져 있다. 중세 문
학의 걸작일 뿐만 아니라 일본 문학을 대표하는 명작이다. 이것은 원래
비와법사(琵琶法師)라고 하는 시나노젠지 유키나가(信濃前司行長)가 만든 헤
이쿄쿠(平曲)를 쇼부쓰(生佛)라는 맹인에게 읊게 한 것이다. 이 이야기는
읽기 위한 것과 낭독하기 위한 것의 두 가지 계통이 있다. 『헤이케 모
노가타리』의 표현은 유명한 서문으로 시작된다. 내용은 다음과 같다.
　제1부(1~5권)는 기요모리(淸盛)를 중심으로 헤이케 일문의 영화를 기술
하고, 나리치카(成親), 슌칸(俊寬)의 헤이케 타도의 계획이 그려져 있다. 기
요모리의 의욕적이고 호쾌한 인간상과 시게모리(重盛)의 우아하고 관용
적인 모습이 대조적으로 나타난다.
　제2부(6~8권)는 기소 요시나카(木曾義仲)를 중심으로 기요모리의 죽음,

헤이케의 낙향 비화 등을 다루고 있다.

제3부(9~12권)는 요시쓰네(義經)를 중심으로 이치노타니(一の谷) 싸움, 야시마(屋島) 싸움, 단노우라(壇の浦) 싸움 등이 묘사되어 있다. 헤이케의 마지막 인물인 로쿠다이 고젠(六代御前)이 참수당하는 내용과 용감한 요시쓰네의 활약, 그리고 보상받지 못하는 비극을 그리고 있다.

마지막으로 칸쿄노 마키(灌頂卷)에서는 헤이시 가문의 유일한 생존자인 겐레이몬인(建禮門院—安德, 天皇의 어머니)의 출가와 그를 찾아온 시아버지 고시라카와 법황(法皇)과의 만남, 그리고 겐레이몬인의 죽음을 그리고 있다.

헤이케 이야기는 역사적 주요 사실과 함께 전쟁 이야기, 연애 이야기, 출가 이야기, 일본과 중국의 설화 등 여러 가지 이야기들을 엮고 있다. 그리하여 변혁기 사회의 움직임, 고대 귀족 사회의 붕괴와 무사 계급의 대두라는 사회의 근본적 변혁을 커다란 주제로 통일하여 일대 서사시의 문학 세계를 펼치고 있는 것이다. 그런데 근본적 변혁이 위로부터가 아니라 아래로부터 일어나 참가하고 지지하는 사람들의 감동을 헤아리며 읊고 있다는 점에서 특징적이다. 특히 전편에 흐르고 있는 불교 사상, 그 중에서도 무상관, 정토교 사상, 인과응보 사상, 유교 사상을 바탕으로 사상이나 역사 속에 각층 사람들의 감동을 포괄적이면서도 통일적으로 그리고 있다.

등장인물 역시 각계각층에 달하고, 이들 인간상은 고대 후기 소설에서는 볼 수 없는 생동적이고 의지가 있는 인물로 묘사된다. 문장은 화문(和文)과 한문이 혼합되어 조화를 이루고, 한문투, 일본어투, 불교어투, 속어 등을 자유롭고 풍부하게 사용하고 있다. 문장 면에서도 획기적인 성과를 올리고 있다. 따라서 이 작품은 각계계층의 사람들에게 사랑을 받았고, 이후 그 영향을 받은 작품이 많이 등장했다.

기온쇼자의 종소리는 만물이 끊임없이 변화해가고 있다는 가르침을 세상에
알리고 있다. 석가가 입적할 때 백색으로 변했다고 하는 두 그루 사라나무의
꽃 색깔은 강력한 세력을 가졌던 이도 반드시 망한다고 하는 진리를 나타내고
있다. 권세를 뽐내고 있는 사람도 그 영화는 오래 지속되지 않는다. 그것은 참
으로 짧은 봄날 밤의 꿈과 같은 것이다. 용맹한 자도 결국에는 멸망하고 만다.
그것은 실로 바람 앞의 먼지와도 같은 것이다.

— 서문 「기온쇼자(祇園精舍)」

위와 같이 대구적인 유려한 표현으로부터 서술되는 서문 기온쇼자의
모두(冒頭)의 단은, 높은 격조로 노래한 무상감과 깊은 비애감이 넘치는
『헤이케 모노가타리』 전 작품의 예고이며 총괄이라고 할 수 있다. 그래
서 이 제행무상(諸行無常), 흥망성쇠(興亡盛衰)의 원리를 제시하는 문장은
오랫동안 인구(人口)에 회자(膾炙)된 너무 유명한 부분이기도 하다. 다음
단(段)은 젊은 무사와 중년무사의 숙명적인 만남을 그리고 있다.

(아쓰모리가) 파도가 칠 때를 틈타서 올라오려고 한 것을, 나는 말을 늘어
세워놓고 확 낚아챘고, 그가 말에서 떨어졌다. 그를 붙잡아 목을 베려고 투구를
벗기니, 나이는 열 예닐곱 정도이며, 엷은 화장을 하고 이를 검게 칠하고 있었
다.46) 나의 아들 고지로(小次郎) 정도의 나이로, 용모가 수려하여 어디에 칼을
대야할지 몰랐다. "대체 누구냐? 신분을 밝혀라. 도와주겠다." 하고 말했다. 그
러자 그는 "당신은 누구십니까?" 하고 물었다. 나는 "미천한 신분이지만, 무사
시(武藏)에 사는 쿠마타니지로 나오자네라오"라고 밝혔다. "그렇다면 당신에게
저의 이름을 밝히지 않겠습니다. 당신에게는 좋은 적이 될 것입니다. 목을 쳐서
사람들에게 나의 신분을 물어보도록 하시오." 하고 말했다. 나는 '아, 훌륭한 장
수구나. 이 사람 하나를 죽인다고 질 전쟁에 이길 것도 아니고, 또 목을 베지
않아도 이길 전쟁을 질 까닭도 없을 것이다. 만일 나의 아들 고지로가 가벼운
부상만 입어도 나는 걱정이 되어 견딜 수 없을 것이다. 마찬가지로 이 장수의
아버지도 자기 아들이 죽었다는 소식을 들으면 얼마나 슬플까? 아 살려주고 싶
다'고 생각하며, 뒤를 돌아 자기편을 슬쩍 보았더니, 도이(土肥), 카지와라(梶原)

---

46) 이를 검게 칠하는 것을 치흑(齒黑)이라고 하는데 당시 귀족들의 풍습으로 헤이케
의 무사들도 즐겨 흉내 내었다.

의 군사들이 50명 정도 늘어서서 오고 있다.

　쿠마타니지로가 눈물을 삼키며 "도와주고 싶지만, 우리 병사들이 운하처럼 많네. 어차피 죽음을 피할 수 없을 것 같네. 기왕 죽음을 면치 못할 일이라면 차라리 나의 손에 당하는 것이 좋을 것이네. 죽은 후 공양이라도 드려주겠네." 하고 말하자 "빨리 목을 베시오." 하였다. 나는 너무 마음이 아파서 어디에 칼을 대야 할지 몰랐고 눈물이 앞을 가리고 마음이 꺼져 드는 것 같았다. 멍하니 서 있다가 마침내 울면서 목을 베었다. '아, 무기를 다루는 이 신세가 원망스럽구나. 무가(武家)에서 태어나지 않았으면 어찌 이런 슬픈 일을 당했겠는가. 그 장수의 목을 벤 것이 안타깝기만 하구나.' 하며 소매를 얼굴에 대고 한없이 흐느꼈다.

— 「아쓰모리(敦盛)의 최후」

•『이자요이 일기(十六夜日記)』—아부쓰니(阿佛尼)

　이 작품은 가마쿠라 시대의 일기·기행에 속한다. 작가는 아부쓰니(阿佛尼)이며, 1282년 무렵 완성되었다. 책 제목은 본문 가운데 '오늘은 16일 밤이다'라며 쓰인 것에서 붙여진 것으로 교토에서 관동 지방을 향해 출발한 10월 16일을 말한다. 내용은 다음과 같다.

　제1부는 1275년 남편 후지와라노 다메이에(藤原爲家)의 사후, 유산 가운데 하나인 효고현(兵庫縣)의 호소가와장(細川莊)의 영지를 둘러싸고, 다메이에의 장남 다메우지(爲氏)와 아부쓰니, 그녀의 아들 다메스케(爲相) 사이에 분쟁이 발생하였다. 아부쓰니는 교토에서 벌어졌던 소송을 납득할 수 없어 공소를 하기 위해 늙은 몸을 이끌고 가마쿠라로 출발한다.

　제2부는 그때의 기행문이다. 제목은 「미치노키(道の記)」, 「다비노키(旅の記)」인데, 1279년 10월 16일 이른 새벽에 교토를 출발하여, 아와타구치(栗田口)에서 전송을 나온 사람들과 이별하고, 오사카(逢坂)의 관문을 넘어 가마쿠라에 도착하기 직전까지 49일간의 일기이다. 우타마쿠라(歌枕)가 많이 들어 있다.

　제3부의 제목은 「가마쿠라체재기(鎌倉滯在記)」이다. 가마쿠라에서의 생

활의 외로움과 교토 사람들과의 편지 왕래로 마음의 위로를 받는 모습, 아들들의 와카를 첨삭 지도하며 그들의 와카 향상을 기뻐하는 것들이 실려 있고, 그 뒤에 75구(句)로 되어 있는 장가(長歌)가 첨부되어 있다. 그 렇지만 그것은 재판 승소를 기원하며 쓰루오카 하치만구(鶴岡八幡宮)에 봉납한 것으로 추정된다.

> 옛날, 벽 속에서 찾아내었다고 하는 중국책(『孝經』)을, 요즈음 아이들은, 조
> 금도 자신에게 아주 중요한 책이라는 것을 모르고 있구나.
>
> — 서문

이 작품의 특징은 '어떻게 할 수도 없는 이 괴로움이 슬프다', '아들 을 생각하는 마음은 역시 견디기 힘들다'라는 부분을 통하여, 아부쓰니 의 자식에 대한 뜨거운 사랑을 느낄 수 있다는 점이다. 이처럼 자식에 대한 생각과 가도가(歌道家)에 대한 자각이 집요하게 서술되어 있다.

•『호조키(方丈記)』—가모노 쵸메이(鴨長明)

가마쿠라 시대의 수필로, 작가는 가모노 쵸메이(鴨長明, 법명은 連胤)이 다. 발문에 '때는 1212년 3월 말경, 소몬(桑門)의 렌인(連胤), 도야마(外山) 암자에서 이것을 기록함'이라는 부분을 통해, 작가가 출가하여 쓴 작품 으로 추정된다.

가모노 쵸메이는 교토의 시모가모진자(下賀茂神社)의 신관(神官) 아들로 태어나, 한때 고토바 상황(後鳥羽上皇)에게 발탁되어 와카를 편찬하는 요 류도(寄人)[47]로 일했다. 그는 우타에도 능했고, 비와(琵琶)에도 뛰어난 재 능을 지녔기 때문에 고토바 상황의 총애를 얻었다. 그 후 친척들의 방

---

47) 요류도(寄人) : 와카에 관계되는 사무를 보기 위해 임시로 궁중에 설치된 와카도코
　　로(和歌所)의 직원.

해로, 돌아가신 아버지를 계승하여 신관직에 오르지 못하게 되자 궁중에서 물러나 출가하여 중이 되었다. 그리고 히노산(日野山)에 암자를 짓고 살았다. 그가 출가한 것은 단지 그의 소망이었던 신관직에 오르지 못했다는 실망 때문만이 아니라, 동족(同族)이 보여준 인간 사회의 냉혹함에 대한 일종의 심리적 저항과 또 한편으로는 전개된 사회 정세의 변동으로 불안과 인생무상을 강하게 느꼈기 때문이라고 전해지고 있다.

『호조키』는 절대적 구제자인 아미타불 앞에 몸을 던지는 작가의 모습을 끝으로 조용하면서 극적으로 막을 내린다. 거기에는 '집착'이라는 어두움을 초탈하고 오로지 극락왕생을 기원하는 불자 렌인(쵸메이)의 모습만이 그려져 있다. 이 작품은 가나문을 기조로 하면서도 쓰이쿠를 구사한 가나와 한문의 혼합문을 사용하고 있다. 이는 중세에 있어서 새로운 문체 가운데 하나로 높이 평가받고 있으며, 뛰어난 수필이라고 할 수 있다.

흐르는 강물은 끊이지 않고 흐르지만, 그러나 원래 있던 그 물은 아니다. 강가에 떠 있는 물거품은 때로 사라지기도 하고 생기기도 하지만, 오래 머무는 법이 없다. 이 세상을 살아가는 사람이나 그 사람들의 생활도 이와 같다.

구슬을 깔아놓은 듯 아름다운 교토에 서로 추녀를 맞대고 높이를 겨루며 늘어선 지붕들, 얼핏 보기에는 늘 그대로인 것 같지만, 자세히 살펴보면 옛날 그대로의 집은 드물다. 어떤 집은 작년에 불타 없어져 올해 새로 짓고 있다. 또 어떤 큰집은 없어지고 작은 집이 들어서 있다. 살고 있는 사람들도 마찬가지로 변한다. 그 집에서 그냥 한결같이 있는 사람도 있지만, 그런 사람은 이삼십 명 중에 겨우 한두 명뿐이다. 아침에 어느 곳에서 사람이 죽고, 저녁에 다른 곳에서 사람이 태어나는 이 세상 진리는, 바로 물위에 떠 있는 물거품과 흡사한 것이다. 이와 같이 태어나고 죽어가는 사람들은 어디에서 와서 어디로 사라져 가는 것일까. 나는 그것을 알 수가 없다. 잠시 빌려 머물다가 가는 이 세상에서, 누구를 위하여 악착같이 살아가며, 어떠한 인연으로 호화로운 생활에 정신을 빼앗기는가. 그렇게 악착같이 산 사람도, 호화롭고 찬란하게 지은 대저택도, 서로 경쟁하듯이 변해가며 사라져버린다. 마치 아침의 이슬과 같다.

— 서문

● 『쓰레즈레쿠사(徒然草)』— 요시다 겐코(吉田兼好)

이 작품은 『호조키』보다 약 1세기 후에 쓰였으며, 작가는 겐코(兼好) 법사이다. 요시다 겐코(吉田兼好)는 그의 속명이다. 이 작품은 일반적으로 서단을 포함하여 244단으로 나누어 읽는다. 각 단은 각각 독립된 주제를 가지고 복잡하고 다양한 인생이나 세태를 예리하게 그리고 있다. 그러나 내면적·문화적 묘미는 상호 연결되면서 전개되고 있기 때문에, 결코 각각의 부조화로 끝나지 않는다. 이 작품이 언제 쓰였는지에 대해서는 명확하지 않지만, 일반적으로 1330년 11월~1331년 가을까지 약 1년간을 집필 기간으로 추정하고 있다. 서명 역시 작가가 직접 명명했는지 정확하지 않다.

겐코는 지부쇼 우라베 카네아키(治部少輔卜部兼顯)의 아들로 진기(神祇)의 명문 우라베(卜部) 가문에서 태어났다. 그는 30세 전후 출가하여, 잠시 동안 히에잔(比叡山) 등에서 수행한 후, 은둔자로서의 자유로운 경지에서 우타 등 가도(歌道)에 정진했다. 원래 그는 니죠 타메요(二条爲世)에게 와카를 배워 돈아(頓阿), 죠벤(淨弁), 노요(能譽) 등과 함께 와카 4대 천왕으로 불렸다. 그의 가집으로는 280여 수를 수록한 『겐코 호시슈(兼好法師集)』가 있고, 『초쿠센슈』에도 수록되어 있다.

이 작품의 흥미로운 점은 전편을 통해서 느껴지는 겐코 자신의 인간미 혹은 인간 이해의 깊이에 있다. 그만큼 무상(無常)의 진리에 민감하게 대응하려는 작가의 자세가 예리하게 나타나 있다.

> 특별히 하는 일도 없이, 심심하기에 하루 종일 벼루를 향해 붓을 들고는 마음에 떠올랐다 사라지는 이런 일 저런 일들을 두서없이 쓰고 있으려니, 정말 묘하게도 걷잡을 수 없는 여러 가지 생각들이 북받쳐 올라, 미칠 것만 같은 마음이 되는구나.

— 「서단」

모든 일에 아무리 뛰어난 사람이라도 남녀의 사랑이나 그리움의 정취를 모르는 남자는 멋진 남자로서 어딘지 모자라는 느낌이 든다. 그것은 아름다운 구슬유리잔의 밑 빠진 것과 같은 기분이다. 밤이슬을 맞으며 정처 없이 방황하기도 하고, 부모의 꾸지람이나 세간의 비난 따위는 마음에 두지 않고, 이런 저런 고민에 빠져 헤어나지 못하며, 혼자 밤을 새우며 또는 뜬눈으로 밤을 새우는 것은 어딘지 정취를 느낄 수 있다.

그렇다고 하여 연애에 빠져 있는 것도 아니며, 여자에게 가볍게 보이지 않도록 하는 것이 남자로서 바람직한 자세이다.

— 「제3단」

아다시 들판의 묘지에 눈물이 마를 때가 없고, 도리베산의 화장터에 연기가 꺼질 줄 모르는 것처럼, 인간이 언제까지나 이 세상에 머물러 산다고 하면, 세상을 살아가는데 가치를 충분히 느끼지 못할 것이다. 그러나 이 세상은 인간의 수명이 언제 끝날지 모르기 때문에 가치가 있는 것이다.

생명이 있는 것을 잘 관찰해 보면, 인간만큼 수명이 긴 것도 없다. 하루살이는 아침에 태어나 저녁을 못 기다리고, 한 여름의 매미는 봄과 가을을 모르는 채 죽는다. 이러한 덧없는 생명도 있는 것이다. 진실로 진지하게 한 해를 산다면, 그 동안만이라도 더할 나위 없이 마음이 편할 것이다. 이처럼 긴 생명을 부족하다고 여긴다면, 비록 천년을 산다고 해도 하룻밤 꿈만 같을 것이다. 영원히 살 수 없는 이 세상에서 오래 살아 자신의 보기 흉한 모습을 본다면, 무슨 가치가 있겠는가. 오래 살면 부끄러운 일도 많이 생기게 마련이다. 오래 살더라도 사십을 다 못 채우고 죽는 것이 보기 싫지 않고 적당할 것이다.

그 나이를 지나버리면 보기 흉한 모습으로 사람들과 교제하게 되고, 곧 죽을 나이임에도 불구하고 자식과 손자를 사랑하며, 그들이 입신출세하기를 고대하며, 그날이 올 때까지 살기를 원하게 된다. 이 세상의 오묘한 진리를 모르는 사람이 되는 것은 정말 한심한 일이다.

— 「제7단」

Ⅳ. 근세 문학

1. 중앙집권적 봉건제의 형성과 문학

근세란 도쿠가와 이에야스(德川家康)가 에도 (江戸)에 막번(幕藩)을 연 게이쵸(慶長) 8년(1603)부터 도쿠가와 요시노부(德川慶喜)가 정권을 메이지 천황에게 반환한 게이오(慶應) 3년(1867)까지 약 260년간의 시기를 가리킨다. 이 시대에는 도쿠가와(德川)에 의한 막번 체제[48]가 확립된다. 이 체제는 현재의 상태를 유지하고 보전하려는 체제이다. 무가에 의한 농지와 농민 지배를 근간으로 한 다이묘(大名)[49]의 영지 제도는 사·농·공·상의 신분 질서를 바탕으로 인적(人的) 지배와 농본주의적 경제를 골격으로 하고 있다. 이처럼 이 시대에는 중앙집권

---

48) 막번 체제(幕藩體制) : 중앙 통일 정권이었던 에도 막부와 그 지배하에 있으면서 독립적인 영토를 소유했던 번(藩)을 통치 기관으로 한 정치 체제.
49) 다이묘(大名) : 커다란 논을 경작하는 대규모적인 대지주. 헤이안 말기부터 그 이름이 등장하며, 가마쿠라 시대에는 넓은 영토를 가진 자들을 거느릴 수 있는 유력한 무사나 혹은 위력 있는 무사를 가리킨다.

적 봉건제도가 완성된 시기이다. 그리고 중세부터 시작된 봉건제는 주종 관계를 근저에 두고 차츰 분권적인 것에서 중앙집권적인 것으로 정연한 편성을 갖추게 된다.

그러나 에도 시대의 사회가 계속 안정되어 있었던 것은 아니다. 변화의 최대 요인은, 조닌 계급(町人階級)이 유통 경제 발전으로 상업 자본을 축적하여 경제상의 실권을 쥔 데 기인한다. 즉, 조닌 계급이 농지와 농민 지배를 축으로 하는 다이묘 영지의 경제 운영과 복잡하게 엉키면서 에도 시대의 역사를 움직이게 한 것이다. 이러한 움직임은, 서민들로 하여금 점차 경제적·사회적인 기반을 다지게 하고 봉건 세력을 약화시켰다. 그리고 이러한 경제력은 문예·예능에 커다란 영향을 끼쳐 에도 시대의 조닌 문화를 특징짓게 했다. 그러나 이러한 조닌 문예·예능의 융성 배경에는 사회 안정과 위정자의 문치 정책(文治政策)에 근거한 서민 교육의 보급과 그에 상응하는 인쇄술의 발달, 서적의 대량 공급이 있었다.

근세 문학은 넓게는 교토와 오사카를 중심으로 융성했던 전반기 **가미카타 문학**(上方文學)과 에도 중심인 후반기 **에도 문학**(江戸文學)으로 구분된다. 그리고 이를 더욱 세분화하면 네 시기로 나눌 수 있다. 각각 관에이(寛永, 1624~1644년)기를 중심으로 한 관문(寛文, 1661~1673년)까지의 계명기, 가미가타(上方) 조닌 문화가 큰 확립을 본 죠쿄(貞亨, 1684~1688년)와 겐로쿠(元禄, 1688~1703)기, 에도로 중심을 옮겨 새로운 전개를 보인 호레키(寶曆, 1751~1764년)와 덴메이(天明, 1781~1789년)기, 에도 문화가 꽃핀 분카(文化, 1804~1818년)와 분세이(文政, 1818~1830년)기가 그것이다.

가미가타 문학 초기에는 전 시대의 문학인 렌가(連歌)가 쇠퇴한 대신 하이카이(俳諧)가 유행하기 시작하는 등 각종 근세 문학이 싹트지만, 문학에 있어서 특별히 언급할만한 작품은 나타나지 않았다. 이러한 계몽기를 거쳐 개화된 것이 겐로쿠(元禄) 문학이다. 사이카쿠(西鶴), 바쇼(芭蕉), 지카마쓰(近松)의 3대 작가가 거의 비슷한 시기에 등장하여 각각의 장르에서 정점을 구축한 시대이며, 일본 문학사에서도 이채를 띤 시기이다.

근세 후기 문학인 에도 문학은 게이호기(京保期, 1716~1735년)에서 분카·분세이기(文化 文政期, 1804~1829년)까지를 가리키며, 게이한(京阪) 지방의 문화가 동쪽으로 옮겨져 정치적으로 개발된 도시 에도에서 꽃을 핀 시기를 말한다. 전기 가미카타 문화의 봉건적 상태에서 벗어나 비로소 에도를 중심으로 일본 전국에 영향을 미치는 문화가 형성된 것이다.

이 시기에는 어린이를 상대로 한 그림책이, 어른들을 상대로 한 **기뵤시**(荒表紙)라는 형태로 나타나게 된다. 기뵤시는 어린이 그림책에서 탈피하여 세태를 익살스럽게 묘사한 성인물 소설이다. 또한 전기의 우키요조시(浮世草子)50)가 쇠퇴하고 요미홍(讀本)이 유행한다.

운문에서는 와카가 국학 연구에 상응하여 새로운 전개를 보이고, 극문학에서는 '조루리(淨瑠璃)'의 자리를 대신한 '가부키(歌舞技)'가 성행하여 완성되는 단계에 이른다.

소설에서는 바킨(馬琴) 등이 배출되어 많은 책이 출판되었고, 희곡에서는 난보쿠(南北, 모쿠아미(默阿彌) 등이 에도 가부키의 융성을 꾀하게 된다. 이 시기는 문학사상 겐로쿠기와 대응하는 시기이기도 하다. 한편 막번 체제가 붕괴의 징조를 보이게 되자, 그러한 사회 추세를 반영하듯이 문학 작품에도 쇠퇴의 그림자가 드리워지게 된다.

근세 문학 특징의 하나는 수많은 장르 교체를 들 수 있다. 시가에서는 렌가가 독립하여 하이카이로 발달한다. 하이카이는 전 시대의 렌가 및 와카의 유우겐미(幽玄美)를 계승하면서, 비속성을 가미한 '사비(寂)'51) ,'가루미(輕)'52)의 경지를 개척하며 세력을 떨치게 된다. 그리고 근세 문

---

50) 우키요조시(浮世草子) : 호색물. 에도 시대 소설의 한 종류로 유곽이나 극장을 중심으로 서민 생활을 그린 것이다.
51) 사비(寂) : 바쇼(芭蕉)가 제창한 문학 이념으로 구(句)의 색깔을 뜻한다.
52) 가루미(輕) : '사비(寂)'가 고정해져 무겁게 되는 것을 제창한 것으로, 바쇼가 속세를 떠난 뒤에 또 다시 속세로 돌아온 경지를 가리킨다.

학의 미적 이념인 '오카미시'를 솔직하게 표현하는 교겐(狂言), 센류(川柳)
도 유행하게 된다. 한편 소설에서는 가나조시(假名草子), 우키요조시(浮世
草子), 샤레봉(洒落本), 곳케이봉(滑稽本), 닌죠봉(人情本), 요미홍(讀本), 기뵤시
(黃表紙), 고오칸(合卷) 등 각종 형태의 문학이 빠르게 변하였다. 그러면서
'스이(粹)'53), '츠우(通)'54), '이키(息)'55) 등의 서민적인 미를 기조로 한 근
세 조닌 문학을 형성된다. 이들 작품은 의리와 권선징악 사상 등 도덕
적인 이념과 대립하거나 또는 서로 융합하면서 전개되었다. 그런데 이
러한 근세 문학 속에서도 일관되게 흐르는 것은 익살과 풍자가 곁들어
진 서민성이다.

2. 가미카타와 에도 문학

먼저 **가나조시**(假名草子)56)와 **우키요조시**(浮世
草子)를 들 수 있다. 가나조시는 근세 초기, 주로 교토에서 출판되었던
소설류를 총칭하며 사이카쿠(西鶴) 이후의 우키요조시와 구별된다. 당시
한자 한문에 의한 한적(漢籍)에 대응하여 가나로 쓰인 것을 가나조시라
고 한다. 서적 목록 등의 호칭에 의해 '가나류(假名類)' 혹은 '조시(草紙)'
라고도 한다. 가나조시는 반드시 문예적인 것에 제한하지 않고, 고전 번
역에서부터 다도나 요리 등의 실용서까지 포함하고 있다. 가나로 쓰인

---

53) 스이(粹) : 유흥가 조닌의 미의식. 유흥의 세계에 통해 있지만, 결코 그곳에 빠지지
　　않고, 세태와 인정과의 관계를 잘 파악해서 적절하게 사물에 대응하는 것을 말한다.
54) 츠우(通) : 단순한 관능적인 것을 떠나 도시적인 세련된 놀이의 풍격을 말한다.
55) 이키(息) : 에도 후기의 문화가 새로 만든 미적 이념으로, 발랄하면서도 도시적인
　　세련미를 말한다.
56) 가나조시(假名草子) : 근세 초기에 부녀자들을 상대로 쓰인 가나문의 통속소설. 오
　　락·계몽·교훈적 이야기이다.

평이한 소설이란 뜻의 이 용어는 넓은 의미로 쓰이고 있지만, 오늘날 문학 용어로는 우키요조시라 부르며, 이전의 서민 오락이나 계몽·교훈을 위한 가나 서적을 가리킨다. 가나조시는 중세의 통속 서적인 오토기조시(御伽草子)의 흐름을 잇고 있으며, 종류와 내용 그리고 수량이 매우 다양하고 많다.

가나조시의 종류 가운데 연애물로는 『우라미노스케(恨之介』와 서간체 『우스유키 모노가타리(薄雪物語)』 등이 있다. 교훈물은 『쓰레즈레쿠사(徒然草)』를 모방하여 세상의 인정을 편한 『가쇼키(可笑記)』, 여러 지방 편력의 기담에 불교의 도리를 덧붙인 『인카 모노가타리(因果物語)』, 비구니의 발심왕생(發心往生) 이야기인 『후타리 비구니(二人比丘尼)』 등이 있다. 괴담물은 중국의 설화집 등에서 취재한 것으로, 인과응보의 괴기담 『오토기뵤코(伽婢子)』, 『이누하리코(狗張子)』 등이 있다. 명소기물(名所記物)이란 명소, 산물, 풍속, 인정 등을 소설풍으로 쓴 것인데, 『지쿠사이(竹齋)』, 『도카이도메이쇼키(東海道名所記)』 등이 있다. 번역물로는 『이솝우화』를 일본어로 번역한 『이소보 모노가타리(伊曾保物語)』 등이 있고, 소화물(笑話物)로는 『어제는 오늘의 이야기(昨日は今日の物語)』, 『세스이쇼(醒睡笑)』 등이 있다. 의고물(擬古物)은 고전의 명작을 비꼬아 웃음을 자아내게 하는 것으로 『마쿠라노소시(枕草子)』를 빗대어 사물을 열거한 『못토모노쇼시(犬之双紙)』 등이 있다. 편력물의 대표적 작품으로는, 방탕 생활 후 출가한 우키요보(浮世房)가 그 후에도 버릇을 고치지 못하고 세상을 돌아다니면서 세상사의 이모조모를 관찰 비평한 『우키요 모노가타리(浮世物語)』 등이 있다.

가나조시의 대표적인 작자로는 안라쿠 안사쿠텐(安樂庵策伝, 1554~1642), 스즈키 쇼산(鈴木正三, 1579~1655), 도미야마 토야(富山道治, 1584~1634), 뇨라이시(如儡子, ?~1674) 등이 있다.

겐로쿠기(元祿期 ; 1688~1704)의 조닌 문학을 대표하는 우키요조시는, 가나조시의 계몽성·교훈성을 벗어나 조닌의 감각으로 성[色]과 돈[金]을 이상으로 그린 풍속 소설이다. '우키요'라는 말은 넓은 의미로 '현세'를 뜻하며, 좁은 의미로는 '호색 생활(好色生活)'을 가리킨다. 대표적인 작가와 작품으로는 이하라 사이가쿠(井原西鶴, 1642~1704)의 『호색 일대 사내(好色一代男)』가 있다.

근세 초기, 엔포기(延寶期, 1671~1681) 무렵부터 에도에서는 '가나'를 섞어 쓴 읽기 쉬운 유치한 그림책이 출판되고 있었다. 이 책들은 표지의 색깔에 따라 아카홍(赤本), 구로홍(黑本), 아오홍(靑本) 등으로 불렸는데, 뒤에 나오는 고오칸(合卷)과 합쳐 **쿠사조시**(草双子)라고 불리게 된다. 이것들은 어린이를 대상으로 한 영웅 전설 등을 내용으로 하고 있었는데 점차 어른들을 상대로 한 기뵤시로 바뀌어갔다. 이처럼 기뵤시란 쿠사조시의 한 장르이며, 쿠사조시란 어린이나 여성의 읽을거리로 내용은 전설이나 옛날이야기를 그린 것이다. 말하자면 가부키(歌舞伎)나 조루리(淨瑠璃)의 다이제스트 그림책인 셈이다. 또한 장편화한 작품 여러 권을 합본한 것이 '고오칸'이다.

기뵤시의 대표적인 작품은 고이카와 하루마치(戀川春町, 1744~1789)의 『긴킨센세이에이가노유메(金金先生榮華夢)』, 산토 교덴(山東京伝, 1761~1816)의 『에도우마레와키노카바야키(江戸生艶氣樺焼)』, 호세이도키산지(朋誠堂喜三二)의 『분부니도망고쿠토오시(文武二道万石通)』 등이 있다.

근세 중기부터 익살과 통속 문학이 여러 가지 형태로 등장하게 되는데, 제재나 그 취급 방법의 차이로 샤레봉(洒落本), 닌죠봉(人情本), 곳케이봉(滑稽本) 등으로 나뉜다. **샤레봉**은 유곽을 중심으로 쓰인 소설인데, 유곽에서 노는 남녀의 독특한 통속적인 회화체문[戯文]으로 그 대화 형식이 인기를 끌었다. 그러나 풍속을 문란케 한다는 이유로 1790년 금지당해 차츰 그 인기가 저조해지고 **닌죠봉**에 가까워져 갔다. 닌죠봉은 근세 소설의 마지막 형태인데, 샤레봉을 계승하면서도 에도 서민의 인정, 특히 남녀의 애정을 동정과 이해로 묘사한 풍속소설이다. 대표적인 작가와 작품은 다메나가 슌즈이(爲永春水, 1790~1843)의 『슌쇼쿠우메고요미(春色梅兒譽美)』가 있다. **곳케이봉**의 변천 과정은 전후기로 나눌 수 있는데, 일반적으로 후기의 작품을 칭한다. 전기의 작품은 1752~1801년경까지의 것으로 풍자와 해학 속에 교훈을 섞어 이야기하는 '단기봉(談義本)'이라 불리는 것을 말한다. 후기의 소설에는 단기봉의 흐름을 받아 짓펜샤 잇쿠(十返舍一九, 1765~1831, 1765~1831)가 쓴 『도카이도츄히자쿠리게(東海道中膝栗毛)』 등이 있다.

요미홍(讀本)은 일본 재래의 제재를 주제로 중국패사(中國稗史)를 빌려 권선징악 사상을 이념으로 한 인과응보관을 바탕으로 하고 있다. 요미홍의 호칭은 일반적으로 분카·분세이기(1804~1830) 이후에 정착되었다고 본다. 그러나 교쿠테이 바킨(曲亭馬琴, 1767~1848), 기무라 모쿠로(木村黙老) 등은 근세 소설을 논할 때에는 우키요조시(浮世草子)와 명확히 구분하지 않기도 한다. 대표적인 작품으로는 우에다 아키나리(上田秋成, 1734~1809)의 『우게쓰 모노가타리(雨月物語)』 등이 있다.

음악, 문학, 연극의 3가지 요소를 갖추고 있는 **조루리**(淨瑠璃)는 고조루리와 신조루리로 구분된다. 고조루리의 대표적인 작품은 치카마쓰 몬자에몬(近松門左衛門, 1653~1724)의 『슛세가게키요(出世景淸)』를 들 수 있으며, 신조루리의 대표적인 작품은 다케모토 기다유(竹本義太夫)의 『신쥬텐노아미지마(心中天網島)』, 『고쿠센야갓센(國性爺合戰)』, 『온나고로시아부라노지고쿠(女殺油地獄)』, 『신쥬요이고신(心中宵庚申)』 등을 들 수 있다.

가부키(歌舞伎)는 무로마치 시대 말기부터 근세 초기에 걸쳐 유행한 '풍류'를 기반으로 하고 있다. 가부키는 당시 신흥 풍속이었던 찻집이나 목욕탕에서 남녀가 희롱하는 풍속을 가무극으로 표현한 것이다. 원래 여자 배우들의 연극이었는데, 매춘적 경향 때문에 막부 공창 제도(公娼制度)에 위배된다는 이유로 1629년 모든 여성 예능극이 금지되었다. 그래서 소년 가부키가 등장했으나 이것도 역시 남색으로 금지하여 야로 가부키(野郎歌舞伎)[57]가 등장하기에 이른다. 그러나 가부키는 민중 속에 깊이 뿌리를 내리고 있었기 때문에 없어지지 않았고, 분카·분세이기(1804~1829년)에 에도 가부키의 황금 시대를 이루었다. 이후 쓰루야 난보쿠(鶴屋南北)의 『도카이도요쓰야카이단(東海道四谷怪談)』 등이 에도 가부키에서 한 걸음 더 나아간 희곡 구조를 가진 작품으로 인정되어 '기제와(生世話)'라 불리는 장르를 확립했다.

귀족 문학으로 발달된 와카(和歌)에 대응하여 서민 문학으로는 **하이카이**(俳諧)가 등장한다. 하이카이는 한때 교토를 중심으로 한 데이몽(貞門) 하이카이와 단림파(談林派) 하이카이로 나눈다. 단림파 하이카이는 신흥 도시 오사카를 본거지로 하여, 제재와 용어를 자유롭게 구사하였으며, 당시 상인 사회의 생활이나 감정을 중심으로 활기에 넘쳐 있었다. 하이카이의 대표적 작품은 마쓰오 바쇼(松尾芭蕉, 1644~1694)의 『오쿠노 호소미치(奧の細道)』, 『겐쥬안노키(幻住庵記)』 등이 있다.

에도 시대의 시민 사회는 웃음을 좋아했다. 그래서 진지한 와카에 대해 **교카**(狂歌)가 유행하고, 하이쿠에 대해서는 **센류**(川柳)가 유행하게 된다. 교카는 교타이(狂體)의 와카라는 것으로, 신변잡기에서 소재를 취하고 조롱과 빈정거림 그리고 야유 등으로 그 흥미를 유발했다. 에도 시대를 중심으로 유행한 교카는 전통 문학인 와카의 형식(5·7·5·7·7)을 빌린 것으로 일상적인 통속어에 의해 서민 생활에 근거한 비속적인 내용을 담고 있다. 교카는 극히 일상적인 센류와는 달리 고전을 비속화시켜 얼버무리는 패러디이며, 폭넓은 고전적 교양을 기반으로 하고 있다. 그 중에서도 성전인 『고킨슈』를 패러디한 이시다 미토쿠(石田未得)의 『고킨 와카슈(吾吟我集)』와 나카라이 보쿠요우(半井卜養)의 『보쿠요우 교카슈

---

57) 야로 가부키(野郎歌舞伎) : 앞머리를 깎아 야로(野郎) 머리를 한 데서 연유한다.

(卜養狂歌集)』가 주목된다.

센류는 잡바이(雜俳) 중에서 '마에쿠즈케(前句付)'58)라고 하는 쓰케구가 독립한 것이다. 1750년 경, 마에쿠즈케의 평자(評者)로 활약한 카라이센류(柄井川柳)가 고른 구(句)를 고료켄 아루베시(呉陵軒可有)가 『하이후야나기다루(誹風柳多留)』를 편찬했는데, 이것이 호평을 얻어 속편이 만들어졌다. 여기에서 이러한 형식의 문학을 센류라 부르게 되었다. 센류는 하이쿠의 홋쿠(發句)와는 달리, 계절을 나타내거나 세태와 인정의 특징을 포착하여 풍자와 웃음 또는 빈정거림의 수법을 사용하였다. 당시에도 상인들의 기질에 맞아 널리 유행했다.

겐로쿠(元祿)기가 되면서 무사 출신의 지게비토(地下人)들에 의해 와카의 혁신과 고전 연구의 기운이 싹튼다. 고전 연구는 오사카의 스님 엔주앙 게이츄(丹珠庵契沖, 1701년)의 『만요슈다이쇼키(万葉集代匠記)』(1690)에 의해 꽃을 피웠다. 게이츄는 중세 이래의 비전적(秘伝的)인 연구 방법을 따르지 않고, 고전의 본문 그 자체를 정확하게 문헌학적·국어학적으로 검토하여 독창적인 주석을 행함으로써 국학 수립의 기초를 확립시켰다. 게이츄에게 배운 교토의 신관 가다노 아즈마마로(荷田春満)는 처음으로 국학을 제창하였다. 이 두 사람의 방법론에 근거하여 국학을 더욱 발전시킨 사람은, 근세 중기의 카모노 마부치(賀茂眞淵)와 그의 문인 모토오리 노리나가(本居宣長)이다. 마부치와 노리나가에 의해 완성된 국학은 오늘날 극단적인 상고주의(尙古主義)와 배척주의(排斥主義)라는 결함을 가지고 있다. 그러나 한편, 실증주의적인 고전의 본문 해석 태도는 정밀한 어학 연구와 더불어 과학적이라 할만큼 훌륭한 성과를 거두어 현대 일본의 국어국문학계에 커다란 영향을 끼치고 있다.

---

58) 마에쿠즈케(前句付) : 7·7의 뒤의 구를 주고, 5·7·5의 앞의 구를 짓게 하는 유희를 말한다.

○ 작품의 이해

● 『이소보 모노가타리(伊曾保物語)』

　이 작품은 『이솝우화』의 번역이라는 면에서 의의가 있지만, 여러 가지 우화의 원전으로도 주목받는 작품이다. 따라서 내용이 다른 두 가지 계통의 책이 전해져 오고 있다. 하나는 '아마쿠사본(天草本)'(1593년 출판)으로 평이한 구어체로 쓰인 외국인 선교사용 일본어 교과서이며, 다른 하나는 '고쿠지본(國字本)'으로 가나조시의 하나로 일본인에게 널리 읽힌 것이다.

　이 작품은 『이솝우화』에 없는 전반의 「이솝 일대기」와 64화의 우화로 구성되어 있다. 「이솝 일대기」에서, 이솝은 『우키요 모노가타리(浮世物語)』의 '우키요보(浮世房)'나 『치쿠사이(竹齋)』와 같이 방방곡곡을 유람하면서 여러 경험을 쌓는 인물로 그려져 있다. 또 후반 '우화' 부분은 원작을 번역한 것으로, 장소를 일본으로 바꾸고 널리 알려진 「개미와 귀뚜라미」 이야기를 「개미와 매미」로 바꾸고 있다. 이 부분은 원작의 우화 뒤에 교훈적인 내용을 덧붙이고 있다. 줄거리는 다음과 같다.

　　유럽에 있는 토로야(트로이) 아모우니야라는 곳에 이솝이라는 남자가 살고 있다. 그는 보통사람 두 배 크기의 머리, 튀어나온 눈, 검은 얼굴, 비틀어져 있는 목의 외모를 지니고 있다. 게다가 키는 작고, 다리는 길고 두꺼우며, 등은 구부러지고, 배는 매우 뽈록 나와 있는 추남이다. 그러나 그 재능은 매우 돋보이는 남자이다.
　　이솝은 노예가 되어 학자 샨토에게 팔려가나, 자신의 기지를 발휘하여 주인을 꼼짝 못하게 하거나, 주인이 궁지에 몰려 있을 때 돕기도 한다. 예를 들면, 어느 날 샨토가 술에 취해, 어떤 사람과 바닷물을 다 마시면 전 재산을 준다는 내기를 한다. 이에 우솝은, 주인이 자신을 자유로운 몸으로 해준다면 둘도 없는 술책으로 궁지에 빠진 주인을 구해주겠다는 조건을 제시하여, 결국 주인을 구하게 된다. 그 후 이솝은 자유의 몸이 되어 산 또는 여러 지방을 편력하며 자

신의 기지를 펴 보임으로써 사람들의 존경을 받게 된다. (상권)

　　중권의 모두(冒頭)에는 그의 처세훈이 쓰여 있다. 가령, 이집트에 간 이솝은 그의 추하고 웃기는 모습으로 인하여 사람들에게 조소를 받지만, 결국 기계를 만들어 사람들을 감탄시킨다. 그 후, 다시 방방곡곡을 돈 이솝은 텔호스라는 섬에서 세상의 도를 설파하지만, 악인만이 있는 이 섬에서는 받아들여지지 않고 오히려 감옥에 들어가게 된다. 그러나 이솝은 쉬지 않고 도를 설파하다가 마침내 무심한 섬사람들에 의해 낭떠러지에서 떠밀려 죽고 만다. (중권)

—『이소보 모노가타리』 줄거리

하권은 『이솝우화』의 번역이다.

•『호색 일대 사내(好色一代男)』—이하라 사이가쿠(井原西鶴, 1642~1693)

이 작품은 1683년에 간행된 이하라 사이가쿠(井原西鶴, 1642~1693)의 우키요조시 첫 번째 작품이다. 그의 본명은 히라야마 토고(平山藤五)이며, 오사카의 부유한 상가에서 태어났다. 그의 나이 15세 때 하이카이시(俳諧使)를 목표로 하며, 마쓰나 가테이토쿠(松永貞德)를 스승으로 한 데이몽파(貞門派)에 속해 가쿠에이(鶴永)라는 호를 사용했다. 이 시기에 그는 데이몽 특유의 언어유희적 하이카이를 지었다. 그 후, 그는 니시야마 소인(西山宗因)이 이끄는 단림파(談林派)에서 언어유희적인 하이카이에서 벗어나, 인간 관찰에 근거한 서사적인 구작(句作)에 몰두하게 된다. 1675년 아내가 죽자, 그는 아내의 공양을 위해 아침부터 저녁까지 10시간 동안 1,000구를 지어 『독킨이치니치센쿠(獨吟一日千句)』라는 제목으로 출판하여 대단한 흥행을 이루었다. 1680년에는 하루 4,000구를 지어, 그 성과를 1681년 『사이가쿠오오오야카즈(西鶴大矢數)』로 간행했다. 이때 그가 지은 하이카이는 단순한 전위적 구에서 벗어나 매우 산문적인 것이었다. 1683년에는 '우키요조시'라는 장르의 첫 작품 『호색 일대 사내(好色

一代男)』를 간행하였으며, 이후 우키요조시 작자로서 계속 작품을 발표하여 큰 호평을 받았다. 그는 1693년 52세로 세상을 하직했다.

작품 『호색 일대 사내』는 '호색물(好色物)'이다. 남녀 애욕의 세계와 인간의 심리, 연애 모습, 인생의 실패를 그린 것으로 조닌들의 '스이(粹)'의 세계를 적나라하게 묘사하였다. 이밖에도 그의 호색물 작품은 『호색 이대 사내(好色二代男)』, 『완큐잇세 모노가타리(椀久一世物語)』, 『호색 일대 여자(好色一代女)』 등이 있다. 『호색 일대 사내』의 줄거리는 다음과 같다.

주인공 요노스케(世之介)는 이쿠노(生野)의 은산(銀山) 개발을 통해 부자가 된 대부호와 교토(京都) 6조 3거리의 전성기 유녀와의 사이에서 태어난다. 그는 조숙하여 7세 때부터 하녀에게 색정을 품어 큰 웃음거리가 되고, 8세 때는 부모의 죽음을 담보로 돈을 빌려 유흥에 빠지기도 한다. 하녀가 목욕하는 것을 훔쳐보기도 하고, 미소년을 희롱하기도 한다. 11살 때에는 후시미슈모크마치(伏見撞木町)의 유녀를 받아들이는 등 방탕의 나날을 보낸다.

그 후에도 닌오도(仁王堂)의 도비코(飛子), 교토의 고케(後家) 등과 관계를 거듭하고, 18세 때는 세일즈 견습을 위해 동쪽으로 가다가, 스루가(駿河國)에서 여행 온 자매와도 관계를 가진다. 그 후 에도로 돌아오는 것이 싫어지자 이모가와(芋川)에서 우동가게를 개업하지만 실패한다. 낙담하여 에도에 도착하나 아버지로부터 의절을 당하게 되고, 성실하게 살아가려고 출가하지만, 그것도 오래가지 못하고 절에 와 있던 미소년과 남색 관계에 빠진다.

그 후 오사카에 가서 우라나가야(裏長屋)에서 일하다가, 그 집 데릴사위가 되어 오랫동안 함께 살게 된다. 그리고 유랑극단(大道藝人)이 되기도 하고, 타이코모치(幇間)59)의 흉내를 내기도 한다. 그러나 여전히 천성인 '호색'을 버리지 못하고 유녀들과 논다. 한 유랑극단의 단원이 되어 다시 오사카에 돌아와서는, 계속 교토와 오사카의 여러 여성과 관계를 가진다. 그 후에도 여러 지방을 전전하며 '호색' 생활을 계속하던 중, 해상에서 조난을 당하게 되고 구사일생으로 구조된 곳에서 아버지에게 용서를 받게 된다.

그러나 그 후에도 일류 유곽에서 방탕 생활을 한다. 그의 생애를 통해 관계를 가진 여성이 3,742명이며, 남색 관계를 맺은 사람은 725명을 헤아린다. 그러

---

59) 타이코모치(幇間) : 연회석에 나가 자리를 흥겹게 하는 것을 업으로 하는 남자.

다가 그의 나이 60세 때 현세의 덧없음을 깨닫고 친구 6명을 꾀어 '요시이로마루(好色丸)'이라는 배를 타고 뇨고섬(女護島)을 향해 이즈(伊豆)로 출발한다. 그 뒤로는 그의 행방을 알 수 없다.

—『호색 일대 사내』 줄거리

•『긴킨센세이에이가노유메(金金先生榮華夢)』

— 고이카와 하루마치(戀川春町)

이 작품은 1775년 간행된 '기뵤시(黃表紙, 草双紙)'로, 고이카와 하루마치(戀川春町)의 작품이다. 그의 본명은 구라하시 하지메(倉橋格)이며, 스루가(駿河) 소도변의 무사였다.

기뵤시란 쿠사조시(草雙紙)의 한 장르이다. 이 작품은 어린이를 위한 그림책인 쿠사조시의 취향과 표현 방법 등을 어른 독자를 위한 문학으로 한 단계 발전시켜, 이후 기뵤시 전성 시대의 시작을 고하는 역사적 작품이 되었다.

이 작품에서 '긴킨선생' 가나무라야 곤베(金村屋金兵衛)의 모습은 당시 유행하는 옷을 입고 유행어를 구사하며 최첨단의 풍속을 몸에 익힌 한량으로 묘사되어 있다. 따라서 '긴킨선생'이란, 당세풍의 대단한 멋쟁이로 돈을 들여 유흥 삼매하는 사람을 일컫는데, 이 작품 이후 유행어가 되었다. 줄거리는 다음과 같다.

시골에 가네무라야 콘베(金村屋金兵衛)라는 사람이 살고 있었는데, 궁핍한 생활에 쪼들리자, 돈도 벌고 즐거움도 맛보고 싶어 에도를 향해 여행을 떠나게 된다. 그는 우선 행운을 가져다준다는 메구로부동(目黑不動)에 참배하러 가다가, 그 앞에 아와모치야(栗餠屋)에서 조떡을 주문하고 기다리는 동안 졸다가 꿈을 꾼다.

그는 꿈속에서, 간다 핫초보리(神田八丁堀)의 부호상인 이즈미야 기요죠(和泉屋清三)의 가독(家督)을 이어받게 되고, 극히 사치스러운 생활을 하며 세상의 영화를 누리게 된다. 그는 당대 최고의 유행으로 치장하고 데다이의 겐시로(源四郎)를 둘러싼 동료들은 그를 '긴킨선생'이라고 부추기며 아첨한다. 그렇게 즐기는 사이 유녀들의 달콤한 유혹에 빠져 재산을 탕진해버린다. 그러자 마침내 겐시로를 둘러싼 동료들에게도 냉대를 받게 되고, 쓸쓸하게 시나가와(品川) 유곽을 출입한다. 이와 같은 곤베의 행동에 화가 난 아버지 기요죠는 그와 의절을 한다.

이윽고 곤베는 꿈에서 깨어난다. 그런데 자신이 주문한 조떡은 아직도 완성되지 않았다. 그는 인간의 한평생 즐거움이 조떡이 완성되는 잠깐 사이의 일이라는 것을 깨닫고 시골로 되돌아간다.

—『긴킨센세이에이가노유메(金金先生榮華夢)』 줄거리

• 『우게쓰 모노가타리(雨月物語)』—우에다 아키나리(上田秋成, 1734~1809)

이 작품은 1776년에 간행된 '요미홍'으로 국학자 우에다 아키나리가 쓴 것이다. 책명은 '비가 멈추고 달이 몽롱한 밤 창 밑에서 썼다'는 것에서 유래한다. 이 책은 중국 소설을 일본풍으로 각색한 것으로, 일본의 고전 문학 작품과 전해오는 전설 등을 적극적으로 끌어들여 각색한 것이다. 따라서 이 책에 쓰인 괴기는 단순한 공포만을 취급한 것이 아니라 이별의 슬픔·분노·욕망 따위를 '괴기'라는 형식을 빌어 표현하고 있다. 다시 말하여 『우게쓰 모노가타리』는 이제까지의 쓰가 테이쇼(都賀庭鐘)들의 요미홍을 계승하여 괴기 소설의 표현 방법을 확립시킨 작품으로, 교쿠테이 바킨(曲亭馬琴)을 비롯한 훗날의 요미홍 작자들에게 큰 영향을 끼쳤다. 이 작품은 아름다운 문장에 한문을 섞고 있으며, 문체 또한 간결하여 괴기하고 신비한 분위기를 잘 나타낸다. 『우게쓰 모노가타리』에는 「기카노쓰기리(菊花の約)」, 「아사지가야토(淺芽が宿)」 등 9편의 단편소설이 담겨져 있다.

작가 우에다 아키나리는 오사카 사람으로 요미홍의 시조이며 동시에 대표적 작가이다. 그는 쓰가 테이쇼(都賀庭鐘) 밑에서 의학 공부를 하였다.

그의 작품 『하루사메 모노가타리(春雨物語)』도 유명하다. 9편의 단편소설 가운데 「아사지가야도(淺茅が宿)」의 줄거리는 다음과 같다.

시모후사국(下總國, 현 千葉縣) 가쓰시카군(葛飾郡) 마마리(眞間里)의 가쓰시로(勝四郎)는 몰락한 자신의 집을 일으켜 세우기 위해, 평소 친하게 지내던 상인 사사베소지(雀部曾次)와 함께 가미카타로 장사를 떠난다. 그때 자신의 아내 미야기(宮木)를 집에 홀로 남겨두었다. 그런데 그가 장사를 떠난 뒤, 마마리는 전란에 휩싸이게 되고, 전란 속에서도 미야기는 남편 가쓰시로의 귀가를 학수고대하며 기다린다. 한편 가쓰시로는 도시에서 많은 돈을 벌었는데, 산길에서 산적에게 습격을 당해 금품을 다 빼앗기고 열병에 걸리게 된다. 그러나 다행히 오우미(近江國, 현 滋賀縣)에 사는 친척의 도움으로 생명을 건지게 되어 그곳에서 7년을 보내게 된다.

7년 후, 가쓰시로는 고향집에 도착한다. 그리고 황폐해진 집에서 아내 미야기와 재회한다. 다음날 아침 눈을 뜬 가쓰시로는, 자신이 잡초 속에 자고 있다는 것을 안다. 그리고 어젯밤 재회한 아내는 바로 아내의 유령이었음을 깨닫는다. 그 후 살아 있을 때 남편이 돌아오기만을 기다렸다는 아내에 대한 이야기를 듣고, 아내의 묘 앞에서 끝없이 염불을 외운다.

—「아사지가야도(淺茅が宿)」 줄거리

소나무를 스쳐 바람이 불어와 창호지가 흐느끼는 듯한 소리를 냈다. 밤새 서늘하여 기분이 상쾌하여 긴 여행에 지쳤던 가쓰시로는 기분 좋게 잠이 들었다. 하늘이 부옇게 밝아올 무렵인 새벽 4시쯤, 자면서도 어쩐지 좀 으스스한 느낌에 이불을 덮으려고 더듬다가 무언가 조록조록한 소리에 잠이 깼다. 얼굴에 무언가 차가운 것이 떨어져 비라도 새는 것일까 하고 쳐다보니, 지붕은 바람에 날아갔는지 없어지고 비는커녕 새벽달이 희미하게 빛나고 있었다. 집은 비를 막아주는 문도 없고 마루는 썩어 내려앉아 그 틈새로 키 큰 억새가 돋아나 있으며 아침 이슬이 흘러 들어와 옷소매가 흥건히 젖어 있었다. 벽에는 넝쿨풀이 기어올라 엉켜 있고 온 마당에는 갈퀴덩굴이 무성하여, 가을철도 아닌데 마치 거친 들판을 느끼게 할 정도로 황폐한 모습이었다. 그건 그렇고 옆에서 자고 있던 아내는 어디로 갔는지 보이지 않았다.

— 「아지가야도(淺茅が宿)」 본문 한 단락

• 『오쿠노 호소미치(奧の細道)』—마쓰오 바쇼(松尾芭蕉, 1644~1694)

하이카이는 원래 '우스갯소리'를 의미하는 말로, 일찍이 중국의 한시에도 그때그때의 분위기에 알맞은 가이하이체(詼諧体)가 있었다. 일본의 경우 이러한 중국의 가이하이체를 본떠서 『고킨 와카슈(古今和歌集)』에서는 하이카이라는 장르가 출현하게 된다. 중세에는 한시, 와카(和歌), 렌가(連歌) 등이 지닌 본연의 틀에서 벗어난 형태를 모두 하이카이라고 불렀다. 그 중에서도 특히 하이카이의 렌가라 하여 기지·골계를 중심으로 한 렌가가 중세 말부터 근세 초까지 널리 유행하였다. 하이카이는 하이카이의 렌가를 기초로 하여 생긴 홋쿠(發句), 렌구(連句), 하이분(俳文) 등을 말한다.

이러한 하이카이의 전통적 예술 이념에 독자성을 부여하여 완성시킨 사람이 마쓰오 바쇼(松尾芭蕉)이다. 그는 '오쿠노 호소미치'를 여행하면서 '후에키류코(不易流行)'[60]의 이론을 내놓았다. 이는 전통적인 '와비(わび)'나 '사비(さび)'의 세계로부터 '가루미(輕み)'의 세계를 추구하는 이론이다. 따라서 그의 이러한 하이카이의 예술성은 근세 문학뿐만 아니라 일본 문학사에서 하나의 정점을 이룬다.

마쓰오 바쇼는 이가가미노(伊賀上野, 현 三重縣)에서 태어나, 그의 나이 29세 때 하이카이시(俳諧師)가 되기 위해 에도로 떠났다. 그는 1680년 겨울, 37세의 나이로 에도 후카가와(江戸深川)의 초암(草庵)에 들어갔다. 문인 리카(李下)가 보낸 파초 한 그루가 잘 자라, 좁은 정원에 가득 찼기 때문에 그 초암은 '바쇼암(芭蕉庵)'이라 불리게 되었고, 자신도 '바쇼'라는 호

---

60) 후에키류코(不易流行) : 바쇼의 하이카이에 있어서 하이카이의 이념을 나타내는 말. '후에키'는 시대를 초월해 변화하지 않는 것을 가리키고, '류코'는 그 시대의 사람들의 취향에 따라 변화하는 것을 가리킨다. 이 둘은 모두 풍류의 도에서 나왔기 때문에 근본적으로는 반드시 하나로 돌아가야 된다고 한다.

를 사용하게 된다. 1989년 3월 바쇼는 정든 초암을 타인에게 양보하고 에도를 출발하여 8월 처음 미노오오가키(美濃大垣, 현 岐阜縣)에 들어가기까지 약 150일, 600리에 걸친 여행을 하고 『오쿠노 호소미치』를 썼다. 1694년 4월, 제3차 바쇼암에서 2년간 추고를 거듭하여 『오쿠노 호소미치』가 완성되었고, 5월 이 작품을 가지고 가미가카로 향한다. 이 작품의 서문은 다음과 같다.

해와 달은 영원한 나그네로 왔다 가고, 갔다 다시 오는 세월도 또한 나그네인 것이다. 배 위에서 일생을 보내는 사공, 말을 끌며 늙어가는 마부는 하루하루가 여행길이며, 여행이 바로 마지막 머무는 곳이 된다. 풍류에 일생을 바친 고인들 중에도 나그네 길에서 생애를 마친 사람이 많다. 나도 언제부터인지 구름 사이로 부는 바람에 마음이 흔들려, 여기저기 방랑하고픈 생각이 그칠 새 없다. 그래서 이곳저곳의 해변을 헤매 다니던 끝에, 지난해 가을, 스미다 강변의 기슭 허름한 암자에 돌아와, 거미줄을 걷고 사는 사이에 어느덧 한 해가 저물고 봄이 되었다. 이번에는 안개 자욱한 하늘을 보면서 시라카와 관문(白河の關)을 넘어 무쓰(陸奧)까지 여행하고자 생각한다. 그렇게 결정하고 나니 내 마음을 나그네 길로 손짓하는 신이 보는 것, 듣는 것 어디에도 다 나그네의 숨결이 숨어 있어 마음을 설레게 하고, 나그네들을 지켜주는 도조신(道祖神)도 나를 인도하여 아무 것도 손에 잡히지 않는다.

―「서문」

V. 근·현대 문학

1. 서양 문학의 영향과 문학

일본은 에도(江戶) 시대 말기가 되면서 농촌 경제와 상공업이 발달하고 서민 경제가 안정되어가자, 무사 계급을 주축으로 한 도쿠가와(德川) 막부의 지배력이 점점 약해지기 시작했다. 때를 같이 하여 서구 열강들의 문호 개방에 대한 압력은 일본의 개국(開國)을 재촉하였다. 그리하여 일본은 메이지유신(明治維新)을 계기로 서구의 새로운 문물을 받아들이기 시작하면서 오랫동안 무사 계급이 중심이 되었던 봉건제도가 무너지고 사회의 대변혁을 맞게 된다. 따라서 일본은 역사적·문학사적인 시대 구분으로 1868년을 기점으로 한 메이지유신 이후~태평양전쟁이 종결되는 1945년까지를 근대, 태평양전쟁 이후를 현대라고 보고 있다.

그런데 이를 다시 세분하여 메이지 시대(明治時代) 초~메이지 20년까지를 제1기(1868~1886), 청일전쟁을 사이에 두고 러일전쟁 전후까지의 시기, 곧 자연주의 문학이 생겨나기까지의 시기를 제2기(1887~1905), 자연주의 문학 이후 프롤레타리아 문학 혹은 신감각파가 생겨난 시기를 제3기(1906~1925), 쇼와 시대(昭和時代) 초~제2차 세계대전이 끝나는 무렵까지를 제4기(1926~1945), 그 이후 현재까지를 제5기로 보기도 한다. 또 이를 메이지기의 문학, 다이쇼기의 문학, 쇼와기의 문학 등 3기로 나누기도 한다. 그리고 크게는 전기와 후기로 나누어 말하기도 한다.

일본은 1931년 선전 포고 없이 중국군을 공격함으로써 만주사변을 일으키고, 이듬해인 1932년에는 만주국이라는 괴뢰국을 세운다. 이처럼 1931년의 만주사변을 시작으로 1939년의 중일전쟁, 1941년의 태평양전쟁, 그리고 1945년의 패망에 이르기까지 치른 모든 전쟁을 가리켜 15년 전쟁이라고 한다. 그리고 마침내 1945년 8월 일본은 미국의 원자폭탄 투하를 계기로 태평양전쟁에서 패하고, 미군을 중심으로 한 연합군의 점령 하에 놓이게 된다. 그 후 수도인 도쿄에는 연합군총사령부인 GHQ(Genaral Headquaters of the Supreme Commander for the Allied Powers)가 설치되고, 최고사령관으로 맥아더가 임명된다. 미국 정부는 점령 직후, 언론 자유 보장과 더불어 사회주의 성향의 정당 및 노동조합의 활동을 인정한다.

이후 1951년, 일본은 연합국과 샌프란시스코 강화조약을 체결함으로써 비로소 자주국으로서의 지위를 인정받게 되고, 경제 발전에 박차를 가하게 된다. 그리하여 전후 일본은 미국의 지원 및 전쟁 특수라는 호재와 더불어 눈부신 경제 성장을 하게 된다.

1868년 메이지유신으로부터 약 10년까지는 특별히 논할만한 새로운 문학이 등장하지 않았다. 10년 이후부터 서구 문화를 본격적으로 수용하여 정치 소설, 번역 문학이 등장했다. 정치 소설은 자유민권운동이 성행했을 무렵 곧, 메이지 시대 중엽에 주로 정치 선전을 목적으로 한 소설이다. 일본에서 자아 문제를 다룬 『우키구모(浮雲)』, 『마이히메(舞姬)』

등과 같은 근대 문학다운 작품이 나온 것은 1887년 이후인 제2기부터이다. 제2기에는 자아의 자각 문제 등 사상성이 요구되는 문학이 나오고, 청일전쟁에 의해 관념 소설, 비참 소설 등이 나왔다. 제3기는 자연주의 문학이 대두되고, 제1차 세계대전을 기점으로 새로운 전환점을 만나 데모크라시 사상과 함께 자연주의·비자연주의 문학이 등장했다.

메이지 시대 이후 일본 문학이 이룬 커다란 특색은, 도쿠가와기(德川期)의 무사 문학과 서민 문학이라는 이원성이 일원화된 점에서 찾을 수 있다. 다시 말해서 조정의 관리인 구게(公家)나 무사의 문학과 예능은 와카(和歌), 와분(和文), 한시문(漢詩文), 노(能), 교겐(狂言) 등이었고, 서민은 하이카이(俳諧), 센류(川柳), 교카(狂歌), 게사쿠(戱作) 등으로 이원화되어 있었는데, 메이지기에 들어서자 이와 같은 계급성이 없어지게 된 것이다. 게다가 서양 문학이 들어오게 되자, 유희적이라고 경시되던 문학도 정신적 일익을 담당하는 것으로 평가받게 되고, 단카(短歌), 하이쿠(俳句)를 중심으로 전통 문학에 대한 재평가가 시도되었다.

서양 문학의 영향을 가장 크게 받은 것은 소설 분야이다. 도쿠가와기의 부녀자나 아동을 대상으로 하는 수준 낮은 오락물이라는 견해를 깨고, 인간의 참모습을 사실적으로 그려내려는 소설이 이 시대의 문학 주류가 되었다. 그리하여 장편이나 단편 등은 일본의 근대화 과정을 여러 각도에서 다양하게 반영하였다.

한편 시가에 있어서도 서양의 시 형식을 받아들이려는 기운이 일어나, 전통 시가인 와카나 한시 외에, 소위 신체시를 낳게 하여 소설이 그러한 것처럼 시 또한 근대화 과정에 있어서의 인간의 내면세계를 자유로이 그려내는 데 기여하였다.

메이지 말년에 이르러서는 희곡에서도 노(能), 교겐(狂言), 가부키(歌舞伎)를 계승하는 한편, 이러한 전통극을 벗어나 서양의 리얼리즘 연극의 영향에 의한 근대극의 성립을 보게 되었는데, 여기에서 창작극도 발전하게 되었다.

이 밖에도 서양 문학의 번역과 번안, 문학의 근본적인 탐구를 위한 문학 평론, 사실을 있는 그대로 쓰겠다는 의도의 수필, 신변잡기로부터 문학 비평에 이르는 일기, 어린이의 교육을 위한 동화 등 다양한 문학적 장르가 선을 보였다.

2. 시 문학의 흐름과 양상

일본의 **근현대시**로는 신체시(번역시), 낭만시, 상징시, 이상주의시(백화파), 예술파시, 프롤레타리아시, 모더니즘시, 전후시 등으로 나누어 살펴볼 수 있다. 일본 근대시의 초기는 서양의 시를 번역하여 소개하는 정도였다. 그러다가 메이지 시대에 들어서면서 문명개화와 더불어 새로운 사상과 감정을 표현하기 위한 시 형식을 추구하게 되는데, 이것이 바로 신체시(新體詩)이다. 이러한 과정 중에 『신타이시쇼(新體詩抄)』(1882)가 등장하는데, 이 시집은 교토대학 교수인 도야마 마사카즈(外山正一, 1848~1900), 야타베 료키치(矢田部良吉), 이노우에 데쓰지로(井上哲次郎) 등이 5편의 창작시와 14편의 번역시를 엮어낸 것이다. 그러나 완성된 형태의 근대시라고 보기는 어렵다. 이후 모리 오가이(森鷗外, 1862~1922) 등에 의해 번역시집 『오모카게(於母影)』(1889)가 발표되고 시마자키 도손(島崎藤村, 1872~1943)의 낭만시집 『와카나슈(若菜集)』(1897)에 의해 일본의 근대시가 정립된다.

낭만시 다음으로는 상징시가 유행했다. 상징시라는 개념이 일본에 정착하게 된 것은, 프랑스 상징시를 처음 소개한 우에다 빈(上田敏, 1874~1916)의 번역시집 『해조음(海潮音)』에 의해서이다. 상징시란 사상과 감정을 직접적인 언어로 표현하지 않고 시각적·음악적 형태를 통해 암시적으로 의미를 전달하는 성향의 시를 말한다. 상징시의 대표적인 시집으로는 고어를 사용하여 전아한 세계를 구축한 스스키다 규킨(薄田泣菫, 1877~1945)의『하쿠요쿠(白洋宮)』, 일본에 상징시를 확립시킨 간바라 아리아케(蒲原有明, 1875~1952)의『슌쵸슈(春鳥集)』등이 있다.

이상주의시의 대표적 인물은 다카무라 고타로(高村光太郎, 1883~1956)를 꼽을 수 있다. 그는 원래 탐미파 잡지인 ≪스바루(スバル)≫에서 활동하기도 했지만, 백화파(白樺派)의 영향을 받게 되면서 생명과 자연의 존엄성을 긍정하는 내용의 시집『도정(道程)』과 아내에 대한 지고지순한 사랑이 잘 나타나 있는 시집『지에코쇼(智惠子抄)』등을 내놓았다.

다카무라 고타로에 의해 확립된 구어자유시(口語自由詩)는 하기와라 사쿠타로(萩原朔太郎, 1886~1942)에 의해 그 완성을 보게 된다. 사쿠타로는 내재율을 바탕으로 구어자유시와 상징시를 결합시킨 독자적인 시풍을 창출하였는데, 이로 인해 근대시의 완성을 이루었다는 평가를 받고 있다. 또한 그는 무로 사이세이(室生犀星, 1889~1962) 등과 더불어 잡지 ≪감정(感情)≫(1916~1919)을 창간하기도 했다. 사쿠타로는 처녀 시집『쓰키니호에루(月に吠える)』를 비롯하여『파란고양이(青猫)』,『효토(氷島)』등의 시집을 내놓았고, 사이세이는『서정소곡집』과『사랑의 시집』을 남겼다.

1920년대 중후반을 정점으로 프롤레타리아 문학(プロレタリア文學)이 전성기에 이르게 되면서, 사회주의 사상을 노래하는 시인들이 등장한다. 그러나 대부분은 절제되지 않은 격양된 감정을 그대로 그려내는 예술성이 결여된 작품들이다. 이러한 가운데 유일하게 예술성을 인정받는 시인으로는 나카노 시게하루(中野重治, 1902~1979)가 있다. 그의 시집『나카노 시게하루 시집(中野重治詩集)』은 제본 중에 압수당하여 현재까지도 발간되지 않고 있다.

모더니즘시는 제1차 세계대전 이후 발생한 프랑스 초현실주의[61]에 영

향을 받아 탄생한 문예사조로, 1928년에 창간된 잡지 ≪시와 시론(詩と詩論)≫(1928), ≪사계(四季)≫(1933), ≪역정(歷程)≫(1935) 등을 중심으로 활발하게 전개되었다. ≪시와 시론≫은 니시와키 준자부로(西脇順三郎, 1894~1982)를 중심으로 쇼와 시대 문학을 추진했으며, 그의 시집으로는 『Ambarvalia』(1933) 등이 있다. ≪사계≫, ≪역정≫ 등은 ≪시와 시론≫의 흐름을 이어 가면서도 이성과 감정이 조화된 주지주의적 경향을 보였다. ≪사계≫의 대표적인 작가와 시집으로는 나카하라 츄야(中原中也, 1907~1937)의 『야기노우타(山羊の歌)』(1934), 『아리시히노우타(在りし日の歌)』(1938) 등이 있다. ≪역정≫의 대표적인 작가와 작품으로는 구사노 신페이(草野心平, 1903~1988)의 서민적 생명력과 반항 정신의 시집 『가에루(蛙)』(1938), 가네코 미쓰하후(金子光晴, 1889~1975)의 반전(反戰) 시집 『교(鮫)』(1937) 등이 있다.

전후시는 전쟁에 대한 반성을 바탕으로 ≪황지(荒地)≫(1947) 동인들에 의해서 성립된다. 대표적 작가는 아유카와 노부오(鮎川信夫, 1920~1986), 다무라 류이치(田村隆一, 1923~) 등이다. 이들은 당시 시단의 큰 세력이던 사계파의 서정을 대신하여 전쟁의 황폐 속에 인간성 회복을 기도한 시를 창작하였다. ≪황지≫와 어깨를 나란히 하고 나온 잡지 ≪열도(列島)≫(1948)는 좌익의 흐름을 이은 세키네 히로시(關根弘, 1920~), 하세가와 류세이(長谷川龍生, 1928~) 등이 중심이 되어 정치성과 예술성 양면에 걸쳐 전위적인 경향을 드러냈다. ≪황지≫가 모더니즘 문학의 계통을 잇는 것이라면, ≪열도≫는 민주주의계 즉 좌경시인들이 집결하여 만든 것이라 할 수 있다.

1950년대 후반(쇼와 30년경)부터, 신세대 전후파 시인들이 등장하여, 생명의 에너지나 우주적 감각을 형이상학적으로 노래하는 경향을 보이기

---

61) 초현실주의 : 제1차 세계대전 후, 입체파, 미래파, 다다이즘 등의 여러 운동에 이어서 일어난 전위예술운동. 프랑스를 중심으로 전 세계에 영향을 끼쳤는데, 초현실적인 자유로운 사상을 표현하며 극히 주관적 경향이 강하다.

시작했다. 대표적 작가로는 다니카와 슌타로(谷川俊太郎, 1931~), 오오카 마코토(大岡信, 1931~) 등이 있다. 이밖에 초현실주의를 소생시킨 이지마 고이치(飯島耕一, 1930~), 뜨거운 생명력을 찬양한 야마모토 다로(山本太郎, 1925~) 등이 활약했다.

단카(短歌)는 일본 고유의 시가인 와카(和歌)의 한 형태를 말한다. 근대 단카는 오치아이 나오부미(落合直文, 1861~1897)가 아사카샤(あさ香社)를 결성하여 와카의 혁신운동을 일으키면서 시작한다. 이후 양상은 묘조(明星)파와 아라라기(アララギ)파로 나뉜다. 묘조파는 와카 혁신운동의 일원이었던 요사노 뎃칸(與謝野鐵幹, 1873~1935)이 창간한 시가 잡지 ≪묘조≫의 인물들을 칭한 말로, 자아의 해방과 관능미 등을 노래하여 낭만주의 문학운동의 중심이 된다. 대표적 작가와 가집은 뎃칸의 부인인 요사노 아키코(與謝野晶子, 1878~1942)의 『미다레가미(みだれ髪)』(1901) 등이 있다. 실제로 ≪아라라기≫(1908~1997)를 만든 인물은 이토 사치오(伊藤左千夫, 1864~1913)이다. 이후 사이토 모키치(齋藤茂吉, 1882~1953) 등이 중심을 이루어 아라라기파의 전성기를 이룬다.

전후에 들어 일본의 전통 문화에 대한 비판과 반성이 대두되는 가운데, 구보타 마사후미(久保田正文, 1912~) 등에 의한 ≪팔운(八雲)≫이 창간되었다. 또한 인간에 대한 깊은 성찰과 현실 사회에 대한 자각을 표방한 ≪신가인집단(新歌人集團)≫도 이즈음에 결성된다. 최근 가단에 있어 큰 변화라고 한다면, 1987년 간행된 다와라 마치(俵万智, 1962~)의 가집 『사라다기념일(サラダ記念日)』이 매우 많은 독자를 모은 것이다. 이 작품은 구어를 사용하여 단가의 정형을 지키고 있으며, 종래 볼 수 없었던 참신한 감성을 표현했다.

하이쿠(俳句) 역시 일본 고유의 운문 문학으로, 하이카이(俳諧)의 첫 구가 따로 독립하여 생긴 단시형 장르이다. 단카와 하이쿠의 근대화 아버지라고 불리는 마사오카 시키(正岡子規, 1867~1902)는 하이카이의 홋쿠(發

句)를 독립시켜 근대적인 생명력을 갖게 했다. 또한 시키의 제자인 다카하마 교시(高浜虛子, 1874~1959)는 하이쿠 잡지 ≪호토토기스(不如歸)≫(1887)를 창간하여 주재하면서 보수적인 성향의 사실적인 가풍 지켜나갔다.

1930년 미즈하라 슈오시(水原秋櫻子, 1892~1981)는 「자연의 진리와 문예상의 진리(自然の眞と文藝上の眞)」를 통해, 실제 삶을 바탕으로 인간의 감정을 자유롭게 표현할 것을 주장하였는데, 이를 계기로 신흥 하이쿠운동이 전개되었다. 이 운동의 대표적인 인물로는 도시 생활과 인공적인 아름다움을 읊은 야마구치 세이시(山口誓子, 1901~1994), 인간성 탐구를 추구했던 인간탐구파[62)의 나카무라 구사타오(中村草田男, 1901~1983) 등을 들 수 있다.

1946년 이시다 하쿄(石田波鄕, 1913~1969) 등에 의해 ≪현대하이쿠(現代俳口)≫가 창간되면서 유파를 초월한 교류와 하이쿠단(壇) 부활의 기운이 조성된다. 또한 1961년 전후 신흥 세력에 의해 만들어진 '현대하이쿠협회'가 분열되고 전통적 하이쿠를 중시하는 '하이쿠협회'가 설립되는 등 전후의 하이쿠는 그 문학적 가치와 시대성을 모색하며 전개되었다.

○ 작품의 이해

• 『와카나슈(若菜集)』—시마자키 도손(島崎藤村, 1872~1943)

갓 땋아 올린 앞머리가
사과나무 아래로 보였을 때
앞머리에 꽂은 꽃빗에
꽃처럼 아름다운 그대인줄 알았습니다.

부드러운 하얀 손을 내밀어

---

62) 인간탐구파(人間探求派) : 정형을 지키면서, 자기의 내부 생활에 전인간적 표현을 부여한 일파. 난해파(難解派)라고도 불리며, 현대 하이쿠에 고도의 문학성을 주었다.

사과를 나에게 건네주시니
연분홍색 띤 가을 열매에
처음으로 그리움을 배웠습니다.

나의 무심코 내쉬는 한숨이
그대의 머리카락에 닿았을 때
충만한 사랑의 술잔을
그대의 정으로 기울였습니다.

사과밭 나무 아래서
자연스레 생긴 오솔길은
누가 밟아서 다진 추억인지
물을수록 오히려 그리워집니다.

— 「초연(初戀)」

이 시집은 평이한 일상어를 사용하여 연애, 방랑, 자연 등의 주제를 노래하고 있는데, 주로 7·5조를 바탕으로 서정적 시의 아름다움을 담아냈다. 당시 신체시가 상투적 시어와 어법의 반복에 지나지 않았던 것에 비해, 『와카나슈』는 7·5조 리듬에 어울리게 억제된 조용한 노래 가락 속에 일본의 근대시적 정신의 탄생을 알리는 청신한 감각의 산뜻함을 보였다. 위의 시 「초연」은 근대시의 대표적 작품으로 널리 애송되고 있으며 소녀와의 만남, 첫사랑의 확인, 사랑에 빠짐, 그리고 사랑의 성숙과 회상을 그리고 있다.

•『지에코쇼(智惠子抄)』—다카무라 고타로(高村光太郎, 1883~1956)

그렇게도 당신은 레몬을 기다리고 있었다
서글프게 하얗고 밝은 죽음의 침상에서
내 손에서 받아 든 레몬 하나를
당신의 아름다운 이가 콱 깨물었다
토파즈색의 향기가 난다

그 몇 방울 하늘의 레몬즙은
순간 당신의 의식을 정상으로 되돌린다
당신의 맑고 푸른 눈이 희미하게 웃는다
내 손을 잡는 당신의 건강함이여
당신의 목에 거센 바람은 있지만
이러한 운명의 갈림길에서
지에코는 원래의 지에코가 되어
생애의 사랑을 한순간에 기울인다
그리고 잠시
옛날 산 정상에서 했던 것과 같은 심호흡을 한 번 하고
당신의 기관은 그대로 멈춘다
사진 앞에 꽂은 벚꽃 아래에
시원하게 빛나는 레몬을 오늘도 두어야지

— 「레몬 애가」

이 시집은 기존의 딱딱하고 정형적인 문체와 달리 일상어를 시에 도입함으로써 구어자유시의 기반을 확립시키고 있다. 「레몬 애가」는 남녀, 특히 이상적인 부부의 사랑을 그리고 있는데, 죽음도 갈라놓을 수 없는 부부의 깊은 사랑을 노래한 것이다.

• 『20억광년의 고독(二十億光年の孤獨)』

—다나카와 슌타로(谷川俊太郎, 1931~)

저 푸른 파도 소리가 들리는 언저리에
나는 무엇인가 엉뚱한 것을
빠뜨리고 온 듯하다

투명한 과거의 역에서
분실물계 앞에 서니
나는 부질없이 슬퍼지고 말았다.

— 「슬픔」

1952년 간행된 이 시집은 우주적 상상력을 바탕으로 인간의 고독을
노래하고 있다. "엉뚱한 것"에서 엿볼 수 있듯이 시적 화자는 어느 날
갑자기 자연의 섭리를 깨닫는다. 그리하여 덧없이 흘러간 세월, 과거의
회한에 젖는다. 그리고 "분실물계 앞에"서 인생의 무상함을 슬퍼하고
있다.

3. 소설 문학의 흐름과 양상

• 계몽기의 소설

메이지 초기에서 10년대까지 계몽[63]의 시대이다. 서구의 사상과 문학,
자유주의와 합리주의 사상이 급격히 유입되어 사회와 사상을 새롭게 하
려는 사상가들이 등장했다. 그 대표적인 인물이 후쿠자와 유키치(福澤諭
吉, 1843~1901)이다.

계몽기에는 게사쿠(戱作) 소설, 번역 소설, 정치 소설 등이 등장했다.
게사쿠 소설은 에도 시대부터 계승되어 온 일본 전통의 풍속소설이
지만, 에도 시대의 그것과는 달리 테마 면에서 새로운 것을 추구하였
다. 대표적인 작가와 작품으로는 가나가키 로분(假名垣魯文, 1829~1894)
의 『아구라나베(安遇樂鍋)』를 들 수 있다. 번역 소설은 당시 지식인들
에게 특히 인기가 있었는데, 영국, 프랑스, 러시아 등 서양의 명작이

---

63) 계몽 사조 : 유럽에서는 18세기 프랑스의 사상이 주도적인 역할을 하였으며, 영국
   의 시민혁명의 정신을 이어받아 종교적·정치적 뿐만 아니라 인간 개인의 자유를
   추구하려는 사조이다. 이러한 사조의 흐름이 프랑스 대혁명으로 이어진다. 일본에
   서는 일반적으로 메이지 정부의 '문명개화' 정책을 배경으로 니시 아마네(西周), 후
   쿠자와 유키치(福澤諭吉), 나카무라 마사나오(中村正直), 우치무라 간조(內村鑑三)
   등 다수의 근대사상가가 배출되어 자유민권운동에 이어지는 사조를 말한다.

번역되거나 번안되었다. 작품으로는 『로빈손 크루소』를 번역한 『로빈
손젠덴(魯敏孫全伝)』, 『아라비안나이트』를 초역한 『아라비야 모노가타리(暴
夜物語)』 등이 나왔다. 또한 과학적 모험 소설 『80일간 세계 일주』도 번
역·출간되었으며 니와 준이치로(丹羽純一郎)가 번역한 부르워 리톤(lytton)
의 『가류슌와(花柳春話)』도 널리 읽혀졌다.

정치 소설은 당시의 자유민권운동과 자유당 결성(1881), 국회 개설(1890)
등과 같은 사회적 분위기와 맞물려 성행한 것으로 자유민권사상의 고취
와 국가 의식의 고양을 목적으로 하였다. 야노 류케이(矢野龍溪, 1850~
1931)의 『경국미담(經國美談)』(1883~1884), 도카이 산시(東海散士, 1852~1922)
의 『가인의 기우(佳人之奇遇)』, 스에히로 뎃쵸(末廣鐵長, 1849~1896)의 『설중
매(雪中梅)』 등이 있다.

• 사실주의 소설

메이지 10년대 후반(1883~1887)에 이르면, 문학을 계몽 및 정치 사상의
매개체로서가 아닌 독립된 장르로 보고자 하는 의식이 생겨나기 시작
한다. 이러한 신문학의 의식을 실천한 작가는 쓰보우치 소요(坪內逍遙,
1859~1935)이며, 그의 새로운 소설 이론을 반영한 것이 『쇼세쓰신즈이(小
說神髓)』(1885)이다. 이 이론서의 요점은 주관을 배제하고 현실을 있는 그
대로 그리자는 것이다. 한편 소요의 영향을 받은 후타바테이 시메이(二
葉亭四迷, 1864~1909)는 『쇼세쓰소론(小說總論)』이라는 이론서를 통해, 사실
을 있는 그대로 묘사하는 것이 아니라, 허구적으로 재구성해야 한다는
사실주의 이론을 주장하였다. 나아가 그는 메이지 20년대에 들어서 이
러한 이론을 구체화한 소설 『우키구모(浮雲)』(1887)를 내놓았다.

• 의고전주의[64] · 낭만주의 소설[65]

메이지 20년대(1887)에는 이전에 경험했던 급격한 서구화의 반동으로
보수적인 사조도 환영을 받았다. 의고전주의는 사실주의에 대한 반동으
로 일어났지만, '주관을 배제하고 인정과 풍속을 있는 그대로 묘사'한다
는 점에서는 사실주의와 입장을 같이 한다. 일본 최초 문학결사인 겐유
샤(硯友社)는 의고전주의 운동의 구심적 역할을 하면서, 최초의 동인잡지
≪가라쿠타 문고(我樂多文庫)≫를 발행하였다. 대표적인 겐유샤 작가는 오
자키 고요(尾崎紅葉, 1867~1903)이며, 그는 『다정다한(多情多恨)』, 미완의 대
작 『금색야차(金色夜叉)』(1897~1902, 미완)를 남겼다. 또한 의고전주의 작가
임에도 겐유샤에 속하지 않은 작가 고다 로한(辛田露伴, 1867~1647)이 있는
데, 그는 에도 시대의 장인 정신을 찬양하는 소설들을 내놓았다. 그의 대
표작으로는 『후류부츠(風流仏)』, 『고쥬토(五重塔)』 등이 있다. 여류 작가 히
구치 이치요(樋口一葉, 1872~1896)가 등장한 것도 바로 이 시기이다. 그녀의
대표작으로 『다케쿠라베(たけくらべ)』, 『니고리에(にごりえ)』 등이 있다.

메이지 30년대(1897)에 들어오면서, 사실주의를 비판하는 입장에서 사
회의 모순을 밝히고 현실 사회에 억압된 자아의 해방을 추구하는 낭만
주의 문학이 주류를 이루기 시작한다. 낭만주의 작가는 동인지 ≪문학계
(文學界)≫(1893~1898)를 중심으로 활동하였다. 이 잡지는 발간 당시 다소
염세주의적 색채가 강했으나, 다수의 집필자가 참가함에 따라 점차 예술
지상주의 경향으로 전개되어갔다. 대표적인 작가는 기타무라 도코쿠(北村

---

64) 의고전주의(擬古典主義) : 문예 사상으로, 일본에서는 메이지 20년대 초(1880년대)
   말기부터 국수주의의 대두에 의해 나타난 고전 회귀의 경향을 말한다. 소설가 오자
   키 고요(尾崎紅葉), 고다 로한(辛田露伴) 등의 일파에 붙여진 이름이다.
65) 낭만주의(浪漫主義) : 이지적 계몽주의. 고전주의에 대해 주관적 현실 파악과 이상
   주의적 경향에 개성을 존중하는 18~19세기 초에 유행한 문예사조이다. 일본에서는
   메이지 20년대 초(1890년대 말기)부터 일어났는데, 자아의 해방을 기조로 사회 비판
   의식 등 여러 가지 요소를 포함하였지만, 곧 관능적 · 탐미적인 것으로 옮겨갔다.

透谷, 1868~1894), 시마자키 도손(島崎藤村, 1872~1943) 등이다. 그런데 낭만주의를 작품에 처음으로 도입한 작가는 모리 오가이(森鷗外, 1862~1922)이며, 그의 대표작 『마이히메(舞姬)』는 낭만주의 작품임에도 불구하고 의고전문(擬古典文)을 사용하고 있다. 기타무라 도코쿠는 평론집 『내부생명론(內部生命論)』에서 자연의 신비, 연애의 순결성을 논하며 낭만주의에의 강한 열망을 나타냈다. 사마자키 도손은 『와카나슈(若菜集)』라는 낭만시집을 펴냈으나, 후에 소설을 쓰면서 자연주의에 합세했다. 또한 도쿠토미 로카(德富盧花, 1868~1927)의 『호토토기스(不如歸)』는 여성의 입장에서 봉건적 가족제도의 비극을 그렸다. 그래서 이 작품을 소위 사회 소설의 범주에 넣기도 한다.

• 자연주의[66] · 반자연주의 소설[67]

메이지 30년대와 40년대(1897~1907)는 자연주의와 반자연주의의 문학 시대이다. 러일전쟁에서 승리한 일본은 근대 국가의 체제는 정비되었으나 사회적·현실적 심각한 문제들이 일어나기 시작했다. 이러한 사회적 분위기에서, 사실주의에 입각하여 묘사하려는 자연주의 문학사조가 발생했다. 낭만주의가 지나치게 이상만을 추구하고 관념적이었다면, 자연주의는 이상이나 관념을 버리고 현실을 중시하는 것을 기본 명제로 삼았던 것이다. 시마자키 도손은 원래 ≪문학계≫의 핵심 인물로 시집 『와카

---

66) 자연주의(自然主義) : 19세기 후반 프랑스를 중심으로 일어난 문예사조를 말한다. 인간 생활을 생리적·사회적으로 관찰, 묘사하려고 하였다. 일본에서는 메이지 시대 후기 졸라(Emile Zola), 모파상(Guy de Maupassant) 등의 작품이 소개되면서 낭만주의 문학의 정체성을 벗어나려는 움직임과 러일전쟁의 영향을 받아 약 10년간에 걸쳐 그 전성기를 맞이하였다.
67) 반자연주의(反自然主義) : 자연주의의 상대적인 표현으로, 자연주의 작가들보다 먼저 활동하면서 반자연주의의 선구적 역할을 통칭하는 표현이다. 낭만주의·이상주의 경향을 포함하고 있다.

나슈(若菜集)』를 통해 낭만주의 시인으로 활동했으나, 돌연 『하카이(破戒)』라는 소설을 내놓음으로써 일본 자연주의의 서막을 알렸다. 계속해서 그는 『집(家)』, 『신생(新生)』 등 자연주의 소설을 내놓았다. 이후 다야마 카타이(田山花袋 1871~1930)의 『후톤(蒲団)』(1907), 『이나카쿄시(田舍敎師)』(1909) 등이 발표되면서, 일본의 자연주의는 완전히 사회성을 탈피하고 개인의 내면에 중점을 둔 자기 고백적 문학으로 정립되었다. 그밖에 마사무네 하쿠쵸(正宗白鳥, 1879~1962)의 『이즈코에(何處へ)』, 이와노 호메이(岩野泡鳴, 1873~1920)의 『탄데키(耽溺)』 등 자연주의 작품이 출간되었다.

1910년대 전후, 이러한 자연주의에 반대하면서 여유파·탐미파를 지향하는 작가로 모리 오가이(森鷗外, 1862~1922)와 나쓰메 소세키(夏目漱石, 1867~1916) 등이 등장했다. 이 두 사람과 함께 다이쇼기(大正期, 1912~1926)에 활약했던 탐미파68)와 백화파69)의 동인들을 일반적으로 반자연주의 성향의 작가라고 칭한다. 그런데 모리 오가이와 나쓰메 소세키는 특별히 자연주의에 저항 운동을 하지는 않고 그저 자신만의 스타일, 나름의 문학을 추구했다.

탐미파는 잡지 ≪미타문학(三田文學)≫(1910년 창간)을 중심으로, 당시 자연주의 문학의 중심이던 ≪와세다문학(早稲田文學)≫과 맞서기 위해 창간되었다. 대표적인 작가와 작품으로는 나가이 가후(永井花風, 1879~1959)의 『우데쿠라베(腕くらべ)』, 『스미다가와(すみだ川)』 등 화류계에서 소재를 얻은 작품, 그리고 다니자키 준이치로(谷崎潤一郎, 1886~1965)의 『문신(刺青)』 등 매혹적인 악마주의 작품이 있다.

백화파는 잡지 ≪시라카바(白樺)≫(1910년 창간)의 동인들이 중심을 이루

---

68) 탐미파(耽美派) : 자연주의 사조에 반기를 들고 출발한 문예사조로, 서구 세기말 사조의 자극을 받아 관능향락주의·탐미주의를 표방하였다.
69) 백화파(白樺派) : 이상주의와 인도주의를 내세우는 문예사조로, 톨스토이의 영향을 받아 개인의 자아와 개성을 존중하며 윤리적인 면을 중시하였다.

었는데, 이들 대부분은 '학습원(學習院)' 출신의 상류 계층 자제들이었다. 대표적 작가와 작품으로는 무샤노코지 사네아츠(武者小路實篤, 1885~1976)의 『오메데타키히토(お目出たき人)』, 『우정(友情)』 등 이상 사회 건설을 주제로 한 작품이 있고, 시가 나오야(志賀直哉, 1883~1971)의 『기노사키니테(城の崎にて)』, 『어두운 밤의 행로(暗夜行路)』 등 휴머니즘 계열의 작품이 있다. 또한 아리시마 타케오(有島武郎, 1876~1923)의 『아루온나(或る女)』 등 인도주의 작품도 있다.

• 신사조파 혹은 이지파[70]의 소설

백화파에 이어 문단에 새로운 바람을 일으킨 것은 잡지 ≪신사조(新思潮)≫를 중심으로 활동한 신사조파이다. 이들 작가들의 특징은 냉정하고 이지적인 자세로 현실 문제를 묘사하는 데 있다. 대표적인 작가와 작품으로는 아쿠타가와 류노스케(芥川龍之介, 1892~1922)의 「라쇼몬(羅生門)」, 『게사쿠잔마이(戱作三昧)』 등이 있고, 기쿠치 칸(菊地寬, 1888~1948)의 『온슈노카나타(恩讐の彼方)』 등이 있으며, 구메 마사오(久米正雄, 1891~1952)의 『쥬켄세이노쥬키(受驗生の手記)』 등이 있다.

• 프롤레타리아 문학[71] · 예술파의 소설

다이쇼 시대 말기에 무산 계급의 해방을 모색하려는 프롤레타리아

---

70) 신사조파(新思潮派) · 이지파(理智派) : 제1차 세계대전(1914~1918)에 의한 사회적 변동을 바탕으로, 현실 사회의 문제를 다룬 문예사조. 이상을 추구하는 '백화파'와는 반대로 현실을 매우 중요하게 생각했기 때문에 신현실주의파라고도 부른다.
71) 프롤레타리아 문학(プロレタリア文學) : 마르크스 세계관을 바탕으로, 문학을 계급투쟁에 있어서 하나의 수단으로 이해하는 문학. 일본에서는 제1차 세계대전 후의 사회적 불안으로 인해 노동 문학이 출현하였고, 다시 프롤레타리아 문학운동이 일어났다.

문학운동이 일어났다. 프롤레타리아 문학운동의 중심이 되었던 세 잡지는, 먼저 반전과 피억압계층의 해방을 위한다는 ≪씨 뿌리는 사람(種蒔く人)≫(1921~1923), 마르크스주의적 이념을 내세운 ≪문예전선(文藝戰線)≫(1924~1932), 전일본무산자예술연맹의 기관지 ≪센키(戰旗)≫(1928) 등이다. 대표적 작가와 작품은 고바야시 타키지(小林多喜二, 1903~1933)의 『게공선(蟹工船)』이 있다.

이에 반해 문학을 무엇인가 수단으로 이용하는 것에 반대하는 예술파가 등장한다. 그들은 오로지 문학 그 자체를 최고의 가치로 보고 예술만을 추구했다. 이 예술파 운동은 세 그룹이 중심이 되었다. 곧 신감각파(新感覺派), 신흥예술파(新興藝術派), 신심리주의파(新心理主義派) 등이 그것이다.

신감각파는 잡지 ≪문예시대(文藝時代)≫(1924년 창간)를 중심으로 활동했는데, 대표적인 작가와 작품으로는 요코미츠 리이치(橫光利一, 1898~1947)의 「봄에는 마차를 타고(春は馬車に乘つて)」, 「기계(機械)」, 가와바타 야스나리(川端康成, 1899~1972)의 『설국(雪國)』, 「이즈노 오도리코(伊豆の踊子)」 등이 있다. 가와바타 야스나리는 1968년 일본인으로서는 처음으로 노벨문학상을 수상하였다. **신흥예술파**는 출판사 신쵸사(新潮社)에 드나들던 작가들을 중심으로 결성되었는데, 반마르크스주의, 예술의 자율성 확보를 주장하는 그룹이다. 대표적 작가와 작품으로는 이부세 마스지(井伏鱒二, 1896~1993)의 『도롱뇽(山椒魚)』, 가지이 모토지로(梶井基次郎, 1901~1932)의 『레몬(レモン)』 등이 있다. **신심리주의**는 '의식의 흐름'이나 '내적 독백'이라는 수법에 의해 인간 존재의 원류를 찾으려는 그룹이다. 이론서로 이토 세이(伊藤整, 1905~1969)의 『신심리주의』(1932)가 있으며, 대표적 작가와 작품으로는 호리 다쓰오(堀辰雄, 1904~1953)의 『세카조쿠(聖家族)』, 『가제타치누(風立ちぬ)』 등이 있다. 또한 가와바타 야스나리의 『수정환상(水晶幻想)』도 신심리주의 작품에 속한다.

• 전후 소설 문학

제2차 세계대전이 일어나고 폐전 후 일본 사회는 대혼란 상태에 빠졌다. 이러한 상황에서 일본 문단에서는 무뢰파(無賴派) 혹은 신게사쿠파(新戱作派)[72], 민주주의문학파[73], 전후파[74], 제3의 신인[75]이 등장한다.

무뢰파의 대표적인 작가와 작품으로는 다자이 오사무(太宰治, 1909~1948)의 『만년(晩年)』, 『석양(斜陽)』, 「인간실격(人間失格)」, 사카구치 안고(坂口安吾, 1906~1955)의 『백치(白痴)』, 오다 사쿠노스케(織田作之助, 1913~1947)의 『토요부인(土曜夫人)』 등이 있다. **민주주의문학파**는 잡지 ≪신일본문학(新日本文學)≫을 중심으로 활동했는데, 대표적 작가와 작품으로는 미야모토 유리코(宮本百合子, 1899~1951)의 『파주평야(播州平野)』, 도쿠나가 스나오(德永直, 1899~1958)의 『아내여 잠드소서』, 나카노 시게하루(中野重治, 1902~1979)의 『마음 속』 등이 있다. **전후파**는 주로 잡지 ≪근대문학≫을 중심으로 활동한 동인들로, 그 대표적인 작가와 작품에는 노마 히로시(野間宏, 1915~1991)의 「어두운 그림(暗い繪)」, 시이나 린조(椎名麟三, 1911~1973)의 『심야의 주연(深夜の酒宴)』, 오오카 쇼헤(大岡昇平, 1909~1988)의 『후료키(俘虜記)』, 미시마 유키오(三島由紀夫, 1925~1970)의 「금각사(金閣寺)」 등이 있다.

---

72) 무뢰파(無賴派) : 기존의 사회 질서나 윤리관에 반발하면서 현실에 대한 절망을 자학적으로 표현하는 문학 그룹.
73) 민주주의문학파(民主主義文學派) : 전쟁 중 좌절을 경험했던 프롤레타리아 문학이, 전후에 들어 새로운 출발을 시도하면서 붙인 명칭.
74) 전후파(戰後派) : 일반적으로 ≪근대문학≫을 중심으로 활동한 동인들을 가리키는데, 이 동인들은 주로 자신의 전쟁 체험을 바탕으로 극한 상황에서의 인간 실존 문제를 작품화했다.
75) 제3의 신인 : 전후파의 뒤를 이어 1955년경 새롭게 등장한 작가들로, 전후 문학이 지닌 관념성과 실험성에서 탈피하여 일상생활에 기반을 두고 창작 활동을 전개한 작가 그룹. 이들 작가들은 아쿠타가와상의 수상자나 후보자였으며, 주로 사소설적인 수법에 의해 일상의 공허함을 그리는 작품을 썼다.

• 제3의 신인 소설

　전후파의 뒤를 이어 소위 제3의 신인 작가들이 등장한다. 그들은 사소설적인 전통을 계승하여 개인의 삶과 그 심경을 섬세하게 그려나갔다. 대표적인 작가와 작품으로는 야스오카 쇼타로(安岡章太郎)의 제29회 아쿠타가와상을 수상한 「나쁜 동료(惡い仲間)」, 『음침한 즐거움(陰氣な愉しみ)』, 엔도 슈사쿠(遠藤周作, 1923~1996)의 제33회 아쿠타와가와상 수상작인 『침묵(沈默)』, 「하얀 사람(白い人)」, 고지마 노부오(小島信夫, 1915~)의 「포옹 가족(抱擁家族)」, 쇼노 준조(庄野潤三)의 『풀 사이드 소경(プールサイド小景)』 등이 있다.

　• 쇼와 3, 40년대(昭和30~49 ; 1955~1974)의 소설

　쇼와 30년대는 전후 일본이 고도 성장기에 들어선 시기로, 사회·정치적인 문제에 관심을 가진 일명 '사회파' 작가들의 활동이 많았다. 먼저 이 시기의 대표적 작가와 작품으로는 각각 아쿠타가와상(芥川賞)을 수상하며 화려하게 문단에 등장한 이시하라 신타로(石原愼太郎, 1932~)의 「태양의 계절(太陽の季節)」, 가이코 다케시(開高健, 1930~1989)의 『벌거벗은 임금님(裸の王樣)』, 오에 겐자부로(大江健三郎, 1935~)의 「사육(飼育)」, 『만연 원년의 풋볼(万延元年のフットボール)』 등이 있다. 여류 작가와 작품으로는 소노 아야코(曾野綾子, 1931~)의 『순간(たまゆら)』, 아리요시 사와코(有吉佐和子, 1931~1984)의 『기의 강(紀の川)』 등이 있다.

　또한 쇼와 40년대(昭和40~49 ; 1965~1974) 문학의 주목할 만한 움직임은 '내향의 세대(內向の世代)'76)라고 불리던 작가들의 등장이다. 사회가 점점 복잡해지고 인간이 고립되고 소외되어 가자, 문학 또한 이러한 양상을

반영하게 되었다. 그 대표적인 작가와 작품으로는 요시이 요시키치(吉井由吉)의 『요코(杳子)』 등이 있다.

• 쇼와 50년대(昭和50 ; 1975) 이후의 소설

이 시기에는 순문학과 대중 문학의 경계가 무너지고, 문예사조나 동인에 의거하지 않은 다양한 작가들의 개인적 창작 활동이 전개된다. 그리고 전후에 태어난 신진 작가들의 활동이 시작되면서 젊은이의 감성이 돋보이는 작품들이 다수 창작된다. 그 중에서도 무라카미 류(村上龍, 1952~)의 『한없이 투명에 가까운 블루(限りなく透明に近いプルー)』, 그리고 최근 90년대에 들어서는 무라카미 하루키(村上春樹, 1949~)의 『상실의 시대(노르웨이의 숲, ノルウェイの森)』 등은 독자들의 많은 관심을 받고 있다.

또한 SF 소설을 쓴 고마쓰 사쿄(小松左京), 사토 아이코(佐藤愛子), 와타나베 준이치(渡辺淳一), 르포타주 소설을 쓴 혼다 가쓰이치(本多勝一), 오모리 미노루(大森實), 가이코 다케시(開高健) 등의 수작들이 발표되었다.

그밖에 재일 한국인으로서 창작 활동을 한 김학영(金鶴泳)의 『얼어붙는 입(凍える口)』, 재일 한국인으로서 최초로 아쿠타가와상을 받은 이회성(李恢成)의 『가야꼬를 위해서(伽倻子のために)』, 『다듬이질하는 여자(砧をうつ女)』, 김석범(金石範)의 『까마귀의 죽음(鴉の死)』, 최근 아쿠타가와상을 받은 유미리(柳美里)의 『풀하우스』 등도 문단에 주목을 받고 있다.

---

76) 내향의 세대(內向の世代) : 정치나 사회 구조 등의 외부세계가 아닌, 자신의 내면 세계를 응시하여 작품을 그려낸 작가들. 이들은 주로 혼란스러운 시대 상황 속에서 방황하는 지식인들의 삶과 사랑을 다루었다.

○ 작품의 이해77)

• 『뜬구름(浮雲)』─후타바테이 시메이(二葉亭四迷, 1864~1909)

후타바테이 시메이의 본명은 하세가와 다쓰노스케(長谷川辰之助)이다. 그는 도쿄에서 태어났으며, 소년 시절 그를 사로잡은 열정은 정치였다. 그래서 국가의 큰일에 나서고 싶다는 생각에 군인을 지원했지만, 세 번이나 근시로 인해 불합격한다. 어쩔 수 없이 도쿄외국어학교의 러시아 학과를 선택하여 1881~1886년까지 재학하게 되고, 러시아 문학을 접하게 되면서 매력을 느껴 많은 작품을 독파하여 문학적 자질을 키워갔다. 그러나 중퇴할 수밖에 없는 뜻밖의 일을 겪게 되고 이를 계기로 문단에 발을 내딛게 되어 1887년 쓰보우치 소요의 이름으로 새로운 소설 『뜬구름』 제1편을 발표하게 된다. 그리고 다음해에 『뜬구름』 제2편을 출판하여 주목을 받게 된다.

이후 1908년 아사히신문(朝日新聞) 특파원으로 러시아에 부임한다. 그러나 페테르부르크의 숙소에서 폐렴과 폐결핵이 동시에 발병해, 1909년 5월 귀국하는 도중 싱가폴의 배 위에서 46세의 젊은 나이로 세상을 뜬다.

그의 생애는 문학뿐만 아니라, 메이지라는 근대 문명의 선구자가 걸었던 고난의 상징이라고 할 수 있다. 거기에 잠재된 깊은 그의 인간적 고뇌는 문학의 원천이 되었으며, 동시에 그 자체가 하나의 휴먼 다큐멘터리로서 감동과 매력을 더욱 풍성하게 하였다.

『뜬구름』은 장편소설로서 제1편은 메이지 20년 6월에, 제2편은 메이지 21년 2월에 간행되었다. 비록 미완성으로 끝난 작품이지만, 근대 문학의 효시로 불리는 작품이다. 언문일치체(言文一致体)78)의 문장을 비롯하여 일

---

77) 김석자, 『현대일본문학 100선』, 단대출판부, 1999 참조.
78) 언문일치(言文一致 : 구어(口語)에 의한 문장 표현법. 속어를 자유롭게 넣어 근대

반 서민들로부터 그 제재를 취한 점, 심리 묘사에 뛰어난 점 등은 일반 독자들뿐만 아니라 작가들에게도 충격을 주었다. 그리하여 마침내 언문 일치 운동이 일어나게 되었다. 고전적 삼각관계의 현대적 고뇌를 그린 이 작품은 미완성으로 끝나고 있는데, 그 줄거리는 다음과 같다.

> 학문에는 뛰어나지만 청렴결백하고 융통성이 없는 관리 우쓰미 분조(內海文三)와 그의 사촌여동생인 아름답지만 변덕이 심하고 유행에 민감하며 남에게 지기 싫어하는 소녀 오세이(お勢), 그리고 학문보다는 요령 좋게 출세하는 것을 최고의 가치로 여기는 출세주의자 혼다 노보루(本田昇)가 등장한다.
>
> 우쓰미 분조는 무사 가문의 자식인데 아버지가 세상을 뜨자 숙부의 집에 맡겨진다. 그는 우수한 성적으로 학교를 졸업하고 하급관리가 된다. 오세이는 숙부의 장녀이다. 분조가 관청에서 근무한지 2년이 지나 어느 정도의 돈이 모이자 오세이의 어머니 오마사(お政)는 분조와 오세이를 결혼시키려고 한다. 그런데 분조는 구조조정으로 인해 실직하고 상황은 돌변해버린다.
>
> 그러던 어느 날 분조의 친구이자 동료인 혼다 노보루가 놀러와, 분조에게 복직을 위해서는 상사의 기분을 맞추어야 한다고 권하지만 분조는 불쾌하게 생각한다. 무엇보다도 오세이 앞에서 모욕을 당했다는 생각 때문이다. 오세이는 새로운 교육을 받긴 했지만 평범한 성격의 처녀였다. 노보루의 방문이 빈번해지면서 노보루와 오세이는 친하게 되고, 오세이는 분조에게 끌리면서도 노보루에게 관심을 갖게 된다. 오마사 또한 노보루를 신뢰하게 되고 분조를 무시하기에 이른다. 분조는 오세이에게 노보루와의 교제가 위험한 것이라고 충고하지만, 그녀는 듣지 않는다. 분조는 초조하지만 오세이가 자기에게 돌아올 것이라고 믿기에 집을 나가지 못한다.
>
> ― 『뜬구름(浮雲)』 줄거리

• 『금색야차(金色夜叉)』 ― 오자키 고요(尾崎紅葉, 1867~1903)

오자키 고요는 도쿄에서 태어나, 6세 때 어머니를 여의고 외가댁 조

인의 사상이나 감정을 표현하였으며, 메이지유신 전후하여 서양학자에 의해 제창되었다.

부모에 의해 양육되었다. 아버지는 상아 조각의 명인이었다. 1883년 도쿄대학 예비학교 재학 중에 다시 미타영어학교(三田英語學校)로 옮겨갔다. 1885년 야마다 비묘(山田美妙), 히로쓰 유로(廣津柳郞) 등과 함께 문학결사 '겐유샤(硯右社)'를 결성하여 잡지 ≪가라쿠타 문고(我樂多文庫)≫를 창간하며 문학 활동을 시작했다. 1889년 요미우리(讀賣) 신문사에 입사하여 소설 집필에 전념하면서 다음해 국문과를 중퇴하게 된다. 전기의 대표작으로는 『침향베개(伽羅枕)』(1890), 『삼인의 처(三人妻)』(1892) 등이 있다. 뛰어난 문장력으로 이미 20대 중반에 문단의 대가로 주목을 받았다. 언문일치체로 『다정다한(多情多恨)』(1893)을 발표하고, 1897년 최후의 대작 『금색야차』에 착수하여 신문 독자에게 널리 환영을 받았지만, 위암으로 완성하지 못하고 1903년 만 35세의 나이로 세상을 떠났다.

『금색야차』는 1897년 1월~1902년 5월까지 요미우리신문에 연재되었다. 1898년에 전편, 1899년에 중편, 1900년에 후편, 1902년에 속편, 1903년에 속속편을 출판사 '슌요도(春陽堂)'에서 간행했다. 이 작품의 주인공 칸이치(貫一)는 은행가의 아들인데, 토미야마(富山)의 부(富)에 현혹된 약혼녀 미야(宮)로부터 배반당한다는 내용이다. 금전욕을 긍정하는 당시의 시대 풍조에 당면하여, 이 작품은 일본 메이지 시대 최고 인기 소설로서 연재 도중 영화로 상연되는 등 여러 차례 연극, 영화화되었다. 부에 현혹되어 사랑을 잃은 여인의 종말을 그린 이 작품은 미완성으로 끝났지만, 작가의 최후 대작이다. 그 줄거리는 다음과 같다.

　　일찍 양친을 잃은 칸이치(間貫一)는 시기사와(田澤) 집안에서 생활하게 된다. 그는 올 여름 대학에 진학하면 시기사와의 외동딸 미야(宮)와 결혼하기로 되어 있다. 미야도 순수하고 성실한 칸이치를 좋아했고, 칸이치의 친구도 그 두 사람의 미래를 축복해준다. 어느 날 칸이치가 학교에서 돌아왔는데 어머니와 미야가 없다. 아버지 류조(陸三)가 모녀는 아타미(熱海)에 갔으며 4, 5일 후에 돌아올 것이라고 말한다. 칸이치는 왜 말도 없이 떠났는지 이상하게 생각하던 중 류조로부터 미야를 다른 집에 시집보낸다는 말을 듣게 된다. 류조는 재산이 많은 은행가의 아들 토미야마 타다쓰구(富山唯繼)가 구혼한 사실을 털어놓으면서, 미야도 그 구혼을 받아들였다고 말한다.

칸이치는 아타미로 달려가 미야의 마음을 돌려보려고 하지만 실패한다. 그래서 칸이치는 미야에게, 누가 자기에 대해 물어오면, 정신이 이상해져 아타미의 해변에서 행방불명되었다고 말하라고 하면서, 그날 이후로 모습을 감춘다. 그 후 칸이치는 돈 때문에 가장 소중한 사람을 빼앗겼다는 생각에서 냉혹한 고리대금업자가 된다. 그리고 그는 명예도 사랑도 모르는 인간이 되어버린다.

한편 칸이치와 헤어지고 토미야마와 결혼한 미야는 금전적으로 고생하지는 않았지만, 마치 인형과 같은 생활을 한다. 그러면서 미야는 자신이 얼마나 칸이치를 사랑했는지를 깨닫게 된다. 미야는 토미야마와 결혼한 지 6년이 되도록 따뜻한 가정을 이루지 못하고, 토미야마는 매일 밖에서 즐기는 생활을 한다. 미야는 칸이치에게 몇 번이나 편지를 써 보내지만, 칸이치로부터 아무런 답장을 받지 못한다. 그러던 어느 날 미야는 갑자기 칸이치의 집을 방문하게 되고 칸이치에게 자신의 이야기를 들어달라고 사정한다. 그러나 칸이치는 미야의 뜻을 받아들이지 않고 결국 미야는 눈물을 흘리며 집으로 돌아간다. 칸이치의 옛 친구인 아라오 조스케(荒尾讓介)의 충고에도 불구하고 칸이치는 미야를 용서하지 않는다.

그러던 어느 날 밤 칸이치는 꿈을 꾼 다음부터 마음이 조금씩 변하기 시작한다. 그리고 미야가 토미야마에게 버림을 받았다는 것을 알고는 그녀가 진심을 호소하는 편지를 읽기 시작한다. (본 작품은 여기까지로, 미완성으로 끝나지만 거의 결말에 가깝다고 볼 수 있다.)

— 『금색야차(金色夜叉)』 줄거리

● 「무희(舞姬)」—모리 오가이(森鷗外, 1862~1916)

오가이의 본명은 모리 린타로(森林太郎)이며, 이와미노구니(硯國, 현재 시마네현)에서 태어났다. 그의 집안은 대대로 쓰와노 번주가(藩主家)의 전담 의사였다. 그는 11세에 도쿄에 상경하여 친척집에 머물며 독일어를 배웠다. 그는 메이지유신으로 막번 체제가 무너진 후, 가문의 기대를 한몸에 받으면서 성장하여 1881년 최연소로 동경대학 의학부를 졸업하고 군의관으로 1884년(明治17)에 독일에 유학하게 된다. 그리하여 그는 당시 유럽 사회, 문화, 사상, 철학, 문학, 미술 등 각 분야에 걸쳐 폭넓게 탐구할 기회를 갖는다.

오가이가 독일 유학을 통해 얻은 것은 서구 합리주의 정신과 자아 발견이었다. 그는 군의관으로 또 문학가로 국가의 유능한 인재였지만, 그가 살고 있던 일본의 현실에 부딪쳐 좌절하고 자기모순에 빠진다.

1890년 잡지 ≪코쿠민노토모(國民之友)≫에 발표한, 그의 첫 작품 「무희(舞姬)」는 주인공 도요타로를 통해 자아의 자각과 사랑의 좌절을 묘사하고 있다. 그의 근대적 자아의 자각은 인간을 기계적 도구로 밖에 생각하지 않는 비인간적 메이지 관료 조직과 충돌한다. 그러나 그 충돌 의식은 관념적인 차원에 머물 뿐 현실적인 행동으로 나아가지 못한다. 일본의 현실은 근대적 자아를 실현하기에는 부족한 것이다. 이 작품은 근대적 자아의 좌절 문제와 이국에서 만난 가난한 소녀와의 불타는 사랑을 주제로 하고 있다. 작품의 줄거리는 다음과 같다.

　　오타 도요타로(太田豊太郎)는 홀어머니의 외동아들이다. 그는 유학생으로 선발되어 독일로 유학을 가게 된다. 오직 성실하게 학문에만 열중하였기에 다른 유학생들과 친하게 지내지 못하고, 이것으로 인해 훗날 상처를 입게 된다.
　　어느 날 저녁 무렵 도요타로는 산보를 하고 아파트로 돌아가는 도중, 오래된 사찰 앞을 지나가다가 닫혀 있는 문에 기대어 울고 있는 소녀를 보게 된다. 17, 8세쯤의 소녀의 모습이 너무나도 청순하고 슬퍼 보여, 무심결에 말을 걸게 된다. 그녀는 아버지의 장례식을 치를 비용이 없다고 말하고, 도요타로는 소녀에게 자신이 차고 있던 시계를 풀어준다. 이때부터 도요타로와 엘리스의 교제가 시작된다. 두 사람의 교제는 순수한 것이었지만, 일본인 유학생 사이에 소문이 퍼지게 되고 누군가 그 사실을 장관에게 보고한다. 이 사건으로 도요타로는 면직된다. 귀국한다면 여비는 지급되지만, 계속 베를린에 머문다면 공식적인 원조는 없다는 통고를 받게 된다. 이 사건을 계기로 엘리스와 도요타로의 관계는 더욱 깊어지고, 타국에서 고독하였던 도요타로는 엘리스와 동거 생활에 들어간다.
　　도요타로는 친구 아이자와 겐키치(相尺謙吉)의 주선으로 신문사의 일을 얻어 생활을 꾸려나간다. 도요타로는 가난했지만 입신출세라는 부담이나 자신을 기계처럼 사용하는 관료 조직으로부터 해방되어, 오직 엘리스와의 소시민적 사랑을 나눈다. 그러던 중 1888년 겨울, 엘리스는 임신을 하게 되고 도요타로는 불안을 못 이겨 방황하게 된다. 그러던 중 친구인 아이자와가 유럽 시찰을 하는 아미가타(天方) 대신을 수행하여 독일에 오게 된다. 아이자와는 엘리스와 헤어지고 일본에 돌아가 입신출세의 길을 택하라고 도요타로에게 충고한다. 그렇게 하지 않으면 조국도 잃고 명예도 회복하지 못할 것이라고 말한다. 도요타로는 아이자와의 의견에 따르기로 하고 엘리스와 상의하지만 엘리스는 그 말에 너무 놀라 정신 이상이 되어버린다.

결국 도요타로는 엘리스의 어머니에게 생활비를 주면서, 정신 이상이 된 가없은 엘리스와 뱃속의 아이를 잘 거두어 달라고 부탁한다. 그는 관료 사회의 복귀를 위해 사랑하는 엘리스를 버리지 않으면 안 되었던 것이다. 결국 도요타로는 발광하는 엘리스를 독일에 남겨 두고 대신을 따라 일본으로 귀국한다. 귀국하면서 도요타로는 아이자와 같이 좋은 친구를 세상에서 다시 얻기란 힘들 것이라고 생각하면서도, 가슴 한구석에는 아이자와를 미워하는 마음을 갖는다.

— 「무희(舞姬)」 줄거리

• 『파계(破戒)』—시마자키 도손(島崎藤村, 1872~1943)

시마자키 도손은 나가노(長野)현에서 태어났다. 사마자키 집안은 대대로 에도 시대 무사 등이 숙박하는 공인된 여관[本陣], 도매상[問屋], 촌장[庄屋] 일을 하였다. 아버지 마사키(正樹)는 히라다파(平田派)의 국학에 심취한 이상을 좇는 인물이었다. 생가가 몰락하자 도손은 1881년 10세 때 도쿄에 상경하여, 결혼한 누나 집에서 초등학교를 다녔으며, 이후 계속해서 남의 집에 얹혀살면서 일찍부터 식객 생활을 경험하게 된다. 19세 때 메이지학원 본과를 졸업하고, 20세 때 메이지여학교 고등과 영어교사가 되면서 기타무라 도코쿠(北村透谷, 1868~1894)와 만나게 된다. 그리하여 22세 때 메이지여학교를 퇴직하고 잡지 ≪문학계≫를 창간하면서 작가 생활을 시작한다. 그러는 가운데 제자 사토 스케코(佐藤輔子)와 연애 관계로 고민하다가 21세 1월 학교를 사직하고 여행을 떠나버린다. 약 10개월 동안 방황 끝에 돌아와 다시 메이지여학교에 복직한다. 그런데 그의 나이 23세인 1894년 사토 스케코가 세상을 떠나자, 그해 12월 메이지여학교를 사직한다. 기타무라 도코쿠의 영향으로 1897년 25세 때 『약채집(若菜集)』을 출간했다. 이어 『한 잎의 배(一葉舟)』(1898), 『여름풀(夏草)』(1898), 『낙매집(落梅集)』(1898) 등의 시집을 출간하여 서정 시인으로서 명성을 얻는다.

그러나 1899년경부터 자연과 인생에 대한 관찰에 관심을 갖고, 소설로 전환하여 『파계』를 발표해 작가의 지위를 확립하게 된다. 이후 『봄(春)』을 발표하여 타야마 카타이(田山花袋 1871~1930)의 『이불(蒲)』과 함께 일본 자연주의 문학의 방향을 정착시킨다. 1919년 부인이 네 아이를 두고 세상을 떠나자, 집안일을 거들고 있는 조카딸과 과실을 범하게 된다. 그는 이 문제에서 도피하기 위해 프랑스로 떠난다. 만년에 프랑스에서 얻은 동서 문제의 인식을 바탕으로 『날이 밝기 전(夜明け前)』을 완성하고, 일본 펜클럽이 결성되어 초대 회장으로 추대된다. 1943년 『동방의 문(東方の門)』 연재 중에 뇌출혈로 72세에 세상을 떠나게 된다.

『파계』는 장편소설로, 1906년에 초판 1500부를 자비로 출판하였는데 크게 성공한다. 이 작품은 부락민 출신의 교육자가 주위의 무지와 인습에 항거하는 비극적인 내용이다. 주인공의 봉건적인 인습과 싸우는 모습이 깊은 고뇌와 더불어 생생하게 묘사되어 있어, 일본 자연주의 문학의 성립을 보이는 획기적인 작품으로 평가받는다. 즉 작품의 소재가 지닌 문제성, 주인공 내면의 고민과 불안에 작가 자신의 심정이 겹쳐 있다는 점, 실제 조사에 의한 정확한 자료를 토대로 했다는 점, 대륙적인 구도 등이 그것이다. 아버지의 엄한 명을 거역하는 청년 교사의 고뇌를 담은 이 작품의 줄거리는 다음과 같다.

신슈(信州) 이야마(飯山) 초등학교 청년 교사인 세가와 우시마쓰(瀬川丑松)는, 아버지로부터 출세하려면 혈통을 절대 발설해서는 안 된다는 엄중한 주의를 받고 있다. 인습이 짙게 남아 있는 동네에서 그 사실이 알려지게 되면 직장을 잃을 수도 있기 때문이다. 우시마쓰는 그러한 사회의 불합리를 증오한다. 그러나 그의 친한 친구도, 그가 남몰래 사랑하는 여자도 그러한 사실을 모른다. 그런 중에 목장을 하고 있던 아버지가 쇠뿔에 받혀 급사했다는 전갈을 받고, 우시마쓰는 고향에 돌아간다. 아버지는 죽으면서도 우시마쓰에게 '잊지 말라'는 말을 남겼다. 고향에 돌아오는 도중, 선거 응원으로 신슈를 순회하고 있는, 부락민 출신 해방운동가인 이노코 렌타로(猪子蓮太郞)를 만나 각별하게 며칠을 보낸다. 그동안 몇 번이고 아버지의 엄명을 깨고 이노코에게만은 자신의 출신을 밝히려고 번민한다. 그때마다 아버지의 목소리가 마음속에 들려와 결국 밝히지 못하고 이노코와 헤어진다.

아버지가 세상을 뜬지 14일이 지나자, 우시마쓰는 고향을 떠나 이야마에 되돌아온다. 하숙집에 돌아오자 우시마쓰의 출신을 알고 있다는 정치가 코야나기 사부로(高柳利三郞)라는 남자가 방문한다. 또한 학교 교사 중에 부락민 출신이 있다는 소문이 퍼져, 그의 비밀은 서서히 폭로되기에 이른다. 우시마쓰는 피할수 없는 운명에 불안을 느꼈고, 무엇보다 자신의 출생이 여자 친구 오시호(お志保)에게 알려지는 것을 두려워한다.

어느 눈이 많이 내리는 날 우시마쓰는 이노코가 이야마에 왔다는 것을 알고, 이번에야말로 고백하고자 그의 하숙집을 방문한다. 그런데 이노코는 반대파에 의해 암살당해 어이없는 최후를 마친 후다. 우시마쓰는 부락 출신임을 부끄러워하지 않고 당당하게 싸웠던 용감한 이노코의 생애와 비교해, 자신의 인생이 얼마나 거짓에 차 있는가를 깨닫게 된다. 이에 우시마쓰는 아버지의 계율을 깨뜨리고 학생들 앞에서 자신이 부락민 출신이라는 신분을 고백한다. 그리고 그는 교직을 버리고 텍사스라는 신천지로 향한다. 배웅하는 사람들 속에는 우시마쓰의 여자 친구도 섞여 있다.

―『파계(破戒)』 줄거리

• 『우정(友情)』―무샤노코지 사네아쓰(武者小路實篤, 1885~1976)

무샤노코지 사네아쓰는 도쿄에서 태어났다. 그의 집안은 귀족이었으나 세 살 때 아버지가 돌아가셔서 홀어머니 밑에서 자랐다. 그는 학습원 고등과 시절부터 톨스토이 작품을 탐독하고, 그의 엄격한 금욕주의와 노동주의에 심취한다. 도쿄대학 철학과에 입학했으나 중퇴하고, 1910년 학습원 동창 시가 나오야(志賀直哉, 1883~1949), 아리시마 타게오(有島武郞, 1878~1923) 등과 잡지 ≪시라카바(白樺)≫를 창간하여 중심인물로서 많은 활약을 한다.

사네아츠는 1911년『축복을 받은 사람(お目出たき人)』, 『세상 물정에 어두운 사람(世間知らず)』, 『나도 모른다(わしも知らない)』 등을 발표하여 주목을 받는다. 사네아츠는 점차로 인도주의의 색채가 농후해져 조화로운 공동체의 이상을 실현하고자, 1918년 미야자키(宮崎)현의 산 중에 새로운 마을을 창설하여 그 실천 운동을 개시하였다. 그는 1926년 일신상의 사정으로 나라(奈良)로 이주할 때까지 이 새로운 마을의 발전을 위해 일했다.

그는 『행복한 사람(幸福者)』, 『우정(友情)』, 『인간 만세(人間萬歲)』 등 많은 대표작을 남겼다. 사네아츠는 미술 관련 저서도 많이 쓰고, 문화훈장도 수상하는 등 많은 업적을 남겼다.

『우정』은 1819년 오사카 아사히신문(朝日新聞) 신문에 연재했고, 이후 1920년 이분사(以文社)에서 간행했다. 주인공 노지마의 친구 오미야는 노지마에게 깊은 우정을 가지고 있지만 결국은 친구의 애인을 빼앗아버린다. 애인을 친구에게 빼앗긴 남자의 좌절을 담은 이 소설의 줄거리는 다음과 같다.

노지마(野島)는 친구 나카다(仲田)의 여동생 스키코(杉子)에게 사랑을 느끼고 있다. 스키코는 16세의 쾌활하고 아름다운 용모를 지녔고, 노지마는 23세로 아직 무명의 각본가이다. 노지마의 가장 친한 친구 오미야(大宮)는 26세이며 신진 작가로 각광을 받고 있다. 오미야는 여러 방면으로 노지마를 도와주는 사려 깊은 남자다. 그러한 오미야에게 노지마는 스키코에 대한 사랑을 고백하고 오미야는 자기 일처럼 기뻐하면서 두 사람이 잘 됐으면 좋겠다고 격려해준다.

여름이 되어 나카다와 스키코는 가마쿠라(鎌倉)의 별장에 가게 된다. 오미야의 별장도 가마쿠라에 있어, 노지마는 그에게 이끌려 함께 지내게 된다. 그러면서 서로 서로 알게 된다. 어느 날 오미야의 별장에, 그의 사촌 여동생 타케코(武子)가 놀러온다. 그러는 가운데 나카다의 친구 하야가와(早川)가 스키코에게 점점 마음을 쏟고 있는 것을 느낀 노지마는 질투를 느끼고, 이러한 노지마를 오미야가 달래준다. 그러던 어느 날 탁구대회가 열린다. 스키코는 모두에게 이겨 승리하자 오미야가 스키코에게 도전하여 그녀의 코를 납작하게 만든다. 그러한 오미야를 스키코는 은근히 사모하게 된다.

여름이 끝나지 오미야는 갑자기 유럽으로 유학을 가게 된다. 오미야가 떠나는 날 도쿄역에는 스키코도 환송 나와 사람들 눈에 뜨이지 않는 곳에서 계속 오미야를 응시하고 있다. 오미야가 떠나자 노지마는 스키코에게 청혼했지만 거절당한다. 그러나 노지마는 단념하지 않고 스키코에게 사랑을 호소하는 편지를 보내게 되고 스키코는 냉정한 답장만 보낼 뿐이다. 그 후 이미 결혼한 타케코와 그녀의 남편이 유럽으로 갈 때 스키코도 동행한다는 소식을 들은 노지마는 아직도 그녀를 단념하지 못해 큰 충격을 받는다. 실의에 빠져 있는 노지마에게 파리의 오미야로부터 편지가 온다. 동인지에 소설을 발표했으니까 읽어달라는 것이다. 그것은 오미야와 스키코가 주고받은 편지를 연결하는 소설이다. 스키코는 이전부터 오미야를 사모하고 있었던 마음을 고백하고, 오미야의 사랑을 원하고 있었다.

오미야의 답장은 처음에는 노지마의 좋은 점을 이야기하고 노지마를 사랑해줄 것을 간청한다. 그러나 스키코의 진솔한 구애의 편지가 거듭됨에 따라 자신이야말로 노지마보다 먼저 스키코에게 끌리고 있었다고 고백하고, 결국은 스키코를 사랑하게 되는 과정이 자세히 묘사되어 있었다. 마지막에 ‘당신은 상처를 받으면 받을수록 위대한 인간으로서 극복해줄 것을 우리는 믿고 있다.’ 정말로 진실 그대로를 썼다고 덧붙이고 있었다.

노지마는 그것을 읽고 울며 분노하고 소리쳤다. ‘죽어도 너희들에게는 동정받고 싶지 않다. 나는 혼자서 견디겠다’라고 쓰며 허탈감으로부터 무엇인가를 창조하겠다고 결심한다.

— 『우정(友情)』 줄거리

• 『어두운 밤의 행로(暗夜行路)』─시가 나오야(志賀直哉, 1883~1971)

시가 나오야는 미야기(宮城)현에서 태어났다. 아버지는 은행 근무, 문부성 회계국, 소부철도 사장, 보험회사 사장 등을 역임했다. 그의 나이 13세 때 어머니가 돌아가셔서 할머니의 사랑을 한 몸에 받고 성장했다. 그는 도쿄대학 영문과를 중퇴하고, 1910년 무샤노코지 사네아츠(武者小路

實篤, 1887~1928), 아리시마 타케오(有島武郎, 1878~1923) 등과 동인잡지 ≪시라카바(白樺)≫를 창간하며 문학에 뜻을 두었다. 그러나 실업가인 아버지와의 의견과 충돌하고 결혼 문제 등이 얽혀 문학가로서의 길에 큰 갈등을 겪기도 했다.

그는 처녀작 『어떤 아침(ある朝)』, 『아바시리까지(網走まで)』, 『오쓰 준키치(大津順吉)』 등을 발표하고, 1917년 아버지와 화해하고 미와 윤리의 조화를 이룬 『키노사키에서(城の崎にて)』, 『화해(和解)』 등을 발표한다. 시가 문학의 도달점이라고 하는 『어두운 밤의 행로』는 1921년부터 16년간에 걸쳐 발표된 장편이다. 이후에도 『야마나시의 기억(山科の記憶)』, 『회색의 달(灰色の月)』 등을 발표했고, 1949년 문화훈장을 수상하였으며, 1971년 89세의 나이로 세상을 떴다.

『어두운 밤의 행로』의 전편은 1921년 1~8월까지 잡지 ≪카이죠(改造)≫에 연재하여 완성했다. 후편은 1922년 1월~1928년 6월까지 ≪카이죠≫에 연재하였으나 미완성으로 약 10년 후인 1937년 4월 다시 ≪카이죠≫에 연재 발표하여 완성시켰다. 어머니와 할아버지 사이에 태어난 주인공 켄사쿠(謙作)의 축복 받지 못한 출생, 어머니의 불륜에 대한 아버지의 고뇌를 담은 소설의 줄거리는 다음과 같다.

> 토키토 켄사쿠(時任謙作)는 형제 가운데 혼자만 아버지로부터 냉대를 받았고, 어머니가 돌아가신 후에는 할아버지 밑에서 자란다. 할아버지는 젊은 첩 오에이(お英)와 생활하고 있다. 할아버지가 돌아가신 후에도 겐사쿠는 계속 오에이와 살면서 작가를 지망한다. 그러던 중 겐사쿠는 믿고 존경하는 숙모의 딸에게 구혼을 하게 되지만 거절당한다. 괴로움으로부터 벗어나기 위해 겐사쿠는 오노미치(尾道)로 옮겨 지내지만, 오에이에 대한 그리움만 깊어질 뿐이다.
>
> 마침내 겐사쿠는 오에이와의 결혼을 결심하고, 친한 형 노부유키(信行)에게 부탁의 서신을 보낸다. 그러나 노부유키는 오에이가 승낙을 하지 않는다는 답장과 함께, 겐사쿠의 출생 비밀을 전해준다. 노부유키의 편지에 의하면, 겐사쿠는 아버지가 독일 유학 중에 할아버지와 어머니 사이에 태어난, 축복 받지 못

한 아이라는 것이다. 겐사쿠는 큰 충격을 받지만, 혼자서 살아가야 한다는 각오를 하며, 오노미치의 생활을 청산하고 도쿄로 돌아온다. 도쿄로 돌아온 그는 방탕한 생활을 계속한다.

겐사쿠는 안정된 생활을 하기 위해 교토로 이사한다. 그리고 사찰과 미술품을 감상하면서 점차로 마음의 평정을 되찾는다. 때마침 나오코(直子)라는 여인을 알게 되어 결혼도 하게 된다. 평온한 결혼 생활을 보내는 가운데 나오코가 임신을 하게 되자 앞날에 빛이 보이는 것 같다. 그러나 태어난 아기가 한 달 후 병으로 죽고, 그 충격으로 나오코도 병원 신세를 지게 된다. 그러던 어느 날 가마쿠라(鎌倉)의 노부유키로부터 편지를 받는다. 만주(滿州)에 건너간 오에이가 곤경에 빠졌다는 것이다. 겐사쿠는 걱정이 되어 오에이를 데리러 가게 되고 그 사이에 나오코는 사촌 요(要)와 부정을 저지르게 된다. 겐사쿠는 부정한 부인을 미워하지 않으려고 했지만 어쩔 수 없다.

마침내 겐사쿠와 나오코 사이에 다시 아이가 태어나자, 부부의 냉담한 분위기가 조금을 풀리는 것 같았다. 그러나 그들 부부가 타카라즈카(寶塚)에 놀러가는 도중, 달리기 시작한 기차에 올라타려는 나오코를 겐사쿠는 무심코 떠밀고 만다. 나오코는 허리를 심하게 다치고 이삼 개월 앓게 된다. 나오코는 겐사쿠가 정말로 자신을 용서하지 않아 일어난 일이라 생각한다. 겐사쿠는 자신의 기분을 달래기 위해 호키다이센(伯耆大山) 사찰에 은둔 생활을 한다. 그러다 병이 나자 교토에서 나오코가 문병 온다. 병으로 초췌해진 겐사쿠를 보고 나오코는 가슴이 멘다. 겐사쿠는 지금까지 본적 없는 부드럽고 애정이 가득한 눈으로 나오코를 쳐다본다. 겨우 모든 것을 용서할 수 있는 심경에 도달한 것이다. 나오코는 어떤 일이 있어도 이 사람과 함께 할 것을 다짐한다.

―『어두운 밤의 행로(暗夜行路)』 줄거리

•「라쇼몬(羅生門)」―아쿠타가와 류노스케(芥川龍之介, 1892~1922)

아쿠타가와 류노스케는 도쿄에서 태어났다. 아버지는 낙농업자였는데 어머니의 정신병으로, 아쿠타가와는 태어난 지 7개월 쯤 어머니의 친정 아쿠타가와 집안에 맡겨져 성장하였다. 후에 그는 어머니 집안인 아쿠타가와가(家)의 정식 양자가 된다. 아쿠타가와는 초등학교부터 대학까지 항상 우수한 수재였다. 도쿄대학 영문과 재학 중에 제4차 잡지 ≪신시

조(新思潮)≫를 창간하고 「코(鼻)」를 발표하여 나츠메 소세키(夏目漱石, 1867~1916)에게 격찬을 받는다. 졸업 후 「고구마 죽(芋がゆ)」, 「손수건(手巾)」 등을 발표하여 신진 작가로의 위치를 확립한다.

대학 졸업 후 요코스카(橫須賀)의 해군기관학교에서 영어를 가르쳤지만 곧 사직하고, 1919년 오사카 마이니치신문사(每日新聞社)에 입사하여 문학 창작 활동에 전념한다. 단편 「라쇼몬(羅生門)」, 「담배와 악마(煙草と惡魔)」, 「희작삼매(戱作三昧)」 등을 오사카 마이니치신문에 발표한다. 1920년의 작품 「영등총(影燈籠)」, 「가을(秋)」 이후는 점차 현실적인 것으로 관심을 돌린다. 그는 점점 건강이 악화되어 위장병, 신경쇠약, 불면증 등을 앓게 되고, 교토에 돌아와 매형의 자살 사건의 뒤처리를 맡으면서 「현학산방(玄鶴山房)」, 「신기루(蜃氣樓)」, 「톱니바퀴(齒車)」 등의 작품을 쓴다. 이후 가족 앞으로 유서를 남기고 자택 서재에서 36세의 나이로 음독자살한다.

아쿠타가와는 신사조파의 중심적 작가이고 일본 근대 문학이 낳은 가장 뛰어난 단편소설가이다. 그는 10년 동안의 작가 생활을 통하여 의식적으로 소설의 기술적 세련과 형식적 완성에 노력했다. 그는 풍부한 지성으로 현실을 재구성하여 제재와 문체를 독특하게 결합하는 단편을 계속 써나갔다. 그만큼 그는 작품의 문체와 내용에 힘썼다. 따라서 그는 다이쇼기(大正期) 개인주의를 중심 이념으로 하는 문학을, '백화파'의 작가들과 함께 개화시킨 높은 공적을 지니게 되었다.

「라쇼몬」은 그의 문단 데뷔작으로, 헤이안(平安) 시대의 고전『곤자쿠 모노가타리슈(今昔物語集)』에 있는 이야기(物語)를 바탕으로 쓴 역사소설이다. 그런데 그의 역사소설은 역사적 사실을 재현하는 데 충실하다기보다는 근대적 테마를 그려내기 위해 단지 역사적 배경을 빌려온 것이다. 이 작품 또한 단순한 삽화에 지나지 않는 원문을 '라쇼몬'이라는 역사적 무대 위에 올려놓은 것이다. 그리고 근대인의 심리를 지닌 하인과 노파를 등장시켜 한 편의 테마소설을 탄생시키고 있다. 따라서 이 작품은 하인의 심리 추이를 파악하면서 인간 본성의 하나인, 살기 위해서는 어떤 짓도 서슴지 않는 이기주의를 파헤치고 있다. 줄거리는 다음과 같다.

어느 날 저녁, 어떤 하인이 라쇼몬(羅生門) 아래서 비가 멎기를 기다리고 있다. 최근 2~3년 동안 교토에는 끊임없는 재난이 발생하여 라쇼몬은 황폐해져 있다. 그래서 여우·늑대가 설쳤고, 도둑들이 살았다. 마침내는 연고자가 없는 시체를 이 문으로 떠메고 와버리고 가기도 했다.

하인은 4~5일 전 주인으로부터 해고당한 형편이다. 때문에 하인은 그대로 죽음을 기다릴 것인지, 도둑질이라도 하여 먹고 살 것인지 고민하고 있다. 추위에 떨던 하인은 하룻밤 머무를 곳을 찾아 라쇼몬의 누각 위로 올라간다. 그런데 누각 위에 누군가가 불을 지펴 놓고 시체의 머리카락을 뽑고 있는 것을 발견한다. 하인의 마음속에서 노인에 대한 무서운 증오가 일어난다. 그래서 노파의 팔목을 잡아 억지로 그 자리에 깔고 누르면서, 무엇을 하고 있는지 이야기하라고 윽박지른다. 그러자 노파는 먹고 살기 위해 할 수 없이 시체의 머리털을 뽑고 있지만, 그러한 자기의 행동을 나쁘게 생각하지 않는다고 말한다. 덧붙여 머리털을 뽑힌 그 시체 역시 자신을 이해할 것이라고 말한다.

노파의 말이 끝나자 하인은 자기도 먹고 살기 위해서 어쩔 수 없다고 말하며 노파의 옷을 벗겨 겨드랑이에 끼고 달아난다. 그 후로 그 하인의 소식을 아무도 듣지 못한다.

— 「라쇼몬(羅生門)」 줄거리

• 『게공선(蟹工船)』—고바야시 타키지(小林多喜二, 1903~1933)

고바야시 타키지는 아키타(秋田)현 가난한 농가에서 태어났다. 1907년 그의 가족은 홋카이도(北海道) 오타루(小樽)시에서 빵가게로 성공한 백부에게 의지하기 위해 옮겼다. 타키지는 백부의 빵공장에서 일하면서 1924년 오타루고상을 졸업했다. 졸업 후, 홋카이도 탁쇼쿠(拓植)은행 오타루 지점에 근무하는 한편 동인지 ≪쿠라루테(クラルテ)≫를 창간했다. 이후 사회과학을 본격적으로 공부하기 시작한 타키지는 이소노(磯野) 농장 소작쟁의, 오타루 항만 노동쟁의에 참가하게 된다.

타키지는 1928년 『용자 그 외(龍子其他)』, 『방설림(防雪林)』 등을 발표했
고, 그 이듬해 『게공선』을 발표하여 작가적 지위를 확립하면서, 프롤레
타리아 문학운동의 선두에 섰다. 그는 1929년 일본 프롤레타리아작가동
맹이 창립되자 중앙위원이 되었고, 작품 『부재 지주(不在地主)』를 발표한
이유로 은행에서 해고당했다. 또한 1930년 『공장 세포(工場細胞)』를 발표
하고 오타루에서 상경하나 비합법 공산당 자금 제공의 의심을 받아 체포
되어, 불경죄와 치안 유지법 위반으로 투옥되었다. 1931년 보석 출옥 후
『동구지안행(東俱知安行)』, 『전형기의 사람들(轉形期の人びと)』을 발표하며,
일본 공산당에 입당했다. 1932년에는 『늪 귀퉁이의 마을(沼尻村)』을 발표
하고, 1933년 『당생활자(堂生活者)』, 『지구의 사람들(地區の人びと)』을 발표
했다. 그러다 공산당 동지와 연락 중 경찰에 체포되어, 도쿄 키쿠치(築地)
서에서의 잔악한 고문으로 인해 31세의 나이로 생을 마감했다.

『게공선』은 1929년 잡지 ≪센기(戰旗)≫ 5, 6월호에 발표하고, 같은 해
단행본으로 내놓지만 발매 금지 처분을 받았다. 이 작품은 창작 방법에
있어서 집단을 주인공으로 하고 있는데, 열악한 환경에서의 노동 착취
와 인간의 생명을 하찮게 여기는 비분 등이 긴장감 있게 묘사되어 있
다. 또한 이 작품은 노동자들의 언어 그 자체로 표현되어 있는 것이 특
징이다. 소설의 줄거리는 다음과 같다.

하코타테(函館)를 출항하여 캄차카(カムチャツカ)로 향하는, 게를 잡아 통조
림을 만드는 공장선은 항해선이 아니다. 때문에 항해법에 적용받지 않는다. 게
공선의 노동자들은 형편없이 낡고 썩는 악취 냄새가 나는 똥통 같은 배 밑의
선반에서 생활한다. 오호츠크(オホツク)해에 들어가자 눈발이 날렸고, 노동자들
은 모두 입술이 파랗고 손이 꽁꽁 언 채 일을 한다. 일이 끝나고 배 밑 똥통
속 선반에 들어가면 지칠 대로 지쳐서 누구 한 사람 입을 열 힘도 없다. 게공
선에는 아사카와(淺川)라고 하는 감독이 있는데, 그는 사람을 사람으로 생각하
지 않았고, 사람이 죽는 것도 개의치 않는 폭력적이고 비인간적인 남자다.
　어느 날 같은 게공선의 치치부마루(秋父丸)로부터 SOS 신호를 받는다. 그러

나 아사카와는 배가 많은 보험금이 걸려 있기 때문에 차라리 가라앉는 것이 더 이익이라면서 거절한다. 캄차카 연안에서 4해리 쪽에 배의 닻을 내리고 게잡이를 시작한다. 가혹한 노동에다 제대로 먹지도 못하여 영양실조로 몸이 어긋나는 노동자들이 많다. 그러나 아사카와는 감시하고 다니면서, 병에 걸려 누워 있는 사람도 끌어내 일을 시킨다. 그러는 가운데 노동자들의 감독에 대한 증오가 나날이 깊어만 간다. 며칠이나 중노동이 계속되자, 일하는 도중 쓰러지는 노동자들이 생기고, 아사카와는 그 노동자의 머리에 물을 퍼붓는다.

어느 날 도쿄에서 돈을 벌려고 온 27세의 젊은이가 전부터 각기병에 걸려 누워 있다가 죽는다. 모든 노동자들은 마음속으로 죽은 것이 아니라 살해당한 것이라고 생각한다. 젊은이가 수장된 후, 모두 마음을 모아 게으름을 피우기 시작한다. 아사카와는 당황하고, 게의 어획고는 현저하게 줄어든다. 그러자 아사카와는 탄알이 채워진 권총으로 어부들을 위협한다. 어느 날 아침, 캄차카 바다에 삼각파도가 인다. '위험해, 오늘은 휴업이다'라고 누군가 말한 것을 계기로 어부들이 똥통 같은 배 밑으로 철수하고, 그것을 계기로 파업의 물결이 모든 노동자들에게로 퍼져 간다. 노동자들은 동료 중에서 9명의 대표자를 뽑고 아사카와를 비롯해 각 대표에게 '요구 조건'과 '서약서'를 들이민다.

동맹 파업이 잘 되어 가는 것처럼 보이던 어느 날 저녁 무렵, 구축함이 나타나 9명을 태우고 사라져버린다. 동맹 파업이 비참하게 패하자 노동은 더 가혹해진다. 더 이상 견디기 힘든 지경에 이르자, 사람들은 대표자를 뽑은 것이 실수였다는 것을 깨닫게 된다. 노동자 모두가 하나로 뭉쳐야 했던 것이다. 일을 멈추게 할 수는 없으니까 모두를 한꺼번에 처치하지는 못할 것이라 생각하고, 그들은 다시 한 번 한 덩어리가 되어 일어선다.

― 『게공선(蟹工船)』 줄거리

•「봄에는 마차를 타고(春は馬車に乗つて)」

―요코미쓰 리이치(横光利一, 1898~1947)

요코미쓰 리이치는 후쿠시마(福島)현에서 태어났다. 아버지는 토목 청부업을 하였다. 1916년 와세다대학에 입학했으나 신경쇠약으로 휴학하고, 나중에 복학했지만 결국 중퇴하였다. 휴학 중에 잡지 ≪분쇼세카이(文章世界)≫ 등에 적극적으로 투고하고, 또 와세다 동창들과 동인지 ≪마치(街)≫, ≪토(塔)≫ 등을 창간하여 작품을 발표했다.

1923년 잡지 ≪분게슌쥬(文藝春秋)≫의 동인이 되어, 같은 해 『태양(日輪)』, 『파리(はえ)』 등을 발표하여 작가적 지위를 인정받았다. 1924년 가와바타 야스나리(川端康成), 가타오카 뎃뻬(片岡鐵兵, 1894~1944) 등과 잡지 ≪분게지다이(文藝時代)≫를 창간하여 신감각파 문학운동을 일으켰다. 그리고 「머리 또는 배(頭ならびに腹)」, 「봄에는 마차를 타고」 등을 발표하여 신감각파의 대표 작가로 인정받았다. 프롤레타리아 문학 전성기에는 「상하이(上海)」, 「기계(機械)」, 「침원(寢園)」, 「문장(文章)」 등을 발표했다. 많은 문제 제기와 업적을 남기고 1947년 50세로 세상을 떠났다.

「봄에는 마차를 타고」는 1926년 잡지 ≪죠세이(女性)≫에 발표되었다. 글 쓰는 것을 직업으로 생활하며, 마감 날짜에 쫓기면서 폐결핵에 걸린 부인을 간호하는 남편의 일상생활이 잘 묘사된 작품이며, 신감각파의 대표적인 소설이다. 줄거리는 다음과 같다.

작가인 남편은 마감 날짜에 쫓기면서 바다가 보이는 집에서 폐결핵에 걸린 부인을 간호하고 있다. 그는 부인과 결혼하기까지 4, 5년간 그녀의 친정과 긴 투쟁을 하였고, 결혼하고 나서는 어머니와 부인 사이에 끼어 2년간 고통의 시간을 보냈다. 어머니가 돌아가시고 겨우 두 사람이 편안하게 사는가 했는데, 갑자기 부인이 폐결핵으로 자리에 눕게 된 것이다.

겨울이 되어 바다 바람이 휘몰아치는 가운데, 그는 하루에 두 번씩 부인이 먹고 싶어하는 신선한 새의 내장을 찾으러 나간다. 그는 별실에서 글을 쓴다. 그러면 부인은 '당신은 왜 내 곁을 떠나고 싶어하느냐'고 하면서, 오늘은 단지 세 번밖에 와 주지 않았다는 등 투덜댄다. 그러면 그는 당신의 병을 치료하기 위해, 약과 먹을 것을 사려면 일을 해야 한다고 달랜다. 그러나 부인은 '당신은 어쨌든 나보다 마감일이 더 중요하다'고 억지를 쓴다. 이런 식으로 그는 부인의 병 상태와 기분의 변화에 따라 매일 끌려 다니는 생활을 하고 있다. 그는 힘이 들면 정원에 나가 심호흡을 하며, 그날의 새 내장을 사러 마을로 간다.

부인의 원래 통통하고 부드러웠던 손과 발은 대나무처럼 말라간다. 이제 부인은 좋아하는 새의 내장조차도 먹으려 하지 않는다. 그래서 그는 점점 부인의 침상을 떠날 수 없게 된다. 부인의 입에서 담이 일 분마다 나오기 시작한다. 심한 복통과 함께 큰기침을 밤낮으로 해댄다. 부인은 자신의 가슴을 뜯으며 고통스러워하다가 견딜 수 없으면 남편을 욕한다. 그는 그런 부인을 진정시키기 위해 맞아가면서 가슴을 쓰다듬어 준다.

그는 자신이 부인과의 연애 시절에, 부인을 얻고자 겪었던 괴로움보다 지금이 훨씬 낫다고 생각한다. 그리고 부인의 건강한 육체보다도 병들어 아픈 몸이 자신에게 행복을 주고 있다는 것을 깨닫는다. 어느 날 그가 부인을 데리고 의사에게 갔는데, 이제 더 이상 가망이 없다는 말을 듣는다. 그는 죽어가는 부인의 얼굴을 볼 수 없다. 보지 않는다면, 언제까지나 부인이 살아있다고 느낄 것 같아서다. 그는 정원 잔디에 몸을 던지고 뒹굴면서 하염없이 운다. 그리고 죽음이란 단지 볼 수 없는 것에 불과하다고 생각한다. 그날부터 부인은 조용해진다. 그는 부인 옆에서 성경을 읽어준다. 두 사람은 말없이, 죽음을 맞이할 준비를 하고 있다. 이제 무슨 일이 일어난다고 해도 두렵지 않다. 그리고 어둡게 가라앉은 집안은, 산에서 퍼온 물동이의 물처럼 언제나 조용하고 깨끗하다.

어느 날 그의 집에 아는 사람으로부터 스위트피라는 꽃다발이 도착한다. 쓸쓸한 그의 집에 봄 향기가 방문해온 것이다. 부인은 그로부터 꽃다발을 받아 양손으로 한 아름 안고 그 안에 창백한 얼굴을 묻고, 눈을 감는다.

― 「봄에는 마차를 타고(春は馬車に乘つて)」 줄거리

●『설국(雪國)』―가와바타 야스나리(川端康成, 1899~1972)

가와바타 야스나리는 오사카(大阪)에서 태어났다. 아버지는 개업 의사였는데, 야스나리가 3살 때 세상을 뜨고, 다음해 어머니마저 폐렴으로 세상을 떠났다. 부모가 세상을 떠나자 야스나리는 조부모 밑에서 성장하였으나, 그의 나이 8세 때 할머니가 돌아가시고, 16세 때인 중학교 시절 할아버지마저 돌아가셔서 고아가 된다. 그 후 친척에게 신세를 지며 살아가게 되고, 이로 인해 그는 타인의 눈치를 살피며, 애정에 대해 지나치게 민감한 고아 근성을 갖게 된다.

도쿄대학 국문과에 진학하여 1921년 친구와 잡지 ≪신시조(新思潮)≫를 창간하고, 「초혼제 일경(超魂祭一景)」을 발표하여 작가로 인정을 받게 된다. 1924년 대학을 졸업하고 요코미쓰 리이치(橫光利一, 1898~1947) 등과 잡지 ≪분게지다이(文藝時代)≫를 창간하여 신감각파 운동을 전개하였다. 그 후『금수(禽獸)』,『말기의 눈(末期の眼)』,『명인(名人)』등을 발표하고,『설국』이후 작품에서는 허무감을 묘사하는 작품을 많이 섰다.

1949년부터 다산기에 들어가『천우학(千羽鶴)』,『산소리(山音)』,『잠자는 미녀(眠れる美女)』등 전후의 대표작을 발표했다. 1957년 일본 펜클럽 회장으로서 국제 펜클럽 도쿄대회를 주최하고, 1961년 문화훈장을 수상했으며, 1968년 노벨문학상을 수상하였다. 1972년 74세의 나이로, 가스 자살을 하였다.

『설국』은 장편소설로, 1935∼1937년까지 잡지 ≪분케슌쥬(文藝春秋)≫ 등에 발표되어 간행되었다. 작가는 여기에 만족하지 못하고 속편을 집필하고 가필 수정 등 거의 14년에 걸쳐 심혈을 기울여 이 작품을 완성했으며, 노벨상을 수상하게 된다. 주인공 시마무라(島村)는 서적이나 사진을 통해 서양 무용에 관심을 나타내는 평론가지만, 무위도식하는 인간이다. 그는 여행을 하면서 자연을 접하는 일과 자신을 되찾는 습관을 가지고 있다. '설국'은 허상으로 설정된 주인공 시마무라에게 투영된, 눈 많은 지방의 여성 고마코(駒子)의 한결같은 생활 방식에 의한 사랑을 그려내고 있다. 미묘한 심리의 주고받음을 눈 많은 지방의 풍물을 배경으로 극히 함축성 있는 필치로 묘사하고 있다. 다음은 소설 줄거리이다.

시마무라(島村)가 탄 기차가 긴 터널을 빠져나와 눈의 고장으로 들어간다. 시마무라는 반 년만에 고마코(駒子)를 만나러 온천장을 방문한 것이다. 그런데 기차 안에서 환자인 것 같은 남자를 간호하는 요코(葉子)라고 하는 아름다운 처녀를 만난다. 시마무라가 온천이 있는 역에서 내리고, 요코와 그 환자도 같은 역에서 내린다. 여관에 도착한 시마무라는 요코가 간호하던 환자 이름이 유키오(行男)라는 것을 알게 되고, 이 만남에 일종의 예감을 느낀다.

시마무라가 처음 고마코를 만났을 때는 국경의 산을 돌아 7일만에 이 온천장에 내려왔을 때였다. 그는 기생을 불러달라고 했는데, 공교롭게 기생이 다 나가고 없어서 대신 고마코가 온 것이다. 고마코는 샤미센과 춤선생님 집에 있는 처녀로 기생은 아니고 그렇다고 전혀 풋내기도 아니었다. 그녀는 매우 청초했으며 솔직해서 시마무라는 친밀감과 우정을 느꼈다. 고마코는 다음날에도 시마무라의 방에 놀러왔고, 시마무라는 기생을 불러달라고 부탁하지만 고마코는 싫어하며 그의 부탁을 들어주지 않았다. 할 수 없이 여관 하녀에게 부탁하자 17, 8세 정도의 피부가 약간 검은 기생이 왔다. 시마무라는 그녀를 본 순간 여자를 원했던 마음이 사라져버렸다. 그리고 자신이 원했던 여인은 고마코라는 것을 깨닫게 된다. 그날 밤 술에 취한 고마코가 복도에서 큰 소리로 시마무라의 이름을 부르면서 그의 방으로 온다. 드디어 두 사람은 하룻밤을 같이 보내고 날이 밝기 전에 고마코는 돌아가고, 시마무라도 그날 바로 도쿄로 돌아온다.

그리고 눈 고장이 된 온천장에서 지금 시마무라는 고마코와 재회하고 있다. 고마코는 손꼽아 세면서 처음 밤부터 오늘까지 199일 째라고 말하면서, 즐거워한다. 그리고 그녀는 그날 밤을 시마무라의 방에서 함께 지낸다. 그 다음날 시마무라는 산책길에서 고마코를 만나 집으로 안내된다. 시마무라는 어젯밤 기차 안에서 만난 요코와 유키오에 대해 말한다. 고마코는 춤선생님과 유키오와 자신과의 관계를 설명했으나, 요코에 대해서는 한마디도 하지 않는다. 시마무라는 고마코가 유키오의 약혼녀가 아닐까하고 생각했지만 고마코는 그것을 부정한다. 고마코는 돌아가지 않고 시마무라의 방에 머물면서, 요코에게 샤미센을 가지고 오게 하여 연습을 한다. 연습하고 있는 고마코의 모습을 보면서 시마무라는 자신이 그녀를 사랑하고 있음을 확신한다.

시마무라가 도쿄에 돌아가는 날 고마코는 역에 전송을 나온다. 그때 요코가 황급히 달려와 고마코에게 유키오의 병 상태가 갑자기 위급해졌다면서 같이 돌아가자고 말한다. 하지만 고마코는 돌아가지 않고 대합실 창문으로 기차가 출발하는 것을 괴로운 듯이 바라본다. 시마무라는 3년여 동안 온천장에 세 번 왔지만, 그때마다 고마코의 형편은 변해 있다. 유키오도 죽고 춤선생도 죽은 것이다. 한편 요코는 유키오의 성묘만을 한다고 말한다. 요코는 서늘하게 찌르는 것 같은 아름다운 시선과 목소리를 가진 순수한 처녀이다. 고마코의 약혼자로 소문이 나 있는 유키오를 헌신적으로 간호하고 유키오가 죽은 후에도 매일 성묘를 하는 것이다. 고마코는 대가 없는 애정을 시마무라에게 쏟는 여자지만, 요코도 순수하고 가련할 만큼 행동하고 있는 것이다. 시마무라는 자신의 무위도식하는 행동에 비해 열심히 최선을 다해 살아가려고 하는 고마코와 요코가 순수한 생명의 상징같이 느껴진다.

시마무라의 이번 여행은 처자에게 돌아가는 것도 잊은 듯한 오랜 체류다. 시마무라와 고마코의 애정은 점점 깊어지지만 그는 고마코를 도쿄에 데리고 가려 하지 않는다. 이번에 도쿄로 돌아가면 영영 온천장에 올 수 없을 것 같은

기분이 든다. 그래서 시마무라는 치지미의 산지에 가 보고 싶어진다. 이 온천장
을 떠나는 계기를 만들 생각이다. 돌아오는 길에 고마코를 만나 이야기를 나누
며 걷는데 갑자기 종소리가 울려온다. 아랫마을 중간쯤에서 불꽃이 타오르고
있다. 영화를 상영하고 있던 누에고치 창고에서 불이 난 것이다. 달려간 두 사
람은 2층에서 여자의 몸이 떨어지는 것을 목격한다. 떨어진 사람은 요코다. 떨
어진 요코는 경련을 일으키며 실신한다. 고마코가 요코를 끌어안는다. 결국 고
마코는 욕심 없고 순수한 요코가 미쳐버린다고 예언한다.

— 『설국(雪國)』 줄거리

• 「도롱뇽(山椒魚)」―이부세 마스지(井伏鱒二, 1898~1993)

이부세 마스지는 히로시마(廣島)현에서 태어났다. 그는 유서 있는 집안
에서 성장하여 와세다대학 불문과를 중퇴했다. 마스지는 와세다대학 시
절 일본 미술학교에도 적을 두는 등 그림에 소질이 있었지만, 1922년 두
학교를 모두 자퇴하고 여러 동인지에 참가하여 습작을 발표했다. 1923년
에 동인지 ≪세기(世紀)≫에 「유폐(幽閉)」를 발표하고, 1929년 가필해 「도
롱뇽」으로 제목을 바꾸어 잡지 ≪분게도시(文藝都市)≫에 발표하였다.

1930년 『심야와 매화꽃(夜ふけと梅の花)』, 『반가운 현실(なつかしき現實)』
을 발표하여 작가적 지위를 확립하고, 1937년 『존만지로 표류기(万次郎漂
流記)』를 발표하여 나오키(直木)상을 수상하였다. 또한 1938년 『검은 비(黑
雨)』로 노마(野間)문학상을 수상하였으며, 문화훈장을 받는 등 왕성한 작
가 생활을 하고 1993년 세상을 떠났다.

『도롱뇽』은 한 마리의 도롱뇽이 바위굴집에서 편안하게 사는 동안 머
리가 커져서 밖으로 나갈 수가 없게 되어 개구리에게 무시당하기도 하
고 동정받기도 한다는 내용이다. 인간의 영원한 권태와 절망을 상징적
으로 묘사한 작가의 처녀작이다. 소설의 줄거리는 다음과 같다.

도롱뇽은 그의 거처인 바위굴집에서 밖으로 나오려 했지만 머리가 출구에

걸러서 나올 수 없다. 2년 동안 도롱뇽의 몸이 자라서 출입구가 좁아졌기 때문에 머리가 걸리는 것이다. 그의 거처는 넓지 않아서 불편하기 짝이 없다. 도롱뇽은 좁은 출입구를 통해 산골짜기 시냇물의 큰 웅덩이를 바라보며 살아간다. 웅덩이에서는 많은 송사리 떼들이 헤엄치고 있다. 그들은 서로 물에 떠내려가지 않으려고 애쓰고 있다. 한 마리가 왼쪽으로 움직이면 모두가 왼쪽으로, 오른쪽으로 움직이면 모두가 오른쪽으로 움직인다. 도롱뇽은 그들을 바라보며 정말 부자유스러운 놈들이라고 비웃는다. 어느 날 밤, 작은 새우 한 마리가 바위굴집 속에 휩쓸려 들어온다. 도롱뇽이 잠자코 있자, 새우는 그의 옆구리에 알을 낳아 붙인 것도 같았고, 뭔가 생각에 잠겨 있는 것도 같다. 도롱뇽은 '걱정을 하거나, 생각에 빠져 있는 놈은 바보야' 하며 자신만만하게 말한다.

드디어 도롱뇽은 어떻게 해서든 밖으로 나가보려고 결심하고, 있는 힘을 다해 출구로 돌진하고 또 돌진하지만 허사다. 그는 신을 원망하면서, 자신이 쓸쓸한 외톨이임을 깨닫고 흐느껴 운다. 이렇듯 오랫동안 계속 비탄에 빠져 있는 동안 도롱뇽은 좋지 않은 성격이 형성된다. 어느 날, 개구리 한 마리가 그의 집으로 휩쓸려 들어왔는데 입구를 막고 밖으로 못나가게 한다. 개구리는 천장으로 뛰어올라간다. 그는 개구리에게 평생을 여기 가두어 두겠다고 위협한다. 그리고 자신과 똑같은 처지에 놓이게 한 것을 통쾌하게 생각한다. 개구리는 '나는 힘들지 않다'고, 도롱뇽은 '나가 보라'고 소리치면서, 두 마리는 언쟁을 한다. '너는 멍청이야' 말하면 '너는 바보다'라며 말싸움은 날마다 계속된다.

드디어 1년이라는 세월이 흐른다. 두 마리는 여름 내내 언쟁을 계속한다. 개구리는 도롱뇽의 머리가 너무 커져서 바위굴집 밖으로 나갈 수 없다는 것을 간파한다. '너는 머리가 너무 커져서 밖으로 나갈 수 없지?', '너도 나갈 수 없어!' 그리고 또 1년이 흐른다. 2년째 여름에는 두 마리가 서로 입을 꼭 다물고, 자기의 한숨이 상대방에게 들리지 않도록 조심한다. 그런데 개구리가 깜빡 잊고 '아ㅡ' 하고 작게 한숨을 내쉰다. 이것을 들은 도롱뇽은 천장을 올려다보고, 우정 어린 눈동자로 묻는다. '너 조금 전에 한숨을 쉬었지?', '그게 어때서!'라고 개구리가 대답하면서 '배가 고파서 움직일 수 없어'라고 덧붙인다. 두 마리는 '이제 다 부질없는 짓인 것 같다'고 생각한다. 도롱뇽이 개구리에게 무엇을 생각하고 있느냐고 묻자, 이제는 너에게 화가 나지 않는다고 대답한다. 이렇게 해서 두 마리는 점점 화해를 해간다.

― 「도롱뇽(山椒魚)」 줄거리

• 『바람이 불지 않는다(風立ちぬ)』―호리 타쓰오(堀辰雄, 1904~1953)

호리 타쓰오는 교토에서 태어났으며, 아버지는 재판소에 근무했다. 어머니는 아버지의 본 부인이 아니었기 때문에 타쓰오가 3세 때 그를 데리고 다시 카미죠 마쓰키치(上條松吉)와 결혼했다. 타쓰오는 마쓰키치를 친아버지로 알고 성장했다. 그는 1925년 도쿄대학 국문과에 진학하여 나카노 시게하루(中野重治, 1902~1979) 등과 잡지 ≪로바(驢馬)≫를 창간하고 시와 에세이, 그리고 번역 등을 게재했다. 관동대지진 때 어머니를 잃고 결핵에 걸려 도쿄대학을 휴학했다가 후에 졸업했다.

1930년 「재주 없는 천사(不器用天使)」로 문단에 등단하여, 『성가족(聖家族)』을 발표하고 신진 작가로 인정을 받았다. 1935년 약혼녀가 폐결핵으로 죽고, 그것을 계기로 『바람은 불지 않는다』를 발표했다. 그 후 결혼하여 『나오코(菜穗子)』를 발표하고, 1953년 50세의 나이로 폐결핵이 심해져 세상을 떠났다.

『바람이 불지 않는다』는 1936년부터 잡지 ≪카이죠(改造)≫, ≪분게슌쥬(文藝春秋)≫, ≪신죠(新潮)≫ 등에 발표된 연작체의 작품이다. 주인공 '나'는 시시각각으로 죽음을 향해 가는 사랑하는 애인을 바라본다. 그리하여 생을 추월한 죽음을, 그리고 죽음을 초월한 생을 발견한다. 이 소설은 작가의 체험을 소재로 죽음을 앞둔 사랑과 삶의 존재를 추구하는 작품으로, 쇼와(昭和) 10년대 문학의 대표작으로 평가받고 있다. 죽음을 초월한 사랑의 찬가인 이 소설의 줄거리는 다음과 같다.

'나'는 여름 피서지 타카하라(高原)에서 세쓰코(節子)를 알게 되어 약혼하지만, 그녀는 폐결핵을 앓고 있었다. 4월 어느 날 세쓰코의 병이 많이 회복된 것 같아, 나는 그녀를 정원에 데리고 나와 꽃 이야기를 한다. 그녀는 나를 쳐다보면서 당신 덕분에 뭔가 갑자기 살고 싶은 의욕이 생겼다고 말한다. 그는 세쓰코를 후지미(富士見)의 사나토리움(サナトリウム) 병원에 입원시키기 위해 출발한다.

그들은 마치 밀월여행이라도 떠나는 것 같다. 병실은 날씨가 좋으면 남쪽 알프스가 보이는 곳이다. 세쓰코의 병세는 생각한 것보다 악화되어 있다. 이 병원 환자들 가운데 그녀는 두 번째로 중환자다. 두 사람은 이렇게 좀 색다른 생활을 시작하면서, 사랑의 힘으로 남은 시간을 보람 있게 보내려고 한다. 나는 세쓰코의 머리맡에 줄곧 붙어 있다. 그러면서 때때로 시간으로부터 빠져 나온 것 같은 기분이 든다. 그러나 우리가 함께 하기 때문에 만족한다.

드디어 여름이 왔다. 세쓰코는 더위 탓에 완전히 식욕을 잃고 밤에 잠을 이루지 못한 날들이 많아진다. 그런데 한산했던 사나토리움에 갑자기 환자들이 늘기 시작한다. 그러다가 9월이 되자 많은 환자들이 병원을 떠나고, 겨울을 병원에서 나지 않으면 안 되는 중환자들만 남게 된다. 그러던 9월 말 어느 날 아침, 언제나 기분 나쁜 기침을 하던 키가 크고 음울한 환자가 목을 매어 자살한다. 그리고 10월, 세쓰코의 아버지가 문병을 와 이틀 동안 머물다가 간다. 배웅하고 돌아오자, 세쓰코가 발작을 일으켜 객혈을 하였고, 이후로 절대 안정이 필요한 나날들이 계속된다. 그녀의 병은 전혀 회복의 기미가 보이지 않는다. 그때부터 나는 조금씩 글을 쓰기 시작한다.

나는 세쓰코의 침대 옆에서 생의 행복을 주제로 한 소설을 썼고, 그 글이 완성 단계에 접어들었는데, 마지막 부분을 해결하지 못하고 내팽개치고 만다. 12월에 들어 무슨 이유인지 불빛을 좇는 나방이 번식하기 시작한다. 그날 저녁때, 세쓰코는 아, 아버지하고 작은 소리로 외친다. 덜컥 겁이 나 그녀의 얼굴을 보자, 세쓰코는 산기슭에 아버지의 얼굴을 닮은 그늘이 드리워져 있었다고 말한다. 나는 그 말에 세쓰코가 집이 돌아가고 싶어한다는 것을 알게 된다. 그러나 눈이 내리는 날, 세쓰코는 숨을 거두고 만다.

그리고 나서 일 년 후의 겨울, 나는 혼자서 세쓰코를 사랑했던 타카하라에 머물면서 세쓰코와의 추억에 잠겨 괴로워한다. 세쓰코가 죽은 후에도 그녀의 사랑에 의지하고 있는 자신을 깨닫는다. 그러나 나는 릴케의 「진혼가(鎭魂歌)」에 자극을 받아, 그녀의 죽음을 극복하고 새롭게 살 것을 결심한다.

— 『바람이 불지 않는다(風立ちぬ)』 줄거리

• 「인간실격(人間失格)」—다자이 오사무(太宰治, 1909~1948)

다자이 오사무는 아오모리(青森)현에서 태어났다. 아버지는 귀족원 의원이었고, 어머니는 몸이 약해 오사무는 숙모의 보살핌을 받고 성장했다. 오사무는 중학교 3학년 때부터 작가가 될 것을 꿈꾸었다. 그래서 1928년 동인지 ≪사이보분카쿠(細胞文學)≫ 등에 작품을 발표하기도 했다. 1930년 도쿄대학 불문과에 입학한 그는 이부세 마스지(井伏鱒二)를 알게 되어, 공산당 비합법 활동에 종사하게 된다. 결국 1932년 아오모리 경찰서에 출두하게 되었고, 이후 공산당 비합법 활동을 이탈하여 창작 활동에 몰두하게 된다.

1936년 『만년(晚年)』을 발표한 이후, 『후지산 백경(富嶽白景)』, 『여학생(女生徒)』, 『도쿄 팔경(東京八景)』, 『츠가루(津輕)』 등 많은 작품을 발표했다. 전후에는 스스로 보수파를 선언하고 『겨울의 불꽃(冬の花火)』, 『석양(斜陽)』, 『여시아문(如是我聞)』, 「인간실격(人間失格)」을 발표했다. 1948년 몸이 극도로 쇠약해져 가끔 각혈을 한 후, 6월 야마사키 토미에(山崎富榮)와 함께 강에 몸을 던져 동반 자살로 세상을 떴다. 그의 생애에 염문이 많았으며, 여러 번 자살 혹은 여성과의 동반 자살을 기도한 적이 있다.

「인간실격」은 1948년 잡지 ≪덴보(展望)≫에 발표된 작품이다. 주인공 요죠(葉藏)는 동북 지방 시골의 부잣집에서 태어난다. 그는 너무 순수하기 때문에 세상에 잘 적응하지 못하고 인생의 파멸을 초래한다. 작가가 죽기 전에 자기 일생을 파헤쳐 콤플렉스를 드러내고 내면의 진실을 밝힌 작품이며, 인간 존재의 본질을 묘사한 소설이기도 하다. 소설의 줄거리는 다음과 같다.

요죠는 동북 지방 시골의 부잣집에서 태어난다. 그런데 대가족 속에서 어떻게 살아가야 하는지 모른다. 무슨 말을 어떻게 해야 하는지 몰라서 이웃들과도 전혀 대화를 할 수 없다. 그래서 생각해낸 것이 광대 짓이었는데, 장난꾸러기로 보이는 것은 성공했지만, 그 짓도 다른 학생에게 들켜버린다.

요죠는 4년생이 끝나자 5년생에 진학하지 않고 도쿄의 고등학교에 시험을 치른다. 합격하자 바로 기숙사 생활에 들어가, 동시에 홍고(本鄕)에 있는 서양화학원에 다니게 된다. 거기서 요죠는 술과 담배, 매춘부, 전당포와 좌익 사상을 접하게 된다. 그런 것들을 얻기 위해서는 자신의 물건 전부를 팔아도 후회하지 않

겠다는 기분이 들기조차 한다. 그때 요죠에게 특별한 호의를 지닌 세 여자가 있다. 하숙집 딸, 여자고등사범의 문과생, 그리고 긴자에 있는 큰 카페의 여급 쓰네코(ツネ子)다. 취해서 잠에서 깨자, 요죠의 머리맡에 쓰네코가 앉아 있다. 그날 밤 그들은 가마쿠라(鎌倉)의 바다에 뛰어든다. 그 결과 여자만 죽고 요죠는 살아남는다.

가마쿠라 사건 때문에 요죠는 고등학교로부터 추방당하고, 히라메(ヒラメ)의 집 이층 삼조방에서 기거하게 된다. 고향에서는 매우 조금 돈을 보내온다. 그 즈음 시즈코(シヅ子)라는 여기자를 알게 된다. 그녀는 코엔지(高圓寺)의 아파트에 살고 있었고, 남편과 사별한 지 삼 년이 된다고 하였다. 처음에는 남자 첩 같은 생활을 한다. 시즈코가 잡지사에 출근한 후에 요죠는 그녀의 다섯 살짜리 여자아이와 빈 집을 지킨다. 요죠는 고향으로부터 완전히 절연 당하자 시즈코와 동거한다. 음주가 늘었고, 언제부터인가 돈이 궁해져서 시즈코의 옷가지를 들고 나가 돈과 바꾼다. 그런 어느 날 긴자(銀座)에서 돌아왔는데, 방안에서 여자아이의 웃음소리가 들려온다. 그때 요죠는 바보같이 모녀 사이에 끼어서, 두 사람을 엉망진창으로 만들고 있다는 생각을 한다. 요죠는 방문을 조용히 닫고 다시 긴자로 돌아온 후로는 다시는 시즈코의 아파트로 돌아가지 않는다.

그 후 요죠는 교바시(京橋) 근처 스탠드바 이층에 홀아비처럼 살아갔다. 그리고 근처 담뱃가게의 딸 요시코(ヨシ子)를 알게 된다. 요죠는 요시코를 내연의 처로 삼고 스미다카와(隅田川) 근처의 아파트를 빌려 살게 된다. 그런데 어느 날 요시코는 요죠가 그린 만화를 사가는 삼십대 전후의 남자에게 강간당하고 상처를 입는다. 요죠는 수면제를 먹고 자살을 기도했지만 죽지 않는다. 요죠는 술에 빠지고, 각혈을 하고, 모르핀 중독이 된 후에 정신 병원에 들어가게 된다. 이제 요죠는 완전히 인간이 아니라 인간 실격이 된 것이다. 행복도 불행도 없고, 단지 모든 것은 지나갈 뿐이다. 이 소설은 작가인 내가 교바시 카페 마담에게 세 장의 사진과 함께 보여준 정신 장애인의 수기이다.

— 「인간실격(人間失格)」 줄거리

•「어두운 그림(暗い繪)」—노마 히로시(野間宏, 1915~1991)

노마 히로시는 효고(兵庫)현 고베(神戶)시에서 태어났다. 교토대학 불문과를 졸업하였는데, 학생 시절에 프랑스 상징주의에 심취했으며, 한편으로는 마르크시즘에 접근했다. 1941년 필리핀 전선에 종군했고, 1943년

치안 유지법을 위반하여 오사카 육군 형무소에서 반년을 보냈다.

전쟁이 끝난 해 연말, 단신으로 상경하여 1946년 전후파 문학의 기념비적인 작품인 「어두운 그림」을 발표하였다. 그리고 신일본문학회에 참가하여 잡지 ≪긴다이분카쿠(現代文學)≫의 동인이 되면서, 「얼굴 속의 빨간 달(顔の中の赤い月)」, 「붕괴 감각(崩壞感覺)」 등을 발표하고, 이어 1952년 군대 내무반의 실태를 소재로 한 『진공 지대(眞空地帶)』를 발표하여 커다란 반향을 불러일으켰다. 그 후 주식 시장 내부를 묘사한 「주사위의 하늘(さいろこの空)」을 발표하고, 1960년경부터 점차 자신의 내면으로 파고들어 자전적 장편 『나의 탑 거기에 서다(わが塔はそこに立つ)』, 중단했던 『청년의 고리(青年環)』 등을 발표하는 등 많은 업적을 남기고 1991년 세상을 떠났다.

「어두운 그림」은 1946년 잡지 ≪키바치(黃蜂)≫에 발표하였다. 작가의 초기 작품으로서 혁명 운동 속에서 살아가는 청년의 어두운 심정, 곧 연애, 성, 빈곤, 아집 등의 문제로 고민하는 주인공의 심정을 부류겔 그림의 이미지와 겹쳐서 묘사해낸 소설이다. 사라져간 어두운 청춘을 내용으로 한 소설의 줄거리는 다음과 같다.

후카미 신스케(深見進介)는 교토대학생인데 사상 문제, 연애 문제, 금전 문제로 고민하고 있다. 어느 날 그는 언제나처럼 나가스기 에이사쿠(永杉英作)의 아파트로 가는 도중 식당에 들른다. 거기에는 그의 동급생인 코이즈미(小泉)들이 모여 있고, 후카미를 보자 노골적인 적의를 보내온다. 그들과 후카미는 다 같이 학생 공제회의 의원인데, 그들은 후카미의 빈곤, 침묵을 지키는 거만함, 학생운동의 대립 등으로 적대 감정을 보이고 있다. 후카미는 그들과 함께 내용이 없는 회의를 하고 나서, 그들에게 가정교사 자리를 부탁하고 식당을 나온다.

언덕을 내려오면서 그는 문득 오사카에서 교원을 하고 있는 키타스미 유기(北住由起)의 모습을 떠올린다. 그의 주머니에는 그녀로부터 온 편지가 들어 있는데, 그 편지는 그녀가 그와의 연애 관계에서 벗어나고 싶다는 내용이 적혀 있다. 그러나 그는 아직 그녀에게 미련이 남아 있다. 다음으로는 식당에서 만난 동급생들의 일이 생각난다. 그러면서 자신은 왜 그들 속에 끼지 못할까, 그 이

유가 오히려 자신 쪽에 있는 것이 아닐까 생각해본다. 후카미는 아직 자신이 걸어가야 할 길을 찾아내지 못하고 있다는 것을 느낀다. 이윽고 나가스기 에이사쿠의 아파트에 도착했는데, 거기에 하야마 준이치(羽山純一), 코야마 쇼고(木山省吾)도 와 있다.

나가스기는 히로시마(廣島)의 자산가 아들이다. 그런데 그의 아버지는 아이들을 방임주의로 키웠다. 그래서 나가스기가 히로시마고등학교 재학 중에 학생운동에 관련하여 검거되었을 때에도, 주의를 주는 일도 없이 나가스기 스스로 길을 선택하도록 맡겼다. 나가스기는 교토대학 사건 이후로 좌익 세력의 중심인물 중 한 사람으로 활약하고 있다. 하야마는 많은 배를 가진 선주 집안에서 태어났는데, 제일고등학교 시절 학생운동으로 퇴학당해 검정고시를 보아 대학에 들어왔다. 저명한 저술가이고 계몽적인 좌익 사상가 아버지를 둔 코야마 역시 제일고등학교 출신이며 하야마의 2년 후배이다. 후카미는 그들의 순수성에 매혹되어 나가스기와 하야마가 걸어가는 길과 어딘가에서 만나면서, 결국 하나로 겹쳐질 수밖에 없는 아픔을 느끼고 있다.

그날 밤 나가스기는 이삼일 내에 방을 옮긴다고 했다. 그 정도로 신변 가까이 위험이 도사리고 있었고, 그는 마침내 행동으로 옮길 결심을 굳힌 것 같았다. 헤어질 때 후카미는 부류겔의 그림 화집을 빌려 코야마와 함께 방을 나왔다. 잠자코 걷고 있는 동안에, 오늘밤은 왠지 헤어지기 어렵다고 코야마가 말했다. 가까운 시일 내에 자네하고도 이별할지 모른다는 말을 덧붙이는 것으로 보아, 그 역시 결행할 결의를 스스로 확인하고 있는 것 같았다. 후카미도 헤어지기 싫었다. 갈림길에서 두 사람은 얼마동안 그대로 서 있었지만, 마침내 코야마는 뒷모습을 보이면서 돌아갔다.

그 후, 나가스기는 대학을 졸업하기 직전에 검거되어, 전향을 받아들이지 않고 일 년여의 옥중생활 후에 옥사한다. 코야마는 나가스기의 복수를 결의하고, 태평양전쟁 발발 직후에 선전 광고지를 철거하다가 검거되어 역시 옥사한다. 하야마는 대학을 졸업하자 바로 출정하여 군대생활 중에 체포되어 육군 형무소에서 옥사한다. 후카미가 그들의 옥사에 대해서 알게 된 것은 훨씬 후다. 나가스기로부터 빌린 부류겔의 그림 화집은 B29에 의해 불타버린다. 그림 속의 인간들의 모습이 사라져버린 것이다.

― 「어두운 그림(暗い繪)」 줄거리

• 「금각사(金閣寺)」―미시마 유키오(三島由紀夫, 1925~1970)

　미시마 유키오는 도쿄에서 태어났으며, 아버지는 농림성 수산국장까지 지낸 고급 관료였다. 유키오는 일찍이 학습원(學習院) 중등과(中等科) 시절, 성숙한 재능을 가지고 작가로 등장하여 1941년 소설 『울창한 숲(花ぢかりの森』 등을 발표했다. 전쟁 중에도 집필을 계속했고, 전쟁이 끝난 후에는 가와바타 야스나리(川端康成)와 알게 되어 가마쿠라 문고(鎌倉文庫)에서 간행하는 잡지 《닌겐(人間)》에 「담배(煙草)」를 게재하여 전후 문단에 등장했다.

　도쿄대학 법학부를 졸업한 후 오쿠라쇼(大藏省) 사무관으로 임관하나 소설 집필에 전념하기 위해 다음해에 퇴직했다. 그러면서 장편소설 『가면의 고백(假免の告白)』을 발표하여 작가로서의 지위를 굳혔다. 계속하여 『사랑의 갈증(愛の渴き)』, 『푸른 시대(靑の時代)』 등의 의욕적인 작품을 발표한다. 그리고 1915년 12월부터 5개월 간 아사히신문(朝日新聞) 특별통신원으로 북미, 남미, 유럽에서 생활했다. 「아폴로의 술잔(アポロの杯)」은 그때의 기행문이다. 이후 『해조음(潮騷)』, 『가라앉는 폭포(沈ぬる瀧)』, 「금각사(金閣寺)」, 『미덕의 동요(美德のよろめき)』 등 많은 화제작을 남겼다.

　1960년 일미 안전보장조약 반대운동이 전국을 석권하는 중 「우국(憂國) 문화방위론(文化防衛論)」, 「태양과 철(太陽と鐵)」 등을 집필하고, 1970년 11월 25일 자위대 기지에서 할복자살했다. 그의 문학 대부분은 일종의 종말관이 감돌고 있는 것이 특징이다. 거기에는 전후의 현대를 허망하다고 보는 역사관이 반영되어 있다. 그리고 작품의 중요한 구성 요소는 기지나 해학, 풍자 등이다.

　「금각사」는 1956년 1월~10월까지 잡지 《신죠(新潮)》에 연재되고, 같은 해 출판사 신죠사(新潮社)에서 간행되었다. 발표 당시 많은 비평가로부터 절찬을 받았고, 요미우리(讀賣)문학상을 받았다. 이 작품은 실제로 발생했던 금각사 방화 사건을 제재로 삼았다. 말더듬이로 소외감에 고민하는 청년이 금각사의 아름다움에 매료되어 새로운 인생을 꿈꾸며 금각사에 불을 지르기까지의 심리를 묘사한 작품이다. 다분히 유미적 작품관을 드러내고 있는 이 소설의 줄거리는 다음과 같다.

'나'는 어렸을 때부터 금각사를 사랑했던 아버지에게 금각사에 대한 이야기를 많이 들었다. 내가 태어난 곳은 마이쓰루(舞鶴)에서 동북쪽인 일본해로 돌출된 쓸쓸한 산기슭이었다. 나리우(成生)의 절 근처에는 적당한 학교가 없어서 나는 작은아버지 댁에 맡겨져 히가시마이쓰루(東舞鶴)중학교에 도보로 통학했다. 나는 몸이 약해서 다른 아이들에게 체력적으로 뒤떨어질 뿐 아니라, 천성적인 말더듬이이며 소극적인 성격을 가지고 있다.

어느 봄방학에 아버지는 나를 교토에 있는 금각사로 데리고 갔다. 아버지는 자신이 폐병으로 얼마 살지 못한다는 사실을 알고, 생전에 나를 타야마 도젠(田山道詮) 주지스님에게 인사시키고 장래를 부탁하기 위해서였다. 나는 금각사를 둘러보면서 마치 오래된 바다를 건너온 배처럼 아름답다고 생각했다. 아버지가 세상을 떠나자, 나는 금각사의 도제(徒弟)가 되었다. 나는 주지스님에게 학비를 받고 절의 잔일을 하였다. 매일 금각사를 접할 때마다 나는 그 아름다움에 점점 더 매료되어 갔다. 절에서 쓰루카와(鶴川)라는 소년을 소개받았다. 그는 나와 같은 수도승이지만 도쿄 근교에 있는 유복한 절의 아들로 집에서 학비, 용돈, 식량을 여유 있게 보내왔다. 그리고 그는 좋은 집안에서 교육받고 자라 순수한 점이 많았다.

1944년 2월 B29의 도쿄 폭격 등, 전쟁은 일본의 패전으로 끝났다. 어느 겨울 날 외국인 병사와 창녀가 금각사를 구경하러 왔다. 말다툼 끝에 병사가 여자를 쓰러뜨리고, 나에게 그 여자를 짓밟으라고 명령했다. 나는 여자의 배를 짓밟으면서 부드러운 촉감에 쾌감마저 느꼈다. 그 일이 있은 1주일 후, 그로 인해 여자는 유산했다고 주지스님에게 돈을 요구했고, 주지스님은 잠자코 돈을 주어 여자를 돌려보냈다. 나는 주지스님에게 노여움을 샀다고 생각했지만, 스님은 그 일을 불문에 붙였다.

주지스님은 그런 일이 있은 후에도 나를 대학 예과에 진학시켜 주셨다. 대학에서 나는 안짱다리인 카시와기(柏木)를 알게 되었다. 카시와기는 자기가 다리병신이기 때문에 여자에게 사랑을 받지 못한다는 허무관을 가지고 있었다. 그러면서도 카시와기는 자기의 자유롭지 못한 몸을 교묘하게 이용하여 여자의 관심을 끌고 관계를 맺곤 하였다. 나는 카시와기의 소개로 그의 하숙집 딸과

아라시산에 놀러 갔다. 카시와기와 여자 친구, 나와 하숙집 딸, 두 커플은 따로
따로 놀기로 하고 헤어졌다. 나는 망설이다가 여자의 치마 속으로 손을 더듬는
찰라, 금각의 환영을 보게 된다. 그 후 무슨 일이 생길 때마다 금각의 환영이
보여 나를 방해하였다.

친한 친구인 쓰루가와(鶴川)가 교통사고로 죽자 나의 고독은 시작되었다. 그
로부터 2년 후 1949년 1월, 나는 토요일을 이용해서 삼류 영화관에서 영화를
보고 돌아오다가, 주지스님이 기생과 함께 걷는 것을 목격하게 되었다. 그 일
이후 나는 학교를 자주 결석하여 성적이 나빠졌다. 스님은 성적이 나쁜 나에게
자신의 뒤를 잇게 할 생각이 없어졌다고 확실하게 말하였다. 1950년 나는 오다
니대학의 예과를 수료하고 본과로 진학했다. 주지스님은 나에게 기대를 하지
않으면서도 학비는 대주셨다. 나는 그 돈으로 창녀촌에서 놀기도 했지만, 7월 1
일 밤 금각사에 불을 지르고 그 화염 속에 휩싸여 죽기로 결심하고, 절로 돌아
와 이를 실행에 옮겼다. 불은 순식간에 밤하늘을 뒤엎었다.

나는 달렸다. 어디를 어떻게 달렸는지 히타리다이몬지(左大文字) 산꼭대기에
와 있었다. 아득히 먼 아래쪽에서 금각사가 타고 있는 것이 보였다. 호주머니를
뒤졌더니 담배가 손에 잡혔다. 나는 담배를 꺼내 피웠다. 일을 마치고 한 대 피
우는 사람이 흔히 그렇게 생각하듯이, 살아야겠다고 나는 마음속으로 다짐했다.

— 「금각사(金閣寺)」 줄거리

● 「나쁜 동료(惡い仲間)」 ─ 야스오카 쇼타로(安岡章太郎, 1920~)

야스오카 쇼타로는 고치(高知)시에서 태어났다. 그의 아버지는 육군 수
의사여서, 그는 어릴 때부터 아버지의 근무지 이전에 따라 각지를 전전
하면서 소년 시절을 보냈다. 그는 전학을 너무 많이 하여 학교를 싫어
하게 되었고 중학교 때에는 성적이 나빠, 3년 재수 끝에 겨우 게이오(慶
應)대학 문학부 예과에 입학하였다. 재학 중 징병 검사를 받아 1944년
입대했다. 만주에서 결핵으로 입원하고 있는 동안, 그의 부대는 필리핀
으로 이동하여 거의 전멸했다. 제대 후 패전 상황에서, 그는 척추카리에
스와 생활고에 시달리면서 1948년 대학을 졸업했다.

1951년 『유리 구두(ガラスの靴)』로 아쿠타가와(芥川)상 후보가 되고, 1953

년 「음침한 즐거움(陰氣な愉しみ)」, 「나쁜 동료(惡い仲間)」를 발표하여 제29회 아쿠타가와상을 수상하였다. 1959년 『해변의 광경(海邊の光景)』을 발표하여 제10회 게이쥬츠센쇼(藝術選奬)와 제13회 노마(野間)문예상을 수상하고, 1960년 록펠러 재단의 초청으로 미국에 유학했다. 그 체험을 토대로 『미국 감상 여행(アメリカ感傷旅行)』을 발표하여 호평을 받았다. 이후 『막이 내리고 나서(幕が下てから)』, 『달은 동쪽에(月は東に)』 등 다수의 작품을 발표하였고, 1972년부터는 아쿠타가와상 선고위원으로 활동하였다.

「나쁜 동료」는 1953년 잡지 ≪군죠(群象)≫에 발표되었고, 제29회 아쿠타가와상 수상작이다. 제2차 대전 직전의 사회적 상황을 배경으로 주인공 '나'는 후지이에게 좋지 않은 행동을 배우고, 그 행동을 쿠라다 앞에서 해보인다. 그러나 그는 이대로 가면 머지않아 자신이 파멸될 것을 예상하고 그들 친구를 배신한다. 동료의 반응, 청춘기 특유의 허영, 초조, 배신 등이 잘 묘사된 작품이다. 그 줄거리는 다음과 같다.

'나'는 대학 예과에 진학했다. 그리고 중국 대륙사변이 일어나 얼마 지났을 무렵, 나는 첫 여름 방학을 맞아 심심풀이로 간다(神田)에 있는 프랑스 강습회에 나갔다가, 거기서 후지이(藤井)를 알게 되었다. 그는 고향이 조선 신의주이며, 교토의 고등학교에 다니고 있고, 지금은 휴가와 있는 의대생인 형의 아파트에서 살고 있다고 말했다. 그는 몸집이 작고 보기 흉하게 코가 컸지만, 그것을 빼면 눈이 또렷한 용모에서 대담함을 노출하고 있었다. 어느 날 우리는 레스토랑에서 식사를 마쳤는데, 갑자기 그가 가게 안에 있는 종려나무에 불을 붙였다. 가게 안이 아수라장이 된 틈을 타 우리는 돈을 지불하지 않고 도망쳐 나왔다. 또한 그 즈음 나는 여자와의 관계에 대해 여러 가지 망상을 하고 있었는데, 그는 여자에 대해 많은 경험을 하고 있었다.

신학기가 되어 후지이는 교토로 돌아가고, 홋카이도(北海道)로부터 동급생 쿠라다(倉田)가 돌아왔다. 나는 쿠라다와 어울리면서, 여름방학 때 후지이와 같이 한 것처럼 음식을 먹고 돈을 내지 않고 도망가고, 도둑질, 엿보기 등의 행동을 했다. 쿠라다는 나의 변화에 놀라면서도 이런 자극적인 모험에 매력을 느끼기 시작했다. 가장 큰 사건은 내가 쿠라다를 꼬여서 강 건너 마을에 가서 아사쿠사(淺草)의 레뷰관을 관람하러 간 것이다. 나는 쿠라다와 놀면서도 후지이만을 생각하고 있었다.

어느덧 쿠라다와 후지이가 서로 알게 되었다. 세 사람은 강 건너 마을에 놀러 가는 등 이틀 밤을 함께 했다. 그리고 나서 후지이는 도쿄로 돌아갔는데 그후 후지이는 학교에서 퇴학당하고 몹쓸 병에 걸려 조선 고향으로 돌아간다고 편지로 알려 왔다. 나와 쿠라다는 놀랐다. 반년 동안 해온 일이 꿈속의 사건 같았지만, 사실은 자신의 인생이 걸려 있다는 것을 깨닫고, 두려워졌다. 나는 이 대로의 생활을 계속하면 머지않아 후지이와 같은 운명을 맞이할 것이라고 생각했다. 나는 그런 운명을 짊어지는 것은 싫었다.

어느 날 나는 학교를 쉬고, 평소에 자주 찾던 찻집에 있었는데 후지이와 쿠라다의 목소리가 들려왔다. 나는 벌떡 일어나 뒷문으로 도망쳐버렸다. 그들을 배신한 것에 대한 수치심과 불안감을 품으면서, 나는 그들로부터 멀어졌다. 그들의 목소리를 들은 것은 그때가 마지막이 되었다. 그날 밤 쿠라다 부인이 내 집에 찾아왔다. 쿠라다 부인은 아들이 이틀 밤이나 집에 돌아오지 않았고, 서랍 속의 저금통장이 없어졌다고 말했다. 나는 쿠라다가 어디에 있는지 모른다고 말할 수밖에 없었다. 그리고 찾아보겠다면서 밖으로 나왔다. 자동차로 강 건너 마을로 향하면서 나의 마음은 감상에 젖었다. 친구를 사랑했던 때의 나의 감정이 어른어른 희미하게 나타나기 시작한 것이다. 그해 겨울부터 또 새로운 나라와의 전쟁이 시작되었다.

― 「나쁜 동료(悪い仲間)」 줄거리

• 「하얀 사람(白い人)」―엔도 슈사쿠(遠藤周作, 1923~1996)

엔도 슈사쿠는 도쿄에서 태어났다. 1926년 아버지의 전근으로 만주 대련으로 이사하면서, 천주교 신자였던 백모의 손에 이끌려 성당에 다니게 되었고, 다음해에 세례를 받았다. 1943년 게이오(慶應)대학 문학 예과에 입학하였고, 1945년 게이오대학 문학부 불문과에 입학했다. 1949년 대학을 졸업하고, ≪미타문학(三田文學)≫의 동인이 되었다.

1950년 전후 첫 유학생으로 리옹대학에 유학하고, 1953년 파리로 옮기지만 건강이 나빠져 귀국하게 된다. 1954년 문화학원 강사가 되는데, 이 무렵 야스오카 쇼타로(安岡章太郎)의 소개로 '구상회의'에 들어가, 요시유키 준노스케(吉行淳之介), 고지마 노부오(小島信夫) 등과 교류하게 된다. 이후 인간 윤리를 물은 작품 『바다와 독약(海と毒藥)』으로 제5회 신죠사(新潮社)상과 제12회 마이니치(每日)출판상을 수상하고, 1955년 잡지 ≪킨다이분카쿠(近代文學)≫에 「하얀 사람」을 발표하여 제33회 아쿠타가와상을 수상하는 등 왕성한 작가 생활을 하였으나 1960년부터 약 2년간 폐병으로 투병생활을 보냈다.

이후에도 『침묵(沈默)』으로 1966년 다니자키 준이치로상(谷崎潤一郎賞)을 수상하였고, 『예수의 생애(イエスの生涯)』로 요미우리(讀賣)문학상을 수상하였다. 1966년 호흡 부전으로 세상을 떠났다.

「하얀 사람」은 1955년 잡지 ≪킨다이분카쿠(近代文學)≫에 발표되었고, 제33회 아쿠타가와상을 수상한 작품이다. 신과 인간, 선과 악의 대립을 통해서 넘을 수 없는 인간의 죄의 현실을 극한까지 묘사한 작품이다. 소설의 줄거리는 다음과 같다.

'나'는 독일인 아버지와 프랑스인 어머니 사이에 태어난다. 1994년 7월 연합군은 리옹시로 진격하고 있었다. 나치의 협력자인 나는 수기를 쓰며 파멸을 맞이할 준비를 하고 있다. 천성적인 사팔뜨기로 못생긴 나는 아버지로부터 '평생 여자들에게 인기가 없을 거야'라는 놀림을 받으며 자란다. 한편 방탕한 아버지를 증오한 청교도인인 어머니는, 내가 육욕에 눈뜨는 것을 경계하여 극단적인 금욕생활을 강요한다. 이러한 어린 시절의 경험은 나를 무신론자로 만들어간다.
열두 살이었을 때, 하녀인 이본느(イボンヌ)가 허벅지를 드러내고 들개를 학대하는 것을 목격한 나는 새디즘적인 쾌감에 눈을 뜨게 되고, 이때의 기억은 일생을 따라다닌다. 나는 중학 시절 아버지와 아라비아 여행을 간 적이 있었다. 그때 길거리에서 곡예를 하는 소년과 소녀의 에로틱한 모습에 사로잡힌 나는, 다음날도 그것을 보고자 현장으로 갔다. 하지만 그 소년과 소녀는 이젠 곡예는 하지 않고 관광을 하였는데, 인적이 없는 바위 밭에서 소년을 밀어 넘어뜨린 채 도망을 치는 소녀를 목격한다. 이때의 경험도 나에게 강렬한 인상을 남긴다.
어느 누구도 나의 일그러진 욕망을 눈치 채지 못한다. 나는 아버지의 죽음으로 인한 충격도 무난히 극복하고 리옹 법과대학에 진학한다. 어느 여름날, 나는 마리테레즈와 그의 친구가 수영복을 입은 채로, 언청이에다 못생긴 신학생

잭에 대해 이러쿵저러쿵 이야기하고 있는 것을 엿듣게 된다. 그녀들이 나가자 몰래 침입한 나는, 그녀들의 속옷을 찢어버렸는데, 그 현장을 잭에게 들키고 만다. 나는 잭에게 불려간다. 잭은 자신의 추함은 자신이 져야 할 십자가이고, 마치 그리스도의 십자가처럼 질 것이라고 고백한다. 그리고 마찬가지로 추한 나도 십자가를 져야 한다고 말한다. 잭의 말에서 종교적인 도취를 엿본 나는 그의 말을 무시하고 자리를 뜬다. 그날부터 잭은 나에게 종교서를 읽을 것을 강요하기 시작한다. 나는 마리테레즈를 이용하여 잭의 신앙을 굴복시킬 것을 계획한다. 그래서 마리를 댄스파티로 끌어냈고, 파티장에 잭이 달려와 나를 악마라고 욕하며 손을 쳐들었지만, 때리지는 않는다.

이윽고 전쟁이 시작된다. 자신의 나라와 남편의 나라가 적이 된 연유로, 마음고생 하던 어머니는 급사한다. 하지만 그것은 나에게 지금부터 10년간의 생활을 보장하는 유산이 들어온다는 것 이상의 의미는 없다. 전쟁은 점점 진행되고 리옹도 나치에게 점령당한다. 나는 나치가 행하는 20세기적인 공포 정치, 테러리즘, 고문의 실상에 감탄한다. 그리고 그 속에서 진실을 발견한 나는 나치의 비밀경찰에 지원하여 채용된다.

어느 날, 레지스탕스의 협력자라는 이유로 잭이 체포당한다. 잭의 고문에 입회하게 된 나는, 학생 시절부터 영웅이 되는 것을 목표로 하던 잭을 미워하고 있었다고 고백한다. 또한 혹독한 고문을, 마치 순교자처럼 참아내는 잭에게, 20세기에는 영웅의 죽음이란 있을 수 없다고 말한다. 그리고 그의 자백을 듣기 위해 마리테레즈를 고문할 것을 상관에게 진언한다.

이윽고 마리테레즈가 연행되어 온다. 나는 마리테레즈에게 잭을 배반하든지, 얌전히 능욕을 당하든지 양자택일할 것을 강요한다. 그러던 중에 잭이 혀를 깨물어 자살한다. 나는 잭의 시체를 향하여, ‘너의 죽음은 의미가 없다. 너는 동지의 배반과 마리테레즈의 생사 문제에서 벗어났지만, 그래도 악은 존재한다. 나를 파괴하지 않는 한 너의 죽음은 의미가 없다’라고 목적 없는 사색에 사로잡혀 있었다. 잭의 죽음이 알려지고, 미쳐버린 마리테레즈가 부르는 노래가 흐르고 있다. 파멸이 가까워 온 리옹은 어둠 속에서 불타고 있다. 그 불은 거리의 밤하늘을 한없이 검게 그을게 하고 있다.

— 「하얀 사람(白い人)」 줄거리

• 「포옹 가족(抱擁家族)」 ─ 고지마 노부오(小島信夫, 1915~)

고지마 노부오는 키후(崎ふ)현에서 태어났다. 고등학교 시절부터 문학

에 관심을 가져, 도쿄대학 영문과를 입학하고 창작 활동을 시도했다. 대학을 졸업하고 곧바로 징병되어, 중국 전선의 정보 부대의 암호병으로 근무했다. 패전 후에는 고향과 지바(千葉), 도쿄에서 여학교와 고등학교 영어 교사로 근무했다. 후에 메이지(明治)대학 공학부 교수로 재직하였다.

1948년 우사미(宇佐美), 야우치(矢內) 등과 동인지 ≪도지다이(同時代)≫를 창간하여 「기차 안(汽車の中)」, 「비산(雨の山)」 등을 발표하고, 「소총(小銃)」, 「말더듬이 학원(吃音學院)」, 「별(星)」, 「순교(殉敎)」 등으로 아쿠타가와상 후보가 되었다. 1954년 「미국 학교(アメリカンスクル)」를 발표하여 제32회 아쿠타가와상을 받았다. 1957년 록펠러 재단의 초청으로 1년간 미국에 유학하였다. 1965년 「포옹가족」을 발표하여 제1회 다니자키 준이치로(谷崎潤一郎)상을 수상했다. 1970년에는 최초의 희곡 『어느 쪽이라도(どちらでも)』 외 다수의 작품을 내놓았다.

「포옹가족」은 1965년 잡지 ≪군죠(群象)≫에 발표되었다. 부인의 미국 청년과의 정사, 유방암의 발병, 죽음을 중심으로 이야기가 전개되는데 현대 일본 가정의 붕괴 현상의 모습을 보여주고 있는 작품이다. 그 줄거리는 다음과 같다.

주인공 미와 슌스케(三輪俊介)는 대학 강사 겸 번역가이다. 그의 가족은 두 살 연상인 부인 토키코(時子), 고등학생 료이치(良一)와 중학생 노리코(ノリ子)가 있다. 슌스케는 2년 전에 미국 대학에 일 년간 체재하였는데, 귀국 후 미국 생활 등을 소개하는 강연에 자주 출강하게 된다. 슌스케는 강연을 위한 여행 중에 아내 토키코가 젊은 미국인 죠지(ジョージ)와 간통했다는 것을 가정부 미치요(みちよ)로부터 전해 듣는다. 죠지는 아들 료이치의 놀이 상대로 미치요가 데리고 온 청년으로, 1개월 넘게 슌스케 집에서 머물고 있었다. 아내의 간통을 알고 난 슌스케는 아내를 소파에 넘어뜨려 머리채를 한웅큼 잡고 몸을 질질 끌어올려 주먹으로 심하게 후려갈겼다. 이 일이 있은 이후, 슌스케는 하복부에 정신적인 아픔을 느끼게 되어 부부 생활을 할 수 없게 된다.
어느 날 죠지로부터 전화를 받고 슌스케와 토키코는 긴자(銀座)까지 외출한다. 정말 아내와 죠지 사이에 관계가 있었는가 확인하고 싶었던 것이다. 두 사

람이 관계가 있었던 것은 확실했다. 슌스케는 이 사건이 생각나면 아내의 목을
조르고, 토키코는 발악했다. 슌스케는 가장으로서 붕괴되어 가는 가정을 재건해
보려고 도쿄 교외에 신축한 집으로 이사를 한다. 그런데 집이 완성되기 전에
토키코는 유방암에 걸린다. 세 번이나 입원과 퇴원을 반복한 후, 토키코는 미라
처럼 쇠약해져 말라죽는다. 고별식 날 슌스케는 관 안에 국화를 던져 넣으면서
아이들이 어떻게 견디며 살아갈 것인가 생각한다.

 쓸쓸한 집안에 슌스케는 주부가 필요하다고 생각하여 아이들에게 의견을 물
어본다. 그러나 아이들은 반대한다. 친구들의 주선으로 맞선까지 보게 되지만
잘 되지 않는다. 그러던 중 아들 료이치가 갑자기 가출한다. 슌스케는 어두운
밖으로 나가, 노리코는 가출하지 않겠지라고 생각하면서 언덕을 달려 내려간다.

― 「포옹 가족(抱擁家族)」 줄거리

•「태양의 계절(太陽の季節)」―이시하라 신타로(石原愼太郎, 1932~)

이시하라 신타로는 고베(神戸)에서 태어나, 히토쓰바시(一橋)대학 사회
학부를 졸업하였다. 대학 재학 중에 「태양의 계절」을 발표하여 제1회
분카쿠카이(文學界)신인상과 제34회 아쿠타가와상을 수상하여 화려하게
문단에 등장했다. 그는 영화감독이 되어 자기 작품을 영화로 만들기도
하고 스스로 출연하기도 했다. 문제작을 쓰면서 오에 겐자부로(大江建三
郎), 에토 준(江藤淳) 등과 '와카이니혼노카이(若い日本の會)'를 결성하여 새
로운 연극 활동에도 전념했다.

1968년 체제 내 혁신을 부르짖으며 자민당 참의원에 출마하여 당선되
기도 했다. 그는 일본 전후 사회에서 물의를 일으킨 사건의 주역을 맡
아왔으며, 우리에게도 잘 알려진 인물이다. 그는 소설가 출신의 정치가
로, 우리나라의 종군위안부 문제 등 그의 정치적 행보는 관심을 집중시
키고 있다. 그는 정치적인 면에서는 매우 보수적인 감각을 지니고 있는
데 반해, 문학적인 면에서는 파격과 혁신의 강한 모습을 보여주고 있다.
그의 대표 작품으로는 『균열(龜裂)』, 『죽음의 박물지(死博物誌)』, 『행위와

죽음(行爲死)』, 『화석의 숲(化石森)』 등이 있다.

그의 작품 세계관은 전우주적 근원적 존재로부터 인간이 분리된 결과 왜소한 존재가 될 수밖에 없다는 현상에 대한 분노, 무엇인가에 철저하게 도전하고 목숨을 걸고 극한으로서의 한계를 뛰어넘으려는 자세에 있다. 따라서 그의 작품에는 삶과 죽음의 극한 사이를 방황하는 인물상이 잘 묘사되어 있다.

「태양의 계절」은 1955년 잡지 ≪분카쿠카이(文學界)≫에 발표되었다. 이 작품은 사회적으로 쟁점이 되어 '태양족'[79]이라는 신조어를 만들어내기도 했다. 이 작품은 패전 직후의 혁명, 비록 생활은 풍족해졌다고 하더라도 희망을 잃어버린 청년들의 풍조 속에서 일체의 기존 성인 윤리를 인정하지 않는 청년들의 반역, 반윤리의 심정을 충격적으로 표현하고 있다. 작품 속 여주인공 에이코(英子)는 남자 주인공의 무료한 일상에 희로애락의 자극을 전달해주는 도구적 존재로 등장한다. 줄거리는 다음과 같다.

쓰가와 타쓰야(津川龍哉)는 권투와 요트에 열중하고 기성 사회의 질서나 도덕에 반역하여 여자, 거래, 싸움, 공갈 등의 악덕을 추구하는 젊은이 중의 한 사람이다. 그는 여자와 놀아도 육체적 향락을 제외한 다른 것에 빠진 적이 없다. 여자를 사랑하는 일 따위는 그에게는 생각할 수도 없는 일이다. 그러나 에이코(英子)는 달랐다. 타쓰야를 열중하게끔 하는 매력을 가지고 있었다. 타쓰야가 에이코를 알게 된 것은 권투부 회원들과 함께 도쿄에 놀러 갔을 때, 우연히 길에서 만나 말을 걸었을 때부터이다.

여름이 되기 전 에이코가 즈시(逗子)에 있는 타쓰야의 집을 방문했다. 타쓰야는 그녀와 요트를 타고, 그 날 저녁 두 사람은 관계를 가졌다. 타쓰야는 여자에게 처음으로 좋아한다고 말하고, 에이코에게 굴복당했다는 느낌을 갖는다. 일주일 후, 타쓰야는 에이코가 나이트클럽에서 모르는 남자들과 함께 있는 것을

---

79) 태양족(太陽族) : 전쟁의 그늘에서 벗어나 소비 지향적이고 자유분방한 삶을 즐기던, 그러나 그 이면을 들여다보면 아무런 꿈도 없이 무료한 일상을 보내는 것뿐인 당시의 젊은이들을 가리킨다.

보고, 처음으로 여자 때문에 질투를 느끼게 된다. 에이코는 3년 전 사랑하는 사람을 자동차 사고로 잃고 자포자기 속에서 여러 남자들과 사귀게 된 것이다.

여름이 되어 타쓰야는 형인 미치히사(道久)와 요트를 수리하고 색을 새로 칠했다. 그것은 두 사람의 연중 행사였다. 그리고 타쓰야를 비롯해 그의 그룹 동료들과 코겐(高原)으로 가든지, 아니면 쇼낭(湘南) 해안에 가서 놀기로 한다. 에이코도 함께 동행했고, 타쓰야는 그녀와 함께하는 시간이 많아졌다. 그러나 타쓰야는 에이코와 노는 한편, 백화점 점원, 무명 패션모델 등과도 어울려 놀았다. 8월 어느 저녁 타쓰야는 에이코를 데리고 요트를 타고 바다로 나갔다. 두 사람은 밤바다에서 식사와 수영을 하고 요트로 올라와 껴안았다. 그날 밤부터 에이코는 변했다. 그녀는 타쓰야를 사랑하게 된 것이다. 타쓰야는 그것이 번거롭고 귀찮아져, 일부러 카바레 여종업원과 장난을 쳤다.

그런데 어느 날, 형 미치히사의 친구가 여대생 동아리를 포함해 열 명 정도와 함께 놀러가자고 제안해 왔다. 타쓰야는 여대생 한 명을 유혹하고, 형 미치히사는 에이코를 유혹하여 관계를 갖는다. 그리고 다음 날, 타쓰야와 미치히사는 에이코를 두고 내기를 한다. 아직 에이코가 타쓰야를 사랑하고 있다면, 미치히사가 그에게 오천 엔을 주겠다고 한 것이다. 결과는 타쓰야가 이겼지만, 그는 형에게 에이코를 오천 엔에 팔기로 하고 시가코겐(志賀高原)에 놀러가버린다.

여름 방학이 끝나고 도쿄로 돌아온 에이코는 타쓰야가 돈 오천 엔을 받고, 자기를 형 미치히사에게 판 사실을 알게 된다. 에이코는 그 돈을 자신이 미치히사에게 돌려주겠다고 말한다. 타쓰야가 또 다시 똑같은 계약을 나와 형이 하면 어떻게 할 것이냐고 물으니, 에이코는 타쓰야가 자기를 받아들일 때까지 돈을 내겠다고 했다. 실제로 똑같은 계약에 에이코는 돈을 보내왔고, 그 액수가 2만 엔이 되었을 때 타쓰야는 감동을 받게 된다.

10월이 되어 타쓰야는 에이코가 자신의 아이를 임신했다는 사실을 알게 된다. 타쓰야는 그녀에게 낙태수술을 권하여 입원시킨다. 아이는 지우지만 결국 그녀는 복막염으로 죽는다. 장례식 날 타쓰야는 눈물을 흘리며 진정으로 그녀를 사랑했음을 깨닫는다. 학교에 가서 샌드백을 치고 있을 때, 타쓰야는 에이코의 말을 떠올린다. '왜, 당신은 좀 더 순수하게 사랑을 할 수 없냐'는 말을. 타쓰야는 에이코의 환영을 떨쳐버리려는 듯 샌드백을 세게 친다.

— 「태양의 계절(太陽の季節)」 줄거리

• 「사육(飼育)」 ― 오에 겐자부로(大江健三郎, 1935~)

오에 겐자부로는 에히메(愛媛)현에서 태어났다. 도쿄대학 불문과를 졸업하고, 사르트르의 영향 하에 창작 활동을 시작하여, 감금 상태의 전후 청년의 무력감을 묘사한 「기묘한 일(奇妙な仕事)」을 발표하여 도쿄대학 신문 오월제상을 수상하고, 거의 같은 주제의 『죽은 자의 사치(死者の奢侈)』를 발표하여 작가의 자리를 굳혔다. 1958년 「사육(飼育)」을 발표하여 제39회 아쿠타가와상을 수상했다. 1950년대 후반에는 이시하라 신타로(石原愼太郎)와 함께 젊은 세대를 대표하는 작가로 활약했다. 1960년대부터는 장애아로 태어난 그의 장남 오에 히카리(大江光)에 대한 애정과 관심 속에서, 부친과 장애인 아들과의 관계를 중심으로 하는 작품 『개인적인 체험(個人的な體驗)』, 『만연 원년의 풋볼(万延元年のフットボール)』, 『성적 인간(性的人間)』, 『일상생활의 모험(日常生活の冒險)』 등 연이어 문제작과 화제작을 발표했다. 특히 『만연 원년의 풋볼』는 스웨덴어로 번역 출판되어 주요 신문의 격찬을 받았다.

1980년대에 들어서는 신화적 구상을 '수목'이라는 암유로 이야기하는 『'레인트리'를 듣는 여자들('雨の木'を廳く女たち)』, 『어떻게 나무를 죽일까(いかに木を殺すか)』 등을 발표하며, 오에의 문학은 유럽 문학계에도 영향을 미쳤다 하여 1989년 유로파리아문학상을 수상한다. 또한 1993년에는 이탈리아 문학상인 몬테로상을 수상하는 등 국제적으로도 큰 평가를 받았다. 그만큼 그의 작품과 작품 세계관은 범세계적으로 인정을 받았다. 마침내 1994년 일본에서 두 번째의 노벨문학상을 수상했다. 스웨덴 아카데미는 수상 이유에서 '시적 상상력에 의하여 현실과 신화가 밀접하게 응축된 상상의 세계를 묘사해내고, 현대의 인간 양상을 충격적으로 묘사했다'고 평가했다.

「사육」은 1958년 잡지 ≪분카쿠카이(文學界)≫에 발표되었다. 전시하의

산촌에서 흑인 병사와 마을 사람들을 둘러싼 사건의 추이를 소년들의
눈을 통해 묘사한 작품이다. 줄거리는 다음과 같다.

우리들이 사는 마을은 오랜 장마 때문에, 초등학교의 분교장은 폐쇄되고, 우
편물은 정체되고, 읍으로부터 단절되어 있었다. 그 때문에 화장터에 시체를 운
반할 수 없어 가설 화장터가 만들어졌다. 나와 동생은 그 가설 화장터에서 가
슴에 장식하는 기장으로 사용할 뼈를 찾으러 갔다가, 돌아오는 길에 적군의 큰
비행기를 보았다. 다음날 새벽에 굉장한 충격 소리를 듣고 일어났는데 아버지
는 집에 없고 마을의 어른들도 다 나가고 없었다.

내 친구 미쓰쿠치(兎口)가 적의 비행기가 산에 추락하여 어른들이 산을 뒤져
숨은 적을 찾고 있다고 했다. 저녁때가 되어 어른들은 멧돼지 올가미를 다리에
채운 흑인 병사를 데리고 돌아왔다. 그리고 흑인 병사를 우리 부자가 살고 있
는 지하 창고에 감금시켰다. 아버지는 읍과 연락하여 처리가 결정될 때까지 돌
보겠다고 말했다.

다음날, 나는 아버지와 함께 읍사무소에 가서 마을 연락 담당 서기를 만났
다. 그리고 흑인 포로의 처리 문제를 물었지만, 담당 서기는 책임을 회피하고
확실한 대답을 주지 않았다. 다음날 읍사무소 서기가 와서 해답이 있을 때까지
마을에서 흑인 병사를 가두어두라고 명령했다. 그날부터 나는 흑인 병사의 음
식을 운반하는 일을 담당하게 되었다. 그리고 점차로 나와 미쓰쿠치와 같은 소
년들이 흑인 병사의 감시와 식사를 돌보는 일을 떠맡게 되었다.

그동안 감시 업무는 점차 교류로 변해 가, 우리들은 흑인 병사의 발목에서
멧돼지 올가미를 풀어주게 되고, 흑인 병사는 망가진 멧돼지 올가미를 수리해
주기도 했다. 갑자기 친해지게 된 우리들과 흑인 병사는 인간적으로 맺어지게
되어, 결국에는 창고에서 나오게 해서 함께 산책하기도 하였다. 마을의 어른들
도 그 일을 야단치지 않았고, 흑인 병사는 마을의 일부가 되려고 하고 있었다.
한여름이 되어도 읍사무소에서 명령은 오지 않았다. 우리들은 흑인 병사를 마
을의 우물가에 데리고 가서 함께 목욕했다. 흑인 병사의 아름다운 육체, 특히
튼튼한 섹스에 감탄했다. 우리들은 이 즐거운 여름이 언제까지나 끝나지 않는
다고 믿고 있었다.

여름이 끝날 무렵, 서기가 와서 흑인 병사를 현에 인도한다고 했다. 나는 주
의를 주려고 흑인 병사가 있는 곳으로 갔는데, 그는 나를 인질로 붙잡고 지하
창고에 틀어박혔다. 하룻밤이 지나 널빤지를 부수고 어른들이 들어왔다. 이 순
간 흑인 병사는 적으로 변했다. 흑인 병사에게 안겨진 채, 마을 사람들과 흑인
병사가 노려보고 있는 것을 보면서, 나는 마을 어른들에 대한 적의, 흑인 병사

에 대한 적의, 모든 것에 대한 적의를 느꼈다. 그 속에서 아버지가 손도끼로 나의 왼손과 흑인 병사의 머리를 내려쳤다.

의식을 잃은 나는 다음날 아침 정신이 들었다. 구역질이 나서 아버지를 포함한 모든 어른들에 대한 분노를 참을 수 없었다. 얼마 안 되어, 나는 흑인 병사의 시체를 상환하는 허가가 나지 않았기 때문에, 그 시체가 계곡의 폐갱에 운반되어 야생의 개를 막는 울타리로 쓰인 일, 소년들은 추락한 비행기의 날개로 썰매놀이를 하고 있다는 것을 알게 되었다. 서기가 썰매를 타는 도중에 바위에 부딪쳐 죽었다. 나는 서기의 시체가 흑인 병사를 태우려 했었던 장작으로 화장될 것이라 생각하면서, 어른들과 같이 모든 일에 쉽게 익숙해져 가는 것을 느꼈다.

—「사육(飼育)」줄거리

• 『코인록카 아기들(コインロツカ-ベイビ-ズ)』

—무라카미 류(村上龍, 1952~)

무라카미 류는 나가사키(長崎)현 사세보(佐世保)시에서 태어났다. 아버지는 미술 교사였고 어머니는 수학 교사였다. 그는 고등학교 시절 학교 옥상에 바리케이트를 쳐 무기근신 처분을 받았다. 그리고 근신 중 히피 문화에 접하게 되었다.

1970년 상경하여 도쿄도(東京都) 홋사(福生)시에서 지냈다. 그때의 체험으로 처녀작 『한없이 투명에 가까운 블루(限りなく透明に近いブル-)』를 집필하여, 제19회 군조신인문학상(群像新人文學賞)과 제75회 아쿠타가와상을 수상하면서 충격적으로 등단했다.

그 후 1980년, 짐 보관함에 버려진 쌍둥이를 소재로 형제의 파괴적인 행동을 묘사한 장편 『코인록카 아기들』을 발표했고, 1988년 클럽에서 일하는 여성을 주인공으로 일본의 성적 병리를 묘사한 연작 단편집 『토파즈(トパズ)』를 발표한다. 그리고 파시즘과 정치 문제를 과격하게 비판한 『사랑과 환상의 파시즘(愛と幻想のフアシズム)』, 고등학교 시절의 체험을 유머러스하게 묘사한 자전적 소설 『69(シックスティ-ナイン)』, 『토파즈』
의 주제를 분석하면서 신비주의를 더한 『콧쿠삿카블루스(コツクサツカ-ブ
ル-ス)』, 여고생을 주인공으로 현대 사회의 모순을 폭로한 『사랑과 뽀뿌
(ラブ&ポツプ)』, 미국인의 연속 살인을 묘사한 사이코 서스펜스 『인 더 미
소수프(インザミソス-プ)』 등의 작품을 발표하여 젊은 세대의 압도적인 인
기를 모았다.

또한 최근 라디오 디스크자키, 텔레비전 토크쇼에 사회를 맡아보는
등 미디어 전반에 폭넓게 활약하면 시대의 첨단을 달리고 있기도 하다.
그리고 원작, 각본, 감독을 모두 혼자서 맡아 제작한 영화 『한없이 투명
에 가까운 블루』 등이 있기도 하다.

『코인록카 아기들』은 1980년 코단샤(講談社)에서 간행되었다. 노마(野間)
문예신인상수상 작품이며, 인간을 짐짝 버리듯 하는 각박한 현대 사회
를 상징적으로 묘사한 작품이다. 소설의 줄거리는 다음과 같다.

같은 날 짐 보관함에 버려진 하시(ハシ)와 키쿠(キク)는 요코하마(橫兵)의 고
아원에 맡겨져 성장한다. 둘은 유아기에 들어 자폐적인 경향을 나타낸다. 둘의
치료를 맡은 정신과 의사는 태아에게 모친의 심장 소리를 듣게 하여 모든 충동
을 억제하게 하는 치료를 한다. 이윽고 둘은 큐슈(九州)의 쿠와야마(くわやま)・
카즈요(和代) 부부에게 맡겨진다. 그 섬의 폐광에는 가비루(ガビル)라는 히피 같
은 남자가 살고 있었는데, 그는 하시와 키쿠에게 너희들은 버려진 아이들이므
로 세계를 파괴할 자격이 있다고 하면서, 파괴의 주문인 '다치유라(グチユラ)'를
가르쳐준다.
그 둘은 고등학교에 입학한다. 키쿠는 높이뛰기 선수로서 두각을 나타내는
반면, 하시는 점점 내성적으로 변해간다. 그러던 어느 날 하시는 어머니의 소식
을 안다는 도쿄의 노작가를 방문하기 위해 가출한다. 키쿠와 카즈요가 뒤를 쫓
지만 수색 도중 카즈요가 불의의 사고로 죽고 만다. 키쿠는 혼자 도쿄에 머물
며 하시를 찾는다. 한편, 옛날 가비루에게 들었던 '다치유라'의 정체를 밝혀내
려고 조사하다가, 흥분제나 마약과 같은 약물이 있다는 것을 알아낸다.
겉으로는 폐쇄되어 있지만 실제로는 뒷거래 시장이 늘어서 있는 통칭 야쿠
시마(藥島)에 하시가 있다는 것을 안 키쿠는 철조망을 뛰어넘으려 연습을 한다.

키쿠가 연습하는 것을 본 모델 아네모네(アネモネ)는 그를 집으로 초대한다. 아네모네는 집에서 악어를 키우며 '악어나라'라는 이상향을 꿈꾸고 있다. 키쿠에게 '다치유라' 이야기를 들은 그녀는 그것이야말로 악어나라의 입구라고 생각해 키쿠와 행동을 함께 하게 된다. 간신히 야쿠시마를 둘러싼 철조망을 뛰어넘은 키쿠는 하시와 재회하게 된다. 재회를 기뻐할 새도 없이 하시는 어렸을 때 들었던 소리를 찾기 위해 가수가 될 거라고 하며, 남색 프로듀서 D와 함께 키쿠의 곁을 떠난다.

한편, 키쿠는 아네모네와 본격적으로 '다치유라' 탐색을 개시하여, 그 정체가 인간을 흉폭하게 하는 화학 병기라는 것을 알아낸다. 그리고 그것이 오가사와라(小笠原) 여러 섬의 깊은 바다에 봉인되어 있다는 것을 알게 된다. 두 사람은 깊은 바다에서 '다치유라'를 끌어내기 위해 스쿠버 다이빙 따위의 훈련을 시작한다. 그 무렵 하시는 가수로 데뷔하고, 프로듀서 D 밑에서 일하는 스타일리스트 니바에게 끌린다. 프로듀서 D는 하시의 성장 배경을 최대한으로 살린 프로모션을 전개하여 그를 유명하게 만든다. 그 일환으로 하시와 모친을 재회시키는 기획을 진행시킨다. 그 사실을 안 키쿠는 정신이 허약한 하시를 보호하기 위해 재회 중계 현장으로 달려간다. 그리고 그 순간 하시와 재회하러 온 여인을 죽이고 만다. 그런데 그 여인은 키쿠의 어머니였다. 모친살해죄로 키쿠는 소년 형무소에 간다. 아네모네도 형무소가 있는 마을에 살며, 키쿠와 계속 연락한다. 키쿠는 형무소 안에서 선박 공부를 하면서 '다치유라'를 끌어올릴 궁리를 한다. 그리고 형무소 소유의 배가 훈련 항해로 출발할 때 탈주를 계획한다. 아네모네도 키쿠 일행과 합류하여 '다치유라'를 끌어내기 위해 준비한다.

한편, 하시는 스타의 길을 달리게 되고 니바와 결혼한다. 그러나 지나친 콘서트 여행으로 정신적으로 핍박해지고, 어릴 때 들었던 소리를 찾을 수 없다는 압박에 신경쇠약에 걸리게 된다. 그 무렵 니바가 임신을 했는데, 하시는 니바의 배를 볼 때마다 니바와 아기를 죽이라는 환청을 듣게 된다. 한편, 하치쇼섬 깊은 바다 속에 잠겨 있는 '다치유라'를 끌어내던 키쿠 일행은 작업 도중 상자의 틈새로 흘러나온 '다치유라'로 인해 서로를 죽이기 시작한다. 최후까지 살아남은 사람은 키쿠와 다이빙을 하지 않았던 아네모네뿐이었다.

결국 '다치유라'는 키쿠와 아네모네에 의해 도쿄에 뿌려진다. 하시는 환청에 못 이겨 니바를 찌르고 믿었던 프로듀서 D에게도 버려진다. 모든 것을 잃은 하시는 '다치유라'에 의해 폐허가 된 길을 울부짖으며 걸어간다. 그때 하시는 심장 고동을 들으며 그 소리가 '살아라'라고 말하는 것을 듣게 된다. 하시의 울부짖음은 점차 노래로 변해간다.

—『코인록카 아기들(コインロツカ-ベイビ-ズ)』줄거리

• 「양을 둘러싼 모험(羊をめぐる冒險)」

－무라카미 하루키(村上春樹, 1949~)

　　무라카미 하루키는 교토(京都)에서 태어나, 1961년 효고(兵庫)현으로 이사하였다. 중학교 시절부터 세계 문학을 탐독한 그는, 고등학교 시절에 미국 문학에 심취했다. 1968년 와세다(早稻田)대학 문학부 연극과에 입학하였으나, 학원 분쟁으로 학교 폐쇄가 지속되자, 매일 영화 감상과 재즈 클럽에서 지냈다. 이를 계기로 1974년부터 고쿠분지(國分寺)에서 재즈클럽을 경영했다. 1975년 대학을 졸업하고, 1979년 『바람의 노래를 들어라(風の歌を廳け)』를 발표하여 군죠(群象)신인상을 수상하고 작가로 등단했다. 이후 『바람의 노래를 들어라』의 주인공 '나'를 주인공으로 연작 「1973년의 핀볼(1973年のピンボル)」, 「양을 둘러싼 모험(羊冒險)」, 「댄스·댄스·댄스(ダンスダンスダンス)」를 발표했다. 그리고 정통적인 연애 소설 『노르웨이의 숲(ノルウエイの森)』을 발표했다. 이 작품은 우리나라에서 『상실의 시대』라는 제목으로 출간되었다. 이 작품은 일본은 물론 우리나라에서도 베스트셀러가 된 바 있으며, 특히 20대 독자층의 공감을 얻고 있다.

　　그밖에 개인의 내면에 도사리고 있는 폭력성 그리고 공포와 공동체와의 관계를 일본 근대 역사와 중첩시키면서 묘사한 『나사 돌리는 새 크로니쿠르(ねじき鳥クロニクル)』 등을 발표하였다. 또한 1997년에는 지하철 독가스 살포 사건의 용의자를 재현한 논픽션 『언더그라운드(アンダ-グラウンド)』를 발표하기도 하였다.

　　「양을 둘러싼 모험」은 1982년 잡지 ≪군죠(群象)≫에 발표되었다. 이 작품은 특히 줄거리 전개와 관계없는 삽화들과 이상한 인물들이 등장하고 있는 것이 특징적이다. 이 소설의 줄거리는 다음과 같다.

　　1978년 나와 70년대 처음을 같이 했던 '아무하고나 자는 여자애'라 불리던 여자가 죽었다. 이야기는 그녀의 장례식 이후부터 시작된다. '같이 있어도 아무 데도 갈 수 없어'라는 말을 남기고 아내가 집을 나갔고, 나는 고아와 같은 심정을 안고 있었다. 나는 광고 대리점을 경영하고 있는데, 일 관계로 이상한 힘이 있는 귀를 가진 여자와 알게 된다. 그녀는 나의 반쪽을 되찾기 위해 '양을 둘러싼 모험'이 시작될 것이라 예언한다.

그런 일이 있고 나서 곧바로, 공동 경영자가 회사로 나를 불렀다. 회사에 갔더니 '선생님'이라 불리는 거물급 우익의 비서가 기다리고 있었다. '선생님'으로부터 전권을 위임받고 있다는 비서는, 쥐라는 친구가 내게 보내준 양떼 사진에 문제가 있다면서, 사진의 출처를 밝히지 않으면 회사와 나의 장래는 없다고 협박한다. 그러나 내가 응하지 않자 비서는 사진의 등짝에 별 모양의 반점이 있는 양과 '선생님'과의 관계를 이야기하기 시작한다.

1932년, 젊은 우익 청년이었던 '선생님'은 요인 암살에 연좌되어 체포된다. 그때 받은 고문으로 뇌에 피혹이 생긴다. 이 사건 후로 '선생님'은 카리스마성과 논리성을 가진 우익의 우두머리로 부상한다. 그리고 전쟁 후, '선생님'은 정치·경제·문화를 뒤에서 조정하는 거대한 왕국을 건설한다. '선생님'의 변모는 양의 귀신이 쓰여서이며, 양을 잃어버린 '선생님'은 현재 죽을 지경에 처해 있다. 하루 속히 양을 찾아 그 비밀을 풀지 않으면 '선생님'의 왕국은 분열해버린다. 내가 만일 사진의 출처를 밝히지 않으면, 1개월 이내에 내가 양을 찾아야 한다고 비서는 말한다.

나는 할 수 없이 양의 탐색을 시작하고 홋카이도로 간다. 그리고 이상한 힘이 있는 귀를 가진 여자애의 말에 따라 삿포로의 이루카 호텔에 머물렀다. 거기에서 우리들은 '양박사'를 만나 그의 이야기를 듣게 된다. 천재 소년이었던 '양박사'는 어릴 때부터 농정에 뜻을 품고 농림성에 입성하여, 중일전쟁 전의 만주(滿州)로 건너가 군을 위해 양의 증산 계획에 종사하게 되었다고 한다. 그 시찰 여행 도중 '양박사'는 행방불명이 되었는데, 실은 양의 혼령을 만나 그 혼이 쓰인 것이다. 그래서 일본으로 송환되었는데, 그 후 양이 '양박사'의 혼으로부터 나갔다고 한다.

나는 '양박사'에게 '선생님'의 비서로부터 명을 받은 것을 이야기하고, 쥐가 내 앞으로 보내온 양의 사진을 보여주었다. 그리고 쥐로 보이는 청년이 수개월 전에 '양박사'를 찾아왔던 것을 알게 된다. 우리는 목장이 있는 쥬니타키마치로 향한다. 그곳은 홋카이도의 오지에 있는 벽촌으로, 메이지 초기에 빚에 몰려 쫓겨난 빈농이 개척한 마을이다. 그 후 군의 힘으로 목장이 만들어지는 등 순조롭게 발전하지만, 태평양전쟁 후에는 이농이 진행되어 임업으로 전환했고, 지금은 인구가 적다고 말했다. 우리들은 쥬니타키마치에 도착하여 하룻밤을 자고 깊숙한 산길을 걸어 가까스로 목장에 도착한다. 그러나 쥐가 있던 흔적은 있지만 사람은 없다. 우리들은 느긋하게 쥐가 돌아오는 것을 기다릴 작정이었으나, 몸이 좋지 않다고 호소하던 이상한 힘이 있는 귀를 가진 여자애가 사라져버린다. 할 수 없이 혼자서 쥐를 기다리는 내 앞에, 양가죽 인형을 쓴 사내가 나타났다. 그는 현실 사회로부터 도피하여 이 목장에 숨어 지내고 있다고 고백한다. 나는 양 사내에게 쥐에 대해 물어보지만, 양 사내는 대답하지 않는다. 그리고 좀 있다가, 드디어 쥐가 나를 찾아온다.

두 사람은 어두운 침실에서 재회를 했다. 이 목장을 소유하고 있는 부자는 쥐의 부모였다. 그리고 쥐는 이 목장에서 자신도 양의 혼이 쓰이게 된 것과, 양 사내의 모습을 빌어 나와 접촉했다고 말한다. 그러나 쥐는 양이 약속한 강대한 힘을 계승할 것을 거부하여, 양을 끌어넣은 채 자살했다고 한다. 쥐의 유령은 자살의 이유를, 자신의 약함이 좋았기 때문이라고 고백한다. 그런 후에 쥐는 모든 것을 묻어버리기 위해, 나에게 별장의 폭파 장치에 배선을 잇는 작업을 부탁하고 가버린다.

나는 쥐의 부탁대로 한 후, 목장을 나섰다. '선생님'의 비서가 산 밑에서 기다리고 있었다. 그는 쥐가 있는 장소를 알고 있었고, 양이 쓰인 쥐를 '선생님'의 후계자로 삼기 위해, 면밀한 계획을 세우고 있던 것을 나에게 이야기한다. 비서는 거액의 현금을 나에게 주고 별장으로 향한다. 그때 별장은 폭파된다.

모든 것이 끝난 후 나는 고향 마을로 돌아온다. 그리고 나와 쥐가 자주 가던 재즈바에 가서 쥐와 돈을 벌었다고 하고, 잘 아는 바텐더에게 거액의 수표를 건네주고 사용 용도를 부탁한다. 그 후 나는 해변에서 한참을 운 후, 일어나 걷는다.

— 「양을 둘러싼 모험(羊をめぐる冒險)」 줄거리

아랍의 문학

I. 서설

1. 아랍 세계의 형성과 문화

아랍 세계(The Arab World)는 아라비아 반도 중심으로부터 북으로 이라크와 시리아, 그리고 서부 북부 아프리카의 모로코에 이르기까지 걸쳐 있다. 수천 년 동안 이 지역은 문화와 교역의 중심지였으며, 많은 문명 세계들이 흥망성쇠(興亡盛衰)를 거듭해 왔다. 이 지역은 아시아를 유럽과 아프리카와 연결하는 중요한 곳이며, 또한 풍부한 자연 자원으로 많은 나라의 관심을 집중시킨 곳이기도 하다.

아랍 세계는 중동(The Middle East)과는 그 의미가 다르다. 왜냐하면 '중동'은 전략적으로 중요한 지역을 의미하며, 비아랍 국가들인 터키, 이스라엘, 이란, 아프카니스탄 등을 포함하고 있기 때문이다. 그리고 아랍 세계는 무슬림 세계와도 그 의미가 다르다. 무슬림의 약 80퍼센트는 아랍인이 아니다. 그리고 비아랍 인도네시아, 터키, 중국, 방글라데시, 파키스탄, 인도, 이란, 나이지리아, 그리고 구소련(현재 중앙아시아 독립국) 등도 상당한 인구의 무슬림들이 있다.

아랍 세계는 고대 문명의 발상지이기도 하다. **이슬람 이전 시대** 아라비아 반도의 역사는 셈족[1]의 시대까지 5000여 년 이상 거슬러 올라간다. '아랍(Arab)'은 사막 거주자들을 일컫는 셈어의 용어이다. 이 셈족 계열 집단의 최초 거주지는 예멘이다. 그리고 기원전 3500년 예멘으로부터 이주가 시작되었다. 첫 번째 이주는 홍해안을 따라 이집트로 갔으며, 그곳에서 그들은 햄족(the Hamites)들과 섞였다. 기원전 3188년에 메네스(Menes)왕은 상·하 이집트 왕국을 통합하였다. 이때가 이집트 파라오 문명 시대의 시작이다. 그러나 파라오 시대는 기원전 332년 알렉산더 대왕(Alexanda the Great)의 원정으로 막을 내렸다. 또 다른 이주는 아랍만안을 따라 티그리스강과 유프라데스강 사이의 계곡 메소포타미아까지 갔다. 이곳에서 셈족들은 수메리아[2]인들과 섞였고, 이들은 곧 바빌론인들이 되었다.

기원전 2500년 대무역상들인 페니키아인들이 현재 레바논 지역에 출현했다. 다시 1000년 후에 셈계열인 헤브루 유목민들이 출현하여 메소포타미아 지역에서 가나안(팔레스타인)[3] 지역으로 이주하여 정착하였다. 이곳에서 그들은 세계 최초 유일신 종교를 창시했다. 이 시대에 시리아 지역은 아람(the Arameans)인[4]들에 의해 통치되고 있었다. 그러나 기원전

---

1) 셈족 : 셈어(語)를 말하는 모든 민족의 총괄적 명칭. 이 말의 기원은 구약성서에 있는 노아의 아들 '셈'에서 왔다고 한다.

2) 수메리아 : 티그리스·유프라데스 강 하류의 지방명.

3) 가나안(Canaan) : 팔레스티나 지방의 옛 이름. 구약성서에 의하면 여호와가 이스라엘 민족에게 약속한 '젖과 꿀이 흐르는 땅'이다. 이스라엘 민족이 이 지방에 들어간 것은 기원전 1100년경~740년경까지인데, 그들의 정주(定住) 전에 이 땅의 셈계 선주민은 이미 철기 시대에 들어가 농경 생활을 하면서 도시를 건설하고 있었다.

4) 아람인(Arameans) : 셈계 민족의 일파. 처음에는 아라비아에 있었으나 이주하여 북메소포타미아에 정주했다. 기원전 1300년경 북시리아에 다마스쿠스 왕국을 세워, 유목 생활에서 도시 문명을 갖는 상업국가를 건설하였다. 북시리아는 이집트와 메소포타미아를 연결하는 육상 교통의 요충으로, 각지에 대상(隊商)의 근거지를 만들었다. 기원전 8세기 말 앗시리아인에게 예속되면서, 그들의 권력을 이용하여 서아시아의 육상 상업을 독점하였다. 그 결과 아람어(語)는 당시의 전 오리엔트 국제 상

800년에 앗시리아인들은 주변을 장악하여 동쪽의 이라크, 서쪽의 레바논 지역(the Fertile Crescent)에 이르는 제국을 건설하였다.

기원전 500년경에 이르면 이 지역 대부분은 고대 페르시아에 속하게 된다. 고대 페르시아 제국은 파키스탄~리비아에까지 뻗어 있었다. 그러나 2세기 후에 그들은 그리스인들에 의해 패망했으며, 그리스인들은 로마인들에 의해 멸망했다. 이 기간 동안 아랍인들은 융통성 있게 세태와 타협해가면서 자신들의 상업과 무역에 종사하였다. 이어 기원전 750~250년 사이에 쉬바인(the Sabaeans)들은 예멘(Arabia Felix)에 정착했다 그들은 이곳에서 동부지역으로부터 중계 무역을 발전시켰다.

기원전 100년경에는 시리아 남쪽과 아라비아 북쪽 끝에 살았던 아랍 민족인 나바트인들이 오늘날의 요르단과 사우디아라비아 지역에서 번성하였다. 이들의 훌륭한 유적들은 현재 페트라(Petra) 도시에 남아 있다. 나바트 왕국은 후에 시리아 지역의 팔미라 왕국에 의해 멸망하였다. 팔미라 왕국은 또한 미모의 제노비아(Zenobia) 여왕 때 로마인들에 의해 패망하였다.

이슬람 시대에 당면하여, 사도 무함마드는 메디나에 있는 여러 공동체 사이에 빚고 있던 충돌을 해결해 달라는 무슬림 개종자(안싸르)5)들의 초청에 응하여 메디나로 이주한다. 이것이 역사상 자주 언급되는 이른바 히즈라(Hegira)이며, 이슬람역의 시작이다. 무함마드는 아라비아 반도 전역에 걸쳐 이슬람 왕국을 수립하고 632년 사망하였다. 그의 후계자들은 칼리파(Khalifah)6)로 불리어졌으며, 그의 이슬람제국은 후계자인

업 용어가 되었고, 페르시아 제국의 공용어가 되었다. 그들의 문화에는 힛타이트와 앗시리아의 영향이 나타나 있다.

5) 안싸르(Ansar) : 개종자. 메디나 주민 중 무함마드를 지지했던 사람들을 지칭한다.

6) 칼리파(Khalifah) : 본래의 아라비아어(語)로는 '할리파'임. 예언자의 계승자라는 뜻. 역사적으로는 신의 법에 따라 공동체를 통치할 수 있는 권위, 또한 무함마드 사후에 정치와 영적 지도력을 떠맡는 사람을 말한다. 1517년 오스만 투르크가 이집트를 정복하자, 1538년 압바시야 왕조의 대(代)가 끊기어 이후 투르크의 군주가 술탄

이슬람 제1대 정통 칼리프인 아부 바크르('Abū Bakr, 573~634), 제2대 우쓰만('Uthman), 제3대 우마르('Umar), 제4대 알리('Ali)로 이어졌다. 제4대 칼리파 알리 시대 이후, 제국은 분할되기 시작했다. 이 분할은 현재까지 존재하는 종교적인 분당의 결과를 가져오게 되는데, 전통 칼리파를 추종하는 순니파(Sunni)[7]와 알리를 추종하는 쉬아파(Shi'ah)[8]가 바로 그것이다.

661년 서부 아라비아 반도를 통치하던 우마위야인들은 시리아와 안달루스에서 칼리파위(位)에 올랐다. 이 시대는 아랍족을 중심으로 한 아랍주의 사회였다. 그러나 우마위야조는 750년 압바스가와 알리파의 혁명으로 무너졌다. 압바시야조는 수도를 시리아에서 이라크로 천도하고 바그다드에 관제를 설립하였다. 순수 아랍인들의 국가였던 우마위야조와는 달리 압바시야조는 페르시아적 요소들이 강화되었다. 동쪽의 페르시아 지방에서 지방 토호 세력이 등장하여, 이들은 중앙아시아 지방에 거대한 세력을 마련하고 이슬람 왕조의 영역을 확대하였다. 서쪽에서는 처음으로 이슬람 세력으로부터 스페인이 독립하게 된다. 칼리파의 통제권도 아랍 정복자나 그 후손들로부터 비아랍계 이슬람 개종자들과 분할할 것을 강요받게 된다. 이러한 경향은 특히 동쪽의 페르시아, 서쪽의 베르베르계 민족에게서 두드러지게 나타났다.

(Sultan) 칼리프로 불리게 된다. 1924년 터키에서 공화정이 발표되자 최후의 칼리프가 추방됨으로써 칼리파제가 종식되었다.

7) 순니(Sunni)파 : 이슬람교의 정통파. 순나(Sunnah) 곧 마호메트의 언행·규약·관습을 신봉하는 사람들을 의미한다. 순니파는 쉬아(Shi'ah)파와는 달리 마호메트 사후의 후계 칼리프(Caliph)를 전부 인정하며, 이슬람교도 약 90퍼센트를 차지하고 있다.

8) 쉬아(Shi'ah)파 : 이슬람교의 한 분파. 마호메트의 사후, 그의 조카인 제4대 칼리프 쉬아 알리의 자손이 정당한 칼리프 계승권을 가졌다고 주장하여, 순니파에 대립하는 일파이다. 쉬아파에서는 칼리프에 해당하는 최고 지도자를 이맘(Imam)이라고 부른다. 쉬아파는 다시 소분파로 나뉜다. 페르시아인 대다수가 귀의하여 16세기에는 페르시아의 국교가 되었다. 현재도 이란의 이슬람교도 대부분이 이 파에 속하며, 전 이슬람교도 약 8퍼센트를 차지하고 있다. 순니파의 교의와 근본적으로는 차이가 없으나, 관습·의식에 상당한 차이를 보이고 있다.

거의 같은 시기에 중동 지역 이슬람 세계와 제3민족이 등장하게 되었
는데 바로 터키인이다. 터키 민족의 지배 기간 동안 이슬람은 새로운 지
역으로 확대되게 된다. 중앙아시아에서는 터키의 이슬람 개종자들이 이
슬람을 전파하였다. 인도에서는 이란과 중앙아시아로부터 침입한 터키계
정복자들이 새로운 이슬람 왕국을 건설하였다. 그리고 소아시아는 11세
기에 터키 부족민과 군대가 성공적으로 정복하게 된다. 이곳에서는 셀죽
가의 지파가 새로운 이슬람 제도 하에서 지배 세력으로 등장하게 된다.

몽골족이 침입한 이후 이슬람 세계는 5곳의 중요 이슬람 거점이 생겼
다. 그 첫 번째는 우쓰만으로, 그들은 1453년 콘스탄티노플을 전령하여
최대의 이슬람 왕국을 건설하게 된다. 두 번째는 이집트, 팔레스타인, 그
리고 시리아 지방에 세력을 둔 맘룩 왕조인데 그들은 몽골의 침입을 견
뎌내고 아랍-이슬람 문화의 중심지가 되었다. 셋째는 17세기 초 강력한
군주제인 사파위 왕조로 쉬아를 이란 국교로 삼고 이슬람 정부를 탄생시
켰다. 넷째는 북쪽 인도 지방을 거점으로 한 터키계 이슬람 왕조이다.

이 시기의 마지막 이슬람 거점지는 유라시아 스텝 지역으로 현재의
러시아 남부 지방과 중앙아시아 지방이다. 거기에는 이슬람화한 두 부
류의 몽골 계열이 있는데, 그 하나는 러시아에 거점을 둔 킵차카 한국
이고, 다른 하나는 중앙아시아에 거점을 둔 차카타이 칸이다. 이 두 왕
조는 후에 러시아에 흡수되었다.

이슬람 세력권의 가장 중요한 지역은 동남아시아 지역인데, 이 지역
은 이슬람이 아라비아와 교역하면서 전파되던 지역이었고, 특히 이 시
기에는 인도 지역으로부터의 유입이 가장 두드러졌다. 16세기까지 거의
대부분의 알레이시아 영토가 이슬람화 되었으나, 그 이후부터 이슬람은
점진적으로 쇠퇴기에 들어갔다. 이 시기의 이슬람은 북쪽의 러시아와
남쪽의 서유럽인들 사이에 끼어 어려운 지경에 놓이게 된 것이다.

제1차 세계대전 중 아랍인들은 독일과 동맹한 터키에 반기를 들었다.

아랍인들은 브리튼과 함께 오스만 통치 잔재를 제거하려고 노력했다. 1920년부터 팔레스타인 지역은 브리튼의 영향권 아래에 놓이게 되었다. 그리고 1948년 브리튼은 팔레스타인 지역에서 군철수를 하였고, 이후 즉시 이스라엘이 국가 독립선언을 하게 되었다. 이것이 곧 아랍과 이스라엘 간의 제1차 중동전쟁을 발발시켰다. 이후 1956년, 1967년, 1973년 제2~4차 중동전쟁이 일어났으며, 그와 함께 수많은 지협전이 발생하게 되었다.

1945년 아랍연맹이 구성되었으며, 이후 1977년 사이에 대부분의 아랍 국가들이 독립하게 되었다. 그러면서 유전의 대발견과 석유의 중요성이 부각되어 이 지역의 정치·경제 양상은 급속도로 변화되어 나갔다.

아랍 문화의 본질을 설명하기란 쉽지 않다. 시간적으로 현재로부터 천 년 이상의 간격이 있으며, 공간적으로 한글 문화권에 속하는 우리나라와는 너무나 동떨어진 곳에 있기 때문이다. 더군다나 우리와는 문화적 교류도 거의 없는 형편이어서 그 문화를 정확하게 이해하기 힘들다. 그리고 당시 문헌도 소수 특권층의 기록이고, 인구의 다수를 차지하고 있는 여러 인종으로 형성된 일반 대중들의 기록은 찾아볼 수 없는 실정이다. 한국이 아랍 세계에 깊은 관심을 가지게 된 계기는 1973년 제1차 유류파동과 1978년 제2차 유류파동, 그리고 1980년 당시 한국의 대통령이 사우디아라비아를 방문하면서이다. 이슬람 국가는 석유가 나기 이전에는 전혀 자기 목소리를 내지 못했지만 현재는 이슬람의 본래의 모습을 찾아 나서고 있다.

아랍 문화는 아랍어로 표현되었고, 이슬람의 인생관과 세계관으로 장식되었다. 따라서 이 문화의 핵은 신앙과 언어 두 가지로 설명할 수 있다. 아랍 세계는 이미 메소포타미아 문명과 이집트 문명을 안고 있었고, 그 안에 유대교와 기독교가 존재한 상태에서 후발주자로 나서게 되었으나, 지금은 전 세계 인구의 약 12억이 무슬림이다. 이슬람이 들어가 살지 않는 대륙이 없다고 하는 것을 보면, 실로 교세는 급성장세를 타고 있다. 이슬람은 종교로서만이 아니라 이슬람이 가는 곳에 이슬람의 언어인 아랍어와 이슬람 문화를 함께 동반했다. 그래서 이전의 토착 문화와 섞이면서 독특한 아랍 문화를 가지게 된 것이다.

그만큼 아랍 문화는 이슬람과 불가분의 관계에 있다. 이슬람교는 7세기 북부 아라비아에서 출현하였으며, 그 교리는 마지막 사도인 무함마드가 하느님으로부터 받은 계시를 바탕으로 하고 있다. 그리고 이 계시는 후에 『꾸란(al-Qur'an)』으로 정리되었다. 『꾸란』은 이슬람교도들의 행동 규범의 내용을 포함하고 있다. 아랍어로 이슬람의 신을 '알라(Allah)'라고 칭한다. 그리고 '이슬람'은 '신의 의지에 복종'을, '무슬림'은 '복종하는 사람들'이라는 뜻을 지닌다.

각국 지역 이슬람은 각기 그 차이를 드러내고 있다. 이슬람이 등장한 후, 아랍인들은 급속도로 주변 지역을 정복해 한때 스페인에서 인도 지역까지 그 세력을 확대하기도 하였다. 당시 이 지역 대부분 사람들이 무슬림으로 개종하였으며, 현재 아랍인 90퍼센트 이상이 무슬림이다. 그리고 대부분 아랍 무슬림들은 순니파(Sunni)에 속한다. 그러나 레바논, 이라크, 아랍만 연안국들 지역에는 다수의 쉬아파(Shi'ah)가 거주하고 있다.

이슬람 교리에는 5가지 기본 의무가 있다. 신앙 선서[9], 하루 다섯 번의 기도[10], 자카트(Zakah)[11] 납부, 라마단(Ramadan) 기간 중의 금식[12], 성지

---

9) '알라 이외에는 신이 없으며, 무함마드는 신의 사도이다'라는 구절을 암송함으로써 신의 절대성과 무함마드의 정통성을 인정하는 선서를 말한다. 2명의 남성 무슬림 앞에서 이 구절로 선서하면 무슬림으로 인정받게 된다.
10) 5번의 기도는 새벽, 정오, 오후, 석양, 밤에 행한다. 계절에 따라서 실제 기도 시간은 변화한다.
11) 자카트(Zakah) : 종교세. 무슬림들은 공동체의 복지와 빈곤층을 위해 소득의 일부를 납부해야 한다. 이는 소득 재분배의 효과와 이슬람 경제의 기본이 된다.
12) '라마단'달은 이슬람 음력 달력으로 9번 째 달에 해당한다. 라마단 기간 중 무슬림들은 음식·음료 등을 일체 삼가고 기호 식품도 금지한다.

순례 등이 그것이다. 그리고 6가지 믿음이 있는데, 신앙 고백, 무함마드에게 순종, 알라의 천사, 알라의 성서들, 알라의 예언자와 사자들, 사후의 생과 심판의 날 등이다. 그러나 이슬람 세계의 표면 밑에는 이들과 서로 다른 요소가 있어 둘로 나뉘는데, 곧 이상적인 이슬람과 대중 이슬람이다.

이슬람은 단지 종교만이 아니라 삶의 방식이다. 정치·사회 활동은 물론 모든 사람의 사회 활동과 개인 관계도 이슬람의 일부이다. 이처럼 이슬람 문화는 삶의 총체적이며, 학습을 통해 습득된다. 다시 말하여 아랍 문화는 개인에 대한 것이 아니라 사회 집단의 방식인 것이다.

아랍 문화는 사라센(Sarasen) 문화라고도 한다. '사라센'이란 말은 그리스어로 아랍인을 지칭하는 말이다. 처음에는 시리아 근처의 아랍인을 가리키던 말이었는데 중세 이후에는 무슬림을 총칭하는 말이 되었다. 일반적으로 사라센 문화는 아랍인이 아라비아 반도의 사막에서 가져온 이미 만들어진 것이 아니고, 정복을 완수한 후 개종한 여러 인종, 즉 아랍족, 페르시아족, 이집트족, 시리아족 등의 순수한 무슬림 문화만도 아니다. 수많은 기독교도, 유대교도, 배화교도 등도 이 문화를 창조하는 데 공헌을 했기 때문이다.

아랍인이 만든 진정한 기적은 군사적인 정복보다 오히려 정복된 지역을 아랍화하거나 이슬람화한 데 있다. 11세기까지 아랍어는 페르시아에서 스페인에 이르기까지 일상생활에 있어서 가장 중요한 언어가 되었을 뿐만 아니라, 중세 페르시아어, 콥트어(Coptic)[13], 그리스어, 라틴어 등과 같은 절대적인 문화 언어의 위치를 흔들어 놓고 문화를 대표로 하는 수단으로 발전한 것이다. 아랍어가 널리 보급됨에 따라, 정복자로서의 아랍인과 아랍화된 피정복자의 구별은 점차 소멸되었다. 아랍어로 말하고

---

13) 콥트(Coptic)어 : 고대 이집트의 최후 단계의 언어로서 여러 개의 방언으로 나뉘며, 상형 문자가 아닌 그리스 문자로 나타내며, 2~16세기까지 사용되었다.

이슬람을 믿는 자는 모두 하나의 공동체, 즉 움마(Umma)에 속하는 동료가 되어간 것이다. 그리하여 아랍이라는 단어 자체가 본래의 뜻인 유목민으로 통용되기도 하였다.

예언자 무함마드를 시발점으로 아라비아 반도에서 생성하여 중근동 지역으로 발전한 이슬람은, 단순한 믿음과 의식 체계 이상이다. 또한 그것은 국가, 사회, 법률, 사상, 예술의 체계이기도 하다. 즉 종교가 모든 것을 집결시키는 핵으로 작용하는 하나의 문화이다. 예언자가 메카에서 메디나로 이주함에 따라, 이슬람은 곧 신에 대한 절대 순종은 물론, 구체적으로는 메디나와 예언자의 종주권을, 후에는 제국과 칼리파에 대한 종주권을 뜻하였다.

성경에 의하면 노아에게 세 아들이 있었는데, 그들은 야벳, 셈, 함이었다. 그 가운데 아들 셈(Shem)의 이름에 기원을 두어 서남아시아 지역의 언어군을 셈어군이라 하였다. 아랍어 혹은 북부 아랍어는 셈어족 중에서 가장 역사가 짧다. 셈어족의 발생지는 주로 사막의 팽창으로 인해 외부언어에 의해 크게 영향 받지 않은 아라비아 반도이다. 이러한 이유로 아랍어는 다른 어떤 언어보다도 비교적 늦게 발전했다는 사실에도 불구하고 다른 어떤 언어보다도 원시 셈어와 밀접한 관계를 가지고 있는 것이다.

아랍어는 7세기 이후 아랍 정복자들이 거대한 제국을 건설하기 시작했을 때 괄목할 만하게 발전을 거듭하여, 동으로는 인더스강까지, 서로는 대서양, 남으로는 아라비아해, 그리고 북으로는 터키 국경과 코카서스 지방에 이르렀다. 아라비아 반도의 북서 지역에서 출발한 정복자들에 의해 이슬람이 가는 곳에는 아랍어도 함께 갔다. 이렇게 아랍어는 대규모 문학적 유산을 지닌 기존의 언어들과 경쟁하며 새로운 환경 속으로 파고든 것이다. 아랍어는 8세기 초에는 제국의 언어로 부상했고, 이제는 아랍인들뿐만 아니라 정복된 지역의 사람들도 그들의 사고를 표현하는 수단이 되었다.

아랍어는 반도로부터 출발하여 이슬람이라는 새로운 종교의 메시지를 전달하는 동시에 중동으로 보급되어졌다. 점차 수세기동안 서아시아의 혼성 외국어로서 쓰였던 아람어를 대신하게 되었다. 셈어가 사용되는 지역이 아라비아 반도와 북부 아프리카인 점에 착안하여 어떤 학자들은 셈-함어(Semito-Hamitic) 또는 함-셈어(Hamito-Semitic)라고 한다. 그런데 이 용어는 함어가 셈어와 대립된 어족으로 잘못 인식되는 인상을 남기므로, 언어적 친족 관계를 지리적 부분이나 인종적 구분보다 우선하여 아프리카 · 아시아어(Afro-asiatic languages)라고 부르기도 한다.

아랍어는 풍부한 문학적 유산을 가지고 있는 세계의 주요 언어 중에 하나이다. 다른 어느 언어에서도 볼 수 없는 독특한 발음, 그리고 표준어의 기준이 되는 꾸란과의 긴밀한 관련을 가진 즉, 언어와 종교가 상호 불가분의 관계에 놓인 언어라 할 수 있다. 중세 이후 아랍어는 그리스어와 라틴어와 함께 세계의 주요 언어인 영어, 프랑스어, 스페인어, 러시아어와 어깨를 나란히 하며, 지금은 24개 아랍 국가의 공용어로 쓰이고 있다. 따라서 오늘날 아랍어는 중동의 광범위한 지역에서 쓰이고 있는데, 모로코, 알제리, 튀니지, 리비아, 이집트, 수단 등의 북아프리카 국가와 사우디아라비아, 예멘, 오만, 아랍에미리트, 바레인, 카타르, 쿠웨이트 등의 아라비아 반도의 국가, 그리고 이라크, 요르단, 레바논, 시리아 등 지역에서도 국어로 쓰인다. 심지어 이스라엘에 있는 팔레스타인 250만 명의 모국어이기도 하다.

아랍 사회에서는 상층과 하층 간의 기능적 언어 구분이 뚜렷하다. 꾸란에서 내려오는 아랍어는 문어체로서 상층 언어이고, 실제 아랍 각 지역에서 쓰이는 아랍어는 하층어에 해당한다. 고전 아랍어와 현대 표준 아랍어는 상층어이고 다양한 지역 방언과 구어체 아랍어는 하층어이다. 상층어는 사원의 설교, 국회 연설, 방송, 신문 사설, 시 등에 쓰이고, 하층어는 하위직 직종을 가진 사람, 근로자에게 지시를 내릴 때, 라디오 연속극, 서민 문학 등에 쓰인다. 오늘날 아랍에서 가르치는 아랍어는 현대 표준 아랍어이다. 그러나 아랍의 많은 학자들은 고전 어랍어가 꾸란의 언어이고, 구어체 방언이 가질 수 없는 아름다움과 논리성과 풍요로움을 지녔으므로 가장 이상적인 교육어라 주장한다.

2. 아랍 문학의 발전과 전개

아랍 문학은 아랍어로 쓰인 문학(adab)이다. 일찍이 아라비아 반도에서 태동하였으나 이슬람의 확장과 더불어 그 활동 무대를 동으로는 페르시아와 인도, 북으로는 터키와 샴 지방(시리아, 레바논), 서로는 이집트, 수단, 리비아, 모로코, 튀니지 등 북부 아프리카와 유럽의 스페인 안달루시아 지방으로까지 확장되었다. 아랍어 '문학(adab)'은 시대의 변천에 따라 그 의미가 변화하였다. 이슬람 이전 자힐리야 시대에는 '성찬에의 초대'를 뜻했고, 이슬람 초기에는 '교육·교훈'의 뜻으로 사용되었다. 그리고 압바시야 왕조 초기에는 베드윈의 '야만'에 대치되는 말로 '정중함·예의·예절'을 의미하였다. 그 후 '아답'은 '아랍인의 시와 연대기에 관한 지식'을 뜻하게 되면서 일반적인 의미의 문학에 접근하게 되었다. 이처럼 아랍 문학에서 '문학'이라는 개념을 표현하는 단어는 오랜 세월이 흐른 후에 나타나기 시작했던 것이다.

아랍 문학이 최초로 등장한 시기는 **이슬람 이전 시대**인 자힐리야 시대(450~622)이다. '자힐리야'라는 말은 '무지', '우매'를 뜻하며 '이슬람 정신의 부재'를 의미한다. 자힐리야 시대의 문학은 시 문학(詩文學)이다. 아직 문자가 정착되지 않았기 때문에 거의 모든 문학 활동은 구술(口述)

로 이루어졌다. 각 부족에서는 한 명 이상의 시인을 두었으며, 시인들은
부족을 대변하고 제사(祭士)·전사(戰士)로서의 역할도 담당하였다. 자힐
리야 시대의 대표적인 시 형태는 '까시다(Qasida)[14]'를 들 수 있는데 사막
생활의 다양한 전경을 표현한 까시다의 주제는 시대에 따라 조금씩 변
화되었지만 그 형식은 거의 변함없이 근대까지 지속되었다. 이슬람 이
전 시대의 대표적 까시다 시인은 킨다 왕국의 왕자이자 방랑시인이었던
이므루 알-까이스('Imru'al-Qays, 500~540)였다.

자힐리야 시대에 이어 예언자 무함마드(Muhammad, 570~632)가 등장하
였다. 그는 610년 알라(Allah)의 계시를 받아 이슬람을 전파하기 시작하였
고, 이슬람은 점차 아랍인들의 모든 삶을 지배하게 되었다. 정통 칼리파
시대(632~661)에 운(韻)이 있는 산문으로 기록된 '꾸란(al-Qur'ān)'은 종교 경
전으로서 뿐 아니라, 아랍어로 쓰인 산문의 전형으로서 이후의 아랍의
모든 문학 활동에 지대한 영향을 끼쳤다. 시인은 예언자와 이슬람의 대
변인이 되었으며, 시는 예언자와 이슬람을 칭송하는 수단이 되었다.

정통 칼리파 시대 이후의 우마위야 시대(661~750)는 문학의 활동 무대
가 아라비아 반도를 벗어나 시리아와 이라크 등의 광대한 지역으로 확
대되었다. 시인들은 주로 현실의 흐름과 환경을 묘사하였으며, 시는 자
힐리야 시대의 까시다(Qasida)에 그 뿌리를 두고 있었으나 정치시·교육
시 등 다양한 새로운 시가 출현했다. 그리고 자힐리야 시대는 엄격한
의미의 산문이 없었으나, 우마위야 시대에는 예언자 무함마드의 말씀
또는 그의 행동에 대한 설명과 대화를 기록한 언행록(言行錄)인 하디쓰

---

14) 까시다(Qasida) : 서정시. 까시다는 대체로 삼중 구조로 이루어진다. 첫 도입부인
　나시브(nasib)에서는 폐허가 된 황량한 야영지를 언급하면서 옛 애인과의 추억을 생
　각하며 사랑과 이별을 슬퍼한다. 두 번째는 사막을 여행하며 겪은 어려움과 낙타,
　말, 양 등을 묘사하거나, 천둥 번개 등 자연 현상을 묘사한 뒤 본론에 들어가게 된
　다. 마지막 세 번째에서는 자신의 출신 부족이나 개인에 대한 칭송 혹은 적에 대한
　비방과 풍자를 다룬다.

(Hadith)의 영향으로 본격적인 산문이 발생하였다. 이 시기의 말기에는 유명한 산문 작가인 이븐 알-무깟파('Ibn 'al-Muqaffa, 724~759)가 『칼릴라와 딤나(Kalila wa Dimna)』와 같은 우화집을 아랍어로 번역·소개하여 일반인들의 도덕적 귀감으로 삼기도 하였다.

압바시야 왕조(750~1258)는 황금(黃金) 시대(750~946)와 은(銀) 시대(946~1258)로 구분된다. 황금 시대는 압바시야 왕조 창건 때부터 부와이흐 왕조가 바그다드를 점령한 때까지이며, 이때는 그리스, 페르시아, 인도 등의 고전이 활발하게 아랍어로 번역되는 등 문화 활동의 중심지가 되어 많은 사상가와 문인을 낳았고 아랍어 문법학파가 등장했다. 산문의 대가인 알-자히즈('al-Jāhiz, 775~868), 새로운 시풍을 개척한 알-무타납비('al-Mutanabbī, 915~965), 아부 누와스('Abu Nūwās, 756~810) 등이 바쓰라와 쿠파를 중심으로 활동하였다. 8세기 초 이래 아랍에 정복되었던 스페인의 이베리아 반도에서는 동부 아랍 세계에서 찾아볼 수 없는 특징적인 문학 세계가 발전되었는데 이를 안달루시아 문학이라고 한다.

은 시대에는 아랍·이슬람 세계가 정치적으로 분열되고 수많은 지방 정권이 출현하였다. 처음에는 파띠마조·함단조의 지방 군주의 보호를 받아 문학 활동이 번창하였으나, 1055년 이후 모든 주도권이 셀죽 터키인들의 손에 넘어가게 되면서 그들의 무관심과 작가나 시인들의 수사학적 형식에 대한 집착으로 아랍 문학은 쇠퇴기로 접어들었다. 따라서 문학 활동의 중심이 동쪽으로는 사마르칸트·부카라, 서쪽으로는 코르도바·세비야까지 여러 곳으로 분산되었다. 이 시대에는 기교적인 면에서 산문의 극치라고 일컬어지는 '마까마(Maqama)'라는 문학 장르가 유행하였는데, 바쓰라의 알-하리리('al-Harīrī, 1054~1122)의 작품이 유명하였다.

앞에서 언급한 바와 같이, 스페인 안달루스는 711년 아랍에 정복된 이래 동부 아랍 세계에서 찾아볼 수 없는 특징적인 문학 세계가 발전되었는데 이를 '안달루시아 문학'이라고 한다. 안달루시아 문학은 처음에는 동부 무슬림 세계에서 유행한 문학의 종류와 문체를 모방하여 그와 동일한 수준에 도달하고자 노력하였다. 그러나 이후 안달루스는 동부에 알려져 있지 않은 특징적인 문학 세계를 갖게 되었으며, 특히 시에 있어서 전통적인 까시다의 운율, 형태, 주제를 추구하면서도 한편으로는 전통적인 까시다의 관습에서 벗어나려는 노력으로 노래시 '무왓샤하트(Muwashshahāt)'를 탄생시켰다. 무왓샤하트는 대중주의적인 경향을 띠고 있으며, 복수 운, 서정성, 음악성을 주요한 특징으로 삼았다. 이러한 무왓샤하트는 산문 및 학문 예술 활동과 더불어 동부 무슬림 세계와 유럽 문학에 커다란 공헌을 하였다.

1258년 압바시야 왕조가 몰락한 때부터 나폴레옹의 프랑스 군대가 이집트를 점령하게 되는 1798년까지의 시기를 '터키 시대'라고 한다. 터키 시대는 또 맘룩 시대(1258~1517)와 터키 시대(1517~1798)로 세분할 수 있다. '맘룩(Mamlūk)'이란 이집트와 시리아를 통치했던 백인 노예들을 가리키는데 '소유된 자'를 뜻한다. 맘룩 시대는 이집트가 비교적 독립을 누리면서 파괴된 바그다드 대신 이슬람 세계 동부 지역의 문화 중심지를 담당했던 시기이다. 그 당시 이슬람 세계는 여러 군소 국가들로 분리되어 아랍 문학의 위상이 크게 약화되었다. 그러나 아랍어는 여전히 공용어와 문학어의 위치를 차지하고 있었다. 터키 시대는 오스만 터키가 이슬람 세계의 종주국으로 세력을 팽창하기 시작한 때로 초기에는 아랍 문학이 점차 독창성, 창조성, 상상력, 생명력을 상실해 갔으며, 말기에는 공용어가 아랍어에서 터키어로 바뀌는 등 아랍 문학은 완전히 암흑 세계로 접어들게 되었다. 그러나 이 시기에 아랍어로 쓰인 『천일야화(千一夜話)』와 같은 고전이 편찬 완성되기도 하였고, 아랍 사회학의 아버지라 일컫는 이슬람 역사 사상가 이븐 칼둔('Ibn Khaldun, 1332~1406)이 등장하기도 하였다.

아랍·이슬람 세계는 1798년 프랑스 나폴레옹이 이집트를 침공하면서 서구 문학이 홍수처럼 밀어닥쳤다. 이에 자극을 받은 아랍 문학은 이집트, 레바논, 시리아를 중심으로 '나흐다(문예부흥)'를 맞이하게 된다. 문예부흥은 먼저 오랜 침체기 동안 버려졌던 황금기의 아랍 문학을 되살리는 작업에서부터 시작되었다. 이 시기에 전통 시가인 '마까마'의 고전적 장르 부활에 관심이 고조되기 시작하였으며, 유럽으로부터 소설 등의 새로운 문학 장르와 낭만주의 문예사조가 유입되었다. 특히 칼릴 지브란(Khalil Jibran, 1883~1931)을 비롯한 상당수의 낭만주의 경향의 아랍 작가들이 미국이나 남미에 이주하여 '이주 문학'이라는 독자적인 문단을 형성하였다.

20세기에 들어와 중세 이슬람 시대에 있었던 다인종 사회의 문학이 다시 재현되었다. 제1차 세계대전(1914~1918)과 1919년의 이집트 혁명을 전후로 아랍 문학에는 민족주의 분위기 속에서 농민 또는 하층 계급 서민들의 생활을 묘사한 사실주의 경향이 등장하였다. 또 1950년대에는 정치적 격변과 사회적 혼란에 따라 '일티잠 문학(참여 문학)'의 특성이 나타나게 된다. 특히 팔레스타인 문제의 해결을 주제로 삼는 팔레스타인 문학은 이른바 제3세계 문학의 실체와 실천적인 특성을 단적으로 표현한 민족 문학인 것이다.

세계적으로 아랍 문단 최초로 이집트의 소설가 나집 마흐푸즈(Naguib Mahfouz)가 1988년 노벨문학상을 수상하였다. 이는 아랍 문학이 그 보편적인 문학성을 세계적으로 인정받고 각국 문학과 어깨를 나란히 하는 계기가 되었다. 앞으로 아랍 문학은 22개국 개별 국가들의 독특한 문학으로 그리고 공통의 문학 매개체인 아랍어를 사용한 문명권 문학으로서 더욱더 발전하여 그 위치를 굳힐 것이다.

Ⅱ. 자힐리야 시대의 문학

1. 까시다와 아랍 문학의 발생

일반적으로 아라비아 역사상 고대부터 이슬람교 출현 이전까지의 시기를 자힐리야 시대라고 한다. 문학사상 자힐리야 시대 문학은 기록상 가장 오래된 시가가 지어진[15] 기원 후 500년경부터 아라비아 역사상 신기원을 이루는 무함마드의 메디나 이주 시기인 히즈라(Hijrah) 원년 622년까지의 시기를 가리킨다. 아라비아 반도는 자힐리야(Jahiliyyah)[16] 아랍인들의 거주지이며 아랍 문학의 발생지이다. 아라비아 반도는 대부분 모래로 된 평지로서 스텝(Steppe) 지대가 아니면 사막으로 이루어진 불모의 땅이며, 그 위치는 반도의 중앙 및 북동 지

---

15) 자세하게 알려진 바는 없지만, 일반적으로 가장 오래된 시의 한 종류는 라자즈(Rajaz)이며, 가장 오래된 시는 알-바수스 전투(al-Basūs, 494~534) 전후시기로 추정되고 있다.
16) 자힐리야(Jahiliyyah) : 이 말은 꾸란에서 지칭한 것으로 이슬람 출현 이후에 쓰인 것으로 '무지' 또는 '무지한 상태'를 말하며 사전적 의미로는 무식, 무지, 우매 등을 말한다.

역이다.

그러나 아라비아 반도는, 주위의 주요 문화권과 소통되고 있었다. 반도 북부에는 비잔틴(Byzantine) 국가와 사산(Sāsān) 제국이 세력 다툼에 있었고, 이들의 틈새에 아랍 왕국인 갓산(Ghassān)과 히라(Hira)가 완충 지대의 역할을 수행하고 있었당. 특히 히라의 통치자들은 아랍 시인들의 후견인들로 유명하였으며, 그들의 궁전은 아람(Aram) 및 사산 문화 전파의 중심 역할을 하였다. 유대인이 반도의 서쪽과 남쪽에서 번성한 반면, 남부의 나즈란(Najrān)은 중요한 기독교 중심지로서 비잔틴과 접촉하고 있었다. 한마디로 6세기의 아라비아는 전적으로 무지와 야만의 시대만은 아니었다.

자힐리야 시대의 아랍인은 정착민과 유목민으로 구분된다. 정착민은 도시에 살면서 농업이나 상업에 종사하였다. 특히 히자즈(Hijaz) 지방의 메카는 종교와 상업의 유명한 중심지였다. 유목민의 활동 범위는 티하마(Tihāma), 나즈드(Najd), 누푸드(Nufud) 사막, 시리아 사막, 바레인 등이었고, 유목민인 베드윈은 물과 목초를 찾아 낙타, 염소, 양떼를 모는 무리였기 때문에 도시에 사는 사람들보다 더욱 거친 생활을 해야만 했다.

따라서 당시 아랍 사회는 빈부의 격차가 극심하였고, 대부분이 가난하게 살았다. 때문에 간통, 도박, 음주 등이 성행했고 치열한 생존 경쟁을 일삼을 수밖에 없었다. 또한 남아선호사상이 강했음에도 불구하고 여성의 지위는 대체적으로 높고 영향력이 컸으며 남자와 평등하게 동료로서 간주되기도 하였다.

아랍의 사회는 부족장을 중심으로 한 부족 사회로, 부족은 그들 생활의 유일한 근거이자 전부였다. 그들의 일상생활은 선조들의 관례에 의해 규제되었다. 그리고 사회 생활의 중요한 덕목으로는 명예, 용맹, 관대, 충성 등이었다.

자힐리야인들은 문학에 깊은 관심을 갖고 있었는데, 대표적인 장르는

시 문학이다. 부족마다 적어도 한 명의 시인을 두었는데, 시인들의 지위는 매우 높았다. 시인들은 부족의 역사와 가계, 영광과 공적을 기록하고 노래하였다. 각 부족은 모든 집회나 모임에서 자기의 부족을 옹호하는 시인을 두고 있었다. 부족들이 모이는 메카 순례 후 우카즈(Ukaz), 알-미잔나(al-Mijanna), 두 알-미자즈(Dhu al-Mijaz) 등의 장터에서 시인들은 각기 자기 부족의 공훈을 노래하였다. 가장 오래된 시적 표현 양식은 운율이 없는 각운인 사즈아(saj'a, 각운 산문)[17]이며, 이 양식은 시인이나 예언자 등이 초자연적인 계시를 내리거나 온갖 신비스럽고 심원한 가르침을 전달하기 위해 채택되었다. 여기에서 아랍시의 정형으로 뿌리내린 '까시다(Qasidah)'가 발달하게 되는데, 초기에는 단순한 형태로 간단한 칭송이나 전쟁터에서 적을 야유하는 모욕적 말을 담은 라자즈(rajaz)가 등장했다. '까시다'의 각운은 첫 행의 두 번째 반구(半句)에 사용된 것과 똑같은 운이 둘째, 셋째 행에서도 반복되며 시의 마지막 행까지 계속된다. 초기 청중들은 시인 주위에 모여 그의 시를 경청하였다.

까시다 중에서 가장 뛰어난 시의 형태는 메카(Mecca)의 카바 신전에 걸렸다는 장시 「무알라까트(Mu'allaqāt)」인데, '방랑의 왕자' 이므루 알-까이스('Imru'al-Qays, 500~540)의 「무알라까트」를 비롯하여 7편이 전한다. 아랍인들 사이에서 즐겨 애송되는 이 「무알라까트」는 지금도 아랍인들의 시적인 천재성을 보여주는 가장 훌륭한 예로서 인용되고 있다.

자힐리야 시대에는 구전 시 문학이 중심을 이룬 반면, **산문 문학**은 구전만으로는 전승되기가 어려워 크게 발달하지 못했다. 더구나 글을 쓸 줄 아는 사람이 많지 않아서, 자힐리야 사람들은 분량이 많은 산문

---

17) 사즈아(saj'a) : 사원의 사원지기가 점차 신의 영향을 받아 미래를 예언하며 초인적인 행동의 힘을 가진 점쟁이 또는 무당으로 변하면서 그들이 내뱉는 중얼거림 혹은 주술을 말함. 사즈아는 운율을 갖지 않으면서 각운으로 통일성을 이룬 간결한 산문으로서 균형을 맞춘 간결한 대칭 구조를 취한다. 사즈아로부터 아랍 문학사 최초 시적 표현인 '라자즈'가 발달되었다.

보다는 시에 더 많은 관심을 가졌다. 산문 문학으로는 속담, 설화, 연설, 충고문, 격언 등이 전해진다.

결론적으로, 자힐리야 시대의 시는 사즈아에서 그 기원을 두고 라자즈 시가 발전되었고 아라비아인들의 최정상의 시적 재능을 보여주는 까시다로 더욱 확고한 위치를 갖게 되었다. 따라서 자힐리야 시대의 시는 예술적 가치뿐만 아니라 역사적 가치도 아울러 갖고 있는 아랍인의 문화적 유산이다. 또한 까시다 시인들은 현대에 이르기까지 후대 시인들의 모델로서 아랍시 전반을 지배하는 언어학적 그리고 심미학적 기준을 전하였다. 뿐만 아니라 상층 아랍어의 일반 기준을 창안하여 문화적 공헌에도 크게 이바지하였다고 볼 수 있다.

○ 작품의 이해

• 「무알라까트(*Mu'allaqāt*)」 ─ 이므루 알-까이스('Imru'al-Qays, 500~540)

「무알라까트」 가운데 가장 오래되고 유명한 것은 고대 예멘 킨다 왕국의 왕자였던 이므루 알-까이스의 「무알라까트」이다. 확실하지는 않지만 그는 서기 6세기 초에 때어난 것으로 추정된다. 전설적 내용이 섞인 이야기들에 따르면, 킨다 부족은 480년 경 중부 아라비아와 북부 아라비아의 대부분 지역을 그 세력하에 두었으며 500년경에는 이므루 알-까이스의 조부인 하리쓰 븐 아므르(Harith bn Amr)가 붕괴되었던 킨다 왕국을 재건하여 갓산 왕국과 히라 왕국의 강력한 경쟁자가 되었다. 부왕인 후즈르(Hujr)는 이므루 알-까이스가 시를 읊은 것을 못마땅하게 생각했고, 게다가 사촌동생인 파띠마와의 염문까지 나돌자 그를 추방하였다. 이므루 알-까이스는 고향을 떠나 '방랑의 왕자'가 되었다. 그런데 아버지가 복수라는 짐을 떠맡기고 세상을 뜨자, 부친의 복수를 마칠 때까지 술과 여자를 멀리하고 머리도 감지 않겠다고 맹세하였다.

이후 그는 콘스탄티노플로 가서 유스티니아누스(Justinianus, 483~565) 황제로부터 환대를 받고 팔레스타인 총독으로 임명받아 가는 도중, 황제가 그에게 선물로 보낸 독 묻은 옷을 입고 피부병으로 죽었다고 한다. 때문에 그는 '종기 난 사나이(Dhu al-Quruh)'라 불리기도 하였다.

이므루 알-까이스는 이슬람 이전 시인들 가운데 가장 위대한 시인이다. 무함마드는 그를 '지옥행 사자들의 두목'으로 묘사하였으며, 칼리파 우마르('Umar)와 알리('Ali)는 종교적으로는 반감을 갖고 있음에도 불구하고 그의 재능과 독창성을 높이 샀다. 그의 대표작 「무알라까트」 시는 낭만적 연애시로서 절묘한 어휘 구사와 생동감 있는 시상이 활기에 넘치고 있다. 다음은 「무알라까트」 전반부에서 시인이 옛 추억을 회상하면서 이별한 여인을 그리워하며 읊은 시이다.

- 동행자여! 잠시 멈췄다 가세. '알다쿨'과 '하우말', '투디하', '알미끄라' 지역 사이에 있는 구불구불한 모래벌판에서, 헤어진 애인과 떠나온 집을 회상하며 울고 싶다오.
- 남풍과 북풍이 번갈아 불어와 흙먼지가 쌓였다가 다시 흩어지니, 옛 집터의 자취는 남아 있소.
- 보아라! 옛 집터에 흰 양들의 똥이 마치 후추 알갱이처럼 흩어져 있는 것을.
- 이 순간 나는, 우리 일행들이 마을을 떠나던 날 이른 아침 아라비아 고무나무 숲에서 이별의 슬픔으로—마치 콜로신드 열매를 쪼개면서 그 강한 냄새에 눈물 흘리듯이—눈물을 흘리던 그 시절에 와 있는 것 같소.
- 동행자들은 나를 위해 낙타를 멈춰 세우고, "너무 슬퍼 말라. 인내심을 가져라"고 위로해 주네.
- 나를 슬픔에서 벗어나게 해주는 것은 내가 흘린 눈물뿐, 허물어진 집터의 자취에 의지할 위안처가 있겠는가.
- 나는 한결같이, 그리운 그 여인 때문에 괴로워하고 있고, 또 이전 '마으살' 산에서 두 여인 '움물-후와이리스'와 그녀의 이웃 친구 '움물-라밥'을 사랑해서 괴로워했던 적이 있었지.
- 그 두 여인이 움직일 때면, 마치 카네이션 향기를 몰고 오는 부드러운 동풍

같은 사향 내음이 퍼졌지.
·두 여인을 향한 그리움에 눈물이 넘쳐 가슴팍을 흘러 칼집을 적시는구나.

—「무알라까트」 부분

•『시집가는 딸에게 쓴 충고문』
—우마마 빈트 알-하리쓰('Umāma bint al-Hārith)

아랍에는 자기의 인생 체험을 바탕으로 친구나 친척의 결혼, 여행, 임종 때 훈계·충고를 하면서 행복을 기원하는 와씨야(Wasiya, 충고문)가 있다. 충고문은 성격상 문장이 아름답고 섬세한 점이 특징이다. 특히 부모가 임종할 때 자식들에게, 또는 어머니가 시집가는 딸에게 당부하는 글들은 매우 감동적이며, 아랍인들의 덕성과 금언들이 많이 등장한다. 다음은 우마마 빈트 알-하리쓰가 킨다의 왕인 알-하리쓰 이븐 아므르(al-Hārith ibn 'Amr)에게 시집가는 딸 움무 이야스('Umm Yiyās)에게 쓴 충고문이다.

사랑하는 딸아! 충고란 설사 귀찮게 생각한다 하더라도 교양에 도움이 되는 것이란다. … 네가 받아들이지 않는다 하더라도 말이다. 충고란 단순한 사람에게는 한낱 훈계에 불과하지만, 지각이 있는 사람에게는 하나의 구원이 된단다. 부모의 재산과 부모의 지극한 사랑으로 따지자면, 너는 결혼이 필요하지 않는 가장 사랑 받는 행복한 사람일 것이다. 그러나 여자는 남자를 위해 태어났고, 남자는 여자를 위해 태어났단다.

귀여운 딸아! 네가 자라온 환경과 네가 살아온 보금자리를 떠나 미지의 곳에서 생소한 남편을 맞이하면, 남편이 너를 소유하게 되고 너의 보호자요 주인이 될 것이다. 그것은 남편 또한 너의 종이 되는 것이니, 곧 너 역시 곧 화답하여 그의 종이 되어라. 지금부터 나는 네게 보물과 같은 지침이 되는 10가지를 충고할 테니 명심하도록 하여라.

만족스러운 동료애, 원하는 대로 화답하는 부부관계, 그리고 남편의 눈이 머무는 곳에 주의할 것이며, 코의 위치를 살피도록 하여라. 그리하여 남편의 눈이 너의 추한 곳에 머무르지 않도록 하며, 보다 우아한 향기 외에는 어느 것도 냄

새 맡지 않도록 하여라. 보다 아름다운 알쿠흘18)을 바르도록 하여라. 신선하고
우아한 물을 준비하며 식사시간을 준수하고 취침시는 조용해야 하느니라. 왜냐
하면 극도로 시장하면 고통을 느끼게 되며 취침시의 소란은 화나게 하기 때문
이란다.

　남편의 물건과 재산을 잘 보존하고, 남편과 하인 그리고 부양가족을 잘 보
호하여라. 재산을 보존함은 너의 품위를 훌륭히 하는 것이며 부양가족과 하인
을 보호함은 관리를 훌륭하게 잘함이니라.

　남편의 비밀은 퍼뜨리지 말며 그의 명령에 불복하지 마라. 만일 그의 비밀
을 퍼뜨렸다면 그의 불신 때문에 편안치 못하게 되고, 그의 지시를 거역했다면
증오심을 부추기게 되느니라. 또한 그가 슬퍼하거나 기뻐할 때 같이 슬퍼하고
기뻐할 줄 알아야 한다.

　네가 첫 번째로 피해야 할 태도는 태만이며, 두 번째가 말썽을 일으키는 것
임을 명심하여라. 그리고 남편이 위대해지도록 노력하고, 그로 하여금 너를 존
경하도록 하게 하며, 무슨 일이든 의논해서 하도록 하고, 그와 같이 있는 시간
을 많이 갖도록 하여라. 네가 좋아하는 만족도, 남편의 취향이 너의 취향보다
앞서기 전까지는 이루어지지 못한다는 점을 알아두어라. 알라께서 네게 축복을
주시리라.

—『시집가는 딸에게 쓴 충고문』 부분

---

18) 알쿠흘 : 아랍 여성들이 눈언저리에 검게 바르는 화장가루.

Ⅲ. 이슬람 초기·우마위야 시대 문학

1. 꾸란과 본격적 산문의 등장

이 시대의 문학은 이슬람 출현 이후에 나타난 문학을 말하며 이슬람 원년인 622년부터 우마위야 왕조가 멸망한 750년간의 문학을 말한다. 또한 자힐리야 시대 문학과 구별하여 '이슬람 문학(al-Adab al-Islāmī)'이라고도 한다. 이 시기에 이슬람 세계는 최고의 확장과 번성을 이룩하였다. 따라서 일반적으로 이슬람 초기 문학은 622년~661년, 우마위야 시대의 문학은 661~750년의 기간으로 나누어 구분하고 있다.

예언자 무함마드(Muhammad, 570~632)는 메카의 반대 세력이 가하는 탄압을 피해 추종자들과 함께 메디나로 이주하였다. 그리하여 아랍인들의 정치적·사회적·문화적·종교적 생활의 새 시대를 열고 '부족연대주의('Asabiyyah)'를 포기하는 아랍 국가의 기초를 닦아 놓았다. 이후 무함마드의 뒤를 이어 네 명의 정통 칼리파들 곧, 아부 바크르('Abū Bakr), 우마르

('Umar), 우쓰만('Uthman), 알리('Ali) 등은 이슬람의 권위 확립 등 무함마드의 사업을 계속 이어 나갔다. 또한 이슬람 제국의 건설과 정복 사업을 계속하여 시리아와 페르시아, 북부 아프리카까지 이슬람 세력을 확대하였다. 이처럼 이슬람 초기는 정복 사업과 확장, 조직의 시기였다.

네 명의 정통 칼리파로서 무함마드의 사촌인 알리가 추대되자, 시리아의 총독이었던 무아위야(Mu'āwiyah)가 알리를 폐위하고 도읍을 메디나에서 다마스쿠스로 옮겨 661년 우마위야 왕조를 세웠다. 우마위야 시대는 마지막 칼리파인 마르완(Maran)이 압바스가에 의해 폐위당한 750년까지이다. 우마위야 왕조는 아랍인 우대 정책을 펼쳐 일시 사라졌던 부족 연대주의가 되살아나고 종파간 분열과 싸움으로 반목의 골이 깊어지게 되었다.

이 시기에는 정복 사업의 왕성한 활동으로 이슬람 세력이 동으로는 인도와 중국까지, 서로는 북아프리카와 스페인까지 다다르게 되었다. 이러한 영토 확장으로 피정복지의 주민들이 서서히 이슬람 사회에 동화되기 시작하였으며 그들의 관습·문화·사상이 자연스레 유입되었다. 우마위야 시대의 문학과 이슬람 학문 발달에 크게 이바지한 것은 바로 이들 비아랍계 무슬림들이었다.

정통 칼리파들의 통치에 이어 건국된 우마위야 왕조('Umawiyyah, 661~750)는 다마스쿠스로 제국의 수도를 옮기고 아시아, 아프리카, 유럽으로까지 그 영토를 넓혔다. 우마위야 시대는 아랍족의 우위에 바탕을 둔 아랍주의의 사회였으며 이슬람 전통에서 크게 벗어났다. 그러나 우마위야인들은 아랍 문화를 보존하였다. 다시 말하여 이 기간 중에 아랍 문학은 자힐리야식의 생활·믿음·사고로부터 새로운 전환기를 맞이하였다고 할 수 있으며, 시와 산문 모두 성장 발전하였다.

먼저 **시 문학**에 있어서는, 이슬람 초기 당시에는 정복 사업, 도시화로 인한 혼란과 꾸란의 부정적인 시각으로 인해 자힐리야 시대보다 크게

발전하지 못했다. 그러나 한편으로는 이슬람과 예언자에 대한 칭송 수
단으로 시를 이용하기도 하였다. 그리고 찬양시·애도시 분야에는 진지
한 작품이 등장하기도 하였다.

반면, 우마위야 시대의 시인들은 전대의 종교적 시에서 벗어나 자힐
리야 시대 시인들을 모방하는 등 시 부흥의 전기를 맞이하게 된다. 그
리하여 도시에 거주하는 시인은 무슬림 전사들의 찬란한 승리와 용맹스
런 행위를 찬양하는 대신, 그의 연인이 머물다 간 야영지의 자취를 보
며 슬퍼하거나, 날렵한 낙타를 타고 사막을 달리는 님의 모습을 섬세하
게 묘사하였다. 또한 칼리파에게 바쳐진 시에서는 칼리파가 베드윈
(Bedouwins)의 미덕을 고스란히 물려받았다고 칭송한다. 그 후 우마위야
왕조의 몰락을 초래한 여러 정파와 분파의 발흥에 따라 각 정파의 이념
과 주장을 옹호하는 정치시와 반대파를 비방하는 풍자시가 유행하였다.

메카와 메디나를 중심으로 한 히자즈 지방에서는 육감적인 사랑을 노
래한 선정적인 연시가 유행하였다. 이 시파의 대표적인 시인은 우마르
이븐 아비 라비아('Umar ibn 'Abi Rabi'a, 644~711)이다. 그리고 히자즈 지방
의 사막에서는 연인에 대한 청순한 사랑을 노래한 순정적 연시가 쓰였
다. 이 시파의 창시자는 자밀 부싸이나(Jamil Buthayna)19)이고, 그의 연시가
대표적이다. 자밀 부싸이나의 뒤를 이은 일단의 '사랑의 순교자'들의 이
야기는 이후 일천 년간에 걸쳐 아랍 문학뿐 아니라 페르시아·터키 문
학에도 소재를 제공해주었다. 특히 알-마즈눈(al-Majnun, 광인)이라는 별명
으로 불린 까이스(Qays)와 그의 연인 라일라(Layla)의 사랑 이야기인 「마즈
눈 라일라(*Majnun Layla*)」의 이루어질 수 없는 사랑의 주제는 아랍인들보
다 페르시아 시인과 신비주의 시인들에게 더 애호되었다.

---

19) 부싸이나(Buthayna) : 자밀(jamil)은 사랑의 순교자인데, '부싸이나'라는 여인을 사랑
　　하여 그녀에게 바치는 수십 편의 시를 썼다. 그래서 그를 '자밀 부싸이나'라고도 부
　　른다.

이 밖에 이라크 지방 도처에서는 연시와는 전혀 다른 유형으로 욕설과 악담을 소재로 한 '욕지거리 시(naqa'id)'가 애송되었다. 이 시는 문학적 우수성 속에 아랍어의 모든 독설적 자료를 교묘히 다루어, 저속함을 보이지 않는 풍자시로서의 가치를 발휘하였다. 이 시파의 대표적인 트리오 풍자시인으로는 알-파라즈다끄(al-Farazdaq, 641~732), 자리르(Jarīr, 653~733), 아크딸(Akhtal, 640~710) 등이다.

이슬람 초기 산문 문학에는 아랍 문학사상 기념비적인 위대한 문학적 유산이라 일컫는 예언자 무함마드에게 계시된 『꾸란』이 있다. 『꾸란』은 아랍인들에게 있어서 신의 말씀으로서 종교적·도덕적·사회적 가치 기준이 되었을 뿐만 아니라, 사상과 언어 그리고 운율은 아랍 문학 발달에 크게 기여하였다. 곧 『꾸란』은 이슬람학과 아랍어 언어학 태동의 기초가 되었으며 아랍어 수사학과 문체의 발달에도 커다란 영향을 끼쳤다. 『꾸란』은 오늘날까지도 아랍 최고의 산문 걸작품으로 인정받고 있다. 그리고 무함마드의 최후 연설, 아부 바르크의 칼리파직 수락 연설 등이 유명하다.

결론적으로, 이슬람의 등장은 아랍 사회를 완전히 변화시켰을 뿐만 아니라 자힐리야 시대의 구비 문학에서 점차 본격적인 문자 생활로 접어들게 하였다. 이의 원동력에는 『꾸란』이 중심을 차지하였다. 결국 『꾸란』은 문학적 가치에서 최초이자 최대의 아랍 산문의 걸작으로 당시 문학을 대변하는 문체, 수사법, 문학적 내용을 담고 있어서 줄곧 이슬람 문학의 원천이자 근간이 되었다.

우마위야 시대의 아랍시는 정복 사업의 결과로 시의 무대가 넓어졌고 정치시의 출현으로 자연히 현실의 흐름과 환경을 묘사하지 않을 수 없었다. 따라서 시의 분위기가 바뀌면서 찬양시, 비방시(풍자시), 정치시(이념시), 연애시가 크게 융성했다.

○ 작품의 이해

• 『성 꾸란(Al-Qur'ān)』―무함마드(Muhammad, 570~632)

『꾸란』은 이슬람의 경전으로 예언자 무함마드에게 계시된 유일신 알라(Allah)의 말씀을 집대성한 것이다. 『꾸란』은 무함마드가 610년경 유일신 알라의 계시를 받은 후부터 632년 그가 타계할 때까지 점진적으로 계속된 계시를 모은 것이다. 첫 계시는 무함마드가 40세 되던 해에 메카 근방 히라의 동굴에서 천사 가브리엘을 통해 받았다고 한다. 그리고 마지막 계시는 632년 12월 10일 그가 63세로 운명하기 9일 전에 계시된 것이라고 한다. 계시 받은 말은 초기의 사도들에게 전수되어 양피, 낙타의 골편(骨片), 나뭇잎, 평평한 돌 등에 불완전한 문자로 기록되었는데, 세월이 흐름에 따라 전승이 다양해져 그의 집성·통일이 필요하게 되었다. 때문에 『꾸란』이 편찬되었는데, 초대 칼리파 아부 바크르('Abū Bakr)가 편찬하기 시작하여, 본격적인 편찬은 제3대 칼리파인 오스만('Uthman, 644~656 재위) 치세 때 이루어져 현재까지 내려오고 있다.

『꾸란』이란 아랍어로 '읽혀야 할 것'이라는 뜻이다. 처음에는 아랍어의 메카 방언으로 쓰였으나, 후에 고전 아랍어로 널리 쓰이게 되어 현행 아랍어 문어체의 기초가 되었다. 문체는 '사즈아(saj'a)'라는 일종의 각운 산문체로 되어 있어 낭송할 때 리듬감을 느끼게 한다. 또한 전체가 6,342구절과 114장으로 되어 있으며, 각 장에는 그 장의 특징을 나타내는 표제가 붙어 있다. 첫 장인 개경장(開經章)은 기독교의 주기도문에 해당하는 것으로 무슬림은 자주 이것을 독송한다.

『꾸란』은 계시된 장소에 따라 메카장과 메디나장으로 나뉜다. 메카장은 무함마드가 610년 계시를 받고 622년 메디나로 이주할 때까지의 기간 동안 계시 받은 것이다. 메카장들은 일반적으로 종교적 색채가 메디나장들보다 강해 신의 은총과 권능, 부활과 최후 심판의 개념이 강조되며 기독교 성서의 창세기·출애굽기의 이야기가 나오고 성서에 등장하는 예언자들인 아브라함, 모세, 예수 등의 이름이 나온다. 또한 유일신 신앙과 함께 우상 숭배에 대한 부정을 언급하고 있다. 메디나장은 무함마드가 이슬람 공동체인 '움마(Umma)'를 형성하여 공동체의 위치를 확고하게 다지는 사이에 내려진 계시들이다. 따라서 메디나장은 군사를 포함한 정치적·사회적 요소를 갖는 계시가 많고, 내용도 산문조보다 구체적이며 현실성을 많이 갖는 계시들이다. 메카장은 일반적으로 『꾸란』의 후반에 놓여있고, 후대의 메디나 계시는 대부분 전반에 배치되어 있다.

　『꾸란』은 유일신 알라의 말씀이므로 무슬림은 원어인 아랍어로 된 것을 읽고 이해해야 하며, 그 번역은 금지되어 있다. 12세기 초 최초로 라틴어 번역판이 출판되기 시작한 이래 비무슬림들의 이해를 돕기 위한 번역판이 전세계 언어로 번역되어 나왔고, 1980년에는 한국어로 번역되었다. 그러나 번역서는 이슬람을 이해하는 해설서일 뿐 기도할 때는 반드시 아랍어로 된 꾸란을 낭송하여야 한다. 그 내용을 살펴보면 다음과 같다.

제1장 개경장
- 자비로우시고 자애로우신 하느님의 이름으로,
- 온 세상의 주님이신 하느님께 찬미를
- 그 분은 자비로우시고 자애로우신 분,
- 심판일의 주재자,
- 당신만을 경배하며 당신에게만 구원을 청하나니
- 저희들을 올바른 길로 인도하여 주소서.
- 당신께서 은총을 내려 주신 길로,
　노여움을 산 사람들이나 길 잃은 사람들이 간 그런 길이 아닌 곳으로.

제101장 재앙의 장
- 재앙의 날, 재앙의 날이란 무엇인가
- 재앙의 날이 무엇인지 누가 그대에게 알리리요

- 이 날은 사람이 흩어진 나비처럼 되는 날,
- 산들은 솔질한 양털처럼 되는 날,
- 저울이 선행으로 무거운 자는 안락한 삶을 살며
- 저울이 선행으로 가벼운 자는 나락(奈落)에 거처하게 되리.
- 그것이 무엇인가를 누가 그대에게 알려주랴
- 그것은 사납게 타오르는 불길이다.

•「최후 연설문」—무함마드(Muhammad)

무함마드의 최후의 연설은 632년 12월 9일 메카의 아라파트산 우라나 계곡 '이별의 순례'에서 행해졌다. 무함마드는 알라를 칭송하고 난 뒤 다음 연설을 시작했다.

> 동포 여러분, 잘 들으시오. 나는 다시는 여러분 곁에 서지 못할 지도 모릅니다. 그러니 내가 하는 말을 잘 듣고, 오늘 여기에 없는 사람들에게 내 말을 전하시오. (…중략…)
>
> 모든 인류는 아담과 이브로부터 왔습니다. 아랍인이 비아랍인보다 우월하지 않고 비아랍인이 아랍인보다 우월하지 않습니다. 또한 동정과 선행에 의하지 않고서는 백인이 흑인보다 우월하지도 않고 흑인이 백인보다 우월하지도 않습니다. 모든 무슬림들의 형제이며 무슬림들은 하나의 형제애로 구성된다는 사실을 배우십시오. 동료 무슬림이 자기의 것을 자유롭게 그리고 기꺼이 제공한 것이 아니라면 그것은 결코 합법적인 것이 아닙니다.
>
> 자신 스스로에게 정의로운 사람이 되십시오. 어느 날 당신은 알라를 만나게 되고 당신의 행동에 대한 응답을 받을 것이라는 사실을 기억하십시오.
>
> 여러분, 나 이후에 어떠한 예언자나 사도가 오지 않을 것입니다. 그리고 어떠한 새로운 믿음도 생겨나지 않을 것입니다. 그러니 여러분 심사숙고하여 내가 여러분에게 전하는 말들을 이해하십시오. 나는 여러분에게 두 가지, 꾸란과 순나를 남깁니다. 만일 당신들이 이것을 따른다면 결코 방황하지 않을 것입니다.
>
> 나의 말을 듣는 모든 사람들은 다른 사람들에게 내 말을 전하십시오. 그 사람들이 또다시 다른 사람들에게 전하게 하십시오. 그리고 마지막 사람이 내 말을 직접 들은 사람보다 더 잘 이해할 수 있게 하십시오.
>
> 알라시여, 저는 당신의 백성들에게 당신의 메시지를 전달했습니다.

—「최후의 연설문」 부분

Ⅳ. 압바시야 시대의 문학

1. 황금 시대

동으로는 인도와 중국, 서로는 피레네 산맥
에 이르기까지 영토를 확장하여 광대한 이슬람 제국의 기반을 다졌던
우마위야 왕조는 750년 압바시야 왕조와 알리파, 그리고 우마위야 정권
에 불만을 가졌던 페르시아인들까지 동조한 군사 혁명에 의해 멸망했
다. 예언자 삼촌 아부 알-압바스('Abū 'al-Abbās)는 압바시야 왕조를 창설하
고 칼리파위(位)에 오른 후, 이라크 알-안바르('al-'Anbār)시를 그의 왕권의
본거지로 삼았다. 이후 몽골족이 바그다드를 함락한 1258년까지 대략
500여 년간 존속하였다. 압바시야 왕조의 역사는 두 시기로 구분된다.
정치·문화적으로 번성하였던 시기로서 황금 시대(750~1055)와 쇠퇴기인
은 시대(1055~1258)이다. 황금 시대는 또 다시 페르시아 영향이 두드러진
제1기(750~846), 터키인들의 영향력이 강한 제2기(846~945)로 나누어 살펴
볼 수 있다.

우마위야 왕조는 아랍인 우월주의 정책을 펼친 반면, 압바시야의 황금시대 제1기는 정권 창출에 크게 기여한 페르시아인들의 정치 참여가 두드러지게 나타났다. 페르시아 출신들이 고위 관직에 등용되면서 페르시아의 전제 정치와 행정 직제 등이 도입되고, 도읍지를 페르시아 쪽에 가까운 바그다드로 옮겼다. 그리하여 바그다드는 아랍인, 페르시아인, 그리스인, 인도인 등 다양한 인종과 문화·종교가 뒤섞이는 범세계적인 문화 중심지가 되었다. 또한 바그다드는 풍부한 수자원과 인도 무역의 중심지라는 유리한 지리적·자연적 조건 덕택에 상업 활동이 활성화되어 경제 중심지로 발달하였다.

페르시아의 영향력이 강해지자 칼리파들이 두려움을 느끼게 되고, 이에 아랍인과 페르시아인들 사이에 적대감이 고조되었다. 그리하여 반란과 내란이 끊임없이 발생했으며, 칼리파 알-무타심('Al-Mu'tasim)은 쿠라미(Al-Khurrami) 반란을 진압하고 터키 용병들을 대거 군인으로 기용하였다. 그리하여 페르시아적 요소가 약화되고 터키 요소가 강화되자 압바시야 제국은 중대한 변화를 맞게 되었다. 그리고 사마라(Samarra)를 건설하여 천도함으로써 이후 터키인들이 칼리파들을 움직이는 발판을 마련하였다. 제1기와 마찬가지로 이 시기에도 다양한 학문 활동이 전개되었다. 일반 서민들을 포함한 모든 사람들이 자녀들의 교육에 관심을 가졌으며, 청년들은 자신이 원하는 학문을 자유롭게 배울 수 있었다.

황금 시대 제1기의 **시 문학**은 압바스 정권에 의해 조장된 경건하고 종교적인 색채를 띠었으며, 페르시아 문화의 영향을 많이 받았다. 이 시기의 대표 시인으로는 아부 누와스('Abu Nūwās, 762~813), 아부 탐맘('Abū Tammām, ?~845) 등을 들 수 있다. 이 밖에 페르시아 출신으로 '무왈라둔(Muwalladūn) 시인들'[20]의 선구자이며, 베드윈의 언어적 순수함과 도시민

---

20) 무왈라둔(Muwalladūn) 시인들 : 비아랍인으로 아랍인들 가운데 태어나 성장한 시인들. 고전시대 이후의 아랍 시인들 Post Classical Arab Poets를 지칭한다.

의 부드러움을 혼합한 문체를 만들었던 밧샤르 븐 부르드(Bashshār bn Burd, 714~784), 금욕 시대의 대가인 아부 알타히야(’Abū ’al-Atahīya, 748~825), 수사학을 완성한 장님 시인 무슬림 븐 알-왈리드(Muslim bn ’al-Walīd, 747~823) 등의 시인이 있다.

황금 시대 제1기에는 다양한 종류의 **산문 문학**이 등장하였다. 학문, 철학, 역사 등을 번역·편집·저술하는 산문이 있는가 하면, 외래어 특히 페르시아어의 영향을 받은 순수 문학 산문도 등장했다. 특히 이븐 알-무깟파(’Ibn ’al-Muqaffa, 724~759)는 인도의 우화집『판차탄트라(*Panchatantra*)』를 파흘라비(Pahlavi)어에서 아랍어로 중역하여『칼릴라와 딤나(*Kalila wa Dimna*)』를 펴내 아랍 산문 문학의 고전을 만들었다. 이 시기에 발달한 산문의 종류로는 연설, 설교, 이야기, 논쟁, 공식적인 서한문, 개인적 혹은 문학적 서한문 등이 있다. 알-무깟파의 뒤를 이어 이븐 바흐르 알-자히즈(Ibn Bahr ’al-Jāhiz, 775~868)는 당대 최고 산문작가로 알려졌는데, 문학가이며 신학자였던 그는 그리스의 이성적·논리적 문체와 순수 아랍어의 문체를 잘 조화시켜 번성시켰다. 그의 대표작으로는『수전노들(*Kitab al-Bukhala*)』를 비롯하여 풍자 서한문『네모와 동그라미의 서한문(*Risalat al-Tarbi wal-Tadwir*)』, 백과사전의 성격을 띤『동물의 책(*Kitab al-Hayawan*)』,『명백성과 그 해명(*Kitab al-Bayan wa-al-Tabyin*)』등이 있다.

이 시기에는 페르시아어로 된 몇몇 이야기가 **번역·번안**되었다. 그 대표적인 책이『천일야화(千一夜話)』이다. 이러한『천일야화』의 근간인『천 개의 이야기』가 아랍어로 번역되자, 무함마드 븐 압두스 알-자흐샤아리(Muhammad bn ’Abdus ’al-Jahshayan)는 그것을 모방하여 아랍과 그 밖의 지방 이야기에서 발췌한『천 개의 이야기(*Hazar Afsan*)』를 저술했다.『천일야화』는 바그다드 시대를 거치면서 여러 작가들에 의해 순수하고 아랍적인 이야기들이 덧붙여졌다. 이후『천일야화』는 이집트의 이야기꾼들에 넘겨져서 1001밤에 이를 때까지 많은 이야기들이 덧붙여졌다.

2. 은 시대

  황금시대 중반부터 압바시야 왕조가 쇠퇴하는 조짐을 보이면서 서서히 몰락해 갔다. 칼리파 무타심('Al-Mu'tasim, 833~842 재위)은 터키족 출신으로 근위대를 구성하였고, 이들 터키족 용병들은 점차 강성해져 칼리파의 선출과 폐위까지 자기들 마음대로 결정하였다. 그 결과 소요와 암살, 매관매직 등 부패와 불안정의 원인을 제공하였다. 그리하여 그동안 전권을 행사했던 칼리파들의 권위는 유명무실하고 불안해졌다. 이처럼 칼리파의 권위가 쇠퇴하고 중앙 집권이 약화되자, 10세기 중반 압바시야 왕조는 여러 개의 조그마한 군소국가로 나뉘게 되었다. 그중 페르시아 왕조인 부와이흐(Buwaih) 왕조가 영향력이 커져 100년간 바그다드를 지배함으로써 터키족 근위대의 공포 정치가 분쇄되었다. 그 후 1055년 터키인들의 셀죽 왕조가 이슬람 세계의 동부 지역을 재통일하게 되었지만, 1258년 몽골족의 바그다드 점령으로 압바시야 왕조는 멸망하게 된다.

 이 시기의 불안한 정치적 상황은 문학에도 부정적인 영향을 끼쳐, 많은 작품이 창작되었음에도 불구하고 좋은 작품은 거의 등장하지 않았다. 그 이유는 문학을 향유하는 사람이 소수의 지식 계층에 국한되어 활기를 잃은 채 탁상공론과 현학에만 빠졌기 때문이다. 그리하여 창작 활동보다는 일반적인 개요서나 백과사전의 저술이 유행하였다. 그리고 오히려 이 시기에는 페르시아 문학이 더 활발하게 등장하였다. 페르시아의 유명한 시인이자 학자였던 우마르 카이얌('Umar khāyyam, 1050~1122)은 4행시 『루바이야트(Ruba'iyyat)』로 잘 알려져 있다. **시 문학**에 있어서 대표적인 시인들로는 순수 아랍 형통을 지닌 아부-앗-타입 알-무타납비('Abū-at-Tayyib 'al-Mutanabbī, 915~965), 함단 왕조에 등장한 아부 알-알라 알-마아르리('Abū 'al-'Alā al-Ma'arri, 973~1057) 등을 들 수 있다.

이 시기의 **산문 문학**으로서는, 아랍의 대중 문학 가운데 웃음과 미소를 자아내는 소화(笑話)의 주인공 알-주하('al-Juha, 1208~1284)의 『바보 주하의 기담(Juha 'al-nadira)』이 있는데, 이 작품은 상식에서 벗어난 내용과 말장난의 어휘 구사, 신랄한 조소와 익살로 인간의 삶과 정치적·사회적 현실에 대한 비판 등을 기담이라는 독특한 문학 형태로 표현했다. 이 작품은 세계 문학적인 범주에까지 포함될 수 있으며 순수 아랍·이슬람 문학이라고 평가된다.

이 시기에는 기교적인 면에서 산문의 극치라고 일컬어지는 '마까마'21)라는 문학의 장르가 유행했다. 10세기 경 바디 알-자만 알-하마다니(Badi 'al-Zamān 'al-Hamadānī, 967~1007)에 의해 창시되었으며, 각운 산문체로 쓰였다. 바쓰라의 알-하리리('al-Harīrī, 1054~1122)의 작품이 특히 명성을 얻었다. 하리리의 마까마는 '꾸란 다음으로 아랍어의 보고'라고 할 만큼 최고의 언어적 기교와 함께 당시 아랍 이슬람 사회의 언어와 관습, 사회상을 알 수 있는 귀중한 자료원이 된다. 마까마 문체는 근대에 이르기까지 많은 문학가들이 모방하여 썼으나 하리리의 작품을 능가하지는 못하였으며 후에 페르시아·히브리 문학에도 도입되었다.

이 시기의 또 다른 문학적 특징은 바그다드의 니자미야(Nizamiya) 학원 같은 학교가 건립됨으로써 학문적 전통에 대한 관심이 증대된 것이다. 이곳의 교육 방법은 주로 암기에 의존하는 것으로 어린 학생들은 꾸란, 예언자의 성전, 시와 마까마를 암송하였는데 이와 같은 교육 방법은 창의적인 사고의 계발과는 동떨어진 것이었다.

---

21) 마까마(al-Maqamah) : 바드르 알-자만(Badr al-Zaman)에 의해 최초로 마까마라는 단어에 의미가 부여되었다. 이 단어는 자힐리야 시대의 시 속에 두 가지 의미로 사용되었다. 하나는 '부족의 모임이나 회의', 또 하나는 '회의나 모임에 참가한 사람들'이란 의미이다. 이슬람 시대에 와서 이 단어는 '누군가가 칼리파나 그 밖의 사람들 앞에 서서 설교를 하는 모임'이란 뜻으로 사용되었다. 그런데 후에 걸인들의 푸념도 마까마라고 불렀다. 문학의 한 장르로서 마까마는 이 푸념이 발전된 것인데, 이 때문에 마까마는 정서적으로 좋지 않은 부도덕하고 경박한 것으로 비난받기도 하였다.

○ 작품의 이해

• 「연시(戀詩)」—밧샤르 븐 부르드(Bashshār bn Burd, 714~784)

부르드는 바쓰라에서 페르시아 혈통을 지닌 아버지 밑에서 태어나, 우마위야 왕조 말기와 압바시야 왕조 초기에 걸쳐 살았던 시인이다. 그는 선천적으로 허약한 체질을 가지고 태어났으며 천연두에다 장님이었다. 또한 그는 방탕스러웠으며 본능적이며 쾌락을 추구하는 성품을 지녔다. 때문에 신체적·정신적 결함으로 인한 반항 정신과 인간에 대한 적대감이 그의 시속에 잘 반영되어 있다. 그의 작품은 「노래들('Al-'Aghānī)」을 비롯하여 칭송시, 풍자시, 연시, 애도시 등이 전한다.

그의 「연시」에서는 사랑이란 욕정과 욕망의 대상이며, 사치와 방탕 그리고 도시를 묘사하였다. 그리고 이전의 연시와는 다른 색채를 띠었는데 우아하고 음악적인 어휘를 선택, 정확한 문체는 독특한 연시의 전형을 이루고 있다. 다음은 그의 연인 오브다에 대한 그리움으로 잠 못 이루는 감정을 노래한 연시이다.

> 나의 밤은 길지 않았으나 나는 잠을 이루지 못하였네.
> 환영이 찾아와 나의 잠을 쫓아버렸네.
> 오! 나의 밤이여, 일찍이 사랑하였던 사랑에 대한 그리움으로 고통만 더해가는구나.
> 오! 나의 밤이여, 내가 향내 나는 사과였으면…
> 내가 박하나무에서 추출한 향기였다면…
>
> — 「연시」 전문

• 「술의 찬미」—아부 누와스('Abu Nūwās, 762~813)

아부 누와스는 바쓰라 동부 지역 쿠지스탄(Khuzistan)에서 태어났다. 그

의 부모는 페르시아아인으로 알려져 있다. 아버지를 일찍 여원 그는 잡화
상점에서 일하면서 불우한 어린 시절을 보냈다. 그 후 당시 명성을 떨
치던 시인 왈리바(Walibah bn ’al-Hubāb)를 알게 되어, 그에게서 수학하였다.
왈리바는 누와스를 바그다드로 데려가 그를 바르마키 재상 가문에 소개
했다. 그는 또한 부유한 라비르(al-Rabr) 가문과 접촉하여 신임을 얻었다.

　그는 전통이나 유목민의 거친 생활을 싫어했고 자유롭게 사치와 쾌
락, 예술에 탐닉하였다. 또한 그는 종교적인 속박에서 벗어나 방탕과 타
락의 극을 달렸다. 밧샤르 븐 부르드의 시와 마찬가지로 그의 시 역시
전통적인 면과 새로운 면을 지니고 있었다. 그는 칭송시, 풍자시, 애도
시, 주시, 연시, 금욕시, 사냥시 등 모든 아랍시의 종류를 망라한 많은
시를 남겼다. 특히 그는 술을 주제로 한 ‘주시(al-Khamriyyat)’를 독립된 주
제의 시로 발전시켰다. 다음은 술에도 영혼과 육체가 있는 것처럼 의인
화시켜 묘사한 시이다.

<blockquote>
여전히 나는 천천히 술의 영혼을 뽑아내고 있네.
상처 입은 육체로부터 나는 그 피를 마시네.
하나의 육체에 두 개의 영혼이 들어가 내가 둘이 될 때까지…
술은 영혼 없는 시체가 되어 팽개쳐져 있네.

　　　　　　　　　　　　　　　　　　　　— 「술의 찬미」 전문
</blockquote>

• 『칼릴라와 딤나(Kalila ua Dimna)』

　　　　　　　—이븐 알-무깟파(’Ibn ’al-Muqaffa, 724~759)

　무깟파는 페르시아의 한 마음에서 태어났다. 유년기에 페르시아 문화
를 익히고 조르아스트교를 믿으며 성장하였다. 그는 학식과 재능을 겸
비했으며, 바쓰라로 가서 아랍인들과 교류하며 그의 풍부한 지식과 명
철함을 인정받아 많은 지방 총독들과 왕자들이 그를 초청하여 일을 맡

겼다. 압바시야조(朝) 혁명 이후에는 아흐와즈(al-Ahwaz) 지방 총독이었던 이사 븐 알르(Isa bn Alr)에게 봉사하였으며, 그에 의해 이슬람에 귀의하게 되었다. 그러나 칼리파 만쑤르에게 위험한 인물로 인식되어, 결국 그는 사지가 잘려 화형당하는 처참한 최후를 맞게 된다.

그는 압바시야조에서 약 10년밖에 살지 않았고, 생애 대부분을 우마위야조에서 보냈다. 그리고 우마위야 시대에 아랍인들이 페르시아인 마왈리(Mawali)[22]들을 핍박하는 것을 보고 그는 마음속에 아랍인들에 대한 증오심을 키우게 된다. 그는 압바시야인들과 우정을 가장하면서, 정치적으로는 알리파(派)를 지지하였고, 페르시아 개혁운동에 동참하였다. 그리고 페르시아의 정치 제도·역사 등을 아랍어로 번역하여 전파하면서 사회 개혁을 주장하였다. 그는 정치적인 자유가 보장되지 않은 환경에서 통치자의 비위를 건드리지 않고 그들에게 충고할 기회를 잡으려고 우화적인 이야기『칼릴라와 딤나』를 번역하는 데 정성을 기울였다.

그의 대부분의 작품들은 고대 페르시아어에서 번역된 것이다. 그의 작품은 페르시아의 역사, 정치, 문학을 되살리고자 하는 목적과 페르시아의 훌륭한 제도를 적용하여 압바시야조의 사회·정치 개혁을 일으키고자 하는 목적을 지니고 있었다. 『칼릴라와 딤나』는 인도 설화집『판차탄트라 (Pancatantra)』가 페르시아를 거쳐 아랍으로 유입되어, 아랍·이슬람적으로 번안·개작된 작품이다. 『판차탄트라』는 인도에서 구전으로 전승되던 설화들을 기원전 2~5세기경 산스크리트어로 기록한 설화집이며, 서기 750년에 파흘라위어(중세 페르시아어)로 번역되었고, 이 파흘라위어본은 750년대에 이븐 알-무깟파에 의해 아랍어로 옮겨졌다. 이븐 알-무깟파는 이 작품을 아랍어로 옮기면서 원문에 얽매이지 않고 아랍·이슬람 사상에 맞

---

22) 마왈리(Mawali) : 비아랍계 이슬람 신자들. 아랍 지배 계급하에서 새로운 사회 계층을 형성하였다. 그들은 아랍 상류층을 상대로 생계를 유지했으며, 압바스 혁명의 주동세력으로 압바시야 제국에서 사회적 해방을 맞이하였다.

추어 개작하는 한편, 자신의 정치 사상과 철학, 사회 개혁 의지를 투영시켜 새롭게 재창작함으로써 아랍인들의 귀중한 문학 자산을 이루어냈다. 이 작품은 동물이나 새의 입을 빌려 당시의 통치자들에게 우회적으로 교훈을 주는 이야기로, 작품 속에 등장하는 두 마리 '재칼(늑대와 여우의 중간 동물)' 두 형제의 이름을 따서 '칼릴라와 딤나'로 불리게 되었다.

『칼릴라와 딤나』는 10세기부터 세계 주요 언어로 번역되기 시작하여 오늘날 세계적으로 읽히고 있다. 그 가운데 '토끼와 사자 이야기'는 다음과 같다.

물이 풍부하고 나무와 풀이 무성한 곳에 사자를 비롯하여 많은 동물들이 살고 있었습니다. 참으로 살기 좋은 곳이었지만 사자를 제외한 다른 동물들은 행복하지 않았습니다. 왜냐하면 사자에 대한 공포 때문에 하루도 편안한 날이 없었기 때문입니다. 마침내 동물들은 사자를 찾아가 제안했습니다.

"사자님께서 저희들을 사냥하시느라 참으로 노고가 많으십니다. 그래서 저희들은 사자님의 불편을 덜어드리고 저희 또한 불안을 덜 수 있는 방법을 말씀드리고자 왔습니다. 다름 아니오라, 사자님께서 저희들을 마구잡이로 잡아먹지 않겠다고 약속해 주신다면, 저희들이 자발적으로 먹이가 되겠습니다. 사자님의 점심시간에 맞추어 매일 한 명씩 사자님을 찾아가겠습니다."

사자는 이러한 제안에 흡족했고, 동물들은 그와의 약속을 어김없이 이행했습니다. 어느 날 사자의 점심식사감으로 토끼의 차례가 되자, 토끼는 여러 동물들 앞에 나서서 말했습니다.

"여러분이 나를 믿고 도와주신다면 내가 여러분을 사자로부터 영원히 해방시켜 드리겠습니다."

"어떻게 도와주면 되겠습니까?"

"내가 사자가 있는 곳에 조금 늦게 출발하도록 해주세요."

동물들은 토끼의 부탁에 동의했고, 토끼는 느긋하게 출발하여 점심시간이 한참 지난 후에야 사자 앞에 도착했습니다. 그리고 사자 쪽으로 천천히 다가갔습니다. 배가 고파 잔뜩 화가 치민 사자는 자리에서 벌떡 일어나 토끼에게 다가오며 '왜 이제 오느냐?'고 다그쳤고, 토끼는 이렇게 대답했습니다.

"저는 사자님의 먹잇감을 차출하여 이송하는 임무를 띠고 있습니다. 그런데 오늘 뜻밖에도 이상한 일이 벌어졌습니다. 글쎄, 제가 토끼 한 마리를 데리고

오는데 어떤 낯선 사자가 나타나서 그 토끼를 빼앗아 갔습니다. 그래서 저는
'이 토끼는 동물들이 숲 속의 왕께 진상하는 점심식사이니 빼앗지 말고 돌려주
세요'라고 애원했습니다. 그랬더니 그는 '이 일대에서는 내가 왕이다!'라고 큰소
리치며 사자님을 모욕하는 말을 퍼붓는 것이 아니겠습니까? 사자님께 그 사실
을 보고하려고 이렇게 급히 달려왔습니다."

이 말을 들은 사자가 흥분해서 말했습니다.

"그놈이 사는 곳이 어딘지 앞장서라!"

토끼는 사자를 데리고 맑은 물이 가득 찬 연못으로 갔습니다. 그리고 물속
을 들여다보며 "바로 저기 있습니다"라고 말하자 사자도 들여다보았습니다. 물
에 비친 자신과 토끼의 그림자를 본 사자는 "저 놈을 그냥!" 외치면서 물속으
로 뛰어 들어갔습니다. 그 후 토끼는 동물들에게 돌아와서 훌륭한 무용담을
자랑했습니다.

─ 『칼릴나와 딤나』 중 「토끼와 사자 이야기」 전문

●『수전노들(Kitab al-Bukhala)』─알-자히즈('al-Jāhiz, 775~868)

자히즈는 일반적으로 아랍인 혹은 아랍 요소에 융화된 아프리카인으
로 알려지고 있다. 자히즈는 압바시야 시대의 위대한 무으타질라파(派)
사상가이며 산문 작가이다. 당시를 '자히즈의 시대'라고 할 정도로 9세
기 문학과 문화계의 대가였다.

그는 매우 못생겼고 두 눈이 퉁방울처럼 튀어나와 '자히즈(눈이 튀어
나온)'라고 불리었다 한다. 그는 가난한 집안 형편임에도 마을의 쿳탑에
서 읽기, 셈하기, 문법을 공부했고, 『꾸란』의 구절과 시를 암송했다. 그
이후 여러 사원에서 행해지는 학자들의 강의를 통해 언어학, 이슬람 법
학, 아랍어 문법 등 다양한 분야의 지식을 배우고, 또한 미르바드에서
아랍어의 진수였던 시를 익혔다. 그리고 청년기에 8세기 압바시야조의
수도인 바그다드로 가서, 자신의 지식을 더욱 발전시켰다.

그는 책이나 서한문 형태로 된 170여 권의 저서를 남겼는데 작품의
주제는 철학, 종교, 정치, 경제, 사회, 도덕, 역사, 지리, 자연, 수학, 부

족, 문학, 언어학, 우정, 풍자 등 매우 다양하다. 그러나 그의 많은 작품들이 유실되었고 또 그 몇몇은 필사본으로 여기저기 흩어져 있다. 그의 작품들은 학문과 문학의 백과사전과도 같으며 수사학적 문학의 훌륭한 본보기가 되고 있다.

『수전노들』은 자히즈가 직접 보거나 남에게서 들은 구두쇠, 자린고비 이야기 200여 개를 모아놓은 재미있고 우스꽝스러운 설화집이다. 이 책은 수전노들을 신랄하게 비판함으로써 독자들의 웃음을 자아내려는 목적 이외에, 당시 사회의 지식층에 만연되었던 인색함을 바로잡기 위한 교육적인 목적을 지니고 있다. 다음은 그 내용의 일부이다.

> 순례나 사업으로 인해 자주 여행을 하는 마르와지라는 사람이 있었다. 그는 자주 이라크 친구의 집에 머물곤 했는데, 그 친구는 항상 친절하고 관대하게 그를 접대했고, 그가 필요한 것은 무엇이든 제공해주었다. 그 이라크 친구에게 마르와지는, 이다음 마루에 있는 자기 집에 들르면 꼭 훌륭하게 보답하겠다고 말하곤 했다. 얼마 후 그 이라크 친구는 사업상 마루를 방문할 일이 생겼다. 그래서 친구인 마르와지의 집에 들를 생각으로 가볍게 짐을 챙겨 집을 떠났다. 도착 즉시 그는 여행 차림 그대로 터번을 두르고, 머리띠와 외투를 입은 채 그 친구를 만나러 갔다. 이라크 친구는 곧 마르와지에게 안내되었고, 마르와지는 몇 사람의 일행과 함께 앉아 있었다. 이라크 친구는 마르와지와 포옹하고 인사를 나누었으나, 그가 자기를 알아보는 것 같은 표정이 없었다. 더군다나 자신에게 아무런 안부도 건네지 않는 것이, 마치 자기를 처음 보는 것 같았다. 그래서 이라크 친구는 '아마도 이 친구가 내가 쓰고 있는 베일 때문에 나를 못 알아보는가 보다' 생각하고, 곧 베일을 벗어버렸다. 그리고 마르와지에게 말을 건네기 시작하였다. 그러나 마르와지는 그럴수록 자신을 더 알아보지 못하는 것 같았다. 그래서 그는 '아마도 이 터번을 쓰고 있어서 그런가 보다' 하며 그것을 벗고는 자신이 누구라고 말하고는 다시 말을 하기 시작하였다. 마르와지는 더더욱 그를 알아보지 못한 것 같았다. 그래서 이라크 친구는 "아마도 머리끈을 하고 있기 때문일거야"라고 중얼거리자, 마르와지는 이렇게 말했다. "자네가 피부를 다 벗겨낸다고 해도 나는 자네를 알아보지 못할 걸세."

― 『수전노들』 3 : 12회

- 「애도시(哀悼詩)」

　—아부·알·타입 알·무타납비('Abū-at-Tayyib 'al-Mutanabbī, 915~965)

무타납비(예언자임을 자처하는 자)는 쿠파 근처 킨다(Kindah) 마을에서 태어났으며 순수 아랍 사람이다. 어머니는 그가 어렸을 때 일찍 세상을 떠났고, 그의 아버지는 물장수였다. 그는 압바시야 문화의 본고장이며 쉬아파(派)의 중요한 본거지인 쿠파에서 성장하였는데, 925년 까라미따(al-Qarāmitah)[23]들이 쿠파를 장악하자 가족과 함께 삼마와(al-Sammawah) 사막으로 도망쳤다. 거기서 그는 2년가량 거주하는 동안 베드윈들과 섞여 정통 아랍어를 익히고, 927년 다시 쿠파로 돌아와서 까라미따 사상을 받아들인 한 지방 유지와 교류하였고, 그의 영향을 받았다. 그 후 그는 다시 바그다드와 샴 등지의 도시와 사막을 전전하면서 많은 고대시를 암기하는 기회를 가졌다.

933년경 그는 까라미따 운동을 주창하였던 인물들의 영향을 받아 삼마와로 가서 종교적·정치적 반란을 주도하였다. 달변과 수사학을 이용하여 그곳에 있던 칼브(Kalb) 부족에게 자신이 신의 계시를 받았다고 주장하자 많은 사람들이 그를 따랐다. 이러한 소문으로 2년간 감옥살이를 하기도 했다. 이후 정치에 뜻을 두다가 실패하기도 하였으며, 962~965년 사이에는 이라크와 페르시아 등지를 돌아다니며 시작법을 가르쳤으며, 정치 권력가들을 칭송하는 시를 썼다. 그러다가 그의 아들과 바그다드로 이동하는 도중 도적을 만나 살해당했다.

무타납비는 시 이외에도 산문을 쓴 것으로 알려져 있으나, 산문은 거의 전해지지 않는다. 무타납비는 직접 자신의 시를 모아 정리하여 사람들에게 읽어 준 후 여러 가지 시구에 대한 설명을 받아쓰게 한 최초의

---

23) 까라미따(al-Qarāmitah) : 쉬아파(派)의 일종 또는 일곱 이맘파(派)라고 불리기도 한다. 알리에서 이스마일까지 7명의 이맘만 인정한다.

시인이었다. 그의 시는 칭송시, 애도시, 풍자시, 연시 등 다양한 주제가 전한다. 그 중에서도 칭송시는 그의 시집에서 가장 많은 부분을 차지하고 있다. 다음은 그가 매우 좋아하였던 조모에게 바치는 「애도시」이다.

> 나는 그녀가 마시던 컵을 그리워한다.
> 그녀가 땅속에 묻혔고 나는 흙과 흙 속에 담겨 있는 것을 사랑한다.
> 낙담과 근심 끝에서 나의 편지가 그녀에게 도착하였다.
> 그래서 그녀는 편지를 받고 기뻐하며 죽었고,
> 나는 그녀로 인해 슬픔으로 죽었다.
> 내 마음 속에는 기쁨이 차단되어 있다.
> 그녀가 죽은 후,
> 그녀가 간직하고 죽은 기쁨을 나는 독이라고 생각한다.
>
> — 「애도시」 전문

• 『바보 주하의 기담』 — 알-주하('al-Juhā, 1208~1284)

『바보 주하의 기담』은 1954년 압드 알-삿타르 알-파라즈('Abd al-Sattar al-Farraj)에 의해 처음으로 수집·정리·편찬되었다. 이 이야기는 아랍 서민 문학 가운데 아랍인들에 의해 가장 널리 보급되었으며 사람들에게 미소와 조소, 웃음과 즐거움을 불러일으키는 예술적·정신적으로 귀중한 책이다. 이 이야기의 주하는 역사 속에 실존했던 인물이라는 근거는 없으며, 순전한 주하의 창작인물도 아니다. 『천일야화』가 여러 시대와 민족에게서 생겨난 이야기를 모아 이야기꾼의 생각을 섞어 놓은 것처럼, 이 이야기도 주하의 입을 빌어 삶과 인생에 대한 생각, 정치 사회 현실에 대한 입장, 이상적인 가치 기준 등을 기담(nadirah)이라는 독특한 문학 형태를 통해 표현한 것이다.

아랍인은 나름대로 '주하'가 실존하였던 아랍인이라 믿고 있으며, 터키인 역시 자국인 나쓰르 알-딘 호자(Nasr al-Din Khujah)가 주하를 주인공으로 등장시킨 책이라고 믿고 있다. 페르시아인 또한 주하가 페르시아인이라고 주장하였다. 대부분의 이슬람·아랍 서민 문학이 그러하듯 기담도 칼리파군과 아랍 정복민의 이집트 정착과 더불어 10세기경에 이집트에 유입되었다. 그러나 기담의 기록은 이집트인의 정서가 아랍화된 12세기 이후에 이루어졌다고 볼 수 있다. 이는 페르시아에서 전해진 『천일야화』가 바그다드 시대의 작가들에 의해 11세기 초까지 많은 이야기가 더해진 후, 바그다드의 함락과 더불어 이집트 이야기꾼들에게 넘겨진 것과도 맥을 같이 한다. 다음 이야기는 정치 권력에 맞서 법관의 부패를 잘 반영하고 있는 대표적인 기담이다.

카미쉬 법관이 어느 도시의 거리를 거니는데 고기 굽는 냄새가 났다. 군침이 돌자 그는 고기 굽는 사람을 불러 거위 한 마리를 훔쳐서 구워 오라고 명령한다. 거위 주인이 찾아오면, 거위를 구우려했더니 날아 가버렸다고 대답하고, 만약 그가 승복하지 않으면 법정으로 데려오라고 말한다. 거위 주인이 고기 굽는 사람에게 와서 자기의 거위가 어디 있느냐고 묻자, 구우려고 하자 날아 가버렸다고 대답한다. 두 사람 사이에 싸움이 벌어지게 되고 마을 사람들은 고기 굽는 사람이 거위를 훔친 것이라고 비난한다. 고기 굽는 사람은 겁이 나서 도망치려다가 어떤 사람의 이빨을 부러뜨리게 된다. 이에 마을 사람들이 더욱 분노하게 되고 그는 이를 피해 좁은 길로 뛰어 달아나려다, 남편과 함께 집으로 돌아가던 임산부의 배를 발로 차게 되어 유산시킨다. 사람들이 그를 쫓으며 붙잡으려 하자 그는 가까운 모스크의 첨탑으로 올라가 뛰어내렸으나, 죽지 않고 지나가던 사람이 깔려 죽는다. 사람들이 더욱 화가 나서 뒤쫓자, 그는 푸주간으로 들어가 칼을 빼앗아 그것을 미친 듯 휘두르다가 곁을 지나가던 주하의 당나귀 꼬리를 자르게 된다. 그리고 그는 마침내 카미쉬 법관 마당으로 달려갔고 모든 사람들이 뒤쫓아 법정으로 들어간다.

카미쉬 법관은 아무 것도 모르는 양 놀란 척하면서 사건의 이야기를 다 듣고 고기 굽는 사람의 편에 서서, 이러한 모든 일이 조물주의 능력에 대한 증거라고 말한다. 이에 거위 주인이 항의하자, 법관은 그에게 조물주의 능력을 의심하는 불신자라는 죄목을 씌워 10디나르의 벌금형을 선고한다. 두 번째 사람의 이야기를 듣고, 법관은 고기 굽는 사람이 부러뜨린 이와 똑같이 이를 부러뜨려야 한다면서 이빨 부러진 사람에게 고기 굽는 사람을 발길로 한 번 찰 것을 명령한다. 어처구니가 없는 그가 권리를 포기하자 법관은 10디나르의 벌금형을 선고한다. 세 번째 사람이 이야기하자, 법관은 왜 하필 그 시간에 그 곳을 지나 갔느냐고 여자와 남편을 호령한다. 그리고 말하길 법은 공정해야 하니까 아이를 유산시킨 사람이 아이를 가지게 해야 한다고 판결한다. 어처구니가 없어서 남편과 여자가 권리를 포기하자 역시 10디나르를 부과한다. 마지막 사건을 당한 사람이 이야기하자, 법관은 잘못은 바로 그 순간 첨탑 밑을 지나간 당신의 동생에게 있는 것이나 법은 공정해야 하니까 첨탑에 올라가 직접 뛰어내려 고기 굽는 사람 위에 떨어지라고 명령한다. 황당한 나머지 그 사람 역시 권리를 포기하자, 법관은 그에게도 10디나르의 벌금형을 내린다. 악랄한 법관의 피해를 벗어나지 못하리라는 것을 알아차린 주하는 "알라께서 제 당나귀를 꼬리 없이 창조하셨습니다"라고 말한다. 법관이 그것을 믿지 않고 계략을 꾸미려 하자 주하는 "당신은 알라의 능력을 부인하시는 것입니까?"라고 응수하여 법관의 말문을 막는다.

— 「카미쉬 법관과 고기 굽는 사람」 전문

• 『**마까마**(*Maqāma*)』—알-하리리('al-Harīrī, 1054~1122)

하리리는 바쓰라 근처 마산(Mashan)에서 태어나 일생을 바쓰라에서 보냈다. 그는 비단을 팔거나 만들었기 때문에 하리리(비단장수)라는 별명을 얻었다. 그는 알-하마다니('al-Hamadānī, 967~1007)의 마까마를 모방하여 50여 편의 마까마를 썼다. 동·서의 많은 학자들이 그의 마까마에 관심을 보여 해설서를 만들었으며, 영어, 불어, 독어, 터키어, 페르시아어, 러시아어 등으로 번역되었다.

그의 마까마는 여러 가지 방법의 속임수에 관한 것을 주제로 하고 있는데, 도덕적·종교적·문학적·해학적 등 다양한 방법을 사용하였다. 작품의 화자인 알-하리쓰 븐 함맘('al-Hārith bn Hammām)은 속임수를 모르며 여행을 즐기고 자만심이 강한 인물이다. 그리고 주인공 아부 자르드('Abū Zaid)는 걸인인데 유창한 말솜씨와 마술적인 수사학을 구사할 줄 아는 인물이다.

하리리의 『마까마』 11번째 무대는 하마단(Hamhadan)과 라이이(Rayy) 사이의 중간에 위치한 도시인 사와(Sawa)이다. 신앙심이 돈독한 하리쓰는 명상을 위해 공동묘지로 간다. 그곳에서 그는 장례식을 목격한다. 장례가 끝나자, 외투로 얼굴을 가린 한 노인이 언덕에 서서 죽음과 심판에 관해 이야기를 한다. 하리쓰는 갑자기 사람들 속으로 뛰어들어 아랍 문학이 낳은 가장 고귀한 시 한 편을 웅변조로 낭독한다. 그 내용은 다음과 같다.

오, 경박한 자여! 분별 있는 것처럼 행동하지만 헛된 일,
얼마나 오래 동안 죄를 짓고 잘못을 저지를 것인가?
너의 죄를 참회하라! 하얀 눈썹이 그대에게 경고하니
이 사람아, 그대의 귀는 막히지 않았다.
죽음의 신이 그대를 부르는 소리가 들리지 않는가.
그의 목소리가 또렷이 들리지 않는가? 이별을 두려워 마라.
그대를 슬프게 하지만 한편 지혜롭게 해주는 것이니,
그대 나태와 허식의 늪에 빠져 언제까지 경솔하게 지낼 것인가?
죽음의 신이 그대의 목숨을 영원히 연장해줄 것이라고 착각하는가.
바른 길을 벗어나 언제까지 악행만을 일삼을 것인가?

그대가 노란 주사위 모양의 동전을 보고 환호하지만
관이 지나갈 때 그대는 거짓 꾸밈으로 슬픈 얼굴을 한다.
사악하고 무정한 인간! 배신과 치욕의 그릇된 빛을 좇아
그대는 올바른 충고를 비웃는다.
그대는 컴컴한 묘지에 감도는 적막함과 비애를 망각하고
더러운 노예만이 갖고 싶어하는 쾌락을 탐한다.
진정한 행복을 그대의 눈으로 볼 수 있다면
욕망에 의해 잘못 인도되거나 충고의 말에 놀라지 않을 것이다.
최후의 심판 날, 그대를 구해줄 친척이나 자기편이 없을 때
그대의 눈에서는 눈물보다 더한 피가 쏟아질 것이다.
그대의 묘는 바늘구멍보다 더 좁아
물속으로 잠수하는 것처럼 깊은 곳으로 빠질 것임을 나는 안다.
그곳에 그대의 사지가 놓이고 벌레들이 모여들어 잔치를 벌이고

그대 영혼은 저 무시무시한 시련을 물리칠 수도 없다.
갈림길에 도착하여 다리 위에서 영혼이 지옥으로 떨어질 때
속세의 지도자들도 겁을 먹고, 권력가들도 비열해지는 것이니
분별없는 친구야, 그렇다면 지금껏 잘못 살아온 것을 서둘러 고쳐라.
이제 인생의 종점이 다가오고 있고
그대는 아직도 죄의 올가미에 걸려 있구나.
운명의 여신이 온화하고 즐거움 가운데 있다 하더라도 믿지 마라.
그대가 노망이 들면 언젠가는 한순간에 독을 뱉을 것이니.

— 「11번째 무대」 전문

V. 안달루시아 문학

1. 무왓샤하트와 대중 문학

유럽 남서쪽에 위치한 스페인과 포르투갈
지역을 아랍인들은 안달루스 반도, 혹은 안달루스라고 불렀다. 안달루스
는 스페인어 표기로 안달루시아(Andalucia)로 쓰게 되었는데, 무슬림 아랍
인들이 스페인과 포르투갈 지역을 점령한 이후 이베리아 반도 전체를
지칭하는 명칭이 되었다.

아랍 무슬림 정복은 이슬람의 정통 칼리파 제1대 아부 바크르('Abū
Bakr, 632~634)와 제2대 우마르('Umar, 634~644) 재임 때부터 시작되어 우
마위야 왕조에서도 계속되었다. 정복의 목표는 이슬람과 아랍주의 그리
고 아랍 이슬람 문명의 보급에 있었다. 7세기 중에 아랍 무슬림군은 마
침내 비잔틴 군대를 북아프리카 지역, 곧 오늘날의 리비아, 튀니지, 알
제리, 모로코 등을 점령하고, 우마위야 왕국 초대 칼리파인 무아위야
(Mu'āwiyah, 661~680) 때, 총독을 임명하기 시작했다. 711년 무사 이븐 누

사이르(Mūsā ibn Nusayr) 총독과 베르베르인[24) 따리끄 이븐 지야드(Tariq ibn Ziyad)가 이끄는 이슬람군은 지중해를 건너 카디스(Caidz) 근방의 대전투에서 고트족 로데릭(Roderic) 왕의 군대를 격퇴하고 스페인 전역을 정복하였다. 이후 무슬림 아랍군은 안달루시아에서 약 8세기 동안 이베리아 반도를 지배하게 되었다.

다마스쿠스의 칼리파가 임명하는 총독이 통치하던 총독 시대로부터 아랍 무슬림 통치의 종말을 가져온 마지막 왕조인 그라나다(Granada)의 나쓰르조(Nasr, 1232~1492)에 이르기까지 여러 왕조들이 세워졌다. 그 가운데 우마위야 왕조 시대와 군소 왕조 시대에는 언어와 문학 등 문화가 크게 번창하였다.

안달루시아의 아랍인들은 수려한 산과 계곡, 푸르고 기름진 평야와 울창한 숲에 매혹되어 오래전부터 들어와 있던 타민족과 쉽게 섞여 안달루시아의 독특한 문화를 만들어냈다. 동시에 안달루시아 아랍인들은 동부의 아랍인들을 모방하고자 하였다.

이와 같은 사회 환경은 문학에도 영향을 미쳤다. **시 문학**에 있어서 특히 안달루시아의 아름다운 자연 환경은 많은 아랍 시인들에게 시적 영감을 제공해주었다. 동부 아랍을 모방하려고 했던 안달루시아인들은 압바시야 문학에 크게 벗어나지 못하였고, 대신 '무왓샤하트(Muwashshahāt)'[25)와

---

24) 베르베르인 : 코카서스인 계통의 햄족 일원으로, 이집트 서쪽에서 대서양 연안에 걸쳐 살았다. 사납고 자존심이 강하며 죽음도 두려워하지 않는 부족이다. '베르베르'란 로마인이 이들을 야만족으로 취급하여 부른 이름이며, 풍속이나 기질이 아랍족과 비슷한 데가 많다.

25) 무왓샤하트(Muwashshahāt) : '치장' 또는 '장식'이라는 아랍어 단어에서 파생된 말로, 무왓샤하트 시가 마치 여성들이 허리띠나 목걸이 장식에 보석을 엇갈리게 배열하여 치장한 것과 비슷하다고 하여 붙여진 이름이다. 따라서 이 시는 단일 각운과 운율을 고수하는 전통시 까시다와는 달리 운율을 변경하고 여러 개의 각운을 가짐으로써 변화가 자유로운 형태를 지닌다. 이는 아랍적인 서정시 전통과 로망스적 스페인 서정시 전통이 결합된 독특한 형태라고 할 수 있다. 주로 술, 자연, 사랑 등에 적합한 주제를 생동감 있고 경쾌하게 그러나 자소 경박한 어조로 노래하였다.

'자잘(Zajal)'26)이라는 대중시 장르를 탄생시켰다. 대표적인 시인으로는 자잘을 처음 지었던 이븐 꾸즈만('Ibn Quzmān), 이븐 압드 랍비히(Ibn 'Abd Rabbihi, 860~940), 이븐 하니('Ibn Hāni, 938~973), 이븐 자이둔('Ibn Zaydūn, 1003~1071), 이븐 카파자('Ibn Khāfāja, 1058~1138) 등이 있다. 그리고 시의 종류로는 묘사시, 애도시, 연애시, 비방시, 금욕주의 시, 불평과 간청의 시, 구원시, 학문과 예술의 시 등이 있다.

안달루시아 **산문 문학**은 동부 아랍 문학의 산문을 모방한 것으로 유사한 성격을 보여주나, 그 가운데 이븐 뚜파일(Ibn Tufayl, 1100~1185)의 『각성자의 아들, 생자(Hayy b. Yaqzan)』는 철학적인 공상 소설이라는 평가를 받고 있다. 또한 이븐 하즘(Ibn Hazm, 994~1064)의 30장으로 구성된 사랑에 관한 이론서인 『비둘기의 목걸이(Tauq al-Hamāma)』는 안달루시아의 아랍 산문 문학의 걸작 가운데 하나로 꼽히며, 거의 모든 중요한 언어로 번역되었다.

이미 언급한 바와 같이, 안달루시아 문학은 처음에는 동부 무슬림 세계에서 유행한 문학의 종류와 문체를 모방하였고 그와 동일한 수준에 도달하고자 노력했다. 그러나 안달루시아의 자연 환경과 안달루시아가 갖는 특수한 생활 환경으로 동부에 알려져 있지 않은 특징적인 문학 세계를 갖게 되었다. 특히 시에 있어서 전통적인 까시다의 운율, 형태와 주제를 추구하면서도 한편으로는 전통적인 까시다의 관습에서 벗어나려는 노력이 있었다. 즉 노래의 확산으로 무왓샤하트와 자잘의 탄생을 보게 된 것이다. 환경의 요구에 부응하며 일반 대중의 요구를 충족시키기 위해 발생한 대중주의적 경향을 띤 무왓샤하트와 자잘은 복수 각운, 서정성, 음악성을 특징으로 하면서 산문 및 학문 예술 활동과 더불어 동부 무슬림 세계와 유럽 문학에 크나큰 공헌을 하였다.

---

26) 자잘(Zajal) : 무왓샤하트에서 파생된 것으로 방언을 사용한 시이다.

○ 작품의 이해

• 「사랑의 까시다」―이븐 압드 랍비히(Ibn 'Abd Rabbihi, 860~940)

랍비히는 코르도바에서 태어나 성장했다. 법학, 역사, 음악, 의학 등 그 시대 학문에 정통하였으며 시와 산문에 모두 뛰어난 재능을 갖추었다. 그는 역사의 사건들을 시로 짓는 등 서사시에 대한 관심이 많았다. 압둘 라흐만 알-나시르의 전투를 묘사한 450행의 시가 있지만, 이것은 역사에 가까운 것으로서 시적 가치는 적은 작품이다. 그의 시의 대부분은 묘사시와 연애시이다. 안달루스에서 문학에 관한 책을 썼던 최초의 인물로 평가되고 있다. 다음은 12행으로 짜인 사랑을 주제로 한 까시다이다.

> · 그대는 나를 구속함으로써 죽이고 나의 죽음을 부정하려는가?
>   그러나 그대의 눈 속에는 정의의 두 증인이 있소.
> · 오! 나의 복수의 추적자들은 가젤 그 이상도 아니오.
>   신비로운 가젤의 눈을 통해 나의 복수를 찾으리라.
> · 그대는 나의 가슴을 빼앗아 갔소. 나는 그대로부터 보상을 요구하리.
>   그대는 나의 마음을 빼앗아 갔소.
> · 내 인사에 인색한 그녀의 화답에 나는 영혼으로 위안을 얻으리라.
>   만일 그녀가 죽음을 말한다면 나는 그녀에게 나의 죽음을 바치리라.
> · 내가 그녀를 찾을 때마다, 그녀는 수줍어 얼굴을 돌리네.
>   그리하여 사랑보다 더 달콤한 방법으로 나를 버리네.
> · 그녀가 나를 심판했을 때 그녀는 편파적이었소.
>   그러나 그 불공평이 정의보다 더 좋다고 생각했소.
> · 나는 애써 나의 열정을 감추었오.
>   그러나 글을 쓰는 동안 들추어내니 절망이 밑줄처럼 눈물과 함께하오.
> · 그녀의 지적을 사랑하고, 그녀의 꾸지람도 사랑하오.
>   왜냐하면 꾸지람보다 나의 가슴에 더 사랑스러운 것도 없으니까.
> · 고통이 나의 가슴을 억누를 때마다 나의 가슴에게 말하오.

그대가 명예를 거부할 때마다 굴욕을 참거라.
· 그대의 결심으로, 사랑을 위해 그대는 진실한 모습을 보였소.
그것은 그대의 명령이고 그대의 행동이었소.
· 그대는 사랑이 죽음으로 덮인 칼날을 발견하였소.
그리하여 그대는 칼을 갑자기 뽑아들었고 그 칼날에 기대였소.
· 따라서 분명 그대가 희생자였다면
그대 자신을 죽음에 노출한 것은 바로 당신이었소.

— 「사랑의 까시다」 전문

• 「왈라다(Wallada)에게 바치는 시」 — 이븐 자이둔('Ibn Zaydūn, 1003~1071)

자이둔은 코르도바의 명문 집안 출신으로 위대한 시인이자 작가이다. 그는 정치에 뛰어들었는데, 그의 인생 가운데 가장 중요한 사건은, 여류 시인이자 우마위야 칼리파 무스타크피(al-Mustakfi)의 아름다운 딸 왈라다(Wallada) 공주를 사랑하고 감옥에 들어간 일이다. 그는 9세기의 시인 알-부흐투리(al-Buhturi)를 많이 모방하여 서부 무슬림의 부흐투리라는 별명을 얻었다. 산문에서도 유명한 서간문을 남겼는데 하나는 그가 감옥에 있으면서, 안달루시아의 군소 왕국의 통치자인 이븐 주후르('Ibn Juhur)에게 용서를 진지하게 비는 것이었고, 또 하나는 유머러스한 것으로 왈라다에 관해 와지르인 이븐 압두스('Ibn 'Abdus)에게 보낸 서한이다. 많은 문학가들은 이 두 편지를 암기하였다. 이처럼 그의 시와 산문은 동부에서 우마위야 문학으로부터 압바시야 문학으로 넘어가는 전환기를 대변하고 있다. 다음은 이븐 자이둔이 왈라다에게 보낸 까시다의 일부이다.

우리의 다정함은 어디 가고 소원함으로 바뀌었나.
좋은 만남의 자리에서 지금은 서로가 눈을 피하네.
그대는 멀어져 갔지만 아직도 그리움은,
나의 가슴에 젖어, 눈물자국은 마르지 않네.
그대와 속삭일 때면 깊은 슬픔을 느끼네.

나에게 인내가 없었다면,
그대를 잃은 시절은 검은색으로 바뀌었을 것이네.
우리들의 밤은 행복의 흰색이었지.

— 「왈라다(Wallada)에게 바치는 시」 부분

•『각성자의 아들, 생자(Hayy b. Yaqzan)』

—이븐 뚜파일(Ibn Tufayl, 1100~1185)

안달루시아 산문은 동부 아랍 문학의 산문을 모방한 것으로 유사한 성격을 보여주지만 그 가운데 이븐 뚜파일의 로망스『하이이 이븐 야끄잔(Hayy b. Yaqzan)』곧,『각성자의 아들, 생자』는 종교, 특히 이슬람과 철학의 조화를 보여주려 한 작품으로 아랍 문학뿐 아니라 세계 문학에서도 가장 위대한 작품 중 하나로 평가받고 있다. 이 작품에서 이븐 뚜파일은 인간은 독자적으로 보다 높은 지식에 도달할 수 있는 능력을 지니고 있다는 점에 주목하며 이성의 중요성을 강조하고 있다. 여기서 '하이이'는 철학을, '아살'은 신학을, '살라만'은 단순한 신앙을 대표하는 인물이다. 다음은 그 이야기 내용의 일부이다.

한 남자아이가 적도에 위치한 외딴 먼 섬에서 아버지 없이 태어난다(또 다른 이야기로는 이웃 섬의 박해받던 공주가 아기를 낳게 되자 아기의 목숨을 구하기 위해 아기를 궤에 넣어 강물에 띄운다. 그 아이는 조류에 밀려 무인도에 오게 된다). 그 아이의 이름은 하이이 이븐 야끄잔이다. 아버지가 없었기 때문에 가잘이 이 아기에게 젖을 주고 보호와 관심을 기울인다. 아이는 점점 성장하기 시작하고 지능도 증가한다. 비록 인간 세계에서 살지 않았음에도 불구하고, 그는 자기가 길들인 동물들이 벗고 있고, 자기도 역시 벌거벗은 것임을 인식한다. 또한 그는 동물들은 발톱과 이빨로 무장하고 있지만, 자기는 아무런 무장도 하지 않고 있음을 깨닫고, 나무줄기로 자신을 무장한다. 성장하면서 차츰 그는 지식이 발전해 가고 있음을 알아차린다.
그러던 중 그의 어머니인 가잘이 죽는다. 그는 몹시 울며 가잘이 죽게 된 이유를 알고 싶었다. 그는 사망의 원인이 가슴에 있을 것이라고 생각하고 날카로운 돌로 가슴을 찢어낸다. 그리하여 심장이 생명의 중심이고 무엇인가가 가잘을 떼어놓아 죽었음을 밝혀낸다. 이것이 생명의 비밀에 관한 그의 지식의 출발이었다. 이와 같이 그는 지식을 계속 쌓아갔다. 그리하여 그가 유일한 존재가 될 수 없다는 데까지 도달한다. 그가 전개한 철학 체계는 신비의 무아경에서 신과의 결합에 도달한다. 그는 40일 동안 동굴 속에서 칩거하고 단식하며 신에 대한 명상을 통해 그의 이성을 외부 세계와 자신의 육체에서 분리하는 데 성공한다. 그는 모든 지식의 단계를 거쳐 마침내 우주가 그의 눈앞에 뚜렷이 보이게 되는 경지에 이른다.

이때 이웃 섬에서 금욕 생활에 전념하기 위해 무인도로 생각하고 온 신실한 아살(Asal)이라는 남자가 찾아온다. 아살은 하이이의 철학 세계에서 모든 계시 종교의 초월적인 해석을 발견하고 놀라게 된다. 또 하이이 이븐 아끄잔은 자신의 철학이 예언자나 계시 없이 그 경지에 도달하였음을 알게 되며, 아살의 순화된 종교는 그와 동일한 것임을 인식하게 된다. 어둠 속에서 아살이 들려주는 다른 섬에 사는 사람들에 관한 이야기는 하이이 이븐 야끄잔의 영혼을 뒤흔들어 놓는다. 아살은 그를 살라만(Salaman)이라는 경건한 왕이 통치하는 섬으로 데리고 가서 그로 하여금 그의 숭고한 진리를 전파하도록 부탁한다. 그러나 그는 곧 무함마드의 방법이 대중에게는 진실된 것이며 심미적인 비유와 구체적 사물에 의해서만이 그들에게 도달되고 견지될 수 있음을 깨닫게 된다. 그러나 순수한 진리는 감각에 의해 노예가 된 세속민들에게는 적합하지 않음을 알고 두 사람은 본래의 자기 섬으로 돌아가 그들 나름대로의 신앙생활을 계속하며 행복하게 살아간다.

— 『각성자의 아들, 생자(Hayy b. Yaqzan)』 부분

Ⅵ. 터키 시대의 문학

1. 아랍 문학의 암흑기

1258년 바그다드의 압바시야 왕조는 몽골의 침략으로 붕괴되었다. 칼리프는 몰락하고 몽골족의 방화와 약탈 속에서 많은 서적을 비롯한 이슬람 문화유산은 손실을 당했다. 이 당시 이집트는 맘룩(Mamlūk)27)의 통치하에서 몽골의 침입과 십자군전쟁을 피할 수 있었다. 그리하여 바그다드를 대신하여 동부 아랍 세계의 유일한 문화적 상속자로 출현하게 된다.

이처럼 압바시야 왕조의 몰락으로부터 나폴레옹의 프랑스군이 이집트를 공략하는 1798년까지의 시기를 터키 시대 또는 맘룩 시대라고 한다. 또한 이 시대는 맘룩들이 독립적으로 번영하던 맘룩 시대(1258~1517)와 아랍 이슬람 세계가 오스만 터키의 지배를 받게 되는 터키 시대(1517~

---

27) 맘룩(Mamlūk) : 터키와 코카서스(Circassian)의 군계급의 하나. '맘룩'이란 백인 노예라는 뜻으로 이집트와 이집트 속령이었던 시리아의 독립적인 통치자들을 가리킨다.

1798)로 구분된다.

맘룩 시대는 비록 그 통치자들이 아랍어를 모르는 외국인이었지만 아랍어가 공용어로 사용되었고, 다수의 문인들도 배출되었다. 이에 반하여 터키 시대에는 모든 문화 활동의 중심지가 카이로로부터 이스탄불로 옮겨갔고, 터키어가 공식어의 자리를 차지함으로써 아랍어와 아랍 문학은 암흑기에 접어들게 되었다. 따라서 이 시기에는 문학 작품보다는 역사, 지리, 전기물, 연대기, 백과사전 등의 편찬에 치중되었다. 이 시기에는 아프리카의 튀니지 출신인 이슬람 최대의 역사가이며 사회학자인 이븐 칼둔('Ibn Khaldun, 1332~1406)이 그의 저서 『역사서설(al-Muqaddima)』을 통하여 역사 발전의 독특한 이론을 전개하였다.

또한 이 시기에는 방언시와 영웅이야기, 특히 『아라비안나이트』와 같은 고대로부터 오랜 세월 방대한 지역에 걸쳐 구전되어오던 이야기가, 이집트의 이야기꾼들에 의해 많은 이야기가 덧붙여져 최종적인 형태로 편찬되었다. 오늘날 세계적으로 아랍 문학을 대표하게 된 『아라비안나이트』가 아랍 문학의 침체기에 완성되었다는 것은 참으로 아이러니한 일이 아닐 수 없다.

○ 작품의 이해

• 『역사서설(al-Muqaddima)』―이븐 칼둔('Ibn Khaldun, 1332~1406)

이븐 칼둔은 튀니지에서 태어났다. 그의 아버지는 행정관이자 군인이었으나 그 직책에 오래 머물지 않고 퇴직하여 신학, 법률, 문학에 전념했다. 그러다가 그의 양친은 1349년 튀니지를 휩쓴 흑사병으로 사망하였다. 그는 어려서부터 학문과 문학에 심취하여 꾸란, 이슬람법, 아랍 문학 등을 폭넓게 읽고 연구하였다.

20세 때 그는 튀니지 궁정 관리로 임명되어, 3년 후에는 페스에서 모로코 술탄의 서기관이 되었다. 그러나 2년간 봉직한 뒤 모반에 가담했다는 혐의를 받고 투옥되었다가, 거의 2년 만에 석방되었다. 그 뒤로 그는 혼란스럽도록 군주를 바꾸어 일하면서 이곳저곳 옮겨 다니며 다방면의 일에 종사했다. 이러한 극심한 떠돌이 생활은 당시의 사회가 불안정했음을 반영하고 있다.

이븐 칼둔은 칼라트 이븐 살라마에 머무는 동안 『역사서설』의 초고를 완성했고, 그의 방대한 역사서 『교훈의 책』 일부를 집필하기도 했다. 이후 대법관과 교수를 역임하였고, 1389년 궁정 반란에 작은 역할을 담당하기도 하였다. 100년 티무르가 이끄는 무정의 몽골군이 시리아를 침입했고, 이븐 칼둔과 그 밖의 명사들이 출정했다. 그리고 1406년 사망하자 카이로의 주(主) 성문 가운데 하나인 승리문 외곽의 묘지에 묻혔다. 『역사서설』의 본래 저술 의도는 아랍인들과 베르베르족의 전체 역사를 서술하려는 것이었다. 그러나 그는 그러한 작업을 하기 전에 역사적 진실과 과오를 구분해 주는 기준점을 제시할 필요를 느꼈고 이를 위해서 역사학의 방법론을 거론했다. 그리하여 그의 역사 철학이 출현했다. 『역사서설』의 내용은 다음과 같다.

제1권은 일반 사회학의 개관, 제2·3권은 정치 사회학의 개관, 제4권은 도시 사회학의 개관, 제5권은 경제 사회학의 개관, 제6권은 지식 사회학의 개관을 다루었다. 이 작품은 역사·경제·정치·교육에 대한 탁월한 견해를 제시하고 있다. 작품 내용의 중심 개념은 집단 연대 의식을 바탕으로 상호 연결되어 있다. 이러한 연대 의식은 한 종족 혹은 작은 친족 집단 내에서 자연적으로 발생한다. 그리고 이것은 종교적 이데올로기에 의해 강화되고 확대될 수도 있다. 이러한 연대 의식은 지배 집단이 권력을 잡는 추동력이 되는 것이다. 반대로 연대 의식이 약화되면 지배 집단은 몰락하게 된다. 따라서 이븐 칼둔의 역사 철학의 기본 견해에 의하면, 역사는 번영과 쇠퇴를 끊임없이 반복하며 순환한다.

— 『역사서설』 개략

• 『천일야화(*Alf Layla wa Layla*)』

이 작품은 『아라비안나이트(*Arabian Nights*)』라고도 불린다. 아랍 문학의 정수이며 설화 문학의 최고봉이고, 세계 기서 가운데 하나인 이 작품은 창작 연대나 집필 작가가 확실하게 알려져 있지 않다. 이야기 속의 풍속으로 미루어 가장 오래된 것은 8세기, 가장 새로운 것은 17세기, 현재와 같은 체제를 갖춘 것은 13세기경으로 추정한다.

10세기 중반 이 작품의 초판이 이라크에서 만들어졌다는 설이 있다. 인도의 '40일 밤에 걸친 이야기'와 페르시아의 '천 개의 이야기'를 바탕으로 이라크의 여러 이야기꾼들이 이야기를 추가했다고 한다. 그 후 시간이 경과하면서 인도, 그리스, 헤브류, 이집트의 이야기들이 추가되어 이집트의 맘룩 시대에 최종판이 출판되었다고 한다. 지금까지 수집된 이야기는 모두 169편인데 내용별로 보면, 전기, 일상생활, 동물 우화, 기담, 전설, 사실적 이야기, 교훈적 이야기, 사랑 이야기 등으로 나눌 수 있다. 그리고 그 성격상 설화 문학, 전승 문학, 풍속 문학, 서민 문학, 서정 문학, 이야기 문학 등으로 불리고 있다.

이야기의 줄거리에 대해서는 비슷한 여러 내용들이 전한다. 페르시아 왕 샤흐라쟈르가 어느 날 왕비가 흑인 노예와 간통하고 있는 것을 발견하고 격분한 나머지 그 둘을 죽여버린다. 그 후 세상의 모든 여자를 증오하게 된 왕은 하룻밤에 한 명씩 잠자리를 같이하고 다음 날 해가 뜨기 직전에 죽여버리기를 계속한다. 그리하여 온 나라의 여자들이 공포에 떨게 된다. 어느 날 장관의 딸 샤흐라쟈드가 자청하여 왕 앞에 나가게 된다. 그녀는 왕을 섬기며 매일 밤 교묘한 말솜씨로 재미있는 이야기를 들려준다. 왕은 다음 이야기가 궁금하여 그녀를 하루하루 더 살려두게 된다. 이 이야기가 바로 『천일야화』이다. 이야기를 들려주는 천일 동안 그녀는 왕의 아이를 낳고 결국 이야기가 끝나는 1001일째 되는 날

왕은 자신의 잘못을 깨닫고 그녀를 정식 왕비로 삼게 되며 이야기는 끝난다. 다음은 샤흐라쟈드가 왕에게 들려준 이야기 가운데 하나이다.

옛날 하룬 알-라시드라는 임금님이 다스리고 있을 때의 이야기이다. 바그다드에 남의 짐을 옮겨주며 근근이 살아가는 신드바드라는 사람이 살고 있었다. 어느 여름날 신드바드는 짐을 잔뜩 진 채 걸어가고 있었다. 햇빛이 쨍쨍해서 신드바드는 땀을 뻘뻘 흘렸다. 그러다가 어떤 커다란 저택 앞을 지나게 되었다. 그 집 앞은 매우 잘 정돈되어 있었고 나무들이 울창하게 그늘을 만들고 있었다. 신드바드는 집 앞에 놓여 있는 의자에 걸터앉아 잠시 숨을 돌렸다. 짐꾼 신드바드가 쉬는 동안 집 안에서는 아름다운 음악소리와 사람들의 웃음소리가 들려왔다. 살며시 집 안을 엿보자, 잘 가꾸어진 정원에 하인들이 왔다 갔다 하고 있었다. 그 광경을 본 신드바드는 탄식을 하였다.
"여기 사는 사람은 얼마나 행복할까, 나는 뙤약볕에서 하루도 쉬지 않고 일을 해도 이렇게 비참한 생활을 하는데…. 이 집주인은 많은 하인을 거느리고 이렇게 훌륭한 저택에서 살다니."
이렇게 혼자 중얼거리며 짐꾼 신드바드는 짐을 지고 일어섰다. 그때 갑자기 그 집의 문이 열렸다. 그리고는 깔끔하게 차려입은 하인 한 명이 나와 신드바드를 불렀다.
"주인님이 잠깐 들어오시랍니다."
"무슨 일인가요?"
"이야기를 나누고 싶어하십니다."
짐꾼 신드바드는 하인을 따라 저택으로 들어갔다. 밖에서 보기보다 훨씬 더 호화롭고 사치스러운 저택이었다. 신드바드는 눈이 휘둥그레졌다. 값비싼 가구들이 번쩍거리는 방 안에 집주인이 앉아 있었다. 신드바드는 마룻바닥에 무릎을 꿇고 주인에게 공손히 인사했다. 집주인은 신드바드를 반갑게 맞으며 잠시 쉬어가라고 권했다. 그리고는 짐꾼 신드바드에게 온갖 신기하고 맛있는 요리를 대접했다. 신드바드가 음식을 배불리 먹자 주인이 물었다.
"당신은 이름이 무엇이고 무슨 일을 하십니까?"
"제 이름은 신드바드이고 짐을 날라다주는 일을 하고 있습니다. 그래서 사람들은 저를 짐꾼 신드바드라고 부른답니다."
"나와 이름이 똑같으신 분이로군요. 사람들은 나를 뱃사람 신드바드라고 부릅니다."
두 사람은 이런저런 이야기를 나누며 즐거워했다. 짐꾼 신드바드는 주인에게 부럽다고 말했다. 그리고 자신은 하루 종일 열심히 일을 해도 가난하게 사는데, 당신은 어떻게 이렇게 부자가 될 수 있었냐고 물었다.

"짐꾼 신드바드, 내가 이렇게 큰 부자가 된 데에는 긴 사연이 있답니다. 나는 뱃사람으로서 그동안 여러 번 항해를 했는데 그때마다 신기한 일들을 겪었지요."

뱃사람 신드바드는 자기가 겪은 신기한 경험들을 말하기 시작했다.

뱃사람 신드바드는 부유한 가정에서 태어나 자랐다. 아버지가 돌아가시자 신드바드는 막대한 유산을 물려받았다. 젊은 나이였던 신드바드는 인생은 즐거움의 연속이라고 생각해서 날마다 친구들과 어울려 놀기만 했다. 매일 파티를 열었고 돈을 물 쓰듯 썼으며 재산도 관리하지 않았다.

그러던 어느 날 신드바드는 자신이 더 이상 부자가 아니라는 것을 깨달았다. 돈이 한 푼도 남아 있지 않았으며 친구들도 다 떠나갔다. 꿈처럼 행복했던 시간이 지나가버린 것이다. 신드바드는 탄식을 하며 며칠을 보냈다. 그러나 탄식만 하고 있기에 신드바드는 젊은 나이였고 모험심이 많은 청년이었다. '신이 보살펴 주신다면 처음부터 다시 시작해도 늦은 일이 아니다.' 신드바드는 기운을 차리고 다시 일어섰다. 그리고는 얼마 안 되는 남은 재산을 전부 모아 먼 나라로 장사를 떠나기로 했다.

신드바드는 바소라 항으로 갔다. 그 곳에서 물건을 사서 배에 싣고는 장사를 시작했다. 이 항구에서 저 항구로 다니면서 물건을 팔았다. 어느 날 신드바드와 일행이 탄 배가 어떤 작은 섬을 지나게 되었다. 야자수가 시원하게 그늘을 만들고 있어서 잠시 쉬어 가기에 좋은 섬이었다. 선원들은 배에서 내려 섬에서 불을 피워 요리를 한다, 빨래를 한다 하며 즐거운 시간을 보냈다. 그런데 갑자기 배에 남아 있던 선장이 외쳤다.

"모두들 빨리 배로 올라오시오. 당신들이 서 있는 곳은 섬이 아니라 고래 등입니다. 당장 배로 돌아오시오."

선장은 애타게 외쳤다. 선원들은 부랴부랴 하던 일을 내팽개치고 배를 향해 뛰었다. 그러나 사람들이 배에 닿기도 전에 섬은 서서히 움직이기 시작했다. 고래는 몸을 크게 흔들면서 바다 속으로 헤엄쳐 갔다. 미처 배에 닿지 못한 사람들, 내려놓은 짐, 야자수 나무까지 한꺼번에 물속으로 곤두박질쳤다. 신드바드도 배에 오르지 못했기 때문에 바닷물 속으로 휩쓸려 들어갔다. 고래가 일으키는 파도 때문에 배는 물에 빠진 사람들에게 다가오지 못하고 멀찍이 서 있었다. 그러다가 아무도 살아 있을 수 없다고 판단했는지 배는 수평선 뒤로 사라져버렸다.

신드바드는 한참을 허우적거렸다. 그러나 기운이 빠져 물속으로 가라앉기 직전에 신드바드의 손끝에 무엇인가가 잡혔다. 그것은 널빤지였다. 짐이 들어 있던 상자가 부서져 몇 조각인가 널빤지로 변한 것이었다. 널빤지에 매달린 채

며칠 동안이나 신드바드는 바다 위를 떠다녔다. 널빤지를 붙잡고 있을 힘도 빠질 무렵 신드바드는 어느 섬의 해안가에 닿았다.

신드바드는 신에게 감사의 기도를 올렸다. 그리고는 주변을 둘러보았다. 섬에는 시원한 물이 솟아나는 샘도 있었고 나무에는 과일이 주렁주렁 달려 있었다. 신드바드는 시원한 물을 실컷 마시고 과일을 따 먹으며 더 나아갔다. 해안선을 따라 걷는데 한 마리 멋진 말이 나무에 매어져 바다를 향해 울고 있있다. 신드바드가 이상하다고 생각하며 가까이 다가가는 순간 말이 놀란 듯 큰 소리로 울었다. 그러자 어디선가 한 남자가 뛰어나왔다.

"웬 놈이냐?"

남자가 화가 나서 외쳤다. 신드바드는 달아날 기운도 없어서 공손하게 말했다.

"저는 신드바드라는 사람으로 항해 도중 바다에 빠졌습니다. 그런데 알라신이 널빤지를 보내주어 구사일생으로 살아 바다를 떠돌아다녔습니다. 그러다가 조금 전 이 해안으로 밀려오게 되었습니다."

남자는 신드바드의 행색을 훑어보았다. 신드바드의 옷은 폭 젖은 채로 매우 더러웠고 여기저기 찢어져 겨우 몸만 가리고 있었다. 남자는 신드바드가 측은해져서 부드러운 얼굴로 말했다.

"저런, 고생이 많았군요. 나를 따라오시오."

남자는 자신이 살고 있는 곳으로 신드바드를 안내했다. 그곳에서 불을 피워주고 신드바드에게 따뜻한 음식도 주었다. 신드바드는 그 친절에 감동해 눈물을 글썽였다. 남자는 신드바드에게 어떻게 이 섬에 오게 되었는지 자세히 물어보았다. 그래서 신드바드는 커다란 고래 등을 섬인줄 알았던 이야기를 해주었다.

"정말 신기한 이야기로군요. 정말 세상에는 별의별 동물들이 많은 것 같소."

"당신은 왜 말을 해안가에 묶어 놓았습니까?"

"나는 이 나라 왕이신 마르잔 왕의 마부요. 왕은 세상에서 가장 멋진 말을 갖고 싶어하오. 왕은 매년 암말을 해안가에 매어 두면 바다에서 해마가 올라와 암말과 결혼한다고 믿고 있다오. 그렇게 해서 태어난 말을 물에서나 육지에서나 달릴 수 있다고 하더군요. 오늘이 해마가 나온다고 하는 날이라 암말을 매어 두었는데 당신이 갑자기 나타나 암말이 놀라버렸소."

신드바드는 미안해서 사과의 말을 했다. 그러나 남자는 괜찮다는 듯이 웃으며 말을 이었다.

"나는 당신이 너무 불쌍해 그냥 말을 지키고 있을 수가 없었소. 나는 지금까지 수십 번이나 암말을 해마와 결혼시키려고 했지만 번번이 도움이 필요한 사람이 나타나 한 번도 성공한 적이 없었소. 하지만 그래도 남을 도울 수 있어서 말 따위는 어떻게 되든 상관없다고 생각하오. 이 모든 것이 알라신의 뜻이니까."

신드바드는 남자의 집에서 며칠 동안 푹 쉬었다. 그리고 원기를 회복한 후에 그 섬의 이곳저곳을 구경하며 다녔다. 그리고 다시 바그다드로 돌아갈 배편을 알아보러 항구에 나갔다. 항구는 먼 나라로 떠나는 사람과 먼 곳에서 돌아온 사람들로 언제나 북적거렸다. 신드바드는 그 사람들에게서 여러 나라의 풍습과 신기한 이야기를 전해들을 수 있었다.

하루는 어떤 배가 항구에 도착했다. 그 배에서 내린 사람들은 이상하게도 물에 닿은 것을 기뻐하기는커녕 침울한 표정들이었다. 사람들도 떠들썩하게 그 배를 반기지 않고 조용히 물건을 사고파는 것이었다. 신드바드도 무슨 물건이 들어왔는지 사람들 등 너머로 기웃거렸다. 그런데 그 짐 가운데 어떤 것은 어딘가 낯익은 것들이었다. 신드바드는 선장인 듯한 사람에게 말했다.

"이 물건을 내가 사겠소."

"이 물건은 파는 것이 아니오. 배를 바꿔 타기 전에 잠시 부려놓은 물건이오. 이 물건의 주인은 바다에 빠져 죽었소. 우리는 이 물건을 바그다드로 가는 배에 실어 그 곳에 사는 이 집 주인의 가족에게 전해 줄 생각이오."

선장은 눈시울을 적시며 말했다. 신드바드는 바그다드라는 말에 가슴이 뛰었다. 그런데 슬퍼하는 선장의 얼굴을 가만히 들여다보니 그는 예전에 신드바드가 탔던 배의 선장이었다. 게다가 그 짐은 항해를 떠나기 전 신드바드가 직접 사서 실었던 것이었다.

"죽은 사람의 이름이 무엇인가요?"

"뱃사람 신드바드라고 합니다."

"제가 바로 신드바드입니다."

선장은 어리둥절한 얼굴로 신드바드를 보았다. 그리고는 곧 신드바드를 알아본 선장의 눈에 기쁨의 빛이 떠올랐다.

"바로 당신이 신드바드로군요! 죽지 않고 살아 있다니 기적 같은 일이오."

선장은 신드바드를 얼싸안았다. 신드바드와 선장은 마치 친형제간처럼 서로 얼싸안고 기쁨의 눈물을 흘렸다. 신드바드의 짐은 하나도 없어진 것이 없었다. 신드바드는 그 물건 가운데 좋은 것을 골라 그 나라의 왕에게 선물했다. 그리고 나머지는 모두 팔아 큰 이익을 남겼다. 그 돈으로 신드바드는 그 섬의 물건들을 산 후 고향으로 돌아가는 배를 탔다.

뱃사람 신드바드는 무사히 고향으로 돌아와서 다시 좋은 집에서 부유한 생활을 했다.

— 「신드바드의 첫 번째 모험」 전문

VII. 문예부흥 시대의 문학

1. 고전적 장르의 부활과 이주 문학의 등장

1798년 나폴레옹 보나파르트의 이집트 원정을 계기로 아랍 세계는 근대 유럽과 처음으로 광범위한 접촉을 갖게 되었다. 이 원정은 아랍 세계에 정치적 변혁과 민족적 각성을 가져왔을 뿐 아니라, 문화적으로도 그동안 침체 상태에 있던 아랍인들을 각성시켜 새로운 부흥을 꾀하는 계기를 마련하였다. 이것을 기점으로 1차 대전이 끝나 많은 아랍의 여러 나라들이 독립하게 되는 1920년까지를 문예부흥 시대라 하며 현대 문학으로의 이행기로 본다. 또한 그 이후부터 오늘날까지를 현대 아랍 문학의 시기로 구분한다. 특히 이집트 민중이 오스만 터키 지배 체제인 봉건제도에서 벗어나 새로운 중산층의 신장과 더불어 이집트 독립을 요구하는 민족적 각성과 의식이 표출되었던 1919년 혁명은 문학사적으로 현대 아랍 문학의 출발점으로 간주된다.

1805년 프랑스군이 완전히 철수한 후 이집트의 통치자가 된 터키·알바니아계 용병대장 무함마드 알리(Muhammad 'Ali, 1805~1848 재위)는 개혁을 주도하여 학생의 유럽 파견, 인쇄소 설립, 학교 설립 등 문화진흥정책을 폈다. 그런데 시리아와 레바논의 샴 지역에서는 그보다 앞서 문학 부흥의 기운이 싹트고 있었다. 일찍이 이 지역에 진출한 기독교 선교사들로 인해, 서구의 문물을 받아들여 개화한 학자와 지식인들이 아랍어와 아랍의 고전을 발굴하고 회복하고자 문예부흥운동을 일으켰다. 그러나 1860년 기독교 대학살 사건, 오스만 터키의 학정, 경제적 어려움으로 인해 이들 가운데 상당수 문인들이 이집트로 이주했다.

이들 이주 문인들은 이집트에서 아랍어 신문과 잡지를 창간하고, 서양의 문학 작품을 번역하면서 창작 활동을 활성화시켜 문학 부흥에 크게 기여하였다. 또한 이집트가 아랍 세계의 문예부흥 중심지로 자리 잡게 된 것은 카이로의 알-아즈하르(al-Azhar)가 교육 기관으로서 고전 아랍어와 고전 문학을 연구 보존하여 기본적인 요인을 제공한 것이다.

문예부흥기의 아랍 문학의 특징으로 첫째, 문학사상 황금 시대였던 고전 문학 작품을 되살리는 데 관심을 보이기 시작했다는 것이다. 시에서는 압바시야 시대의 고전적 전통과 형태를 추구하였고, 산문에서는 중세 알-하리리('al-Harīrī, 1054~1122)의 마까마를 본 딴 작품들이 발표되었다. 둘째, 서구 문학과 접촉함으로써 새로운 경향이나 문학사조가 출현했고, 소설, 수필, 희곡, 여행기, 자전, 비평 등 새로운 문학 장르가 등장했다.

아랍 문학을 시가 문학이라고 할 만큼, 고전시에 대한 아랍인들의 열광과 자부심은 대단한 것이었다. 이러한 **시 문학**은 문학의 황금기였던 압바시야조의 찬란한 시적 성과를 부활시키면서 매우 전통 지향적으로 시작되었다. 문예부흥기의 시인들은 약 5, 6세기 동안의 지적 침체기 속에서 잠자고 있던 고전의 어휘, 문체, 사상을 통하여 그들의 시적 영감을 얻어내면서, 당시의 아랍 조국의 현실과 정치·사회 문제를 다룬 애국적·민족적 시를 쓰게 되었다. 그러므로 문학사상 아랍 부흥기의 시

문학 특성을 신고전주의로 정의한다.

신고전주의학파 시인들은 서구의 영향, 즉 당시 서구 문단을 풍미하고 있던 낭만주의에 대항하고 전통 까시다로의 회귀를 강력하게 주장했다. 부흥기 주요 시인은 두 파로 나뉘는데, 각각 시리아와 레바논에서 이집트로 이주한 기독교 시인들과 이집트 내의 무슬림 시인들이다. 기독교 시인들은 서구 지향성을 띤 반면 무슬림 시인들은 전통 지향적 태도를 취하였다. 무슬림 시인들이 전통 까시다로 되돌아가고자 하는 노력은 이슬람의 가치를 위협하는 기독교 문화에 맞서 아랍의 전통을 보호하려는 절실한 대응이었다.

일반적으로 신고전주의학파의 활동 기간은 1910년대 이집트에서 낭만주의 경향의 시를 쓴 디완(Jama'at al-Diwān)학파 이전까지로 본다. 그러나 신고전주의학파는 낭만주의의 왕성한 활동 속에서도 1932년, 신고전주의학파의 중심 시인 아흐마드 샤우끼('Ahmad Shāwqī, 1868~1932)와 하피즈 이브라힘(Hāfiz Ibrāhīm, 1872~1932)이 세상을 뜰 때까지 그 명맥을 유지하였다.

고전 아랍시의 부흥은 마흐무드 사미 알-바루디(Mahmūd Sāmi al-Bārudī, 1839~1904)에 의해 비롯되었다. 그리고 대표적 시인으로는 아흐마드 샤우끼, 하피즈 이브라힘 등을 들 수 있다.

아랍 **소설 문학**은 시와는 달리 서양 세계와의 접촉과 그에 따라 추진된 서양 문학 작품의 번역과 각색, 창작 활동을 통해 비롯되었다. 아랍의 전통적 설화 문학 유산 가운데 마까마[28)]는 단편소설의 형식과 유사

---

28) 이야기 문학으로는 마까마 이외에도 리살라(Risalat, Rasail)가 있었다. 리살라는 편지 형식의 이야기 문학으로서 히즈라(Hijrah, 이슬람역의 시발점) 5, 6세기경에 나타났다. 대표적인 작품으로는 아부 알-알라 알-마아르리('Abū 'al-'Alā al-Ma'arri, 973~1058)의 『용서의 서한문(Risalat al-Ghufran)』, 이븐 뚜파일(Ibn Tufayl, 1100~1185)의 『인간과 동물(al-Insan waal-Hayawan)』 등이 있다. 그러나 리살라는 이야기 형식을 빌린 철학적 혹은 과학적 내용으로서, 소설의 기법에 대한 문학적 기여는 적었던 것으로 평가된다.

하다. 마까마는 중세 이후 쇠퇴하기 시작하였으나 유럽의 소설들이 소개되기 시작하자 이에 대한 반발로 다시 새롭게 조명되기 시작하였다.

이 시기 마까마의 대표적 작가로는 레바논 출신의 나시프 알-야지지(Nāsif al-Yazijī, 1800~1871), 아흐마드 파리스 알-쉬드야끄(Ahmad Faris al-Shiyāq, 1804~1887), 이집트의 무함마드 알-무와일리히(Muhammad al-Muwailihi, 1858~1930) 등이 있다. 특히 무함마드 알-무와일리히의 마까마는 전통적인 형식과 내용에서 벗어나 새로운 방법을 시도하였다. 그의 작품『이사 븐 히샴 이야기(Hadith 'Isa bn Hisham)』는 기행문의 형식을 취했다는 점에서 초기 교육·계몽소설로 불린다. 그러나 이 작품은 신고전주의 형태의 사회 비판 소설로 평가되고 있기도 하다.

문예부흥기 아랍 소설은 마까마의 부활로 특징되는 태동기를 거쳐 1900~1919년 혁명에 이르기까지 유아기로 발전하게 되는데, 이 시기의 소설은 계몽소설과 흥미 본위의 대중적 통속소설 등의 경향을 보였다. 주르지 자이단(Jurjī Zaydān, 1861~1914)은 아랍·이슬람 역사를 소재로 계몽과 통속적인 역사소설을 22권이나 저술한 최초의 아랍 역사소설가이다.

이 시기 아랍 소설들 대부분이 서양 소설을 모델로 번역·각색을 하며 창작 능력을 키우고 있었고 한편으로는 통속소설이 한창 유행하고 있었다. 이때 무함마드 후사인 하이칼(Muhammad Husain Haikal, 1888~1956)이 등장하여 아랍 최초의 순수 소설인『자이납(Zainab)』을 발표하였다.

아랍의 **단편소설**은 레바논에서 간행된 잡지 ≪하디까트 알-아크바르(Hadiqat al-'Akhbār)≫와 ≪알-지난(Al-Jinan)≫에 주로 오락적인 프랑스 번역 작품이 게재되면서 소개되기 시작하였다. 아랍 단편소설의 효시는 1870년 살림 알-부스타니(Salīm al-Bustānī, 1848~1884)에 의해 베이루트의 ≪알-지난≫지에 발표된 남편의 탐욕을 주제로 한「람 없는 람야(Ramyatun min Ghair Ramin)」이다. 이집트에서 출간된 첫 단편은 레바논에서 카이로로 이주한 여류 작가 라비바 하쉼(Labībah Hāshim)이 1898년 발표한「사랑의 자비(*Hasanat al-Hubb*)」이며, 최초의 단편집은 무함마드 루뜨피 줌아(Muhammad Lutfi Jum'ah, 1886~1952)가 1906년 발표한 『사람들의 집에서(*Fi Buyut al-Nas*)』[29]인데, 그의 다른 소설과 마찬가지로 사회적인 주제를 담고 있다. 이 시기의 아랍 단편은 프랑스와 러시아의 단편소설들을 모방하는 단계였으며, 대부분 도덕심을 높이기 위한 교육적 목적이나 오락을 위한 것이었다.

1900년대에 접어들면서 낭만주의 경향의 단편들이 나오기 시작하는데 주로 무쓰따파 루뜨피 알-만팔루띠(Mustafa Lutfi al-Manfalūtī, 1876~1924)와 지브란 칼릴 지브란(Jibran Khalil Jibran, 1883~1931)에 의해 쓰였다. 칼릴 지브란은 1905년 『음악(*Al-Musiqa*)』이라는 에세이집을 발표한 이래 『초원의 신부들(*'Arā'is al-Murūj*)』(1906), 『반항하는 영혼(*Al-Arwah al-Mutamarridah*)』(1908), 『부러진 날개(*Al-Ajnihah al-Mutakassirah*)』(1912) 등의 단편집을 발표하였다. 만팔루띠와 칼릴 지브란으로 대표되는 이 시기 낭만주의 단편들은 여성 해방, 가난, 사랑, 중혼, 음주, 간음 등을 주제로 하고 있다. 따라서 반항이나 개혁 의지보다는 수동적 비판이나 슬픔의 정서와 관련이 많았다. 또한 기법이 성숙되지 않았고 오락적 목적보다는 작가의 주장을 독자에게 제시하기 위한 수필이나 평론의 대용으로 간주되었기 때문에 종종 작가가 이야기의 전면에 개입하였고 많은 예술적 결함을 지니고 있었다.

---

29) 무함마드 루뜨피 줌아는 이 단편집을 '가난한 젊은이'라는 익명으로 발표하였다.

○ 작품의 이해

• 『이사 븐 히샴 이야기(*Hadith 'Isa bn Hisham*)』
　　　─무함마드 알-무와일리히(Muhammad al-Muwailihi, 1858~1930)

　부흥기 시 문학에 두드러졌던 신고전주의는 산문 문학에도 영향을 끼쳤는데 무함마드 알-무와일리히는 고대 산문 문학의 형태인 마까마를 새롭게 부활시켜 『이사 븐 히샴 이야기』를 발표하게 된다. 이 작품이 마까마보다는 압바시야 시대 시인 알-마아르리(Al-Ma'arri)가 쓴 『용서의 서한문(*Risalat al-Ghufran*)』에 더욱 가깝다는 주장도 있다. 알-무와일리히는 1898~1902년에 걸쳐 부친이 경영하던 잡지 ≪미쓰바흐 앗샤르끄(Misbāh al-Sharg, 동방의 등불)≫에 『한 세월(*Fatrah min al-Zaman*)』이라는 제목으로 이 작품을 연재하였는데, 1907년 책으로 발간하면서 제목을 『이사 븐 히샴 이야기』로 바꾸고 연재 당시의 원제를 부제로 넣었다. 이를 통해 작가 스스로 이 작품이 신마까마로 인정받기를 원한 것이라고 볼 수 있다. 또한 이 작품에 사용된 각운 산문체는 마까마 문체와 유사하며 작품의 목적이 몇몇 마까마에 나타나는 사회 비판에 있다는 점에서도 이 작품을 신마까마 형태로 볼 수 있다.

　이 작품은 기행문의 형식을 수용하고 있어서 초기 교육·계몽소설과 다르지 않다. 그러나 초기 교육·계몽소설이 유럽을 여행하여 유럽 사회의 모습을 담은 반면, 이 작품은 이집트 사회를 주요 배경으로 삼고 있다. 작가는 동양의 전통을 대변하는 터키인 바샤와 동서양 문화의 중재자인 이사 븐 히샴을 등장시켜 변화된 사회의 취약성과 결함을 고발함으로써 사회 개혁 의지를 보여주고 있다. 작품의 내용은 다음과 같다.

작가 자신을 가리키는 이사 븐 히샴이 꿈속에서 무덤과 비석 사이를 거닐다가 무덤이 갈라지며 부활하는 터키인 바샤(Basha)[30]를 만나게 된다. 죽은 지 50년 만에 다시 살아난 바샤는 화자 이사 븐 히샴과 함께 변화된 이집트 사회를 돌아다니다 난처한 입장에 빠지게 된다. 이러한 난처한 입장에서 벗어나기 위해 경찰, 검사, 변호사, 종교인, 의사, 상인 등과 만나면서, 그는 사회 곳곳에 만연된 위선, 부패, 부조리 등을 발견한다.

그들은 공원에서 우연히 만난 한 촌장을 미행하게 된다. 그들은 단순하고, 돈을 물 쓰듯 하며, 고위 관직에 있는 사람들을 가까이 하려는 시골 부자 촌장이 도시에서 여러 가지 사건을 당하는 것을 목격한다. 그들은 도덕적으로 타락한 사회의 또 다른 일면을 목격하게 된 것이다. 그래서 그들은 동서 문화를 비교하기 위해 파리로 떠난다.

— 『이사 븐 히샴 이야기』 줄거리

• 『자이납(Zainab)』

— 무함마드 후사인 하이칼(Muhammad Husain Haikal, 1888~1956)

무함마드 후사인 하이칼은 이집트 토박이 지주계층 출신이다. 그는 1905~1909년 카이로의 법대에 진학, 졸업하였고, 파리로 유학하여 박사 학위를 취득하였다. 1912년 귀국한 그는 1922년까지 알만수라 지방 도시에서 변호사로 근무하였다. 이후, 진보당의 대변지로 창간된 알시야사 신문 편집 일을 맡다가, 그 뒤 편집 책임자가 되었다. 한편 그는 이집트 대학교에서 정치 경제학을 가르치기도 했다.

그 후 하이칼은 진보주의에 실망하고 무슬림 민족주의자로 변신하게 된다. 1938년 교육부 장관에, 1945년에는 상원 의장에 임명되어 1950년까지 근무했다. 1952년 이집트 군사 혁명 이후 자신의 역할이 끝나면서 그는 저술 활동에 전념했다. 1951년 자신의 회고록을 출판하였고 1956년 카이로에서 사망하였다.

---

30) 바샤(Basha) : 이집트 사회를 지배하던 터키인 귀족을 일컫는다.

『자이납』은 초판에는 독자들의 별 반응을 얻지 못하다가, 1929년 작가의 본명으로 제2판이 출판된 후 주목을 받게 되었다. 이 작품은 당시까지 유행하던 마까마의 화려한 장식적 문체에서 탈피하여 간결하고 평이한 표준 아랍어의 문장을 사용하였다. 그리고 얼마간의 대화에서는 주로 이집트 방언을 사용하고 있다.

이집트 초기 소설인 이 작품은 들판일, 나이 든 여인들의 집안일, 운하나 강변에서 물병을 가득 채우는 일, 계절에 따른 농부들의 일, 목화나무의 벌레 죽이는 일, 면화 따기, 방학 중 고향에 온 부잣집 아들의 바쁜 생활, 축제나 결혼 때 기쁨 나누기 등 모든 시골의 관습이 정확하게 기술되어 있다. 또한 모든 종류의 행사시 농부들의 대화가 생생하게 그대로 묘사되어 있다.

이 소설은 가난한 농부의 딸인 자이납과 대지주의 아들 하미드(Hamid), 농사꾼 감독인 이브라힘(Ibrahim), 하미드의 사촌 여동생 아지자('Aziza) 등을 둘러싼 비극적 사랑 이야기로서 당시 이집트 사회의 남녀 관계를 내용으로 하고 있다. 작품의 줄거리는 다음과 같다.

자이납은 젊고 아름다운 농촌 처녀이다. 그녀는 대지주 하미드의 아버지네 농장에서 가끔 품삯을 받고 농사일을 한다. 하미드는 도시에서 학교를 다니고 방학이면 시골집에 와 있는 젊은 학생이다. 우연히 밭에서 일하는 자이납을 만나 그곳에서 키스를 나누고 이내 그녀에게 매력을 느껴 사랑에 빠지게 된다. 그러나 자이납은 그 마을의 농사꾼 감독인 이브라힘을 사랑한다.

하미드가 자이납과 결혼한다는 것은 이집트 사회의 관습상 생각할 수 없는 일이다. 자이납 또한 부모들이 자신의 짝으로 하산(Hasan)을 점찍어 놓은 상태에서 이브라힘을 사랑한다고 부모에게 고백할 수 없는 일이다. 결국 자이납은 이브라힘을 사랑함에도 불구하고 부모의 뜻에 따라 어쩔 수 없이 하산과 결혼한다. 그러나 이브라힘이 수단으로 징병되어 나가있는 동안, 진정한 사랑과 현실 사이의 정신적 갈등으로 건강이 나빠진 자이납은 폐병에 걸려 죽고 만다.

한편, 하미드는 어린 시절 소꿉친구였던 사촌동생 아지자에게 구혼을 하게 된다. 하미드가 사랑을 고백하는 편지를 그녀에게 보내, 가족들이 모두 저녁 마

실을 간 사이에 둘은 만나기로 한다. 단둘이 만날 수 있는 기회를 어렵게 만들
게 되지만 막상 만나서도 서로의 감정을 털어놓지 못한다. 그 후 아지자는 하
미드에게 편지를 보내 자신을 잊어달라고 하면서, 번역 소설에서나 읽었던 그
런 사랑은 자신과 같이 시골에 파묻혀 살고 있는 여자에겐 결혼으로 이어질 수
없다고 말한다. 이후 아지자는 두 번째 편지를 보내, 자신이 부모의 중매로 다
른 남자와 결혼할 수밖에 없다는 것을 밝힌다.
　이와 같이 하미드는 자이납과 아지자 두 여자에게 대한 사랑을 모두 잃은
후, 다른 여자와 잠시 동거하지만 헤어지고 가족을 떠나 혼자 살아가게 된다.

―『자이납』 줄거리

Ⅷ. 근·현대의 문학

1. 시 문학의 흐름과 양상

근·현대 아랍 문학의 모든 장르 가운데 시 문학이 가장 늦게 서구의 영향을 받았다. 아랍인들은 19세기 말까지 서구로부터 배울 것이 없다고 자부할 만큼 시 문학에 대한 자긍심이 대단하였다. 때문에 문예부흥 시대에 들어가면서 산문 문학은 점진적으로 서구 지향성을 띤 반면, 시는 황금기 시가 문학의 전통을 회복하는 것을 주된 작업으로 삼았다.

아랍 근·현대시의 흐름과 양상은 먼저 낭만주의 시운동을 들 수 있는데, 이는 디완학파, 이주학파, 아폴로학파에 의해 주도되었다. 이후 1950년대에 들어서는 사실주의시, 자유시, 참여시 등이 다양하게 시 문학을 장식하였다.

낭만주의시가 등장하게 된 배경으로는 다음의 몇 가지를 생각해 볼 수 있다. 그것은 서구와의 접촉에 의해 사상과 감정의 자유화 분위기,

서구 문학 특히 프랑스와 영국의 낭만주의시와의 접촉, 신고전주의시에 대한 반발 등이다. 특히 신고전주의 시인들은 일반적으로 시를 통하여 개인의 감성을 표현하기보다는 사회·정치적인 주제를 주로 다루었기 때문에, 이에 대한 반작용으로 낭만주의 시인들이 등장하게 된 것이다.

신고전주의와 낭만주의 사이의 과도기적 시인으로 칼릴 무뜨란(Khalil Mutran, 1872~1949)을 들 수 있다. 무뜨란의 작품은 일반적으로 신고전주의적 특징을 담고 있다. 그러나 그의 초기 시에서는 시인의 상상력에 대한 강조, 자연과의 교감, 염세적 성향 등 낭만주의 경향을 뚜렷이 나타내고 있다. 그는 한 편의 시에 여러 가지 주제를 담고 있는 전통시 형식을 지양하였다. 그리고 하나의 통일된 주제를 다룰 것과 문체나 어법 등 시의 형식적인 면보다는 시인 자신의 진솔한 감성의 표현을 중시하였다. 그리하여 무뜨란은 현대 아랍 서정시의 선구자이며, 1902년에 발표한 시 「저녁」은 아랍 최초의 낭만주의시로 평가받고 있다.

디완학파(Jama'at al-Diwān)는 초기 낭만주의 시운동의 하나로서, 고전주의로부터 낭만주의로 이행되는 과정에서 교량적인 역할을 수행하였다. 말하자면 디완학파의 시는 이론이나 내용상 무뜨란의 그것보다 크게 진전된 것은 아니었다. 디완학파의 시인·비평가들은 자신들을 '신경향'이라고 자처하며 신고전주의 시인들을 모방자, 수구파로 몰아세우며 신랄하게 공격하였다. 디완학파의 시인들은 영국 낭만주의시에 크게 영향을 받고 있었다. 이들은 특히 주제, 이미지, 시작법에 있어서 영국의 셸리(Shelley)를 절대적으로 추종하였다. 디완학파의 대표적인 시인들로는 압드 알-라흐만 슈크리('Abd al-Rahman Shukri, 1886~1958), 이브라함 압드 알-까디르 알-마지니('Ibrahim 'Abd al-Qadir al-Mazini, 1890~1949), 압바스 마흐무드 알-악까드('Abbās Mahmūd al-Aqqād, 1889~1964) 등을 들 수 있다.

디완학파는 슈크리가 4권의 시집을 출판하고, 악까드와 마지니가 각각 2권의 시집을 발표하는 등 1913~1916년 동안 가장 활발하게 활동하였다. 그러나 1916년부터 시작된 슈크리와 마지니 사이의 표절 시비로 인하여 1921년 결국 와해되고 말았다.

19세기 말~20세기에 가난에서 벗어나고 정치적 자유를 누리기 위해 시리아와 레바논의 많은 시인들이 미국과 브라질로 이주하여 독자적인 문단을 형성하였는데, 이들의 문학을 흔히 **이주학파**(Adab al-Mahjar)라고 한다. 북미로 이주한 아랍 작가들은 서구의 낭만주의를 선호하고, 아랍의 전통 지향성과 보수성에 반대 입장을 표명하는 등, 자유주의적 성향을 보였다. 이에 반해 남미에 정착하여 브라질에서 '안달루시아 연맹'(1923~1947)을 형성했던 시인들은 아랍 전통 시가에 대한 극단적인 반응을 보이지 않았고, 아랍시에 있어서 신·구의 연계를 자처하는 입장을 보였다.

북미에 이주한 문인들은 지브란 칼릴 지브란(Jibran Khalil Jibran, 1883~1931) 등을 중심으로 뉴욕에서 '펜클럽'(1920~1931)을 구성하여 활동하였다. '펜클럽' 시인들은 인본주의, 삶에 대한 낙관, 신에의 귀의, 자연에 대한 관조와 회귀, 두고 온 조국에 대한 그리움 등을 주제로 하여 시를 썼다. 시 형태에 있어서도 아랍 전통 시가 운율의 구속을 뛰어넘어 자유로운 운율을 구사했고, 특히 산문시라는 새로운 분야를 개척하였다. 따라서 이주학파 시인들은 이전의 무뜨란이나 디완학파가 탈피하지 못하였던 단일 운에서 탈피하였다는 점에서 자유시를 향하여 한 걸음 더 나아간 형식적 혁신을 이루었다. 특히 지브란은 펜클럽의 회장으로 북미 이주 문단을 대변하였다. 영어로 쓴 그의 작품 『예언자(The Probet)』(1923)는 동양적 관조와 신비로 인하여 지브란에게 세계적 명성을 가져다 주었다. 지브란 이외의 대표적 시인으로는 나십 아리다(Nasib 'Aridah, 1887~1946), 미카일 누아이마(Mikhail Nu'aimah, 1889~?), 일리야 아부 마디(Ilya 'Abu Madi, 1889~1957) 등을 들 수 있다. 이러한 북미 이주학파는 아폴로학파를 비롯한 아랍 내의 낭만주의 시인들에게 큰 영향을 미쳤을 뿐 아니라, 아랍 문학을 서구에 소개했다는 측면에서도 높이 평가할 만하다.

본격적인 낭만주의 시운동은 1930년대에 아흐마드 자키 아부 샤디 ('Aḥmad Zakī 'Abu Shādī, 1892~1955)가 주도한 **아폴로학파**(Jama'at Apollo)에 의해 시작되었다. 아폴로학파는 1932년 이집트에서 아흐마드 자키 아부 샤디에 의해 창간된 잡지 ≪아폴로(Apollo)≫(1932~34)의 회원들을 중심으로 구성되었다. 아폴로학파는 이집트에서 활동하였지만, 이집트 시인들로만 구성된 디완학파와는 달리 이집트, 튀니지, 수단, 북미 이주지 출신 시인들로 구성되어 있어서 그 출신 지역과 영향력이 매우 광범위하였으며 모임의 성격도 디완학파와는 달랐다. 아폴로학파의 설립 정신과 목표는 잡지 창간호에 분명하게 명시되어 있는데 아랍시의 고양과 시인들의 창작 의욕 유도, 시 문학의 예술적 부흥, 시인들의 문학적·사회적·물질적 지위 상승과 그들의 존엄성 보호 등이다.

≪아폴로≫지는 학파의 경향을 초월하여 모든 시와 시론에 문호를 개방하였지만, 점차 아부 샤디를 포함한 이브라힘 알-나지(Ibrāhīm al-Nāji, 1898~1956), 알리 마흐무드 따하('Ali Maḥmūd Tahā, 1901~1949) 등의 젊은 낭만주의 시인들의 대변지로 변해 갔다. 이들은 아랍시의 과감한 혁신을 시도하였다. 아폴로학파 시인들은 무엇보다도 아랍시를 전통적인 운율과 각운의 구속으로부터 해방시키는 것을 자신들의 임무로 인식하였다. 따라서 자유시, 무운시, 산문시, 설화체시 등 자유로운 시 형식에 대한 혁신적 시도가 이들에 의하여 이루어졌다.

전통 운율과 단일 각운으로부터 아랍시를 해방시키려는 노력은 이미 신고전주의 시인들로부터 시작되었다. 디완학파는 하나의 시가 단일한 주제를 다루는, '주제의 유기적 통일'을 성취했고, 아폴로학파는 '시 형식의 획기적인 혁신'에 진전을 가져왔다. 또한 슬픔과 절망, 염세적 분위기의 시를 썼던 아폴로학파의 시인들은 시인의 주관과 서정을 상징적이며 독창적인 시어로 표현하기를 갈망했고 시어와 시 내용간의 조화에 관심을 집중했다.

1950년대 이후의 아랍 시의 특징은 사실주의시, 자유시, 참여시, 신시 등 다양한 면에서 그 성격을 논할 수 있다. 1948년 제1차 중동전으로 인하여 팔레스타인이 붕괴된 이후부터 1973년 10월 전쟁이 있기까지의 4반세기 동안 아랍 세계는 실로 엄청난 역사적 사건과 이에 따른 격변을 겪게 된다. 이러한 과정을 통하여 시뿐만 아니라 아랍 문학 전체가 큰 변화와 발전을 모색하게 되었다.

1910년부터 50년 이전까지 아랍 시에 가장 큰 영향을 준 시인이 셸리였다면 1950년 이후에는 엘리엇(T. S. Eliot)이었다. 그의 장시 『황무지(*The Waste Land*)』(1922)는 팔레스타인의 붕괴 이후 절망에 빠진 아랍 시인들에게 새봄을 기다리게 하는 희망을 주었다. 특히 이 시에서 엘리엇이 시도한 신화와 전설의 차용은 신시를 표방하려는 아랍 시인들에게 급속히 확산되었다.

현대 아랍시가 개인의 낭만적 노래만이 아닌 사회적 메시지를 담기 위해서는 형태면에서 **자유시**로의 이행이 필수적이었다. 자유시의 대표적인 시인과 작품으로는 이라크의 나직 알-말라이카(Nāzik al-Malā'ikah, 1923~)의 「콜레라(*Al-Kulira*)」와 바드르 샤키르 알-사이얍(Badr Shākir al-Sayyāb, 1926~1964)의 「그것은 사랑이었던가?(*Hal Kana al-Hubbana?*)」 등이 있다. 이 시들은 자유시를 둘러싼 본격적인 논쟁을 불러 일으켰고, 이를 계기로 자유시가 급속히 확산되었다. 이로써 아랍시는 오랜 형태적 굴레에서 완전히 벗어나 시대적 요구에 부합한 자유로운 시 형식을 갖추게 되었다.

참여시 부문에 있어서는, 1954년 레바논의 베이루트에서 창간된 잡지 《문학(al-'Adab)》을 중심으로 전개되었다. 당시는 '참여'라는 단어가 칭송의 말로 성행하였다. 이라크의 시인 압드 알-와합 알-바야티('Abd al-Wahhab al-Bayatī, 1926~)는 아랍 사회주의 리얼리즘의 대표적 시인으로, 실천적 문학운동을 통하여 참여 문학의 한 모범을 보였다. 이집트의 대표적 참여 시인으로는 살라흐 압드 알-사부르(Salah 'Abd al-Sabur, 1931~)와 아흐마드 압드 알-무띠 알-하자지('Ahmad 'Abd al-Mu'tī al-Hijazī, 1935~), 수단의 무함마드 미프따흐 알-파이뚜리(Muhammad Miftāh al-Faiturī, 1930~) 등을 들 수 있다. 그리고 아랍 세계에서 가장 많이 익히는 시리아의 시인 니자르 알-깝바니(Nizār al-Qabbānī, 1923~1998) 등도 주목된다.

이스라엘 국적을 가진 이스라엘 내의 **팔레스타인 시인들의 저항시, 정치시**의 출현은 1950년대 라쉬드 후세인(Rashid Husayn, 1936~)에 의해 본격적으로 시작되었다. 팔레스타인 정치시는 1960년대 중반에 이르러 마흐무드 다르위쉬(Mahmūd Darwīsh, 1942~)와 사미흐 알-까심(Samih al-Qāsim, 1939~)에 의하여 더욱 발전되었다. 그의 시집『팔레스티나에서 온 연인('Ashiq min Filastin)』은 팔레스타인 민중에 널리 애송되고 전파되고 있다.

또한 일부 시인들은 아랍 문학의 전통을 거부하고 극단적 변혁을 주장하면서 새롭게 서구의 현대시를 수용하였다. 이러한 일련의 시인들을 소위 '거부의 시인들'라 칭했는데, 이들 가운데 가장 대표적인 시인으로 아도니스(Adonis, 1930~)[31]를 꼽을 수 있다. 아도니스는 **신시**를 환상, 상상력, 직감이라고 정의하였다. 그래서 그의 시는 모호하고 자유와 창조성에 역점을 두었다.

○ 작품의 이해

• 「예언자(The Prophet)」—지브란 칼릴 지브란(Jibran Khalil Jibran, 1883~1931)

지브란은 '예언자의 땅'인 레바논 북부 브샤르리의 부유한 가정에서 태어나 영어 공부를 하면서 성장했다. 그러나 12세 때 가정 형편이 어

---

31) 아도니스(Adonis) : 아도니스는 필명이고 본명은 알리 아흐마드 사이드('Ali 'Ahmad Sa'id)이다. 시리아 출신으로 레바논 국적을 취득하였다. 그는 한 인터뷰에서 그의 나이 17세 고등학교 시절, 그리스 신화에 나오는 아도니스 신화를 읽고, 그 죽음과 부활에 매료되어 스스로 '아도니스'라는 필명을 지었다고 밝혔다.

려워지면서 아버지를 레바논에 남겨 두고 전 가족이 미국으로 이주하여 보스턴의 차이나타운에 거처했다. 그는 이곳에서 아랍어와 프랑스어 이외에 의학, 국제법, 음악을 비롯한 여러 과목을 공부했다.

그는 1906년 세 편의 단편소설 모음집 『초원의 신부들(‘Ara’is al-Murūj)』을 뉴욕에서 출판하였고, 1912년에는 그의 유일한 아랍어 장편소설 『부러진 날개들(Al-‘Ajnihah al-Mutakassirah)』을 뉴욕에서 발표하였다. 이후 1920년 뉴욕에서 거주하는 아랍 작가들과 함께 ‘펜클럽’을 결성하여 초대 회장을 맡았다. 펜클럽 시인들의 작품은 인본주의, 낙관적인 삶, 신에의 귀의, 자연 관조와 회귀, 두고 온 조국에 대한 그리움 등을 주제로 글을 썼다. 특히 시 형태에 있어서 아랍 전통 시가인 까시다의 구속을 탈피하여 자유로운 음악적 구조, 특히 산문시라는 새로운 분야를 개척하여 아랍시의 현대화에 큰 공헌을 하였다.

1923년에 발표한 영어 산문시 「예언자」는 그가 20년간 구상하여 완성한 것이다. 이후 1931년 3월 세 명의 대지 신들이 인간의 운명에 대해 말하는 대화체의 장편 산문시 「대지의 신(The god of earth)」을 발표했다. 그리고 같은 해 4월 10일 오랜 독신 생활과 지나친 음주로 인해 뉴욕의 성 빈센트 병원에서 세상을 떠났다.

산문시 「예언자」는 첫 출판 이래 영어판으로 8백만 부 이상이 팔렸으며, 지금도 32개 국어로 번역되어 성경에 버금가는 인기를 누리는 대표작이다. 삶의 근본적인 문제를 제기하고, 또 이에 대한 해답을 시도한 이 산문시는 ‘현대의 성서’라고 불리기도 한다. 다음은 「예언자」 부분이다.

> … 사랑이 그대를 손짓하여 부르거든 그를 따르라.
> 비록 그 길이 어렵고 험할지라도.
> 사랑의 날개가 그대를 품을 때에는 몸을 맡겨라.
> 비록 사랑의 날개 속에 숨은 칼이 그대를 상처받게 할지라도.
> 사랑이 그대에게 말하거든 그를 믿어라…

사랑은 볏단과도 같이 그대를 자신에게로 거두어들이리라.
사랑은 그대를 두드려 껍질을 벗긴 후 알몸으로 만들리라.
사랑은 그대를 갈아서 순백의 가루로 만들리라.
사랑은 그대를 만족시켜 말랑말랑하게 하리라.
그런 다음에 사랑은 그대를 성스런 빵이 되게 하리라…
사랑은 소유하지도 또 소유할 수도 없는 것.
사랑은 단지 사랑으로써만 충분할 따름이다…

— 「사랑에 대하여」 부분

… 친구는 그대가 사랑으로 씨를 뿌려 감사로써 수확을 거두는 밭이다.
그는 그대의 식탁이며 화로이다…
그대들은 친구와 헤어질 때 슬퍼하지 말라.
왜냐하면 그대가 친구를 가장 사랑한다는 것, 그것은 그가 부재중일 때 가장 뚜렷해지기 때문에. 마치 산을 오르는 등산가가 평지에 내려와서 산을 바라볼 때 산의 모습이 더욱 또렷하게 보이는 것처럼.
그리고 우정을 맺는 데는 결코 영혼을 깊이 하는 것 이외에 어떤 목적도 두지 말라.
왜냐하면 사랑으로부터 그 자체의 신비 이외에 또 다른 무엇인가를 찾는다면 그것은 이미 사랑이 아니고 다만 쓸데없는 것만 걸리는 그물에 불과할 뿐…

— 「우정에 대하여」 부분

• 「콜레라*(Al-Kulira)*」—나직 알말라이카(Nāzik al-Malā'ikah, 1923~)

말라이카는 이라크의 바그다드에서, 고등학교 아랍어 문법 선생인 아버지와 시인인 어머니 사이에서 태어나 바그다드고등학교와 사범대학 아랍어과를 졸업했다. 그는 사상적으로나 시적으로 부모의 영향을 많이 받았다. 그는 사범대학 시절 축제 때 까시다를 낭송하였고, 여러 신문들에 까시다를 기고하기도 했다.

이후 위스콘신대학에서 비교문학으로 석사학위를 받았고, 1958년에는 바그다드사범대학 학장으로 임명되었으며, 61년에는 카이로대학을 졸업한 압드 알-하디를 만나 결혼하였다. 62년에는 문학비평서인 『현대시의 문제들(*Qadayā al-Shi'r al-Mu'āsir*)』을 출판하였고, 여러 대학에서 강의하였다. 주요 시집으로는 『삶의 비극 그리고 인간을 위한 노래(*Ma'sat al-Hayat wa 'Ughniyyah Lil' 'insān*)』(1970), 『기도와 혁명을 위하여(*Lilsalat Waal-Thaurah*)』(1978) 등이 있다.

그녀는 우연히 이집트에서 콜레라로 인해 1,000여 명의 수많은 사람들이 죽었다는 라디오 방송을 듣고 슬픔이 북받쳐 올랐다. 그래서 길이가 동일하지 않은 반행들로 시를 쓰기 시작했는데, 이것이 바로 바드르 샤키르 알-사이얍(*Badr Shākir al-Sayyāb*, 1926~1964)의 「그것은 사랑이었던가?(*Hal Kana al-Hubbuna?*)」와 함께 최초의 현대 아랍 자유시로 알려진 「콜레라」이다.

5연으로 구성된 「콜레라」에서 그녀는 죽음(mawt)이란 단어를 4개의 연들 각각에 3번 연속으로 가로와 세로로 반복 사용하여 온 사방에 죽음이 만연한 듯한 상황을 시각적으로 그려냈다. 이는 이집트의 델타(Delta) 평원에서 역병으로 죽은 사람들의 시체를 실은 마차를 끌고 있는 말발굽 소리의 반향이기도 하다. 시는 다음과 같다.

밤이 침묵했다
깊은 어둠 속에서, 침묵 속에서 메아리치는
죽음의 신음소리를 들어보아라
외침소리들이 높아진다, 혼란스러워진다
슬픔이 만연한다, 번쩍거린다
그곳에는 고통의 메아리들이 더듬거린다
모든 심장은 끓어 넘치고
조용한 오두막집에는 슬픔들이 있다
사방 어둠 속에서 영혼이 소리친다
사방에는 울음소리가 들린다
이것이 바로 죽음이 찢어 놓은 것
죽음　　죽음　　죽음

죽음이 행한 것보다 더 번쩍이는 나의 슬픔이여

새벽이 밝았다
새벽의 침묵 속에서 들려오는 보행자들의
발자국소리를 들어보아라
들어라, 울고 있는 무리들을 보아라
열 개의 죽음이, 스무개의 죽음이
수없이 많은 이들의 통곡소리를 들어보아라
불쌍한 이들의 소리를 들어보아라
주검들 주검들 수많은 이들이 죽었다
주검들 주검들 내일은 없다
사방에는 시체들이 널려 있다 슬픈이들이 통곡한다
영원은 없다 침묵도 없다
이것이 죽음의 손바닥이 행한 것이다
죽음　　죽음　　죽음
인간이 불평한다 죽음이 저지른 것을 불평한다

콜레라가
당황의 동굴 속에 시체들과 함께 있다
잔인한 영원의 침묵 속에선 죽음이 약이다
콜레라가 사악하게 깨어났다
계곡이 찬란한 즐거움을 내려주었다
당황해서 슬퍼서 소리친다
울음소리를 듣지마
그의 발톱이 메아리들을 사방에,
농부의 오두막에, 집에 남겨 두었다
죽음의 외침소리들 외엔 아무 것도 없다
죽음　　죽음　　죽음
사람에게 잔인한 콜레라가 있다 죽음이 복수를 한다

―「콜레라」 부분

• 「그것은 사랑이었던가?*(Hal Kana al-Hubbuna?)*」

—바드르 샤키르 알-사이얍(Badr Shākir al-Sayyāb, 1926~1964)

사이얍은 이라크 남부 작은 마을 자이쿠르에서 태어나 초등학교를 졸업한 후 바쓰라로 가 중학교를 졸업했다. 이후 바그다드사범대학에서 아랍 문학과 영문학을 공부했다. 그는 잠시 영어 교사를 했지만 대부분 공무원을 지냈고 언론계에서 일하기도 하였다. 그는 인생 초년에 마르크스를 신봉하여 옥고를 치르기도 했고, 쿠웨이트에서 망명 생활을 하기도 하였다. 이후 이라크 공산당을 탈당하고 아랍 민족주의 노선을 지지하였다. 그는 낭만주의로 시를 창작하다가 사회주의, 사실주의로 방향을 전환했으며 영국 시인 엘리엇(T. S. Eliot, 1888~1965)과 영국의 여류 시인 시트웰(Dame Edith Sitwell, 1887~1964)의 영향을 많이 받았다.

사이얍은 아랍 세계에 자유시를 성공적으로 소개한 선구자적 역할을 담당하였고, 현대 아랍 자유시에 신화와 원형의 사용을 개척하였다. 그는 세상을 뜨기 전 3년 동안 신경 퇴행성 질병을 앓다가 쿠웨이트에서 세상을 떴다. 「그것은 사랑이었던가?」는 다음과 같다.

> 당신은 그를 불타는 사랑을 주었던 이라 부릅니까?
> 평안에 미친 이라 또는 열정을 주었던 이라 부릅니까?
> 사랑이란 무엇입니까? 통곡 그리고 미소?
> 또는 뜨거운 갈비뼈의 떨림,
> 우리의 두 눈이 만나게 되면
> 나는 열망을 가지고 물을 내려주지 않는 하늘로부터
> 도망칠 텐데. 만나지 못하면?
> 물을 내려 줄 텐데, 갈증도 없다.

*   *   *

갈색눈들, 만일 그녀들이 내 음료수 속의 그림자가 된다면

끝까지는 아니라도
내 친구들의 손에 있는 컵들이
말랐을 텐데.
컵이여, 술 취한 나의 가장자리에
언젠가 우리의 두 입술이
떨면서 불타며 만날 장소를 준비하라
멀어진다 그림자가 지평선으로 퍼진다 가까워진다.

— 「그것은 사랑이었던가?」 부분

• 「빵과 하쉬쉬, 그리고 달(Khubz wa Hashish wa Qamar)」

— 니자르 알-깝바니(Nizār al-Qabbānī, 1923~1998)

깝바니는 시리아의 다마스쿠스에서 태어나 상류층이 다니는 국립예술대학 부속초등학교와 중학교를 졸업했다. 그는 법학을 전공했지만 전공보다는 시를 더욱 좋아했다. 대학을 졸업하고 카이로를 시작으로 앙카라, 런던, 마드리드, 북경, 베이루트에 이르기까지 10여 년 동안의 외교관 생활을 했다. 그러다가 1966년, 그는 시 창작에 전념하기 위해 외교관직을 그만두고, 마지막 근무지인 베이루트에 머물며 출판사를 설립했다. 그는 1981년 레바논 내전 중 폭탄 폭발로 두 번째 아내를 잃고 베이루트를 떠났다. 잠시 프랑스와 스위스에 머물다가 심장병으로 1998년 세상을 떴다.

깝바니의 작품들은 낭만주의, 상징주의, 사실주의가 혼합되어 있다. 그는 자신의 작품은 하나의 학파나 시 사상운동으로 분류하기는 어려우며 자유의 혼합체라고 주장했다. 시의 형식면에 있어서도 자유시 형태를 채택함으로써 현대 아랍시의 형성에 공헌했다. 그의 작품의 가장 중요한 업적은 시어(詩語)에 있다. 그는 '나는 사전을 버렸고, 모든 사람들이 사용하는 어휘를 선택했다. 나는 가장 새롭고 신선한 어휘를, 곧 인간의 삶과 사건들이 혼합된 어휘들을 사용했다'고 말하기도 하였다. 그는 다작의 시인으로 알려져 있으며, 30권 이상의 시집과 3편의 평론을 발표하였다. 특히 그의 시집 『이스라엘 성벽에 새긴 전사의 각인(*Manshūrāt Fidā'iyyah 'Alā Judrān 'Isrāil*)』(1970)은 독자들의 많은 관심을 모았다.

　「빵과 하쉬쉬, 그리고 달」은 여성을 주제로 한 시들이 주류를 이루던 시기에 발표한 것으로, 아랍 사회의 병폐 중에서 빈곤과 일부다처제를 가장 고질적인 사회 문제로 지적하고 있는 그의 대표작이다.

동방에 달이 뜨고
달빛이 쏟아지는
하얀 지붕에도 졸음이 오면
사람들은 술집을 나와 삼삼오오(三三五五)
달맞이 간다.
그들은 빵과 라디오를 들고 산
꼭대기로 올라간다
하쉬쉬도 갖고서…
그곳에서 그들은 꿈과 상상을
사고 판다.
달이 뜨면 그들은 죽는다
　(…중략…)

＊　＊　＊

동방의 밤에
보름달이 차오를 때
동방은 염치와 생기를 잃어버린다
맨발로 뛰어다니는 사람들은
네 명의 부인을 둘 수 있다고 믿고
심판의 날을 믿으며,
꿈속에서만 겨우
빵을 구경하는 사람들…
밤이면 기침소리 나는 집들에서

사는 사람들
약이라곤 껍데기도 구경하지 못한 사람들…
달빛아래 송장처럼 축 늘어진다.

— 「빵과 하쉬쉬, 그리고 달」 부분

•『팔레스티나에서 온 연인(*'Ashiq min Filastin*)』

—마흐무드 다르위쉬(Mahmūd Darwīsh, 1942~)

다르위쉬는 팔레스타인의 갈릴리 지방에 있는 바르와라는 작은 마을에서 태어났다. 그러나 1948년 이스라엘이 세워지자 그는 자신의 향토에서 난민으로 살 수밖에 없었다. 그래서 그는 일찍이 이스라엘 공산당인 라하(Rahah)에 입당하여 정치 활동을 하였고 라하의 아랍어 기관지인 ≪알-잇디하드≫를 편집하였다. 팔레스타인 사람들은 정치에 대한 관심이 지대하다. 그 이유는 국제 정치가 바로 그들의 삶과 조국의 운명을 규정하기 때문이다. 다르위쉬는 이스라엘 당국에 의해 수차례 투옥, 가택 연금, 여행 제한, 작품 판매 금지 등 끊임없이 압력을 받아오다가 1971년 이스라엘을 떠나 카이로를 거쳐 베이루트에 정착하였다. 베이루트에서 폭넓은 예술에 접하게 되어, 시에 대한 새로운 미적 인식을 통해 그의 시세계는 급속히 변모하여 갔다. 그는 팔레스타인의 민족투쟁에 적극 관심을 가지고, 1978년 'P·L·O'에 가담하여 활동하였다. 1982년 'P·L·O'의 본부가 레바논의 수도 베이루트로부터 쫓겨나 튀니지로 옮겨감에 따라, 다르위쉬도 베이루트를 떠나 튀니지, 카이로, 니코시아, 파리 등지를 전전하면서 창작 활동과 정치 활동을 병행하는 한편, 팔레스타인 계간 문예지 ≪알-카르밀≫의 편집장을 맡아왔다.

1996년 5월 긴 방랑을 끝내고 팔레스타인 땅으로 되돌아왔으나, 이스라엘 당국은 그가 고향집으로 돌아가는 것을 허락하지 않아서, 그는 요

르단강 서안의 팔레스타인 자치 지구와 요르단의 수도 암만을 오가며
활동하고 있다. 그의 시 「팔레스티나에서 온 연인」은 이스라엘의 삼엄
한 검열과 통제 속에서 발표되었다. 이 시는 팔레스타인 민중들의 입을
통해 구전되면서 각기 표현이 조금씩 달라지기도 하는 가운데 널리 애
송되어 전파되었다. 팔레스타인 민중의 눈길은 그대로 가슴에 와 아프
게 박히는 가시와 같은 것이며, 고통 속에 그 가시를 간직하면서, 그 상
처로 살아있음을 확인하고, 그 상처가 오늘을 내일로 만들어가게 하는
힘이 되고 있음을 이 시의 서두에서 노래하고 있다.

그대 눈길은 내 마음속에 가시가 되어
나를 찌르지만 그리움은 더해만 가오
태풍이 몰아쳐도 가시를 지키고
밤을 새며 고통 속에서도 그를 간직하며
내 살 속 깊이 찔러 넣는다오
그 상처는 숱한 등불의 불을 밝히고
내일에 대한 희망은 나의 현재를
내 영혼보다 더 소중하게 해주오
눈길과 눈길이 마주치며 우리들이
성문 안에서는 서로 사랑했던 두 사람임을
나는 이내 잊게 된다오

(…중략…)

바다 소금과 모래로 더럽혀진 임을 본다오
그러나 임은 대지처럼 아기처럼
자스민처럼 아름다웠소
그리고 나는 맹세하오
나의 속눈썹으로 손수건을 짤 것을
그 위에 님의 눈동자에 바치는 시를 쓰고
이름을 수놓으리라
나는 노래와 하나된 마음으로 물을 뿌리리라

그것이 자라서 푸르른 나무가 될 때까지
꿀보다 키스보다 달콤한 말을 새겨 넣으리라
'팔레스티나 처녀였네, 그 사람은, 지금도 역시!'

— 「팔레스티나에서 온 연인('Ashiq min Filastin)」 부분

2. 소설 문학의 흐름과 양상

1) 장편소설

근·현대 아랍 소설은 크게 성장기와 성숙기로 나누어 볼 수 있다. 성장기 소설은 1919년 혁명 이후 1952년 나세르 혁명까지의 작품을 말한다. 그리고 성숙기 소설은 1952년 혁명 이후 오늘날까지 쓰인 소설을 상정할 수 있다.

(1) 성장기

성장기의 아랍 소설로는 분석소설, 자전소설, 낭만주의 경향의 소설, 역사주의 경향의 소설, 사실주의 경향의 소설 등으로 나누어 살필 수 있다.

아랍 최초의 순소설이라는 무함마드 후세인 하이칼(Muhammad Husayn Haykal, 1888~1956)의 소설 『자이납(Zainab)』(1913) 발표 이후 1930년대에는 통속소설류가 유행했고, 본격적인 소설로서의 발전한 것은 1930년대에 들어서였다. 초기의 순소설 작가들은 기법 면에서는 서구의 것을 모방하였으나, 이집트의 현실을 바탕으로 이집트의 개성을 표현하고자 했다. 그러나 작가들의 열망은 사회의 전형적인 인물을 분석하는 분석 소설, 작가 자신을 분석하는 자전 소설에 그치고 말았다.

30년대를 대표하는 **분석소설**로는 따히르 라쉰(Tāhir Lashīn)의 『아담 없는 하와(Hawā bilā 'Adam)』(1934)를 들 수 있고, **자전적 소설** 작가로는 따하 후세인(Taha Husayn, 1889~1973), 압바스 마흐무드 알-악까드('Abbās Mahmūd al-Aqqād, 1889~1964), 이브라힘 알-나지(Ibrāhīm al-Nāji, 1898~1956), 타우픽 알-하킴(Tawfiq al-Hakim, 1904~1987) 등을 들 수 있다.

낭만주의 경향의 소설이 이집트에 크게 출현한 것은 번역·소개된 서구의 낭만주의 작품들을 모델로 이집트 초기 소설들이 쓰였기 때문이다. 이집트 낭만주의는 1930년대에 가장 번성하였으며, 뚜렷한 특징은 제2차 세계대전(1939~1945) 중에 나타났다. 그리하여 1940년대 말과 1950년대 초에는 낭만주의의 완숙한 경지를 보인 몇몇 작품으로 그 명맥을 유지하였고, 그 이후에는 거의 맥이 유지되지 못하였다. 낭만주의 소설은 비현실적인 사건, 감성적이며 이상화된 인물 등을 다루고 있다. 대표적인 작가와 작품으로는 이브라힘 압드 알-까디르 알-마지니(Ibrahim 'Abd al-Qadir al-Mazini, 1890~1949)의 『작가 이브라힘(Ibrahim al-Katib)』(1931), 마흐무드 따이무르(Mahmud Taymur, 1894~1973)의 『알지 못하는 이의 부름(Nidā al-Maijhul)』(1939), 따하 후세인(Taha Husayn, 1889~1973)의 『도요새의 기도(Dua' al-Karawān)』(1941)와 『나날들(Al-Ayyam)』, 유숩 알-시바이(Yūsif al-Sibai, 1917~1978)의 『나는 떠나간다('Inni Rahilah)』(1950), 무함마드 압둘 할림 압둘라(Muhammad 'Abdul Halim 'Abdullah, 1913~1970)의 『가을의 태양(Shams al-Kharif)』(1953) 등을 들 수 있다.

역사주의 경향의 소설 역시 낭만주의 경향처럼 1890년대 그리고 1990년대의 유럽 역사소설을 모방하면서 출현했다. 성장기 아랍 소설에서 역사주의 경향의 소설이 중요한 위치를 차지하게 된 배경은 이집트 민족주의와 아랍 민족주의의 발현을 들 수 있다. 그런데 신진 세력은 이집트 민족주의에 편승한 반면 보수 세력은 아랍·이슬람적 유대를 소중하게 생각했다. 그리고 1930년대 이후 주변 아랍국과의 정치적·문화적 유대가 강화되면서 이집트 민족주의는 아랍·이슬람 민족주의로 기울게 되었다. 이에 따라 역사주의 경향의 소설 주제도 자연히 이집트의 것으로부터 아랍·이슬람의 것으로 확장되었다.

이집트 역사주의 경향 소설의 대표적 작가와 작품으로는 나집 마흐푸즈(Najib Mahfouz, 1912~)의 『운명의 장난(*'Abath al-Qadar*)』(1939), 『라도비스(*Radubis*)』(1943), 『띠바 항쟁(*Kifah Tibah*)』(1944), 무함마드 아우드 무함마드(Muhammad 'Awd Muhammad, 1895~)의 『시누히(*Sinuhi*)』(1943) 등이 있다. 그리고 아랍·이슬람 역사주의 경향 소설의 대표적인 작가와 작품으로는 무함마드 파리드 아부 하디드(Muhammad Farid 'Abu Hadid, 1893~1968)의 『맘룩의 딸(*'Ibnat al-Mamluk*)』(1926), 알리 알-자림('Ali al-Jarim, 1881~1949)의 『라쉬드의 처녀(*Ghadah Rashid*)』(1945), 무함마드 사이드 알-이르얀(Muhammd Said al-'Iryan, 1905~1964)의 『주와일라의 문에 대하여(*'Ala Bab Zuwaylah*)』(1947), 알리 아흐마드 바카씨르('Ali 'Ahmad Bakathir, 1900~1969)의 『붉은 혁명가(*al-Tha'ir al-'Ahmar*)』(1949) 등이 있다.

사실주의 경향의 소설은 현대학파를 중심으로 먼저 단편에서 수용되었고, 점차 장편소설에서도 받아들였다. 일반적으로 최초 사실주의 작품으로 타우픽 알-하킴(Tawfiq al-Hakim, 1898~1987)의 『영혼의 귀환(*'Audat al-Ruh*)』(1933)을 꼽고 있다. 이 작품이 성공하자 많은 사실주의 작품들이 등장하였다. 초기에는 1920, 30년대 민족주의 분위기 속에서 이집트인의 농민과 하류 계층의 삶을 표현하는 이집트적 사실주의 작품이 출현했다. 아랍의 사실주의는 기록적 사실주의, 분석적 사실주의, 비판적 사실주의, 사회주의적 사실주의 방향으로 변화, 발전되었다.

대표적인 작가와 작품으로는 타우픽 알-하킴의 『영혼의 귀환』을 비롯하여 『지방검사의 일기(*Yaumiyat Na'ib fi al-'Aryaf*)』(1937), 『동방에서 온 참새(*'Usfur min al-Sharq*)』(1938), 압바스 마흐무드 알-악까드('Abbas Mahmud al-Aqqad, 1889~1964)의 『사라(*Sarah*)』, 따하 후세인의 『불행의 나무(*Shajarat al-Bus*)』

(1944), 마흐무드 따이무르의 『바람받이 속의 살와(*Salwa fi Mahabb al-Rih*)』
(1944), 아딜 카밀('Adil Kamil, 1906~)의 『맏아들 말림(*Mallim al-'Akbar*)』(1944)
등을 들 수 있다. 그리고 이집트의 사실주의는 나집 마흐푸즈가 발표한
『신카이로(*Al-Qāhirah al-Jadīdah*)』(1945), 『미다끄 골목(*Zuqāq al-Midaq*)』(1947), 『삼
부작(*Al-Thulathiyyah*)』(1956~1957)에서 그 절정에 달하게 된다.

(2) 성숙기

1952년 혁명 이후부터 오늘날에 이르는 시기를 현대 아랍 소설의 성
숙기로 볼 수 있다. 이 시기에는 이집트나 샴 지역에 한정되었던 장편
소설이 아랍 전역으로 확산되었다. 또한 내용과 형식 그리고 문체 면에
있어서도 새로운 방법을 사용하였다. 성숙기의 아랍 장편소설의 특성은
너무 다양하고 복잡하여 범주화하기는 쉽지 않다. 이 시대는 1950년대
의 이집트와 이라크의 혁명, 뒤이은 몇몇 아랍 국가들의 독립, 4차에 걸
친 이스라엘과의 전쟁과 대치 상황, 특히 1967년 제3차 중동전에서의
패배 등 혼란과 격변의 시기였다. 이러한 가운데 현대 아랍 사회에서
문학, 특히 장편소설은 사회를 변혁시키는 역할을 수행했다. 여기서 현
대 아랍 문학의 참여 문학적 특성이 강하게 나타나게 되었고, 주제는
혁명, 땅, 여성, 지식인 등으로 집중되었다.

이집트 야흐야 하끼(Yahya Haqqi, 1905~)의 『움무 하쉼의 등잔(*Qindil
'Umm Hāshim*)』(1944)은 동서양의 문화적 갈등과 대립, 화해를 주제로 한
아랍인들의 서구 문화에 대한 반응을 보여주고 있다. 이어 1952년 혁
명 이후 7년의 공백기 이후 나온 이집트의 대표작 나집 마흐푸즈의 소
설 『우리 동네 아이들(*'Awlād Haratinā*)』(1959)[32], 『도적과 개들(*al-Liss wa*

---

32) 이 작품은 아흐람(al-'Ahrām) 신문에 연재 중 이집트 사회에 큰 충격을 주었고, 이
   집트 내에서는 판매 금지되어 1967년 베이루트에서 처음 단행본으로 출간되었다.
   1988년 노벨문학상 수상 이후 한국에 번역 출간되었다.

al-Kilab)』(1962)[33], 『나알강 위의 잡담(Thartharah fawq al-Nil)』(1966), 『미라마르 (Mīrāmār)』(1967)[34] 등이 있다. 『우리 동네 아이들』에서 마흐푸즈는 이미 사실주의로부터 탈피하여 암시와 상징 등의 수법을 사용한 새로운 기법의 변화를 보였다. 성숙기의 이집트 장편소설의 가장 큰 특징은 사회주의 사실주의의 출현과 번창이라고 할 수 있다. 일반적으로 압둘 라흐만 알-샤르까위('Abdul Rahmān al-Shārqawī, 1920~1987)의 『토지(Al-'Ard)』(1954)를 사회주의 사실주의 소설의 첫 작품으로 간주하고 있다. 『토지』에서 보여주는 농촌은 종래 후세인, 하킴 등이 묘사했던 전통적이고 아름다운 목가적인 농촌이 아니다. 즉 사실주의적 관점에서 대지주와 소작농간의 갈등과, 대지주의 이익만을 옹호하는 정부에 대한 농민들의 저항을 다루고 있는 것이다. 또한 사회주의 리얼리즘 소설 유숩 이드리스(Yūsif Idrīs)의 『금기(Al-harām)』(1959)는 사생아를 낳아 질식시켜 죽이고 자신 또한 병으로 죽어간 떠돌이 일용 노동자 아내의 비극을 다루고 있다.

이후 70년대 이집트 소설은 1967년 6월 전쟁의 패배와 1973년 10월 전쟁의 승리로부터 많은 소재와 영감을 얻었다. 대표적인 작가와 작품으로는 알-사이드 알-슈르비지(Al-Saīd al-Shurbijī)의 『이집트 역사에서 가장 긴 날('Atwal Yaum fi Tārīkh Misr)』(1971), 유숩 알-시바이(Yūsif al-Sibai, 1917~1978)의 『인생은 순간(Al-'Umr Lahzah)』(1974), 또한 80년대에 들어와서 칼릴 하산 칼릴(Khalil Hasan Khalil)의 『와시야(Al-Wasīyyah)』(1983)[35], 피크리 쿨리(Fikri al-Khuli)의 『여행(Al-Rihlah)』(1987) 등이 있다.

레바논의 비판적 사실주의 소설은 할림 바라카트(Halim Barakat)의 1967년 6월 전쟁을 예견하고 그에 대한 경고로 쓴 작품 『6일(Sittat 'Ayyam)』(1961), 1967년의 대패를 극복하고 팔레스타인이 당면한 역사적 난관을

---

33) 송경숙 역, 『도적과 개들』, 지학사, 1986.
34) 배혜경 역, 『미라마르의 겨울』, 도서출판 산하, 1988.
35) 와시야 : 공동체 소유의 대토지.

극복하기 위해서는 오직 투쟁뿐임을 제시한 작품『바다로 돌아간 새
(*’Awdat al-Tāirah ’illa al-Bahr*)』(1969) 등이 있다. 그리고 실존주의 문학과 참
여 문학의 기수인 수하일 이드리스(Suhail ’Idrīs)는 동서양의 문화적 대립
과 갈등을 다룬『라틴 구역(*al-Hayy al-Lātīnī*)』(1953)과『타고 있는 우리의
손가락들(*’Asabi’nā allati Tahtariq*)』(1963) 등을 내놓았다.

 시리아에서도 1950년 이후로 사실주의 경향의 소설들이 등장했는데,
특히 아딥 나흐위(*’Adib nahwi*)의『다시 비가 내릴 때(*Mata Ya’ūd al-Matar*)』
(1958)는 사회주의 리얼리즘의 입장에서 농부와 토지, 봉건주의 관계를 다
루고 있다. 또한 한나 미나(Hannā Mīnah)의『흐린 날의 태양(*Al-Shams fī Yaum
Ghā’im*)』(1973)에서는 여성의 정체성을 밝히고 의식의 전환 등을 시도하고
있다.

 이라크의 소설도 다른 아랍 국가들과 마찬가지로 서구와 러시아, 이
집트의 문학적 영향 속에서 발전하였다. 50년대의 제3세대 대표 작가와
작품으로는 가입 뚜으마 파르만(Ghā’ib Tu’mah Farmān)의『야자수와 이웃들
(*al-Nakhalah wa al-Jīrān*)』(1966),『다섯 목소리(*Khamsah ’Aswat*)』(1967) 등이 있다.
그리고 60년대 이후 제4세대 작가들은 소설의 주인공으로, 현실에서 소
외되거나 현실의 테두리 밖에서 서성이는 지식인 혹은 소부르조아들을
등장시켰다. 그 대표적 작가와 작품으로는 이스마일 파흐드 이스마일
(*’Isma’il Fahd ’Isma’il*)의『빛나는 수렁들(*Al-Mustahqa’āt al-Dau’iyyah*)』(1971)과『다
른 해안들(*Al-Difat al’-Ukhra*)』(1973) 등이 있다.『다른 해안들』에서는 노동자
계급이야말로 자유, 발전, 독립을 저해하는 요소들과 대항하여 싸울 수
있는 계층이라고 역설하고 있다.

 북아프리카의 모로코, 알제리, 튀니지의 세나 등 **마그립 삼국 지역**에
서는 다양한 문화의 혼재 현상을 빚어왔다. 그러나 모로코와 튀니지는
1956년에, 알제리는 1962년에 각각 독립하여 아랍어를 되살리는 작업을
활발하게 펼치고 있다. 프랑스 식민 시대의 마그립 삼국 문학의 공통점

은 저항과 독립이라는 주제를 선택했다. 그러나 독립 이후에는 문제의 원인을 프랑스 식민주의보다는 아랍 사회 내부의 문제, 곧 정치에 이용되는 이슬람, 혁명을 배반한 중산층, 군주 정치와 귀족 계급, 산업화 과정의 모순과 대중의 희생, 이슬람 사회주의의 부자연스런 결합 등에서 찾았다.

　최초의 **튀니지** 현대 소설은 1935년에 발표된 알리 알-두아지('Alli al-Du'aji)의 『지중해의 주점 순례(Jaulah Haula Hanat al-Bahr al-'Abyad al-Mutawassit)』인데, 이 작품은 동서양이 갖고 있는 문제들을 풍자적으로 묘사하고 있다. 그밖에 신세대 작가로 무함마드 알-하디 븐 살리흐(Muhammad al-Hadi bn Salih)의 『거미집 속에서(Fi Bait al-'Ankabut)』, 압드 알-까디르 븐 알-쉐이크('Abd al-Qadir bn al-Shaikh)의 『내 몫의 수평선(Nasibi Min al-'Ufq)』 등이 있다. **모로코** 소설은 시나 단편에 비해 매우 빈약하며 압둘 마지드 븐 줄룬('Abd al-Majid bn Julun, 1919~1981)의 『유년에(Fi al-Tufulah)』(1957)를 최초의 소설적 시도로 보고 있다. 그밖에 애국적인 작품인 압드 알-카림 굴랍('Abd al-Karim Ghulab)의 『알리 선생(Al-Mu'allim Alli)』(1971) 등이 있다. **알제리**36)는 모로코나 튀니지보다 일찍이 식민지가 되었을 뿐만 아니라 소설도 다른 마그립 국가들에 비해 늦게 등장했다. 알제리 소설의 선구자인 아흐마드 리다 후후('Ahmad Rida Huhu)는 『자이납』의 낭만주의에 양향을 받아 여성 문제를 다룬 『메카의 처녀(Ghadat 'Umm al-Qura)』(1947)를 내놓았다. 또한 무함마드 딥(Muhammad Dib)은 나집 마흐푸즈를 모방하여 『대가(Al-Bayt al-Kabir)』(1952), 『선물(Al-Nawl)』(1957) 등을 썼다. 알제리에서는 1960년대 말 내지 70년대 초에 들어와서야 아랍어로 쓰인 소설이 본격적으로 출현하였다. 주목할 만한 작가와 작품으로는 압둘 하미드 븐 하두까('Abd al-Hamid bn Haduqah)의 『남풍(Rih al-Janub)』(1971), 『어제의 끝(Nihayat al-'Ams)』

---

36) 알제리 문학은 전체가 저항문학이다.

(1975), 전위 작가 알-따히르 왓따르(Al-Tāhir Wattār)의『알라즈(Al-Laz)』(1974),
『어부와 궁전(Al-Hawwat waal-Qasr)』(1978) 등이 있다.

수단의 첫 소설은 일반적으로, 1948년 우쓰만 무함마드 하쉽('Uthman
Muhammad Hāshim)의 작품『타주즈(Tajuj)』(1948)를 꼽고 있다. 1956년 수단의
독립 이후 소설 작품은 주로 낭만주의와 사실주의 두 경향이 등장했다.
특히 독립과 함께 민족 정부의 수립, 정당의 출현 등을 목격하게 되는
1958~1964년까지의 시기에는 많은 정치 소설들이 등장하였다. 수단의
소설은 서구에서 교육받은 젊은 작가들에 의해 새롭게 출발했다. 알-따
이브 살리흐(Al-Tayyib Sālih, 1929~)의『북으로 이주하는 계절(Mawsim al-Hijra
illa al-Shamāl)』(1966) 등이 있다.

팔레스타인의 장편소설은 대부분 작품들이 빼앗긴 국토를 회복하여
점령, 추방, 이산, 난민촌의 삶에서 탈피하여 향토로 돌아가 정착하는 문
제를 주제로 하고 있다. 점령지 내의 소설 문학은 시에 비해 상당히 뒤
늦게 출발하였다. 1967년 6월 전쟁의 패배와 절망 속에서 소설 문학은
본격화되기 시작하였는데, 타우픽 파이야드(Tawfiq Fayyād, 1939~)의『불구
자들(al-Mushawwahun)』(1964)을 첫 소설로 꼽는다. 이어 그는『778 결사대
(Majmu'ah 778)』(1974),『내 사랑 밀리샤(Habibi Milisha)』(1976) 등을 발표했다.
또한 이밀 하비비('Imil Habibi, 1921~1996)의『6부작-그 여섯날(Sudasiyyat
al-'Ayyām al-Sittah)』(1969), 아랍 세계에서 큰 성공을 거둔 작품『사이드 아비
알-나흐스 알-무따샤일의 실종에 얽힌 괴이한 사건(al-Waqa'i 'al-Gharibah fī
Ikhtifā Said 'Abi al-Nahs al-Mutashāil)』(1974) 등이 있다. 점령지 밖의 팔레스타인
소설가로는 자브라 이브라힘 자브라(Jabra 'Ibrahim Jabra, 1920~1994)의『긴
밤의 절규(Surakh fī Lail Tawil)』(1955),『배(Al-Safinah)』(1970),『좁은 거리의 어부
들(Sayyadun fi Shari' Dayyiq)』(1974),37) 아랍 소설 작법에 혁신을 가져온『왈리

---

37) 이 소설은 1960년 자브라 이브라힘 자브라가 하버드에서 공부할 때 영어로 쓴 것
   인데, 1974년 아랍어로 번역되었다.

드 마스우드를 찾아서*(Al-Bahth 'an Walid Mas'ūd)*』(1978) 등이 있다. 또한 팔레스타인의 저항 문학에 가장 앞장섰던 작가 갓산 카나파니(Ghassān Kanafanī, 1936~1972)의 『태양 속의 남자들*(Rijal fī al-Shams)*』(1963), 『당신에게 남은 것*(Mā Tabaqqa Lakum)*』(1966), 『사아드 엄마*('Ummu Sa'ad)*』(1969), 『하이파에 돌아와서*('Aa'id 'illā Hayfā)*』(1970) 등이 있다.

2) 단편소설

아랍 세계에 있어서 단편소설은 가장 뒤늦게 뿌리를 내렸다. 그러나 제2차 세계대전 이후, 특히 1967년 전쟁을 겪으면서 눈부신 발전을 거듭하였고, 이제는 아랍 세계에서 가장 선호하는 문학의 장르로 자리 잡게 되었다. 단편소설이 이처럼 성장한 배경에는 두 가지 요인이 있다. 첫째는 짧은 지면 속에서 급변하는 사회를 역동성 있게 구현할 수 있다는 점, 둘째는 아랍과 같은 개발도상국들의 문학이 단행본보다는 정기간행물 등 언론 매체에 크게 의존한다는 점에서이다.

근대 아랍 문학사의 **첫 단편**은 1870년 레바논의 살림 알-부스타니(Salim al-Bustānī, 1848~1884)의 『람 없는 람야*(Ramyatun min Rāmin)*』이다. 이 작품은 남편의 탐욕을 주제로 하고 있으며, 아내의 다정하고 재치 있는 태도에 의해 어떻게 남편의 탐욕이 누그러지는가를 보여주는 소박한 작품이다. 이집트의 첫 단편은 1898년 레바논에서 카이로로 이주한 여류작가 라비바 하쉼(Labībah Hāshim)의 『사랑의 자비*(Hasanat al-Hubb)*』이며, 이집트에서 처음 출판된 최초의 단편집은 1906년 무함마드 루뜨피 줌아(Muhammad Lutfi Jum'ah, 1886~1952)가 발표한 『사람들의 집에서*(Fi Buyut al-Nas)*』인데, 그의 다른 소설과 마찬가지로 사회적인 주제를 담고 있다.

1900년대에 들어와서 **낭만주의 경향**의 단편들이 나오기 시작하였는데, 이들은 주로 무스따파 루뜨피 알-만팔루띠(Mustafā Lutfi al-Manfalūtī, 1876~

1924)와 레바논 출신으로 북미의 아랍 이주문단에서 활약한 지브란 칼릴 지브란(Jibran Khalil Jibran, 1883~1931)에 의해서 출간되었다. 알-만팔루띠는 낭만적인 프랑스 단편들을 번역한 작품과 자신이 창작한 단편들을 모아 『눈물들(Al-'Abarat)』(1916)을 출판했다. 칼릴 지브란은『초원의 신부들('Ara'is al-Muruj)』(1906), 『반항하는 영혼들(Al-'Arwah al-Mutamarridah)』(1908), 『부러진 날개들(Al-'Ajnihah al-Mutakassirah)』(1912) 등의 단편집을 내놓았다.

이 시대 낭만주의 작품들의 주제는 주로 여성 해방, 사랑과 희생, 봉건주의에 대한 반항, 빈곤, 음주, 간음 등이었는데, 이것에 대한 반항이나 개혁 의지보다는 작가의 수동적 비판을 담고 있을 뿐이었다. 또한 기법면도 성숙하지 않아 많은 예술적 결함을 지니고 있었다.

제1차 세계대전 중에 아랍 단편소설은 성장기에 있었다. 이 시기의 대표적인 작가와 작품은 레바논 출신인데 북미 이주 문단에서 지브란과 함께 활동했던 미카일 누아이마(Mikha'il Nu'aimah, 1889~), 마흐무드 따이무르(Mahmud Taymur, 1891~1921), 이사 우바이드(Isa 'Ubayd, ?~1923)와 그의 동생 쉬하타 우바이드(Shihatah 'Ubayd, ?~1961) 형제, 이브라함 알-미쓰리(Ibrahim 'al-Misri, 1900~1979) 등이다. 미카일 누아이마의 최초 단편인 「그녀의 새해(Sanatuha al-Jadidah)」(1914)는 베이루트에서 발행된 그의 첫 단편집 『옛날 옛 적에(Kana Ma Kana)』(1937)에 수록되어 있다. 일부 학자들은 현대 아랍 단편소설은 마흐무드 따이무르에 의해 탄생되었고, 그의 첫 단편소설 「기차간에서(Fi al-Qitar)」(1917)가 아랍 단편소설의 효시라고도 한다. 모파상의 영향을 많이 받은 마흐무드 따이무르 단편들은 그가 죽은 후 『눈들이 보는 것(Ma Tarahu al-'Uyun)』(1927)이라는 제목으로 출간되었다. 우바이드 형제는 ≪알-수프르(Al-Sufur)≫ 잡지를 중심으로 활동하였다. 형인 이사 우바이드는 첫 단편소설집 『이흐산 하님('Ihsan Hanim)』(1921), 두번째 단편소설집 『쑤라이야(Thurayyah)』(1922) 등을 내놓았고, 동생 쉬하타 우바이드는 단편소설집 『괴로운 교훈(Dars Mu'lim)』(1922) 등을 내놓았다.

1차 세계대전 중 젊은 작가들이 모여 '현대학파'(al-Madrasah al-Hadithah)라는 그룹을 형성하고 이집트의 민족주의의 실현을 모색하면서, 이집트 단편소설은 물론 장편소설 발전에도 큰 기여를 하였다. 구성원은 마흐무드 따히르 라쉰(Mahmūd Tāhir Lashīn, 1894~1954), 마흐무드 따이무르(Mahmūd Taymūr, 1894~1973), 이브라힘 알-미쓰리(Ibrahim 'al-Misri, 1900~1979), 후세인 파우지(Husayn Fawji), 야흐야 학끼(Yahyā Haqqī, 1905~1992) 등이다. 이집트 민족 문학은 이론상으로는 유럽이나 동부 아랍권 등 모든 외부 세력에 대항하는 자세를 취했으나, 사실상 프랑스 문학과 러시아 문학의 영향을 받을 수밖에 없었다. 따라서 이집트 민족 문학은 1920년대 말부터 전성기를 이루었는데 1930년대 이후 점차 우세해진 범아랍 민족주의와 동부 아랍권과의 유대 강화로 그 추진력을 상실하고 점점 퇴색할 수밖에 없었다.

현대학파의 대표적인 단편소설 작가와 작품을 살펴보면, 우선 이집트의 체홉이라 불리는 마흐무드 따히르 라쉰의 단편집 『나-이(구멍 없는 풀루트의 일종)의 비웃음(Sukhriyat al-Nāy)』(1926), 『남들이 그러는데(Yuhka anna)』(1928), 『베일(Al-Niqab)』(1940) 등이 있다.

마흐무드 따이무르는 『줌마 영감님과 기타 단편들(Al-shaikh Jum'ah wa Qisas 'Ukhra)』(1925), 『순례자 샬라비와 기타 단편들(Al-Hajj Shalabi wa Qisas 'Ukra)』(1930), 『예술가 아부 알리 아밀과 기타 단편들('Abu 'Ali 'Amil Artist wa Qisas 'Ukhra)』(1934), 『이마에 쓰여진 것 및 기타 단편들(Maktub 'Ala al-Jabin wa Qisas 'Ukhra)』(1941), 『해마다 복 많이 받으세요(Kull 'Am wa'antum Bikhayr wa Qisas 'Ukhra)』(1950), 『나는 살인자 및 기타 단편들(Ana al-qatil wa Qisas 'Ukhra)』(1962), 『아부 아우프의 이야기 및 기타 단편들(Hikayat Abu 'Auf wa Qisas 'Ukhra)』(1969) 등 약 30여 권이 넘는 단편집과 약 7권의 소설집, 약 15편의 희곡 작품을 썼다. 1940년대 이후의 마흐무드 따이무르의 문학은 점차 이집트적인 지역성의 한계를 벗어나 세계 보편성을 지향했다. 또한 개인의

외부 세계보다는 내면의 세계로 눈을 돌려 의식의 흐름이나 내적 독백 등의 기법을 써서 분석적인 작품을 내놓았다.

야흐야 학끼는 1926년 어린 나이부터 ≪알-파즈르≫지에 단편을 쓰기 시작했다. 그러나 별로 알려지지 않다가 『움무 하쉼의 등잔』(1944)을 발표한 뒤 주목을 받게 되었다. 대표적 단편집으로는 『피와 진흙(Dima' Watin)』(1955), 『무능력자들의 어머니(Umm al-'Awajiz)』(1955), 『안타르와 줄리엣, 이야기와 그림들('Antar wa Juliette, Qisas walawhat)』(1961) 등이 있다.

1927년 ≪알-파즈르≫지가 폐간됨과 동시에 '현대학파'도 해체된다. 그리고 **1940년대**에는 단편의 위기 상황에 직면하게 된다. 1936년 독립 조약 이후의 딜레마와 절망감, 제2차 세계대전 이후의 암울한 사회 분위기에 휩싸이게 되었다. 40년대의 대표적인 단편 작가는 야흐야 학끼, 마흐무드 알-바다위(Mahmud al-Badawi, 1912~) 등이 활동했다. 40년대 단편의 위기 속에서 **1950년대**는 신세대의 도약이 자리했다. 이들 신세대 작가들은 사실주의적 경향을 견지하거나, 상징주의, 표현주의, 초현실주의를 혼합한 실험적 경향을 추구하는 작가들로 대별되었다.

사실주의 경향의 대표적 작가로는 유숩 이드리스(Yūsif Idrīs, 1927~), 슈크리 아이야드(Shukrī 'Ayyād), 살라흐 하피즈(Salah Hāfiz), 압드 알-갓파르 막카위('Abd al-Ghaffar Makkāwī), 압드 알-라흐만 알-샤르까위('Abdul Rahmān al-Shārqawī) 등이다. 실험적 경향의 작가들은 유숩 알-샤루니(Yūsif al-Sharuni), 파트히 가님(Fathi Ghanim), 에드워드 알-카르라뜨(Edward al-Kharrat), 압바스 아흐마드('Abbas 'Ahmad), 바드르 알-딥(Badr al-Dib) 등을 꼽을 수 있다. 이들 가운데 유숩 이드리스는 첫 단편집 『가장 값싼 밤들('Arkhas layali)』(1954)을 비롯하여 1971년까지 10권의 단편집을 발표하였다.

1960년대 중반부터는 50년대 작품의 주된 경향이었던 사회주의 사실주의로부터 벗어나, 보다 추상적이고 상징성 높은 작품 경향을 보이기 시작하였다. 이러한 변화 속에서 1960년대 단편소설은 신념을 상실하고 좌절하며 방황하는 인간형을 즐겨 등장시켰다. 그러나 60년대 작품들은 여러 경향이 혼재되어 있어 어떤 학파나 경향을 내세우기는 거의 불가능하다. 따라서 60년대는 신진 작가들과 더불어 한동안 단편소설을 쓰지 않았던 나집 마흐푸즈, 유숩 이드리스, 유숩 알-샤루니, 에드워드 알-카르라프 등 실력 있는 작가들이 다시 단편소설로 돌아옴으로써 아랍 단편에 질적으로나 양적으로 공헌하였다.

60년대 단편소설의 가장 중요한 흐름 가운데 하나는 상징적인 작품이다. 상징적인 단편소설들은 우화나 풍유 등 전통적인 상징적 기법을 사용하여 종교나 인간의 특수한 상황, 결혼 생활 및 반여성주의, 죽음과 영생의 신비, 소외와 범죄 등의 주제를 다루었다. 상징적 단편소설의 대표적인 작가는 왈리드 이클라씨(Walid 'Ikhlasi), 죠지 살림(George Salim), 마흐무드 따르슈나(Mahmud Tarshunah) 등을 들 수 있다.

또한 나집 마흐푸즈는 1938년 첫 단편집 『광기의 속삭임(*Hams al-Junun*)』을 내놓은 후 오랜 기간이 지나서 1963년에 이르러 두 번째 단편집이며 상징성을 곁들인 『신의 세계(*Dunya al-Allah*)』를 내놓았다. 『신의 세계』에 수록된 작품 「자아발라위」는 불치병에 걸린 '그'가 이 병을 치유하기 위해 자아발라위라는 성인을 찾아 헤매는 과정을 그린 상징적인 작품이다. 이후 『술집-검은 고양이(*Khammarat al-Qitt al-'Aswad*)』(1968), 『버스 정류장 지붕 밑에서(*Taht al-Mizallah*)』(1969), 『밑도 끝도 없는 이야기(*Hikayah bila Bidaya wala Nihaya*)』(1971), 『밀월(*Shahr al-'Asal*)』(1971), 『범죄(*Al-Jarimah*)』(1973) 등에서 마흐푸즈는 다시 변화를 보여주는데, 전쟁 후 쓰인 이 작품들은 상징과 부조리를 사용하여 아랍·이스라엘 문제 등 시사적이고 정치적인 주제를 다루었다. 단편 「버스 정류장 지붕 밑에서」는 살인, 나체춤, 죽음, 자동차의 충돌 등 온갖 광란이 눈앞에서 벌어져도, 다만 자신이 비에 젖을까봐 두려워 꼼짝하지 않고 '버스 정류장 지붕 밑'에서 이 사건들을 보고만 있다가, 자신들도 결국 '버스 정류장 지붕 밑'에 시체가 되어 무더기로 쌓이게 된다는 내용이다. 이 작품은 아랍·이스라엘 전쟁에서의 아랍의 패배 등 아랍 사회의 문제에 대해서 지식인 계층들의 자기 몸 도사리기, 곧 무관심에 대한 신랄한 비판을 보여준다.

1967년 아랍·이스라엘 전쟁은 아랍의 참담한 패배로 6일 만에 끝난 후, **1970년대** 아랍 국가들은 일대 위기에 직면하였다. 70년대 이후 아랍 단편소설은 이집트뿐만 아니라 전 지역에서 공통적으로 현대 아랍 사회의 정신적 붕괴와 팽배한 소외감을 주제로 다루었다. **사우디아라비아**의 무함마드 울완(Muhammad 'Ulwan)의 『빵과 침묵(al-Khubz)』(1977), 후세인 알리 후세인(Husayn 'Ali Husayn)의 『떠남(al-Rahil)』 등도 부조리 문학의 새로운 기법을 사용하여 농촌의 삶, 도시 뒷골목의 삶, 하층민 삶의 애환을 다루고 있다. **시리아**를 대표하는 작가와 작품으로는 자카리야 따미르(Zakariya Tamir, 1931~)의 첫 단편집 『백마의 울음(Sahil al-'Abyad)』(1969)을 비롯하여, 70대에 들어서 『우뢰(Al-Ra'd)』(1970), 『불타는 다마스쿠스(Dimashq al-Hara'iq)』(1973) 등을 들 수 있다. 또한 시리아의 여류 작가인 가다 알-삼만(Ghadat al-Samman, 1942~)의 『네 눈은 나의 운명('Aynaka Qadari)』(1962)을 비롯하여 70년대 작품 『옛 부두들의 표류(Rahil al-Marafi al-Qadimah)』(1973), 『베이루트 75(Bayrut 75)』(1975), 최근 단편집 『낯선 이들의 밤(Laylat al-Gharya')』 등이 있다.

이라크의 단편소설은 자국의 정치·경제 상황을 반영하여 일찍이 좌익 성향의 사실주의의 면모를 보이고 있었다. 초기 이라크의 단편소설 선구자는 무라드 미카일(Murad Mikhail, 1906~1986) 박사로 알려져 있다. 이후 마흐무드 아흐마드 알-사이이드(Mahmud 'Ahmad al-sayyd)의 단편집 『전위(Al-Tala'i)』, 두 알-눈 아이윱(Dhu al-Nun 'Ayyub, 1908~)의 『공허한 위험('Azamah Farighah)』, 『목마른 가슴들(Qulub Zam'a)』, 『잊혀진 편지들(Al-Rasa'il al-Mansiyyah)』 등에서는 사회에 대한 투철한 개혁 의지를 담고 있다.

마그립 지역 국가 중 **튀니지**의 대표적인 단편 작가와 단편집으로는 하산 나쓰르(Hasan Nasr)의 『비오는 밤들(Layali al-Matar)』(1968), 알제리의 혁명 문학의 기수인 압둘 후마이드 븐 하두까(Adul Humaid bn Hadugga, 1926~)의 『작가 및 기타 단편(al-Katib wa Qisas 'Ukhra)』, 『알제리의 암영(Zilal Jaza'iriyyah)』, 『일곱 형제(al-'Ashiqqah al-Sab'ah)』 등을 들 수 있다.

또한 **기타 아랍 국가**들 중 **리비아**에서는, 최초 단편집인 압드 알-까디르 아부 후루스('Abd al-Qadir 'Abu Hurus)의 『당황한 사람들(Nufus Ha'irah)』, 여류 작가인 자이마 알-바루니(Za'imah al-Baruni)의 『민족 이야기(Al-Qasas al-Qawmi)』(1958), 무르디야 알-누아스(Murdiyyah al-Nu'as)의 『암 영양(Ghazalah)』(1976) 등이 있다. **쿠웨이트**에는 70년대 말에 작품 활동을 시작한 소설가이며 희곡 작가인 이스마일 파흐드 이스마일(Iamail Fahd Isma'il)의 『진한 얼룩(Al-Buq'ah al-Dakinah)』, 『새장들, 그리고 공통의 언어(Al-'Aqfas waal-Lughah al-Mushtarakah)』, 그리고 대표적인 여류 작가 라일라 알-오쓰만(Layla al-'Uthman)의 단편집 『그릇속의 여자('Imra'ah fi 'Ina')』(1976), 『출발(Al-Rahil)』 등이 있다.

팔레스타인의 단편소설은 팔레스타인의 패망 이후, 여류 작가 사미라 엣잠(Samirah 'Izzam, 1934~1967)이 자동차 사고로 숨지기 전까지 남긴 단편집 『작은 것들('Ashya' Saghirah)』(1954), 『거대한 그림자(Al-Zill al-Kabir)』(1956), 『그리고 기타 단편(Wa Qisas 'Ukhra)』(1960), 『시계와 인간(Al-Sa'ah waal-'Insan)』(1960) 등이 대표적이다. 뒤를 이어 팔레스타인 산문 문학에 혁신을 가져온 작가는 갓산 카나파니(Ghassān Kanafanī, 1936~1972)이다. 그는 장편소설 『태양 속의 남자들(Rijal fi al-Shams)』(1963)로 명성을 얻었지만, 1956년부터 베이루트의 문학 잡지에 단편을 발표하기 시작하여 1972년 암살당하기까지 단편집 『12호 병상의 죽음(Maut Sarir Raqm 12)』, 『슬픈 오렌지의 땅('Ard al-Burtuqal al-Hazin)』(1962), 『우리 것이 아닌 세상('Alam Lays Lana)』(1966), 『남자들과 총들에 관하여('An al-Rijal waal-Banadiq)』(1968) 등을 남겼다.

○ 작품의 이해

•『도요새의 기도(Duā' al-Karawān)』

—따하 후세인(Tāha Hussain, 1889~1973)

　따하 후세인은 이집트 남부 한 작은 마을에서 태어났다. 아버지는 설탕 공장에서 하위 직원으로 근무했으며, 그의 가정은 평범한 중·하류층에 속했다. 13세까지 따하의 어린 시절은 그의 자전적 소설『그 날들(Al-'Aiyam)』(1927)에 상세하게 묘사되어 있다. 그는 두 살 되던 해 눈병으로 실명하여 완전히 시력을 상실하였다. 어려운 가정 형편에도 불구하고 부모는 그를 시골의 꾸란학교에 보냈고, 더 큰 곳에서 학업을 계속시키기 위해 열세 살 때 카이로의 아즈하르대학교에 유학시켰다. 그곳에서 따하는 아랍어를 완전하게 배웠다. 카이로에서 당대의 유명한 개혁가 무함마드 압드를 만났으며, 신체적 결함에서 비롯된 그의 반항심 등이 그에게 작가적 자질을 형성해주었다. 그는 이집트대학(현대 카이로대학)을 전학하여 1914년 중세의 맹인 시인인 '아부 알-알라 알-마아르리('Abū 'al-'Alā al-Ma'arri, 973~1057)'에 관한 논문으로 최초의 박사학위를 받았다. 이후 프랑스 소르본느대학에 체류하면서 1917년 프랑스 여인과 결혼하여 그녀의 도움을 많이 받았다. 1921년 이집트로 귀국하자마자 이집트대학에서 교수 발령을 받았다. 이후 알렉산드리아대학교 총장, 문교부장관에 임명되었다. 1952년 국가에서 수여하는 문학상의 최초 작가로 기록되었으며, 이집트 혁명 후 공직에서 은퇴하고 오직 집필에만 몰두하였다.

　그의 소설 세계는 친근한 인간적 문제에 대한 심리학적인 통찰력을 보여준다. 그리고 따하 특유의 표현법을 사용하여 고전 아랍어의 정교성과 현대 아랍어의 단순성을 결합한 능숙한 아랍어 문체를 구사하고 있다. 그의 대표적 소설 작품으로 『도요새의 기도』가 있다.

따하 후세인이 1934년 집필을 마친 이 작품은, 20년 전의 사건을 회상하며 도요새에게 들려주는 형식으로, 낭만주의 시소설이라 불릴 정도로 매우 시적이며 수사적이다. 이 작품에서 가장 두드러진 주제는 이집트의 시골 마을과 베드윈 사회에서 가문의 명예와 여성의 정조를 지키기 위해 행해지고 있는 '복수'에 관한 문제이다. 이 작품의 주제에 대한 또 다른 시각은 계층과 장애를 뛰어넘는 사랑이다. 그런데 작가가 의도하였던 도덕적·사회적 목적 때문에, 이 작품 속의 사건 전개와 인물의 행동은 논리적이지 못한 면이 있다. 여성의 잘못으로 인하여 더럽혀진 가문의 명예는 복수의 피로 씻길 수 있다는 전통과는 반대로, 작가는 증오에 대한 사랑, 복수에 대한 용서의 승리를 찬미하고 있다. 이렇듯 이집트의 현실과는 다른 결말에 이르기 위해 작가는 평범하지 않은 인물을 설정하고 있다. 줄거리는 다음과 같다.

이집트의 남부 한 베드윈 마을에서 한 어머니가 두 딸과 함께 추방당한다. 두 딸은 하나디와 아미나(나중에 수아드로 개명함)이다. 그 이유는 난봉꾼인 남편이 방탕한 생활만을 일삼다가 결국 한 여인과 스캔들을 일으키고 그 여인이 피살되자 가문의 명예를 중시한 외삼촌이 그녀들을 쫓아낸 것이다. 그녀들은 이 마을 저 마을을 떠돌아다니던 끝에 어느 한 도시에 정착한다. 큰딸 하나디는 관개기술자의 집에서, 작은딸 아미나는 군수의 집에서 각각 하녀로 일한다. 예의 바르고 훌륭한 가정에서 일하게 된 아미나는 군수의 딸인 카디자의 전속 하녀가 되었고, 카디자의 따뜻한 배려와 사랑 속에서 프랑스어까지 익히는 등 상당한 교육을 받게 된다.

한편 언니인 하나디는 그녀의 주인인 바람둥이 기술자의 유혹에 넘어가 동침하게 된다. 어머니 자흐라가 이 사실을 알고 두 딸과 함께 그 도시를 떠나기로 결심하고 무턱대고 길을 나선다. 어머니는 그의 오빠인 나시르에게 이제 어느 정도 시간도 경과했으니, 용서하고 그들을 데려가 달라는 편지를 띄우고 낯선 마을의 촌장 집에서 거주한다. 고향으로 돌아가는 도중에 외삼촌인 나시르는 어머니와 아미나가 보는 앞에서 하나디를 무참히 살해하고 이미 파 놓았던 구덩이에 매장해버린다. 이것을 본 아미나는 큰 충격을 받아 의식을 잃고 병에

걸린다. 병에서 회복한 아미나는 여전히 두려움을 떨쳐 버릴 수 없어 어머니마
저 홀로 둔 채 마을에서 도망쳐 행복했던 군수의 집으로 되돌아간다.

그 후 아미나는 언니의 복수를 위하여 기회 있을 때마다 그 기술자를 감시
한다. 군수의 딸과 그 기술자의 혼담이 거의 성사된 것을 알자 군수의 아내에
게 기술자와 언니와의 관계 등을 말해주고 결국 파혼하게 만든다. 한편 아미나
는 그 기술자가 언니의 죽음과 가족에게 고통을 안겨주었다고 생각하고 그에게
복수하기 위해 그 집의 하녀로 들어가는 데 성공한다. 바람둥이 기술자는 예상
대로 아미나에게 추근대며 접근하지만 아미나는 끊임없는 유혹을 과감히 뿌리
치며 홀로 복수심에 불타오른다. 그러는 사이에 기술자는 아미나가 빼어난 미
모 이외에도 보통 하녀가 갖지 않은 정신적인 성숙 등 또 다른 일면을 발견하
게 되어 그녀에게 진심으로 청혼하게 된다. 도요새가 언니의 영혼을 불러일으
키고 아미나는 심하게 갈등을 겪는다. 처음에는 마냥 복수심으로 대하던 아미
나도 마침내 그가 없이는 자기도 살아갈 수 없음을 발견하게 된다.

— 『도요새의 기도』 줄거리

• 『영혼의 귀환(’Audat al-Ruh)』

—타우픽 알-하킴(Tawfiq al-Hakim, 1904~1987)

타우픽 알-하킴은 이집트인 아버지와 터키계 어머니 사이에서 태어났
다. 그의 아버지는 알렉산드리아 검찰관실 공무원이었으며 지주의 아들
이었다. 아버지는 음악과 문학을 사랑하였는데, 타우픽의 예술적 재능은
아버지로부터 물려받은 것이다. 부모는 그를 삼촌이 살고 있는 카이로
에 유학을 보내 고등학교를 마치게 하였다. 이후 1921년 법대에 진학하
여 학위를 받았지만, 법학보다는 드라마에 더 많은 시간을 할애하였다.
다시 아버지는 그가 법학 박사학위를 취득하도록 프랑스로 보내기로 결
정했다. 그런데 프랑스에서도 독서와 공연을 보면서 지냈을 뿐 학위를
취득하지는 못했다. 특히 이 시절 그는 이집트 파라오에 관한 책들을
읽고, 이집트의 정체성을 인식하게 되었다.

1927년 귀국하여 그는 아버지가 근무했던 알렉산드리아 검찰관실 공

무원이 되었다. 1934년에는 교육부 조사국장에, 1939년에는 사회문제부 정보국장에 임명되었다. 1943년부터 아크바르 알야움 주간지에서 근무했고, 1951년 국립도서관장, 1945년에 아랍어 아카데미 위원, 1956년에 최고예술위원회 위원에 임명되었다. 그는 파리 주재 유네스코의 이집트 대표로 근무하였으며, 이 직책으로 파리를 새롭게 사랑하는 계기를 맞게 되었다.

그의 소설 『영혼의 귀환』은 『사자의 서(Book of the Dead)』에 나오는 고대 이집트 오시리스(Osiris) 신화에서 그 소재를 취한 것이다. 이 신화는 오시리스신이 죽은 뒤에 그의 누이 이시스(Isis)가 오시리스의 동강난 사체를 모아 영혼을 부르면 동강난 사체로 영혼이 들어가 다시 소생한다는 내용이다. 따라서 이 작품 속에서 동강난 사체는 분열된 이집트의 현실을, 작품의 제목인 '영혼의 귀환'은 1919년 혁명의 성공으로 회복된 이집트의 민족 정신을 상징한다. 이 작품은 제1차 세계대전 말의 이집트 중산층 가족의 일상생활을 그린 것으로 주인공인 무흐신은 카이로중등학교 시절 타우픽의 자전적 모습이기도 하다. 자연스럽고 설득력 있는 사건의 전개를 보여주는 이 작품에서 작가는 초기 낭만주의 소설에 자주 나타난 '우연'의 요소를 사용하지 않고, 구어체의 대화를 통해 등장인물들의 사상과 감정을 표현하면서 줄거리를 전개하고 있다. 또한 이 작품은, 이집트 농민들이야말로 위대한 이집트 파라오들의 후예로서 위대한 이집트 정신을 이어받고 있다는 작가 자신의 신념을 밝히고 있다. 이 작품에서 가족 구성원들이 가족으로서의 우애를 되찾게 되는 것은, 곧 이집트인들에게 민족적 '영혼의 귀환'을 상징한다. 줄거리는 다음과 같다.

부유한 농민의 아들로 카이로에서 중학교를 다니는 무흐신은 수학 교사인 삼촌 하나피 집에서 살고 있다. 그의 집에는 하나피의 누이동생이며 집안일을 맡고 있는 중년의 노처녀 잔누바와 기술견습생인 막내동생 압두가 함께 살고 있다. 하나피의 사촌동생으로 경찰관인 살림도 함께 살고 있는데, 그는 직위를 이용해 시리아 여자를 유혹한 혐의로 직위 해제된 상태이다. 총명하고 주위로부터 호감을 받는 무흐신은 자신이 부잣집 아들이라는 점 때문에 학교 친구들과 어울리지 못하는 것을 부끄러워할 만큼 마음씨 여린 열다섯 살 된 소년이다. 이들 남자들은 사회적 지위가 있는 여자들과는 함께 어울릴 기회가 전혀 없었으므로 이웃에 사는 여자들이 잔누바를 찾아올 때면 열쇠 구멍을 통해 엄마를 따라오는 예쁜 소녀를 몰래 훔쳐보기도 한다.

이들의 이웃에는 의사인 아흐마드 힐미가 살고 있다. 그의 딸 사니야는 외출을 삼가고 독서와 피아노 연주로 소일하며 지내는 교양 있는 상류층의 전형적인 여성상이다. 좀처럼 바깥세상으로 나들이할 기회가 없는 그녀는, 무지하면서도 순진한 데가 있는 잔누바를 이용해 여러 구실을 붙여 이웃집 남자들을 집안으로 불러들인다. 한편, 본래 무식한 시골여자였던 잔누바는 카이로의 도시생활을 하면서 말씨도 시골 말씨 대신 카이로 말씨를 쓰며 도시풍의 옷을 입고 몸치장에 신경을 쓰며 이웃 남자들의 눈을 끌기 위해 노력한다.

먼저 잔누바의 소개로 무흐신을 만난 사니야는 그의 목소리가 마음에 든다면서 노래를 가르쳐달라고 부탁한다. 또 언젠가는 전기가 고장났다는 핑계로 전기를 봐줄 사람을 보내달라고 한다. 그래서 잔누바는 햇병아리 기술자인 압두를 보내준다. 또 그 후에는 고장 난 피아노를 고쳐달라고 해서, 하모니카를 불 줄 알아 음악을 좀 아는 살림을 보내준다. 이들 세 남자는 모두 사니야에게 매력을 느끼게 되고 각자 내심으로는 사니야를 독차지하고 싶어 서로를 경계하기 시작한다.

그러나 사니야는 무흐신과 같은 아파트에 살고 있는 미남자 사업가인 무스따파를 사랑한다. 노처녀인 잔누바는 무스따파와 결혼하고 싶어했으므로, 그와 사니야를 떼어놓으려고 무척 애를 쓴다. 그러나 그녀의 노력은 수포로 돌아가고 결국 두 사람은 결혼하게 된다. 무흐신, 압두, 살림 세 사람은 사니야가 무스따파를 사랑한다는 사실을 알고 모두 실망한다. 그리고 그간의 서로에 대한 질투와 불신을 접고 서로를 동정하기 시작한다. 이때 반영 독립운동을 펼치던 정치 지도자 사드 자그룰이 말타섬으로 추방되고, 1919년 혁명이 발발하자 이들은 실연의 슬픔을 딛고 거족적인 반영 독립투쟁에 열정적으로 몸을 던져 참여하게 된다. 그들은 더 큰 사랑의 대상을 만났고 혁명의 대열에 참가하게 된 것이다. 무흐신을 비롯한 젊은이들은 그들의 인생을 희생시킬 지도자를 만났던 것이다.

— 『영혼의 귀환』 줄거리

• 『움무 하쉼의 등잔(*Qindil Umm Hāshim*)』

―야흐야 학끼(Yahyā Haqqī, 1905~1992)

야흐야 학끼는 터키인의 후손으로, 그의 아버지가 종교성(宗敎省)에 일하고 있었기에 알-사이이다 자이납(Al-Saiida Zainab) 사원 뒤에 위치한 허름한 관사에서 살았다. 자이납 사원은 움무 하쉼 성인의 무덤이 있었기 때문에 항상 많은 아랍·무슬림 순례객들이 찾아드는 성지다. 뿐만 아니라, 뿌리 깊은 이집트 전통과 행동 방식을 생생하고 사실적으로 드러내고 있어서 서민 계층의 생활을 대변해주었다. 바로 이곳에서 태어난 야흐야는 자이납 동네를 중심으로 어린 시절을 보냈다. 이처럼 알-사이이다 자이납 동네가 야흐야에게 남겨 준 인상은 너무 강렬하여, 그의 최대 걸작인『움무 하쉼의 등잔』등 많은 작품의 주요 배경으로 등장하기도 한다.

야흐야는 독서를 매우 좋아하는 환경에서 성장하여, 어린 시절부터 아랍 문학은 물론, 해외 문학, 특히 러시아 문학에 심취하였다. 그리고 열여섯 살 때부터 자연스럽게 글을 쓰기 시작하였다. 그는 법과대학을 졸업한 후, 1926년부터 도입된 외국 문학의 영향을 받아 문학 형식과 내용에 관한 실험적인 단편을 신문과 잡지에 발표하기 시작하였다. 그리고 1926년 말, 맏형 이브라힘의 주선으로 1919년 민족혁명 중 탄생한 현대학파의 회원으로 가입하면서 자신의 문학 활동, 특히 단편소설 창작에 큰 영향을 받게 되었다.

그는 1925년 법과대학을 졸업한 이후, 젯다와 터키의 이스탄불에서 근무하였는데 서구 문명에 매료되면서 오히려 조국과 이집트 민중에 대한 생각이 깊어졌다. 1939년 로마에서 귀국한 그는 모든 감정을 그의 최대 걸작인『움무 하쉼의 등잔』을 통해 표출하였다. 이후 해외 공관으로 부임하여 1949년 파리 근무를 시작으로 터키의 앙카라, 리비아의 벵

가지에서 근무하였고, 1954년 프랑스 여인과 결혼하였다. 1962~1970년 까지 문학잡지인 ≪알-마잘라≫의 편집장으로 있으면서, 이 잡지를 통하여 많은 젊은 작가들을 일반 대중에게 소개함과 동시에 다량의 저서를 출간하였다. 그는 비평을 통하여 이집트 문학의 토대 정립에 노력하였으며, 이집트 문학이 나아갈 방향을 제시했고, 이와 같은 토대와 방향을 실제로 자신의 창작 활동에 반영하였다. 1969년에는 이집트 문학공로상, 1970년에 프랑스 예술문학상, 1990년 킹 파이잘 세계문학상을 각각 수상하였다.

소설『움무 하쉼의 등잔』은 상징적 사실주의 성격을 지니고 있으며, 서양의 과학적 진리와 동양의 종교적 진리 사이의 갈등을 주제로 한 작품이다. 이 소설에서 작가는 주인공 이스마일을 통해 과학에 의해 파괴당한 신앙을 회복하고 마침내 동양과 서양의 각기 다른 가치관의 조화를 이루는 한 인간상을 그려내고 있다. 이 소설은 주인공 이스마일의 조카인 1인칭의 화자의 제한 시점을 통해 서술되는 13개의 짧은 장으로 이루어진 장편소설이다. 이 작품이 갖는 예술적 특징은 뛰어난 묘사력과 시적 분위기, 해학과 아이러니, 상징성, 신비주의, 서술의 과감한 압축 등이다. 줄거리는 다음과 같다.

시골에서 교육이라고는 거의 받지 못한 채 열심히 일만 해온 이스마일의 아버지 셰이크 라잡 압둘라는 자신이 이루지 못한 꿈을 자식을 통해 이루고 싶어 한다. 그리하여 시골 생활을 청산하고 카이로로 올라온 이들 가족은 소설의 배경이 되는 '알-사이이다 자이납' 모스크 근처 동네에 자리 잡고 미곡상을 하게 된다. 이곳은 카이로 서민층 주거 지역이면서도 경건하고 특이한 종교적 분위기를 지닌 동네였다. 어린 시절 라잡 알둘라는 아버지의 손에 이끌려 '자이납'의 은총을 받기 위해 알-사이이다 자이납 모스크를 자주 찾곤 하였다. 모스크를 오르는 대리석으로 된 층계에 엎드려 그곳에 입맞춤을 하곤 했던 것이다. '자이납'은 '성자' 혹은 '움무 하쉼'으로 불리기도 하는 예언자 무함마드의 손녀딸을 뜻하는데, 이 알-사이이다 자이납 모스크에 걸린 등잔의 기름이 질병을 치유하는 축복이 있다는 믿음에서 시골에서 참배객들이 모여들었다. 이러한 알-사이이다 자이납은 밤이 되면 은은하게 빛을 발하는 등불이 앞 광장을 환하게 비치면서 신비스런 분위기를 자아냈다.

미곡상을 하면서 생활 형편이 나아진 라잡 압둘라는 세 아들 중에서 막내인 이스마일만은 잘 가르쳐 출세하기를 바랐다. 그리하여 형들과는 달리 그를 중산층 자녀들이 주로 다니는 공립학교에 보냈다. 이스마일은 상류층 아이들보다 더 남자답고 학업 성적도 월등하게 우수했다. 가족들의 큰 기대와 희망 속에 그는 이웃 알-사이이다 자이납 사원에서 열리는 종교 행사나 축제, 관습을 똑같이 지키는 전통적 무슬림 가정에서 신실하게 성장하게 된다. 그러나 사춘기에 접어들면서 이성에 눈을 뜨게 된 이스마일은 우연히 모스크 앞 광장에서 본 매춘부 나이마에게 마음을 빼앗긴다.

학교를 졸업할 무렵, 이스마일의 시험 성적은 가족들의 기대에 못 미치게 되고, 카이로에서 의과대학에 진학할 수 없게 된다. 그러자 라잡 압둘라의 친구로부터 외국 유학의 권유를 받고, 고민하던 가족들은 마침내 그를 영국으로 보내 공부하게 한다. 떠나기에 앞서 같이 살아온 사촌 고아인 파티마와 약혼하고 아버지로부터 유럽 여자들을 조심하라는 충고를 들으며 이스마일은 떠난다.

7년 후 유학에서 돌아온 이스마일은 수줍은 시골뜨기 청년에서 당당하고 세련된 안과의사가 되어 있다. 그에게 많은 변화를 가져다준 것은 영국 유학 생활에서 알게 된 메리라는 영국 여자 친구였다. 그녀는 이스마일을 열렬히 사랑하면서 역동적인 삶의 자세라든가 전통의 족쇄로부터의 해방, 개성, 자신감, 과학과 휴머니즘, 현세에 대한 믿음, 예술과 자연의 미에 대한 감상 등 이제껏 이스마일이 가지고 있던 가치관과는 정반대의 것들을 깨우쳐 주었다. 신경쇠약에 걸린 이스마일은 메리와 함께 스코틀랜드를 여행하면서 낫게 되는데, 이후 천국의 행복을 꿈꾸기보다는 자연의 미와 오묘함에 더 골몰하게 된다. 조국 이집트에 돌아온 이스마일은 이상과 열정으로 부풀어 있었다. 그의 눈에 비친 조국 이집트 사람들은 무지와 빈곤, 질병과 오랜 억압 속에서 살아온 탓에 무기력한 모습이었다. 그는 이 모든 것을 타파하겠노라고 마음속으로 결심한다.

가족과 재회한 기쁨도 잠시, 이스마일은 어머니가 사촌동생이자 약혼녀인 파티마의 아픈 눈에 '움무 하쉼'의 등잔 기름을 부어 치료하는 것을 보고 깜짝 놀란다. 그는 어머니에게 미신 따위로 눈병을 고치냐고 고함을 지르며 대든다. 화가 난 그는 아버지의 지팡이를 들고 모스크로 달려가 등잔을 박살낸다. 그러자 모스크에 있던 사람들이 달려들어 그를 짓밟고 구타한다. 이때 모스크지기인 셰이크 다르디리가 나서서 그를 미치광이라고 둘러대어 이스마일은 겨우 목숨을 건지게 된다. 간신히 집으로 돌아온 그는 영국으로 돌아갈 생각도 하지만 자신의 의술로 파티마의 눈을 고쳐주기로 결심하고 치료를 시작한다. 그러나 눈병은 더욱 악화되고 결국 실명하고 만다. 이스마일은 집에서 나와 그리스 여자가 운영하는 하숙집의 방을 빌려 기거한다. 방황과 회의, 갈등을 겪으며 그는 점차 동포 이집트인들을 마음속으로 받아들이게 되고, 심지어 그들에게서 서양에서는 찾아볼 수 없었던 평화롭고 안온한 모습을 발견한다.

'꾸란'의 계시가 전해졌다는 무슬림들의 성월(聖月)인 라마단 달 '권능의 밤'에 기적 같은 일이 일어난다. 이스마일은 알-사이이다 자이납 광장을 거닐고 있던 중 광장에 울려 퍼지는 깊은 숨소리에 귀가 번쩍 뜨인다. 깨끗한 양심의 소유자만이 그 소리를 들을 수 있다는 어릴 적에 들은 이야기가 생각난다. 그가 눈을 높이 들자 성자의 등잔에서 밝은 불빛이 새어나와 모스크의 둥근 지붕을 가득 비추었다. 오랫동안 잃어버렸던 빛을 다시 보는 듯하였다. 그제야 자신의 의술이 왜 실패하였는지 그 이류를 알 수 있었다. '신앙 없는 과학은 없다'는 사실을 깨달은 것이다. 파티마는 자신보다는 성자의 권능을 더 믿었던 것이다.

이스마일은 모스크로 들어가 다르디리에게서 신성한 등잔 기름병을 얻어 가지고 돌아와, 믿음에 기초한 과학으로 마침내 파티마의 눈병을 고친다. 이후 그는 빈민가에 진료소를 세우고 가난한 병자들을 위해 최소한의 진료비를 받고 치료해준다. 그의 진료소에는 시골에서 올라온 환자들로 북새통을 이루게 된다. 마침내 그는 파티마와 결혼해 개화된 여자가 지켜야 할 예법을 가르쳐 주면서 행복하게 살아간다.

— 『움무 하쉼의 등잔』 부분

•『미다끄 골목(Zuqāq al-Midaq)』— 나집 마흐푸즈(Naguib Mahfouz, 1911~)

1988년 노벨문학상을 수상한 나집 마흐푸즈의 본명은 나집 마흐푸즈 압둘 아지즈 알-싸빌쥐이다. 그는 이집트 카이로에서 태어났는데, 그의 아버지는 공무원이었다. 쿳탑 과정을 거쳐 1925년 초등학교를 졸업하고 1930년 푸아드1세 고등학교와 그 후 이집트대학(현재 카이로대학교) 문과대학 철학과를 졸업하였다. 그는 대학 재학 중이었던 1932년부터 작품을 쓰기 시작하였는데, 가장 큰 영향을 받은 아랍 작가는 아랍 사회에 처음으로 사회주의를 소개한 살라마 무사(Salāmah Mūsā, 1887~1958)이다. 마흐푸즈는 무사에게서 과학과 사회주의의 영향을 받았다. 그는 1939~

1954년까지 종교성에 근무한 것을 제외하고는, 거의 작품 생활에만 전념하였다. 그리고 그는 소설 쓰는 것을 직업으로 생활할 수 있었던 아랍 최초의 소설가이기도 하다.

마흐푸즈는 50여 년간의 집필 생활을 통하여 장편소설 33권, 단편소설 10권, 그리고 약간의 희곡과 30여 편의 자신의 작품을 각색한 영화 대본을 썼다. 그의 작품은 보통 4기로 나눠지는데 제1기는 낭만주의 경향의 역사소설, 제2기는 사실주의 경향의 사회소설, 제3기는『우리 동네 아이들』(1959)로 시작된 인간의 본질적인 문제들을 통합한 형이상학적 소설, 제4기는 1970년대 중반부터 현재에 이르기까지 계속되는 소설의 아랍화 등이다. 아랍 세계에서 그는 흔히 영국의 디킨스, 러시아의 톨스토이, 프랑스의 발자크에 비견된다. 나집 마흐푸즈는 간결하고 순수한 문체로 표준 아랍어 문장을 현대적인 감각에 맞추어 자유로이 구사한다는 평가를 받고 있다.

『우리 동네 아이들』은 모두 78개의 짧막한 이야기들로 구성되어 있으나 광범위한 주제와 사건을 다루고 있다. 곧, 그가 살아온 한 가난한 동네를 중심으로 총체적인 체험 과정과 생각을 작품화한 것이다. 그는 이야기를 하나의 틀 안으로 모으고 있는데, 그곳이 바로 이야기의 사건이 발생하는 장소인 '동네'이다. 동네는 서민들이 사는 구역의 한 작은 거리로써 하나의 사회를 형성하여 살아가는 주민들로 구성되어 있다. 그들은 슬픔과 기쁨, 노동과 이익, 사랑과 증오를 서로 주고받는다. 그리고 궁극적으로는 하나님에 대한 깊은 신앙심이 그들을 하나로 묶는다.

『미다끄 골목』(1947)은 1940년대 카이로의 빈민가에 위치한 '미다끄 골목'을 배경으로, 그곳에 살고 있는 사람들의 삶의 애환을 다룬 작품이다. 이 작품의 주제는 이집트 사회의 한 단면을 보여주는 빈곤의 문제이다. '미다끄 골목'과 그 건너편의 또 다른 세계를 대비하고 있는데, 이 두 세계는 서로 나누어져 있으면서도 서로 연결되어 있다. 나집 마

흐푸즈는 미다끄의 막다른 골목길을 벗어나는 길만이 빈곤 문제의 유일
한 해결책임을 강조한다. 줄거리는 다음과 같다.

'미다끄 골목'은 빈민가인 알-후세인 구역에 있는 막다른 뒷골목이다. 이곳
에 3층 건물 두 채, 제과점, 카페, 식품 가게 등 상점 다섯 곳이 막다른 골목길
을 에워싸고 있다. 그래서 이곳은 햇볕이 들지 않아 항상 어둡고 곳곳에는 지
저분한 쓰레기가 널려 있으며 항상 먼지가 일고 있다.
　미다끄 골목에는 중매쟁이 움무 하미다가 살고 있는데, 그녀는 하미다라는
여자아이를 데려다 양녀로 키우고 있다. 하미다의 유일한 희망은 가난에 찌든
사람들이 무기력하게 살아가고 있는 미다끄 골목에서 하루 빨리 벗어나는 일이
다. 그녀는 자신을 짝사랑하고 있는 골목길의 젊은 이발소 주인 압바스 알-힐위
와 약혼한다. 그런데 압바스는 돈을 더 많이 벌기 위해 '알-탈 알-카비르'에 주
둔한 영국군 부대에 일하러 가게 된다. 그 사이 처자식이 있는 부유한 장사꾼인
살림 울완이 하미다에게 청혼을 한다. 이 늙은 장사꾼의 재산이 탐이 난 하미다
와 그녀의 양어머니는 압바스와의 약혼을 무시한 채 그 청혼을 받아들인다. 그
러나 살림이 갑자기 심장마비를 일으켜 죽게 되고, 그와의 결혼은 깨져버린다.
　그 후 하미다는 직업 뚜쟁이 파라즈 이브라힘의 눈에 띄게 된다. 파라즈는
전쟁 중 카이로에 주둔한 연합군을 상대로 몸을 파는 매춘부들을 양성하여 내
보내는 매춘부양성소를 운영하고 있는 사람이다. 그는 잘생기고 많은 재산을
가지고 있으며 매우 훌륭한 저택에서 살고 있다. 그는 예쁘지만 집안 형편이
어려운 여자들을 유인하여 매춘부의 길로 들어서게 한다. 그런 그가 미다끄 골
목에서 열린 선거 유세 때, 아름다운 하미다를 만나게 된 것이다. 그리고 그는
온갖 수단 방법을 가리지 않고 하미다를 유혹한다. 그리하여 결국 파라즈는 자
신의 아파트에서 하미다와 동침하게 된다. 그 후, 그는 그녀에게 아랍춤과 서양
춤, 그리고 영어로 사랑을 표현하는 말까지 가르쳐 외국인만을 상대하는 직업
매춘부로 배출한다.
　한편 알-탈 알-카비르에서 돌아온 압바스는 하미다가 미다끄 골목에서 사라
진 것을 알고, 정신없이 그녀를 찾는다. 마침내 압바스는 하미다를 만나게 되었
고, 하미다는 그에게 뚜쟁이 파라즈를 복수해달라고 말한다. 그러나 우연히 술
집에 들른 압바스는 하미다가 외국군인들 틈에서 아무런 수치심 없이 흐트러진
자세로 몸을 맡기고 있는 장면을 목격하게 된다. 그 순간 화를 참지 못한 압바
스는 그녀의 얼굴을 향해 맥주병을 던진다. 그러자 술에 취한 성난 병사들도 압
바스에게 병을 던지며 덤벼들어 그를 집단 구타한다. 결국 압바스는 죽고 만다.

—『미다끄 골목』 줄거리

• 『금기(*Al-harām*)』 — 유숩 이드리스(Yūsif Idrīs, 1927~1991)

유숩 이드리스의 본명은 유숩 이드리스 알리이며, 이집트 북부 알-바이룸에서 태어났다. 아버지는 토지개량 전문가였으며 거주지를 자주 옮겨 다녀야 했다. 그의 회고에 의하면 결국 그는 시골 할머니 집으로 보내지게 되었고, 이 기간 동안 그는 외로움과 사랑의 결핍을 느꼈다고 한다. 수줍은 성격 때문에 친구들과 어울리지 못하고 공부에만 전념하게 되어 반에서 1등을 하였다. 유숩이 사춘기 때 가족이 카이로로 이사했다. 부끄러 까쓰르 알-아이니 의과대학에서 정신과를 전공하여 1951년에 졸업하였다. 의과대학 학생 시절 영국 식민주의와 파룩 왕권에 대항하는 다수 시위대에 참가하는 등 학생들의 반영 운동에 적극 가담하고, 혁명 잡지 기사 등으로 인하여 몇 달간 투옥되기도 하였다. 또한 의학을 공부하면서 첫 번째 단편(1951)을 써서 학생들에게 큰 주목을 받기도 하였다.

의과대학을 졸업하고 곧바로 의사 생활을 시작하여 1960년까지 일했으나 결국 의사 직업을 포기하고 신문사에 취직하였다. 그 후 1960년 《알-줌후리야》 편집장, 1973~1982년까지는 《알-아흐람》 신문 작가로 일했다. 1961년 알제리 메달을 수상했으며, 1963년과 1967년에는 각각 국가 공로상을, 1980년에는 과학 및 예술 1급 메달을 수상했다.

그의 초기 작품들은 사회주의와 사실주의 계열의 작품들로써 빈곤, 무지, 섹스, 인구 증가 문제 등 이집트 사회의 구조적 모순을 신랄하게 비판했다. 그러나 1960년대 중반부터는 이에 벗어나 보다 추상적이고 상징성 높은 작품 세계를 보이기 시작했다. 초기 하류 계급에 대한 절대적 관심도 지식인들의 정신적 위기에 대한 관심으로 변하였다. 주제의 변화와 더불어 그의 문체도 변화를 가져왔다. 후기 작품에서 보이는 문체는, 초기의 복문 형식인 긴 구문에서 벗어나, 시에 가까운 짧고 독립된 문장으로 긴박감과 불안감을 자아내는 묘한 리듬을 형성하고 있다. 그는 나집 마흐푸즈, 이흐싼 압드 알-꿋두쓰('Ihsān 'Abd al-Quddūs, 1920~)와 함께 현대 아랍 문학계를 대표하고 있으며 상상력이 풍부하고 재능이 많은 작가로 평가받고 있다.

『금기』(1959)는 비교적 분량이 적은 장편소설이다. 이 소설은 남자의 세계에서 남자들이 맡고 있는 업무를 하게 되는 한 여자의 철저한 변화를 그리고 있다. 남성의 보호를 받아오던 여성들의 전통적인 가치 체계가, 무자비한 남성 세계를 경험하면서 무참히 붕괴되어 가는 것을 보여주고 있는 것이다. 줄거리는 다음과 같다.

1960년대 한 관공서 인·허가 사무실의 정부 부서 일은 육체적으로 힘든 일이 아닌, 단순한 사무직이 일을 하는 곳이다. 비록 단순한 사무직이지만 이제까지 남자들이 그 일을 수행해 왔다. 그런데 이 정부 부서에 전에 그 어떤 곳에서도 일해본 적이 없는 5명의 여자들이 고용된다. 그 부서의 남자들은 여자들이 고용되었다는 데 대해 당황하는 기색과 더불어 매우 흥미를 느낀다. 남자들은 카페에서 다섯 명의 여성 중 누가 가장 예쁜가, 누가 가장 우아한가, 아니면 누구의 다리가 제일 잘 빠졌는가 등 새로 고용된 여자들의 육체적 특색에 관해서 이야기를 나눈다. 남자들은 여자들이 일을 잘 수행하지 못할 것이고, 몇 주만 있으면 그 일을 그만둘 것이라고 생각한다.

그 다섯 명의 여자들 가운데 사나라는 여성이 있다. 사나는 대학에서 경영학을 공부했으며 똑똑하고 고결한 인품을 지녔다. 그녀는 적극적으로 업무를 파악했고 자신이 맡은 일을 성실히 수행하여 성공하려는 큰 열망을 가지고 있었다. 처음 몇 주 동안 사나는 맡은 일을 매우 힘들어했다. 그러나 차츰 그 일에 익숙하게 된다. 그런데 사나는 동료들이 의뢰인들에게 특혜를 주고 거액의 돈을 요구하는 부정한 사실을 알게 된다. 사나의 직장 동료들은 모두 사망한 사나 아버지의 나이와 비슷한 중년의 서기들로서 수출 입·허가를 받으려는 업자나 부유한 사업가들로부터 상당한 금액의 '선물'을 받고 있다. 서기들이 취급하는 서류상의 금액들은 수천 파운드에서 때로는 수백만 파운드이며 수속을 잘 봐주는 대가로 수백 파운드를 챙기는 것이다. 동료들은 이런 부도덕한 짓을 사나에게도 제안하지만 그녀는 크게 놀라며 완강히 거절한다. 그의 남동생이 등록

금을 지불하지 못해 시험을 못 칠 형편이어도 절대로 유혹에 넘어가지 않았다.

그러나 사나는 자기가 하는 행동이 아무 소용없다는 것을 느끼게 된다. 결국 가정 형편이 너무 어렵고 힘든 나머지 타락한 동료의 함정에 빠져, 의뢰인이 주는 뇌물의 유혹에 넘어가고 만다. 즉, 그녀는 100파운드의 뇌물을 받으면서 이제까지 그녀가 지켜 왔던 '금기'를 어기고 만 것이다. 그녀는, 타협하자마자 자신이 지켜 왔던 도덕을 완전히 상실한다. 그리고 바로 그날 그녀에게 부도덕한 일을 알선한 동료 직원과 정사를 갖게 된다. 그녀는 도덕적으로 완전히 추락해 버린 것이다.

─『금기』 줄거리

•『태양 속의 남자들(Rijāl fī al-Shams)』

─갓산 카나파니(Ghassān Kanafanī, 1936~1972)

갓산 카나파니는 팔레타인 북부 지중해 연안 도시 악카에서 중류층 변호사의 아들로 태어났다. 그가 프랑스 계통의 선교학교에 다니던 중 1948년 제1차 중동전쟁이 일어났다. 그의 고향 악카도 함락되어, 다른 팔레스타인 사람들과 똑같이 피난길에 오르게 되었다. 그가 13세 때, 레바논을 거쳐 시리아의 수도 다마스쿠스에 정착했다. 쉽게 일자리를 얻지 못하는 아버지를 대신하여 그의 형제들은 막일을 하게 되었고, 그도 일을 하면서 야간학교에 다녔다. 그는 1925년 교사 자격증을 획득하여 팔레스타인 난민촌 학교에서 미술 교사로 재직했다. 그는 교사 생활을 하면서도 다마스쿠스대학교 문학과에 적을 두고 3년간 공부를 계속하였고, 틈틈이 그림을 그리며 독서와 습작에 열중하였다.

1956년 갓산 카나파니는 쿠웨이트로 이주하여 그곳 초등학교에서 미술과 체육교사로 근무하게 된다. 그는 이곳에서 지병인 당뇨병으로 건강을 위협받았으나, 좌절 속에서도 문학적·정치적 성향을 계속 발전시켜 나갔다. 그의 단편들 가운데 15편이 이 시기에 쓰였다. 1960년 그는 본격적인 정치·언론 활동을 위해 베이루트로 이주하였다. 그리고 정치

투사, 언론인, 작가로서 왕성하게 활동하였다. 1967년 6일 전쟁의 패전은 아랍의 모든 지식인들에게 큰 충격을 주었다. 이후 갓산 카나파니는 다른 팔레스타인 민족 지도자들과 함께 민족 해방 투쟁에 적극 참여하게 된다. 그러다가 1927년 베이루트 자택에서 자신의 승용차에 장착해 놓은 폭탄이 터지면서 생애를 마감하게 되었다.

『태양 속의 남자들』(1963)은 1948년의 이스라엘 건국에서 비롯된 제1차 중동대전의 결과로 고향을 떠날 수밖에 없었던 많은 팔레스타인 난민들이 겪은 혹독한 삶의 현실과 그 현실로부터의 탈출을 그린 것이다. 이 작품의 등장인물들은 팔레스타인의 고향에서 쫓겨난 늙은 농부 아부 까이스, 젊은이 아스아드, 16세의 어린 소년 마르완인데, 팔레스타인 모든 세대들의 하나의 전형을 보여주고 있다. 과거 회상 기법을 통하여 현재와 과거 사이를 수없이 넘나들고 있으며, 내적 독백과 의식의 흐름을 효과적으로 사용하고 있다. 그러면서 등장인물들의 고통의 원천인 1948년의 '나크바'를 이야기 표면에 드러내지 않고도, 이들이 죽음의 여행에 나서지 않을 수 없는 필연성을 드러내주고 있다. 7개의 장으로 나누어져 있는 작품의 줄거리는 다음과 같다.

제1장, 2장, 3장은 도입부이다. 아부 까이스는 고향에서 쫓겨난 농부로 지난 10년 동안 팔레스타인 고향 땅을 그리워하면서 그곳으로 돌아갈 날만을 손꼽아 기다리며 고단한 삶을 참고 살아가고 있다. 시위에 가담한 바 있는 아스아드는 경찰의 추적을 피해 요르단의 암만에 숨어 지내던 중 쿠웨이트로 밀입국할 것을 결심한다. 그는 이전에도 요르단에서 이라크로 밀입국하려다 사기를 당해 사막에 버려진 경험이 있어 이번에는 보다 치밀하고 신중하게 계획을 세운다. 마르완은 형 자카리야가 쿠웨이트에서 부쳐주던 생활비가 끊기고, 아버지마저 처자식을 버리고 재혼하는 바람에 집안 형편이 어려워지자, 식구들의 생계를 잇기 위해 어린 나이에 돈을 벌고자 쿠웨이트로 가려고 한다.

이처럼 이들 세 사람은 모두 전쟁으로 인해 삶의 뿌리가 송두리째 뽑힌 난민 신세이다. 과거 속에서도 생존할 수 없고 현재에도 합법적인 신분이 아닌 이들은 살아갈 길이 막막할 뿐이다. 하지만 이들에게는 다가올 미래만이 유일한 희망이기에 탈출과 새로운 출발에 기대를 걸었다. 그리하여 세 사람은 각자 요르단을 탈출, 사막을 횡단하여 돈을 벌 수 있고 미래가 보장되는 쿠웨이트로 밀입국하려고 한다. 따로따로 국경 도시인 이라크의 바쓰라에 도착한 이들은 쿠웨이트 밀입국을 알선해주는 브로커를 찾던 중 '뚱보'라는 별명의 브로커를 만나게 된다. 하지만 '뚱보'가 너무 많은 금액을 요구해 흥정이 깨지고 만다.

제4장에서는 절망에 빠진 이들 세 사람들이 급수 트럭 운전사인 아부 알-카이자란과 흥정을 벌린다. 급수 트럭은 국경을 통과할 수 있는 면허증을 갖고 있다. 아부 알-카이자란은 그들에게 급수 트럭을 함께 타고 가다가 국경에 도착하면 그가 입국 수속을 하는 동안 빈 물탱크 속에 숨는 방법으로 국경 초소를 무사히 넘어가게 해주겠고 제의했다. 세 사람은 그 제의를 받아들이고 네 사람은 함께 여행하게 된다.

제5장에서는 이들 세 사람이 아부 알-카이자란이 운전하는 큰 급수차를 타고 쿠웨이트 국경을 향하여 작열하는 태양 속에서 사막을 여행하기 시작한다. 아부 알-카이자란은 팔레스타인이 패망하기 전에 한때는 전사로 싸웠던 사람이다. 그의 의식은 10년 전 그가 전투에서 부상을 당하고 남성의 기능을 상실하게 되었던 수술 장면으로 옮겨가고 있다. 그러나 그는 이제 더 많은 돈을 위하여 불법으로 무리한 밀입국을 시도하고 있다. 그들은 가마솥 같은 물탱크 속에서 6분간 버티었기 때문에 처음으로 이라크 국경 초소인 싸프완에서 순조롭게 국경을 넘을 수 있었다.

제6장에서는 이글거리는 태양 속에서 계속되는 이들의 여정을 보여준다. 쿠웨이트 쪽 국경인 알-무뜰라으 초소를 앞두고 이들은 열기로 숨 막히는 어두운 물탱크 속으로 또다시 들어가야 했다. 아부 알-카이자란은 7분이면 수속을 끝내고 꺼내주겠다고 호언하였고, 어떻게 해서든지 수속을 빨리 끝내려고 애쓴다. 그러나 국경 관리들이 시시콜콜 농담을 늘어놓으며 입국 서류에 싸인을 늦게 해주는 바람에 30분이나 지체되었다. 그 사이 세 사람은 사막 한낮의 뜨거운 태양 아래 세워둔 트럭의 물탱크 속에서 소리 한 번 못 지르고 그대로 죽어갔다.

제7장은 세 사람의 비극적이며 처참한 최후를 보여준다. 쿠웨이트에 도착한 아부 알-카이자란은 밤을 기다려 도시 외곽의 사막으로 차를 몰고 가서, 죽은 이들의 시신을 쓰레기장에 버린다. 그때 그대로 돌아오려다가 다시 가서 시체의 주머니를 뒤져 돈과 마르완의 시계를 가지고 온다. 아부 알-카이자란은 세 사람의 비참한 죽음을 보며 절규한다. "당신들은 왜 물탱크 벽을 두들기지 않았소?" 사막이 온통 메아리쳐 대답한다. "당신들은 왜 물탱크 벽을 두들기지 않았소? 당신들은 탱크 벽을 두들기지 않았소? 왜! 왜! 왜!"

—『태양 속의 남자들』줄거리

3. 희곡 문학의 흐름과 양상

아랍 문학 장르에서 드라마 혹은 희곡과 연극은 현대 문예부흥이 시작되면서 서구에서 새롭게 유입되었다. 나폴레옹이 이집트를 원정하던 중, 이집트에 주둔하고 있는 프랑스 군대를 위문하기 위하여 온 코미디 프랑세즈의 공연을 보면서 처음으로 서구 연극에 접하게 된 것이다. 그러나 아랍인들에게 전통 토착극이 전혀 없는 것은 아니었다. 시인이 찻집 앞에서 간단한 악기에 맞추어 운문과 산문이 섞인 이야기들을 극적으로 읊은 중세 로망스의 연극적 암송, 19세기 이집트에서 행해졌던 까라고즈(Qaragoz) 익살 인형극, 종교적 수난극인 타지야(Ta'ziyah), 꼭두각시의 움직임을 직접 보는 것이 아니라 그 그림자를 보는 그림자극(Khayal al-Zill) 등이 있었다.

아랍 문학에 현대적 희곡과 연극을 처음 도입한 사람은 레바논의 마룬 미카일 알-낙까쉬(Marun Mikhail al-Naqqash, 1817~1855)이다. 그는 사업상 유럽을 여행하며 연극을 접하게 되었고, 조국에 돌아와 서구의 연극을 소개하기 위하여 극단을 조직하고, 1846년 베이루트 교외에 있는 자택에 아랍 최초의 극장을 설치하였다. 그리고 자신이 직접 아랍어로 대본을 쓴 『수전노(al-Bakhil)』(1846~1847)[38]를 무대에 올렸다. 이후 계속해서 『얼간이 아부 알-하산 혹은 하룬 알-라쉬드(Abe al-Hasan al-Mughaffal aw Harun al-Rashid)』(1849~1850), 『뻔뻔스럽고 질투 많은 젊은이(Al-Salit al-Hasud)』(1951)를 자택에서 공연하고 세상을 떠났다.

---

38) 이 작품은 몰리에르(Molier)의 『수전노』(L'Avare)와 모방 문제로 많은 논란이 있어 왔다. 두 극이 모두 탐욕이라는 공통된 주제를 다루고 있으며, 등장인물도 닮아 있다. 다만 마룬 알-낙까쉬의 작품에는 두 사람의 수전노가 등장하고 있지만, 몰리에르의 극에서는 한 명의 수전노가 등장하고 있다.

이후 그의 조카인 살림 알-낙까쉬(Salim al-Naqqash, ?~1884)는 삼촌의 유업을 이어, 자신의 극단을 이끌고 이집트의 알렉산드리아로 이주하여, 베르디의 오페라를 각색한 『아이다(’Aida)』(1876) 등을 공연하였다. 이어 아흐마드 아부 칼릴 알-깝바니(’Ahmad Abu Khalil al-Qabbānī, 1883~1902)는 서구의 극작품을 기초로 하여 『배은망덕한 놈(Nākir al-Jamil)』, 『부인들이 계략들(Hiyal al-Nisa’)』, 『순결한 여인(’Afifa)』, 『사랑의 정수 혹은 미트리다트 왕(Lubāb al-Gharām aw al-Malik Mitridat)』 등의 작품을 내놓았다.

이집트 연극의 아버지 야꿉 싼누아(Ya’qūb Sannu’, 1839~1912)는 일찍이 극단을 조직하여 나일 궁전에 있는 케디브 이스마일의 개인 무대에서 실제로 여성 배우를 등장시켜 『멋쟁이 아가씨(’Ānisah ’ala al-Mūda)』, 『이집트 신사(Ghandūr Misr)』, 『두 명의 첩(Al-Darratan)』, 『국가와 자유(Al-Watan waal-Hurriyyah)』 등을 공연하였다. 그런데 『두 명의 첩』에서의 일부다처제의 가정 파괴, 『국가와 자유』에서의 정부 비판 등으로 인해 케디브 이스마일의 미움을 사 1872년 극장을 폐쇄당하고 마침내 국외로 추방당하였다. 야꿉 싼누아가 쓴 32편의 작품은 현실에 반항하는 이집트 농민과 민중의 삶을 반영하고, 케디브의 폭정을 폭로하는 풍자 희곡, 소극들이었다. 그는 오늘날 이집트 연극의 아버지로 평가받고 있다.

정부 공식 번역자였던 무함마드 우쓰만 잘랄(Muhammad ‘Uthman Jalal, 1829~1894)은 몰리에르 희극들과 라신느의 비극들을 이집트 방언과 구어체 민요시로 번역하였다. 그가 몰리에르의 작품을 아랍어로 번안하여 1916년 무대에 올린 『쉐이크 마틀루프(Al-Shaykh Matluf)』는 대성공을 거두어 오늘날까지도 이집트인의 사랑을 받고 있다. 그는 1막 창작극 『하인들과 고용주들(Al-Khaddāmīn wa al-Mukhaddimīn)』(1904)을 발표하기도 하였다.

현대 아랍 산문 발전에 크게 기여한 파라흐 안뚠(Farah Antūn, 1874~1922)은 연극을 단순한 오락적 수단이 아니라 관중을 계도하는 교육적 역할을 중요시할 것을 강조했다. 그의 희곡 『신·구 이집트(Misr al-Jadidah *ua Misr al-Qadimah)*』(1913)는 이집트 최초의 사회극으로 평가받고 있다. 이 희곡에서 그는, 서구 문명이 현대 이집트 사회에 어떤 영향을 미쳤는가에 대한 긍정적·부정적 측면, 그리고 이집트 사회의 부조리와 부패를 고발하고 있다. 그리고 두 번째 희곡『술탄 살라딘과 예루살렘 왕국 *(Al-Sultan Salah al-Din ua Mamlakat Urshalim)*』(1914)은 과거 아랍 이슬람 영광을 투영시켜 서구 제국주의자들을 물리치기 위해서는 국민의 단결이 필요함을 역설하고 있다.

이브라힘 람지(Ibrahim Ramzi, 1884~1949)는 셰익스피이어, 쉐리단, 버나드 쇼, 입센 등의 희곡을 번역하였고, 역사극인『만수라의 영웅들*('Abtal al-Mansura)*』(1915),『베드윈의 처녀*(Al-Badawiyya)*』(1918),『정복자 이스마일*(Isma'il al-Fatih)*』(1937) 등 이집트의 과거와 현재를 다룬 상당히 성숙한 희곡을 썼다. 또한 그는 다산 작가로『화장실 들어갈 때와 나올 때는 다르지*(Dukul al-hammam Mish Zayy Khuruguh)*』(1915~1916) 등 이집트 최초 희극을 썼다.

무함마드 따이무르(Muhammad Taymūr, 1891~1921)는 프랑스에 유학하는 동안, 서구의 현대 문학 예술을 잘 소화하여 이집트적 문학으로 토착화하려 했다. 귀국하자 그는 연극동호회에 가담하여 이집트 연극의 수준을 높이기 위한 희곡과 연극 비평문을 썼다. 그는 요절했기 때문에 많은 희곡 작품을 남기지는 못했지만『새장 속의 참새*(Al-'Usfur final-Qafas)*』(1918 공연),『압드 알-삿타르 아판디*('Abd al-Sattar Afandi)*』(1918 공연),『벼랑*(Al-Hawiya)*』(1921) 등을 남겼다.

1930년대 이후부터 **시극**이 등장하였다. 아흐마드 샤우끼*('Ahmad Shāwqī, 1868~1932)*는 파리에서 유학중『대 알리 베이*('Ali Bik al-Kabir)*』(1893)라는 시극을 써서 본국에 보냈으나 별 성공을 거두지 못했다. 그는 원래 시를 썼고, 첫 시집『샤우끼 시선*(Al-Shāuqīyyat)*』(1898)을 펴낸 바 있으나, 1930년부터 본격적으로 시극을 쓰기 시작했다. 그리하여 이집트 민족주의적 작품인『클레오파트라의 몰락*(Masra' Kilubatra)*』(1929),『깜비즈*(Qambiz)*』

(1931), 아랍·이슬람적 작품인 『라일라에 미친 남자(*Majnun Layla*)』(1931),
『안타라(*'Antar*)』(1932), 현대물인 『후다 부인(*Al-Sitt Huda*)』(사후 발간) 등의 시극
을 남겼다. 샤우끼의 뒤를 이어 이집트의 시인 아지즈 아바자('Aziz 'Abaza,
1898~)도 『까이스와 루브나(*Qays wa Lubna*)』(1943), 『알-압바사(*Al-'Abbasah*)』(1947),
『진주나무(*Shajarat*)』(1951), 『가을 잎새들('*Auraq al-Kharif*)』(1957) 등의 시극을 썼
다. 그 밖에 이집트 시인 살라흐 압드 알-사부르(Salah 'Abd al-sabur, 1931~
1982)의 『할라즈의 비극(*Ma'sat al-Hallaj*)』(1965), 무사피르 라일(Musafir Layl)의
『라일라와 광인(*Layla wa al-majnun*)』(1970), 무함마드 마흐란 알-사이이드
(Muhammad Mahran al-Sayyid)의 『창과 화살(*Al-Harbah wa al-Sahm*)』(1971) 등의 시
극이 있다.

아랍 연극의 완성자로는 타우픽 알-하킴(Tawfiq al-Hakim, 1904~1987)을
꼽는다. 그는 스스로를 극작가라고 칭한 최초의 아랍 작가이기도 하다.
그는 70여 편의 희곡을 썼는데, 이집트의 희곡 비평가 후와드 다라와
(Fuwad Dawarah)는 그의 희곡을 사회극과 주지극으로 분류하였다. 그는 첫
번째 희곡인 시간 앞에 굴복당하는 인간의 비극을 주제로 한 『동굴 속
의 사람들('*Ahl al-Kahf*)』(1933)을 비롯하여, 현실과 이상 그리고 생활과 예
술 간의 갈등을 다룬 『피그말리온(*Bijmalium*)』(1942), 종교적 문제를 다룬
『현인 솔로몬(*Sulaiman al-Hakim*)』(1949), 이집트가 당면한 현실과 관련하여
고대 이집트의 역사를 다룬 『이지스('*Iziz*)』(1955), 법과 칼 사이에서 방황하
는 문제를 다룬 『당황한 술탄(*Al-Sultan al-Ha'ir*)』(1961) 등의 작품을 남기고
있다.

타우픽 알-하킴 이후 가장 주목할 만한 희곡 작품을 내놓은 작가는
누으만 아슈르(Nu'man 'Ashur, 1918~1987)와 소설가이며 극작가인 유숩 이
드리스(Yūsif Idrīs, 1927~1991)이다. 유숩 이드리스의 희곡 『피라피르
(*Al-Farafir*)』는 아랍 전래의 그림자극의 전통과 현대 부조리극의 기법을
조화시켜 주인과 노예의 관계를 상징적으로 다룬 작품이데, 1963~1964

년 카이로 국립극단에서 공연하여 큰 성과를 올렸다. 그는 과거 약 1세기 반 동안 서구적 영향 아래 있었던 아랍 연극에 혁명을 일으켜, 진정한 아랍적 연극을 만들고자 하였다. 그리하여 그는 수세기 동안 농촌의 마당에서 배우와 관객이 혼연일체가 되어 춤과 노래로 빚어내는 일종의 농민극인 '사미르(Samir)'의 형식을 민족극의 원형으로 제시하였다. 이러한 아랍 민족극에 대한 열망은 아랍 각국으로 급속히 확산되었고, 1960, 70년대 이후로는 마까마, 천일야화 등 아랍적 문학 유산과 '사미르' 형식이나 그림자극에 대한 지대한 관심을 통하여 진정한 아랍 민족극이 태동되었다.

유숩 이드리스와 함께, 아랍 문학 전통과 역사에서 새로운 아랍적 연극을 창출한 극작가로 시리아의 사아드 알라 완누스(Sa'ad Allah wannus, 1941~)를 들 수 있다. 그의 초기 희곡인 『보도 위의 시체(Juththa 'ala al-Rasif)』(1977)는 고도의 상징성을 갖는 등장인물들인 개, 걸인, 경찰, 신사 등을 통해 아랍 사회를 투사한 주지극이다. 이어 『6월 5일을 위한 야회(Haflat Samar min 'Ajl Khamsat Huzayran)』는 1971년 다마스쿠스에서 초연되었는데 수많은 관객이 몰려들었고, 비평가들의 관심과 찬사를 불러일으켰다. 그만큼 이 작품은 1967년 6월 전쟁의 패배에 대한 분노와 분개를 통해서 대중적 카타르시스를 이끌어내었다.

그밖에 튀니지의 마흐무드 알-마스아디(Mahmud al-Mas'adi, 1911~)의 『댐(Al-Sudd)』(1955)과 팔레스타인의 타우픽 파이야드(Tawfiq Fayyād, 1939~)의 『광기의 집(Bayt al-Junun)』(1967) 등도 주목할 만한 희곡으로 평가받고 있다.

○ 작품의 이해

•『동굴 속의 사람들(*'Ahi al-Kahf*)』

—타우픽 알-하킴(Tawfiq al-Hakim, 1904~1987)

타우픽 알-하킴에 대한 소개는 그의 소설『영혼의 귀환』에서 설명한 바 있다.『동굴 속의 사람들』은 1935년 이집트 국립극장 개관기념 작품으로 공연되었으나 큰 성과를 거두지는 못했다. 이 작품은 꾸란 18장 '동굴의 장'인 '7인의 잠자는 사람들의 전설'에서 소재를 취하고 있다. 또한 이 작품은 고대 그리스적인 비극의 요소인 운명을 아랍·이슬람적인 주제 속에 삽입시키고 있다. 그런데 그리스의 비극이 '인간'과 '운명'의 갈등을 기초로 하고 있다면,『동굴 속의 사람들』에서는 '인간'과 '시간'과의 갈등을 다루고 있다. 뿐만 아니라 미슈리니야와 프리스카가 처한 상황에서 보여주듯이 '진실'과 '사실'의 갈등을 보여준다. 결국 타우픽 알-하킴은 이집트 비극의 기초를 '인간'과 '시간'과의 갈등이라고 보았던 것이다. 이 작품에 등장하는 세 인물은, 300년의 시간이 흐른 새로운 세계에서 자신들의 과거를 연결시켜주는 실마리를 찾으려 노력하였으나, 끝내 시간의 벽을 극복하지 못한 것으로 나타난다. 작품의 줄거리는 다음과 같다.

군주 데시우스(Desius) 황제 시대에 장관이었던 '마르누쉬'와 '미슈리니야' 그리고 개를 데리고 있는 목동 '야믈리카' 등 세 사람은 데시우스의 종교적 박해를 피해 타르수스 지역을 도망쳐 동굴 속으로 들어간 뒤 300년간 긴 잠을 자다가 깨어난다.

그들은 시간이 얼마나 흘렀는지 깨닫지 못하고 단지 하룻밤 정도 동굴에서 잠을 잔 것으로 생각한다. 그들은 동굴 속에서 하룻밤만 보냈다는 생각에서, 마르누쉬와 미슈리니야는 야믈리카에게 자기들이 가지고 있던 돈으로 양식을 구해오라고 타르수스 마을로 보낸다. 마을에 도착한 야믈리카는 어디가 어딘지

도무지 알 수 없을 정도로 마을이 변해버렸음을 알게 된다. 야믈리카는 자기가 내미는 동전의 출처를 캐내려고 하는 많은 사람들에게 곤역을 치루고, 두려움에 가득 찬 채 빈손으로 돌아온다.

야믈리카의 말을 믿지 못하는 마르누쉬와 미슈리니야는 결국 다 함께 마을로 내려간다. 타루수스 마을은 야믈리카가 말한 그대로 전혀 딴판이 되어 있었다. 결국 그들은 마을 사람들로부터 곤역을 치른 끝에, 왕에게 불려나가게 된다. 왕에게는 300년 전 미슈리니야의 약혼녀였던 데시우스의 딸 '프리스카'와 용모뿐만 아니라 이름까지 똑같은 공주가 있었다. 더구나 그녀는 옛날의 미슈리니야가 주었던 십자가를 목에 걸고 있었다. 이 십자가 목걸이는 미슈리니야의 옛 약혼녀 프리스카가 그녀의 손녀인 프리스카 공주에게 물려주었던 것이다.

새로운 세계에서 성인으로까지 추앙받기도 한 이들 세 명 중에서 가장 먼저 현실을 인정한 사람은 야믈리카이다. 야믈리카 다음으로 시간의 경과를 인정한 사람은 마르누쉬이다. 처음에 야믈리카가 300년의 시간이 경과한 것을 알고 두려움에 떨자, 이를 비웃기만 하던 마르누쉬도 자기 나이보다 두 배나 많은 60세의 나이에 죽은 아들의 묘비를 발견하고 마침내 현실을 인식하게 된다. 체념한 그 두 사람은 다시 동굴로 되돌아간다. 그러나 미슈리니야는 무엇인가 좀 이상하다는 느꼈지만 새로운 세상이 전혀 낯설지만은 않았다. 그것은 프리스카라는 현재와 과거를 연결시키는 고리가 있었기 때문이었다. 그러나 그녀가 그를 떠났을 때 그 역시 현실을 인정하게 된다. 그리고 미슈리니야도 동굴 속으로 들어가게 된다. 그래서 세 사람은 다시 잠에 빠지게 된다.

—『동굴 속의 사람들』 줄거리

야믈리카 : (화가 난 목소리로) 더 이상 나에게 묻지 마시오(두 사람은 야믈리카를 기분 나쁜 듯이 쳐다본다). 두 분도 이제 저하고는 남남이나 마찬가지요. 모든 것이 꿈처럼 사라지고 남은 것은 두 분 뿐입니다. 하룻밤 사이에 수백 년이 지나갔지요. 바보 같으니라구. 지금 막 내가 타르수스 마을에서 어떤 일을 당한지 아시오? 도대체 여기가 타르수스이기나 한가요! 이상한 옷을 입은 사람들이 나를 에워싸고 묘한 표정으로 바라보다니, 그런 눈초리에 내 마음은 갈기갈기 찢어지는 듯했다오. 마치 내가 무슨 악귀나 되는 것처럼 바라보았소. 또 내가 가는 곳마다 사람들은 따라다녔소. 누구한테도 말을 걸 수가 없었소. 설사 내가 먼저 말을 걸었더라도 아무도 대꾸하는 사람이 없었을 거요. 말없이 겁에 질린 채 지켜볼 뿐, 너무나 배가 고파 나는 죽을 것 같았소. 그 사람들은 내가 먹지도 마시지도 않는 괴물인줄 알았을 거요.

아무도 내 옆에 오려고 하지 않았으니까 말이오. 내가 다가가면 사람들은 달아나 거리를 두고 나를 쳐다보았소. 호기심과 경계의 눈초리로 말이오. 그때 숨넘어가는 듯 가냘픈 개 짖는 소리가 들렸소. 쳐다보니 우리 개(끼트미르)가 그 마을 개들에게 둘려 쌓여 있었는데, 그놈들도 우리 개가 이상한 동물이기나 한 것처럼 코를 킁킁거리며 냄새를 맡고 있었소. 끼트미르는 그 놈들로부터 벗어나려고 애를 썼지만 소용이 없었소. 마침내 불쌍하고 겁에 질린 끼트미르는 가까이 있는 벽에 기대어 쓰러지고 말았소. 개새끼들은 여전히 끼트미르를 쫓아다녔고 좀 더 가까이 다가와서는 호기심어린 눈으로 쳐다보았소. 어떤 놈들은 더 가까이 와서 또다시 코를 들이밀고 킁킁거리고 싶었겠지만, 너무 무섭다고 생각했는지 그러지를 못했소. 지금까지 이야기한 것이 저와 끼트미르가 겪은 새로운 세상의 모습이오. 두 분은 장님이나 마찬가지요. 앞을 보지 못하니까! 사랑에 눈이 멀었소. 내가본 것을 더 이상 말할 수 없소. 원한다면 당신들은 그냥 이 세상에남아 계시오. 이제 나는 혼자가 되겠소. 아무도 나를 이곳에 붙잡아둘 수 없소. 300년이란 세월의 무게가 내 영혼을 짓누르고 있다는 것을 느끼기 시작했소. 지난 과거의 시간을 같이 했던 형제들이여, 잘있으시오! 우리의 아름다운 시절을 기억하시오, … 데시우스의 시대를! 신이 함께 하시길! 새로운 세상에서의 행복을 비오(천천히 슬픈표정으로 퇴장한다. 미슈리니야와 마르누쉬는 아무 말 없이 야믈리카를 바라본다).

— 2막 마지막 부분

인도 산스끄리뜨의 문학

I. 서설

1. 고대 인도 세계의 형성과 문화

인더스(Indus) 문명은 아리아(Arya)인이 인도에
침입하기 전에 있었던 고대 문명의 하나이다. 인더스 문명은 인더스강
유역의 모헨조다로(Mohenjo-daro)와 하립빠(Harappa) 등에서 발견되었다. 이 문
명은 기원전 3000년 이전에 존재하였는데, 약 1000년 동안 별다른 변화가
없이 전개되다가 아리아인이 인도를 침공할 무렵 사라졌다. 오랜 역사를
가진 인도는 서아시아와 이집트에 이어 원시 농경 촌락과 도시 문명이
형성된 곳이다. 이 도시 문명을 최종적으로 멸망시킨 것은 서북에서 이주
해온 아리안이었다. 그러자 인도의 원주민은 아리아인의 노예가 되었다.

지금까지 단절되지 않고 발전한 인도 문화는 아리아인이 만든 최고의
문헌인 『리그베다(Ṛgveda)』에 연원한다. 사실 아리아인이 갠지스 중류에 진
출하여 농경 사회를 확립한 기원전 7세기에 인도의 특징적인 문화와 사
회의 초기 형태가 형성되었다. 아리아인의 사회는 지배 계급과 사제 계

급의 특별한 신분을 구성했다. 특히 사제 계급인 파라문은 『리그베다』 등 베다 문헌을 저술하고 제식(祭式)에 대해 상세한 규칙을 마련하는 등 제식을 존중했다. 이리하여 파라문은 점차 종교적 탁월한 지위와 사회적 특권을 누렸다. 그리고 브라만(brahmana, 婆羅門, 司祭)을 핵심으로 정치와 군사를 장악하는 크샤뜨리아(ksatriya, 王侯, 武士), 농업·목축·상업에 종사하는 바이샤(vaisya, 서민), 이들 삼자(dvija, 再生族)에 예속한 수드라(sudra) 등 네 바르나(varna, 種姓)의 구성이 확장되어 각기 종교와 사회상의 의무가 규정되었다. 당시 인도 사회에 대한 파라문의 이념과 파라문의 특권은 항상 강조되었다.

갠지스 중류 지방의 농업 사회에서 왕권이 점차 강화되자 왕을 위한 대규모의 특별 제식이 시행되었으나, 기원전 6세기에 전제적인 권력을 가진 왕이 부족 체제의 속박을 타파하고 새로운 군사·행정 제도로서 지배하는 국가가 등장했다. 그 대표적인 것은 지금 우타르·프라데시주 동북부의 코사라(Kosala)국과 비하르 남부의 마가다(Magadha)국이었다. 이 새로운 국가의 출현으로 기원전 8, 7세기부터 철기가 사용되기 시작했고 농업 생산이 증가했다. 기원전 6세기 도시에서는 상업이 성행하여 금속화폐가 사용되었고, 부유한 상인 계급이 등장하고, 불교 등 새로운 종교 사상이 출현했다.

기원전 6세기 갠지스 중류 지방에 생긴 새로운 사상은 불교, 자이나교, 아지비카(Ajivika)교, 로카야타(Rokayata) 등 다양했으며, 브라만 등의 모든 계급 출신들도 새로운 사상을 받아들이는 데 가세했다. 그리하여 베다 의식과 브라만의 권위를 인정하지 않고, 우파니샤드(Upanisad) 철학을 계승하면서 세상을 인식하고 인생의 궁극적 목적인 종교의 자유(해탈) 달성을 추구했다.

마가다국은 갠지스 중류 지역에 패권을 장악하고 점차 북인도의 여러 지방으로 세력을 뻗어 그 상업을 지배했다. 기원전 4세기의 난다(Nanda)

왕조는 북인도의 넓은 토지를 지배했다. 알렉산더(B.C. 336~323 재위)가 기원전 327년 서북인도를 침입한 것은 난다 왕조 때이며, 난다 왕조를 대신하여 통일 왕국을 완성한 것은 마우리아(Maurya) 왕조이다.

마우리아 제국은 기원전 317년경에 찬드라굽타(Chandragupta, B.C. 321~297 재위)에 의해 세워졌으며, 제3대 아소카(Asoka, B.C. 268~232 재위) 때까지 약 100년간 매우 번성하여 남단 지방을 제외한 인도의 대부분과 아프카니스탄의 남반부에 걸친 광대한 지역에 세력을 미쳤다. 마우리아 제국의 지배와 더불어 불교 등 갠지스 중류 지역의 높은 문화가 여러 지역으로 급속히 확대되었다. 그러나 아소카의 사후, 마우리아 제국은 쇠약해져 동북인도의 한 지방 세력이 되었다가 기원전 2세기 중엽 숭가(Sunga) 왕조에 의해 멸망하였다.

아소카의 정치 이념은 불교 사상을 바탕으로 하였으며, 불교도는 아소카를 이상적인 왕이라 믿고 그들의 정치관을 수립했다. 찬드라굽타의 재상인 카우티르야(Kautilya)가 지은 『아루타사스트라(Arthasastra)』는 행정, 사법, 외교, 군사에 대해 상세히 논술한 책인데, '국토를 획득하여 유지한다'는 냉혹하고 철저한 술책이 기술되어 있다.

굽타 제국은 320년 마가다 지방에 세워져 점차 북인도 일대에 걸쳐 세력을 확대하는 등 조직된 국가로 번영했으나 5세기 중엽부터 에프탈 민족의 침입과 영역 내 여러 세력의 독립으로 쇠퇴하여 6세기 중엽에 멸망하였다. 이 시기는 칼리다사(Kalidasa)로 대표되는 산스끄리뜨 문학이 성숙했으며, 마투라(Mathura) 조각과 아잔타(Ajanta) 회화 등에서 보듯이 불교 미술이 완성되었으며, 대승불교 교학이 발달한 시기이다.

7세기 전반에 하르사(Harsa)가 북인도에서 대국가를 구축했다. 그러나 그 후 13세기 무슬림 세력이 북인도에 정권을 수립하기까지 갠지스 중류 지역, 벵갈, 데칸, 타미나르드의 제(諸)지방에 강대한 왕국이 성쇠한 데다가 여러 지역에 많은 소왕국이 할거하여 국가 간에 영토의 확대와 재물 약탈을 둘러싸고 전쟁이 되풀이되었다.

이 시기의 역사는 아직 잘 연구되지 않아 일반적인 개설사에서 왕조의 교체에 대한 서술이 보이는 정도이다. 그러나 문화적으로는 8세기의 산카라(Sankara)와 12세기의 라마누자(Ramanuja) 등에 의해 힌두교의 교의와 철학이 발전하고 법률 등의 학문과 문학에 관한 많은 저작이 출현했다. 또한 여러 왕조의 분립에 따라 산스끄리뜨와 더불어 여러 지방의 언어가 매우 발달하고 이들 언어에 의해 바쿠티(Bhakti, 신에 대한 헌신적인 신앙)를 강조한 책이 출현하여 그 신앙이 사람들 사이에 퍼지기 시작했다. 그리고 여러 왕조에 의해 각기 특징 있는 양식의 힌두 사원이 많이 건립되었다.

13세기 초부터 이슬람교를 신봉한 이민족 출신의 지배자가 인도의 땅에 견고하게 뿌리를 내려 통치했는데, 그 이전의 지배 체제를 계승하면서 점차 독자적인 체제를 구축하여 문화상·의식상 큰 영향을 주었다. 이 무슬림 시대를 일반적으로 중세라 하는데, 16세기 중엽을 분수령으로 하여 델리(Dehli) 제(諸)왕조의 시기와 무갈 제국의 시기로 구분한다.

무슬림 세력이 본격적으로 인도를 침략한 것은 11세기 초 가즈니(Ghazni) 왕조의 마흐무드(Mahmud)가 열 번 이상에 걸쳐 판잡 지방을 점령한 때이다. 이후 구르(Ghur) 왕조는 12세기 말 벵골에 이르는 북인도의 대부분을 정복했고, 그 부장 쿠투브 알-딘 아이바크(Qutb al-Din Aibak)는 1206년에 독립하여 술탄(Sultan)이라는 칭호를 받았다. 이들 정복자는 아프간의 넓은 땅에 있었던 투르크계 부족인데, 인도의 자원에 매력을 느끼고 이교도의 정복과 우상 파괴라는 명분을 세워 침략해온 것이다. 그 후 2세기 남짓한 기간에 델리를 수도로 한 투르크계 부족이 세운 노예 왕조, 하르지(Khalji) 왕조, 투크루크(Tughlug) 왕조, 사이이드(Sayyid) 왕조, 아프간계 부족이 세운 로디(Lodi) 왕조가 잇달아 통치했다.

그리하여 이 시기까지 무슬림 세력은 북인도뿐만 아니라 인도의 거의 전역에 미쳤다. 특히 아라 웃딘 히르지(Ala-ud-din khilji, 1296~1316 재위)가 데칸의 힌두 세 왕국을 격파하여 인도의 남단 근처까지 원정한 것이 그 대표적 사건이다. 그 후 델리 정권은 쇠약해져 로디 왕조 때 귀족들이 서로 세력다툼을 벌이다가 다투다가 결국 1526년 무슬림 세력에 의해 멸망했다.

로디 왕조의 귀족 내분을 틈타 무갈 제국의 제1대 바부르(Zahir ud-Din Muhammad Babur, 1526~1530 재위)는 북인도의 패권을 장악했다. 그 후 14세 아크바르(Jalal ud-Din Muhammad Akbar, 1556~1605 재위)가 무갈 제국을 건설했다. 그리고 제6대 아우랑제브(Mohi ud-Din 'Alamgir Aurangzeb, 1658~1707 재위) 때까지 약 150년간 무갈 제국은 번영을 누렸다. 아우랑제브는 아크바르가 시행한 힌두에 대한 융합 정책을 변혁하여 무슬림으로서 엄격한 정책을 수행하였다. 이에 마라타(Maratha) 등 여러 세력이 무갈 제국에 반항했고, 특히 마라타 세력은 북인도에 진출하여 델리를 습격하는 등 큰 위세를 떨쳤다. 이처럼 인도에서는 서구 세력의 침략을 눈앞에 두고 서로 대립된 정치 세력이 할거하는 상태였다.

이슬람교는 이전에 인도에 들어온 민족들의 종교와 달리 힌두교가 동화시킬 수 없는 확고한 생활 규범과 고도의 문화를 가진 종교이다. 따라서 알라의 유일신 신앙, 우상 부정, 간소한 예배, 신자간의 동포 의식 등에서 힌두교와 다른 면을 가지고 있었다. 인도를 지배한 무슬림은 처음에 힌두 사원과 우상을 파괴했으나 힌두교를 간섭하지 않는 정책을 택해 강압적 수단을 쓰지 않았다.

힌두교의 특징 중 하나는 바크티(Bhakti, 절대 권위, 무조건 헌신) 신앙을 지니고 있는 점이다. 바크티 신앙은 무슬림의 지배 전에 일어났는데, 이 시대 거의 모든 지방에서 그 지방의 언어로 많은 종교 작품을 만들어 사람들이 애송했다. 그 가운데 대표적 인물은 힌두 시인 투르시다스(Tulsidas, 1532~1623)인데, 그는 힌디어로 『람차리트마나스(*Ram Charit Manas*)』

를 썼다. 또한 투가람(Tukaram 1608~1649)의 마라티(Marathi)어로 쓴 종교시와 벵골의 열정적인 종교개혁가 차이탄야(Chaitanya, 1486~1533)의 종교운동 설명도 유명하다. 이러한 바크티 신앙 가운데는 신비주의의 영향을 받거나 이와 융합한 것도 있었다.

힌두 사상은 인도에서 3000년 이상 단절되지 않고 지속적으로 이어져왔다. 그런데 이 연속성은 다만 옛것을 그대로 이어받은 것이 아니고, 옛 사상을 존중하면서 항상 새로운 것을 받아들였다. 힌두교는 이슬람교, 조로아스터교, 기독교 등을 외민족의 다른 종교로서 이들의 존재를 존중하며 인정한 것이다.

힌두교의 이념을 현대적 입장으로 바꾸어 이해하고, 그것을 현실에 적용한 인물로 『기탄잘리(Gitanjahi)』(1912)로 노벨문학상을 수상한 타고르(Rabindranath Tagore, 1861~1941), 비폭력을 실천하고 마하트마(Mahatma, 위대한 영혼)라는 칭호를 얻은 간디(Mohandas K. Gandhi, 1869~1948), 인도의 독립과 근대국가 형성에 큰 공을 세운 네루(Jawaharlal Nehru, 1889~1964) 등을 들 수 있다. 타고르는 현실에 직접 대결하는 것을 삼가고 우회적인 길을 걸었고, 간디와 네루는 식민지 현실을 극복하려고 애썼다. 간디는 이상주의적이고, 네루는 현실주의적이었다. 한편 힌두교의 사상을 현대 철학으로 승화시킨 인물로 오로빈도 고슈(Aurobindo Ghosh, 1872~1950)와 라다크리슈난(Sarvepalli Radhakrishnan, 1888~1975)을 들 수 있다. 오로빈도 고슈는 샹카라의 불이론적(不二論的) 베단타 철학을 외면하고 브라흐만 전변설(轉變說)을 받아들였으며, 라다크리슈난은 샹카라의 불이론적 베단타 철학을 현대적 입장에서 해석하였다.

2. 인도 문학의 배경과 종교

수천 년의 역사와 다양한 종족과 언어를 가진 인도는, 종교나 철학뿐만이 아니라 문학 분야에 풍부한 유산을 남기고 있다. 인도아대륙에서 고대의 산스끄리뜨어, 쁘라끄리뜨어, 빨리어 그리고 중세 이후의 다양한 언어로 쓰인 인도 문학은 매우 심오한 문학 작품을 선보이고 있다. 이러한 인도 문학의 언어는 크게 두 종류로 나뉘는데 인도-아리야어와 드라비다어가 그것이다. 인도는 드라비다 민족의 인더스 문명 다음인 기원전 1500년경부터 인도-아리야 민족의 시대가 전개된다. 이처럼 드라비다어를 사용하는 드라비다 민족의 역사는 오래지만, 그러나 인도-아리야 민족의 것보다 후세에 속한다. 반면 인도-아리야어 문학은 과거 약 4천 년이라는 오랜 시기에 걸쳐 사실상 인도 문학의 주류를 이루고 있다.

인도 문학사는 고대 베다 문학, 중고의 고전 산스끄리뜨 문학, 근세의 여러 지방어 문학으로 분류된다. 각 시대를 통해 문학의 배경을 이루고 있는 종교 사상은 주로 브라흐만교 또는 힌두교이다. 그밖에 불교와 자이나교의 종교 문학도 있고, 근세 문학에 있어서는 힌두교 문학 이외에 시크교 문학과 이슬람교도에 의한 우르두 문학도 중요한 위치를 차지하고 있다. 그러나 일반적으로 인도 문학은 사용된 언어에 따라 산스끄리뜨 문학, 쁘라끄리뜨(大衆語) 문학, 드라비다 문학, 그리고 인도의 여러 방언에 의한 문학과 영어 문학으로 분류할 수 있다. 그런데 이러한 언어적 차이에도 불구하고 인도 문학들은 그 내용과 형식에서 산스끄리뜨 문학의 영향을 강하게 받고 있다.

10세기 전후하여 인도에서는 강대한 통일 정권이 무너지고, 산스끄리뜨 문학을 비롯한 고전 문학이 서서히 그 기반을 잃어가게 된다. 한편 중앙에서 지방으로 확산된 문화가 지방 정권이나 민중에 의해 자라나면서 고전 문화와는 전혀 다른 새로운 지방 문화로 정착되기 시작한다. 따라서 각 지방 언어들은 문화적 배경을 얻고 지방 문화의 일익을 담당하는 민족 문화의 매개체로 이용되기 시작한다.

인도 문학이란 일반적으로 인도아대륙에서 통용되고 있는 다양한 언어로 쓰인 모든 문학을 말한다. 따라서 언어라는 외형에서 보면 인도 문학은 매우 다양하다. 뿐만 아니라 각 문학은 각 언어 사용 지역의 특성을 반영하고 있고, 또한 개별 문학으로서도 충분한 가치를 지니고 있다. 그러한 다양한 인도 문학을 하나의 문학으로 보는 데는 공통적으로 나타나는 내적 유사성을 지니고 있기 때문이다. 그 유사성의 요인은 무엇보다도 인도인들의 고대 문학을 중시하는 경향이다.

인도 문학을 하나로 만드는 또 다른 중요한 요인은 인도인들이 공유했던 사회적·정치적·경제적·문화적 현실이다. 중세에는 신에 대한 믿음과 사랑과 헌신의 감정을 중시했다. 범인도적 대중 종교 사회운동인 '박띠(bhakti)' 운동, 근대의 서구 문명과의 접촉과 더불어 일어났던 사회 개혁운동과 독립운동, 1947년 인도 독립 이후의 정치·경제적 상황은 범인도적인 현상이었다. 이를 배경으로 다양한 언어권에 속하는 인도 문인들의 의식은 범인도적으로 확대되었다. 거의 모든 인도 언어의 근·현대 문학에 미미한 변이와 시점의 차이는 있으나 유사한 문학적 경향들이 거의 같은 순서로 나타나는데, 1990년대를 전후로는 각 언어가 지닌 지역적인 다양성을 중시하는 경향이 범인도적으로 두드러지고 있다.

인도는 종교의 나라이다. 그리고 인도 헌법은 국민들의 종교의 자유를 보장하고 있다. 오늘날 인도인 절대 다수가 힌두교를 신봉하고 있으며, 그밖에 이슬람교, 불교, 시크교, 자이나교, 조로아스터교(배화교), 기독교 등을 신봉하고 있다. 인도의 종교는 토착 종교와 외래 종교가 있다. 토착 종교는 힌두교를 비롯하여 자이나교, 불교, 시크교 등이고, 외래 종교로는 기독교, 이슬람교, 조로아스터교 등이 있다.

인도의 모든 종교와 철학의 출발점은 물질세계로부터 해탈, 끝없이 계속되는 삶과 죽음의 순환으로부터 해방되는 것이다. 가령 자이나교도들은 엄격한 자기 고행과 살생을 금지함으로써 물질세계의 속박으로부터 벗어날 수 있다고 믿는다. 고행주의와 물질주의 사이에 있는 붓다의 '중도'의 가르침은 고뇌에서 벗어나는 것을 목적으로 하기 때문에, 초기 불교의 기본으로서 승려들뿐만 아니라 재가 신자들도 그것을 실천하려고 했다.

토착 종교이든 외래 종교이든 간에 인도의 종교들이 갖는 공통적인 특성은 인도인들의 일상생활에 가장 중요한 지침과 규범이 된다. 즉, 종교적 생활과 일상적 생활이 뚜렷한 경계를 구별하기 매우 어려울 정도로 혼합되어 있다. 그만큼 인도인에게 종교는 일상적 삶의 방식인 것이다. 인도의 사회 제도·관습·가치 등은 힌두교에 기원을 두고 있거나 종교적 승인을 받은 것들이다. 따라서 하나의 힌두가 된다는 것은 단순히 특정 종교에 입교하는 것과는 다르다. 즉 힌두교도가 되기 위해서는 신앙과는 별도로 힌두의 생활 방식과 가치관, 문화의 속성까지도 습득해야 한다. 이처럼 사회와 밀착되어 있기 때문에 힌두교가 다른 종교처럼 뚜렷한 입교 의식을 갖고 있지 않아도, 일정한 교리나 신앙 형태가 없어도, 많은 교도를 확보할 수 있었던 것이다.

이렇듯 인도에서 힌두라는 명칭은 한 개인의 소속과 정체성의 상징이 된다. 힌두들은 일상생활 속에서 지속적으로 종교를 느끼고 종교를 맴도는 과정을 통하여 자기 자신을 확인한다. 인도에서 힌두로 인정받는다는 것은 힌두교 신자로서 자격뿐만 아니라 특정 카스트의 구성원으로서의 자격까지도 획득하는 것을 의미한다. 때문에 공동체 내의 동질성과 결속력에 개인은 쉽게 동화할 수 있는 것이다. 어떤 의미에서 힌두교는 세계의 모든 종교의 속성들이 다른 형태와 다른 명칭으로 포함되어 있다고 볼 수 있다. 그리고 힌두교는 다른 종교의 교의에 대해 공격적인 자세를 취하지 않는다. 오히려 다른 종교의 교리도 하나의 진리로서 충분한 가치가 있다는 것을 인정하는 관대한 경향을 나타낸다.

인도의 종교와 철학이 추구하는 것은 인간을 제약하는 모든 조건을 초월하여 완전하게 자유로운 해탈의 경지에 이르는 것이다. 그래서 인도인들은 깨달음을 얻기 위해 고행과 금욕의 길을 걷는다. 이 세상은 허망에 의해서 창조되는 것으로 믿는 고행자들은 현세에 대한 집착을 거부하고 수행 생활을 한다. 그리고 전생의 '카르마'[1]를 지워서 자신들을 신성한 세계로 해방시킨다. 수행자들이 행하는 극도의 고행도 종교에 대한 광신으로 인한 두드러지는 행동이 아니라, 인도에서 흔히 볼 수 있는 광경이다. 정통 힌두교도의 인생에서 가족을 양육시킨 후 출가하는 것은 고행의 마지막 단계에 도달할 수 있는 길이기 때문이다.

수행자들은 저차원의 자아를 파괴함으로써 보다 높은 정신적 자아를 표출시키기 위해 고행을 한다. 악신을 억압하여 영혼을 자유롭게 하고 모든 세속적인 감정과 욕망을 제거해야 커다란 힘을 얻게 되는 것이다. 즉, 고행에 의하여 절대적인 힘을 얻고자 한다. 인도의 종교 신화들은 고행에 의해 초능력을 얻거나 깨달음을 얻는 성자들의 이야기로 가득 차 있다.

---

1) 카르마(Karma-Śarira) : 초기 힌두교 사상인 7체(諦) 가운데 제4체인 계박(繫縛)에 사용되는 용어. 카르마는 '업신(業身)으로서 영혼(지바, jiva)을 속박하는 물질이다. 그 물질은 본래의 깨끗한 본성을 덮고 있는 분노, 교만, 잘못된 집중, 탐욕 등이다.

Ⅱ. 산스끄리뜨 문학

1. 최초의 문학 베다

인도 문학의 특성을 가장 잘 나타내주는 것은 산스끄리뜨 문학이다. 산스끄리뜨 문학은 베다 문헌에 사용된 베다 산스끄리뜨어에 의한 것과 문법 학자인 빠니니(Panini)에 의해 정리되고 체계화된 고전 산스끄리뜨어의 문학으로 나뉜다. 인도 문학의 핵심을 이루는 고전 산스끄리뜨 문학은 기원전 600년경부터 오늘에 이르기까지 지속되어 왔고, 1~7세기경까지의 시기에 그 절정을 이룬다. 또한 브라흐만 계급을 중심으로 형성된 제사주의적(祭詞主義的) 베다 문화에 대항한 불교도와 자이나교도는 각각 독자적인 종교 문화를 구축한다. 그들은 쁘라끄리뜨어의 일종인 빨리어와 아르다마가디어를 사용하여 방대한 문헌을 남겼는데, 그 가운데 문학적으로 가치가 높은 작품도 많이 포함되어 있다.

인도 문학은 기원전 15세기경부터 형성되기 시작한 『리그베다(Rgveda)』

로부터 오늘날에 이르기까지 면면히 지속되어 왔다. 인도 최초의 문학이라고 할 수 있는 종교 문헌인『베다』는 처음에는 암송을 전문으로 하는 사람들에 의해 오랫동안 구전되어 왔으며 후대에 이르러 글로 옮겨 편찬되었다. ‘베다(veda)’는 ‘vid’에서 온 말로 ‘지식’, 특히 ‘종교적인 지식’을 뜻한다. 또한『베다』는 어느 인간에 의해 쓰인 것이 아니고, 하늘의 계시로 쓰인 것이라 하여 ‘슈르티(Sruti)’, 곧 천계문학(天界文學)이라고 한다. 원래 ‘슈르티’라는 말은 ‘듣다’라는 뜻인데, 이것은 주로 스승으로부터 제자에게 매우 정확하게 구전·전승되어 온 것이다. 이들 문헌이 언제 누구에 의해 편찬되었는가는 명확하지 않으나 인도-유럽어족에 기원을 둔 아리야족에 의해 제작된 것으로 짐작된다.

　『베다』는 신에 대한 찬가와 기도인 만트라(Mantra)[2]를 모은 본문 내지 본집(Samhita)에 해당하는 4개의 베다가 있고, 이에 따른 부속 문헌을 포함하는 방대한 문헌이다. 본집에 해당하는 4개의 베다에는, 아리야족이 신들을 찬양하여 전쟁에 대한 승리와 장수 그리고 행운을 빌고 신들의 은총을 기원했던 찬가들을 집대성한 서정시적 송가(頌歌)『리그베다(Rigveda)』(찬송의 베다), 그리고『리그베다』에서 가려 뽑은 시에 가락을 붙여 노래하도록 만든『사마베다(Sama-Veda)』(歌詠의 베다), 제사에서 일련의 승려들이 음송하는 주술적인 언어들을 모은『야주르베다(Yajur-Veda)』(供施의 베다), 그리고 찬가 이외에 많은 주술적 주문을 포함한『아타르바베다(Atharva-Veda)』(呪法의 베다) 등이 있다. 한편 베다의 부속 문헌으로는『부라흐마나(Brahmana)』(祭儀書),『아란야카(Aranyaka)』(密林書), 그리고 마지막으로

---

2) 만트라(Mantra) : 만트라는 심오한 정신적 의의를 갖는 성스러운 소리에 의해 요약되거나 구체화되는 사상이다. 힌두교 사상에서 ‘소리’는 매우 중요한 위치를 차지한다. 일부학자들은 소리가 우주의 창조보다 먼저 존재했으며, 소리의 진동은 세계와 원자를 결합시키는 것이라고 생각했다. 만트라는 우주적 힘(샥티)의 특정한 형태가 포용되는 성스러운 음절이다. 만트라는 육체뿐만 아니라 우주에도 퍼져있는 에너지로 생각되는 ‘씨앗(비자)’ 만트라와 같이 다양한 형태들이 있다. 신들은 비자 만트라가 구체화된 것으로 믿고 있다.

『우빠니샤드(Upanishads)』(奧義書)가 있다.

• 『리그베다(Rigveda)』—찬송의 베다

현존하는 인도 최초, 또는 세계 최고의 문헌으로서 브라흐만교적인 힌두교의 기본 경전이다. 종교심이 강했던 아리야족이 신들을 찬양하여 전쟁에 대한 승리와 장수 그리고 행운을 빌고 신들의 은총을 기원했던 1천 여 개의 찬가들을 집대성한 것이다. 『리그베다』의 종교는 다신교이며, '신'에 해당하는 용어는 '주는 자'를 뜻하는 데바(Deva)인데, '삶을 영위하는데 좋은 것을 주는 근원'으로 숭배된다. 그밖에 우주 질서의 보호자 바루나(Varuna), 태양의 신 수르야(Sūrya)와 미트라(Mitra), 폭풍의 신 마루트(Maruts), 물의 신 와루나(Waruna), 불의 신 아그니(Agni), 번개의 신 인드라(Indra), 술의 신 소마(Soma), 새벽의 신 우샤(Usa), 땅의 신 프리티비(Prthivi) 등 수많은 자연신에 대한 찬가를 모아 엮었다. 여러 파에 의해 결집된 『리그베다』에는 21개본이 있다고 전해지는데 현재 유일하게 남아 있는 본은 '쉬쉬르(S'isir)'파의 '샤깔(S'akala)'본이다. 그 본에는 10권 1,028편의 시가 결집되어 있다.

아리야족은 북서 인도 지역에 정착하면서, 자연 현상이 두렵기도 하고 때로는 은혜롭게 느끼기도 했다. 그래서 그들은 자연의 위력과 덕을 찬미하게 되었다. 그 결과 자연 현상에 신성(神性)을 부여하고, 새로운 신격(神格)을 창조하여 독자적인 신화를 만들어 나갔다. 이렇게 기도와 찬양과 제사를 통해 자연 현상의 신을 찬미하면서, 더불어 자신들의 번영을 기원하는 종교적 내용을 담는 찬가를 창작하게 된 것이다. 여기에는 종교적 시편(詩篇) 이외에도 혼례·장례의 의식 등 일상생활에 관한 시편, 대화 형식의 서사적인 시편, 세속적인 시편을 모두 담고 있다. 그리하여 『리그베다』는 마법의 주문을 담고 있는 『아타르바베다(Atharva

Veda)(呪法의 베다)와 함께 신화학·민속학 등에 귀중한 자료를 제공한다.

인도인들에게 있어서 이러한 찬가는 언어를 통해 구체화된 천칙(天則, Rta)의 발현이며, 신의 은총에 의해 영감을 얻은 하늘의 계시였다. 그리하여 우수한 찬가, 감미로운 공물, 신의 술 '소마'를 신에게 바치는 제사를 통해 신들을 만족시키려 하려 하였다. 그리고 이러한 행동을 통해 당시의 시인인 제관(祭官)들은 자신들의 소원을 달성하고자 하였다. 그 결과 시의 기법과 제사 의식 규칙은 지속적으로 진보하였지만, 시대가 흐를수록 문학성은 그 신선함을 상실하게 되었다.

『리그베다』의 언어는 그 의미가 깊고 힘이 넘치며, 독특한 은유의 기법을 사용하였다. 그리고 적지 않은 시편들은 지적인 영감을 내포하여 다양한 현실 속에서 참된 가치를 탐구하는 인도 사변(思辨)의 주요한 명제를 사색하고 있다. 또한 『리그베다』 가운데는 문학적으로 수준 높은 시들이 많아서, 후대의 산스끄리뜨 시 형태에 결정적인 영향을 주기도 하였다. 다음은 『리그베다』에서 여러 번 표현되고 있는 '인드라(Indra)'와 '브리뜨라(Vrtra)'[3]의 싸움에 관한 시이다.

> 그가 큰 뱀을 죽여 물이 그 위를 넘치게 하고,
> 산맥의 배를 꿰뚫어 강을 나누었음을,
> 번개의 신 인드라가 처음 행한,
> 그 용맹스런 행동들을 나는 말하려네.
>
> 인드라, 그대가 큰 뱀의 초태생을 죽이고,
> 마술사들의 모든 계교를 완전히 무찌르고,
> 태양과 창공과 새벽을 창조하였을 때,
> 그대에 맞설 대적은 분명 없었네.

---

3) 브리뜨라(Vrtra) : 인드라(Indra) 신은 폭풍우, 번개, 비 등의 자연 현상과 관련된다. 그런데 악마의 신 브리뜨라가 비가 오지 못하도록 물을 막고 있다. 그러나 결국 인드라는 브리뜨라와 겨루어 승리한다.

성이 잔뜩 나서 저돌적으로 그는 도전하네,
위대한 영웅, 강한 압제자에게 돌격하네,
허나 인드라의 강타 위세를 피할 수 없네.
인드라의 적은 궤멸되었네, 구름과 함께.

인간을 위해 흐르는 강은 그를 넘치네.
갈대처럼 부러진 채, 그는 누워 있네.
그가 강한 힘으로 가두어 놓은 그 물 밑에
큰 뱀, 브리뜨라는 누워 있네.

─『리그베다』 1-32, 부분

●『우빠니샤드 (Upanishads)』─ 奧義書

『우빠니샤드』는 『아란야까』에 나타났던 사상이 절정에 도달한 철학서이다. 인도에서는 오랫동안 '베다'라는 신앙시를 전승하다가 그것과는 다른 '우빠니샤드'를 지었다. 곧, 『베다』는 종교적인 예배를 위한 시이고, 『우빠니샤드』는 철학적 명상으로 종교적 수행의 방법을 삼은 시이다. 『베다』에서는 천지만물에는 각기 신이 있다고 믿고 수많은 신을 섬겼다. 그러나 『우빠니샤드』는 세계 인식의 경험을 합리적인 총체로 파악하려 노력했다. 『베다』는 원시 문학이고, 『우빠니샤드』는 고대 문학으로 볼 수 있다.

『우빠니샤드』의 저술은 단일하지 않다. 200여 개 되는 시가 모두 작자를 알 수 없고, 창작 연대도 확실하지 않다. 다만 B.C. 8세기~B.C. 3세기 사이에 이루어진 것이 진본이라고 한다. 『우빠니샤드』는 『베다』 문헌의 마지막 부분에 위치한다고 하여, 힌두교도들은 베단타(Vedanta)라고 부르기도 한다. '우빠니샤드'라는 말은 '스승 가까이 앉음'을 뜻한다. 이것이 성립된 것은 인도에 문자가 보급되기 이전이었기 때문에, 성자나 스승에게 '가까이 앉는' 제자에게만 신비스런 지식이 구두로 전수되어 왔다. 따라서 우빠니샤드라는 말은 스승과 제자 사이에 행해진 궁극적 진리에 관한 토론을 의미한다고 할 수 있다.

이처럼 『우빠니샤드』는 신앙시가 아닌 사상시이다. 그리고 사상의 내용을 설명보다 이치의 근본에 관한 명상을 통해서 얻은 깨달음을 나타내는 데 더욱 노력한다. 그리고 진리에 대한 토론과 탐구는 주로 대화의 형식으로 진행된다. 이들의 토론은 대부분 궤변학자와 신학자들 사이에서 오갔지만, 때때로 왕과 여성들도 참여하기도 했다. 그들의 대화는 우주의 궁극적 실재를 탐구하려 하였고, 더불어 영원한 삶을 추구하려는 열망으로 가득 차 있었다. 『우빠니샤드』는 그 후 인도의 종교적 발전의 모든 기조(基調)가 되었으며, 깊은 사상을 지닌 서정시를 이룩했고, 모든 학문의 형성에 있어서 매우 중요한 위치를 차지하게 되었다.

신화를 존중하는 삶과 철학을 존중하는 삶 가운데 어느 쪽을 택할 것인가 하는 논란이 『카타 우빠니샤드(Katha Upanishad)』에서 흥미롭게 전개된다. 사제자 와즈슈라와(Vajasravasa)가 신들에게 제사를 지내는 것을 보고, 그의 아들인 나치케타(Naciketa)가 아버지에게 질문한다. 제사는 왜 지내며, 늙어빠진 암소를 바쳐서 무슨 소용이 있는지 거듭 질문한다. 그리고 아버지와 아들 사이에 다음과 같은 대화가 오간다.

아들이 아버지에게 물었다.
"아버지, 그럼 저는 누구에게 바칠 건가요?"
두 번, 세 번, 똑같은 질문을 하자
아버지가 화가 나서 말했다.
"죽음에게 주어버리겠다."

아버지가 아들을 "죽음에게 주어버리겠다"고 한 것은 짜증이 나서 공연히 한 말이고, 전혀 그렇게 할 뜻은 아니었다. 그런데 아들은 곧바로 죽음의 신 야마(Yama)를 찾아가서 꼭 만나겠다고 결심하고, 문 앞에 서서 사흘이나 기다렸다. 마침내 죽음의 신이 나타나서 아들에게 "지금은 올 때가 되지 않았으니 돌아가라"고 했다. 그러면서 기다리게 한 것은 미안하니 세 가지 소원을 들어주겠다고 말했다.

첫째 소원은 돌아가면 아버지가 화를 내지 않고 아들로 받아들이도록 하는 것이라고 하니, 들어주었다. 둘째 소원은 제사를 관장하는 불의 신 아그니(Agni)에 대해서 알고 싶다고 하니, 알려주었다. 셋째 소원은 죽음에 대해서 알고 싶다고 하니, 그것은 곤란하다면서 부귀영화나 다른 무엇을 소원하라고 했다. 그래도 아들이 끈질기게 요구하자, 우주의 본체인 '브라흐마(brahma)'가 마음속에 갖추어진 '아트만(ātman)'[4]인 줄 알면 깊은 깨달음을 얻어 죽음을 극복하고 윤회에서도 벗어날 수 있다고 했다.[5]

2. 2대 서사시

베다 문학에 이어 브라흐만 시대가 끝나는

---

4) 브라흐만(brahman)과 아트만(ātman) : '브라흐만'의 원래 의미에 대해서는 여러 다른 견해가 있다. 일반적으로 신성하고 주술적인 힘이 가득 차 있다는 베다의 말을 가리키는 것이었다. 이는 베다의 찬가, 제사, 주술의 말과 거기 포함되어 있는 신비스러운 힘을 의미하는 것이었다. 이것이『브라흐마나』를 거쳐『우빠니샤드』에 이르러서는 마침내 '우주의 궁극적 실재' 또는 '궁극적인 힘'을 의미하게 되었다. 이러한 브라흐만이 중성적이고 객관적인 원리임에 비해 '아트만'은 주체적이고 인간적인 원리이다. 아트만의 원래 의미 역시 여러 다른 견해가 있다. 가장 합당한 견해에 의하면, 아트만은 처음에는 기식(氣息, 호흡)을 의미하는 말이었는데 뒤에 생기, 신체, 자신(自身)의 의미가 되었다. 철학적 개념으로는 생명의 원리, 자아, 자기, 영혼, 본체, 만물에 내재해 있는 영묘한 힘 등을 뜻하는 단어가 되었다. 그래서 아트만이 절대시되고, 아트만이 바로 브라흐만이라는 사실이 자주 강조되기에 이른다. 후세 학자들은 아트만과 브라흐만이 동일하다는 것(梵我一如)이 바로『우빠니샤드』의 중심 사상이라고 해석하고 있다.
5) 이병욱,『인도철학사』, 도서출판 운주사, 2004, pp.36~37 참조.

기원전 5~6세기 무렵 불교와 자이나교라는 새로운 종교가 성립된다. 그리고 대중적인 힌두교의 출현과 더불어 문화적인 큰 변혁기를 맞이하면서 인도 문학은 여러 방향으로 다양하게 발전하게 된다. 그 가운데 인도의 2대 서사시라 일컫는 『마하바라따(*Mahabharata*)』(바라타 족의 전쟁에 관한 대서사시)와 『라마야나(*Ramayana*)』(라마의 모험담)가 탄생된다. 이 두 작품은 영웅담인 동시에 인도인의 모든 일상생활의 훌륭한 교훈을 담고 있다. 또한 2대 서사시는 산스끄리뜨어 및 기타의 여러 언어로 쓰인 인도 문학에 지대한 영향을 주었으며, 특히 카스트나 언어를 달리하는 인도인의 마음에 공통 양식으로 자리 잡았다.

• 『마하바라따(*Mahabharata*)』─ 바라따 족의 전쟁에 관한 대서사시

『마하바라따』는 세계에서 가장 긴 서사시로서, 보통 하나의 시구가 16음절 2행(총 32음절)으로 되어 있고, 18권 10만여 송으로 구성되어 있다. 제5의 베다라고 하는 이 작품은 이야기의 내용과 문체로 볼 때 『라마야나』보다 한참 오래된 것이고, 비교적 고풍스러운 산스끄리뜨 언어로 쓰여 있다. 일부에서 이 작품을 비야사(Vyasa)가 쓴 것이라고들 하나, 작가가 밝혀져 있지 않다. 그리고 이 작품의 기원은 기원전 1000년경까지 거슬러 올라갈 수 있지만, 실제로는 기원전 400년경부터 기원후 400년경까지 계속 새로운 에피소드가 삽입되어 있다. 따라서 이 작품은 오랜 기간 동안 개정·증보되는 과정을 거쳐 마침내 고대 인도의 종교, 철학, 정치, 사회, 법률, 풍습을 알려주는 힌두 학문의 보고로 발전했다.

중심 이야기는 두 왕족 사이의 적대 관계로부터 시작된다. 곧 야만스러운 두르요다나(Duryodhana) 왕족이 지휘하는 100명의 카우라와(Kauravas)와 그들의 사촌 관계에 있는 5형제의 빤다바(Pandavas) 사이의 관계가 그것이

다. 그리고 이 적대 관계는 드루파다(Drupada) 왕의 딸 드라우파디(Draupadi)
의 결혼에 앞서 발생한다. 그리고 마침내 전쟁이 불가피하게 된다. 양
진영은 인도 전 국토와 인접한 많은 나라로부터 온 여러 부족과 각각
동맹을 맺어 전투에 대비한다. 그리고 많은 영웅들은 차례차례 전사한
다. 결국 판다와의 5형제와 드라우파디 역시 이상한 죽음을 맞아 세상
을 떠나게 된다. 그래서 이 작품은 비극으로 끝나는 서사시의 범주에
속한다.

이와 같이 『마하바라따』는 왕위 계승을 둘러싼 바라따족의 전쟁 이야
기를 그 중심 소재로 하고 있지만, 인도 고전 문화의 총화하고 불릴 정
도로 본래의 주제에서 벗어난 여담이 매우 많이 포함되어 있고, 그 내
용도 다양하고 풍부하다. 도덕, 법률, 철학, 우화, 설화, 그밖에 여러 가
지 삽화도 등장한다. 이들 가운데에는 그 자체에서 독립한 비교적 긴
이야기도 있다. 『마하바라따』가 생명력을 지속하고 후대의 문학에 많은
영향을 끼친 것은 오히려 이들 주변적이고 부수적인 일화들 때문이다.
그 중에서도 『마하바라따』의 '비스마(Bhisma)'장에 있는 힌두교의 성서로
불리는 「바가바드 기따(*Bagavad Gita*)」(신이 주는 축복의 노래)는 문학성이 높
은 최고의 종교시이다. 『우빠니샤드』가 진리가 무엇인지 밝혔다면, 「바
가바드 기따」는 진리를 실천에 옮기는 데 따르는 고민을 핵심으로 삼았
다. 『마하바라따』는 여담과 삽화 등 첨가 부분을 빼면 대략 현재 델리
인근이며, 그때는 꾸루끄셰뜨라(Kuruksetra)라고 알려졌던 지역의 꾸루(Kuru)
왕국에서 같은 가계인 빤다바(Pandava)족과 꼬라바(Kaurava)족 사이에 있었
던 거대한 내전에 관한 이야기이다. 그 내용을 간추리면 다음과 같다.

꾸루족의 왕위가 장님인 드리따라슈뜨라(Dhrtarastra)에게 돌아가게 되었는데,
관례상 장님은 통치자가 될 수 없었다. 그래서 그의 동행 빤두(Pandu)가 왕위를
맡게 된다. 그러나 빤두는 저주를 받아 왕권을 포기하고 왕위를 장님인 형 드
리따라슈뜨라에게 임시로 넘겨준 다음, 두 아내 꾼띠(Kunti)와 마드리(Madri)를

데리고 히말라야에 은둔 생활을 하다가 세상을 뜬다. 빤두가 죽자 그의 어린 다섯 아들인 유디슈티라(Yudhisthira), 비마(Bhima), 아르주나(Arjuna), 나꿀라(Nakula), 사하데바(Sahadeva)는 드리따라슈뜨라의 1백 명의 아들과 함께 교육을 받기 위해 수도인 하스띠나뿌라(Hastinapura)로 돌아오게 된다.

세월이 흐름에 따라 빤두의 장남 유디슈티라는 법에 의해 황태자가 된다. 왜냐하면 드리따라슈뜨라는 장님이었고, 임시적으로 통치를 하고 있었기에, 그의 맏아들은 적법하게 왕위를 계승할 수가 없었기 때문이었다. 그러나 드리따라슈뜨라의 맏아들인 두르요다나(Duryodhana)가 통솔하는 형제들 1백 명은 이에 분노하여 음모를 꾸민다. 빤다바의 다섯 형제는 여러 번 생명의 위협을 느끼게 되고, 마침내 나라를 떠나기로 결정한다. 그리하여 그들은 고용 군인이 되어 이 왕국 저 왕국을 돌아다니게 된다. 결국 다시 드리따라슈뜨라가 왕위에 오르게 된다.

그런데 빤짤라(Pancala)왕의 궁정에서 두로우빠디(Draupadi) 공주의 신랑 선택 대회가 열린다. 여기에 아르주나가 참가하여 공주를 아내로 얻게 된다. 그리고 다섯 형제의 분쟁을 피하기 위해 공주는 동시에 다섯 형제의 공동 아내가 된다. 한편 빤다바들은 그들의 위대한 친구이자 조력자였던 야다바(Yadava)의 족장, 끄리슈나를 만난다. 그리고 얼마 되지 않아 장님 드리따라슈뜨라왕은 동생의 아들들을 불러 왕위를 내놓고, 왕국을 그들과 자기 아들에게 나누어준다. 다섯 형제들은 현재의 델리에서 멀지 않은 인드라쁘라스타(IndraPrastha)에 새 수도를 건설한다.

그러나 드리따라슈뜨라의 아들들은 여기에 만족하지 않는다. 두르요다나가 빤다바의 왕국을 빼앗으려고 유디슈티라를 엄청난 도박판에 부른다. 두르요다나는 주사위놀이의 모든 비법을 알고 있는 삼촌 샤꾸니(Shakuni)에게 도움을 청한다. 그리하여 삼촌의 도움을 받아 유디슈티라에게서 그의 형제들과 공동 아내를 포함한 전 왕국을 빼앗는다. 두르요다나와 그의 형제들은 다섯 형제와 공주에게 13년 간 귀양살이를 하고 나면, 왕국을 되돌려 주겠다고 한다.

13년이 끝났을 때, 빤다바들은 자신들의 신분을 밝히고 약속에 따라 그들의 왕국을 되돌려줄 것을 요구하며, 사람을 두르요다나에게 보낸다. 그러나 아무런 반응이 없자, 전쟁 준비를 한다. 다섯 형제들은 많은 인도의 왕들과 친분을 맺고 있기 때문에 거대한 군대를 모을 수 있었다. 한편 두르요다나와 그의 형제들도 그들의 군대를 정렬시킨다. 그리하여 그리스 박트리아계, 중국계를 포함한 인도의 모든 왕들은 양편으로 나뉘고 거대한 두 군대가 꾸루끄세뜨라의 전쟁터에 집결한다.

18년 동안 계속된 전쟁 중에 빤다바의 다섯 형제와 끄리슈나를 제외한 중요한 왕들은 모두 죽는다. 결국 유디슈티라는 왕위에 앉고 형제들과 함께 여러 해 동안 왕국을 평화롭고 슬기롭게 통치한다. 후에 유디슈티라는 왕위를 아르주나

의 손자인 빠리끄쉬뜨(Parikshit)에게 물려준다. 그런 다음, 다섯 형제들은 그들의
공동 아내와 함께 히말라야 메루(Meru)산에 올라가 신들의 도시로 들어간다.

—『마하바라따』 줄거리

•『라마야나(Ramayana)』—라마의 모험담

『라마야나』는 라마의 무용담을 중심으로 한 7편, 2만 4천여 송으로
짜인 대서사시로, 발미끼(Valmiki)의 작품으로 알려져 있다. 그러나 발미끼
의 완전한 창작이 아니라 구전에 의해 흩어진 여러 가지 자료를 모아
작품으로 발전시킨 것이라 할 수 있다. 이 작품은『마하바라따』에 비해
훨씬 체계적이며 통일된 내용을 담고 있으며, 문체는 다음 시대에 발전
하는 정밀한 궁정시의 경향을 보여주고 있다. 그러나 이 작품 역시『마
하바라따』와 마찬가지로 기원전 400년경부터 형성되기 시작하여 굽타
왕조 시대와 그 후에도 계속 개정·증보하여 현존 작품으로 완성시킨
것으로 짐작된다.

『라마야나』의 내용은 전설적이고 신비롭다. 그리고 후대 문학의 특징
인 비유와 은유를 많이 사용하고 있다. 이 작품은 역사적 회상록이라는
점에서『마하바라따』보다도 진실성이 많다고 할 수 있다. 그래서 인도
인의 마음속에 라마는 완벽하고 정의로운 왕으로서, 시타는 이상적인
여성상으로서, 락슈마나는 형제애의 모범으로서, 하누만트는 정의와 충
성의 상징으로서 오늘날까지 자리 잡고 있다. 이야기의 줄거리는 다음
과 같다.

꼬살라(Kosala) 왕국의 다샤라타(Dasharatha)왕은 세 명의 왕비인 꼬샬라
(Koshalya), 깨께이(Kaikeyi), 수미뜨라(Sumitra)에게서, 네 명의 아들 라마(Rama), 바
라따(Bharata) 그리고 쌍둥이인 락슈마나(Laksmana)와 샤뜨루구나(Strughuna)를 얻는
다. 그런데 비데하(Videha) 왕국 자나까(Janaka)왕에게는 공주 시타(Sita)가 있었다.

자나까왕은 궁정에서 공주의 신랑 선택 시합을 했고, 라마가 거대한 비슈누신의 화살을 드는데 성공하여 공주를 아내로 얻게 된다. 이를 계기로 나머지 세 형제들도 자나까의 딸 그리고 조카딸과 결혼하게 된다. 그들은 결혼 후 다샤라타 왕궁에서 한동안 행복하게 보낸다.

다샤라타왕이 늙자 라마가 그의 계승자가 된다. 그러나 왕의 두 번째 왕비 깨께이는, 왕이 오래 전에 그녀에게 두 가지 소원을 들어주기로 약속했던 것을 상기시키며, 라마를 추방하고 그녀의 아들인 바라따를 후계자로 임명할 것을 요구한다. 다샤라타왕을 비롯하여 온 왕궁이 이를 반대하지만, 라마는 아버지가 약속을 지켜야 한다며, 아내 시타와 동생 락슈마나와 함께 숲으로 들어가 귀양살이를 하게 된다. 다샤라타왕이 사망하고 바라따는 외가에서 돌아와 어머니에 의해 자신이 왕권을 얻게 된 것을 알게 된다. 그는 라마의 귀양지로 가서 라마를 설득하지만 실패하고 단지 귀양 간 라마의 대리자로서 왕국을 통치할 것을 맹세하고 돌아온다.

라마는 시타와 락슈마나와 함께 수도자로서 단다까(Dandaka)에 거주한다. 그곳에서 라마는 수도자들과 마을 사람들을 괴롭히는 많은 악마들을 섬멸한다. 이에 랑까(Lanka)의 마왕 라바나(Ravana)는 친족들의 원수를 갚기 위해, 라마와 락슈마나를 멀리 사냥 가도록 유인하고, 그 틈을 타 라마의 아내 시타를 자기의 왕국인 랑카(Lanka) 섬으로 납치해간다. 결국, 라마는 원숭이왕 수그리바(Sugriva)와 그의 용감하고 충성스런 장군 하누만트(Hanumant)의 도움으로 무시무시한 전투 끝에 마왕의 군대를 섬멸하고 아내를 구출하게 된다.

그러나 라마는 법에 의해 시타를 그냥 아내로 받아들이지 못한다. 시타는 자신의 정절을 시험받기 위해 불 속에 몸을 던지고, 불의 신인 '아그니(Agni)'가 그녀를 살려냄으로써 결백을 증명하게 된다. 라마는 시타와 재결합하고 14년 동안의 귀양살이를 모두 마치고 아요다로 돌아온다. 바리따는 왕권을 내놓고 라마는 왕이 되어 정의롭게 나라를 통치한다.

불의 신 아그니로부터 혹독한 심판을 받아 결백을 증명했음에도 불구하고, 백성들은 왕비가 결혼의 맹세를 깨뜨렸다고 수군거린다. 라마는 시타의 결백을 확신하고 있었지만, '백성을 기쁘게 하는 것'이 왕의 첫 번째 의무이므로 슬퍼하며 임신한 시타를 숲에 버린다. 시타는 어떤 은자(隱者)의 도움을 받아 라마의 아들인 남자 쌍둥이 꾸샤(Kusa)와 라바(Lava)를 낳는다. 후에 라마는 자신의 두 명의 아들을 우연히 만나게 된다. 라마는 깊이 뉘우치고 시타에게 함께 가자고 권유한다. 그러나 시타는 대지의 여신에게 자기를 삼켜줄 것을 요청하고, 대지의 여신은 그녀를 보호하기 위해 크게 갈라지면서 시타를 땅속 깊은 곳으로 삼켜버린다. 잠시 후 라마도 하늘로 올라가고 비슈누신의 형태를 다시 취한다.

—『라마야나』 줄거리

3. 시 문학

빠니니에 의한 고전 산스끄리뜨어의 체계화와 더불어 『라마야나』와 같은 대서사시가 제작되었고, 빨리어 서정시로 대표되는 세련된 작시법의 기반 위에 1세기경에 까비야(Kavya)라는 시 문학 양식이 발전되었으며, 이것은 이후 약 1천 년간 산스끄리뜨 문학을 지배했다. 까비야 양식은 소리와 마음을 모두 만족시키고자 하는 저자의 극히 의식적인 노력을 특징으로 하며, 그런 과정에서 정교한 비유법의 시학과 문법 규칙에 지배되는 세심한 언어, 증대되는 복합어와 복잡한 운율을 사용했다. 시 문학에는 운문시와 산문시가 있고, 운문시에는 대서사시(Mahakavya)와 대서사시보다 길이가 짧고 주로 사랑의 이야기를 다룬 서정적 서사시(Khanda Kavya), 단연시(Muktaka)가 포함된다. 그밖에 운문과 산문의 혼합 형태인 짬뿌(Campu)가 있다.

1) 운문시

운문시는 주로 궁중 문화를 배경으로 발달했다. 시인들은 비교적 정체된 사회에서 종교적·사회적 규범에 순응하면서 주로 궁중이나 언어와 시론에 능숙한 소수의 문학 애호가들을 대상으로 작품을 썼다. 시의 주요 제재는 사랑, 자연, 찬사, 훈계, 옛 이야기 등이다.

시의 단위는 연이고 그 연은 대체로 문법적으로도 완전하다. 운율적으로 산스끄리뜨 시는 음절수에 따라 엄격하게 규제를 받았다. 한 연은 대체로 네 개의 시각(詩脚)으로, 각 시각은 8~32음절로 되어 있고, 한 시각이 8음절로 된 슬로까(Sloka)라고 불리는 율격을 많이 썼다. 일반적으로 운은 맞추지 않았다.

대서사시의 주인공은 신, 왕, 무사이고 주인공의 전 생애를 다룬다. 그러나 대서사시의 플롯이나 구성은 대체적으로 빈약하다. 대서사시의 목표는 인도인들의 인생 목표인 다르마(dharma, 법, 규범), 아르타(artha, 실리), 까마(kāma, 성애) 등을 밝히는 것이고, 주제는 사랑, 용맹, 평화 등이다. 대서사시는 8개 이상의 장(Sarga)으로 구성되어 있으며, 한 장의 길이는 길지도 짧지도 않아야 한다. 한 장에는 대체로 같은 율격을 사용했고 그 끝에 율격의 변화가 있다. 또한 앞으로 일어날 이야기를 암시해 준다. 최초의 대서사시는 위에서 언급한 발미끼의 『라마야나』이고, 그 뒤를 이어 여러 시인들이 등장한다.

그 대서사시의 대표적인 시인과 작품은 먼저 아슈바고샤(Asvaghosa, 1세경)의 『붓다짜리따(Buddhacarita)』와 『쏘운다란다(Saundaranda)』를 들 수 있다. 『붓다짜리따』의 전반부에서는 붓다가 득도하기까지의 과정, 후반부에서는 붓다의 가르침과 삶을 그리고 있다. 『쏘운다란다』는 붓다의 이복동생 난다(Nanda)가 그의 아내인 순다리(Sundari)에 대한 애욕을 버리고 불교에 귀의하는 과정을 묘사하고 있다. 또한 깔리다사(Kalidasa, 4~5세기)의 대서사시 『꾸마라삼바우(Kumarasambhava)』, 『라구반샤(Raghuvansa)』가 있다. 깔리다사의 첫 대서사시인 『꾸마라삼바우』(꾸마라의 탄생)는 쉬바(Siva)신과 빠르바띠(Parvati)가 사랑하여 결혼하고, 그들 사이에 태어난 아들인 전쟁신 꾸마라가 탄생한다. 그 꾸라마가 악마와 전쟁을 벌여 승리를 거두는 것을 묘사하고 있다. 본래 8장으로 되어 있었지만, 후에 다른 시인이 9장을 첨가하여 현재는 17장으로 전해지고 있다. 깔리다사의 두 번째 대서사시 『라구반샤』는 익샤와꾸 왕조(Ikshavakuvansha)의 여러 왕들 중에서 딜리빠(Dilipa), 라구(Raghu), 아자(Aja), 라샤라타(Rasharatha), 라마(Rama), 꾸샤(Kusa)의 생애와 업적을 광범위하면서도 중후하게 그리고 있다. 전체 19장으로 되어 있다.

그밖에 대서사시의 대표적인 작가와 작품으로는 바라비(Bharavi, 500년)의 18장으로 구성된 『기라따라주니야(Kiratarajuniya)』, 밧띠(Bhatti, 7세기)의 22장으로 구성된 『라바나바다(Ravanavadha)』, 마가(Magha, 7세기)의 20장으로 구성된 『쉬슈빨바다(Shishupalvadha)』, 슈리하르샤(Sriharasa, 12세기)의 22장으로 구성된 『내샤디야짜리따(Naisadhiyacarita)』 등이 있다.

서정적 서사시는 주인공의 삶의 일부분이나 사건을 다루면서 쉽게 노래 부를 수 있는 율격을 사용하고 있다. 주제는 주로 사랑에 관한 것인데 '박띠(bhakti, 신에 대한 믿음, 사랑, 헌신의 감정)'에 관한 것도 있다.

대표적 작가와 작품으로는 우선 대서사시를 썼던 깔리다사를 들 수 있다. 산스끄리뜨 문학사에서 가장 뛰어난 작가 중의 한 사람인 그는 섬세한 묘사와 감성, 방대한 지식, 풍부한 경험 등 문학가로서 무궁무진한 재능을 지닌 인물이다. 그의 대표적인 서정시 『메가두따(Meghaduta)』는 '구름의 사신'이라는 뜻이다. 히말라야의 성스러운 도시 알까(Alaka)에 살고 있는 약사(Yaksa)라는 반신반인(半神半人)이 자신의 주인인 풍요의 신 꾸베라(Kubera)의 저주로 신통력을 빼앗긴 채 신혼의 아내와 헤어져 중앙 인도에 있는 라마기리(Ramagiri)산으로 일 년 동안 추방당한다. 약사는 장마가 오기 전 뒤덮인 검은 구름을 보고 구름에게 간절한 아내 생각을 전하게 된다. 모두 121편의 시로 구성되어 있는데, 전편 '뿌르와메가(Purvamegha)'와 후편 '우따라메가(Uttaramegha)'로 나뉜다. 전편은 주로 구름이 약사의 전갈을 가지고 지나가야 할 지역들에 대한 묘사로 자연과 신, 인간이 하나로 어우러져 있다. 후편은 주인공 약사와 그의 아내, 그들의 헤어짐에 대한 고통과 그들이 행복하게 살았던 히말라야 집에 대한 묘사이다. 그의 서정시 일부를 감상하면 다음과 같다.

1
옛날 옛적
일을 게을리 하여 주인에게 저주받아

일 년씩이나 초인적인 힘 빼앗기고
사랑하는 아내와 헤어지는 모진 설움 당해야 했던
어떤 약사가 있었지요.
그는 짙은 그늘 드리워진 울창한 나무의 라마기리[6]
그 곳 오두막집들 사이에 집을 짓고 살게 되었지요.
그 곳의 물은 자나까의 딸[7]이 목욕재계했다 하여
성수(聖水)라 한다지요.

　2
정염에 불타던 약사, 가녀린 아내와 헤어진 뒤
어깨의 금팔찌마저 흘러내릴 정도로 야위어
장식 없는 맨 어깨로
이 산에서 몇 달쯤 지냈을까.
아샤다 달[8]이 시작되던 첫 날
산꼭대기에 걸터앉은 구름을 보았지요.
산기슭에 상아를 들이받으며
놀이에 정신없는 코끼리처럼
눈부시도록 아름다웠지요.

　3
꾸라베의 그 시종, 차오르는 눈물 꾹꾹 누르며
그리움 더해 주는 그 구름 앞에
겨우겨우 버티어 서서
긴 긴 생각에 젖어들었지요.
마음이 평정한 사람도 구름의 모습을 보면
뭔가 이상한 기분이 든다는데,
멀리 계신 님, 목이라도 껴안고 싶은 사람이야
오죽하겠나요.

---

6) 라마기리(Ramagiri) : '라마의 산'이라는 뜻. 대서사시 『라마야나』의 주인공 라마가
　 망명 중에 머물렀던 곳이며, 마하라쉬뜨라 주 낙뿌르의 북쪽에 위치한 람테크라 하
　 기도 한다. 지금도 람테크에는 순례자들의 발길이 끊이지 않는다.
7) 자나까의 딸 : 『라마야나』의 여주인공인 라마의 아내 '시타'를 가리킨다.
8) 아샤다(Asada) 달 : 서양력 6, 7월에 해당하는 힌두의 달. 장마 직전 구름이 가득 끼
　 는 계절이며, 연인과 헤어진 사람들의 가슴 에이는 사연을 노래할 때 자주 등장하
　 는 달이기도 하다.

4

슈라와나 달9)이 코앞에 다가오자
님이 건강했으면 하는 마음 가득하고
나는 잘 살고 있다는 기별
구름이 좀 날라다 주었으면 하여
갓 피어난 꾸타자 꽃10) 바치며
다정다감한 말로 어서오너라
반겼지요.

5

구름이 뭐던가요?
연기와 빛, 물과 바람이 섞인 것 아닌가요.
전하는 말이란 또 뭔가요?
모든 기능이 온전한 살아 숨 쉬는 것이
날아다 전하는 것 아니던가요.
이것저것 다 헤아리지 않고서 약사는
격렬한 열망에 타올라 그에게 애걸하였지요.
왜냐면, 사랑에 몹시 아파하는 사람은
살아 숨 쉬는 것이나
살아 숨 쉬지 않는 것들을 제대로
분별할 정신이 없으니까요.

6

내 당신을 잘 알고 있어요.
세상에 널리 알려진
뿌슈까라와르띠까11) 가문에서 태어나
자유자재로 몸을 바꾸며

---

9) 슈라와나(Sravana) 달 : 서양력 7, 8월에 해당하는 힌두의 달. 아샤다 달에 내린 비
로 더위가 가시고 서늘해져서 연인들이 즐기기에 좋은 계절이다. 때문에 문학 작품
에서는 헤어진 연인들에게 가장 고통스런 달로 자주 표현된다.
10) 꾸타자(Kutaja) 꽃 : 나지막한 나무에서 핀 작고 하얀 꽃으로, 우기 때 무성하게 핀다.
11) 뿌슈까라와르따까(Pushukavatika) : 세상을 파괴할 때 나타나서 엄청난 양의 비를
쏟아 붓는다는 구름. 브라흐마나 뿌라나에 의하면, 구름은 세 가지로 분류되는데,
불, 브라흐마 호흡, 산의 날개에서 생긴 구름이다.

인드라가 총애하는 분이라지요.
나, 가혹한 운명에 아내와 헤어져
당신에게 청한답니다.
형편없는 놈한테는 바라는 것 얻어도
뭐 그리 좋은 일 아니겠지만,
당신 같이 덕 높은 분에게 한 부탁이야
물거품이 된다 해도 그만이니까요.

7
구름이여,
이별의 열병에 시달리는 이들에게 당신은
피난처 되어 준다지요.
풍요 신의 분노가 갈라놓은 님에게
내 말 좀 날아다 줘요.
당신이 가야할 곳은 약사들 제왕이 사는
알라까12)
거기 동구 밖 뜨락13)에 사는 쉬와의 머리에서
뽑어 나온 달빛으로 불 밝힌 커다란 집이랍니다.

(…중략…)

101
나는 구불구불한 덩굴에서 당신의 육체를
사슴의 놀란 눈에서 당신의 시선을
달에서 당신의 뺨을
공작들의 깃털에서 당신의 머리카락을
그리고 강의 잔물결에서 당신의 곁눈질을 보았지요.
그러나 아아, 나의 가장 사랑하는 여인이여,
어디에서도 당신의 모습을 꼭 닮은 것은 발견할 수 없었소.

―『메가두따』부분

---

12) 알라까(Alaka) : 풍요의 신 꾸베라의 수도로, 잘 장식되어 있다는 뜻. 꾸베라와 쉬
   와가 산다는 히말라야의 꼭대기 까일라사(Kailasa) 성산(聖山)에 있다고 전한다.
13) 동구 밖 뜨락(브라흐마 우댜나, Brahma-Uddyana) : 꾸베라의 정원으로 절친한 벗
   쉬와가 머무는 곳. 쉬와의 머리에 늘 이고 다니는 초생달에서 나온 빛은 태양빛보
   다 훨씬 밝으며, 그 빛으로 꾸베라 저택의 불을 밝힌다고 한다.

　그밖에 서정적 서사시의 대표적 작가와 작품으로는 까슈미르(Kashmir) 지역의 시인으로 잘 알려진 빌하나(Bilhana, 11~12세기)의 『쪼우라빤짜쉬까(Caurapancasika)』(도둑의 50頌)가 있다. 이 서정시는 시인의 공주에 대한 비밀스러운 사랑을 묘사하고 있다. 그들의 사랑이 알려지자, 왕은 그 시인에게 사형을 선고한다. 시인은 처형장으로 끌려갈 때, 공주와 보낸 행복한 추억을 50편의 노래시로 읊는다. 이것을 보고 왕은 감동을 받아 시인과 공주의 결혼을 허락하게 된다. 또한 벵갈의 왕 락슈마나세나(Laksmanasena)의 궁정 시인 자야데바(Jayadeva, 12세기)의 『기따고빈다(Gitagovinda)』(목동의 노래)가 있다. 이 서정시는 소치는 여인 '라다(Radha)'와 전원의 젊은 신 '끄리슈나(Krishna)'의 사랑을 간결한 문체를 통하여 감미롭고 아름답게 노래하고 있다. 전체 12장으로 짜여 있으며 노래와 이야기가 극적으로 혼합되어 있기 때문에 '노래극(Gita-Nataka)'이라고도 불린다. 이 서정시는 다른 고전 산스끄리뜨시와는 달리 운을 맞추고 있다. 다음은 끄리슈나가 라다와 헤어져 있을 때, 그녀에 대한 그리움을 읊은 것이다.

> 남쪽 산에서 사랑의 신과 함께
> 미풍이 불어오고
> 꽃이 무리 지어 망울을 터뜨리며
> 이별한 연인들의 가슴을 찢을 때
> 그는 들꽃으로 장식한 당신과의 이별을 비통해 하네.
>
> 차가운 달빛도 그의 마음을 산란하게 하네.
> 그는 마치 죽은 사람과 같네.
> 그는 사랑의 화살에 맞아
> 아주 비참하게 울부짖네.
> 그는 비통해 하네.

— 『기따고빈다』 5장 부분

옛날 시 이론가들은 **단연시**를 뛰어난 시로 인정하지 않았지만, 산스 끄리뜨 문학에서 단연시는 매우 중요한 장르이다. 단연시는 연결되어 있지 않고 독립되어 있다. 여러 시대에 여러 종류의 단연시가 산스끄리 뜨어로 쓰였고, 단연시를 결집하여 『백송집(Sataka)』들이 만들어졌다.

그 대표적인 작가와 작품으로는 우선 바르뜨리하리(Bhartrihari, 7세기)를 들 수 있다. 그는 사랑과 향락, 현명한 처세, 속세를 초월함 등을 주제 로한 각각 백 편의 시를 모아서 세 권의 샤따까(Shataka)『슈링갸라샤따까 (S'rigaras'ataka)』, 『니띠샤따까(Nitis'ataka)』, 『배라갸샤따까(Bairagyas'ataka)』 등을 남겼는데, 이를 샤따까뜨리아(S'arakatraya)라 부른다. 또한 아마루(Amaru, 7세 기)의 세속적·육체적 사랑을 긍정적으로 그린 『아마루샤따까(Amarus'ataka)』 가 있다. 그리고 고바라다나짜르아(Govaradhanacaraya, 12세기)가 쓴 『아라야 사쁘따샤(Arayasaptas'ati)』라는 7백 편의 단연시도 있다.

2) 산문시

산문시의 기원은 『브라흐마나』와 『우빠니샤드』의 산문에서 찾아볼 수 있다. 오랫동안 자연스럽게 쓰는 산문의 전통이 내려오고 있었고, 운문 시의 발달과 함께 산문에도 시의 요소를 포함시키려는 경향이 나타나게 된다. 그러나 7세기 초 이후에는 산문시가 더 발전하지 못했다. 산문시 는 암기하기 어렵고 비평가들이 전통적으로 운문을 중시했기 때문이다.

산문시의 대표적인 작가와 작품으로는, 먼저 유명한 시 이론가였던 단디(Dandi)의 『다샤꾸마라짜리따(Dashakumaracarita)』(열 왕자의 모험)가 있다. 이 산문시의 현재본은 세 부분으로 되어 있으며, 6장으로 짜여 있는 본 문에 8명의 왕자, 5장으로 짜인 서론에 2명의 왕자 등 모두 10명의 왕 자 이야기가 담겨져 있다.

『다샤꾸마라짜리따』의 이야기는 사건 중심으로 전개되는 삽화 이야기의 전형이다. 그리고 세속적·해학적·비도덕적 성격을 띠고 있어 흥미롭다. 이야기 전체와 묘사가 잘 조화를 이루고 있으며 특히 인물 묘사가 빼어난다. 또한 10명의 주인공이 모험을 하면서 접촉하게 되는 부정적 마술사, 교활한 도둑, 고행자, 왕권을 빼앗긴 왕, 남편을 속이는 여인, 창녀, 브라흐만, 상인, 농민, 미개한 산사람 등 각계각층의 인물들을 등장시키고 있다. 그리고 고대 작품이지만 비교적 사실주의적이다. 문체 또한 단순하고 흥미로운 산문체를 사용하고 있는데, 주제에 알맞은 문체를 자연스럽게 선택하고 있음도 특징적이다. 다음은 '몰인정하고 무자비한 여인'에 관한 산문시이다.

뜨라가르따(Trigarta)라는 지역에 재산을 많이 모은 세 형제, 다나까(Dhanaka), 다냐까(Dha'nyaka), 단야까(Dhanyaka)가 각각 결혼을 하여 살고 있었다. 그런데 베다 시대의 신들의 왕이며 폭풍우 신인 인드라가 12년 동안이나 그 지역에 비를 내리지 않았다. 곡초는 말라비틀어졌고 초목은 열매를 맺지 못했으며 구름도 아무런 힘을 쓰지 못했다. 물줄기는 메말랐고 못은 진흙구덩이가 되었고 샘에서는 한 방울의 물도 흐르지 않았다. 구근, 열매, 뿌리는 귀해졌고 전설은 다 잊혔고 모든 축제의 즐거움도 사라졌다. 강도떼가 배로 늘었고 사람들은 서슴지 않고 서로 인육을 먹었다. 하얀 인간의 해골이 땅바닥에 뒹굴었고 갈증 난 까마귀떼가 여기 저기 날아다녔다. 농촌이나 도시가 모두 황폐해졌다.

세 형제는 처음에는 모아 두었던 곡물을, 그리고 염소, 양, 물소, 암소, 여자 하인, 남자 하인, 아이들, 첫째형의 부인, 둘째형의 부인을 차례차례로 먹어치웠다. 마침내 그들은 막내 부인인 두미니(Dhumini)를 먹기로 결정했다. 그러나 막내 단야까는 차마 사랑하는 아내를 먹을 수가 없어서 그날 밤 아내와 함께 멀리 도망갔다.

단야까는 무성한 숲에 도달할 때까지 지친 아내를 안고 도망갔다. 그런데 숲을 지나가다가 손과 발, 귀와 코가 잘린 채 땅바닥에서 몸부림치고 있는 어떤 사람을 우연히 만났다. 단야까는 그 사람이 불쌍해서 함께 돌보기로 했다. 그들은 먹을 만한 것들이 있고, 짐승이 많은 숲 한구석에 나뭇잎으로 오두막을 짓고, 세 명이 오랫동안 살았다. 단야까는 그 남자의 상처를 치료했고 자기 몫의 고기와 야채도 전부 그에게 주었다.

그렇게 정성으로 돌본 남자가 비록 앉은뱅이가 되었지만 건강을 되찾았다.

어느 날 단야까는 사냥을 나갔다. 그 틈을 타 아내인 두미니는 그 남자에게 욕
정이 일어 접근했다. 그러나 그 남자는 두미니를 꾸짖었고, 그녀는 계속 치근덕
거렸다. 남편이 돌아와 두미니에게 물을 달라고 청했다. 그러자 두미니는 '당신
이 직접 우물에 가서 길어 마셔요. 나는 머리가 아파 죽겠어요' 하면서 밧줄과
양동이를 남편에게 던졌다. 단야까가 우물에서 물을 긷고 있을 때, 두미니는 살
그머니 그의 뒤로 가서 그를 우물 속에 빠뜨렸다.

그 뒤 두미니는 그 앉은뱅이를 부양하면서 이곳저곳을 떠돌아다녔고, 헌신
적인 아내라는 이름을 얻어 많은 사람들의 존경을 받았다. 마침내 그녀는 아반
띠(Avanti)에 정착하고 왕의 관대한 보살핌에 매우 풍족하게 살게 되었다. 하루
는 그녀가 갈증이 나 우물에 갔다가, 상인들이 그녀의 본 남편을 구해주었고,
그 남편이 아반띠 지역을 구걸하며 떠돌아다니고 있다는 소식을 듣게 되었다.
그래서 두미니는 아무 것도 모르는 왕에게 단야까는 그녀의 남편을 불구자로
만든 악한이며, 선량한 사람을 고문으로 죽게 했다고 모함했다.

단야까가 사형을 받으러 끌려가다가, 시간이 좀 남아서 집행관에게 담담하
게 말했다. '내가 불구로 만들었다는 그 걸인이 거리낌 없이 나를 처벌하기를
원한다면, 나는 사형을 받을 것이오.' 관리는 그의 말을 시험해 보는 것도 괜찮
다고 생각하고, 그 앉은뱅이를 불렀다. 앉은뱅이는 단야까를 보자마자 눈물을
글썽였다. 그는 착한 단야까의 발밑에 쓰러져 고상한 단야까의 자비로움과 거
짓된 두미니의 사악함을 밝혔다. 격노한 왕은 사악한 여인의 얼굴을 망가뜨리
고 개 사육장의 먹이가 되게 했다. 반면에 단야까에게는 대단한 호의를 베풀었
다. 이런 이야기가 있기 때문에 나는 여자들을 몰인정하다고 말한다.

— 『다샤꾸마라짜리따』 부분

그밖에 산문시의 대표적 작가와 작품으로, 수반두(Subandhu)의 『와사바
닷따(Vasavadatta)』와 깐다르빠께뚜(Kandarpaketu) 왕자의 사랑을 다룬 『와사
바닷따(Vasavadatta)』가 있다. 또한 바나밧따(Banabhatta)의 『하르샤짜리따
(Haraśacarita)』와 『까담바리(Kadambari)』 등이 있다. 『하르샤짜리따』는 역사
적 인물이나 사건을 묘사한 이야기시로 8장으로 짜여 있고, 『까담바리』
는 시인이 상상한 줄거리를 토대로 하고 있는 이야기시인데 미완성 작
품이다. 바나밧따의 이 두 작품은 산스끄리뜨 문학에서는 유례가 없는
자전적 단편이자, 현재 인도 문단에서 가장 활발한 논의의 대상이 되고

있기도 하다.

4. 극 문학

　　　　　　　산스끄리뜨 극의 기원은 분명하지 않다. 산
스끄리뜨 극작품은 그 제재나 소재를 신과 고대 영웅들의 전설에서 많
이 가져왔으며, 당대에 성행하던 이야기, 시인의 상상적인 이야기를 토
대로 하고 있다. 이론가들은 주제, 문체, 길이에 따라 극작품을 10가지
로 분류하고 있다. 등장인물에는 주인공(나야까, Nayaka)과 여주인공(나이까,
Nayika)이 있으며, 악역(쁘라띠나야까, Pratinayaka)과 함께 희극적 변화를 제공
해주는 흥미롭고 바보 같은 인물(바두샤까, Vidusaka) 등이 있다. 극의 진행
은, 한두 명 혹은 그 이상의 신에게 바치는 기원, 그리고 주연 배우와
무대 진행자가 주연 여배우와 함께 상연의 계기와 상연할 극의 성격에
관해 익살스럽게 이야기하는 서막으로 시작된다. 또는 먼저, 한두 명의
등장인물이 배경을 설정하고 전막(前幕)을 설명하기도 한다. 산스끄리뜨
언어와 대중어인 쁘라끄리뜨어가 함께 사용되었고, 산문을 사용하고 있
으나 여기저기 자유롭게 운문이 섞여 있다.

　극은 인도인들에게 인기가 높았으며 시, 음악, 무용 등 다른 예술 형
식들과 결합되어 종합 예술의 성격을 띤다. 대부분의 산스끄리뜨 극은
해피엔딩으로 끝을 맺었기 때문에 비극은 존재하지 않았다.

　현존하는 최초의 완벽한 작품은 3세기경에 활동한 바사(Bhasa, 3~4세기)
의 『쁘라띠마나따까(Pratimanataka)』, 『마댜마뱌요가(Madhyamavyayoga)』, 『스와쁜
느와사바닷따(Svapnavasavadatta)』 등 13개 작품이다. 바사의 가장 대표적인
작품인 『스와쁜느와사바닷따』(와사바닷따의 꿈)는 우다얀(Udayana)왕과 와사

바닷따(Vasavadatta), 그리고 마가다(Magadha) 왕국의 공주 빠드마바띠(Padmavati)의 우정과 사랑을 그리고 있다. 이 작품은 인물들을 명확한 문체로 묘사했고, 사랑을 심오·장엄·세밀하게 표현하고 있다.

또한 깔리다사는 산스끄리뜨의 가장 위대한 시인이며 동시에 극작가이다. 그는 3개의 극작품을 남겼는데, 『말라비까그니미뜨라(*Malavikagnimitra*)』, 『비끄라모르바쉬(*Vikramorvasi*)』, 『아비갸나샤꾼딸라(*Abhijnanasakuntala*)』 등이다. 『아비갸나샤꾼딸라』(추억을 돌아보는 샤꾼딸라)는 하스디나뿌르의 왕 두슈얀따(Dusyanta)와 깐바(Kanva) 성자의 수도원에서 자란 샤꾼딸라(S'akuntala)의 사랑을 다룬, 산스끄리뜨 극작품의 최고 걸작으로 평가받는다.

이 극의 소재는 대서사시 『마하바라따』 등에 나타나 있는 신화와 전설에 의거한 전체 7막으로 짜인 작품이다. 처음에는 신을 찬양하는 송시, 이어 좌장(座長)과 배우에 의한 극의 작자 및 제목을 소개하는 서막을 거쳐 주제로 들어간다. 1789년 처음 영어로 번역되자 유럽의 문인들을 놀라게 했다. 특히 괴테가 이 작품을 찬양하는 시를 쓰기도 했고, 『파우스트』의 구상에 이 극의 구성을 모방했다는 유명한 일화가 전해진다. 이 극의 내용은 다음과 같다.

두쉬얀따(Dushyanta)왕이 숲 속 수도원 부근에서 사슴을 뒤쫓는다. 왕은 사슴을 쫓다가 히말라야 산중에서 길을 잃는다. 그러다 어느 깐바의 수도원에 도착한다. 그 수도원에서 깐바의 양녀이자 요정 메나까(Menaka)의 딸 샤꾼딸라를 보고 반하게 된다(1막). 사랑에 빠진 왕은 그녀의 양아버지 깐바가 없어 청혼을 할 수 없기 때문에 야생 코끼리와 악마로부터 수도원을 보호해야 한다는 핑계로 그 부근에 남아있으면서, 광대의 종자(從者)와 익살맞은 대화를 주고받는다(2막). 샤꾼딸라 역시 친구에게 왕을 사랑한다는 것을 고백하고, 친구들은 왕에게 편지하라고 설득한다. 숲 속에서 이것을 엿들은 왕이 반지를 주고 청혼한다(3막). 왕은 왕국의 일로 먼저 왕궁으로 돌아가고, 나중에 사자(使者)를 보내겠다고 약속한다. 그에 대한 징표로 샤꾼딸라에게 자신의 반지를 건네준다. 왕의 사자를 기다리던 샤꾼딸라는 초조한 나머지 성질이 고약한 고행자 두라바사(Duravasa)에게 갖춰야 할 예의를 망각함으로써 저주를 받는다. 즉 왕이 그녀에

게 준 반지를 보지 않는 한, 그녀를 영원히 망각할 것이라는 저주를 내린 것이
다. 그러던 중 샤꾼딸라는 왕의 기억을 되돌릴 유일한 물건인 반지를 잃어버리
게 된다. 그 후 깐바가 돌아온다. 깐바는 상황을 판단하고 임신한 샤꾼딸라를
왕에게 보내기로 결정한다. 샤꾼딸라는 매우 슬퍼하며 양아버지와 친구들을 작
별하고 3명의 수도자들과 함께 왕궁을 향해 떠난다(4막). 그녀는 왕궁에 도달했
으나 왕은 그녀를 기억하지 못한다. 샤꾼딸라는 왕에게 자신을 기억시키기 위
해 노력하지만 헛수고로 끝난다. 왕에게 버림받고 양아버지에게 돌아갈 수도
없는 샤꾼딸라는 사제장의 제안으로 사제장의 거처에 임시로 머물기로 한다.
샤꾼딸라는 비탄에 빠진다. 그러던 중 친구의 노력으로 두라바사의 노여움이
풀려 저주에서 벗어난다. 그때 샤꾼딸라의 어머니가 선계(仙界)에서 내려와 그
녀를 선계로 데려간다(5막). 한 어부가 잡은 물고기의 뱃속에서 반지가 나오자
그 반지를 팔려다가 경관에게 끌려간다. 저주가 풀린 왕은 반지를 보고 샤꾼딸
라를 생각해내고 찾지만 이미 그녀는 선계로 떠났다. 왕은 아내도 잃고 계승할
아들도 없으므로 슬픔에 젖는다. 곧 왕은 신과 악마들 사이의 오랜 전쟁에서
자신의 도움이 필요하다는 말을 인디라신의 전차를 모는 마딸리(Matali)에게서
전해 듣고 슬픔을 진정시키고 전쟁에 참가한다(6막). 오랜 세월이 지나, 왕은 하
늘의 악마를 정복하고 돌아오던 중 산 속에서 한 사내아이가 사자와 놀고 있는
것을 발견한다. 그리고 그 아이가 자기와 샤꾼딸라와의 사이에서 태어난 아들
바라따(Bharata)임을 알게 된다. 잠시 후 샤꾼딸라도 그곳에 나타나 재회를 기뻐
하는 가운데 막이 내린다(7막).

—『아비갸나샤꾼딸라』 줄거리

깔리다사 이후의 희곡으로는 슈드라까(Shudraka, 5세기) 왕의 정치극『므
리차까띠까(*Mriccakatika*)』(장난감 진흙 수레), 비샤카닷따(Visakhadatta, 6세기)의
『무드라락샤사(*Mudraraksasa*)』(락샤사의 인장반지), 하르사(Harsa, 7세기 전반) 왕의
『나가난다(*Nagananda*)』(뱀들의 희열) 등이 있다. 8세기 초에 깔리다사와 견줄
만한 바바부띠(Bhavabhuti)가 등장하여 3편의 희곡을 남긴다. 곧『마하비라
짜리따(*Mahaviracarita*)』(대영웅 이야기),『웃따라라마짜리따(*Uttararamacarita*)』(속라
마왕의 이야기),『말라띠마다바』(*Malati Madhava*)』(말라티와 마다와) 등이다. 이
가운데『웃따라라마짜리따』는 바바부띠의 가장 뛰어난 극으로, 라마의
비애에 찬 후반부 삶을 극의 형태로 제시하고 있다.

5. 우화와 설화 문학

산스끄리뜨 문학 가운데 세계적으로 가장 많이 알려진 문학은 까타(Katha) 문학이다. 세계의 모든 민담들은 인도로부터 유래한다는 설이 있듯이, 산스끄리뜨의 설화 문학은 매우 풍성하다. 처음에는 상상의 이야기를 재미로 지어졌는데 후에 교훈이 첨가되었다. 까타의 기원에는 인간과 동물이 밀접하게 관련되어 있다. 따라서 까타는 동물의 이야기를 통해 인간의 이야기를, 동물의 행동을 통해서 인간의 행동을 다루고 있는 것이다.

『리그베다』의 개구리 찬가에는 개구리가 사제들과 어울리는 이야기가 있으며, 『우빠니샤드』에는 개가 사제처럼 베다의 찬가인 만뜨라를 읽으면서 서로 꼬리를 연결시켜 한 줄로 걷는다는 이야기가 나오기도 한다. 『마하바라따』에는 고양이, 쥐, 까마귀, 재칼의 이야기들로 가득하고, 빤다바들에게 동물들의 이야기를 통해서 교훈을 준다. 불교의 『본생담』과 힌두교의 대중적 경전 『뿌라나』에도 많은 이야기들이 등장한다.

그 가운데 가장 널리 알려진 우화집은 비슈누 샤르마(Visnu S'arama)가 지었다는 5권으로 된 『빤짜딴뜨라(Pancatantra)』(5세기)이다. 이 책은 우화의 수단을 이용하여, 젊은 왕자에게 인생을 성공적으로 이끄는 지혜를 가르치고 있다. 이 작품에 등장하는 '자칼'은 사자의 신화로, 서양 우화 속의 '여우' 역할을 한다. 그래서 『빤짜딴뜨라』는 『천일야화』에, 『천일야화』는 보카치오(Boccaccio)의 『데카메론(De Cameron)』에 영향을 주었다고 한다. 괴테(Goethe)가 마지막 형태를 부여했던 『여우 레이나드(Reynard the Fox)』의 이야기도 인도 우화의 모티브를 강하게 나타내고 있다. 또한 『빤짜딴뜨라』는 이미 오래 전부터 세계 각국의 여러 언어로 번역되어 산스끄리프 학습 교재로 읽혀져 오기도 했다.

『빤짜딴뜨라』(5편의 책)는 다섯 부분으로 나뉘어 있는데, 각각 「친구와의 이별」, 「친구를 얻음」, 「까마귀와 올빼미의 싸움」, 「얻은 것의 잃음」, 「사려 없는 행위」 등 모두 70개 이야기의 9백 개 운문으로 되어 있다. 이야기의 주인공은 동물이지만, 가끔 인간도 함께 등장한다. 서술 양식은 산문으로 전개되다가 처세에 관한 교훈이 포함된 운문(격언시)으로 끝난다. 즉 교훈의 핵심을 운문으로 표현하여 포인트를 준 것이다. 그리고 이야기 사이사이에 삽입시켜 액자 형태를 띤 구성 방법을 택하고 있다. 그 중 한 내용을 간략하면 다음과 같다.

> 마힐로빠샤(mahilaropya) 도시의 왕인 아마라샥띠(Amaras'akti)는 세 아들 바후샥띠(Bahus'akt), 우그라샥띠(Ugras'akti), 아난따샥띠(Anantas'akti)를 두었다. 그런데 왕은 이 세 아들이 하나같이 악하고 어리석어 몹시 괴로웠다. 그래서 왕은 비슈누 샤르마에게 아들들의 교육을 맡긴다. 비슈누 샤르마는 6개월 동안 참된 인생을 영위하는 법, 올바른 세계관의 확립, 법률과 종교적 법에 관한 지식, 통치 기술 등 많은 이야기를 지어서 왕자들을 교육시킨다. 그리하여 마침내 왕자들을 변화시키는 데 성공한다.
>
> ―『빤짜딴뜨라』 부분

인도의 민간 설화로서 가장 오래된 『브리하뜨까타(BrihatKatha)』(대설화)가 있는데, 이 작품은 전설적인 인물인 구나드야(Gunadhya)에 의해 편찬되었다고 전한다. 이 설화집은 산스끄리뜨어에서 파생한 특이한 방언 파이샤치어(Paishachi)로 쓰였다고 짐작된다. 그런데 그 원본은 유실되었고 몇 개의 2차적 전본(傳本)이 현존하는데, 11세기 카쉬미르의 작가인 소마데와(Somadeva)의 『까따사리뜨사가라(Kathasaritsagara)』(설화가 흘러드는 바다)가 그 가운데서도 가장 유명하다. 또한 14세기 이전의 『베딸라빤짜빈샤띠까(Vetalapacavins'atika)』(유령의 25개 이야기), 『슈까사쁘따띠(Sukasaptati)』(앵무새의 70개 이야기) 등도 대단히 인기를 모았던 작품이다. 『슈까사쁘따띠』의 이야기는 모두 품행이 단정하지 못한 여인에 관한 것으로 교훈적이다. 그 내용을 간략하면 다음과 같다.

> 상업에 종사하는 마다나세나(Madanasena)라는 상인이 있었다. 그는 아름다운 여인과 결혼을 하여, 신혼의 달콤함에 젖어 있었다. 그런데 사랑하는 아내를 남겨 주고 업무로 타지에 가지 않을 수 없게 되었다. 그 상인은 길을 떠나면서 앵무새에게 자신의 아내를 돌보아줄 것을 부탁한다. 그러자 앵무새는 밤마다 이야기를 하나씩 들려주면서 새 신부의 정절을 지켜준다. 신부는 재미있는 이야기에 빠져서 남편과 헤어져 있는 고통을 잊어버리고 순결을 지켜나간다. 앵무새의 70번째 이야기가 끝나자 마침내 상인이 돌아온다.
>
> —『슈까사쁘따띠』 줄거리

이 밖에 산스끄리뜨 문학으로 짬뿌(Campu)라는 장르도 있다. 이는 운문과 산문의 혼합 형태를 띠고 있다. 가장 유명한 작품으로는 뜨리비끄라마밧따(Trivikramabhatta, 10세기 전반)의 『날라짬뿌(Nalacampu)』가 있다. 이 작품은 일명 『다마얀띠까타(Damayantikatha)』라고도 하는데 쉬바신의 찬양, 시인의 칭송, 악인의 비난 등이 소개된다.

Ⅲ. 산스끄리뜨어와 문학의 관계

인도 문학은 산스끄리프, 쁘라끄리프, 아쁘브란슈의 범인도적 성격이 강한 언어에 의해 화려하게 인도의 고전 문학을 발전시켜 나갔다. 그런데 6~7세기에는 중기 인도어의 활발한 세력에 의해 일시적인 암흑기를 보였다. 그리고 10세기 무렵에는 그때까지 고전어에 가려 빛을 보지 못했던 지방의 언어들이 서서히 발달하면서 점차 제각기 민족어가 되어 독자적인 문학을 갖게 되었다. 10세기를 전후한 인도는 강대한 통일 정권이 무너지고, 산스끄리프 문학을 비롯한 고전 문학이 그 기반을 잃어가게 되었다. 반면 중앙에서 지방으로 확산된 문화가 지방 정권이나 민중에 의해 자라나면서 지방 문화의 일익을 담당하면서 고전 문화와는 전혀 다른 새로운 지방 문화로 정착되기 시작한 것이다.

그 언어들은 북인도에서는 산스끄리뜨어, 쁘라끄리뜨어, 아쁘브란슈어를 거쳐 분화·발달해온 것으로, 근대 인도-아리야어를 말한다. 그리고 분포 지역은 북인도 대부분과 데칸 고원의 일부에 이른다. 주목할 만한 언어로는 서부군의 빤자비어·힌디어·우르두어·신디어, 동부군의 오리야어·벵갈리어·아사미어, 중부군의 구자라띠어·마라티어 등을 들 수 있다. 그리고 남인도에서는 북인도의 인도-아리야어와는 계통을 달리하는 드라비다어족의 따밀어·뗄루구어·말라얄람어·깐나다어 등을 들 수 있다. 또한 외국어인 영어는 일부 지식 계급 사이에서 공적인 생활의 매개체로 쓰이고 있고, 영어로 쓰인 문학 작품도 적지 않다.

그러나 산스끄리뜨 언어는 베다 시대로부터 약 3500년 동안 끊임없이 발전했다. 이는 세계의 다른 어떤 문헌에서도 그 유례를 찾아볼 수 없는 지속성을 나타내고 있으며, 현존하는 작품의 총체라는 점에서도 현재까지 전해진 가장 많은 양을 가진 그리고 가장 다채로운 문헌 조직체의 하나이다. 또한 이 문헌은 중앙아시아 및 동아시아인들의 문화 형성에 장기적으로 영향을 미치기도 하였다.

이러한 산스끄리뜨 문헌의 뛰어난 특징은 전통에 충실하다는 것이다. 거의 모든 분야에서 동일 유형의 원전을 끊임없이 되풀이하였고, 규범이 되는 근본적인 원전에 충실하였다. 학술 문헌에서는 때때로 주석의 형태를 취하기도 하였다. 무엇보다도 산스끄리뜨 외의 인도 문학들은 그 내용과 형식에서 산스끄리뜨 문학의 영향을 강하게 받았다. 내용적으로는『마하바라따』,『라마야나』같은 서사시와 뿌라나(고담) 등이 기본적 테마를 제공하였고, 형식면에서는 창작의 모델이 되었으며, 산스끄리뜨 시학은 미학 이론을 제공하였다.

현재에도 산스끄리뜨어로 쓰인 문학 작품과 학술 논문은 무시할 수 없다. 지금도 여러 언어와 그 작품이 산스끄리뜨어와 관련 하에서만 해명될 수 있는 것이 많다. 그리고 이 언어로 수업을 하고 있는 학교와 이 언어를 사용한 잡지도 간행되고 있다. 또한 공용어로서 '신들의 언어'를 부활시키고자 노력하고 있는 사람이 있기도 하다. 그만큼 산스끄리뜨어라고 하는 고유어는 사상과 예술에 있어서 최적의 도구가 되고

있다. 산스끄리뜨어와 그 문헌을 유지하는 것, 결국 문예부흥의 시기에
라틴어가 차지하고 있던 지위를 계속 보유하는 것은 인도인들의 임무라
고 생각한다.

저자 **김 혜 니**

약력 • 현 국제대학 영상문예과 교수
　　　이화여자대학교 학사·석사·박사 졸업

저서 • 『한국 근대시문학사 연구』, 『한국 현대시문학사 연구』, 『한국 근현대비평문학사 연구』, 『비평문학의 이해』, 『박목월 시 공간의 기호론과 실제』, 『내재적 비평문학의 이론과 실제』, 『외재적 비평문학의 이론과 실제』, 『다시 보는 현대시론』 외 다수.

동양문학연구

2009년 2월 20일 초판 인쇄　2009년 2월 28일 초판 발행
지은이 김혜니　**펴낸이** 한봉숙　**펴낸곳** 푸른사상
기획 심효정　**편집** 김세영　**디자인** 지순이　**마케팅** 강태미
출판등록 1999년 7월 8일 제2-2876호
주소 서울시 중구 을지로3가 296-10 장양B/D 701호
대표전화 02) 2268-8706(7)　**팩시밀리** 02) 2268-8708
이메일 prun21c@yahoo.co.kr / prun21c@hanmail.net
홈페이지 www.prun21c.com
ⓒ 2009, 김혜니
ISBN 978-89-5640-664-0-03800
값 28,000원